《读者》杂志365篇情感美文
典藏精选

光阴的故事

读者杂志社 编

亲情篇

中国工人出版社

目 录 Contents

父爱：那深重如山的父爱

母爱：血脉里的眷恋

子女：望子成龙，望女成凤

亲戚：岁月深处的人间真情

光阴的故事

—

父爱

—

那深重如山的父爱

送别父亲时，

我取了一支他老人家生前用过的毛笔，

带回放在案头笔搁上。

今晚笔影飘逸、墨香幽然，

取笔、捻管，觉得它还带着温度。

父亲，儿想你了！

老爸的火炉

冯　唐

有时候，人会因为一两个微不足道的美好而暗暗渴望一个巨大的负面，比如因为一个火炉而期待北京漫长而寒冷的冬天。

我怕冷，我把原因归结于我从父亲那边遗传的基因。我老爸生在印尼，长到18岁才回国，18岁前没穿过长裤，更别说秋裤了。

记忆里北京的冬天漫长而寒冷，每个人都穿着同一个颜色和式样的衣服，像一个个丑陋的柜子在街上被搬来搬去。北京漫长的冬天里唯一的喜庆颜色是"两白一黑"。一"白"是白菜，北京人冬天的主菜，通常的习惯是买半屋子，吃整整一个冬天，醋熘、清炒、乱炖，包饺子、包包子、包馅饼，百千万种变化，不变的是白菜还是白菜。另一"白"是白薯，北京冬天唯一的甜点，买两麻袋，吃整整一个冬天。一"黑"是蜂窝煤，堆在门前院后，那时候北京大部分地方没有市政供暖，整整一个冬天的温暖得意就靠它了。

我常常因为烧蜂窝煤的火炉而想念那时候北京的冬天。

伺候火炉是个有一定技术含量的活儿，这个技艺由老爸掌握。炉子被安放到屋里的一个角落，烟囱先伸向房顶再转向一面墙，最终探出屋外。为了伺候炉火，老爸自制了很多工具，夹煤的、捅煤的、掏灰的、钩火炉盖儿的，其中捅煤的钎子常常被我们拿去滑冰车用，总丢，老爸总是多做几个备用。蜂窝煤似乎有两种：一种比较普通，数量多，含煤少；另一种数量少，含煤多，贵，用来引火，先放在煤气炉子上烧着，然后放进火炉最底层，最后再放上普通蜂窝煤。蜂窝煤烧尽，要从下面捅碎，煤灰因重力落到炉底，用煤铲掏走，再往炉子里加一块新煤。最考验技术的是临睡前封炉子，留多大进气口很有讲究：留大了，封的煤前半夜就烧没了，下半夜全家被冻醒；留小了，不热，一整夜全家受冻；加上蜂窝煤的煤质不稳定，留多大更难控制。老爸的解决办法是半夜起来一次，我睡觉轻，常常听见他摸黑穿拖鞋声，因为长期吸烟的暗咳声，吐痰声，喝水声，用铁钩子拉开炉盖儿声，用铁钩子合上炉盖儿声，脱鞋再上床声。

我对伺候火炉的兴趣不大，但是对炉火的兴趣很大。炉火当然能供暖，而且炉火比空调好很多，不硬吹热风，而是慢慢做热传递和热辐射，暖得非常柔和。从脆冷的屋外进来，把千斤重的厚棉衣一脱，一屁股坐在炉火旁边的马扎上，面对炉火，像拥抱一个终于有机会可以拥抱的女神，伸出双臂、敞开胸怀，但是又不能且不敢抱紧。哪怕不抱紧，很快身心也感到非常温暖。然后，倒转身，挺直腰板，让炉火女神再温暖自己的后背、后腿和屁股。炉火还能热食物，白薯、汤、粥、馒头片。晚上看书累了、饿了，贴炉壁一面的烤白薯和烤好的抹上酱豆腐的馒头片都是人间美味。遇到周末改善生活，放上一口薄铝锅，炉火还能煮火锅。火锅神奇的地方是，已经吃得不能再烦的白菜、酸菜、豆腐、土豆放到里面，几个沉浮，忽然好吃得认不出来了，围坐在周围的家人也开始和平时不一样了——老妈转身去橱柜拿酒，老姐望着炉火眼神飘忽，老哥热得撩起秋裤腿毛飘忽，老爸开始小声哼唱 18 岁前学会的歌曲。窗外天全黑了，借着路灯的光亮看到小雪，在窗子的范围里，一会儿向左飘，一会儿向右飘。

后来，住处有了市政集中供暖，老爸还是习惯性地半夜起来一次。我睡觉轻，还是听见他摸黑穿拖鞋声，因为长期吸烟的暗咳声，吐痰声，喝水声，脱鞋再上床声。我背诵最早和最熟的唐诗之一是白居易的《问刘十九》：“绿蚁新醅酒，红泥小火炉。晚来天欲雪，能饮一杯无？”如今，每到冷天，每到夜晚，我闭上眼总能听到老爸像老猫一样爬起来，去照看那早已经不存在了的炉火的声音。

送　别

童庆炳

母亲怎么也没有想到，19 岁的我，要离开家乡到北京读书。她事先完全没有准备，一切都来得太突然。不但在她的想象中，而且在我的想象中，北京简直就像天边一样遥远。

1955 年，福建还不通火车。从我家乡连城县出发，要坐五天的长途汽车，才能到达有火车的江西鹰潭。山高路险，行程艰难。“宁化、清流、归化，路隘林深苔滑”，毛泽东的词句所描写的路，正是我去北京的必经之途。那时候，我们那里的人去一趟北京，感觉上比我们现在去一趟西欧、北美还要遥远得多。记得我在龙岩读中等师范学校时，有一位老师长途跋涉去北京开了一次会，就像出了一次国似的，回来后在全校做了一个报告，专门讲在北京的见闻。至今我还记得，他津津有味地讲北京冬天街道两旁的树干，都涂了像人一样高的白灰，远远望去，像一排排穿着白衣的护士整齐地站着。

我去北京读书的消息，经乡亲们渲染，变得“十分重大”。祖母和母亲手足无措，心绪不宁，不知该为我准备什么好，更有一种生离死别之感盘桓在她们心间，折磨她们。可理智上她们又觉得儿孙“进京”读书是光宗耀祖的事情，是不能轻易哭的，离别的痛苦只能忍着。所以我离开家时，祖母始终是平静的，起码表面上如此。

我出发那天，母亲要送我到离我们村子十五里的朋口镇去搭汽车。她着意打扮了一番，穿一身新的士林蓝布衫，脸上搽了白粉，嘴唇也好像用红纸染过，脑后圆圆的发髻上还一左一右插了两朵鲜红的花，让人觉得喜气洋洋。

那十五里路我们是如何走过来的，在我的记忆中已很模糊了。唯有在汽车开动前，母亲“空前绝后”的哭和止不住的眼泪，至今仍历历在目。她拉住我的手，语无伦次地说：“北京‘寒人’（冷），要多着衫。实在有困难要写信给家里讲，我会给你寄布鞋。我知道你惦记祖母，不要惦记，有我呢。也不要惦记弟弟妹妹，有我呢。读书是好事，要发奋，光宗耀祖。毕业时写信来，让你爸写‘捷报’，在祖宗祠堂贴红榜，大学毕业就是‘进士’，就是‘状元’‘榜眼’‘探花’……”说着说着，她突然流下了泪，而且那泪像家门口的小溪那样滔滔汩汩，堵不住，擦不完，完全失控，后来母亲竟失声痛哭。她的哭就如同蓄积已久的感情的闸门被开启，非一泻到底不可了……后来她不再擦她的眼泪，任其在脸上自然流淌。她哭着，嘴里还说着什么，但我已经听不清楚了。我只觉得自己无能，在这个时候竟说不出一句恰当而有力量的话来劝慰母亲，只是傻傻地待着，还轻声说：“妈，你别哭了！人家看咱们呢！”谢天谢地，汽车终于开动了，她似乎意识到离别终成事实，便举起了手。我从车窗探出头，看见她泪流满面，这时我发现自己的眼睛也湿润了。她不由自主地向前跑了几步，但汽车加速了，她向后退去。在第一个拐弯处，她的脸在我的视线中变得模糊了，但我仍清楚地看见，她头上的那两朵红花在晨风中轻轻抖动……

后父的老

|

刘亮程

我很小的时候，奶奶就已经老了，我们一家为奶奶养老，给她送终。奶奶去世后，轮到母亲老了，但她不敢老，她要拉扯一堆未成年的孩子。现在我 50 多岁，父亲、后父都已经不在，剩下母亲，她老成奶奶的样子了，我们为她养老，也随着母亲一起变老。因为有她在，我不敢也没有资格说自己老。老是长辈享有的，我年纪再大，也是儿子。真正到没了父母，前面光秃秃的，我成了后一辈人的挡风墙，那时候，就可以心安理得地老了。但老终究不是一件容易的事情。

记得有一年，我陪母亲回甘肃酒泉老家，在村里看望一个叔叔。院门锁着，家里人下地干活去了。等到大中午，看见两个老人扛农具走来，远看着一样老，都白了头，一脸皱纹。走近了，经介绍才知道，是叔叔和他的父亲，一个 60 多岁，一个 80 多岁，活成一对老兄弟，还在一起干农活。

我父亲没有和我一起活到老。

我 8 岁时父亲去世，感觉自己突然成了大人。13 岁时，母亲再嫁，我有了后父，觉得自己又成了孩子。后父的父母走得早，他的前面光秃秃的，就他一个人，后面也光秃秃的，无儿无女。我们成了他的养儿女，他成了我们的养父。

我 18 岁时，有一天，后父把我和大哥叫在一起，郑重地给我们交代一件事。后父说：“我已经是 50 岁的人了，你们两个儿子，该操心给我备一个老房（棺材）了。”这都是当儿子要做的。听说后面的张家，儿子早几年就给父亲备好了老房。

备老房的事，在村里很常见。到一户人家的院子，常会看见一口棺材摆在草棚下，没上漆，还是木头的原色，是给家里老人备的，或是家里老人让儿子给自己备的。棺材有时装粮食、饲料，或盛放种子，顶板一盖，老鼠进不去。

我们小时候玩捉迷藏，也会藏进老房里，头顶的板一盖，就仿佛到了另一个世界，外面的声音瞬间远了。待到听不见一丝声响时，恐惧便来了，赶紧顶开盖板爬出来。

家里的老人也会躺进去，试试宽窄长短，也会睡一觉再出来。

其实这些老人都不老，五六十岁或者六七十岁，因为送走了前面的老人，自己跟着老了。

老有老的样子，留胡须，背手，吃饭坐上席，大声说话。一般来说，男人五六十岁便可装老了，那时候儿女二三十岁，能在家里挑大梁，干重活。装老的目的，一是在家里、村里塑造威严，让人敬；二是躲清闲，有些重活、累活，动动嘴使唤儿女干就可以了。

也是我 18 岁那年，后父开始装老：突然腰也疼了，腿也困了，有时候抽烟呛着，故意多咳嗽两声。去年秋天还能背动一麻袋麦子，今年突然就不背了，让我和大哥背。其实我们两个的劲加起来，也没他的大。

后父打定主意，要盘腿坐在炕上，享一个老人的福了。

可就在这个节骨眼上，我大哥外出开拖拉机，我外出上学，留在家里的三弟、四弟都没成人，指望不上。后父只好忘掉自己已经 50 岁的年龄，重活、累活又亲手干了。

后父吩咐我们备的老房，也出于种种原因，一直没有做。其间我们搬了 3 次家，第一次，从沙漠边的太平渠村搬到天山半坡上的元兴宫村，过了些年又搬到县城边的城郊村，后来又搬进县城住了楼房。想想也幸亏没给后父备老房，若备了，得一次次地带着它搬家，且终究没有一个安放它的地方。

后父活到 84 岁，走了。距他给我和大哥交代备老房那年，已经过去 34 年。

后父去世时我在乌鲁木齐，夜里 12 点，家人打来电话，说后父走了，我们赶紧驱车往回赶。那晚漫天大雪，路上少有车辙，天地之间，雪花飘满。

回到沙湾已是半夜，后父的遗体被安置在殡仪馆。他老人家躺在棺材里，面容祥和，嘴角略带微笑，像是笑着离开的。

听母亲说，下午的时候，后父把自己的衣物全收拾起来，打了包，说要走了。

母亲问："你走哪儿去，活糊涂了。"

后父说要回家，马车都来了，接他的人在路上喊呢。

后父在生产队时赶过马车。在临终的时光里，他看见来接他的马车，要把他接回村里。

可是，我们没有让一辆马车把他接回村里。我们把他葬在了县城边的公墓。

但我知道，他的魂，一定被那辆马车接走了，回到了故乡。我们在县城的殡仪馆为他操持的这一场葬礼，已经跟他没有关系。公墓里那个写有他名字和生卒日期的墓碑跟他没有关系。在离县城 70 公里的老沙湾太平渠村，他家荒寂多年的祖坟上，他几十年前送走的老母亲的坟墓旁，一定有了一串轻微的脚步声，一个儿子回到了那里。

我不敢阅读她的小说

马家辉

这个下午，我完成了手头的长篇小说，立即开始构思下一部。工作狂，金牛座，闲不下来，命苦。

第三部长篇小说，我想写写我的父亲。

写作这么多年，从杂文到小说，我一直想写他的故事，然而提笔竟是这么无力和无能。理由非常简单，对父亲的故事，我知道得不多。或者应该说，我知道得非常少。

我祖父是独生子，我父亲也是独生子，我母亲那边有许多长辈亲戚，但我父亲这边，半个不剩。我茫然无头绪，难以找到足够的素材。我父亲是个寡言少语的男人，唯在喝得半醉的时候会多谈几句旧事，但来回来去都是零碎的述说：16 岁丧父，17 岁丧母，之后做记者、做编辑。曾有相士铁口直断，他只有 63 岁阳寿，所以他在 62 岁那年把手里的积蓄花光，而如今他已经 82 岁。我心疼的是，他生了一个写了上百万字文章的儿子，却未能让儿子完整地、有头有尾地用笔记下他走过的人生道路。对像我这样笃信文字力量的人来说，他是个没有故事的人。对此，我无法接受。

最近半年有新进展：我父亲开始用 WhatsApp 了。我跟他在手机屏幕上沟通、问候，虽然是非常简单地闲话家常，彼此的关系却有了前所未有的拓展。譬如说，有一回因为雇人修理电脑之事，他摆了乌龙，我不太高兴，发信息对他说："你这么做很不好，让我很为难。我明明说过别这么做，为何你仍要如此？"信息传出之后，我心里不安，觉得说得太重。岂料，半小时后，手机传来他的回应："对不起，以后不会了。"

这一刻，我几乎流泪。因为在这一刻，仿佛我才是严苛的父亲，而他是受责的儿子。

或许我将来真会写出一部跟父亲相关的作品。阅读手机里的父亲，通过手机了解父亲。两部手机之间有一条看不见的红线，竟然把我和父亲再次拉到一起。在文字故事里跟父亲"重逢"是最稳当而温暖的形式。但有时候我暗想：父亲愿意吗？他是否根本不希望读到提及他的任何文字？是否担心我把他写得不够好，甚至，写得太坏？

我亦为人父，至少我有此忧虑。26岁的女儿也写小说，用英文。她发表过一篇小说，我读了第一段便放弃了，因为第一段写的便是父亲出走。我非常担心在她的文字里读到她心中的我，读出她心中我的阴暗、愚昧、无能，甚至邪恶。我非常担心在她的文字里读到她对父亲的怨怼和恼恨。不知道有多少回了，我打开电脑，点开她的小说，想咬牙读下去，但读了几个字便停下来；又一回，再打开，再读，再停下来。我实在冒不起这种在文字里与她"重逢"的风险。

或许再过一些岁月吧。待我真的老了，老到什么都不在乎了。然后有一天晚上，我泡一杯热茶，把她的小说打印出来，坐在沙发上，在夜灯下，只把小说当作纯粹的文学作品，云淡风轻，认认真真地读。我将纯粹以读者之眼，看看在她笔下，出走的父亲到底去了哪里，又是否会在迷途历劫之后，满身伤痕，安然归家？

七块红烧肉

董改正

我 13 岁那年的正月十三，天下着蒙蒙细雨，母亲挑着担子送我去五校读书。那是我第一次离家住校。担子一头是两床被子，一头是衣物和米，还有一罐子咸菜。

担子很重，但一路泥泞，母亲不能放下歇肩，只能以换肩的方式来放松疼痛的肩膀。

“姆妈，我来挑一截路。”

“不要的，我行。”

顺着山道走下去，径直穿过西湾的田野，到枫河入江的狭长河道时，乘渡船而过，爬上河埂，便可望见五校的校舍。后面的路途是沉默的，只有细雨洒在盖物的薄膜上的沙沙声和胶靴拔泥而出令人疲惫的声响。我们到达河边时，已是午后一点多。母亲已经累了，身子随着担子摇晃着。

“姆妈，让我来。”我到母亲身边。

“我行。”母亲不让。她大声喊：“有人吗？有人吗？”

岸上红砖房的门开了，一个人走下来。也不用划桨，人站在船上，手抓着粗绳，把船悠到对岸。那是个穿蓑戴笠的女人。她不要钱，只是看着我们发出一连串的叹息，目送我们走进五校。

很快就报完名，我住进了宿舍。母亲帮我铺好被子，一边铺，一边流泪。被子湿了半边，她叮嘱我，一出太阳就抱出去晒。她跟我的同学们请求带我睡几夜，直到我晒干被子，但终究不放心，叮嘱我不要睡湿的那边。收拾完，她正要把我托付给同学们，他们忽然呼啦一声全飞走了。

“我走了，你记得四点去换饭票啊！”

我点点头。走廊上只有我一个人，还有几只叽叽喳喳的麻雀。

“你一定别忘了。”她穿好雨衣，走进细雨之中。远方，山色已经苍茫。我看见她不停地回望，但终究消失在了远方。

她是在第三天赶来的。来的时候，我快上下午课了，便匆匆去食堂为她打饭。我打了半斤饭两个菜，一个炸酱，一个红烧肉，一共一块五毛五。

“你一定要吃掉，我要上课了。”

下课的时候，母亲已经走了。饭盒里，炸酱没动，十块红烧肉还剩七块，整整齐齐地挨着。酱红色的浓汁，隐隐的油光，肥厚的肉块儿。为她吃掉了三块红烧肉，我开心得流泪。那时候，我一周只有五块钱的伙食费。那是我在五校第一次吃红烧肉，也是最后一次。

有一个黄昏，我到河埂上背课文，遇到了上次撑船的那个女子。她看着我说：“那天你妈妈回去时，胶靴里都是水。我让她坐在床上，帮她使劲儿拽，半天才拽下来。我收不住势头，一屁股坐在地上，摔得不轻。靴子拽下来，也把她的眼泪和哭声拽了出来。她是哭着走回去的。”

她深深地看着我，又说：“你妈那天给我带了三块红烧肉，那是我吃过的最好吃的红烧肉。你有一个好妈妈。”

我沿着河埂跑起来，我不要她看见我的泪水……

父亲的墨水

步　明

我的老家在苏北一个叫“东湾子”的村庄，地处偏僻，常被人说成是“龟不生蛋的地方”。

穷，是那个年代的缩影。在穷得连肚子都吃不饱的年代，能喝上“墨水”是了不得的大事。父亲是家中老大，老实巴交的爷爷竟然送他去私塾。父亲肚子里的“墨水”，是志学之年打的底子。

父亲在私塾读书，他的同桌后来便成了我的母亲。后来听母亲讲，父亲当年因背书写字没少挨先生的戒尺。现在看来，父亲写得一手好字，多亏了严苛的塾师。

我上学之后，每到过年前，父亲总会为庄上人家写春联，一写就是好几天，惹得一个人忙里忙外的母亲不悦，抱怨说忙年倒为别人忙了。对父亲来说，写春联是十分讲究的。即便是写传统的诗词歌赋对联，每副对联的内容也不尽相同：有与时政呼应的，有跟农村生产契合的，有为求字者私人订制的……小小的一副对联里，写出的不只是喜庆，更有父亲对复杂时局的审慎，对人情冷暖的关怀，对古老文字的敬畏。

父亲给人家写春联时，正赶上我放寒假，于是就经常去帮他掭笔添墨、牵纸裁纸，学会了用手裁纸的功夫，算是当了许多年的小书童。有时牵纸慢了、牵得不正，他就会训我几句；书写时若有旁人说笑，他会咳嗽两声，暗示别人严肃点儿；偶尔写错、写漏了字，他会自责一番，再来一遍；为安妥一字，他久久沉思不语，这时谁都不敢出声，待他捉笔落纸、一挥而就，围观者才敢高声喝彩。

古人讲心正则笔正。父亲的一生正应了“如其学、如其才、如其志，总之曰如其人”。“文革”中，父亲为自己写下几大捆辩词，反复申辩和廓清的是自己并非“三青团”成员，也从未“瞒产”。他恨不得把仅剩的一把米、一碗粥都送给穷苦人家。在当村支书的父亲眼里，广大生产队员的冷暖就是他的命。但莫须有的“罪名”接二连三地落到父亲头上，抄家，批斗，戴“大高帽”游斗的情景让我至今历历在目。父亲是个性急的人，受不了一点冤枉。在那段不堪的日子里，他在无助、焦灼、痛苦中完成了这些文字，字字洇着泪、和着血。用淋漓墨水与黑色时光抗争的日日夜夜，只有他自己知道是怎么挨过的。运动结束后，父亲平反，他眼眶湿润地说，相信共产党，享到福了。

父亲这一生，有党恩守心、有风雨沉浮、有人间情暖、有幸福晚年。父亲一生执笔，但还没有写够，因为他老人家的笔太直太硬、太真太切，太有生命张力，正如他肚子里的墨水，从未干涸。

父亲年轻时没工夫专门练字，80 岁后才开始每天抄《古文观止》。终于回到他童年握笔的追梦时光，他想写就写，无拘无束，笔笔中锋，干净利落。

父亲对我书写的忠告，只有四个字：铁画银钩。当真是“书贵瘦硬方通神”，这与他一生的行事风格一样。现在想来，我的笔墨意志，也是从小在父亲跟前的耳濡目染，给生活抹上了一层墨水的五色气象。

送别父亲时，我取了一支他老人家生前用过的毛笔，带回放在案头笔搁上。今晚笔影飘逸、墨香幽然，取笔、捻管，觉得它还带着温度。父亲，儿想你了！

进城的父亲

南瓜邮递员

一天晚上，我看了一部叫《公园》的电影。一个从小地方来的已退休的父亲，到大城市找他快 30 岁还没有结婚的女儿。父亲来了，开始多方位介入女儿的生活，吃穿住用行，关怀无微不至。但女儿有自己的想法，两个人在同一个屋檐下，少不了争执。最让女儿头痛难受的，是父亲干涉自己的爱情，并在公园里给她安排相亲。

父亲进城来，带着他们那一代的习惯和观念，这往往跟儿女的处世法则不相容，于是冲突频现，进而发生碰撞，这就是生活。生活是五味杂陈的，李安的《推手》并非简单地讲述中西文化对照。来到纽约的北京人老朱跟儿子同住，他每天打坐，写毛笔字，用筷子吃炒得热乎的中式饭菜；他的外国儿媳则在外面跑步，用电脑写作，拿刀叉吃冷的沙拉。对两个人做这样迥然不同的生活方式的设定，是为了让角色的矛盾更突出。

《推手》是李安的琐碎生活经，父辈和子辈的关系是影片重点经营的一环。在老朱和儿媳的战火中，受伤害最大的是夹在他们中间的儿子。为此儿子气恼、掀桌子、深夜买醉，老朱则叹息、想不开、离家出走。

老朱不远万里，漂洋过海，来到这个繁华的城市，渴望的是一家人团聚，共享天伦之乐。他擅长太极，手上功夫刚柔相济，却不能将家庭“推拿”得和和顺顺。他追求炼气化神、炼神还虚，却跳不开现实的一地鸡毛。他那传统的亲子之梦，在异国他乡一度幻灭。他不得不租房别住，好保留住亲情的温度。

梦想没能照进现实，老朱有他的同路人。《东京物语》中从小城出来的平山夫妇，决定在一个美好的时间，带着笑容，带着心愿，到东京的儿女家中看看，但结果有些令他们失望。

平山和老伴坐了一天的火车，随后迎接他们的是陌生的东京和冷漠的儿女。大儿子没时间陪他们，时常不见踪影，难得周末带他们出去转一转，结果还被人叫去看病。他们的大女儿是一间小美容店的掌柜，便宜的饼干在她看来已是对父母的款待，价格高一些的糕点他们好像不配享用。她叫来大儿子，两个人商量如何打发父母，好让他们不至于整天待在楼上，大门不出，二门不迈。于是平山夫妇接受他们的安排，开始了一段在儿女看来费用非常划算的旅行。

目的地到了，这里的大海优美宁静，他们住的廉价旅馆却十分嘈杂，年轻人的歌声和打牌声让老夫妻无法入睡。第二天，在海边，平山决定离开东京，返回家乡。这时的他，对儿女心有不满，就像眼前海面轻微的波澜，但对孩子的爱，又像大海般宽广，愿意包容他们。

《东京物语》讲的是市井百姓的家长里短，说的是烟火人生的多般滋味。老一辈和新一辈，传统和现代，古老的亲情观念和都市生存方式，在影片中交错显现。这样的故事，放在今天依然鲜活，类似的戏码，经常在现实中上演。

老朱和平山都是东方人物，西方的父亲也会“粉墨登场”，来城市看望自己的儿女。意大利电影《甜蜜的生活》由松散的段落组成，其中有一段是男主角马切洛的父亲进城来找他。导演费里尼的镜头流畅，不过十来分钟，就清楚自然地交代出父亲的性格和经历：住在没有夜生活的小镇，从镇上坐火车来罗马要四个多小时；年轻时是个不知归家的男人，擅长对女人献殷勤，掌握一些开香槟和跳舞的技巧。这样的人，跟沉稳得近乎沉默的东方父亲不同。

儿子带他去夜总会，喝威士忌酒，看歌伎跳舞，听小丑吹奏，这比进城来的老朱和平山的生活要灯红酒绿、丰富多彩。

影片中，来到罗马的父亲一直笑声爽朗、高谈阔论，但到了后来，他突感身体不适，情绪大转。在光怪陆离的城市中，父辈们似乎都有些迷茫。面对纽约，老朱虽有教堂的塔尖做指引，但还是走着走着迷了路；面对东京，平山不清楚儿子住在市中心还是城郊；面对罗马，在黎明快到来时，马切洛的父亲突然不知自己身在何处，变得不安。这个一直在路上的人，瞬间就忘记了刚过去的快乐的夜晚，他只想赶上五点半的火车，回到小镇，回到家中。或许，父亲的这一晚正是马切洛生活的写照和预演，后者整日声色犬马，到头来不免走向落寞和空虚。

看起来，电影里进城的父亲大都有些遗憾，不无失落。城市是年轻一代打拼的地方，父辈们更多的是在其边缘行走的人。他们背着不同的往事，带着各自的心事，来到儿女的城市，面对的是意想不到也不想看到的现实。

父亲越来越小

袁利霞

父亲理发回来，我们望着他的新发型都笑了——后脑勺上的头发齐刷刷地剪下来，没有一点层次，粗糙、顽劣如孩童。

父亲50岁了，越来越像个小孩子。走路腿抬不起来，脚蹭着地，“嚓嚓嚓”地响，从屋里听，分不清是他在走路，还是我那8岁的侄儿在走路。有时候饭菜不可口，他就执拗着不吃；天凉了，让他加件衣服，得哄好半天。在院子里，父亲边走边吹口哨——全没有一点儿父亲的威严。

父亲还很有点“人来疯”。家里来个客人，父亲会故意粗声大气地跟母亲说话，还非要和客人争着吃头锅的饺子——他明知道家里有客人，母亲不会和他吵架。客人一走，父亲马上又会低声下气地给母亲赔不是。

每次父亲从外边回来，第一句话就是：你妈呢？如果母亲在家，父亲便不再言语，该干什么干什么；如果母亲不在家，父亲便折回头骑着自行车到处找，认认真真把母亲找回来，又没有什么事。

有一次，父亲晨练回来，母亲说：出去之前也不照镜子，脸都没洗净，眼屎还沾在上面。父亲不相信：我出去逛了一圈了，别人怎么没发现，就你发现了？母亲感到很好笑：别人发现也不好意思告诉你呀，都这么大人了。

家里有一点儿破铜烂铁、废旧报纸或塑料瓶，父亲都会高高兴兴拿到废品收购站去卖，卖得三元五元，不再上缴母亲，装进自己的腰包，作为公开的“私房钱”，用于自己出去吃饭或购买零食。

父亲以前生活节约，从不肯到外边吃饭，也不吃任何零食。现在儿成女就，没什么大的开支，他也就大方了，经常到小摊上去吃“豆腐砂锅面”——不放肉，不放虾米、紫菜、海带，一碗只要一元五角。父亲喜欢吃板肉夹烧饼。板肉是回族人特有的一种食物——把牛肉煮熟了，加上各种作料，压成块状，吃时，用锋利的刀片成薄片，夹在刚出炉的热烧饼里。

有一次父亲很委屈地在我面前告母亲的状：我每次都夹一块钱的肉，只一次烧饼有点大，我夹了两块钱的肉，你妈就嫌我浪费。我感到好笑极了，这哪是印象中严肃古板、不苟言笑的父亲啊，分明是一个馋嘴的孩子。我从口袋里掏出十块钱给他，让他专门用来买“板肉夹烧饼”，并刻意叮嘱他，不准告诉母亲。父亲高高兴兴收下钱出去了。第二天，我从厨房经过，听见父亲跟母亲以炫耀的口气说：女儿给我十块钱，让我买“板肉夹烧饼”。你看，还是我女儿好！

我心里忽然一阵酸楚——我们越来越大了，父亲越来越小了。那种感觉就像一个叫云亮的诗人写的诗——《想给父亲做一回父亲》：父亲老了／站在那里／像一小截地基倾斜的土墙／……父亲对我的态度越来越像个孩子／我和父亲说话／父亲总是一个劲地点头／一时领会不出我的意思／便咧开嘴冲我傻笑……有一刻／我突然想给父亲做一回父亲／给他买最好的玩具／天天做好饭好菜叫他吃／供他上学，一直念到国外／如果有人欺负他／我才不管三七二十一／非撸起袖子／揍狗日的一顿不可……

父亲二十年前的叮嘱

徐德新

天刚蒙蒙亮，父亲就挑着柴火和我上路了。那时我刚到县城里上初中，父亲的负担因此更重了。隆冬将近，父亲经常抽空上山砍柴，然后卖到县城，由此给我凑生活费以及学杂费。每个周末，我都会回家帮助父亲砍柴，然后周一凌晨再走二十里的山路到学校去。这一次，因为我额外需要五元钱的奥数测试费，所以父亲晚上又摸黑砍了一担柴，等到第二天早晨在县城卖掉后再把钱给我。

“最近钱是越来越紧张了。”父亲挑着担，边走边嘀咕。自从到县城上学，这句话我听了已经不下百遍了。一阵阵轻微的冷风袭来，天渐渐亮了，山脊的轮廓越来越清晰。有白而软的东西从空中飘下来，落在父亲的身上，倏忽就不见了。忽然又有两片落到我的鼻尖上，用手一摸也没了，鼻尖只留下一点冰凉的酸。抬头远望，雪花正从天而降，有些大一点的树叶上已经挂白了。除了扁担的颤悠和我们轻重不一的脚步声，山路静谧而空蒙。

不知不觉间，县城到了。

街上大部分的人家还没有开门。父亲挑着担，带着我挨家挨户找买主。由于担心耽误我上学，又怕柴火打湿了没人要，父亲走得很快，我能听到他的喘气声越来越大。最后终于在一条弄堂里遇到了买柴人。父亲卸下柴火，从那人手里接过一沓毛票，仔细地数了数，一共四元。父亲说：“同志，我这担柴要五块钱哩。”“什么？昨天不还是四块吗？”那人瞟了一眼父亲。“昨天是昨天。您没看我这担柴，比别人的要厚重得多吗？”父亲小心翼翼地说。

“那我不管，都是四块钱，我又没有让你搞这么厚重。”那人没有丝毫加钱的意思。“今天下雪了，您看我多不容易，就加一块吧！”父亲几乎是哀求的口吻了。

我从门缝看见那人在裤兜里掏来掏去，终于摸出一张皱巴巴的五元纸钞，然后把那沓毛票从我父亲手里抓过去，又把那张纸钞从门缝往外一扔，丢下一句话：“拿去吧！”

风裹挟着雪吹过来，纸钞落到门槛前父亲的脚下。父亲怔怔地站着，不知是因为冷还是累，他的鼻息变得忽粗忽细。等我走过去刚要把地上的钱捡起来，父亲忽然把我拉到一边，然后低下头，弯下腰，缓缓地把那张纸钞拾了起来，揣在怀里。父亲弯腰去捡钱的时候，我发现他的身体几乎弯成了一个零度角，头几乎触到了地上。父亲站起身来，对那人说一声：“多谢了！”然后转身拉着我默默离开。

“爹，你冷不冷？”等走远了，我问父亲。因为要挑担，父亲出门的时候穿得有点儿少。“你可得给我好好读书，”父亲顿了顿说，“没有别的出路，只有读书才能进城。”

雪下得越来越大，整个县城变成了一片银白色。父亲没有急着回家，他要一直把我送到学校去。“爹，本来我不想花那么多钱去参加那个什么测试的。可是老师说了，要是获得好名次，将来能保送上北京的大学。”眼看快到学校了，我终于忍不住说出了心里话。我有点想哭了，眼睛湿湿的。“测试好啊，爹和娘支持你。要是能保送上大学，那真要感谢老祖宗了。”父亲摸着我的头说，“我当年也想上大学呢！看来这个愿望你能帮我实现了。”

到了学校门口，父亲从怀里把那五元钱掏出来，塞到我的书包里，好像生怕它还会飘走似的，使劲地把书包捏了又捏。“孩子，爹还有一句话，”父亲望着我，神情与以往大不一样，“等你将来有钱了，假使也遇到了像我这样的人，你最好不要让他……”

“什么，爹？”

“在你面前低头弯腰。”

……

父亲的节日

金　鑫

那一天，参加一个集体宴会。一个长得很帅气的小男孩，转到我面前，扬着手中的一束花花草草，很兴奋的样子。这个调皮的小家伙，在一排花篮上抽抽取取，制作了一束鲜花。我逗他："给我吧。"他立刻紧张起来，将花别到身后，一口回绝："不行，这是给我爸爸的。""为什么要给你爸爸呢？"我问。他扬起小脸："明天是父亲节呀！"

哦，是父亲节。我当着众人的面夸奖他："真是个懂事的孩子。"不料，他又扬起小脸，很认真地问我："你给你爸爸准备礼物了吗？"这一问竟让我无法回答。因为，我还未曾想到过给我的父亲准备礼物。

孩子看出了我的窘相，抽出一枝康乃馨，放在我的手里，"喏，你把这花带给你的爸爸吧，他一定会很高兴的。"我接过花，看着他那张天真的笑脸，觉得这孩子是个有心人。

第二天早晨，是星期天，父亲来看我们了。父亲来，事先没有告诉我。他敲门的时候，我们还在梦乡中。看到父亲，我突然想起昨晚小男孩给我的花儿。那一枝花儿，我压根儿没有考虑带回来，顺手放在了饭桌上。我猜想，父亲知道今天是父亲节吗？

敲门声也唤醒了女儿，她揉揉眼睛，跳下床，来到我的跟前："爸爸，把眼睛闭上。"我以为她要跟我撒娇，或者做捉迷藏的游戏，便佯装闭眼。她从枕头旁边拿出一个手工做的桃子，放到我的手上。待我睁开眼，她在房间里欢呼雀跃："父亲节快乐，请爸爸吃桃子！"

父亲看着女儿，女儿看着我，我看着父亲，场面有些尴尬。父亲嘀咕了一句：“父亲节？”随即像明白了什么似的，一个劲儿地夸着女儿，真是个懂事的乖孩子，将她引到阳台上玩。父亲的举动，很明显是在帮我解围。这一天，毕竟是父亲节，可我连一件礼物都没有准备。想到这儿，我的表情有些不自然。

过了一会儿，父亲又走过来，在裤兜里摸了半天，摸出一个鼓鼓的信封来，摆在桌上：“听你母亲说，你们买房子缺钱，我们想办法凑了点，你收好了。”我坚持不要，父亲显得有点不高兴：“咱们父子之间谁跟谁呀。等你们日子过好后，再孝敬我们也是一样的嘛！”见我接下钱，父亲又开了口：“老家的杉木已成材，还有一些槐树、楝树，都伐倒了，放在河里浸泡，等秋凉时，就能动手打几件家具了，我们也帮不上你们什么大忙，能帮多少算多少。”

没说几句话，父亲就要走。留他吃饭，他说：“家里正忙着插秧，你母亲叫我早去早回。”母亲前几天刚从我这儿返乡，一定是她与父亲商量好了的。父亲说走就走，临行前，他到我的书房里，试探着问：“能不能把你写的书给我几本，带回去给庄上的人翻翻？”

拿书的时候，我突然发现书橱上有两张票，便递到父亲手里。父亲很开心：“是戏票吗？等秧插完了，陪你母亲来，她喜欢看戏哩。”

父亲拿着书，又带着戏票，欢欢喜喜地走了。我手里捏着父亲送来的厚厚一沓钱，沉默了好一阵子。

父亲给我的世界

莫 菲

我一直为这件事难过。我生命中那么重要的一个人，我却欠了他一个称谓——一个本应是至亲的称谓。

他是我的继父。

我是在 6 岁那年拥有这个父亲的。拥有这个父亲之后，我便被寄养到了 30 公里以外的外祖母家。不是他多嫌我这个女儿，而是我这个女儿实在不愿意和他生活在一起。我不知道自己为什么那么排斥他，反正就是不能容忍和他在一个屋檐下过活。就这样，我宁肯被每日思念母亲的痛苦折磨着，也要执意住到外祖母家。长久的不相见，使我和我的父亲越发地生分起来。有时他来探望我的外祖母，我放学回家瞄见了他支在院子里的自行车，便悄悄溜掉，跑到艳芝家，直到外祖母找来，才不得不跟着她回家去。

读初中的时候，我性情暴烈的舅舅因为一件小事得罪了某大队干部，那个大队干部因此给了舅舅许多苦头吃。家里人都以为这事以舅舅的遭报复而告完结了，谁知道竟波及了我的升学。那时候初中升高中是要大队干部“推荐”的，我没有被“推荐”上——虽然我成绩不错。

我早就厌烦上学，这下好了，我终于可以在家自在待着了。我的外祖父十分纵宠我，平日里看我写作业总是忍不住要劝我“歇会儿”的，这下好了，老头儿不必再因为看外孙女受苦而心疼了。

但是，我的父亲却为这件事急坏了。他一趟趟地往外祖母的小村跑，那段时间，院子里总支着他的自行车。他找了许多关系，被人拒绝，遭人奚落，但他却不肯轻易放弃。他辗转找到了我母亲早年的一个同事，拎着挂面和鸡蛋登门拜望人家，结果，人家收下了挂面和鸡蛋，却忘了收下我这个学生。

就在心被戳痛的那天晚上，我的父亲哭了。我没有看见那一幕。我照例到艳芝家去玩了，照例玩到困倦了也不愿意回家。后来我听外祖母讲，就在我玩得不愿意回家的时候，我的父亲为了我没有学上哭了。揣想着他摘掉深度近视眼镜擦眼泪的样子，不懂事的我，竟以为那是件有趣的事情。

他又设法托人找关系。终于，我被耿庄中学收留了。那所学校距离外祖母家有 10 公里远，来回骑车十分辛苦。放学回家，把书包一丢，我便开始向外祖父大撒怨气。外祖父连声叹气，说："不去了！明儿咱不去了！"

我在耿庄中学读了一个月的书，就转学到了父母所在的县城中学。后来我才知道，父亲把我安排到耿庄中学去读书，采取的是"曲线救国"的方法，先让我在那里取得学籍，然后再顺理成章地转到管理比较规范的县中去读书。

父亲的家境很贫寒，他一度做过染布的差事，记忆中他的手上总渍着蓝绿颜色。就是那样一双手，却总是变魔术般变出一些钢镚儿和破旧的毛票，递给我，满足我吃零嘴的嗜好。

1978 年我高中毕业，那是恢复高考制度的第二年。我自然报了名，要参加高考。

迈进考场的日子一天天临近了。那天，我的同学改子来找我，捋起袖子说："看，手表。我爸给我借的，考试的时候戴着它好掌握时间。"

我没有说话。虽说我也特别希望父母能给我借块手表，但我努力说服了自己，没向父母提这事。

高考的前一天，父亲那善于变魔术的手居然给我变出了一块手表！

那手表不是借来的，是父亲去石家庄给我买来的。那是一块海狮牌手表。我一辈子都忘不掉手表上那个海狮顶球的图标。那块手表的价格，对于我们这个贫寒的家庭来说无疑是天价，但那天价的手表，却真的被父亲买回来了啊！

我拿着那块手表，尝试着将它戴到腕子上。黯淡的房间，黯淡的光线，只有我手上的手表是明晃晃的。我的父亲、母亲、弟弟、妹妹团团围住我，要看着我把那块明晃晃的手表戴到腕子上。那一刻，处在这个仪式中央的我，突然想放声大哭……

我戴着那块海狮牌手表，走过了高考，走进了大学校园，走上了工作岗位。

在远离父母的一座北方城市里，我做了一名光荣的人民教师。

成家后的第二年，我的孩子就急迫地来向世界报到了。

父母来看我，看到要强的我被忙乱包围着，连口热乎的饭菜都很难吃上，我的母亲当场就掉了泪……

时隔不久，父亲去广州出差，一眼就相中了那种刚刚面市的电饭煲。他毅然掏钱买了下来，背着它跑了大半个中国，又亲手教我煮好了一锅米饭，这才放心地笑了……

直到今天，我依然不会对父亲开口叫一声“爸”，但在我心中，我一直熟稔地使用着这个称谓。

父亲一天天老去，我一天天惶恐地意识到无论我怎样努力都难以报答他对我的恩情。父亲给我的爱，清醒而又绵密。他为我计划得长远，却又不曾忽略我最实际的需求。我不知道亲生的父亲又能在那爱上附加些怎样的成分。

我在意这样的时刻——拨通家里的电话，告诉父亲说我又和一家出版社签订了出书合同，我愿意详细地向他老人家汇报我新书的字数、印数、版税、出版社、出版日期、责任编辑等繁杂琐碎的信息，我愿意听到父亲欣慰的笑声，我愿意听到父亲温和的提醒；每当看到我的学生和他们的继父、继母发生抵牾，我都心如刀割，我甚至顾不上掩藏自家又酸又涩的隐私，把挂面鸡蛋的故事、钢镚儿毛票的故事、海狮手表的故事和电饭煲的故事一股脑儿地讲给别人听。我学着疼自己，关照自己的胃口、容颜和心情，不容许自己草草地打发掉自己，每天每天，太阳照到我的时候，我都渴望能在心里对它说一声：“让我们来交换光明！”

我已明白，人，要为爱自己的人，好好活。

我和父亲的战争

杨昊鸥

我和父亲的战争一打就是十几年。

战争的初级阶段写满了我的屈辱。那时，我像一只小鸡被他那双练过举重的、长满肌肉疙瘩的胳膊架起来，被打得呼天喊地。父亲打我的英雄事迹在我们那条街可以说闻之者色变，晚上隔好几栋楼也能听见我的哭喊声，不知道的还以为是上饶集中营搬过来了。

父亲本着“不打不成才”的指导思想，问心无愧地殴打着他唯一的亲生儿子。我估摸着如果当时有现场摄像的话，那一定会被列入不可公映的限制级。在我的记忆中，衣架、电缆、皮鞋、皮带、竹竿、球拍……都和我的臀部亲密接触过。而获罪的名目也很多，考试没有考好要挨打，练球不认真要挨打，连吃饭插句话脑门上也要挨一筷子。我整天如履薄冰、战战兢兢。当时还广为流传一个段子，说我到医院看眼科，医生说看书的时候要隔一尺远，我说没法量，我家的尺子是用来打我的。

当然，哪里有压迫哪里就有反抗。我曾经用毛笔在报纸上歪歪扭扭地写了“打倒法西斯”，贴在父亲的办公室。这体现了我自幼就有谦谦君子的风度，动口——不，动笔不动手，那时我还没有胆大到当面动口的地步。最让我感到屈辱的还不是皮肉之苦，这源于从小父亲就给我讲《红岩》的故事。最窝火的是每次行刑完毕，父亲都要瞪眼呵斥：“知道错了没有？”我只得声如蚊蚋地回答：“知，知道了。”父亲还给我讲过韩信受胯下之辱和勾践卧薪尝胆的故事，让我佩服不已。于是乎，我每挨一次打就在日历上画一个圈，大有结绳记事之意。毛主席说世界归根结底是我们的，我从小就会用辩证发展的眼光看问题，料定了战争的最终结局。

我上初中以后战局开始有了转机，虽然挨打，但我方气势十足已是输阵不输人。每每开战，必是我先断喝一声："不准打人！"常常是话音未落就先吃了一耳光——我挨打是有经验的，巴掌下来时顺势将头一甩，拿捏得就好像指甲在脸上挠痒痒。我不喜欢上课，不喜欢做作业，但这并不代表我不爱学习。王朔在《动物凶猛》里面说：我们心安理得地在学校学习那些将来注定要忘记的东西。我就比较幸运，我初中学的东西至今以至将来都不会忘记。语文教师时常拿我的空白作业本和上课时偷看的《诗词格律》去父亲那里告我的恶状，这时父亲是很开明的，回来又把书还给我。但是，每到考试结束，父亲就觉得脸上挂不住，少不了一顿饱打，之后的一段时间里自然是动辄得咎。我在初中的时候已经长得腰圆膀粗，严刑拷打视若等闲，棒子培养了我棒子一样直通通的臭脾气，父亲大人有时心情不顺施刑于我，我一脸大义凛然，自以为没有错就绝不认错，常常气得父亲吃头痛药。

印象中上高中以后就没有挨过打了，也许是因为父亲要仰起头打我不很方便，也许是因为我还能一把抓住他扇过来的巴掌——我常作此遐想，过瘾得很。

我们采用了实力较为均衡的较量，就是吵架。在吵架方面，父亲的优势是嗓门大，而且有一种毫无根由的居高临下感；我的武器则是三段论。譬如高二选择文理科，父亲一直坚持要我读理科，理由是莫须有的。我的反驳推论如下：

大前提：聪明而且感兴趣的人读文科绝对可以在人文领域开疆拓土，其成就绝不比读理科差。

小前提：我符合聪明和感兴趣的条件（这一点父亲不能推翻）。

结论：我当然可以而且必须读文科。

我就这样一次又一次在或大或小的战役中一点点地收复失地。当然，父亲的抵抗从来没有退缩过，他是中文系的研究生，读过圣贤或非圣贤的书，这使我们之间的战争有了些文化含量。我们常常在吃饭的时候争得脸红脖子粗，然后两人一起丢下饭碗各自冲进自己的寝室。我和父亲各有两个书橱，一阵哗啦哗啦拉开玻璃门的声音之后，我俩各持一卷冲杀过来。我在历史方面不如父亲，不过有些东西我个人偏执地认为不知亦不为耻。父亲的劣势在于知识构成过于单一，对方位上偏西方和年代上偏当代的东西近于无知，而且理论基础薄弱，这让我有了耀武扬威的天地。有一次，父亲在饭桌上说起余杰骂余秋雨的文章，一边摇头作惋惜状一边感叹："蚍蜉撼大树，可笑不自量！"父亲是喜欢余秋雨的，但他不知道他的儿子当时是余杰狂热的崇拜者。我问："你有没有看过余杰的书？"父亲说没有。我说："没有看过就不要乱说！"得胜的感觉至今想来不胜快哉。

吵架之后，以笔为枪以笔为矛的战斗方式一直延续到现在。最有戏剧色彩的战役是我和父亲同题相竞，结果两篇文章发表在同一报纸的同一版面上；拿着同一天寄到的同一数目的稿费，我们互相得意地对望一眼。以至我现在在外求学，父亲常寄他发表的文章给我以示挑衅。

我是暑假到家才知道父亲原来已经病重卧床多日。父亲见我劈头就是："这半年读了什么书？稿件全部拿出来！"我一边打开包摸出厚厚的一沓稿件递给他，一边说："凶啥子凶！你现在这个样子还能打赢我？"父亲说："来嘛！你还嫩得很！我当年练举重的时候……"母亲在一旁默默地看着血压计，笑了。

我端着可口的午饭坐在父亲的床边，父亲趁母亲不在悄悄地对我说："我吃口辣椒。"我用勺子把盘子里的辣椒舀出来，扔掉，盛起一个嫩肉丸子塞到父亲的嘴里，说："你也有今天！"

父亲的高考

德川咪咪

他的大学梦

1977年，教育部决定恢复高校招生统一考试制度。那一年，我父亲22岁，已经当了4年搬运工，因工作勤奋、表现良好，被提拔为司机。这份工作比搬运工轻松很多，出车结束后大家还会结伴去游泳。

有一回游泳的时候，另一个司机告诉父亲，他们工厂有个女工的哥哥参加了当年的高考，并被复旦大学录取了。

30年以后，在我的选课书上，父亲指着“复旦大学名师 ×××”这行字说：“也许就是从听说他考进复旦的那一刻起，我就想着要去考大学了。”

那个时候，考大学这条路并不好走。我爷爷很年轻的时候就因肝癌去世了，奶奶为了抚养家中3个孩子，白天在商店做营业员，晚上就着昏暗的灯光做缝纫补贴家用。家境艰难，甚至时常温饱堪忧。

父亲有两个妹妹，我的大姑姑去了崇明下乡，小姑姑还在中学念书。

他只能把大学梦深埋在心底。1978年，即恢复高考的第二年，又有两个同事分别考上了复旦和同济，离开了工厂。告别宴上，考进同济大学的同事告诉我父亲，现在，国家对于非应届考生有政策照顾，只要工龄满5年，就能够带薪读书。

到1978年10月，我父亲的工龄正好满5年。“就这样，再也没有什么理由能阻止我去考大学了。”

下决心迎考时，天还很热，蝉鸣如涛，福州路的人浪却甚于这滚滚热浪。“高考资料一到书店就会被一抢而空，考的人太多了。”为了买到《高考大纲》，他排了两个小时的队。

父亲买到教材翻开以后，仿佛一桶凉水浇了下来。“考纲里列出的数学考试范围从四则运算一直到数列，我没上过高中，看数学，就像看天书一样。”

但父亲不想放弃，拿到考纲之后他就开始制订复习计划。那时候家里只有一套范文澜所著的《中国通史简编》，他就从这套《中国通史简编》开始看起。直到 1979 年春节，书店里的高考资料开始多了起来，他才买到正规的复习资料。

忠于自己

他开始全身心投入复习迎考。傍晚 5 点，工厂下班，他便直奔上海图书馆，一直学习到图书馆关门。回到家以后，还要继续学习到第二天凌晨。

当时父亲一家住在太仓路。我从未见过那个仅 6 平方米的亭子间，但它一直存在于家族的传说中：屋子里灯光昏暗，奶奶经常坐在缝纫机前做工，还在读书的小姑姑则把洗衣板翻过来当成桌面，趴在床上做作业。没有写字台，父亲就把一高一矮两个五斗橱拼在一起，把书放在高的橱上，自己站在低的橱上，就这样站着看一晚书。这样的复习他坚持了 5 个月，到 1979 年 3 月，国家取消了“工龄满 5 年可以带薪读书”的政策，改为颁发“职场助学金”。学费没了着落，大学梦再次遥远起来。那时，他已经被提拔到机关里“坐办公室”，在那个年代这是很多人都羡慕的工作。于是，他打算放弃高考。

复习停掉了。之后的两个多星期，突然空出大把时间，他却怅然若失。父亲想到自己已经努力了 5 个月却要放弃，总有点儿不甘心，后来再一想，即使被录取，读不读的决定权仍然在自己手里。

适逢 3 月，春暖花开，逐渐昼长夜短。他买了一张公园的月票，每天清晨 5 点到 7 点去晨读。

高考如期而至。1979 年 7 月，父亲向单位请了一个星期的假，搬去他的小学同学家中复习备考。

高考 3 天，酷暑难当，父亲几乎没合过眼。头两天，他顺利地考完了语文、数学、历史和地理，第二天晚上全身心地投入政治考试的复习中。那时，他的小学同学在菜市场上班，天不亮就要去卖菜。

7 月 9 日凌晨 4 点 30 分，同学从床上爬起来，看到父亲仍然在写字台前挑灯夜读，惊讶地问了一句：“咦，你又一个晚上没睡觉吗？”父亲头也没抬地“嗯”了一声。同学也不再打扰他，起床后出门工作去了。清晨5点左右，天色还早，父亲扭头看到同学的床空着，便打算上床休息一会儿。

被幸运眷顾的人

不知道过了多久，父亲猛然从床上惊起，手表上显示的时间是7点30分，离开考只有半个小时了。前两天他都是乘96路公交车去考试的，周末早晨7点多车少人多，公交车还经常脱班，从住处到考场总共要花费45分钟左右。那时候没有自行车，更没有出租车。而高考的考场规则中规定：迟到10分钟者取消考试资格……他的大脑里“嗡”声一片，一瞬间不知道有多少想法掠过，最后只剩下一个信念：跑跑跑……他背上书包，狂奔下楼，准备穿过陕西路，沿着肇嘉浜路一路长跑去考场。“那一路简直是和时间赛跑，和命运赛跑，如果迟到了，那我的人生就不一样了。”

跑过一段路他才觉得有些异样，原来熙熙攘攘的大街上那天却空空荡荡。他才想起这天是周一。快跑到文化广场时，他听见身后有喇叭声。他回头一看，一辆96路公交车正慢慢地向他开来。

“因为那天是周一，公交车放得多，开过来的是一辆脱班的96路车。那天人很少，路况特别顺，7点55分就到了考场。现在想想简直太惊险了。如果不是周一，如果不是那辆公交车脱班，如果我多睡了5分钟，那就是长跑也没法按时到考场了。”

跳下车后，父亲看了看手表，离政治考试开考还有5分钟，大部分同学已经进了考场。刚才的一番波折让他“太狼狈了”，于是他没有急着进考场，而是在学校门口稍事休息，顺便看了一眼黑板报。

3分钟后，考试的预备铃声响了起来，父亲走进考场。

谁知拿到政治考卷打开一看，刚才在黑板报上看到的那篇文章正好是考试的最后一道大题。父亲当时目瞪口呆，然后便欣喜若狂。“如果我自己去答的话，可能只能拿到一半的分数。我把刚才看到的那篇文章的内容写了进去，这道题目就答得非常完满了。”就这样，政治考试顺利地结束了。

在1979年的高考中，他的政治考了84分，总分347分，高出复旦大学录取分数线41分。就这样，父亲考进复旦大学，成为1979年复旦大学中文系58个学生中的一个。

快递里的深情

艾　科

自从故乡小镇上有了快递网点后，我隔三岔五就会给在老家的父亲邮寄一些物品。起初，父亲听说需要凭借手机取件码才能取快递，吓得不知如何是好——思想保守的他，最怕接触新鲜事物。他生怕一不小心就把银行卡里的养老钱“捣鼓”没了，所以给他买的智能手机，也成了可有可无的摆设。

父亲的忧惧丝毫阻挡不了我往家里邮寄东西的热情，每次收到取件短信后，他都不得不硬着头皮开着电动三轮车，去距家 4 公里的集镇上取件。一段时间过后，取的快递多了，父亲便不再惧怕其中的“深奥”与“烦琐”，以至再收到取件短信时，都会喜不自胜地直奔集镇。而快递，也成了我们父子之间紧密的温情纽带。

一个平淡无奇的周末，我打电话告诉父亲，我准备再给家里邮寄一点东西回去。父亲忙不迭地一口回绝：“家里什么都有，千万别乱花钱！”我说东西都已打包，明早就能发出。父亲一听木已成舟，也就不再做无谓的争辩了。他放低声音问我这回又寄了什么，我说有给奶奶的保健品，给他的茶叶，给小侄女、小侄子的烧鸡，还有一些山野干货。

后来的日子里，我经常出其不意地给家里寄东西，父亲每次收到快递后，都会打电话将我“训斥”一番，且每次“训斥”的时长都在一刻钟以上。父亲的“训斥”蕴含着一个规律——先是将我“骂”得狗血喷头，后又对我关怀备至。不管父亲多么怒火中烧，我都会心花怒放，因为从他那声情并茂的“训斥”里，我能够感受到父亲很是享受在乡亲们的见证下，频频收到儿子寄来“孝心包裹”的自豪感。而对我来说，能够时常在电话里听到父亲“声嘶力竭”的“训斥”，亦是十分开心的事，至少可以说明，声如洪钟的父亲，身体依然康健，精气神依旧十足。

一个春日的下午，我突然收到一件发自老家的快递，拆开一看，顿时泪奔——里面是一双父亲做的布鞋，这也是他老人家给我寄的第一件快递。我记得曾在无意间和他说过，我特别喜欢穿他做的布鞋，没想到随口说的一句话，父亲竟然记在了心里，并重拾起搁置了多年的手艺，给我做了这双布鞋。父亲的视力虽大不如前，体力也每况愈下，但针线活的功夫依旧不减当年。那一针一线犹如他那鬓角的白发，洗尽了平凡岁月的铅华，凝结着血浓于水的真爱。捧着那双布鞋，我再度潸然泪下。

渐渐地感受到了快递带给生活的便利后，父亲也开始频繁地给我邮寄东西，只是他寄的物品大都非常经济实惠。比如，春天，他会给我寄香椿和野菜；夏天，寄瓜果和蔬菜；秋天，寄玉米和黄豆；冬天，寄土豆和红薯。自家地里一年四季产的粮油果蔬，他都会第一时间给我寄来让我尝鲜，以至后来他每次给我打电话的结束语，都变成了“缺啥少啥和我说，我给你用快递寄过去”。

快递，让相隔两地的父子，忘却了时空的距离。我们频繁给对方邮寄的东西，并非都是真正所需之物，我们邮寄的，其实是一份份沉甸甸的期盼、祝福和牵念。在多少个无眠的夜晚，我看着父亲寄来的包裹泣不成声，但我希望父亲不要像我这样伤感。我期盼自己寄出去的每一份快递，都是一剂纾解思念之苦的灵丹妙药，更祈愿这一份份蕴含在快递里的绵绵真情，会馨香恒远、历久弥坚。

长　夜

胡　炎

父亲从ICU转入呼吸科普通病房，就像去鬼门关转了一遭，有惊无险地回来了，林涛禁不住再次落泪。

夜色降临，陪护的家属们见缝插针，把简易床搭得连个下脚的地方都没有。林涛坐在椅子上，两肘支着床沿，看着父亲头顶上方缓缓滴落的药液。他不知道今晚的输液要持续到什么时候，但他愿意就这么一直输下去，看那些小小的液滴跳起生命的舞蹈。

房间里充满了各种声音，三个老人已熟睡，包括父亲。父亲的呼噜尽管不如平时底气足，却依然雄壮，出气时偶尔还能发出悠扬的哨音。一个中年女性显然被吵得无法入眠，不时烦躁地翻着身。另一个精瘦的老汉始终坐着，嘴里自言自语。最让人受不了的是邻床那个黑脸男人，一声接一声地咳，似乎要把肺叶咳出来。他的妻子正给他捶背，用了很大力，手下发出“咚咚”的响声。父亲显然受到了搅扰，半梦半醒着，间或抬起头，左右打量一下，又接着睡去。林涛索性用卫生纸团了两个球，塞进父亲的耳朵里。

“不好意思啊！”黑脸男人在咳嗽的间隙向他致歉。

“没事。”林涛表示理解。

黑脸男人苦笑道：“我这是自作自受。一辈子没别的爱好，就爱喝两口，没想到被一口酒呛了肺，嗐！”话音未落，又咳了起来。

他的妻子许是憋久了，终于忍不住发了火：“钱没挣几个，都让你扔进了医院。接着喝呀，喝死拉倒！”她气呼呼地躺下，任由自己男人没完没了地咳下去。

林涛递给黑脸男人一个讪笑，转脸看着父亲枕边的监测仪。他看不懂那些变化的曲线，但他知道那些跳动的数字代表什么：绿色的是心率，蓝色的是血氧饱和度，黄色的是呼吸频率，白色的是血压。此时，监测仪"嘀嘀"的鸣叫和父亲的鼾声，对林涛来说，不啻为人世间最美妙的音乐。

父亲的腿在往上蜷，身子也扭动起来。林涛知道父亲要小便，他把接尿器拿过去，用一只手帮父亲。从小到大，这还是他头一次接触父亲的私密部位。父亲尿得很多，足足持续了一分多钟。林涛接完尿，看到那瓶药也输完了。他叫来护士，趁她换药的时候去了卫生间。倒完尿，他没有立刻出去，而是匆忙地抽了支烟。他发现，这段日子他已经有了不大不小的烟瘾。

已是凌晨，林涛困极了。在ICU时，虽然神经紧绷，倒不必如此操劳，但在这里，什么事都得亲力亲为。他伏在父亲脚边打盹儿，可又不敢睡过去。恍惚中，他闻到了一种怪怪的味道。仔细嗅嗅，竟是烟味。这倒怪了，病房里哪来的烟味？他抬起头四下张望，六个病人中五个都睡着了，唯独那个坐在床上的精瘦老汉在偷偷抽烟。林涛顿时气不打一处来，这还有点儿公德吗？一屋子呼吸道疾病的患者，都在接受他的二次伤害。林涛真想过去揍他，但终究克制住了，只是冲到护士台，说："有人抽烟！"

"什么？"满脸倦意的护士似乎不大相信。

"有人抽烟！"林涛大声重复了一遍。

护士蹙蹙眉，快步走进病房，不容分说夺了那个精瘦老汉的烟："干什么你！"所有人都在她尖厉的嗓音中醒来，大伙儿同仇敌忾，一起声讨这个害人害己的老人。

"家属呢？怎么也不管管！"护士厉声问。

老汉的儿子正猫在墙角熟睡，疲惫至极的样子，眼泡也肿着。他终于从大梦里爬起来，张口就是一句"他妈的"，倒让大伙儿愣住了。

"他妈的，你作死呀！"

谁也没想到，老汉突然抬起两只手，左右开弓扇起自己耳光。他一边扇，一边咳嗽，后来开始哭哭笑笑。没人能够制止他，护士无奈，离开了。老汉的儿子对大伙儿说："叫他扇，神经病！"说完，他倒头继续呼呼大睡。约莫过了半个小时，老汉终于筋疲力尽，怪笑了一声，倒在床上，片刻便发出了雷鸣般的鼾声。

这一夜，林涛无眠。他发觉自己的愤懑正一点点散去，代之而起的竟是一种难以名状的感动。他看到那个老汉的儿子悄悄起身为老汉掖了掖被角，还有黑脸男人的妻子，在丈夫骤起的咳嗽声中抬起头，观察着他……林涛想，不管怎样，在那些枯萎的生命前，他们和自己一样，陪伴着、守护着，也许有点儿麻木、有点儿怨怼，但他们始终和生命的长夜同在。是的，此刻，在这个病房里，每个人都是长夜里的同行者，也是灵魂的慰藉者。

林涛似乎听到了药液滴落的声响，就像一只看不见的手，把那些下降的生命从幽暗的深渊里往上拉，一下，又一下，顽强地持续着……

聆听父亲

|

张大春

我父亲教我认字的招数极多，我不知道将来是否应该照样移植到你的身上。这一点着实令人困惑——我猜想我能够认得的字都与一连串定型定性的故事有关，于是这形成我对个别文字的成见。

我曾经跟你说过，祖家大门的一副对子是请雕工刻的，长年挂着，一到腊月底，卸下朱漆雕版墨漆字，重髹一遍，焕然一新。联语从来都是："诗书继世，忠厚传家。"我父亲来台之后，配舍在眷村之中，便改成："一元复始，万象更新。"有时下联也写作"大地回春"。

我最早认识的大约就是联语上的这些字。在上学认字之前，我父亲总是拿这些字当材料，一个字配一个故事。多年以后，我只记得"象"的故事。大意是说，有个善射的猎户，受一群大象的请托，射杀一头以象为食物的巨兽。那猎户一共射了三箭，前两箭分别射中巨兽的两只眼睛，第三箭等巨兽一张嘴，正射入它的喉咙。此害一除，群象大乐，指点这猎户来至一片丛林。群象一卷鼻子就拔去一棵树，拔了一整天，铲平林子，地里露出几万支象牙，猎户因此发达。至于那巨兽有多大呢？据我父亲说，一根骨头得几十个人才抬得动，骨头上有洞，人可以往来穿行。

说这些故事的时候，多半是走在路上。大年下，父亲牵着我在纵横如棋盘的巷弄间散步，经过某家门口便稍做停留，看看人家的春联写了些什么。偶尔故事会被那些春联打断——走不了几步，父亲便分神指点着某联某字说："这副联，字写得真不错。"或者："这副联，境界是好的。"

等我念了小学，不知道在几年级时，自家大门口的联语换成了"依仁成里，与德为邻”。父亲解释，这是为了让邻居们看着高兴。据我对巷弄间穿梭打闹的孩子们的观察，没有哪家邻居会注意我家大门边写了些什么。我家与邻人素来相处不恶，应该是往来串访不多、难得龃龉之故，跟门上的春联显然无关。但是，我注意到一个细微的变化：父亲同我再闲步于里巷间时，竟不大理会人家门上新贴的对联了。有时我会问：“这幅字写得怎么样？”或者：“这副联的意思好吗？”他才偶掠一眼，要么说：“这几个字不好写！”要么说：“好春联——难得一见了。”

上高中后，我开始读帖练字，父亲从不就个别字的解体构造论长短，偶有评骘，多半是：“《张猛龙碑》临了没有？”或者：“米南宫不容易写扎实，飘不好飘到俗不可救。”那是1971年前后，我们全村已经搬入公寓式的楼房，八家一栋，大门共有。彼时，我们父子俩几乎不再一道散步了。有一年，热心的邻居抢先在大门两边贴上“万事如意，恭喜发财”。我猜父亲看着别扭，等过了元宵节，他才忽然跟我说：“赶明年，咱们早一天把春联贴上。”

这年岁末，我父亲递给我一张字条，上写两行：“水流任急境常静，花落虽频意自闲。”中间横书四字：“车马无喧。”接着，他说：“这原是贴在咱祖家北屋正门上的，你写了贴上吧。”一直到他从公务岗位上退休，我们那栋楼年年贴的都是这副联。

我在父亲退休那年的腊月里出国，到过年了才回家，根本忘了写春联这回事。这一年大门口的联语是舅舅写的，一笔刚健遒劲的隶书：“依仁成里，与德为邻。”横批是：“和气致祥。”

我问父亲，怎么又“邻”啊、“里”啊起来。他笑着说：“老邻居比儿子牢靠。”我说这一副没什么个性，配不上舅舅的字。他却说：“之前那一联，作隐士之态的意思大些，还不如这一副。”说着，他又掏出一张纸片，上头密密麻麻地写着：“放千枚爆竹，把穷鬼轰开，几年来被这小奴才，扰累俺一双空手；烧三炷高香，将财神接进，从今后愿你老夫子，保佑我十万缠腰。”横批是：“岂有余膏润春寒。”我笑说：“你敢贴吗？”父亲说：“这才是寒酸本色，你看看满街春联写的，不都是这个意思？还犯得着我来贴吗？”我回首前尘，想起多年来父亲对写春联、贴春联、读春联的用意变化，才发现，他的孤愤嘲诮一年比一年深。我现在每年都作一副春联，发现自己家门口老有父亲走过的影子。

漫长的告别，亦是相聚

|

明前茶

一

“与父母告别，是人到中年最不愿深想，却又不得不面对的功课。”于辉说这话的时候，是两年前的中秋节，她的老父亲刚被诊断为肺癌晚期。她心里很乱，主治医生跟家属交代各种注意事项时，她只见医生的嘴在翕动，却完全没听明白医生在说什么。她内心只有一个念头在轰响：我的父亲，多才多艺、永远是家中顶梁柱的父亲，居然要倒下了，这是多么荒诞的事情啊！

于父是南通一所大专院校中文系的副教授，退休后回到乡间生活。他在老宅周围的隙地上种花，用了十多年时光，将老宅改造成花园中的房子。在于辉姐弟的眼中，什么活计都难不倒父亲。他会好几种乐器；他的书法亦写得很好，一到过年，全村的春联都归他书写；他还有一手好厨艺，于辉记得自己读博士的时候正在怀孕，那年端午节，父亲突然背着一个大背篓，出现在博士生宿舍，给于辉和室友们带来色香味俱全的硬菜：红烧鳝段、红烧蹄髈、十三香龙虾，还有一大包咸蛋黄肉粽。

退休后，父亲还迷上了视频拍摄和剪辑，将自己的乡居生活、所见所闻、花开花落都拍摄成小视频，配上音乐、字幕，传给远方的儿女看。他一直是个无所不能的中年人的样子，所以，于辉虽然已经结婚生子、年届不惑，但只要回到娘家，就感觉自己还是一个备受宠爱的少女。父亲会骑自行车带着她去赶集，给她买山药蛋做的糖葫芦吃；父亲会观察卖风筝的手艺人是怎样做软翅风筝的，将那些复杂的工序都记在心里，回家后，立刻去家中竹园，砍竹削篾，为女儿也做一只。所以，只要回到娘家，于辉就能休养生息，从中年返回少年。父亲的健硕与能干，让她误以为这种生活是永恒的。而今，命运突然在暗处发出裂帛之声。

二

于辉姐弟没有把病情的严重程度向父亲和盘托出，但父亲是何等聪明之人，于辉不相信能瞒得过他。

表面上，父亲是豁达的：出院后，儿孙频繁地来探望，他依旧平静地带着小拖车，与母亲一早就出门买菜；他会写“秃头老于又回来了”之类的行草，裱好，张挂起来，来调侃自己的变化，得意于在病魔收拢爪尖的时候，自己依旧从容洒脱。但知父莫若女，于辉依旧会敏锐地捕捉到父亲的慌张。

他的药快吃完了，新买的药刚用加急快递发货，他为此焦虑了一天；他记不起专家的名字了，满脸是迷路小孩的惶恐；包饺子，他忘了放盐……他忽然而至的软弱与慌张让人揪心，是的，若不是深受病情的打击，像父亲这样坚强的人，何至于看到紫薇花的颜色由浓转淡，就落下泪来？他也不至于看到女儿在微信朋友圈晒出往返老家的一百多张高铁票，就忐忑不安地问：“闺女，都是我拖累了你，将来，回想起这段生活，除了劳苦，你会觉得一无所得吗？”

最后这句话提醒了于辉，她意识到，要令父亲感到安心，两代人都必须像扬去稻谷中的稗子一样，用力晃动自己的所思所想，扬去那些临近告别时分的惊慌、软弱与忧郁。她必须为每周回家探望父亲的漫漫长途，寻找新的意义。

她记起自己看过的电影《遗愿清单》，一位亿万富翁与一位黑人汽车修理工同样步入了生命的倒计时，他们是怎样完成生命中的未了心愿的？

这个充满感伤与吸引力的命题，如今也来到了她的生活中。因为父亲的病，于辉的先生推掉了去北京进修的机会，弟弟关掉了他的麻辣烫店，一家人整整齐齐地围绕在父亲身边。如果仅仅是为了陪伴父亲度过最后的时光，只剩下面对病魔的无奈与感伤，那么，家人的探望越是频繁，家人的爱越是深厚，家人对他越是有求必应，父亲心中累积的负疚感恐怕越是沉重。

她必须想办法，让父亲感受到自我的价值，从而平静安然地接受这些为了告别的相聚。

三

于辉想出的办法，是与父亲一同重读《唐诗三百首》。她的理由是，作为理工科博士，她如今专门与发电厂的管道材料打交道，文学方面的记忆已经被消磨得差不多了，她想补补课。父亲听闻自己还有这等余热可以发挥，欣然应允。他特意请人在庭院中搭了一座竹木小亭子，收了农家晒干的稻草来铺盖亭顶，并在亭子里安设茶几一张、软凳三两只。天气好的时候，就与女儿在里面喝茶、品诗。

父亲通晓音律，有时，他还为唐诗《春江花月夜》配上曲调，吟唱出来。从“春江潮水连海平，海上明月共潮生”的开阔，到“江天一色无纤尘，皎皎空中孤月轮”的喜悦；从“不知江月待何人，但见长江送流水”的怅惘，到“此时相望不相闻，愿逐月华流照君”的深情……他吟唱时，于辉在一旁弹拨古琴。一曲毕，二人久久不言，沉浸在春江花月夜的场景中，完全忘记了尘世中的种种无奈与苦痛……从一年前的初秋开始，每个周末，于辉都会回家上一堂这样的“诗词课”。这使她想起美国作家米奇·阿尔博姆的《相约星期二》中，罹患渐冻症的大学教授莫利，将自己的生命当作活教材，与他的学生相约在每周二，讲述为期 14 堂的“生死课”。于辉私下里期待，父女俩的课可以上得久一点，再久一点。上完唐诗，还有宋词；上完宋词，还有元曲。

父亲偏爱沉郁顿挫、悲凉慷慨的杜诗。一谈起杜诗来，他就忽然恢复了当年在讲台上的精神头，踱步来去，敲打案几，为于辉领悟的确切而激动，或者为于辉感受的浅近而焦急。他忘了自己还有多少时间，忘了一针自费药的价钱，忘了化疗时那翻江倒海的难受劲儿。他豁达地说：“女儿，我竟然有机会重讲杜诗，我要感谢你，不知道为什么，讲起诗歌来，好像生老病死都不那么可怕了。老爸虽然没有老杜的才气，没有给你留下一首好诗，可将来，你会记起这个月夜，记得多少年前老爸是怎么跟你说杜甫的诗的，那一天你会忽然记起我来，我们就好像重逢了。”

终于，父亲不再为他的病如此拖累儿孙而满心歉疚了，他接受了于辉的说法："现在的人忙于生计，都聚少离多。但是老爸，你这一病，让我们明白，人间最珍贵的是什么。"既然短的是相聚，长的是分离，成年子女与父母之间，可以交心的相聚就更难得，所以应该对这种相聚心怀感恩。

又一个秋天到了，桂花香了，剃了光头的父亲还活着。在父亲的"吟诗亭"里，父女二人围绕古诗的漫谈还在继续。于辉意识到，亲情像桂花一样，近嗅香味浅淡，若你在月夜下远远行来，它却像风中的蜜糖一样丝丝流淌。它如此浓烈，给你安慰，让你意识到，生之幸福、爱之幸福，是告别也泯灭不了的。

怎能忍心

野　莽

一九五七年，我的父亲被“贬黜”到湖北南山一个名叫天宝的区去做区长，母亲随夫远迁，工作地也由县城调到天宝区政府所在的蔡家坝。

我和弟弟坐在一副庄稼人挑谷的箩筐里，由一位名叫凌受森的舅舅挑在扁担的两头，母亲、保姆，一前一后，带着我的小姐姐，徒步向着她们从未听说过的南山走去。随行的有一个令我今生今世永远也忘不了的人，她就是我的第二个保姆。她姓周，叫周建仙，娘家在湖北竹溪县城东门街外面的东城角，丈夫是国民党的一名军官，新中国成立后，在沙洋农场进行劳动改造。

我把保姆叫嬷嬷，这是我们老家的称呼。我的嬷嬷身体并不好，她有严重的胃病，一疼起来，就用双手按着肚子呼天号地。

那一年，我刚开蒙，在天宝区的蔡家坝小学读一年级，每天被小姐姐领着上学，往返都要走一里多路，还要过一道双木桥。有一天，放了晚学，一进家门，我突然被眼前的情景吓坏了。我看见母亲像得了急病一样，趴倒在桌上，肩头剧烈地抽耸着，眼睛红肿，脸上全是泪水。嬷嬷怀里搂着我的弟弟，二人相对而哭。一回头看见我，她一把将我搂了过去，嘴里大叫一声“我的儿呀，往后你要受苦了哇”，接下去就哽咽起来。

小姐姐先我一步进屋，扑进母亲怀里，哇哇地哭。我立刻明白家里出了大祸。从喜欢听戏的嬷嬷那哽咽的念白声中，我才知道大祸出在父亲身上。

整个事件的过程，是嬷嬷断断续续地告诉我的。饥馑之年，父亲擅自开仓济民，被划为右派分子，还是右派中的右派，名叫“极右”。消息传给母亲的时候，他已经被捕入狱，接着又被押解到襄北农场进行劳动改造。

嬷嬷每次讲述这件事，她黄皮寡瘦的脸上都会珠泪滚滚，反复强调一句话：“我的儿，你要记着，你的爸爸是个清官，他是被奸人所害。”她的语气悲愤而又斩钉截铁，不容置疑。发生这件事前不久，父亲还因我患了一场眼疾，和嬷嬷大吵一架，她的抗议方式是流着眼泪开始收拾行李，宣布马上离开我们。父亲遭难，反而使她坚定了陪着我们同生共死的决心。

嬷嬷懂的戏文，比我外婆还要多，母亲更不能与她相提并论。《搜孤救孤》《岳母刺字》《错斩崔宁》和《四郎探母》之类的京剧中，某个正面人物的重要唱段，她能记得一字不差。嬷嬷爱憎分明，疾恶如仇，她痛恨秦桧，拥护公孙杵臼，一心盼望会有海瑞和包拯那样的青天大人，有一天掀开轿门，出来为我的父亲平冤雪耻，将他官复原职，甚至再升三级。

现在细细地回想起来，我最初走上文学道路，虽然多少有一些别无他路可走的意思，但在文学兴趣方面，是与嬷嬷有关系的。嬷嬷是一个故事大王，无论是对民间传说，还是唱本戏剧，她都过目不忘、过耳能诵，尤其对那些故事里忠奸人物的情感表达，简直具有一种迷人的魅力。这些自然而然地滋养着我童年时代的文化生活。

父亲出事以后，我们家在当地的地位一落千丈。蔡家坝小学的同学中，常常有人公然喊我“小反革命”，他们搞不清右派和反革命的区别。我在忍无可忍的时候奋起搏斗，若是挨了别人的打，那就算白挨了；若是打了别人，就要遭到闻讯而来的老师的训斥。

经济上的困难更不用说，母亲每月工资三十七块五角，相当于父亲当年每月工资的三分之一，这是我一生都不可能忘记的数字。吃饭的，一共有六人之多，迁进南山以后，我又添了一个妹妹。母亲纵然能将一把算盘打得行云流水，也没办法给自己多打出一分钱来。她努力减少开支，恨不得减少人口，但思来想去，自己的儿女一个也不能减，要减只能减嬷嬷。

有一天，她们又为给我购买学习用具的事发生争吵。母亲流着眼泪对嬷嬷说道：“周建仙，你走吧，我买不起好的作业本，也付不起你的保姆费，你走了，我们一家人会记得你的。”

“周建仙”这个非凡的名字，取自一位卜卦先生，有些神秘和古怪，就连她本人也不知有何寓意。一听这话，她的泪水立刻从双眼滚落。她也叫着母亲的名字说：“凌受凤，你不要趴在门缝里把人看扁了，我不能走。我不是舍不得你，而是舍不得我的儿。”

嬷嬷留了下来，她不再吵着闹着让母亲给我们买任何东西，需要什么，她买就是。为了证明自己口无虚言，她不仅提出不要每月十五块钱的保姆费，还要把她国民党军官丈夫劳动改造期满，转入新人队后每月寄给她的十五块钱，从邮局取回来，伙在母亲工资中一起使用，好把日子过得大方一些。母亲不同意，理由是不能欠她太多，也不能让别人怀疑自己在经济上有什么问题，特别是同单位一个姓宋的女人，那女人总想以自己的家庭成分和家里有男人的优势压倒我的母亲。

这个姓宋的女人实在没法打倒母亲，就背着母亲暗地里对嬷嬷说：“周大姐啊，你留在他们家里想当反属哇？”

嬷嬷回答道：“眼看着人家落了难，我怎能忍心不搭救？”

颇似京剧里一句老旦的韵白，然后水袖一甩，再进谗言的就有小人贼子之嫌了。

我的父亲

马　良

在我小时候，父亲很少和我说话。但他并不是不苟言笑的人，只是他有太多的工作要做、太多的事情要思考，以至在我的童年回忆里，父亲就是一个沉默的背影。这背影对一个孩子来说，充满了威严和距离感。当然有时他也会回头对我笑笑，我那时就会特别开心，觉得自己正一天天成长为他的朋友；但当他转过身时，我又会沮丧地觉得他面对的是一个我永远也无法进入的神秘辽阔的世界。前去探究那个世界的念头，一直深深吸引着我，如今想来，也许我走上今天的道路，只是为了追随父亲的背影，去见识一下他曾经面对的远方。

父亲从小练京剧武生，和电影《霸王别姬》里那些孩子一样，是吃了不少苦头的。虽然没有成为一个角儿，但他因为聪明好学最终做了一名导演。

父亲刚做导演的时候还不到30岁。他在工作上的强悍作风是出了名的，在排练厅里是说一不二的人物，但下了班，他和门卫们称兄道弟，非常不“张狂”。他曾经悄悄和我说：“这些叔叔都是我的师兄弟，练武生的一旦老了，受伤了，翻不成跟斗了，便只能被安排在剧院里做门卫。他们比你爹厉害多了，我倒是个糟糕的武生。”

父亲因为练童子功，身材长得不甚威武，比我矮一个头还多。他经常伸长了胳膊摸着我的头顶，半是骄傲半是遗憾地说：“你瞧瞧我儿这体格，原本我一定是有你这样的个头的。唉，9岁就下腰拉腿，硬是没有长开。”对此我是深信不疑的。父亲和张飞是同乡，即便没长开，也还是个天生威猛的人，他扯起嗓子怒吼的时候，我完全可以想象张飞在当阳桥上三声喝的威力。有一次半夜警察来家里找父亲，那时我还小，害怕得不行，以为警察要抓他去坐牢，我妈也吓坏了，只有父亲表现出很不以为意的样子。结果人家是来道谢的，说是昨天父亲抓了个小偷送到派出所了。父亲回家竟没有和我们说。他这时才有些得意地说："昨天回家路上我遇见三个偷车贼。我病了这些年，怕打不过他们三个，于是发了狠，大吼一声，结果两个人当时就吓得屁滚尿流地跑了，余下一个腿软得竟站不起来，我便抓住了他。"警察们连声称奇，他倒谦虚："他们偷自行车的地方是后面大楼的那个过道，有回音共振效果，不是我的本事。"我们一家人这才笑了。

其实父亲是个标准的文人，不过就是有一副武夫的嗓子罢了。我 12 岁考美院前的补习冲刺阶段，糟糕的文化课成绩成了我考美院的最大障碍，我复习得很辛苦，也很吃力，几欲放弃。一天早晨睁开眼，我发现床头正对的墙上，贴着一幅父亲写的大字："有志者，事竟成，破釜沉舟，百二秦关终属楚；苦心人，天不负，卧薪尝胆，三千越甲可吞吴。"这话对我的激励作用很大，我后来便真的破釜沉舟、卧薪尝胆地考上了美院。父亲的书法特别好，笔锋奇特，自成一格，但于我更受用的是那些文字里的嘱托——一个父亲给在世间行路的孩子真正的指引。

父亲后来变得越发柔和了，而我则渐渐变得高大魁梧。几年前他病了，一天晚饭时突然从凳子上倒了下去。送医后，医院发了病危通知，他躺在床上陷入昏迷状态。我突然意识到也许我会就此失去他，想起他在来医院的路上，直直望着我紧锁双眉却口不能言的样子，我心如刀绞。到了第四天的晚上，他仍处于昏迷状态。我和姐姐轮流陪夜。那天是我陪通宵，窗外医院招牌的霓虹灯将一片红光映入病房，父亲一动不动地躺着，四下里悄无人声，只有呼吸机和心电监测仪的声音。医生说如果父亲再不醒来便可能再也醒不过来了，我整夜握着他的手，一刻也不敢放开。凌晨三点多，我伏在他耳边轻声和他说了很多话，心里想着也许他能听见，即使再也醒不过来也能听到。之后发生的一切，我一辈子都记得，仿若奇迹。

我突然感觉他的手特别温暖，那洒了一屋子的红色灯光竟也亮了许多。

我突然有种奇怪的感受，昏迷的父亲，这位给了我生命的人，正在通过他的手，将他所有的暴烈的能量、他一生的信仰和热爱、他的智慧和学识，源源不断地传输给我、赠予我。那一瞬间，在我突然意识到这一切的瞬间，我激动极了，也害怕极了，激动于这样一种正在我想象里奔涌的不可思议的传承，恐惧于也许这一刻便是永别，他将一切尽数托付，便一去不回。我流着眼泪唤他，不知所措，叫得越来越响。慌乱间，我突然看见父亲睁开眼睛望向我，好像是为了一句答应，他不走了，他还要陪我们一家人活下去。我立即叫来医生，那一刻后父亲便苏醒了，一直在我身边，只是真的不再有暴烈的锋芒，不再发脾气了。我相信那一夜发生的一切都是真的，从此他成了一个特别和善的人，总是拄着一根拐杖，微笑着看我，像没有原则的土地爷爷一样慈祥。

父亲如今已经 85 岁，不复他壮年时期的男子气概，成了一个可爱的小老头，但也不服老，拄着拐杖跟我妈四处旅游。平日他还埋头写书，这几年里已经完成了几十万字的戏剧导演学著作，只是一直在修改，总也不舍得脱稿，说是必须对得起将来读书的人，不能因为自己的老迈而有所疏忽错漏。“我是不会在前言里抱歉地说这本书有很多疏漏之处的，那些都是客气话，做学问不能自己给自己找台阶下。”

前段时间，我发现父亲左手腕上并排戴着两块手表，便好奇地问他为什么，父亲笑说：“没什么，它们都还在走啊，走得很好，我不忍心在它们之间做选择。”我听了禁不住要去抱这个老头子，真心想要拥抱他，好好感谢他，他总是润物细无声地将这些朴素温厚的情感指给我看，自己却浑然不觉。

老爸的菜园子

肖　遥

老爸刚开始种菜，是在近半个世纪前的山沟里。

刚大学毕业，被分配到“三线厂”工作的老爸从车间借来洋镐、铁锨、铁耙，兴致勃勃地开启了“种菜模式”。很快，老爸就意识到有什么地方不对劲：他的家乡关中农村的土质是黄土，十几米深的黄土地里很少有石头，而在地处伏牛山的厂区，其土质以石头为主。要在这里开荒，几镐头下去双臂就会被震得酸痛。他只好把石头一块块挖出来，搬起来，扔出去，重复了无数次类似西西弗斯的推石头运动，耗时一个多月，一个不到半分大的菜园子被开辟出来了。

我爸把菜园子分成 6 块菜畦，每畦长 4 米、宽 1 米，一边留有半米宽的人行道。老爸种了四季豆、茄子、辣椒、大蒜和几种青菜，有时也种土豆、花生之类，能满足夏、秋两季全家人的需求。有了这个菜园，本为工程师的老爸俨然变身菜农，什么季节种什么菜、栽什么苗，什么时候浇水、施肥，什么时候为菜苗搭架、灭虫，他都一清二楚。

如今，父母退休了。他们的住所门口有个小园子，我那当设计师的姐姐便将这个园子设计成日式庭院。只一年的工夫，姐姐的“资本主义的小花园”就被老爸改造成了“社会主义的菜园子”。老爸很喜欢邀请亲朋来他的菜园参观，可不管谁来都会被迫变成老爸的助手——“来，帮我把这些石头搬出去扔了”；或者给你一架梯子，让你爬到架子上去摘佛手瓜。有时候，他猛然意识到“来者是客”，而不是帮工，也会客套一下：“我把这些葱种完就来，你等等。”这种话听听就行，他不会有时间招待一个“闲人”的。种完葱，他还要给小油菜苗搭大棚，丝瓜要罢园……门口的竹子前几天下雪被压断了好几根，老爸喃喃自语说要把其他的拴起来。我妈使眼色，让我们赶紧进屋：“不然你爸还要指挥你们去把槐树上的残雪打下来，怕把树压坏了。”

我妈经常在群里发一些滑稽的照片——每个葫芦都端坐在一个藤条编织的“宝座”上，这是我爸怕葫芦长太大掉下来摔坏，给它们做的托儿。老爸就像养了一大群孩子，操了这个的心，操不了那个的：天旱的时候操心黄瓜、豆角，下雨时又念叨着半日花被淋坏了咋办。雨下得多了，他希望多出太阳，向日葵就指望着太阳了；可太阳太烈了，他又担心晒坏了绣线菊。他祈求风不要太大，最好有足够的蚯蚓，希望鸟粪从天而降，但鸟儿们不要把柿子啄烂了……有时候看着老爸忙忙碌碌的身影，我感觉他的退休生活实在太操劳了，这个菜园带给他无尽的辛苦。

可有一个夏天的黄昏，我被派去摘黄瓜，忽然体会到老爸独有的快乐：有什么游戏比这样的魔法更有趣呢？明明前几天已经摘空的黄瓜架，像变魔术一样，又有黄瓜挂在藤蔓中。有什么工作比园丁的劳作更有意义呢？只有亲自参与其中，潜入深处，才能逐渐领悟：生命需要付出怎样的努力，才能在坚硬顽固的黏土中挣得一方立足之地。更何况，担忧与期待，本就是园丁创作的一部分，而此后的丰收和分享，更让他在精神上收获着不为人知的满足和欣喜。

寻找父亲

黎　戈

看日本作家太宰治的女儿太田治子写的追忆录，读完，我叹口气，因为书里提供的材料，不是一手的，支撑力较弱……这不能怪她，她是一个私生女，又是遗腹子，在她未出生时，太宰治就自杀了。所以，这本追忆录的主要内容是：她母亲的零星记忆，太宰治的作品中与她母亲相关的部分，他们的通信以及她自己的大量推理。“我觉得”“可能”“或许”“大概”“我想”串联起了整本书，那不是纪实，而是被揣测得近乎虚构的东西。这种代表着主观判断的词，使我无法找到落脚点，也不敢作为佐证材料使用。

这本书触动我的，与其说是内容，莫若说是一种寻父心切的情绪。

它让我想起曾经看过的一部纪录片，讲的是路易斯·康的儿子的寻父之旅。路易斯·康是我特别偏爱的一个建筑师，我一直都留心收集他的资料，在寻觅的过程中，我找到了这部纪录片。

这部片子的主角，是路易斯·康的儿子，他出生时路易斯·康已经 61 岁。路易斯·康是个工作狂，偶尔忙里偷闲时，会开车来看他和他的母亲，逗留至半夜。在这个儿子 11 岁时，路易斯·康心脏病突发，猝死在纽约的一个公厕里。这个儿子对父亲的印象是模糊的，所以，在他成年之后，他就一次次地去找父亲的亲戚、同事、合作伙伴、前女友，飞到世界各处，徜徉在父亲的建筑作品里，在父亲浇筑的水泥地上狂奔，抚触父亲打造的柱子，眯着眼感受那美妙光影……他怀着侦探般的好奇心和耐心，一点点地拼凑出父亲的形象，在脑海里，重建一个完整的父亲。

就像太田治子，熟读了父亲的书，时不时拈来一段，分析出种种深意。作为儿女，他们是艺术家的肉体果实，而这些小说、建筑，才是大师们用全部心力孕育出来的精神儿女，后者比前者更深刻地携带着他们生命的印记，也是他们灵魂在世间的留痕。艺术家未必是尘世子女的好父亲，却都是精神儿女的好父亲。

回忆录的类型以执笔者的身份来分，可以宽泛地分为两种：一种是关系密切的家人、伴侣写的，偏重生活细节的堆积，鲜活而情感充沛；一种是艺术同行或研究者写的，落笔的角度会偏向作品分析和美学认知。但是，如果是这种没有和父亲长期生活过的儿女写，当直接经验和感性体验都不足时，就可能会混合叠加这两种写法。

大师们都没有完美地履行俗世的责任。但是，对一个艺术家，从私德的角度去审判，并非我的写作目的。

比如，路易斯·康，他贵为一代宗师，却从未向商业低头，而在所有艺术门类中，电影和建筑是社会化程度最高、必须要大量财力和社会资源支持的。也因为这种不屈服，路易斯·康的一些作品不能进入实操层面，也使得他这样一个杰出的建筑师在商战中落败。当他落魄地倒毙在公厕时，还背负着几十万美元的债务。他不是“渣男”，事实上，他近乎苦行僧，吃睡都在办公室和工地，他把自己燃烧殆尽，全身心地献祭给了美。他创造的空间，就像被神的手指点过一样美。他爱这个世界的方式，就是用他制造的光影之美，让每个走进他的空间的人，有置身于天堂之感。

路易斯·康的儿子一路苦苦寻访，找到当年和他父亲合作的那个孟加拉国的建筑师，他们并立在路易斯·康最后的作品里。在那座巨大的建筑中，肉体上的儿子，仰望着父亲精神的儿子，听见那个孟加拉国建筑师说：“你的父亲爱所有的人……而当一个人爱所有的人时，他往往看不到离自己最近的人……”

说起来，太宰治和太田静子的肉体女儿，是写追忆录的太田治子，但他们的精神女儿，却是太宰治以太田静子的日记为母本结出的文学果实——《斜阳》。有一天，我收拾爸爸的书柜，竟然翻出了这本《斜阳》，20 世纪 80 年代的书，封面是简单的色块和人物的剪影，谈不上装帧精美，纸页也早已发黄。我慢慢地看着，发现在 79 页处，书页是粘连的，爸爸根本就没有读完它，他是只读了几页就不感兴趣吗？我的爸爸是个斗志昂扬、不服逆境的人，估计不会喜欢太宰治这种颓废糜烂、没落贵族的情调。

爸爸爱买书，且会在扉页上做标注，这本《斜阳》上标注的是“1981 年 11 月 2 日，购于新华书店”。爸爸当时在御道街上班，彼时南京只有新街口的一家新华书店卖爸爸最喜欢的外国小说，这本书可能是他利用午休时间逛书店时顺便买的。

如果爸爸还在，我能和他讨论这些吗？告诉他，我虽然在他身边长大，心里却始终和他有隔膜。这些隐秘的精神牵连、血液里的传承，似乎比血缘更让我觉得亲切。他的那些旧书都是 20 世纪 80 年代的版本，开本小，散放在整齐、簇新的新书里，格外有落魄相。我把它们整理好，放进小小的藤编书架里，它们和那个半旧书架的色调很协调。

我就这样任它们在墙角里沉淀出暮色般的书影。

解读太宰治女儿的追忆录，无意中也成了我的寻父之旅。

写着写着，我突然想起来，小时候，爸爸很喜欢我给他唱一首歌。我模糊记得有“不怕风雪要去找爸爸”的歌词，在网络上找了半天，原来是《咪咪流浪记》的主题曲。我一边写文章，一边反复放：

落雨不怕
落雪也不怕
就算寒冷
大风雪落下
能够见到他
可以日日见到他面

任何大风雪也不怕

我要我要找我爸爸

去到哪里也要找我爸爸

我的好爸爸没找到

若你见到就劝他回家

你要看见他，就让他回家。让他回家。回家。

属于父亲的孤注一掷

|

今我来思

一

我父母出生的时候，齐鲁大地早已不堪人口重负。他们在22岁时经人介绍匆匆成婚后，便沿袭祖辈闯关东的传统，来到一片旷野的北大荒。

在多生多育的时代背景下，我父母各自有着数量可观的兄弟姐妹。作为长子、长女，他们肩上的担子从来都不止于养活自己，可那时他们能倚仗的，只有一身的气力和脚下黑色的土地。

从我有记忆起，家里的日子总是异常节俭，而这节俭在我父亲身上又逐渐演变成了吝啬。

北方人做菜向来是“一次性、大分量”，这就导致我们家晚上和中午的菜谱往往是一脉相承。我爸则每每在最后一根剩菜也被夹走后再掰开一只馒头，仔细地擦去零星散落的油水，直到盘子光洁如新方才心满意足。

偶尔，我爸也会精神焕发地拎回一些水果，但每一个都有着创伤或霉斑。那是一种叫作“包圆儿”的买法，白天被无数双手掂起又扔下的残次水果，商家会在傍晚收摊前以很低的价格甩出去，我父亲就是这时水果摊的常客。直到今天，我对水果依然没有多少好感，因为记忆里总是一家人围着垃圾桶，将每一只水果或削或剜地去除大半，剩下的部分放进嘴里，那种行将腐烂的味道怎么也盖不住地弥漫开来。每个人都低垂着睫毛，在顶灯的照射下，扑簌的暗影洒在脸上。

生活的贫瘠很容易压垮坚贞的感情，我父母时常会为了钱吵架。大概在我 10 岁那年，有一天，我妈在骑车回家的路上不知怎么弄丢了一百块钱。回到家后，她一遍又一遍地翻找所有可能和不可能放钱的地方，诚惶诚恐的样子，全无一个成年人该有的镇定。

我始终记得那天的黄昏，我爸暴跳着把手边每一件能摔的东西都狠狠地摔到地上，几近癫狂。可那些破碎的声响过后，家里便又陷入前所未有的寂静。我妈蹲在地上小心地一件件检视那些还没完全坏掉的器皿，我爸背光坐在门口的矮凳上，双手抱着头，一动也不动。

我站在他身后长而黑的影子里，觉得茫然和恐惧。

二

关于穷的每一点记忆都在时刻督促着我前行，所以在整个求学过程中，我从不曾有片刻的懒怠。19 岁那年的夏天，我终于拿到人生进阶的第一把钥匙——一所知名大学的录取通知书。也是在那一年的夏天，我爸做了一件几乎让所有人都无法理解的事。

我拿到通知书后，我爸整日里计算器不离手，只顾噼里啪啦地算着。等他终于算清楚我上大学所需的基础费用和家里的平均收入后，便从我妈那里拿走了存折。傍晚，他挂着薄汗神采奕奕地冲进家门，郑重地向我们宣布要大摆一场升学宴，用最好的酒、最好的菜，请来所有乡邻，且不收任何贺礼。

我跟我妈激烈地反对，同他理论，但我爸充耳不闻，兴致勃勃地筹备起这场升学宴。那些日子里，他的眼睛都闪着光，快乐像要从他周身的毛孔中溢出来。我跟我妈看在眼里，为了他这份多年来难得一见的愉悦，我们谁都没有再提出反对的意见。可那时的我其实并没有真正地理解我爸。

办升学宴那天，我爸起得很早。我看着他小心翼翼地从枕头下拿出那条压了几天的旧西裤，庄重又仔细地穿上，忽然没来由地一阵心酸。

在那算得上是酷热的一天里，我爸穿着宽大厚重的西装迎来送往，推杯换盏，却似浑然不觉得热。

我在席间穿梭着招呼来客，嗑着瓜子的女人们压低了声音在聊天，有几句话顺着风飘进我的耳朵。一个说："也不是考上就完了，还不是要赚钱供孩子上学，这么摆阔也不知是为了什么？"

另一个轻笑着接茬道："还能为了什么，还不是为了一辈子没见抬起过的脸面。"

我心里一顿，遥遥地望向满面通红、一辈子的笑容都没有今天灿烂的父亲，心上的城池一块块碎裂，险些掉下泪来。

太阳一寸寸落下去，人们酒足饭饱后散去，留下满地狼藉。我跟我妈挨桌收拾着，我爸就站在院门口，一言不发地望着天空。

我忽然想起多年前我妈弄丢一百块钱的那个晚上，我爸那出奇的愤怒也许并不仅仅是因为那一百块钱。他发疯般地摔在地上的，是对生活的无力和对自己的不满。

我抬起头看着我爸即将隐没在夜色里的侧脸，不知道是光线还是酒精的缘故，他的脸看起来很红，眼角有滚动的水光。

我觉得他似乎年轻了许多，又似乎老了一些。

三

毕业工作后，我一般到春节时才回家。这一年的十一月，我早早地接到堂哥的婚礼请柬，仪式定在大年初八举办。

我叔叔结婚很早，堂哥 4 岁那年，他们举家迁到东北。他跟我爸一样，把生命的气血榨成一点一滴的汗水来供养脚下的土地，平日里一分钱也要掰成几瓣儿来花，可这一年，却将堂哥的婚礼办得着实轰动、无比阔绰。

北方内陆的农村，各色的海鲜流水般地被端上席面。随上一百块份子钱一家人来吃的乡邻几乎无暇聊天，主妇的怀里各抱着孩子，一双双手不停地剥着虾蟹塞到孩子嘴里，生怕输给别家。

我妈说，堂哥的这场婚礼几乎花掉了我叔叔大半生的积蓄。

酒席散去，新嫁娘满面荣光地挽着堂哥的手臂飘然离去，男方亲戚家的女眷照例留下来帮忙收拾打包。

叔叔在最偏远的一桌抽出一把椅子坐着，手指间夹着一根点燃的烟，只是浑然忘了抽。他眯着眼睛审视着这一刚刚落幕的大场面，那眼神，和我爸当年站在院门口望着天空时一模一样。

也许这样一个平凡的男人，或者说这样一个平凡的父亲，在某种程度上来说是可怜的。他们受时代和条件所限，大都不曾有靠知识改变命运的机会，却始终背负着太重的担子和太多的期望。他们一生劳苦，似是永远都在沉默地接受，其实他们表面有多少谦恭和平静，内心就蛰伏着多少反叛和渴望。

这些父亲需要一个契机，用孤注一掷的方式去获得一生中最重要的一场荣耀。这是属于父亲的孤注一掷。

父亲的轮廓

|

袁哲生

父亲一直是我最好的朋友。每当母亲用“牙膏没有从最尾端开始挤”“冰箱门没关紧”“看电视超过半个小时”等小事向我兴师问罪，并且将矛头转向我的成绩时，我便知道，夜里父亲又会来到我的房间。

父亲个性之中有一种腼腆的特质，他总是等我和母亲都睡着以后，才蹑手蹑脚地扭开门，走进我的房间，在小书桌的台灯底下压一张纸条。有时，纸条里面还会包一张50元面值的钞票。偶尔，在情况较糟的时候，父亲会在纸条上留下一行歪斜的字迹——“忍一时风平浪静”，与我共勉。这句话成了我们之间的默契，那表示父亲知道我和他一样敏感而容易受伤的心灵，又遭受了一次无情的打击。父亲识字不多，我记得他总是把“风平浪静”写成“风平浪近”，但这并不影响我们之间的特殊情谊。在父亲要来的那些晚上，临睡前，我总要检查一下房门，千万不能反锁了——我从来没有失误过。

曾经有几回，父亲来的时候我并未睡着，我听到父亲用力握住门把手，再缓缓转开的声音，便立刻翻过身去面向墙壁眯着眼睛。尽管父亲极力不发出声响，我还是听到一双塑胶拖鞋在黑暗中静静地走向书桌的声响，然后是纸张摩擦桌面的窸窣声，以及父亲沉重的呼吸声。有时，父亲会拉开椅子，把台灯扭开一点亮光，然后坐在我的书桌前沉默不动。离去前，父亲会替我把桌上的书本摆放整齐，然后才关掉台灯。在那一刻，我的眼前又恢复一片黑暗。我从来不知道父亲坐在我的椅子上时，心里在想些什么；我也从来不敢抬起头，用一声呼唤，或者一种清醒的目光来打破沉默。也许我没有勇气，怕自己会在父亲面前哭起来；更让我恐惧的是，若是走下床来，不幸看见父亲的眼角也含着泪光，默默地坐在我的书桌前，我该如何面对那种时刻?

初中三年级时，我生命中的第一个难关到来。当时，在我不觉生命有何可喜的脑筋里，的确升起过消极的念头。我不知道父亲是否经历过联考的压力，不过，在那压力巨大的一年，的确只有父亲察觉到我抑郁的情绪。

接近联考前一个月的某个夜晚，我正在学校提供的晚自习教室里做考前冲刺，日光灯把教室照得明亮而冷清，同学们都埋首书本，互不交谈。我选了一个靠窗的座位，设法让自己专心在学习上。突然，我听到一阵用手指关节轻轻敲打玻璃的声音，抬起头来，父亲的脸出现在窗格里。父亲必定是不愿吵到其他正在看书的同学，我体会到他的心意，便悄悄地从座位上站起来，绕到教室的后面，走出去和他会合。

我永远记得那个场景：和父亲并肩坐在空荡、黑暗的体育馆里，我内心渴望着让时光永远停止或是快速跨过。父亲先是取出温热的蒸饺和我一起吃，他细心地把白色保温盒的盖子揭开，然后为我撕开卫生竹筷的封套。我知道那是父亲在夜市入口的小摊上买的。父亲取出口袋里的卫生纸放在我面前备用，他像面对一位长辈似的对待我，令我终生感激。我知道父亲拙于言辞，在面对生命中难以省略的伤痛时，更无力打破沉默。那是个清冷的夏夜，父亲和我相视无言。临走前，他对我说了一句话："好好活下去，不要在意别人的话，人生有时候要走自己的路。"

那句话同时把我和父亲变成了不同以往的人。父亲成了我心目中的英雄。我永远忘不了，那天晚上他为了避过校门口警卫的询问，索性爬墙离开的一幕。在淡蓝色的月光映照下，他奋力攀上围墙，骑在墙头向我挥手，并且很诚恳地将手掌划向眉梢，向我行了一个军礼，然后纵身跳到校外的小路上。我站在墙内，听到父亲落地的一声轻响，顿时热泪盈眶。我紧握双拳，叮嘱自己永远不可再沉湎于悲郁。

风雪夜归人

马亚伟

30 多年前，父亲在离家 15 公里的地方上班，他每天骑自行车往返。

冬日的天，像个面无表情的冷面人。寒气阵阵，天空透着令人捉摸不透的意味。父亲抬头望了几次天，说："这天阴了好几天，雪也没下，我还是去吧。"母亲说："下雪了咋办，还是别去了。"父亲犹豫了一下，推起车子出了家门。

过了一会儿，天阴得更沉了。没多久，雪纷纷扬扬地下起来。母亲叹口气说："让你爸别去上班，他偏不听，下雪了还咋回家！"父亲轻易不会歇班，他挣的钱要供我们一家的开支呢。

到下午时，雪已经积了厚厚的一层。"雪越下越大，你爸可咋回来呀！"母亲语气里有明显的担忧和焦虑。"我爸今天也许不回来，听他说那里有住的地方。"我安慰母亲。

黄昏时分，雪渐渐小了，但地上的雪越积越厚，脚踩上去立即出现深深的窝，每走一步都很吃力。我问母亲："我爸今天不回来了吧？"母亲无比笃定地说："回来！他肯定回来！"夜色笼罩过来，母亲站在门口翘首遥望，可路上连个人影也看不到。冰天雪地，我在呼啸的风中瑟缩着，感觉要被冻成一根冰棍。"妈，回家等吧！"我开口说话时，牙齿都在打战。母亲却目光专注地遥望着村口，一声不吭。她在飞扬的雪花中保持着一成不变的姿势和表情，那姿势和表情像雕像一般肃穆。忽然，母亲说："走！回家做饭，你爸回来得吃上热乎饭！"

母亲认定，父亲一定会回来。我跟着母亲在屋子里忙碌起来。小小的屋子里，炉火烧得正旺，温暖着四周，与屋外的世界形成强烈的反差。她嘱咐我在炉火上烧开水："多烧点开水，你爸回家时，得赶紧让他用热水洗洗，暖和暖和。"灶火上熬着红薯粥，母亲开始切白菜，切豆腐，洗粉条，她要做父亲最爱吃的大炖菜。

屋子里，饭菜香味弥漫着，妹妹饿得叫起来："妈，我要吃饭，爸爸今天肯定不回来。"夜色漆黑，别人家已经吃过晚饭了，可父亲还没有回来。母亲的态度依旧坚定："你爸一定会回来的，再等会儿！"我和妹妹围着炉火，静静等待。母亲则一趟趟往外面跑，脸上的表情越来越焦虑。

母亲不再出门去，但眉头紧锁着，她的焦虑在升级。就在我们都等得心烦意乱的时候，屋门"吱呀"一声开了。"爸爸回来啦！"妹妹喊起来，我和母亲也一跃而起。我们面前的父亲，简直成了雪人！他衣服上都是雪，眉毛、胡须上也都是雪，整个人都是白的。"15公里，我一步步走回来的！"父亲开口说话时，嘴巴像被冻僵了一般。母亲的眼泪一下子涌了出来，她使劲吸吸鼻子，为父亲拍打满身的雪。我赶紧把门关紧，让屋里的温暖一点点融化父亲身上的寒冷。这个世界有冰有霜，但幸好还有家；这个世界有风有雪，但幸好还有爱。夜归人，只要有人在风雪中为他守候，他就一定会回家。

父亲坐到餐桌前，看着热气腾腾的饭菜，张口想要说什么，又停了一下，终于说出一句话："家里真暖和！"

只要月亮还在天上

张　炜

人这一辈子需要不时地被犒赏，为了多些欢乐，就得好好过节。

我家没有比外祖母更懂这个道理的人了，所以她最重视节日，只要是节日就不肯放过，一定要把它过得像模像样。

好东西吃也吃不完。外祖母说：“吃不完就是一年不挨饿，日子再苦，中秋节也要好好过。”她对这一天的重视，似乎超过了任何一天，到了晚上，大家都要高兴，都不能讲生气的话。

这天晚上不能提爸爸。

我一直忍住，尽管特别想念。我相信她们也是一样。如果提到爸爸，大家就没法高兴了。

他们那一伙工友要不停地凿山，再好的月亮也顾不得看一眼。可怜的爸爸。

一年中秋节，已经到了半夜，大月亮看着我们，还不打算离开。我们更舍不得离开这么好的月亮、这么好的夜晚。但不管怎样，最后还是要睡觉。我们躺在炕上，透过窗户看着月亮，一直到瞌睡上来。看着月亮想心事，想啊，想啊，就睡着了。

正睡着，梦到有人来敲我们的门，“咚咚、咚咚”，越敲越响。外祖母“呼”的一下坐起。

我终于听清了，这不是做梦，而是真的有人敲门。我和外祖母从炕上跳下来时，妈妈已经起来了，先一步打开了屋门。一个细高个儿进来了。我一眼认出是爸爸。

“啊，爸爸！”我跳起来，两脚还没有落地，他就把我接住了。

爸爸的头发上落满了月光，白灿灿的。我忍不住伸出手摸了一下，又用力搓了两下，那月光还是留在他的头发上。

爸爸来得太突然了，出乎所有人的意料，所以大家都高兴坏了，都惊住了。妈妈和外祖母过了三四分钟才醒过神，齐声问：“你怎么回来了？”爸爸语气十分平静地回答：“回家过节。”我看到妈妈脸上流下了两道泪水。外祖母没说什么，转身到黑暗里忙起了什么。

我心里一阵难过：我们如果早一点知道爸爸会赶回来多好。可怜的爸爸，没能和我们一起过节。太可惜了，今晚的事会让我们难过一辈子。

正这样想着，外祖母已经点亮了灯，走过来说：“来，咱们重新过节。”妈妈一下醒悟过来，赶紧和外祖母一起忙活：大圆木桌被再次抬到院子里，一个个碟子、钵子全端出来了，特别是酒瓶和杯子，它们一样不少地全摆在了桌上。

现在已经过了半夜，月亮已经歪到西边。不过月色还是很亮，空中没有一丝云彩。一只小鸟在不远处叫了一声，有什么动物在附近的树上跳跃。

啊，我们要接着过节。

我会永远记住这个中秋之夜，记住爸爸讲的事情。

在我们这里，除了春节，就数中秋节最隆重了，一般出远门的人都要在这两个节日赶回来，与家人团聚。可是爸爸一年里只有两个假期，每次不超过三天。

他是一路跑回来的，只用了一天多一点的时间，就走完了两天的路程。他一路上叮嘱自己的只有一句话：“只要月亮还在天上，就不算晚！”

外祖母背过身去。妈妈也在抹眼睛。我抬头看着天空：啊，月亮还在，爸爸真的追上了它。

枕边雪和半盆水

丰一吟

1969 年 10 月，爸爸到郊区港口曹行公社民建大队参加“三秋”劳动。妈妈心急如焚，我决定利用休息时间去看爸爸。

朔风凛冽的早晨，我带着不满 5 岁的女儿去爸爸所在的生产队。好不容易找到那个生产队，又有人对我说，爸爸在棉花地里摘棉花。我东寻西找，将近晌午才来到一块棉花地边，望见前方有一个老农正在摘棉花。老农白发苍苍，老态龙钟，动作迟缓。我放下背上的孩子，问道：“喂，请问……”那老农抬起头来，呀，这不就是爸爸吗？可我几乎认不出来了！他脸色憔悴，神态萎靡，眼泪汪汪，胸前挂着一只破烂的棉布袋。

“爸爸，我来看你了！”我说完这一句，不觉鼻子里一阵酸，勉强克制着自己。爸爸用手擦了擦他那迎风流泪的双眼：“咦，一吟，你来做什么呀？”他说这话时，除了惊讶，似乎还有不想让我看到他这副可怜相的语气。

“天冷了，我给你送衣服来。”

爸爸用双手把棉花枝条往左右两边拨开，磕磕绊绊地走近我。他发现早先被棉花枝条挡住的外孙女时，脸上突然掠过复杂的表情：从惊讶到高兴，又从高兴转为悲哀。他没想到能看到他喜欢的外孙女，却又不愿让孩子看到他的狼狈相。

“囡囡，你怎么也来了啊？”

“我来看公公。公公，你躲在那里做什么？怎么不回家呀？我想公公。”

我怕孩子的话让爸爸伤心，忙接过话头，把这次下乡的情由讲给爸爸听。

我们边说边在田头坐下来。我关心爸爸的饮食起居，问这问那，但他照例不肯多说。他总是说“很好很好”，叫我们不必为他担心。

一声哨子响，表示要收工回去吃午饭了。人们从四面八方的庄稼地里合拢来，我背起女儿在一旁跟着。路相当远，队伍走得又快，老人们都气喘吁吁，走到那充当食堂的院子里时，我看见爸爸已经脸色苍白，上气不接下气了。在紧张、拘束的气氛中，爸爸多买了两份粗劣的饭菜招待我们，然后催我们上路回去。我要求到他的住处看看，他犹豫了一下，同意了，然后带我们走出院子，来到一所低矮的农舍前。一进门就是地铺，潮湿的泥地上铺着一些稻草，并排放置着一副副被褥和蚊帐。爸爸就睡在这里。屋子显然透风，到了雨雪交加的季节，这日子怎么过啊？

1970 年 6 月，爸爸给在石家庄工作的恩狗（小弟丰新枚）写信时说：

“听说画院的人都下乡‘三夏’了。那 88 岁姓朱的（朱屺瞻先生，应该为 78 岁）也去，我很同情他。去年冬天他被上（因屋漏）落了许多雪，我睡的地方好，枕边略有些雪。”

那一天经过门口的河时，我问了一下才知道，这是他们洗脸的地方。天寒地冻的时候，老人家怎么下河打水呢？爸爸似乎看出了我的心事，立刻打趣说：“地当床，天当被，还有一河的洗脸水，取之无禁，用之不竭，是造物者之无尽藏也。你别担心我，快带囡囡回去吧。”

虽说“取之无禁”，但是后来我从程十发先生那里了解到，爸爸每天只从河里打半盆水，这半盆水就用一天。如今看着白花花的自来水“用之不竭”，我常常想起爸爸一天用半盆水的事。

与父亲同眠

张执浩

我的朋友马太最痛心疾首的事情是，这辈子他与父亲从未有过真正的拥抱。在他将近四十年的记忆里，父亲的怀抱是人世间最神秘的场所：他迎纳过母亲、姐妹，却永远不曾对自己的儿子敞开过。“有一扇无形的门，好像。”酒后的马太说道，“而我从来没有试图推过它，也没有想过把它拉开。”然后是，父亲离开了人间，留下马太在我们这些朋友中痛哭流涕。

谁又不是这样呢？

如果我也像马太那样检索内心深处关于父亲的记忆，自然也会与他一样怅惘迷茫。人世间最纠结最复杂的情感也许并非男女之情，而是来自父子之间——他们是同类，有着惊人的相似之处的同类，却彼此漠视、忽略，甚至成为敌人。每个人身边都有很多例子可以佐证这一结论。至于我与我的父亲，我们的关系由疏至密，竟缘于十多年前的那个春天——母亲去世的那个春天。十多年过去了，我依然清楚地记得那天午后，父亲孤寂无助的神情，茫然、木讷，满眼充斥着对未来生活的恐惧。我从来没有想过我的父亲会这样，被巨大的悲伤席卷过后，便只剩下冷寂和薄凉。我看见，父亲默默地拿着一个小板凳，独自坐在洒满夕阳的墙壁下。春风并没有因为一场葬礼而停息，母亲坟前新插的纸花一直在喧哗，与竹林里和堤埂上灿烂的桃花、杏花、梨花和海棠花相呼应。麻雀在茂盛的望子草丛中穿梭。几只白鹅伸长颈项，像硕大的问号，游弋于水面上。鸡飞、狗跳、猪哼、牛哞……我看见父亲从沉沉下坠的夕阳中慢慢扭过头来，垂下眼睑，盯着自己的鞋面。我从未想到会有这样一个父亲，一个这样需要我去重新打量和审视的父亲。那天晚上，我陪他守灵。到了后半夜，我提议我们去床上躺一会儿。

父亲还是睡在他平时睡觉的位置，我则在母亲生前睡觉的地方躺下。几乎就在我倒在床上的瞬间，我感到母亲从背后无声地环抱住了我。我能感觉到母亲在这张床上烙下的印迹，那么清晰，只是不再有温度。黑暗在房间里弥漫，夜色像一块块墨团在四面墙壁上涂抹着，每一阵风路过都会带动蒙有塑料薄膜的窗棂。我一动不动地躺在母亲留下身形轮廓的地方，一边感受着母亲的存在，一边侧耳倾听着户外的动静。不知过了多久，估计天都快亮了的时候，我慢慢把一只手伸向父亲的膝盖，然后在他的小腿上来回摩挲，一直到他的脚掌、脚踝。我很奇怪，父亲在我抚摸他的时候并没有动静，而当我把手抽回来时，他忽然披衣坐起来。“听人家说你爷爷没有死呢。”父亲点了一支烟，在吸之前先咳嗽一声，说道，“前不久，有个和你爷爷同代的人来我们家，悄悄对我说，当年你爷爷跟随一帮人跑到台湾去了……”

我不知道，为什么父亲会在这样一个晚上突然向我谈起他的父亲，为什么直到现在才向我讲起？还嘱咐我，若是有机会，可以找人打听一下，爷爷究竟是不是还活着。

我在黑暗中眨巴着疲倦酸涩的眼睛，我能感觉到，我的身体已经把母亲留下的床位重新焐热了。

学舌的鹦鹉

七　焱

一

我跟朋友在市南郊合办了一个小机械加工厂，厂子和仓库隔着一道巷子，平时需要留人看管，我就给在老家的老爹打电话，说："你来帮我看仓库，我每月给你开三千块钱工资。"

老爹坐长途车过来，见面第一句话就是："老子不要你的钱。"他的理由是，如果拿了我的钱，就是在给我打工，成了儿子的手下。而不要工资，性质依旧是老子在替儿子解决问题。

老爹年轻时在部队工作，转业后被分配到机关，一直干到退休。这种在小县城四平八稳、根基深厚的人生，给了他指点一切的自信，尤其对我这个儿子，他总想把我压住。我小时候还行，大学毕业后，对于我在西安的工作他越来越给不出建设性意见，就在电话里发脾气，说我连个国营单位都进不去，说我的职位多年都不见提升，说我攒不住钱……拿这些来证明我当年没听他安排是错误的。

尤其是2018年我辞职创业，老爹更是气急败坏地骂我："才长出几根胡子，就想当资本家？反了天了，还敢给老子开工资！"那阵儿他已经退休赋闲两年，正是能从地缝里抠出事情的光景。

来西安后，他把我的厂子里里外外巡视了几遍，提出很多整改要求，走到我办公室，又不可思议地问我："桌子上文件能这么摆吗？打印机离这么远你是咋想的？还有，这鸟笼里绿不溜秋的是什么玩意儿？办公室是工作的地方还是遛鸟的地方？”

我说：“这原本是客户的鹦鹉，人家没工夫养，我正愁没处献殷勤呢，就把这东西接了回来，客户倒大方，直接送给我了。”

“噢——”老爹仰头冷笑，“说白了，就是给人办事的小喽啰嘛，我以为你有多大本事呢。”

二

无论是这只鹦鹉的原主人，还是我，对它都疏于照顾，导致它 2 岁了还不会学舌。鹦鹉需要人逗，我在办公室常常对着电脑做合同、画图纸，很少说话，时间久了，这只鸟就看起来毫无生气。

老爹虽不喜欢，但执意要把它放在仓库，因为他对在办公室养宠物实在看不过眼。

我反问老爹：“你怎么不明白呢，我为啥要养这只鹦鹉？还不是为了讨好客户，有时候客户过来谈事情，见我把它养在身边，说明我在认真替他办事。你倒好，把鸟扔进仓库，客户会想，连这点事都靠不住，怎么放心在我这里下大订单？”

老爹指着我的鼻子训斥：“我咋养了你这么个没出息的娃！”不过他还是照我的意思，把鸟留在了办公室，到晚上再拎去仓库陪他解闷。仓库里有一排空房，老爹收拾出一间当卧室。

第二天一早，老爹又把鹦鹉放回办公室来。我看他眼睛浮肿，问是不是晚上没睡好。老爹说：“半夜鹦鹉在仓库哇哇大叫，我起来看了几次，发现有老鼠，鸟儿被吓坏了，我就把它提到卧室了。”

有老爹饲养，鹦鹉的精神开始好转，会吱吱叫几声，高兴时还扑棱扑棱翅膀。白天老爹按时来我办公室，给它添点水和小米，顺便对着它训斥几句，说“脑子笨了不招人喜欢”，说“养了这么久也不见长点本事”。

我在电脑前画图纸，知道这些话老爹是说给我听的。

三

鹦鹉有一天开始自残，不停地拔身上的羽毛，接着还有绝食行为，水米不进。

起初我们都以为它病了，我说附近就有宠物医院，不行拎过去检查一下，老爹又教训我："现在的人净胡闹，还专门给猫娃狗娃开医院，钱是没地方花了。"

他给老家熟人打电话，口吻像在部署工作："查一下，鹦鹉拔自己羽毛、绝食，是个什么情况。"对方立即给出答案，说这鸟跟人一样，也有情绪，你对它不好，它就跟你闹脾气。

放下电话，老爹骂了一句："这小畜生，跟人一样难伺候。"我知道他又在指桑骂槐了。

老爹还是对鹦鹉收起了教训的架势，每次喂食时特意委曲求全地说："来，小祖宗，咱们吃点米，再喝两口水。"像在哄小孙子。

晚上他将鹦鹉拎回卧室，放在身边。我问老爹："你不嫌吵？"老爹说："我是在教你做事，答应人家喂养，就要负责养好，何况它通人性，就不能光喂食，跟照顾小娃儿一个道理，把我老汉吵吵算个啥。"

很快鹦鹉就不闹脾气了，老爹还是皱着眉头，说："这也真是只傻鸟，天天晚上教它说话，连'你好'都学不会。"看得出，老爹对鹦鹉越来越上心了，也好，他能给退休生活找个寄托，本来就是我盼望的。

有一天早上，我头昏脑胀地走进办公室，老爹已经把鸟笼提来，坐椅子上捧着茶缸、跷着二郎腿对鹦鹉吹口哨。鹦鹉活泼起来，奓着翅膀、点着脑袋在抓杆上左右移动，颇有老爹年轻时的风神。

直到我打开电脑，老爹依旧在逗弄鹦鹉，我点开文件夹，找出头天的一份合同，鼠标在报价栏上滑来滑去，思索应该做多少改动。

"你的生意怎么样了？"冷不防老爹开口问，我这才注意到今天有点反常，以往我一进办公室准备工作，老爹就像见不得我一样出去了。

我关掉文档，回答他"还行"，然后等他训话。

"还行，就是不行咯，你这个年龄，早该稳定下来，可现在还什么都看不到边。你要愿意听我的，我马上给你找个稳定的事干，比你这劳神的生意强。"

我听得出，老爹这次不是教训，他的声音柔和很多，带着我遥远记忆里的慈爱。我鼻头有些酸，脑中思索从昨天我离开到现在发生过什么，让老爹突然跟我说这些，但没有头绪。

我说："不用，把这两笔订单做完，路子就打开了。"说完继续对着电脑工作，老爹就出去了。

四

这天的情况，两年后我们加工厂倒闭时老爹再次提起。那阵儿疫情在国内已经被很好地控制住，但客户的回款久久收不回，拖垮了我们的运营线。跟合伙人清算完毕，我就带着老爹去夜市喝酒。

即便酒过三巡，酒劲开始上头，老爹也并未对我生意失败进行指责，却说起那只鹦鹉。

"两年前我听到它说'这势地'就清楚你的难处了。"老爹咂着酒说。

"这势地"是句连我自己都没意识到的口头禅。老爹说："你在学生时代遇到最难的关口时喜欢说这三个字，犯错误要请家长时我听你说过，高考成绩出来你打算复读时说过，大学暑假在电话里跟女朋友分手后你也说过。"

那只鹦鹉白天跟我待在办公室，什么时候偷偷学会了这三个字，我丝毫没察觉，老爹第一次听到后也吓了一跳，他好多年都没听我说过这句口头禅了。

"我晚上没事就教它说'你好'，它都学不会，却把你这句话学会了，我就知道你有多难了。"老爹还没说完，我的泪就借着酒劲直往下淌。

鹦鹉随后被老爹带回了老家，没过多久，他打电话跟我喊："那只傻鸟会说'你好'啦。"

父亲归来那一天

明前茶

我小时候，父亲归来的那一天，就如彗星降临的那一天一样不可思议。父亲是天文望远镜工程师，20世纪八九十年代，中国科学院下属的国家级天文台中，许多用于观测星系的望远镜是他设计的。组装好的望远镜，被小心翼翼地运往各地的天文台安装完毕，还需要父亲前往调试，以确保望远镜的运行达到设计标准。通常，他一出差就在一个月左右。

为了避免城市的灯光干扰，各地的天文台都建在市郊的高山上。父亲去调试望远镜，业余时间会跟当地天文台的工作人员一起种蔬菜、种西瓜，用于改善生活。那年头儿，人们都讲奉献精神，调试好精密度极高的望远镜，就能开启天文台的观测圆顶室，观察浩瀚星空，研究宇宙的演变与奥秘。这是让人无比欣喜的事情，所以父亲对出差毫无怨言，我们全家也毫无怨言。我和母亲都发现，当父亲出差归来时，那个木讷、谨慎，甚至有点儿刻板和忧郁的工程师会忽然变得浪漫起来。

我记得，父亲到陕西天文台调试望远镜，工作结束时正值临潼的石榴丰收，他带回了6个硕大的石榴。那是物流极不发达的年代，我们这些江南小孩，从来没有见过那么大的石榴。父亲按照临潼小贩教他的方法，在石榴顶上找到一个下刀处，在外皮上轻划了一圈，用力掰开。里面的石榴籽紧紧抱团，晶莹剔透，红润发亮。我们用勺子挖着石榴籽，细细品尝，它的甜是多维的、立体的、丰富的，有些许醇厚甜蜜，还有些许酸爽。我终于明白古诗中为何说："榴枝婀娜榴实繁，榴膜轻明榴子鲜。"繁密的石榴籽，是被怎样的土地孕育着，才有如此滋味？那时候，我就立誓要到北方去，看一看与南方红壤完全不一样的土地。父亲说，只有生长在排水性良好的沙质土壤中，石榴树才能结出如此硕大的果实。

父亲还去过新疆天文台调试望远镜，当时绿皮火车要走56个小时。在漫长的旅程中，父亲带足了榨菜、方便面，还有自己做的紫菜饭卷。等他归来时，他居然带了一个大纸箱，难道父亲带回了新疆的冬不拉？打开纸箱，全家人都笑了，父亲居然带的是新疆的棉花，它们是生长在棉枝上的一朵一朵的棉花哦。

父亲说，调试完望远镜，他去城里办事，搭乘老乡的拖拉机，路过浩瀚无边的棉田，被一望无际的丰收场景震撼，他便用口袋里的清凉油，向棉农换了几枝棉花。棉农困惑地问他："要做一副棉手套，或者一顶厚棉帽，这点棉花不够，要不要多送你一点？"父亲笑着说："够了，千万别把棉花从棉枝上扯下来，我要让两个女儿看一看，真正的棉花是什么样子。"记得那天，我们把家中腌萝卜干的空坛子反复刷洗，接着，这干燥的棉枝被父亲插入坛中，成了家中别致的装饰品。掉落的小棉枝，父亲让我从中扯出棉花来，摸摸里面的棉籽儿。他说："在新疆，许多地方有这样的棉花。那里的棉花质量很好，做一床棉胎，可以用20年都不会扁塌。"

父亲还去过云南天文台。那次他去调试望远镜，我正上高三。母亲觉得在这节骨眼儿上，家里的顶梁柱不应该再出长差。但是，父亲说，云南天文台的这架望远镜，对研究星系的形成和变化有着特殊意义，只有把它装成了，人们对宇宙大尺度结构的研究才能更进一步，所以，他必须去。父亲承诺，等他归来时，会带给我们惊喜。

父亲去了40天，回来时带着从花卉市场批发的一箱子白玫瑰花。我们都吃了一惊——这是他人生中第一次给母亲买花。家里没有这么多花瓶，母亲不仅动用了没有来得及扔掉的白醋瓶、腌腊八蒜的坛子，还抱着余下的玫瑰，送给邻居。令人疑惑的是，在一大捆白玫瑰花的上面，父亲还放了一把蔫掉的硕大花苞，也是洁白的。看上去已经枯萎的花，为什么还要带回来？父亲说："你们不懂，这就是成语'昙花一现'中的昙花呀！昙花是仙人掌科植物，在夜间开花，两三个小时后，这些花朵就枯萎了，必须从花枝上掰下来，否则下一轮花朵就没有力量盛放。”昆明人喜欢用昙花做甜汤，父亲买了 8 朵昙花，想让我们尝一尝昙花汤的味道。

他将昙花的花萼轻轻去掉，把那些柔弱无骨的花瓣用清水反复冲洗，待将莲子等配料熬够 40 分钟后，在起锅前加入昙花的花瓣。昙花的花瓣，口感又滑又嫩，带着云贵高原上的清香气。父亲的背包里，还装着昙花的小苗。花农对他说：“昙花其实很好养，只是栽种后需要三四年才会开花。你要学会耐心等待。”

这次昆明之行，给父亲带来喜悦的，不仅是望远镜调试成功，还有他归来时，我的高考成绩已经出炉。高过一本线 41 分的成绩，令他十分满意。他送了我一个礼物作为奖励，那是一架迷你天文望远镜，镜片是父亲跟着云南天文台的磨镜师傅学习并磨制的。满月时，用这台小望远镜可以清清楚楚地看到月亮上的环形山，看到清辉四溢的月亮上，有山地、有凹坑，也有被宇宙风暴吹袭后形成的暗影。

父亲归来那天所带回来的，是外面那个浩瀚无垠的世界。他曾经说，女孩子成长中最要紧的事，就是不局限于眼前的鸡毛蒜皮、些微得失，要看到地球上的千山万水、春华秋实，看到在宇宙星际之间，自己是一粒多么幸运的尘埃。如果你的视野之内都是乌云，那肯定是因为你站得不够高，眺望得还不够远。归来的那一天，作为父亲，他想给予我的教益，就是如何跳出个人的狭窄视野，去看待这个世界的别致角度，小到一个石榴、一枝棉花，大到一架望远镜。他做到了。

“对不起”的标准回复

叶倾城

在网上看到一个年轻人的提问：突然冒出的亲生父母，我该怎么面对？

大意是好端端跟父母生活了二十多年，突然冒出来一对夫妇说是她的亲生爹妈，血浓于水，想要相认，吓得小姑娘无所适从。

这让我想起我们医院一位曾经的“常客”。

“常客”有六七十岁了吧，估计就住在附近，他每周会有两次，颤巍巍地来到医院，跟医生说些不痛不痒的不舒服——头晕、头疼、肚子疼。医生便给他量个血压，测个脉搏，再问要不要开点儿板蓝根之类的药，他摆手拒绝。如果人不多，他会跟医生扯几句闲话；人如果多，他就讪讪走了。

起初谁也没在意，老年人对身体疑神疑鬼也是很正常的事。但渐渐我们发现，他每次来的时候，找的都是蔡医生，一位30出头的女医生。

蔡医生是个有“故事”的医生。

三十年前，一位年轻医生坐急诊时，附近一对农民夫妻抱来一个发高烧的女婴。女婴已经惊厥，妈妈急得直哭，爸爸大声说：“扔了她，烧坏了脑子是个苕（土话：傻子），没人要。”

年轻医生力劝他们让孩子住院，又建议他们转诊儿童医院。两个人答应着走了出去，年轻医生后面却听见细细的、猫叫一样的哭泣声，出门一看，病婴竟被遗弃在科室门口的长椅上。

年轻医生收养了女婴，给她治病，送她上学。考大学选专业时，女孩也选了医科，她毕业的时候，国家还没有严格的隔离制度，她很自然地回到养父所在的医院工作。为了区别父女俩，大家称他们为老蔡医生、蔡医生。现在，老蔡医生已经退休了。

“常客”来医院，十有八九和蔡医生有关。但她什么也没说，每周二、四两天，她常规坐门诊，老人照例来看病，她职业化地询问病情，若无其事地写病历，但她后来不肯亲自为老人量血压、测脉搏了，每次都叫护士完成。

医生对病人，不嫌脏、不嫌臭。但她嫌他，嫌到不愿意碰他的手臂。

那一年恰好有个医疗队下乡的项目，蔡医生就跟着医疗队去了三个月。老人再来的时候，看不到她，又不好问人，就孤孤单单地坐在科室外的长椅上，呆呆的，什么都不说，头低得像再也抬不起来。我每次经过都会看到他，油然觉得他可怜，但三十年前，蔡医生也许就是被遗弃在那把长椅上。

不知道从哪一天起，老人不来了。

医院里有时候有退休职工的活动，老蔡医生就带着老伴一起来，活动完了，会和蔡医生一道回家。路上遇到同事，蔡医生便主动跟人介绍：“我爸我妈，我们长得像吧？”老蔡医生和老伴都笑眯眯的，三人的笑容真是一模一样。

有年轻的小护士叹息，“常客”是蔡医生的亲生父亲，她这么做多少有一点残忍吧？哪怕只是坐下来听对方说一句“对不起”，也是圆老人风烛残年的一个心愿。

但我觉得，小蔡医生有权说“不”，而且“对不起”的标准回复并不是“没关系”。

血缘关系里面也有一个“缘”字，父母与子女之间，有时候也必须讲缘分。有缘无缘，就是一个有心无心的问题。无论因为什么，一方主动放弃，就是断绝了关系，想再捡回来，几无可能。血脉从来不是天然的黏合剂，日日夜夜的爱护与关怀，才是羁绊彼此的终极力量。

父亲为什么沉默

〔美国〕季　子

看故事，回忆录多了，我发现，各种作家所提到的各类父亲，大多数都是用“严肃”“严厉”“不苟言笑”“沉默”……来形容的。

父亲是男士的一种“职称”。在攀到这个高度之前，他曾经是备受呵护、童言无忌的幼儿；快乐逍遥，才气纵横的少年；雄姿英发、敢言敢为的无畏青年。做上了父亲，这么多的人就那么严肃、沉默起来了，岂不奇怪！

说起来，做父母的也有咎由自取的一方面。

孩子享受父母亲的恩情实在是一套历时数以十年计的大餐。其第一道开胃小点心通常在孩子还未出生就已经铺开了。虽说是各家丰俭随意，但就是普普通通的人家，也蛮够瞧的；翻辞书或是请方家给孩子取名字；根据科学或是根据祖传经验，通过母亲之口给孩子增添营养；无师自通，或是请教心理学家进行胎教；实惠一点的早早为孩子开个户口存钱；性急一点先买回一堆小床、玩具、衣衫；好奇一点的透过超声波X光窥探弄瓦还是弄璋；高瞻远瞩的来个长远计划——指腹为婚；相信人定胜天的干脆择吉日剖腹生产，要什么八字就是什么八字！

孩子出生后，虽然必有许多欢喜，许多忙碌，许多惊讶，许多开销，但做父亲的人显然也不会为这些而变得沉默。

事情必然发生在孩子渐渐长大、懂事以后。

用“代沟”来形容两代人之间的隔阂非常准确。不过，形容得准确有什么用？许多中国人都以为“代沟”是西方的发现，或甚至是西方的“特产”，其实不然。

描述中国西周时候周武王吊民伐罪、征讨纣王之战的《封神榜》中，就有一个血淋淋描述“代沟”，并提出了最透彻解决办法的哪吒的故事。故事之所以血腥可怕，就是因为其解决方法太透彻了。

哪吒本是当时一个小军区司令、陈塘关总兵李靖的第三个儿子。由于他生具禀赋不凡，小小年纪去河中戏水，就打死了天潢贵胄、龙王之子敖丙，还将其剥皮抽筋。这桩泼天的祸水把他的父母震惊得不知如何是好。就在四海龙王奏准玉皇大帝，发来天兵天将捉拿李靖夫妇时，哪吒毅然出头，做了他父母最需要他做但又绝对说不出口的事：他当场自杀以谢罪，表明事件与父母无关。为报父母养育之恩，他更拆肉还母，拆骨还父……只留下一个幼年无依的灵魂飘飘荡荡，终于在神仙太乙真人相助之下，将其魂魄附于莲花莲叶而复生。此后哪吒助姜子牙伐纣，屡立战功。他的形象始终是一个发绾双髻、胸围红肚兜的白胖小子。

幼时读过哪吒的故事后，心中即留下一个极哀痛悲壮的印象。哪吒之父李靖虽然后来册封托塔天王，但在中国神话体系之中始终是个三流的陪视角色。我对他厌恶至极：儿子闯了祸无力保护。儿子主动拆骨肉，还父母，以示划清界限，李靖也看不出有何表现。拿了幼子的骨、肉，做什么去了？

哪吒故事的前半段每天都在世界上搬演，不过，实际上出头善后，必要时剔骨肉谢罪的却都是父母，肇事的现代哪吒们还不明所以，还不知足，这就是代沟。

孩子是父亲生命的延续，两代之间本有天性联系。从孩子未出世即开始的那份关爱一直在膨胀发展，到孩子渐知人事，做父亲的心不知有多少敏感。

父亲依传统是一家之主，什么事情都得揽在肩上。别人说 × 家的孩子如何如何，这 × 家就是父亲的家，做父亲的想不理也难。

做儿女的若是不肖，“四海龙王”“天兵天将”若是吵上门来，做父亲的真恨不能像哪吒一样，可以剔出自己的骨肉来谢罪，过了这关再说，责备太迟，埋怨无用，做父亲的是家中大将，心中都清清楚楚，只是说不得，还是沉默一途。

幸而大多数的下一代都是强于上一代的。孩子在成长，做父亲的先是观察，后是比较，慢慢就是交锋了。孩子成长进步，明理的父亲必不屑居功，或明白无可居功。不过，心中始终复杂得很：诧异、欣慰、感叹、嫉妒、焦急、骄傲……随着孩子的表现而盘旋浮沉。许多话要说也无从说起。

孩子再大一些，家中的空间已不够他们回旋，家中的空气已不够他们呼吸。总有一天，他们会明白说出来：他们已不再欣赏家中放惯的音乐，不再为父亲的幽默而发笑。

这个敏感的阶段中，常常又会在父亲和孩子们之间出现母亲的因素。

母爱和父爱不同。如果用盖在孩子身上的被子来形容父亲的庇护，那么，母亲的爱就是被子和孩子身体之间的那层空气，温暖，看不见，但你可以感到它的无处不在。

母爱有一个很重要的特点：耐心，而且常常是耐心到了无畏的地步。

待孩子稍大，曾经是贤淑害羞的年轻母亲会像脱了一层壳的蚕似的起很大变化，变得多言起来。

太太对孩子理直气壮的无畏多言，对先生是一个难题。

做母亲的说话常常是对的，但不能次次都对。待孩子大起来，对的次数总是不如孩子幼时那么多。做父母的又往往执着于这一点：就算讲得不全对，但我是一片爱心呀！

得了小胜利的孩子往往会大庆祝，以后就更独立，更反叛，更兴致勃勃。

遇到这样的情况，做父亲的怎么办？他不忍责备有无畏爱心的太太，也不欲对意气风发的孩子多所指责——今天的轻轻一推，谁敢说孩子会向外滑多远？

还是沉默吧。

最后的童话

柯云飞

第一回被告知遥远的丹麦有个小小的城市叫奥登塞，那年我4岁，患了肺炎。中午太阳很好时，父亲会将我用大衣裹着抱到阳光下走一走。北方冬季的天空十分干净，那是一种寒冷的妩媚态，院子里的杉树全落了叶子，列兵一般地站着。我把头静静停在父亲的肩上，听他讲安徒生的故事。那个漫长的冬天，父亲和童话一直与我相陪，我也随着最后一次寒流的过去而恢复了健康。

那时听完故事总要直起身体注视着父亲，问："这是真的吗？"父亲必定会空出一只手拍拍我的脑袋，笑着说："是个童话啊。"许多年之后父亲在给我的信中重新提及那段日子，他说每次我在听故事时目光都是那样的迷茫……我不知道小孩子是否真有如此成人化的表现。

我和父亲在一起的日子并不太多，但是我仍像故事里所有的乖女儿一样热爱和崇拜他，因为在我的眼中，父亲身上有着我喜欢和向往的浪漫气息。在这个不流行国语的城市里，父亲固执地使用他的北方普通话。我曾经认为他的声音是那样的出色和完美——尤其当他在朗诵诗歌的时候。

当我表现出对文学的极大兴趣的时候，父亲收藏的书籍便全部对我开放。博览群书使得我在往后的日子里受益匪浅，虽然有些书以我年轻的阅历并不能完全明白个中含义，但我依旧在做完功课之后走进父亲的书房。

父亲的书房门口挂着两片竹板，上面刻着墨绿色的两行诗：竹影扫阶尘不动，月穿潭底水无痕。有很多年我一直不懂这两句诗。念大学的时候，有一段日子迷上了禅学，才在一个日本人写的禅学书上看到了释义——父亲在十几年前就爱上了禅境界，那时他还年轻啊。

父亲说他对我感到很抱歉，他没有想到我的生活竟是如此的寂寞和孤单，他也让我去找同龄人玩，可是每回我都不快乐地又返回到他的身旁。我确实不能和别人“打得火热”，于是我放弃了这般无谓的努力。我说爸爸我只要您永远不离开我……我喜欢放学回来站在楼下大声叫父亲的名字，然后冲上楼去撞进他的怀中。我喜欢把手插进父亲的掌里，尤其在冬天，父亲的手总是热的。多年以后我长大了却仍然要父亲牵手过马路……我想我对父亲的确是存在着一种没有性别意义的比亲情再多一些的亲密关系，在他面前我是最自由最满足的。

如此的情结使我对所有的男生都不满意，在父亲所讲的童话故事里：爱情是美人鱼在刀尖上赤足舞蹈的情景——惨痛但是美丽。我一生都渴望拥有这样轰轰烈烈的极端的情感。一个夏天的黄昏，有位瘦瘦高高的北方男孩静静地走入我的生活，他说着好听的北方普通话，和我的父亲一样。男孩在青春的刹那间失去了生命，我却相信他是以这样一种形式实践了一生爱我的诺言。又过了许久，我从沉寂中走出来时，居然靠在父亲的怀里大哭了一场，我知道我还有泪水，还有可以休息的避风港，还有父亲，他依旧会给我讲故事。

然而我不知道我终于也有失落童话的时刻，父亲带着他对另外一个女人的爱情毅然决然地跟我和母亲告别，我哭着拉住他的手嚷道：“爸爸，你不要我了吗？”父亲出乎意料地不复往日的温柔，他无语地走出了房门……父亲一直没有再回来过，因为我一直没有原谅他，这时候我开始惧怕极端的爱情主义。后来我又同意去父亲的新家，父亲走进了幸福的故事，却打碎了我最后的童话，而长大了的我可以没有童话，却不能失去父亲——这样想过，父亲和童话仍然不能画等号。

话什么爱得死去活来，道什么爱得地老天荒，一个莫莱尔令无数的爱情蜜糖失去了甜味——

生命在案头

舒　乙

父亲是个写家。他说“写家”，不说“作家”。英文、俄文的“作家”直译过来，都是“写家”。父亲说的“写家”，就是取其原意，以写作为职业的意思，和木匠、拉车的，都差不多，是一种营生，职业之一而已。

写家，必须每天写，父亲就每天写。与其说是爱好、兴趣、习惯，不如说是规矩。职业嘛，跟拉车的一样，不管天气好坏，必须出车，除非病得爬不起来。父亲这样的写家就是如此，不管脑子里有没有灵感，有没有诗兴，必须伏案，必须硬写。

他自己给自己规定下定额，每天必须写多少字，完不成绝不收工。年轻的时候，一天可得三千乃至四千字，一个暑假写一部长篇小说是没有问题的。抗战时，穷困交加，身体渐渐不支，常患头晕症，一天也得赶写一千五百字。晚年专写剧本，一天可得两千字。64 岁时写长篇小说《正红旗下》，精雕细刻，进度甚慢，一天仅一千字，常常为了一个构思绞尽脑汁，写得相当苦。当然，苦尽甜来，反复琢磨的结果便常有得意的佳句诞生，自己情不自禁地要频频地当众朗诵手稿，这时刻，从他闪烁在眼镜后面的兴奋又带着点顽皮的眼神中可以看出，这是他最高兴的时候，大有“诗短偏邀逐句夸”的架势；不过，嘴上还是不住地谦虚：“您多提提，我还得改，且改呢！”

每天写有每天写的难处，没有休整，没有储备，没有间隔，必须不断地想，于是，便形成了“连轴儿转”，写完了这个两千字，还得为明天的那个两千字而思索。走路，吃饭，浇花，所有的活动，都在思考。看得出来，他整个的生命生活在自己的创作中。

朋友们刚刚离去，或者，由公众社交中刚刚脱身，他会立刻变得判若两人，绝对严肃，沉默寡言，甚至一句话也没有，一点儿也不幽默，他的思绪又飞回到他的剧本或者小说里去了。虽然没有拿笔，可是脑子在动，在紧张地工作，为了下一个两千字。

父亲的生活极有规律，简直像个钟表，这和他每天写有极大的关系。他按时起床，按时吃饭，按时午睡，从不熬夜，每天上午是他神圣的写作时间，这段时间不欢迎朋友们登门。有的好朋友忍不住要上午跑来看他，进了院子，彼此点点头，并不说话，用手比画两下，这位的意思是“我活得挺好，请放心，不必挂念”，那位的意思是“你忙你的，不用管我，我来看看花儿”。

早在新婚之时，父亲就对母亲关照过：“请你早饭之前不要和我说话，你和我说话，我不回答，绝不是和你怄气，我是心里叨咕我的小说呢，别闹误会。”

父亲有玩骨牌的习惯，写一段便坐到床上来一个人玩骨牌，花样很多：“过五关斩六将”“酒色财气”等，还要用笔帮着计算。是一种写作间隙中的休息方式。其实，手里玩着牌，脑子还在他的文章上，玩一会儿，有了新词，便又坐下去写。他作品中的众多人物是在骨牌哗啦哗啦的伴奏下诞生的。浇花，拿虫，挂画，擦桌椅，也都属于这类忙在手里想在脑里的小活动，它们是创作过程中必不可少的五一节，仿佛是故事的接生婆。

这便是一个写家的日程，几十年如此。1944 年，父亲 45 岁，重庆的朋友们发启事为他庆祝从事创作 20 周年。在有几十位著名的文人签名的《缘启》中，大家称赞他的创作是新文学的一座不朽的丰碑。在隆重的庆典上，轮到他致答词时，他已泣不成声，只喃喃地说了一句话：“我要像木匠和拉车的一样，继续写下去，写下去……”

父亲晚年创作力仍很旺盛，写了 24 部戏剧之后，计划再写三部长篇小说：一部自传体的故事，一部天桥的故事，一部八大胡同的故事。他带着小铺盖卷跑到密云的枳营和香山的门头村去体验生活，准备堂堂正正地描写满族人，那时，他已是 66 岁的老人。

然而，最后留下来的仅仅是一部八万多字的未完稿，是一个大作品的开头，文字的确炉火纯青。可惜了，“文革”使他无法再拿笔，他的生命也就完结了。当他无法再写的时候，他自己结束了自己写家的生命。

写家的生命便是写，写才是他真正的价值。

父亲加女儿等于回忆

董 桥

Veronica：

你在圣诞卡片上祝我的佳节假期充满甜美的回忆，我看了高兴得说不出话来。

我很喜欢圣诞节。不知道为什么，今年你不在身边，第一次不在我身边过圣诞节。我对自己说："不要紧，这样她才会长大。这样她才会长大！"不再读狄更斯的圣诞故事给你听了，不再跟你站在伦敦家里南窗前看平安夜的雪景了，不再教你怎么生壁炉里的火了，半夜里不再偷偷把给你的礼物放进红袜子里了，不再喂你吃妈妈烤炉里烤出来的火鸡了；再也看不到你拖着弟弟到圣诞树下去数一包包的礼物了。你长大了，弟弟也长大了。你不在身边，弟弟还在身边；再过一两年，弟弟也该到你那里去念书了，到时家里会更静。你们的圣诞节会越来越热闹，我们的圣诞节会越来越寂寞。一直到有那么一天，你们都带着你们各人的孩子们回来过圣诞节，我们的圣诞节才会又热闹起来。可是那种热闹毕竟是不同了。据说人生就是这样。我不知道。快乐是人想象出来的……

不但是圣诞节，一年到头都应该这样。外头真冷：我是越来越怕冷了，只好多躲在家里。可是我还是怀念伦敦的雪。今年下了雪没有？你几次来信都忘了提，只顾告诉我们你计划怎么跟你的朋友过圣诞。真是！我当然知道我自己是"At Christmas I no more desire a rose（在圣诞节我不再渴望玫瑰花）"而你正是渴望一朵玫瑰的年龄。那天看到你收到男朋友送你的玫瑰，你的脸是那么亮，你笑得那么开心，我心中一惊，好久好久才想起你小时候在妈妈怀里的那张脸！我知道你终于开始要在忧伤中想象快乐的滋味了。我不知道你心中的爱情是什么滋味，大概也是那种滋味吧。你不会告诉我，我也不会问你。不论是成是败，每一个人都以为自己的爱情是最特别的、最动人的。这是好的，也是对的，不然谁会有勇气跟一个陌生人分享一张床，而且一睡就好多年？谁都希望自己收到的圣诞礼物比别人多。你还要过好多好多个圣诞节，还要收到好多好多礼物。你慢慢等吧！其实，世界上的人天天、时时、刻刻都在等礼物，只是有的人等不到。我只想告诉你：不要只顾等玫瑰花！天下礼物好多种，你永远猜不到你会收到哪一种。这是人生的乐趣，也是人生的烦恼，谁都避不了。

看到你在谈恋爱，我心里又担忧又高兴。道理是说不通的。我没有理由担忧，也没有理由高兴。你是我的女儿。可是我到底不是你。我凭什么为人家送你的一朵玫瑰花而担忧、而高兴？文学害人不浅；没有文学渲染，玫瑰花根本不会那么可爱，也不会那么可怕。幸好你念的是政治、是历史，不然我更睡不着了！人活着就离不开政治；人一开始学会穿衣服遮羞之后，恋爱就离不开政治手腕。政治是管理别人的艺术或科学。爱情离得开“管理”吗？说一对男女相处得幸福，意思是说这两个人很懂得互相“管理”的艺术。至少我是这样想的。说龌龊大概也有龌龊的时候吧。“我爱你”三个字听着好听，想深一层就不那么简单了。不是泼冷水；想通了这一点道理，你会比较容易快乐。我也是不快乐了好久才悟出这个道理的；现在当然无所谓快乐或不快乐了，总之是舒服多了就是。文学教你怎么说“我爱你”，政治教你怎么解释“我爱你”，历史则教你从别人对另一个别人说的“我爱你”之中学会什么时候不说“我爱你”。

你放心，“甜美的回忆”就是这样累积起来的。

Dad 的字

天堂回信

〔美国〕马戈·法伊尔　詹　妮译

1993 年 10 月的一个清晨，朗达·吉尔看到 4 岁的女儿戴瑟莉怀中放着 9 个月前去世的父亲的照片。“爸爸，”她轻声说道，“你为什么还不回来呀？”

丈夫肯的去世已经让她痛不欲生，但女儿的极度悲伤更是令她难以忍受，朗达想，要是我能让她快乐起来就好了。

戴瑟莉不仅没有渐渐地适应父亲的去世，反而拒绝接受事实。“爸爸马上就会回家的，”她经常对妈妈说，“他现在正上班呢。”她会拿起自己的玩具电话，假装与父亲聊天儿。“我想你，爸爸，”她说，“你什么时候回来呀？”

肯死后，朗达就从尤巴市搬到了利物奥克附近的母亲家。葬礼过去近两个月，戴瑟莉仍很伤心，最后外祖母特里施带戴瑟莉去了肯的墓地，希望能使她接受父亲的死亡，孩子却将头靠在墓碑上说：“也许我使劲听，就能听到爸爸对我说话。”

后来有一天晚上，朗达哄戴瑟莉睡觉时，戴瑟莉说：“我想死，妈妈，那样我就能和爸爸在一起了。”

“上帝呀！帮帮我吧，”朗达祈祷着，“告诉我该怎么办。”

1993 年 11 月 8 日本该是肯的 29 岁生日。“我们怎么给我爸爸寄贺卡呀？”戴瑟莉问外祖母特里施。

“我们把信捆在气球上，寄到天堂去怎么样？”特里施说。戴瑟莉的眼睛立刻亮了起来。

她选了一个画着美人鱼的气球，图案的上方写着“生日快乐”。以前戴瑟莉经常和爸爸一起看美人鱼的录像。

在墓前摆放鲜花时，戴瑟莉口述了一封给爸爸的信。“生日快乐，我爱你，想念你，”她说着，“但愿你在天堂能收到这个气球，在我1月过生日时给我写回信，好吗？”

特里施将那段话和她们的地址记在了一张小纸片上，裹上一层塑料，最后戴瑟莉放飞了那只气球。

将近一个小时，她们就看着那个闪亮的光点慢慢地越飘越远、越变越小，戴瑟莉却兴奋地喊道：“看啊，爸爸收到我的气球了！”才不过几分钟，那气球就不见了。“现在爸爸要给我写回信了。”戴瑟莉说着向汽车走去。

在一个寒冷、微雨的11月的早晨，在加拿大东面的爱德华王子岛上，32岁的维德·麦金农准备出去打猎。他是一位森林管理员，与妻子和3个孩子住在美人鱼镇上。

但那一天他没有去经常打猎的地方，而突然决定去两英里外的美人鱼湖。在岸边的灌木丛中，他发现杨梅树丛的枝条钩住了一只银色的气球，上面印着美人鱼的图案，线的顶端系着一张包着塑料的小纸条，已经被雨浸湿了。

回到家，维德小心地将潮湿的纸条摊开晾干。妻子唐娜回来时，维德给她看了气球和纸条，上面写着：“1993年11月8日，生日快乐，爸爸……”通信地址是加利福尼亚利物奥克。

“现在才11月12日，”维德说，“仅仅4天这只气球就飞越了3000英里！”

“而且你看，”唐娜说着将气球翻了过来，“气球上印着美人鱼的图案，又正好落在了美人鱼湖边。”

“我们应该给戴瑟莉写封信，”维德说，“也许我们命中注定要帮助这个小姑娘。”

在沙勒特镇的书店里，唐娜·麦金农买了一本改编的《小美人鱼》。圣诞节过后几天，维德又买回了一张生日卡，上面写着：“给我亲爱的女儿，温馨的生日祝福。”

1994年1月3日，唐娜坐下来给戴瑟莉写了封信，然后将信夹在贺卡中，与书装在一起寄了出去。

1月19日的傍晚，麦金农夫妇的包裹到了，那时朗达和戴瑟莉已经回尤巴市了，特里施决定第二天再送过去。

那天晚上特里施看电视时，怀着好奇心，她打开了包裹，先是看到一张贺卡，上面写着："给我亲爱的女儿……"

第二天清晨6点45分，哭红了眼睛的特里施将汽车停在朗达的门前。特里施说："戴瑟莉，这是送给你的，"特里施将包裹放在她手里，"是你爸爸寄来的。"

"代你爸爸祝你生日快乐，"特里施念道，"我想你一定会奇怪我是谁。其实一切都是从我丈夫维德11月去打野鸭的那一天开始的。你猜他发现了什么？是你寄给爸爸的美人鱼气球……"特里施停了一下，发现戴瑟莉的脸颊上闪烁一颗泪珠。"天堂里没有商店，但你爸爸希望有人能帮他给你买一份礼物，所以他就选中了我们，因为我们就住在一个叫做美人鱼的镇上。"

特里施继续读着："我知道你爸爸一定希望你能快乐，而不要为他伤心；我知道他非常爱你，并会一直注视着你的成长。爱你的：麦金农夫妇。"

特里施读完看着戴瑟莉。"我知道爸爸不会忘记我的。"孩子说。

特里施眼里含着泪水，搂着戴瑟莉又读起了麦金农夫妇送的那本《小美人鱼》，这个故事与肯给戴瑟莉读过的那本有些不同，以前那本讲的是小美人鱼后来幸福地与英俊的王子生活在一起，而在这一本中，邪恶的女巫割断了小美人鱼的尾巴，杀死了她，3个天使将她带走了。

特里施读完，担心悲惨的结局会使外孙女伤心，但戴瑟莉却快乐地用双手托住了脸颊。"小美人鱼进天堂了！"她喊道，"爸爸送给我这本书，因为小美人鱼就像爸爸一样进了天堂！"

2月中旬麦金农夫妇收到朗达的来信："1月19日收到你们寄来的包裹时，我女儿的梦想实现了。"

以后的几个星期中，朗达母女经常与麦金农夫妇通电话。3月时，朗达与戴瑟莉飞往爱德华王子岛探望麦金农夫妇。两家人穿着雪地鞋一起到湖边维德发现气球的地方。朗达和戴瑟莉都沉默不语，好像肯就在她们的身边。

如今戴瑟莉每次想要和爸爸说话时，就会打电话给麦金农夫妇，只有这种方式能安慰她幼小的心灵。

“人们都对我说：‘气球能落到那么远的美人鱼湖边，简直太巧了。’”朗达说，“但我知道是肯挑选了麦金农夫妇将自己的爱带给戴瑟莉，她现在懂得了父亲的爱会一直陪伴着她。”

父　爱

贺爱民

我有一位好朋友，很苦恼，因为他与父亲的关系很僵，父子俩常面对面地坐着，一两个小时没一句话可说。

朋友认为父亲不理解他，换句时髦的话来说，就是父子之间存在着很深的代沟。

最近，朋友受公司派遣，要到南非的开普敦去工作。

他回到家里，吃完饭，父子俩又面对面地坐在沙发上，谁也不说话。过了一会儿，儿子开口了：

“爸，我想跟您谈一件事！”

“什么事？”父亲平静地问。

“我要到开普敦去工作了。”

“哦，我知道了。”

停了一会儿，父亲问道：“什么时候走？”

“后天。”

“哦，我知道了。”

“那……什么时候回来？”父亲身子往前挪了挪，急切地问。

“我不知道。”

“哦，我知道了。”父亲说这句话时，儿子看见父亲眼睛里噙着泪花。

房间里又沉寂下来了。

过了一会儿，父亲颤巍巍地站了起来，摇晃着走向书房。儿子看着父亲摇晃的背影，眼睛也有些湿润，想喊住父亲，但终究没有说出口。

过了一会儿，父亲从书房走了出来，手中拿着一本《世界地图册》和一支钢笔。走到儿子面前，有些激动地问："开普敦在哪里？"

儿子拿过地图册，指着说："看，就在这里！"

"在这里……"父亲一边喃喃自语，一边用笔在开普敦所在的位置点了一个红点，又在镇江所在的位置点了一个红点，然后画了一条红线，将镇江和开普敦连接起来。

父亲眼噙泪水，哽咽着对儿子说："在我想你的时候，我就看看这张地图上的两个红点和一条红线！"

光阴的故事

母　爱

血脉里的眷恋

我没算过我能拥有她多久，

也从来不敢去想。

不管一个人长到多大年纪，

总是需要和想念妈妈的。

母爱 > 爱母

|

黄永达

如今的日子甜得流蜜，我和妻子合计一下，决定出国旅游一趟，辛辛苦苦几十年，也该风光风光了。可令我们犯愁的却是：娇小的“莉莉”怎么办?我们出国旅游十多天，没人照顾。请别误会，“莉莉”并非是我们的女儿，而是一只纯种的松鼠狗。它金黄色的绒毛，闪闪发亮，晚上还摇头摆尾地钻进我们的被窝里。此刻，妻子抱着小“莉莉”，抚摸着它的头说：“我们出国十多天，没人照顾它，准饿死。”小家伙好像也知道我们此刻正在做“重大决策”似的变得格外乖顺听话。

妻子抱着“莉莉”走来走去，苦思冥想，突然惊喜地来到我的身旁，说：“有办法！”我一边听着一边点头：“这也是没有办法的办法。”

晚上，我们带上水果点心等东西，抱着小“莉莉”去探望母亲。

母亲独自一人住在河对岸，由于我们工作忙，离得也算远，而母亲又习惯独居一处，因而我们一般都是逢年过节，左拎一包，右提一盒，回家探望老人家，连邻居见了也赞誉有加，我则免不了有点飘然自喜：口碑不错!

回到家里，母亲正在看电视节目，我把东西放下，便直截了当地向母亲说明来意：“我们打算出国旅游十来天，这只小家伙就有劳您来照顾了。”据说母亲小时候让狗咬过一次，从此以后就没养过狗。而这次为了出一趟国门，只好让老妈勉为其难了。母亲听了十分爽快地说：“行！这小东西就放在这里吧，保证一日三餐有肉吃！放心吧。”

我们一边看电视，一边闲聊。老妈也一而再、再而三地提醒我们出外旅游时要注意安全，就好像小时候学校组织郊游的前夜一般，反复强调：药品、日常用具、御寒衣服都应带齐，尤其是必须把钱放好，放妥当！

突然间，母亲不说话了，双眼直勾勾地盯着电视画面。原来此刻正播放电视专题片《古稀老人，携母万里游》，讲的是哈尔滨的一位70多岁的老头儿，骑着三轮车携带百岁老母亲，从北到南，游遍祖国的大好河山。母亲看着看着，长长地叹了一口气，嘴角微微地颤动着。此刻，我看着电视，心里真不是滋味：古稀老人尚能携母走南闯北看风景，而我们今天却为了图自个儿快乐，居然斗胆让母亲去照顾宠物。相比之下，我顿时感到无地自容：为人之子，亏你想得出来！

母亲用手背擦了擦眼角，慢悠悠地站了起来，从衣柜的角落里掏出一只淡红色的小布袋，走到我面前，从袋子里拿出一千块钱，递给我说："这钱是你们平时给我的，我没花，你们把它带上，路上用！"

此刻，我又能说什么呢！母亲这一千块钱，就像鞭子一般一下一下地抽着我。我有的只是自责。我用眼睛狠狠地瞪了妻子一下，只见妻子也羞愧地低下了头，抱起"莉莉"轻声地说："我们走吧。"

母亲说："太晚了，把小东西放下，你们回去吧。"妻子并没有把小"莉莉"放下，而是内疚地说："妈，不用了，我们再想法子安顿它。"母亲觉得有点迷惑不解，她一边说一边把钱"强行"塞进我的口袋里。

我拉着母亲的手，说："妈，这只狗我们另外设法安置。把你的身份证拿给我。"母亲从枕头底下拿出自己的身份证，问道："你要身份证干吗？"

拿起母亲的身份证一看，粗心的我这才留意到母亲今年已经75岁了，我心里一酸，嗓门有点哽涩："妈，给你办护照，我们一起出国旅游！这钱我帮你保管，留着到了国外再花。"

"一起？我？一个老太太？"我坚定地点点头："我们一起出国旅游！是我们三个人一起去！"这回轮到母亲半天也说不出话来了，喃喃自语："出国？出国旅游？"眼角流露出光彩……

流动的杂货铺

陆庆屹

我妈天生暴脾气，见不得不平事，眼睛一瞪，路灯都要暗淡几分；又争强好胜不服输，眉头下从没写过“困难”二字。外公生前逢人就说：这丫头投错胎了，要是个男娃就刚好！

我家在贵州南部的一个小县城。十年前，我姐到沈阳工作，那时家里穷，坐火车属于巨额花费，爸妈想去看看女儿很不容易，一般春节才能团聚。后来，我姐在公司当了领导，收入涨了，想让爸妈直接从贵阳坐飞机到沈阳，爸晕车很严重，不知道晕不晕飞机，大家都不敢打包票，便让我妈当探路先锋。

我妈爱女心切，出发前一个月便开始发愁，愁怎么才能把家里那么多好东西都搬过去。腊肉、辣椒面、干香菇、千层底布鞋、盐酸菜、鲜花椒，都是我们那儿的特产。

我妈有一手好厨艺，对外面的吃食从来不屑一顾，去看女儿肯定也想尽可能多地带些自制美食，这非常符合我妈的倔牛脾气。我姐呢，又有强烈的江湖气，好东西从来藏不住，一定会到处嘚瑟，一被问起，马上就说是我妈种的、我妈做的……想来我妈也一定有借此炫耀一下的小心思。

坐飞机去看女儿是大事，亲戚朋友闻风而来，每家都让我妈捎去些礼物，聊表心意。一件两件便罢了，但二三十家的“心意”放在一起，甚是壮观，这让我妈愁上加愁。爸提议说：“那就只带些要紧的吧。”我妈臭骂了我爸一通，一把鼻涕一把泪地诉说女儿离家的悲苦。我妈手里抓起这个问：“沈阳有吗？”又抓起那个问：“沈阳有吗？”我爸想想说：“估计没有。”我妈瞪他一眼，越说越坚定了自己的见地：“那儿什么都没有，女儿这些年受苦了！好东西必须都带过去，让她享受享受！”

“再累也要带过去！”这是我妈的原话。家里没有足够的袋子，连买菜的塑料提篮都用上了，仍然不够。还是我爸思路开阔，想到一个法宝——床单，这东西的容纳量相当可观，老家亲戚送来的土布、大楠竹笋、河鱼干，通通收入囊中，四个角一收，系上结结实实的疙瘩，搞定！

收拾完一看，傻眼了，大包小包堆了半屋子。

后来我问爸妈怎么把这些东西搬上火车的，他们只轻描淡写地说了句：“单车推几趟嘛。”我想象不出，但可以肯定，这绝对是一项浩大的工程。到了贵阳，大舅和他的朋友过来帮忙，把半屋子行李运到机场，办托运的场面想想也知道有多壮观。

登机时出了点意外，因为大舅也没坐过飞机，不知道飞机上提供餐食，也忘了飞机远远快过火车。他一想到长路漫漫，便给我妈准备了一大袋子吃的喝的，结果过安检时全被拦下扔掉了。至今说起这件事，我妈还心疼不已。几年前大舅去世，这更成了永远的遗憾，我妈一想起来就开始掉眼泪。

除了几个大包，还有很多无法办理托运的零碎物品，多到一个人根本拎不过来。但我妈是身体棒，又特别能吃苦的中国妇女。她用麻绳把好几个买菜篮子系在一起，随身带上了飞机。

我姐联系了两辆车接机。她说，当时妈就像一个移动的杂货铺，手上拎着各种篮子、袋子，肩上扛着箱子，左右胳膊上还都挂着晃来晃去的皮包，圆滚滚的一堆，滴里嘟噜就出来了。我妈的头发被汗水打湿，东一片西一缕地贴在脸上，根本顾不上，只是四处张望着找我姐。整个机场的人都在看……我姐赶紧扑过去帮忙，其中有两件行李硬是拎不起来，谁也想不到装了什么——糯米粑粑，两大袋！不知道我妈是怎么搬上飞机，又怎么弄下来的。我姐顿时眼泪奔涌，跌坐到机场的地上哭了起来。我妈莫名其妙，问她是不是拎东西伤到手了，我姐一听，哭得更大声了。

和我姐一同来的几个同事被惊得愣住，隔了好一会儿，才忙不迭地接过行李，搀扶起我姐。他们跌跌撞撞地来到停车场，放行李的时候才发现，两辆车根本塞不下，不得已又叫了一辆出租车……后来这事在我姐公司传为美谈，一说到我妈，人人都竖起大拇指。

现在我姐一说起那场面就笑得前仰后合，我一想我妈那爷们儿性格，脑补了一下场景，既觉得好笑，又觉得心酸。

妈妈像一只龙猫

闫　晗

早上刚走出楼门，就听见头顶上方有人喊："带晌了没有？"是我妈的声音，我朝着窗户回喊了一声："带啦！""晌"是胶东方言，午饭的意思，这个词近些年我早已不用，突然听见，觉得土气中带着一丝默默的亲切。此情此景，很熟悉的感觉，仿佛回到了小时候，出门被妈妈各种不放心地叮嘱。

吃早饭的时候，妈妈感慨说自己突然有一种紧迫感，因为她离大舅去世的年龄只有 9 年了——如果她也只能活到 71 岁的话。4 年前妈妈在年度体检中查出肾脏长了肿瘤，确认是癌后最终切除了一个肾脏。关于那次住院，我印象很深的一件事是，我和妈妈、小姨在等公交车的时候，不小心打碎了要带去医院的陶瓷碗，大家截住了想互相埋怨的话头，沉浸在面对未知的恐惧和焦虑中。后来，当医生遵照流程跟我说手术可能发生的危险时，我脸上的茫然让他觉得我大概被吓呆了，便建议换个家属签字。

好在一切还算顺利。医院里的那些日子仿佛时空里的黑洞，谁也不愿意多回想。不过或许是手术后束缚带没有坚持缠，妈妈的刀口处凸出一块肉来，几年后还是如此。妈妈个子高，皮肤很白，近些年来发了胖，肚子上的肉是软的，躺在床上像一只大龙猫。尤其小朋友趴在她怀里撒娇的时候，更像了。宫崎骏的电影《龙猫》里小梅走到树林深处，躺在龙猫雪白的肚皮上睡着了，那一幕给我留下很深的印象。这么简单的电影，却被很多人喜欢，或许就是因为它让你感受到了童年的呼唤。

我家小朋友摸着姥姥的肚皮说，姥姥的肚子上有个洞，现在长好了。我也喜欢依偎着妈妈，她身上散发着一种让我安心的体香，那是属于妈妈的味道，来自遥远的童年，一直没有消散过。

我们仨在床上躺着瞎聊天，说了许多重复过千万遍的话。妈妈会说起我小时候她教我的古诗，跟我一起看的童书，我的各种童年趣事。我会背的第一首诗是林升的《题临安邸》，当时不曾了解诗句的含义，只是记得妈妈念“山外青山楼外楼”时的神情和语气，她不算标准的普通话，带着点方言味儿。

我妈并不总是温柔，有时候话说着说着，音量就高起来，让不熟悉的人不太习惯。我和爸爸倒是习惯了她的脾气，而且很早就知道，一个人看上去怒气冲冲的时候，内心很可能是脆弱的。小朋友也会在他写作业的时候，不断分心跟姥姥说：“姥姥你平静些，再忍忍。”

急脾气的妈妈却有很多朋友，比如，住院期间还特意让我从家里带一个土豆，因为同病房的人打吊瓶手肿了，贴土豆片能消肿。坐了一趟地铁，还帮助跟妈妈走散的小孩联系工作人员，被一起出行的邻居家小孩当作“好人好事”写进了日记。我从别人口中听到这些，心里很为她骄傲。

我没算过我能拥有她多久，也从来不敢去想。不管一个人长到多大年纪，总是需要和想念妈妈的。

母爱无处不在

何　风

初三（6）班有两个女同学，一个叫林颖，另一个叫林影。为了方便称呼，同学们根据她们的体形，把健壮的林颖称为“大颖”，把瘦小的林影称为“小影”。

这两位女同学的母亲都病逝了，因此，老师对她们尤其关心。

大颖性格开朗、活泼、自立，竞争意识很强，凡是有课外活动，她都积极参加。老师家访看到，大颖的房间不仅收拾得井井有条，而且她还会煮一手好菜，会照顾爸爸的生活。在大颖家里，除了墙上挂着一张普通的全家福，没有看到更多关于她母亲离去的痕迹，一点纪念性的气氛也没有。

小影忧郁内向，虚荣心强，既自卑又自尊。她向来不积极参与明争，却热衷于暗斗。为了很小的事情，她就会和同学闹别扭，生闷气。老师在她家里，看见的是一个失去母亲的孩子的悲哀：凌乱的房间，肮脏的被褥，墙上挂满了母女合影，床头塞满了幼童时代的玩具。

这天，老师把收回来的语文作业看了一遍，这是主题为《我的母亲》的作文。当她把颖和林影的作文对比着看了一遍以后，心里忽然明白了许多事情。

家长会上，针对学生自觉性差、依赖感强、生活能力弱的普遍特点，老师朗读了两篇近期的学生作文。

老师先朗读林影的作文《梦中的母亲》：“我的母亲，是世界上最爱我的人。但是她走了，留给我的是无尽的悲伤和无边的梦。在我的梦里，母亲总是那样慈爱，她对我的关怀无微不至。我记得很小的时候，我非常害怕老鼠。

那时候，我家住的地方经常有老鼠光顾，母亲便彻夜不眠，学着猫叫，放轻脚步，在屋子里巡逻。儿童节前，母亲总是跑遍全市，给我挑选最美丽的公主裙，把我打扮得像洋娃娃一样。母亲患病以后，我一点也不知道，因为她怕我伤心，所以瞒着我。我只知道母亲的脸色越来越白，对我的爱也越来越多。

“记得那是一个深秋的夜晚，母亲最后一次陪我去少年宫练琴，她拖着无力的脚步，越走越慢。秋风吹在母亲瘦削的身上，她的声音也像落叶一样无奈，母亲抚摸着我的头说：‘影影，要是妈妈不在了，你怎么办啊？’如今，我只能在梦里和妈妈说话了。每当我遇到困难，我就想起无所不能的妈妈，假如妈妈在我身边，我就不会彷徨了。我是多么不幸，我是个没有妈妈的孩子。”

家长们表情悲戚，不少家长眼睛湿润。

老师不动声色，接着读另一篇作文，林颖写的《妈妈的笑》：“妈妈离开我已经两年了，但是妈妈的笑容却一直伴随在我身边。记得我很小的时候，妈妈就得病在家休养。幼儿园放学时间，妈妈总是笑眯眯地站在门口。回家的路上，妈妈总是沿途告诉我许多生活常识，如怎样过马路，怎样到市场买菜，怎样对付小偷，怎样节省钱，怎样和小贩讨价还价。有时候，妈妈让我挑选食物和生活用品，让我去柜台付账，她则站在远处微笑着鼓励我。我觉得很有趣。妈妈病重以后，我放学回家总是沿路买好菜。回家后，睡在床上的妈妈便指导我做饭，搞卫生。我一边做家务事，妈妈一边说笑话给我听。

“妈妈的病越来越重，我和爸爸轮流给她喂饭，妈妈笑着说：‘以前我喂你，现在你喂我，你是我的小妈妈。’我自从做了‘小妈妈’后，觉得自己变成了大人，有主见多了。我中考前夕，妈妈极度衰竭。爸爸去喊救护车，妈妈则指导我收拾她的衣物。我听到了救护车的声音，于是用力背起了妈妈，没想到妈妈变得那样轻。我小心地从7楼往下走，妈妈在我的背上喘息着。她的呼吸虽然困难，但还在我耳边鼓励我：‘加油！加油！’妈妈被放到救护车上，回头对我做了一个胜利的手势，脸上绽开灿烂的笑容。我考试顺利，妈妈却再也没有回来。妈妈的微笑，妈妈的鼓励，永远伴随着我。”

老师抬起头，发现许多家长情绪激动，甚至流着眼泪。老师有千言万语，却不知从何说起，转身在黑板上写下了5个字：真正的母爱。

黑夜的火车

李朝德

挂上电话，我立刻就后悔了。

车窗外，落日失去了最后一抹余晖，远山只剩下黛色的模糊轮廓。

火车还有一个多小时才经过村里，那时天应该早黑透了吧，那么晚打电话告诉母亲站在路口做什么呢？

列车在黑夜中呼啸着，载着心事重重的乘客飞驰向前。

那天，我从昆明乘火车去一座叫宣威的小城参加会议，这趟城际列车要穿过村里。我家离铁路并不远，直线距离也就五六百米。

火车黑夜穿过家乡，最熟悉的景致与最亲近的人就在窗外忽闪而过，兴奋与激动转眼间成为远离的失落，那种感觉难以描述。

10 多分钟前，我打电话告诉母亲，我要去宣威。母亲知道我要路过村里，很是高兴："去宣威做什么？大概几点钟到？"我一一回答，有些遗憾："可惜村里没有站，不然可以回家看看。"母亲说："你忙你的，我身体好好的，不用管。"说完这句，电话里一阵沉默。

我理解这时的沉默。

车过村里，母子相距不过几百米，却不能相见。

母亲沉默，我也沉默。

我打破沉默："妈，要不火车快到村里时我打电话给你，你去村里铁路口等我，我在 7 号车厢的门口向你摇手，你就可以看见我，我也可以看见你。"

对这个突然的提议，我自己也觉得有些意外和为难，黑夜中叫母亲在路口等着见我，算怎么一回事？但母亲很高兴。

我们当然知道那个路口，那个叫小米田的路口是连接村庄与田地的一个主要路口。近些年火车多次提速，由单线变成复线后，铁路沿线早在10多年前就全线封闭。小米田路口虽然还在，但早被栅栏完全隔断，要过铁路只能翻越天桥，现在只剩下三四米宽的道口。我坐的这趟火车时速大概120公里。这样的速度通过那个道口要多长时间呢？可能半秒都不到吧！相互能看见？

窗外一片模糊，无边的黑暗包裹着车厢，我计算着时间与路程，却总也看不见熟悉的风景。

焦躁中，看见远远的公路上有车流的灯光，流光溢彩。我正纳闷儿这是哪条路呢，放着白色光芒的“施家屯收费站”几个字就出现了。我一阵悲凉，“施家屯”是隔壁村庄，火车应该在1分钟前就已驶过松林村，我竟然没有看见我熟悉的村庄和站在路口的母亲。

我颓然打电话告诉母亲：“妈，天太黑了，我没有看见你，火车已经到了施家屯。”

母亲也说：“刚才有趟火车经过，太快了，没有看见你。我想应该就是这趟火车，知道你坐在上面就行。”

我为自己的粗心愧疚不已，说不出话来。年迈的母亲在黑夜的冷风中站着，我在明亮温暖的车厢里坐着。本想让她看见我，我也能看见她，却害得她在路边白白等待，空欢喜一场。

松林村的一草一木，我再熟悉不过，怎么会看不出来呢？

我不甘心地说：“妈，要不明晚我返回时在最近的曲靖站下？站上有到村里的汽车，半小时就能到村里，住一晚再回昆明，方便得很。”母亲连忙阻止，固执而又坚定，仿佛我这样做是她的错。我没有办法，自己赌气也是跟母亲赌气：“那就明晚还在这路口，到时候我会站在最后一节车厢的车门旁招手，一定可以看见。”

我又一次要求母亲去铁路口，固执得有些残忍。

我坚定地认为，是我的疏忽，才会没看见站在车窗外的母亲，那么近的距离怎么能看不见？

那晚返程时，我早早走到最后一节车厢的车门旁。黑夜的火车如一条光带在铁轨上飘移，伏在玻璃上，我尽量睁大眼睛，可还是很难看清车窗外的景物。我想起顾城的诗句："黑夜给了我黑色的眼睛，我却用它寻找光明。"

我的光明在哪里呢？

返程时，我又看见了"施家屯收费站"，心头撞鹿。

内外温差大，车窗内起了一层薄薄的雾，我慌忙用手掌擦亮玻璃，双手罩住眼眶遮挡车内的亮光，让自己也陷入与外面一样的黑夜，在微弱的光线下仔细搜索一景一物。我终于看见被车灯照出几米远模糊的路面轮廓，看见了村庄里萤火般的昏黄灯光。

就在一个路口，我突然看见有束手电筒光在黑暗中照着火车！我刚要寻找并摇手呼喊，火车却过了！

我忙掏出电话，颤抖着告诉母亲："妈，我看见你在路口啦！"

母亲也说："我也看见你了。"

两句话说完，车外再没有了村庄，母亲越来越远了。

我在黑夜中的火车里不过是一晃而过的黑点，那个叫小米田的道口，不过三四米宽，而站在道口的母亲，她还没有一米六高啊……

与母亲相守50天

|

明前茶

前几日，看到武汉的女友莉君发朋友圈，才知道，她因为武汉封城，已经在娘家——湖北天门的一个小山村里度过了整整50天。

莉君与母亲都是能干且犟脾气的湖北“九头鸟”，秉承的人生哲学是：我的地盘我做主。因此，往年春节，莉君回娘家过年，待上5天，便是她忍耐的极限。她40来岁的人了，工作与婚姻都经历过大风大浪，拿现在的时髦话说，也算是“御姐”一枚，可一回娘家，她一定会被60多岁的老母亲当14岁的小姑娘管着。

早上睡个懒觉，挨管；晚上11点钟还在刷剧，挨骂；怕胖，少吃一口肉菜，要管，说是白白胖胖才吉利；做瑜伽伸展得像一只软腰猫，要管，说是万一闪了腰，村医那里可只有几贴土膏药，拍个X光片还要上镇医院。

1月23日，莉君刚到天门娘家两天，平地一声雷，武汉封城了。见女儿一脸的震惊和恍惚，母亲脱口道：“这下可好，你不得不多陪妈一阵子了，可走不脱了！”莉君略有点不快地说：“留在这儿干吗？留在这儿跟你吵架呀？”话一出口，她就有点后悔：父亲已经故去多年，母亲从村小退休后，独自在山中过活，家里空旷而冷清，盼着儿女们春节回来多陪陪自己，也是人之常情。况且，自己回老家忍受着网络不稳定、洗澡没浴霸的不便，难道母亲就没有不便吗？按母亲的话说，两个儿子一个女儿，加上媳妇孙辈，光是坐下来吃饭，就是整整一桌酒席。武汉一封城，儿女们都回不去了，光是张罗那么多吃食和儿孙要用的文具、电池、拖鞋、睡衣，就够母亲忙的了。

莉君的心，被愧疚扯了一把。依照她的脾气，也不可能说什么软话。尽可能帮衬母亲，维持这一大家子的正常运转，就成了莉君给自己分派的主要任务。

每天，她帮母亲将100多斤腊肉、咸火腿扛出去晾晒。母亲欣慰地说："幸亏今年没嫌土猪肉贵，依旧腌了这么多肉，不然这会儿村镇都封了，可上哪儿去买肉。"莉君听得惭愧，往年，回武汉前母亲要往她车的后备厢里装满米、油、腊肉，她的内心可全是嫌弃。

每天，她还帮母亲侍弄小菜园。往年，母亲四处张罗菜种、粪肥的时候，她都要取笑母亲，说没事干还要往武汉儿女家快递蔬菜，快递一公斤10块钱，比青菜价钱贵两倍多，当真是不会算账啊。母亲却总是说："劳动不休，筋骨不锈。再说，你爸走了，去菜园还能听听鸟儿歌唱，晒晒太阳，解个闷儿，你们年轻人不懂的。"这一回，菜园终于派上了大用场。莉君与母亲收菜锄地，忽见菜园里的一株野茶树生出新芽，她那么多天焦虑憋闷的心情，忽然也透入了一股清气。她猛然理解母亲不想闲在屋里，非要出门劳作的心情了。

每天，母亲上灶炒菜，做馒头、发糕，莉君就蹲在灶口帮她烧火。母亲说火软一些，她就挑松柴火，只放枯枝败叶；母亲说火硬一些，她就燃起硬柴，将火烧得旺旺的。如今她仿佛回到了14岁，唯母命是从。她忽然觉得这样也挺好的，自己脱去了成年人的生硬铠甲，母亲脱去了老迈垂暮的卑微，母女俩诉说往事，对上了只有她们俩才知道的暗号。炒完够一大家子吃的菜，母亲自言自语："真是怪哉，以前一个人吃饭，在电磁炉上炒两个菜就腰酸腿疼；如今一烧大柴灶，这八大碗菜做下来，倒也不觉得小腿沉重，这是咋回事？"莉君笑道："老妈，灶口暖和，比电热小太阳还管用。要不，猫一过10岁，为何就喜欢偎着灶口？"母亲望了她一眼，说了平生第一句软话："闺女，等你也要靠偎灶驱寒，你就回妈这儿。妈这儿别的没有，大灶柴火管够。"

莉君眼眶子发涩。令她眼眶发涩的还有最近的一件小事：10天前，母亲上山拾柴归来，挑出一小截软木，严正警告众人，尤其是莉君两个弟弟家的皮猴儿，不准动她的木头。谁都不知道她要用这一小截软木干吗。10 天后，莉君收到了一份意外的礼物——母亲手工制作的木雕青蛙。只见青蛙蹲在荷叶中央的筋脉上，蓄势待发，准备腾跃而去。母亲说：“我总惦记着欠我闺女一份情。你小时候，干活有你的，玩具没你的。你要过一个发条青蛙，我和你爹都没有满足你。37 年过去了，你难得回来这么久，这只青蛙该给你了。”

莉君接过青蛙，看到母亲的牵挂和叮嘱，仿佛在木雕的每一线光影中流转。

与母亲的最后一次聊天

〔日本〕松浦弥太郎　许明煌 译

昨天，是我最后一次与母亲聊天。

72 岁的母亲在两个月前被告知罹患喉癌，需要切除喉部的息肉。但只是这样还没办法完全治愈，必须同时切除声带及喉头部分。

手术前两天，医生对我说："你母亲接下来会暂时没有办法享用美食，所以尽可能让她吃喜欢的东西吧。"因此医生让她先出院回家。

我没有告诉任何一位家人那是母亲能说话的最后日子。

第二天早上大家自然地聚在餐桌前，我问她："那么，想吃点什么好的呢？"

母亲用痛苦而微弱的声音回答："跟平常一样就好了，被你这么一问，马上就大吃大喝的话，会吃坏肚子的。"我心想，等切除息肉与声带后，她就再也无法正常地说出这一番话来，不禁黯然神伤。

坐在旁边的 82 岁的父亲，说想要看高尔夫球比赛转播，所以中途离席回到房间。父亲的背影看起来孤单又渺小——我从未看过他如此弱小的身影，觉得他还没有从母亲患病这件事中缓过神来，还沉浸在悲伤之中。

大家与母亲聊得很愉快，她也快乐地述说着大半辈子的趣事：从过世的祖母年轻时因为太漂亮而追求者甚多，一直到她与父亲第一次见面的情景、生孩子前养的狗，以及把我们这些孩子寄放在别人家而夫妇俩一起出门旅行的事情，等等。好多都是我第一次听到且感到惊讶万分的事。

不假思索的随意谈天中，母亲的经历仿佛变成其他女性的人生故事，听起来实在有趣。

就我所知，母亲从来没有生过病，连感冒卧床的经历都没有，72 岁之前也从未住过院。总之，母亲是一个充满元气又健康的人。

从 50 岁开始学歌唱课程后，母亲的歌技更是快速精进，几乎只要参加卡拉 OK 大赛，就能赢得奖金。她拿到的优胜不计其数，最后因为实在太厉害了而被禁止参赛。

母亲从小的愿望就是成为歌手，60 岁时终于完成制作自己 CD 的心愿，实现了一辈子的梦想。

“昨天晚上，我一边睡觉一边听自己的 CD，突然就落下泪来，想到以后再也没办法唱歌……”母亲的眼眶红了，有泪珠在打转。

事实上，那是我第一次看到母亲哭泣的模样。从来没有哭过的母亲，用毛巾盖住双眼放声大哭。想到这么喜爱唱歌的人，再也无法发出声音，我止不住地流泪，却也无计可施。

“不过，我已经让很多人听过我唱歌了，这样也算够本了。虽然这么说可能有点奇怪，不过我听 CD 时，从心底觉得自己真的太会唱歌了。好吧，以后在心里唱就可以了。”母亲微笑着擦去泪水。

“我说你啊……”母亲突然盯着我看，“你可不要因为事业太得意就在外面拈花惹草哦。”母亲对我说教起来，“喂，知道了吗？我在认真跟你说话呢。”

她一边说着，一边“啪啪”地拍打我的大腿。

“还有啊，工作的时候一定要注意，有时候亲近的人也会背叛你。被人背叛了要保持冷静。遭到背叛不可怕，最怕的是被人背叛时，自己乱了阵脚，知道了吗？”

她又打了我的大腿一下。

“这两件事要牢记在心，继续努力啊。”母亲喝口茶润了一下喉咙，接着露出神清气爽的表情，似乎已经没有什么话要说了。

对儿子的最后说教，竟然是绝对不可以有外遇和如何应对别人的背叛，想起来还真的有点好笑。我在想，是不是母亲曾经为了这两件事情而苦恼呢？

“你现在还笑得出来，总有一天你会记得我说的话。”说完后，她就将脸转到一边去。

“聊了这么久，你该回家了。”她自作主张地结束了这次谈话。

我要回去时，母亲又拍了拍我的背说：“已经没事了，谢谢。”我突然觉得自己好像从原本要鼓励她的人变成被她鼓励的人。

“我还有很多想做的事情呢，接下来会很忙的，所以还是赶快把身体治好吧。”说完，她挥手与我道别，“就这样啦，拜拜！”

与母亲的最后一次聊天，竟充满了欢笑，还被温柔地训斥说教，又有些瞬间令人想哭泣。虽然还是很担心她，但我的心情已经平复了不少。那真的是一次令人愉快的谈话啊！

写这篇文章时，母亲正在医院接受预计长达五个小时的手术。

“待宰羔羊！”我眼前浮现母亲说出这句话时促狭的笑脸。

远与近

|

邓　刚

我的母亲几乎没读过书，但生活经验丰富，简直是研究人生的教授。她讲过的许多话，可以说相当准确。尤其是我从事写作之后，用母亲对我的教导来观察和描写世界，真觉得“句句是真理”。

小时候就听母亲经常念叨：“朋友越近越好，亲戚越远越香。”我当时甚感奇怪，怎么会这样呢，亲戚们住在一起多好呀！兄弟姐妹、姑姑姨姨、叔叔婶婶都住在一个大院里，互相帮助，取长补短，肯定是日子越过越红火，感情越来越牢固。但其实不然，以我大半个世纪的人生经验来看，亲戚们挤在一起居住，有不少都是打得不可开交，还有一些面和心不和，脸笑心不笑。细细去了解，才知道亲戚们聚在一起，日子会过得“稀碎”！

怎么个“稀碎”呢？说出来都让你哭笑不得，比如，老大和老二经常一起去逛百货，从不带老三啦；叔叔家表面喊穷，暗地里却全吃好的啦；姑姑家有钱从来不帮亲戚，却总是招待酒肉朋友啦；老太太心眼偏，有点好东西就偷着给小儿子家，大儿子傻乎乎地孝敬从来没得好啦……

由于住在一起，低头不见抬头见，所以亲戚的一切，大家都看在眼里——他三婶的架子真大啊，见面从来不打招呼，不就是在单位当个副处长吗？要是当个正的，鼻孔就朝天了……二哥有些“不正经”，总是与很多异性朋友交往……亲戚们所有的生活场景都摆在跟前，这就像演电视剧，只要一个细节没演好，那就砸了——就算你演得天衣无缝，也逃不出这样那样的猜忌。总之，亲戚们长年累月在一起，就会无事生非。

我的一个老邻居，大儿子和他们住在一起，小儿子在外国读书工作。老邻居两口子忙碌操劳大半生，身体不太好。大儿子和大儿媳妇每天早晚伺候老人吃喝拉撒睡。老人有时病痛得哎哟哎哟的，大儿子两口子又要上班工作又要照顾老人，时间一长，有时累急了，就不免发点牢骚或是表情不悦。两个老人就到处眼泪汪汪地讲，我想小儿子呀。言外之意，大儿子不好，小儿子好。其实小儿子在国外生活得灯红酒绿的，只是有时打个电话问父母好，再就是有时年节寄点钱来而已，这便成了父母心中的宝贝。而累得满脸疲惫的大儿子却被骂成不孝之子。

老两口有时在我母亲跟前说小儿子好、大儿子不好，我母亲就说：“别叨叨了，大儿子和小儿子调换过来——大儿子在国外，小儿子在家，你就会说大儿子好、小儿子不好了……”

母亲对我说：“亲戚是骨血绑定的，好得认，不好也得认，不能选择，挤在一起就会发现对方这样那样的毛病；可朋友是你交出来的，好的就交，不好的就散伙，自由选择。”所以，选择你感到好的朋友，在一起“对撇子”，越交越亲。

生活中确实是这样，朋友之间要靠感情维系，你对朋友表现出真挚的情感，朋友当然也会同样回报。不过，朋友要是走了，出国或是到外地工作了，几年不来往，没准就能忘掉一半；长年不来往，啥也没了。“人在情在，人走情散”，就是指朋友之间的交往。

亲戚之间就不同了。你的叔叔或伯伯，即使和你打翻了天，你还得委曲求全地尊称他叔叔或伯伯。倘若你与长辈们发生纠纷，你即使占理，但对方是长辈，你也只能认错，这多么憋气！

你帮亲戚几百元钱或几万元钱，谁会说你高尚？父母一生给儿女付出几十万甚至几百万元钱财和无尽的汗水，除了儿女，谁能表扬他们这是崇高？甚至连儿女们也不会说父母有啥功劳。可你要是为别家儿女付出，不用说几十万元，就是几万元钱，也会被人们赞美。你要是能帮助别人家几百万元钱财，付出一些汗水，那就更了不得了！这就是亲戚关系和朋友关系的微妙不同。

朋友之间相互帮助是境界，令人钦佩；亲戚之间相互帮助是责任，是应该的——谁让你们是亲戚呢！只要是你的亲戚，那你死活也摆脱不了。

进入21世纪了，人们的现代意识与传统观念发生了碰撞。那么，我母亲的观念过时了吗？人们还会有“朋友越近越好，亲戚越远越香”的感觉吗？

母亲的“存折”

林　夕

那天，女儿放学回家，突然没头没脑地问了一句：“妈妈，我们家有多少存款？”

不等我作答，她又继续说道：“他们都说咱家至少有50万元。”

我奇怪地看着女儿：“你说的‘他们’是谁呀？”

“我们班同学。他们都说你一本书能赚十几万元稿费，你出了那么多书，所以咱们家应该有50万吧。”

我摇摇头，说：“没有。”

女儿脸上忍不住地失望，她两眼盯着我，有些不相信似的问：“为什么？”

“因为……”我抬手一指房子，屋里的家具、电器，还有她手里正在摆弄的快译通，道：“这些不都是钱吗？钱是流通品，哪有像你们这样只算收入不算支出的！”

女儿眨眨眼睛，仍不死心，固执地问道：“如果把房子、家具、存款都算上，够50万吧？”

我点点头。女儿脸上立即绽开笑容，拍手称快道：“这么说，我是我们班第三有钱的人了！”

我这才明白她为什么问这个，一定是同学之间攀比，搞什么财富排行榜了。

我立刻纠正她：“不对，这些是妈妈的钱，不是你的。”

“可我是你的女儿呀！将来，将来——”女儿瞅瞅我，不往下说了。

我接过话，替她说道：“等将来我不在了，这些钱就是你的，对不对？”

女儿脸涨得通红，转过身，掩饰说：“我不是这个意思，都是我们同学，一天没事瞎猜，无聊！不说这个了，我要写作业了。”

说完，女儿急忙回自己房间去了。望着她的背影，我若有所思。

没错，作为我的法定继承人，我现在所有的财产，在未来的某一天，势必将属于女儿，这是不争的事实。只不过国人目前还不习惯也不好意思和自己的继承人公开谈论遗产这样十分敏感的事，而同样的问题在西方许多家庭，就比我们开明得多，有时在餐桌上就公开谈论。我想这主要是因为以前中国一直实行计划经济，一切财产都是国家的。我的父母工作了一生，一直都是无产者，直到退休前才因房改买下自己居住的房子，终于有了自己名下的财产。但是，和我们这些在市场经济环境下生活的子女相比，他们那点有限的“资产”实在少得可怜。也因此，我从未期望父母给我留下什么，相反，我倒很想在金钱方面给予父母一些，我知道，他们几乎没有存款。但是固执的父母总是拒绝，没办法，我只好先用我的名字存在银行，我想他们以后总会用上的。

那年春节，我回家过年，哥哥、妹妹也都回去了，举家团圆，最高兴的自然是母亲。没想到，因为兴奋，加上连日来操劳，睡眠不好，母亲起夜时突然晕倒了！幸亏发现及时，送去医院，最后总算安然无恙，但精神大不如前。时常神情恍惚，丢三落四。所以，尽管假期已过，我却不放心走。母亲虽然舍不得我走，但是一向要强的她不愿意我因为她耽误工作，她强打精神，装出一副精力充沛的样子，说自己完全好了，催促我早点走。我拗不过母亲，只好去订票。

行前，母亲把我叫到床前，我一眼就看见她枕头旁放着一个首饰盒，有半块砖头大小，用一块红绸缎布包着，不禁一愣。小时候有一次趁父母不在我乱翻东西，曾见过这个首饰盒，正想打开却被下班回家的母亲看到，被严厉地训斥了一顿，从此再没见过，不知道母亲把它藏到哪儿去了。我猜里面一定装着母亲最心爱的宝贝。会是什么呢？肯定不会是钱或存折。母亲的钱总是装进工资袋放在抽屉里，一到月底就没了，很少有剩余。最有可能的是首饰，因为祖父以前在天津做盐道生意，家里曾相当有财势，虽然后来败落了，但留下个金戒指、玉手镯什么的，应不足为怪。

我正猜测不解，母亲已经解开外面的红绸缎布，露出里面暗红丝面的首饰盒。她一摁上面的按钮，“叭”的一声，首饰盒开了！母亲从里面拿出一个小绸布包，深深地看了一会儿，像是看什么宝物，然后，慢慢抬起头，看着我，缓缓道：“这里面装着你出生时的胎发，5 岁时掉的乳牙，还有一张百日照，照片背面记着你的出生时辰。我一直替你留着，现在，我年纪大了，你拿去自己保留吧。”

我接过来，小心翼翼地打开。于是，我看到了自己 35 年前出生时的胎发，30 年前掉下的乳牙和来到世界 100 天时拍的照片。照片已经有些发黄了，背面的字迹也已模糊，但依然能辨认出来。一瞬间，我泪眼模糊。我意识到：这就是母亲的“存折”，里面装着母亲的全部财产，没有一样贵重的东西，但是对我，每一样都珍贵无比。

带着母亲的“存折”，我踏上归程。一路上，感慨万千。我知道，和母亲相比，我是富有的，母亲这一生永远不可能有 50 万元存款了！对她来说，那是一个天文数字，她想都不曾想过。和我相比，女儿是富有的，她一出生就拥有的东西，是我拼搏多年才得到的。但是，女儿却永远也不可能像我一样，拥有自己的胎发、乳牙了。这些记载她生命的收据，让一路奔波的我遗失在逝去的岁月里，再也找不回来了！

有一种情感永不泯灭

方冠晴

这是一个真实的故事。

一个妇女，她的儿子 3 岁那年，被人贩子拐走了。她受不了这个打击，精神崩溃，神经错乱，半疯半傻的。她有时候很平静，有时候见人就打，见东西就摔，弄得家里不得安宁。家里人实在没有办法，将她送进了市郊的精神病医院。

妇女入院的第三天，就从精神病医院跑了出来。离精神病医院不远，有一家乡里办的鞭炮厂，此时正接近中午，大门口的保安恰好进屋去接一个电话，就在这一会儿的空当，疯女人跑进了厂里。她径直闯进了生产车间，顺手抓起一些东西就往地上摔，等车间里的几个工人和保安跑来制止她时，她正举起一个小铁箱，要往地上摔。几个工人和保安看到这个场面顿时都吓傻了，一个个目瞪口呆，甚至忘了往外逃跑。因为这个疯女人举起的小铁箱，是一箱用来做鞭炮的火药，这箱火药一落地，强烈的撞击很可能会引起火药的爆炸。而这箱火药一爆炸，一定会引发周围更多成品和半成品的爆炸，后果不堪设想！

这时，有人反应过来向她叫喊："放下它！放下它！"可是疯女人只是看了他一眼，反而更高地举起了火药箱。保安急得大叫："别动！那是火药，摔下来，你自己也会没命的！"但疯女人显然不明白他们的话，看着他们又咯咯咯地笑起来。

情况万分危急！保安和工人们想拼命冲上去，夺下疯女人手中的火药箱，但他们又不敢动，怕这样做反倒激发这个疯女人迅速把火药箱扔下去！眼看着一场惨烈的灾难就要发生了，车间里的人们纷纷跑出来，往工厂的大门外跑。就在这时，一直在追寻疯女人的精神病医院的医生赶到了，医生看到这些工人一边跑一边大喊大叫："疯女人要摔炸药了……"医生从这个混乱的场面和人们惊慌失措的喊叫声中猜到疯女人可能在这个鞭炮厂里，医生立即冲进了厂里并迅速冲进了车间。果然不出所料，医生看见几个工人远远地围着那个疯女人，而那个疯女人的手中正举着一个小铁箱，医生顿时意识到那个小铁箱的危险性和重要性，说时迟那时快，医生灵机一动立即冲疯女人叫了起来："别摔坏了你的孩子！"

医生刚说出这句话，只见那个疯女人顿时愣住了，她睁大一双无神的眼睛，直直地看着医生，那箱火药却仍举在头上，没有立即落下。医生又大声而和蔼地说了一句："你手上举的是你的孩子。"

疯女人的神情立即安定了许多，她将举在头顶的火药箱放了下来，紧紧抱在怀里，低头打量着怀里的东西。就在这一瞬间，保安和工人们冲了过去，夺下了那箱火药。

所有在场的人都松了一口气，这时，有两个人紧紧抓住了疯女人就往外走，而疯女人还在呜呜吼叫着要抢回那个小铁箱，一场重大的血腥的灾难就这样避免了！人们把目光投向了那位医生，人们感激他，又钦佩他。在他们看来，医生"别摔坏了你的孩子"和"你手上举的是你的孩子"这两句意思一样的话具有无比神奇的力量，因为疯女人什么话也听不明白，也听不进去，却"听懂"了这两句话的"含义"。

医生一边告诉人们把疯女人送回精神病医院去，一边对大家说：我能说出这样两句管用的话，是因为我知道她的病根，我能找到她心灵深处最牢固，也是最能唤起她的记忆的一丝东西——那就是她当年丢失孩子的苦痛和她对自己孩子的深厚的母爱。虽然她现在疯了，她神经错乱了，但是她有时候是平静的，她还没有病到完全丧失母爱的程度，只要那一丝尚未泯灭的母爱还存在，她的病还是有希望治好的。

是的，不管是什么人，只要他还有一点点爱心，就能启动他的心扉，唤醒他爱的本能，就可以制止他的"疯狂"和"错乱"，就可以让他学会"理智"和"善良"……

种妈妈

黄守东

偏远山村三十里堡有个小女孩本来叫娇娇，可是自从妈妈走了以后，爸爸就给她改名叫盼盼，意思是盼望妈妈早日回家。妈妈是在盼盼不到2岁的时候离开家的，爸爸只说妈妈出了远门。可是盼盼还是从别人口中渐渐知道了妈妈是嫌山里太穷，狠心抛下她和爸爸离家出走的。盼盼懂事，她也不把真情告诉爸爸，她更不恨妈妈，只是默默盼望妈妈早点回来。妈妈走时盼盼还太小，还记不住妈妈的模样，好在妈妈给她留下了一张珍贵的照片。照片上的妈妈年轻美丽，亲切温柔，盼盼把这张照片精心收藏好，想妈妈了就拿出来看一看。她还经常对着照片呼唤妈妈，她觉得妈妈听见了她的呼唤，不管离家多远也会赶回来的。

爸爸对盼盼很好，他又当爹又当娘，尽量哄女儿开心，可是盼盼耳边却总响着一句歌词："没妈的孩子像棵草。"

七八岁的盼盼上学了。

春季的一天，老师教了篇课文，名叫《种子》，老师说种子种到地里浇上水就会发芽，玉米种下去长出玉米，小草籽种下去长出小草，小树种下去长成大树。盼盼听得两眼放光，她突然问道："照片种下去，会长出妈妈来吗？"同学们笑了起来，老师摇摇头说："只有种子才会发芽，照片不是种子。"小盼盼还是第一次不信老师的话。她放学跑回家急忙找出妈妈的照片，捧在手里看了又看，然后在院里挖开一个小土坑儿，珍重地把照片种下去，小心地培好土，又细细地浇上了一瓢清水。然后盼盼跪在那一片儿新土前，学着邻居家电视里一个小和尚的样子合掌祈祷："妈妈，你快点长出来啊！"

小盼盼天天为照片浇水，没事时就捧着小脸蛋儿望着那片种着希望的土地，想象着扑进妈妈怀抱的滋味。想着想着盼盼哭了，想着想着盼盼又笑了。

一天又一天过去了，春天过去了，秋天也过去了，庄稼都收割上场了，可盼盼的妈妈还没有长出来。不过盼盼不灰心，她坚信妈妈一定会长出来的。冬天来了，盼盼给种下照片的地方盖上了小棉被，她不能让妈妈冻着了。

在盼盼殷殷的盼望中，万物复苏，又一个春天来到了山里。爸爸种在园里的黄瓜豆角都已拱出了土，可是妈妈还没有长出来。这天是个星期天，爸爸下地去了，干完零活的小盼盼又坐在了种妈妈的地方，流着泪不断呼唤着妈妈，她真的已经等急了，她害怕这个春天照片还不发芽。

什么东西落到了盼盼的脸上，热热的，她抬头一看，一个女人正站在跟前深情而又愧疚地注视着她。刚才落在她脸上的，是那女人的泪。盼盼惊呆了！虽然面前的女人穿着打扮和照片上大不相同，可盼盼还是一眼认定她就是妈妈！但盼盼又一时不敢相信这是真的，她怕这又是幻觉又是梦。盼盼使劲揉揉眼，看见妈妈真真切切站在面前，正流着激动的泪水向她张开怀抱。"妈妈！"盼盼流着泪欢叫一声，像只小燕子般飞进了妈妈的怀抱。妈妈紧紧搂着盼盼、亲着盼盼。妈妈是从很远的地方赶回来的，因为她听见了盼盼的呼唤，不管走出多远，盼盼殷殷的呼唤都时刻响在她的耳旁。经过多少次犹豫，妈妈终于走回了女儿身边。盼盼却坚信这是自己创造了奇迹，她向下地归来含泪站在门口的爸爸骄傲地宣告："爸爸，我把妈妈种出来了！"

母亲们的谎言

杨如雪

我和宝印头挨着头，趴在地上看蚂蚁打架，一只小红蚂蚁离了群，兀自向宝印的小手奔去，那只小手黄黑透亮，疙疙瘩瘩，一点也没有小孩子手应该有的娇嫩红润。

蚂蚁爬进了宝印的袖筒，在这么炎热的夏季，比他更大的男孩子也光屁股跑来跑去，只有宝印长袖长裤遮得严严实实，可见他的妈妈非常爱他，怕身子单薄的他，感冒着凉突然死掉，也因为宝印长得实在太丑。

全身上下包括脸部，都长了那么一层硬硬的黑黄壳，村人叫他蛤蟆皮。嘴巴刻薄的，还要带上一个“疖”字，疖蛤蟆皮。

单是叫蛤蟆，春天在菜地池塘边蹦蹿，给人印象还青翠可喜，疖蛤蟆就有毒了，小孩子不敢碰的，怕有毒。没人和有毒的宝印玩。也没人和我玩，因为我家里成分复杂，爷爷当过国民党团长，虽然奶奶守寡后当了八路，两下里并不能抵消：我是骨头缝里有毒。

如今，像宝印这种类型，可以考虑做植皮美容手术；我嘛，也可以像白血病患者一样移植骨髓。

但那时候，这是想也不敢想的事儿。

幸亏我们都是孩子。我俩好得就像糖粘豆。

小红蚂蚁消失了，宝印浑身瘙痒了，他忍不住把衣服脱得精光，找那只惹祸的蚂蚁。虽然日日看到那张蛤蟆皮脸，但我对宝印的全身蛤蟆皮还是毫无心理准备。

宝印侧着身子使劲掏自己的耳朵眼，抓挠被红蚂蚁咬过的地方。我吃惊地盯着他的全身：干燥的裂了纹的皮肤上，真是斑斑羞辱，点点哀怨。跑回家，问母亲宝印是不是蛤蟆打的转？

我那多愁善感的母亲，郑重告诉我，宝印乃是海龙王的最小的儿子，因为龙的全身都是鳞片——所以才生成这样。

原来龙子龙女到了人间，因为怕被人认出就会变得这么丑。

第二天上学的时候，我把这事儿当大新闻告诉宝印，宝印不以为奇。原来他妈妈——我们的小学老师林老师，早就把他的身世秘密告诉了他。

怪不得宝印在一片歧视和白眼中，还活得那么安恬。虽然孤独，可是并没像一些身体有残疾的孩子一样沮丧。

这个故事在小伙伴中悄悄流传，他们看宝印的眼神变成了好奇和羡慕。

我和宝印走在一起，也成了公主。

美丽温柔的林老师，自从收养了宝印这样一个弃儿，就再也嫁不出去了。

林老师为什么要编出这样一个故事呢？我的虽然不识字但智慧通达的母亲，为什么也相信这个明显很假的故事呢？还有村里的别的母亲们，她们也不蠢，却串通好了似的，对自己的孩子用肯定的口气维持着这个童话——只发生在宝印一个人身上的童话。

直到我们年龄足够大，才明白了宝印变成英俊王子的不可能。

人人都明白的事儿，当事人却不愿意明白，也许仍暗暗抱有希望。

为什么要把期限定到 18 岁这一天，我想大概是一个人到了 18 岁，法定年龄，就可以勇敢面对未来，面对残酷的现实，哪怕是容貌丑陋，只要有一颗美丽善良的心，也能生活得很幸福。

宝印没有等到 18 岁那一天。他患有先天性心脏病，16 岁就在睡梦中猝死。

我们是一家人

秦文君

我进中学那年就开始盼望独立，甚至跟母亲提出要在大房间中隔出一方天地，安个门，并在门上贴一张“闲人免进”的纸条。不用说，母亲坚决不同意，她最有力的话就是：我们是一家人。

当时，我在学校的交际圈不小，有位姓毛的圈内女生是个孤女，借居在婶婶家，但不在那儿搭伙，每月拿一笔救济金自己安排。我看她的那种单身生活很洒脱，常在小吃店买吃的，最主要的是有一种自己做主的豪气，这正是我最向往的。

也许我叙说这一切时的表情刺痛了母亲的心，她怪我身在福中不知福。我说，为何不让我试试呢？见母亲摇头，我很伤心，干脆静坐示威，饿了一顿。母亲那时对我怀了一种复杂的情感，她认为我有叛逆倾向，所以也硬下心肠，准备让我碰壁，然后回心转意当个好女儿。当晚，母亲改变初衷，答应让我分伙一个月。我把母亲给我的钱分成30份，有了这个朴素的分配，我想就不会沦为挨饿者。

刚开始那几天，我感觉好极了，买些面包、红肠独自吃着，进餐时还铺上餐巾，捧一本书，就像一个独立的女孩。家人在饭桌上吃饭，不时地看我。而且有了好菜，母亲也邀我去尝尝，但我一概婉拒。倒不是不领情，而是怕退一步，就会前功尽弃。

我还和姓毛的孤女一起去小吃店，对面而坐。虽吃些简单的面食，但周围都是大人，所以感觉到能和成年人平起平坐，心里还是充满那种自由的快乐。

这样当了半个来月单身贵族后，我忽然发现自己与家人没什么关系了。过去大家总在饭桌上说笑，现在，这些欢乐消失了，我仿佛只是个寄宿者。有时，我踏进家门，发现家人在饭桌上面面相觑，心里就会愣一愣，仿佛被抛弃了。

天气忽然冷下来，毛姓孤女患了重感冒，我也传染上了，头昏脑涨，牙还疼个没完没了，出了校门就奔回家。

家人正在灯下聚首，饭桌上是热气腾腾的排骨汤。母亲并不知道我还饿着，只顾忙碌着。这时候，我的泪水掉下来，深深地感觉到与亲人有隔阂、怄气，是何等凄楚。我翻着书，把书竖起来挡住家人的视线，咬着牙，悄悄地吞食书包里那块隔夜的硬面包，心想：无论如何得挨过这一个月。

可惜，事与愿违，因为一件特殊的事，离一个月还剩 3 天，我身无分文了。我想问那孤女朋友借，但她因为饥一顿、饱一顿，胃出了毛病，都没来学校。我只能向母亲开口借 3 天伙食费。可她对这一切保持沉默，只顾冷冷地看我。

被母亲拒绝是个周末。早晨我就断了炊，喝了点开水，中午时，感觉双膝发软。那时的周末，上午就放假了，我没有理由不回家，因为在街上闻到食物的香味，更觉得饥肠辘辘。推开房门，不由得大吃一惊，母亲没去上班，正一碗一碗地往桌上端菜，家里香气四溢，仿佛要宴请什么贵宾。

母亲在我以往坐的位置上放了一副筷子，示意我可以坐到桌边吃饭。我犹豫着，感觉到这样一来就成了可笑的话柄。母亲没有强拉，悄悄递给我一个面包，说："你不愿意破例，就吃面包吧，只是别饿坏了。"

我接过面包，手无力地颤抖着，心里涌动着一种酸楚的感觉，不由得想起母亲常说我们是一家人。那句话刻骨铭心，永世难忘。

事后我才知道，母亲那天没心思上班，请假在家，要帮助她的孩子走出困境。

当晚，一家人又在灯下共进晚餐，与亲人同心同德，就如沐浴在阳光下，松弛而又温暖。

如今，我早已真正另立门户，可时常会走很远的路回到母亲身边，一家人围坐在灯下吃一顿饭，饭菜虽朴素但心中充满温情。就因为我们是一家人，是一家人！

人长大后都是要独立的，可家和家人却是永远的大后方，永远的爱和永远的归宿。

母亲的声音

卫宣利

父亲去世那年，她 10 岁，弟弟 8 岁。生活就像一幅缓缓展开的画卷，刚刚露出幸福的颜色，便被突然袭来的暴雨打湿，一切快乐和安宁，都被浸染得一塌糊涂。

温柔贤良的母亲，从此变成了另外一个人，狂躁，暴戾。她不小心打碎一只碗，也会被母亲声嘶力竭地训上半个小时。就是从那时候开始讨厌母亲的声音的吧，那种尖细而干裂的声音，粗暴地打磨着她的耳朵，一点点地浸透到她的生命里去。她想不明白，母亲原来甜润柔美的声音，为什么一下子全变了味儿了呢？

其实那时候，母亲也才 30 多岁，成熟饱满如一枚盛夏的果实。许多人来提亲，都被母亲泼妇一样给骂跑了。母亲像一只全副武装的刺猬，逮着谁刺谁，甚至包括她和弟弟。

母亲在菜市场管理处申请到一个摊位，每天早上 4 点钟起床，蹬着三轮车，从城北的家到城南的蔬菜批发市场，再到城北的菜市场。这样的路程，等于把整个城市绕了一圈。风里雨里，饱满成熟如一枚盛夏果实的母亲，很快便风干成了一枚瘦小干瘪的干果。

16 岁，她长成一个沉默而内敛的姑娘，读高一，成绩优秀。每天中午，她从学校跑回来，飞快地做好饭，提着饭盒，骑自行车穿过五条马路，去给母亲送饭。常常，在人声嘈杂的菜市场，母亲一边飞快地往嘴里扒饭，一边用粗大的嗓门儿和买主讲价钱。有一次她去的时候，母亲正和人吵架，母亲尖厉的声音，充满了她的双耳。对方是个骄横的女人，她吵不过母亲，便叫来了丈夫，那男人蹦跳着要去打母亲。阳光下，母亲飞舞的唾沫星和着眼泪，一点一点，濡湿了她的青春。

22岁，她大学毕业，没有继续考研，因为弟弟也在读大学，而母亲，身体已经一天不如一天。第一个月的工资交到母亲手上，厚厚的一沓，在母亲干裂粗糙的手中抖动，如一群飞舞的蝶。她静静地望着母亲，用低低的声音说："以后，不要去卖菜了。"

母亲笑了，声音不再尖锐，而是沙哑和厚重，满是艰辛和沧桑的味道。第二天早上，仍然是在菜市场，隔得老远，她就听见母亲响亮的声音："我女儿大学毕业了，在一家外国人开的公司里上班……"她从母亲的声音里，听出了扬眉吐气。

28岁，她有了自己的女儿。月子里，孩子整夜整夜地哭，母亲便也整夜不睡，抱着孩子，悠着哄着。有一天晚上她从梦里醒来，忽然听到母亲在唱歌。她没敢睁眼，静静地听，是摇篮曲，竟然是那般甜美柔和的声音。她呆呆地听着，18年的时光，仿佛一下子倒流过来。她用被子蒙住脸，泪水却如潮水一样涌了出来——她终于找回了母亲的声音，找回了从前的母亲。

可是幸福，从来都是那么短暂。

早上7点钟，母亲做好饭，喊她起床。8点钟，她上班，母亲推着孩子出去玩。10点钟，她赶到医院时，母亲躺在重症监护室，已经不能够再说话。

是高血压引起的中风，偏瘫、失语。母亲一直昏迷着，她的手抚过母亲苍白的脸庞，泪水滴落在母亲脸上。她多么想再听听母亲的声音啊，哪怕是那种尖厉粗俗的叫骂声。却再也听不到。

第二天中午，母亲在昏迷中悄悄去了。

一个月后，她收拾母亲的遗物，在一个小箱子里，放着两双线拖鞋。鞋面是淡黄色柔软的毛线，鞋底是母亲自己纳出来的千层底。这种线拖鞋母亲以前给她做过好多，脚穿进去很舒服，唯一的不足是走路的时候脚步声很响，所以每双她都是只穿几天，便丢弃一旁。

现在，她把鞋穿在脚上，从阳台走到厨房，从卧室走到客厅，"嗒嗒嗒"，脚步声仍然很响。她在响亮的声音里悄然落泪，她知道了，那是母亲留给她的最后的声音。

妈妈做你的榜样

刘　鑫

那是她生命中最难忘的日子。

去领困难补助金的那个早晨天气格外晴朗，全家人一大早就起床了，吃完早饭，她和儿子换上最好的衣服，在丈夫一声声“路上小心”的叮咛声中走出家门，朝民政局走去。

民政局的会议室里坐满了人，有和她一样来领困难补助金的居民，有前来采访此事的众多媒体记者。

她和几十个人站成一排，从领导的手里接过困难补助金，大大小小的摄像镜头对准他们，闪光灯此起彼伏。面对这样的情形，她心里有种说不清、道不明的滋味，不由得低下了头，很想快快逃离。记者却再次请他们将手中的钱呈扇形摊开，接着又是一阵灯光闪烁……

她忽然记起以前出现过同样的情形——也是无数镜头对准她，也是闪光灯亮得让她睁不开眼睛，可那时她把腰杆挺得格外直，脸上是灿烂的笑容，手上是大红的劳动模范证书……

牵着儿子的手走出大门，她的泪水忍不住涌了出来。她的泪水里既有酸楚，也有羞愧，更多的是对自己命运的哀叹。

她 18 岁就参加工作了，28 岁当上市里的劳动模范，35 岁因工厂倒闭不得不下岗。下岗后，她和丈夫开了一家小超市。超市开张四个月后的一天，她和丈夫去进货，不幸在路上发生车祸，从此丈夫只能坐在轮椅上，她瘸了一条腿。死里逃生后，他们的家境一落千丈，一家三口只能靠城市低保金为生。

低保金一个月只有 380 元，一家三口的一日三餐在里面，水费电费煤气费在里面，丈夫的营养费在里面，儿子的书本费也在里面……艰难的日子简直让她窒息。望着不能动弹的丈夫，看着才 10 岁的儿子，她甚至想过干脆买一包老鼠药，在做饭时拌进米饭里……

在她最绝望的时候，街道办事处的工作人员告诉她一个好消息：已将她家列入本城首批享受困难补助金的家庭，从下个月开始，她家每个月可在低保金的基础上再领 300 元。

走在路上，她悄悄抹去眼角的泪水。儿子摇着她的手臂撒娇：“妈妈，我们今天有钱了，你给我煮肉吃好不好？”她看着儿子的小脸，心里有说不出的酸楚：虽说自己每星期都挤点钱出来买点肉为儿子改善伙食，可儿子正是长身体的时候，那点肉对他来说能顶什么事？

她带着儿子往菜市场走去，一路上走着便盘算好手里 300 元的用途。站在肉摊前，她指了指最便宜的那类肉对摊主说：“来一斤这个。”儿子不干了：“妈，太少了。”她咬咬牙说：“那就来一斤半吧。”然后低头哄儿子：“一会儿我再去买点土豆，和肉煮成一锅，再放点葱花，就会要多香有多香。”

提着那块肉走在回家的路上，儿子还是不满意：“妈，你就多买点儿，炖一大锅，我们美美地吃一顿。”她笑了：“这个月把钱花光，下个月不吃饭？”儿子一昂头说：“下个月不是还发给咱们钱吗？这个月花光了，你下个月再去领。”儿子的这句话让她感到从未有过的震惊，仿佛有一根线一下子勒紧了她的心脏，勒得她说不出话来。她没想到儿子会有这种想法——只因为有这样那样的困难就可以不必劳动、不必奋斗，就可以心安理得地享受他人的帮助！难道儿子将来要靠低保、补助金过一辈子？

那天晚上，看着摊在桌子上的崭新钞票，她一夜没有合眼，儿子白天说的那句话一遍遍地在她耳边回响。她对自己说：我会劳动，也能劳动，曾经获得的那么多荣誉都和劳动有关，难道如今瘸了一条腿就不能劳动了？我还有一双健康的手，应该用自己的双手养活一家人！我不能让儿子将来靠领补助金过日子……

一个星期后，她在市场的一角支起一个小摊卖水饺和馄饨。她的水饺和馄饨皮薄、馅多，而且绝对新鲜、卫生。

一年后，她开了一家早餐店，但店里只能放三张小方桌。她每天凌晨两点起床，赶早班车的人一年四季都能在她的早餐店里吃上东西。

三年后，她有了一家能放七张桌子的店铺。

再后来，她的店开在繁华的大街上，店面堂皇，可以承办各类宴席……

现在，逢年过节，她都会随街道办事处的人去慰问低保户，为他们送米送油送钱。除了安慰与关心，她总会比别人多问一句："我的店里有工作岗位，你愿意来吗？"

当然，她的儿子已经长成小伙子了，和同龄的孩子一样健康阳光。不同的是，他从上中学开始，每逢寒暑假都在妈妈的店里打工，和店里的伙计干一样的活儿，拿一样的工资。

儿子一直记得10岁那年的事，不是因为记性好，而是妈妈常常重复那天的事，重复他说过的话。妈妈每次讲完这件事，总会加上一句：我不想你长大后成为依靠别人的人，所以，儿子，我一定要成为你的榜样！

儿子说："其实我记得最清楚的是另一件事。妈妈卖饺子和馄饨的第一天很晚才回来，她一进屋，手也来不及洗就径直走到我面前，将一张五元、一张两元的纸钞和四个一角的硬币一字排开，整齐地放在我面前的桌子上，认真地看着我说，儿子，妈妈今天挣钱了，这是妈妈用劳动挣来的，不是人家发给我们的……"说到这里，这个身高近1.8米的小伙子眼圈红了。

被风偷走的帽子

刘川北

让人犯愁的冬季准时地来了。我家的灶屋，黑锅底透着锈红的冰碴儿，水缸裂了缝，结了冰，取水时需用铁锤敲开冰层。做熟饭，母亲往灶灰里放一块红砖，过半个时辰，取出，让我们搂着那块砖头取暖。这个笨办法是母亲的创新发明。可是，这仍然解决不了大问题。我们冷啊！像树巅一片枯萎的黄叶瑟缩颤抖不已。我的手冻了，脚冻了，特别是耳朵，裂了口子，灼心般地疼。手冻了，母亲用拆下的旧衣服做护手的棉筒；脚冻了，母亲给我们的鞋子里垫上温暖而舒适的干草。耳朵冻了怎么办呢?

母亲下定了决心，一定要给我买上一顶棉帽。母亲想要的是那种有耷耳、里子披绒的棉帽。那年冬天，母亲就无数次说过："要是有一顶棉帽就好了。"一顶棉帽对于一个穷人的家庭是奢侈的，母亲没有钱去买一顶棉帽。这事就搁着，一直到与冬天的再一次重逢。其实，那顶帽子并没有因为随后春天的来临，把母亲的愿望打消掉，相反，却像一粒生命力极为顽强的种子，经春历夏，更加枝繁叶茂起来。

母亲把攒下的零零毛毛和借来的布票小心翼翼地用手帕包好，面带笑容，吩咐我说："走，去买帽子。"到供销社有七八里地，母亲不空着手，背上竹筐，经过野地时，顺便拾些做饭的柴火。我扯着母亲的衣角，高兴地跟在后面。

母亲捧着棉帽走出来，瞅了瞅天边的阴云，愣了一下。她忽然觉察售货员似乎算错了账目，少找了钱。母亲迅速地把灰手帕盖在竹筐里的柴火上，把棉帽轻轻地放上去。母亲急转身，奔进了供销社。

母亲再次出来时，棉帽不翼而飞。

帽子的丢失让母亲大为震惊，喘着粗气大声斥责，帽子呢？咱们的帽子呢？你把它藏哪儿了？我胆怯地说不出话来。我一直蜷缩在竹筐旁边，我没有感觉到帽子是怎样长腿跑掉了，只知道一阵大风吹来，吹得脸麻麻的，我用衣襟护着自己的眼。

母亲喊我："你撒尿去了？"我摇摇头。

"你一直在这儿？"我点点头。

"有人来过？"我不点头，也不摇头。我实在是记不起来了，疑惧地看着母亲扭曲变形的脸。

母亲疯了似的。"谁拿了帽子……谁拿走我们的帽子……"

没有人应答。母亲见一个人问一个人，没有人知道那顶帽子的去处。母亲似乎觉察出什么——那顶帽子再也不会回来了，帽子被人偷了。既然被人偷了，谁还肯拿出来归还它的主人呢？除非那人像母亲一样疯了。

母亲开始用最难听的话发泄自己的愤懑，字字句句都是投向空中的炸雷。整个世界都不存在了，只有母亲一个人在挣扎，母亲的脸像是藏了一只受了惊吓的小兽，不住地颤抖。母亲的嗓子哑了，喊声弱下去，剩下哭泣声和寒风纠缠着，撕扯着。吹乱的头发上沾满了草屑，衣襟上的扣子掉了，花裤带蛇一样地垂下来。母亲的那个样子俨然是一个得理不要命的泼妇。母亲是一个矮小瘦弱的女人，向来是温顺的，连说话都是慢声细语、小声小气，母亲异常的举止让我想到隐藏着的人性的另一面。后来，母亲回忆起这件事，也总是说，怎么会那个样子？她不会轻易地提到这件事，母亲是想要忘记这件事。不轻易地提及这件事，并不能说明她已经把这件事遗忘。

围拢的人多了。大家怀疑母亲精神有毛病，有人建议掐人中，有人嚷着扇耳光，还有人提出送镇卫生所。母亲反抗着每一双伸过来的手。

正在左右为难的时候，有人喊，那不是帽子吗？

帽子静悄悄地躲在道坡子下面的灌木棵子旁边，无动于衷地仰着脸瞅着这一群人，也安然地瞅着母亲。母亲瘸着腿走出人群，下了道坡，拾起那顶帽子。

母亲把帽子戴到我的头上，压了压帽顶，又正了正帽檐。背起竹筐，把我抱起来，谁也不理会，踏着人们的目光，渐渐走远。一路上，母亲搂着我，很紧很紧，仿佛我就是那顶容易被风偷走的帽子……

我 妈

钱海燕

上幼儿园时我开始喜欢画画，纸上画不过瘾，就用蜡笔在客厅的白粉墙上涂鸦，踮脚站在凳子上，好像莫高窟里呕心沥血的画匠。爸军人出身，建议先揍我一顿，可妈说，让她画吧，客人可以在书房喝茶。

妈这么宽容，并不是想把我培养成张大千或毕加索，她对我说：做你梦想的事，成为你想成为的人——只要不杀人放火卖国求荣，你快乐我也会快乐，而且，你要懂得为快乐付出代价。

最后这句话我是慢慢弄懂的。那次，巷子口新开了家糖果铺，我天天跑去买薄荷糖吃，妈除了提醒我刷牙并不多说话。可几天后我要租小人书的钱，妈拒绝：钱已经给你了，你有支配的自由，但自由的限度是每天一毛，就这样。我知道妈一说“就这样”即意味着讨论结束。多说无益，权衡再三，我选择了精神食粮。

从小我就是个不听话的孩子，进学校变成了一个不听话的学生。有一阵，学校要求中午回家必须睡觉，还要家长写午睡条。但我天生觉少，躺在那里翻来覆去简直活受罪。跟妈商量用阅读代替午睡，她答应了：要是你能保证下午上课不瞌睡。啊，我现在还怀念那些美好的逃睡的夏天中午：窗帘如羞涩的睫毛低垂，电扇轻轻地吹，我躺在冰凉的席子上看唐诗、童话、外国游记、《本草纲目》，手边一碗冰糖绿豆汤。妈没说过开卷有益之类的话，但她不禁止我看任何课外书，对她来说，书就是书——也许可以用好不好看来区分，但没必要说是否跟学习有关。四年级我看《红楼梦》，妈远远瞄了一眼："也许你现在还看不懂。"我闲闲翻一页："懂——黛玉是个爱闹别扭的女孩，比我们班胡晴晴还小心眼，可她心里喜欢宝玉，宝玉也知道。"妈把最后一个饺子扔进锅里："有道理。"

初中经常逃学，背了画夹去美丽湖写生，到图书馆翻旧杂志，或者干脆在家写诗。妈委婉提醒几次后放弃了说服的努力："我不赞成你这样做，但我保留意见。我希望你有分寸感，而且，我不会替你向老师撒谎请假。"一定是"分寸感"三个字触动了我，我把逃学频率控制在每周两次，考试保持在10名之内。爸说以我的聪明应该考前3名，但妈说与考分相比，她更希望我有个宽松丰富的少年时代，"孔子说因材施教，"妈一边抹玻璃一边悄悄对爸说，"你得承认你女儿和别的孩子不一样。"妈以前当过老师，其实她常说的话就是每个孩子都不一样：尊重受教育者的个性，这是教育的前提，她说。

高中我开始有了点稿费，开始有男孩子到家里来找我——借书，还书，或者什么的。我买了一大堆美丽的画册，买了一个绿色的缎子蝴蝶结，配一条苔绿的丝绒芭蕾裙，在镜子前面照来照去。还有一次，我偷偷买了一支口红，妈妈看见没说话……我也就没用，后来她替我保存起来了。

18岁进大学，先在经济系。当我和一大群女伴关起门听摇滚翻时装杂志时，妈会笑眯眯地敲门端来几碟自己做的绿草冰激凌，顶尖一粒樱桃。她从来没当众问过我的测验成绩。她笑着说：年轻真好。

那年我有了今生第一次约会，我告诉妈，他是世界上最聪明最可爱最英俊的男孩子（现在我已经忘了他长什么样子）。周末的夜晚，我兴高采烈地踩着舞步推开家门，看见爸正坐在客厅里开着电视打盹，我问他干吗呢，他嘟哝说他喜欢那个侦探片。妈早就睡了。后来，男孩打电话来说对不起，他喜欢另外一个女孩，他只是把我看作一个小妹妹。我哭得枕头都漂了起来。爸摩拳擦掌，声称要去揍那个有眼无珠的小子。妈只是端来一碗汤：喝了就好啦！她微笑：相信吗？有一天你会连他长什么样儿都忘了。

大二那年我转系，转中文。当时经济专业热得像个走红的大歌星，中文如式微的贵族小妞粗头乱服可怜巴巴。朋友劝我，喜欢写东西可以把它当业余爱好嘛，我说真喜欢就没法业余——就像真爱一个人，就不愿仅仅给他做情人一样。妈签字，我转了系。

毕业后，我在一家报纸做副刊编辑，闲了自己画画插图，偶尔趁约稿外出旅游一番，薪水是当初经济系同学的三分之一。妈问我是否后悔——当时我正在比照同学刚买的一件对我而言太昂贵的晚装裙动手仿做。我想了想，低头画了一道粉线：不。

妈笑了：真是我的女儿。

这似乎是一种夸奖。

母爱等于 0.018 秒

Kasuki

一刹那有多久？科学家告诉我们，一刹那是 0.018 秒。

一刹那是时间单位，可我们常常只用年月日来测量时间，唯有母亲用刹那来计算与孩子共度的时光。

2005 年 9 月 5 日中午，和往常一样，陈静送女儿李纯去学校。

从家里走到纸坊实验小学得经过一道铁路，桥下是潮湿黑暗的涵洞。接连几天下着雨，涵洞里积满了既深且黑的水，陈静便带着女儿沿台阶登上了铁路桥。

12 时 35 分，铁轨上静静地停着一列货车，很长，庞然大物一般，正好挡住李纯上学的路。如果想绕过火车，估计得往前走上十来分钟。

李纯决定从火车下穿过去，她笑着对母亲挥了挥手，说着“妈妈再见”就朝火车跑去。她一边跑还一边回头看着母亲，所以她是将腿和身子先伸到火车下方的。就在那一刻，火车轰隆隆启动了。

李纯小小的身体一震，就僵在火车底下动也不会动了。她还没有完全钻进去，火车车轮眼看就要从女孩的胸部碾过。

陈静正站在离女儿几米远的地方。她没有时间思考，用离弦的箭或是呼啸的风都无法形容的速度冲向了火车下正处于生死存亡关头的女儿。往前奔的力量是如此之大，以至于她根本无法将女儿从铁轨上拔出来，而是一把拽起女儿小小的身体，两个人都冲到了火车底下。

没有任何犹豫，陈静用身体将女儿压在身下。她一头栽到铁轨枕木间的石头上，登时鼻青脸肿，但她感觉不到；车厢底部的铁板和每两节车厢间牵引的铁钩从她的背部硬生生地刮了过去，鲜血从单薄的衬衣里大面积渗了出来，她感觉不到；她的右脚仓促间撞到车厢底部，当场骨折，这刺骨的疼痛她也感觉不到。她满心全是另一种钻心的痛苦——女儿的生命保住了，然而女儿来不及缩到车厢底下的右手却被车轮碾过。

火车全然没有察觉地越开越快，越走越远。陈静站起身，一把将女儿背到背上，一手拾起女儿的断手，迈开步子就往铁路桥下冲。

她走了几步才发现自己的姿势不对劲，然后身体不受控制地倒了下去，原来她的脚已经骨折了。

陈静尽可能以最大面积着地，这样女儿就可以摔倒在她的身上，而她紧紧抓着的女儿的断手一直指向天空，她怕弄脏了它。

一个小时后，陈静母女俩被江夏区人民医院转送到广州军区武汉总医院。陈静背部大面积严重擦伤，脚也骨折了，但没有生命之虞。女儿李纯除了腕部碾断外，全身几乎没有伤痕……

2005 年 6 月 14 日，22 岁的牙买加选手阿萨法·鲍威尔创造了百米 9 秒 77 的新世界纪录，当时他的起跑反应达到了惊人的 0.15 秒。

2005 年 9 月 5 日，中国武汉一处铁路旁，一个平凡女子只用一刹那的时间便完成了起跑、冲刺的全过程。

一刹那有多久？科学家经过精确计算表明，一刹那等于 0.018 秒。

这位平凡女子的名字也许不会被世人记住，虽然她创造了她自己永不可能再创造的奇迹——速度与起跑反应远远超越世界纪录的奇迹。然而，她的另一个名字必将永远被人们牢记，那就是——母亲。

家园如梦

山　珍

夜很深，也很静。浅浅的月光流进了我的村子，挤进了那扇用皮纸蒙住的三字窗。风轻轻地梳理着窗外还略显单薄的树枝，嗓音很低，却让我听得清楚那来自远方的呼唤。

庭院里的那口古井，清楚地倒映着我曾经在井旁的柳树上猴跃的童年。辘轳上那长满黑斑的麻绠，依然牢牢地吊着我的心事，绷得像调紧的弦。

“月光光，亮堂堂，背书包，进学堂……”井边学会的童谣鲜活如初，只是教我童谣的母亲，却已独卧寒山。母亲的声音已成记忆，然而母亲的血必将灌溉我的一生。

流浪的脚步离开家园，只把乡愁饲养在井中，任何一丝不经意的涟漪，都有可能荡得我遍体伤痕。

屋后的荒坡上，零零散散地落户了一些三月莓树，它们在贫瘠中送走一个个春夏秋冬，又迎来一个个春夏秋冬。

母亲为我摘莓子时被刺破的手指，滴着血，凝成一团不褪的火红，永远燃烧在我记忆的深处。那些吃三月莓当饭的甜甜的日子，是母亲用手一分一分地扳来的。今年的三月，我想母亲还会在另外的世界里为我采摘三月莓。只是母亲已移居黄泉，即使我将膝盖埋进坟土，也无法缩短母子间的距离。

等到三月莓红透的时候，我该回趟老家，去荒坡上采摘一包三月莓，捧撒在母亲的坟头。母亲曾经为我寻找三月莓的目光，擦亮一串串累累的爱。

屋右的古枫树——鸟的天堂。孩提时，父亲总是架着长长的梯子，猫着腰一回又一回地爬上树去为我取鸟，样子很吃力，可父亲的脸上却从不显露丝毫吃力的神情。

如今，鸟渐渐地少了，只剩下乱七八糟的鸟巢搁在树杈间，可年迈的父亲却像童年的我一样，在鸟归季节里一遍遍地数着鸟巢。又是鸟儿孵育的季节，隐约中，我感觉父亲佝偻着身子站在古枫前学舌一般地重复着“一、二、三、四……”那深深陷进了眼窝的眸子，专一地注视着通往山外的羊肠路。

屋左蜿蜒蛇行的山路依旧在为我走出大山的举动作注脚，那浅浅的一行不知打上了我多少若隐若现的脚印。从山村走进城市，实际上是走进一种诱惑，甚至是一种折磨。

山路的源头是生活，山路的尽头还是生活。生活就是生生死死，造化平衡世界，谁能适应这个世界，谁就是赢家。做个赢家吧，赢家有能力随遇而安。无论生活把自己推到哪个位置，都要用一颗平常心去面对，轻松靠自己给予，快乐只属于创造快乐的人。

怀念家园，更怀念家园里的某些人。我的含辛茹苦一生而今永隔幽冥的母亲，愿您有您的天堂；我的艰难活命又思儿念女的父亲，愿您有您的寄托！

在家门前那堵不倒的竹篱笆上，我将自己攀缘成一株不忘的牵牛，紫色的喇叭始终朝向敞开着的家门，芬芳屋里的每一道墙缝。

家园如一件厚厚的袄，等待着每一个伶仃的流浪者去穿；家园如一双不破的鞋，永远套在流浪者冰冷的脚上；家园如一柄永新的伞，一直搭在流浪者风雨兼程的肩膀上；家园如一块啃不完的饼，让流浪者一次又一次地去补充能量；家园如一根拉不断的线，末端总系着一个流浪者的大风筝。

藏在背后的眼睛

王小艾

她和他整整相差两个年轮，都是很暴躁的脾气，一旦倔起来就谁也不让谁。

那时，他是一个中学的老师，她的妈妈还在老家照顾爷爷，她就跟着他生活。每天都是他给她梳头发，两个歪歪的小辫，还戴两朵大大的红花。多年以后，她的童年能回忆起来的就是牵着他的衣角的那个怯怯的小女孩。

她 7 岁的时候，他是班主任，很忙。刚开学没有时间送她去学校报名，就让她和年纪大的女孩子一起去。她拿起钱就走了。轮到她的时候，老师怎么都不相信她已经有 7 岁了，“可是我就是已经 7 岁了啊！”最后她被气哭了。心里对他愤愤不平的，人家的孩子都是父母送来的，凭什么你让我一个人来报名！但是从那时起，在她懵懂的意识里有了自己做事情后获得的成就感。

他以前成绩很好，上清华大学都没有问题，因为“文化大革命”而错失了上大学的机会。因此她上学后，他对她抱有很大的希望。

上中学的时候，他已经做了学校的校长。而她拥有年级第一的好成绩，加上校长的女儿的身份，自然是引人注目。于是，在神不知鬼不觉的时候，她早恋了。结果她的成绩一点一点地下滑，从年级第一到十七，再到三十五，最后中考的时候上了二类高中。她心里有愧，倔强地不答应他把她安排到一类高中的决定。

但自此以后，她在心底下了决心：一定要考上重点大学给他看看。

填报志愿的时候，他和她的分歧很大。他一直想让她报一个师范类的学校，以后做老师，可她怎么都不想做老师。于是，他们又争吵起来，最后他火了："我不管你了，你想怎么填就怎么填，以后后悔了别找我。"说完他头也不回地走了，剩下她一个人在校门口站着，看着他的背影，她想，世上怎么会有这样的父亲啊？这一次她没有屈服，按自己的意愿填报了志愿。

大学后，她有了自己的天空。时不时写点小东西发表。当她装着无意间向他炫耀的时候，他总是在电话里不屑地说："你那个刊物是什么级别的？你能在国家级的刊物上发表吗？"她听了后心里不平，原本以为远离他了就能不受他的干涉，可是他还是像个指挥棒一样要求着自己。

找工作的时候，很多同学都是找关系，忙得焦头烂额。他说你自己去找吧，我给你出车费。结果她去了北京、上海、广州等好几座城市。

去上海一家单位应聘的时候，她落选了。在火车站给他打电话，听到了他的声音却一句话都说不出来，只是在陌生的城市里大声地哭了起来。结果他很平静地说了一句话："没录取没关系，找不到工作也没关系，大不了爸爸养你一辈子。"这是她长这么大第一次听他说这样的话。在那个最无助的时候，让她仿佛在干涸的沙漠里找到了一眼泉水，她从来都没有想过真的要依赖他，但是他的话却给了她莫大的力量。是的，还有他！不管怎么样，他都会一直支持她的。

几经波折，她终于找到了适合自己的工作，虽然早就具备了独立生存的能力，但是遇到什么困难时，还是会给他打电话，说着说着，就会委屈地哭起来。他就会在那边激她："丢人啊，那么大姑娘了还哭鼻子啊。咱就不信这点小困难会难倒英雄汉啊。那就不是咱的妞妞了啊！"她听了后使劲地吸一下鼻子，然后破涕而笑，"哼"一声又有了斗志。

放假了，她给他买了一套保暖内衣，花了三百多。他心疼地说："花这些钱干吗啊？这不是浪费吗？"他还是爱和她抬杠。她看着他鬓角的白发和不再挺拔的身躯，嘴动了动却什么话都没说出来。

那一天，她帮着妈妈收拾房间，在一个陈旧的箱子里翻出了几个厚厚的笔记本，好奇地打开，竟然是他的日记本，里面写的全是与她有关的事。

"今天妞妞的作文在市里得了三等奖，几千个人参加比赛，取得这样的成绩还不错。但是这个丫头容易骄傲，所以不能表扬她，要压压她的傲气，才能有更好的成绩。

“没想到妞妞竟然早恋了，而我一气之下，竟然打了她一巴掌。太冲动了！想给她道个歉。

“虽然她有错，但毕竟还是个孩子，想想也许只有这样对她，她才能真正地明白老爸的心情。

“妞妞要找工作了，我已经帮她联系好了一所重点中学。但是不能告诉她，不能让她有依赖心理产生，再说她的兴趣不在这。我相信她有能力找到自己喜欢的工作的。”

在那个阳光灿烂的午后，她的泪水簌簌地淌下来。默默地和他斗了整整24年，认为他是个倔强、固执、无情而又不可理喻的糟老头，却不知道他在这样放手的背后，藏着怎样的一双眼睛。怕她摔，怕她疼，却还要硬下心来让她自己去面对。他的无情只是为了让她自己去体会成长的意义，能更从容地面对生活。

模糊中，那个牵着他的衣角的小女孩走过来……多少年过去了，她在什么时候开始不再牵他的衣角，不再挽他的胳膊，甚至不曾好好地叫他一声老爸，而其实这么多年来，一直在背后支持着她的，一直在无形中给她勇气和力量的就是他。一定要等他回来后对他说一声：“老爸，我爱你。”他一定会觉得矫情而大笑起来的，但是一定要亲口对他说，一定要。

养蜂人

|

明前茶

5 年前，何苏买回两箱蜜蜂，开始在山里老家养蜂。

母亲不明白 40 岁的女儿为何突然对这种危险工作有了兴趣。想吃蜂蜜，随处可以买到，何至于自己动手来养蜜蜂？养蜂很苦，要戴斗笠、挂面罩，再热的天都要穿得像击剑手一样，把面罩的下摆严严实实地掖进衣领里，然后戴上双层棉布手套。在翻动蜂箱、添加作为饲料的白糖时，要小心避让蜜蜂；在收获蜂蜜时，要让蜜蜂意识到这是一种有限度的索取。总之，这是件冒险的事。

何苏本是一名基层公务员，业余爱好写作，已出了好几本畅销书。这几年，孩子上了寄宿学校，父母也年过 70 岁，住在老家的老宅。何苏不放心老人，周末经常独自驾车返乡，帮父母整理菜园，打扫庭院，泡茶晒豆，尽享天伦之乐。母亲身体还算硬朗，原本想独生女回到老家能休息调养，并不想让她奔波养蜂。可何苏坚持要养蜂。

这里的大部分山地都种植了翠竹与茶叶，开花植物不是每季都有。为了让小蜜蜂有食吃，何苏经常要上网查询省内的蜜源植物都在哪里，什么时候开花。春天有油菜花、荆条花、苜蓿花，夏天有萱草花、薰衣草、三叶草、马齿苋、木兰，秋天有桂花与糯种晚稻，哪儿出现盛花期，何苏就带着她的蜂箱，驾着她的汽车，去蜜源地附近借宿或野营。

有时，母亲会与她一起逐花而行。老太太由衷地感受到了浙西山区和浙东平原的山清水秀。花是好看的，花粉也令空气中饱含着痒酥酥的香味。可是，何苏总穿得像个太空人，戴着护目镜，捂得满头是汗。她又不喜欢吃甜食，收获的浓稠蜂蜜都要倒贴快递费，寄给远方的亲友，母亲怎么也想不明白她这是何苦。

何苏却不理会母亲的担忧，寒来暑往，她将两箱蜜蜂逐渐分群扩张，养到了 6 箱。为了搬运蜂箱，她把代步的两厢车换成了 SUV。

有一日，母亲终于不再劝说了，因为何苏送给她一本手绘的日历。那是何苏与出版社的美编一同创作的，里面的好多句子让母亲心动不已，例如：

“大雨忽临，我的蜜蜂，你在哪一朵丝瓜花下躲雨；你小翅膀上驮着的五彩花粉，被彩虹收去了没有？

“像工蜂一样无私又勤勉的群体，还有谁呢？天热的时候你们轮流贴近蜂巢，以双翅扇出的气流，为伙伴成就天然空调……当这世间再无野蜂飞舞，当所有的花粉都空自等待，秋天将会半瘪了嘴，所有的果实都会缺了牙，没了五彩斑斓的生气。”

母亲逐渐明白，蜜蜂在浙江乡村的生态系统里扮演着怎样的重要角色。如果蜜蜂越来越少，秋天将会像失去了半边牙床的老妇人一样，果实减产，稻穗半欠，自然界收获的光彩，至少会失去一半。一个人业余养蜂的力量虽小，但如果对蜜蜂的怜惜可以被更多的人感知，也许会激励周围的人，为复苏天然生态做一点事。善待蜜蜂，也许比少用含塑料微粒的磨砂膏和洗面奶更重要，比尽量依靠地铁和共享单车低碳出行更重要。

70 多岁的母亲和父亲终于一同接受了何苏养蜜蜂的举动。何苏加班的时候，他们还帮着照料蜜蜂，就像很多父母帮忙照料子女的宠物一样。母亲亲手缝制了带轻柔面纱的宽檐帽，与父亲一同戴上，去庭院里照看蜜蜂。他们还用杉木板和成片脱落的梧桐树皮，为蜜蜂搭了一个遮雨篷。

最近，母亲拍了一个小视频传给何苏看。视频里的她一面检查蜂箱，一面说：“靠近蜜蜂时，你最好宁神静气，这样，烦躁的蜜蜂也会感知你内心的平静，它在空中飞舞的轨迹也会变得规律起来。养蜜蜂也是修身养性。女儿，你调去做街道上的纠纷调解员 5 年了，我终于明白，你为什么要养蜜蜂。”

献给母亲的礼物

吴　纯

我 11 岁时父母离异了，我和母亲一起生活。有一次，母亲带我到新华书店，给我买了两幅字——一是“坚毅”，一是“自立”。这两幅座右铭一直陪伴着我。在“自立”那幅字下有一句话：“靠山山倒，靠人人倒，靠自己最好，凡事莫存依赖心，以自强自立为本。”母亲希望用简单的话语激励我，让我知道应该承担的责任，我是家庭的一员，我和母亲就像人字结构，一撇一捺，互相支撑。我们在教室住了半年左右，这两幅字就一直陪伴着我们。

我 4 岁时，一位很有心的幼儿园音乐老师通过一个学期的观察，发现我比别人学得快，唱得准。她对我母亲说，这个孩子有音乐天赋。母亲找了很多亲戚朋友，借了 1000 元钱买了一架电子琴，虽然当时她的工资每个月只有 40 元左右。学了差不多 10 个月，电子琴老师对母亲说，这个孩子乐感很好，常常超额完成作业，应该去学钢琴。一架钢琴将近 5000 元钱，在 20 世纪 80 年代真是一笔巨款。母亲又去借钱，找了很多人。直到现在，母亲也不告诉我，她是怎么一家一家开口借钱的，但我可以想象那有多困难。有一天，钢琴送来了。我当时很小，第一次见到这么大的钢琴，听着自然、纯净的声音，好像在敲击心灵。我连续弹了两个小时。

对孩子来说，弹钢琴最初是出于兴趣，但之后的练习，记五线谱，却非常枯燥。这时，老师的教导和家长的陪伴缺一不可。母亲非常用心地记下老师的每一句话，回家后帮我复习。

家里出现变故后，我学琴的压力更大了。最初，钢琴不能放进教室，晚上下了课，我去母亲的同事家里，他们吃饭，我练琴，练完以后去食堂吃饭，然后带饭回去给母亲。我先写作业，写完作业用收音机听音乐。妈妈吃完饭继续忙，比如焊接。我不会焊，但会帮她插元器件，妈妈节省了时间，我也锻炼了动手能力。

我们不能一直住在教室里，总要另想办法。母亲就找了许多活儿干。武汉的夏天特别热，差不多有 40 摄氏度。妈妈带着我去采购材料，大概 3 小时的路程，转几次公交车，背回 20 多公斤的元器件或者塑胶棒。我虽然小，但能扛起一个袋子。我问母亲："你这么辛苦，老板给你多少钱？"母亲说，她没有技术，只能拿劳动力去换钱，拿时间去换钱，拼命干活儿却挣很少的钱。她让我好好学习，因为时代在进步，我要成为有本事的人。

母亲的一个同事知道我们的境遇后，主动提出让我教她 7 岁多的女儿练琴。我很忐忑，母亲说，你放心，记住老师说的每句话，自己总结一下，这样既可以温故知新，又可以在教的过程中看到别人的缺点，自己可以规避。然后，我这个小老师就上任了。第一节课我战战兢兢，因为她有点儿顽皮。上了几堂课后，她就可以坐下来听我说话，慢慢地按要求规范地完成练习曲。一个星期 4 堂课，我的报酬有 100 元钱。我拿着钱一路跑，看到妈妈的时候特别高兴，告诉她这是我赚的钱。妈妈当时流着泪说："我儿子长大了，可以为这个家做更多的事儿了。"

那时候，母亲打工，没有时间安排生活，就每天给我 10 元钱，让我来管理。这是一种信任。我常常琢磨怎么分配钱，这个多一点，那个少一点；中午多一点，晚上少一点。母亲希望我懂得，孩子不只是一个消费者，还可以创造财富。孩子在家庭里有权利，也有义务和责任。

1997 年，乌克兰音乐学院的波波娃教授到武汉讲学。她听了我的演奏后觉得我有才华，可以深造。当时我才 15 岁，妈妈有点不舍得，但她还是接受了老师的建议。在乌克兰，一年的学费加生活费要 3000 美元（约 2.5 万元人民币）。1998 年冬天，妈妈在机场给了我沉甸甸的 3000 美元，她说那是我们的全部家当。她还说，我要做好 6 年不回家的准备，因为没有钱买机票。我没有回头，面朝前方挥手告别——我怕一回头，两个人都哭成泪人。

刚到乌克兰的时候，条件不好，零下 25 摄氏度，没有热水，我要去很远的地方洗澡，常常感冒。那里天亮得特别晚，又黑得特别早。但是这些不会影响我，我的信念很坚定，我知道自己是来学习的。

到乌克兰的第五天，为了缴学费，我要把手上的美元换成当地货币。为了换得多一些，我就去了更远、更偏僻的地方。结果我被骗了，1500 美元（约 1.2 万人民币）学费全没了。当时我整个人都炸了，身体不住地颤抖。

我先用 1500 美元的生活费交了学费，身上剩下几十美元。我每天早上 5 点多起床，6 点音乐学院一开门我就去练琴。有一天，我发现一个老板送牛奶，我就请他把这份工作给我，报酬只要牛奶和面包。俄式面包比较大，切成三份，早中晚各一份，我一天的饭就够了。我早上喝牛奶，中午和晚上喝白开水。这样的生活，我坚持了一年。此外，我还送过外卖，刷过墙，贴过壁纸，帮过厨，做过配菜，干过家政，能做的我都做。我每天只睡 3 小时，练琴不能落下，学习语言不能落下。这份坚毅是母亲给我的。

自从机场一别，母亲也过得十分艰苦。母亲虽然打了 5 份工，每天却只有 4 元钱生活费。她一个人在家不开伙，在食堂吃，早上买一个馒头和一碗粥，花 1 元钱，中午控制在 1.5 元钱，晚上吃 1 元钱的面条。她体检时抽不出静脉血，同事笑话她，说她被儿子吸干了血。她马上否认，说那是她的责任。她说，一个母亲把孩子带到世界上，不可以让孩子成为社会的负担，而是要为社会添砖加瓦。她觉得自己必须坚强地活着，成为一个钢铁之躯，不能生病，不能放弃，不能堕落，必须承担起养育孩子的责任和义务。

当年我给母亲写了很多信，有几千封，为了不超重还写得密密麻麻的。她一遍又一遍地读我的信。回国后我才看到那些信纸都被浸湿过，有我的泪，也有母亲的泪。

现在我几乎每场演出都带着母亲。我演奏的每一个音符，都是献给她的礼物。

认真看母亲时，她就老了

南在南方

有位朋友问，你注意过更年期的母亲吗？

我想这句话想了很久，母亲今年 70 多岁，更年期已经过去了很久。印象中，母亲一直好好的，上有老，下有小，种了好多地，喂了几头猪……朋友说，不管多劳碌，更年期总是会经历。她说，她母亲正在更年期，脾气很大，看她爸不顺眼，看她不顺眼，见碗见盘子也不顺眼，总之，许多不顺眼。有一天还莫名其妙地流泪。有一回，她母亲说，这辈子算是完了，绝经了。她没心没肺地说，多好啊，不用痛经了嘛。惹得她母亲又哭一场……我常常回家看母亲，因为她中风了。她头一次中风，恢复得算好，两个月之后能做饭，从前能把土豆切得像丝一样，这一回，切得像棍儿，不过四个月之后，又切得像丝了。可惜一年之后二次中风，彻底做不成饭了，生活还能自理，却需要人来照应。

我看母亲，母亲也看我。好多年前，有一回我睡午觉，迷迷糊糊地半睁着眼睛，看见母亲坐在床边，一声不响地看着我，于是我赶紧闭上眼睛，假装睡着。母亲就那样看了很久，好像我浑身都是她的目光。在那样的目光里，母亲一定想起了我小时候，尿床，淘气，哭鼻子；少年时，贪吃，冒失，荒唐；青年时，木讷，喝醉，小老头似的背着手走路……现在，却睡得安稳。

后来，我在一篇文章里写道，要给母亲凝视你的机会，安静地让她凝视，让她回味你成长的片段，回味已经远去的年月。她就像洋葱，你水灵灵地长，她却就那么瘪下去，瘪下去……去年腊月十九，我回老家过年，保姆眼巴巴地盼我。我回去那天晚上，她就回家了，年关了嘛，她得回家置办年货。母亲虽然中风多年，但是生活基本能自理，就是晚上起夜没办法，虽然也有尿不湿，但她不想穿，说是像尿床一样。她手脚吃不上力，起不来，得有人拉一把，平常是保姆睡她旁边，起来拉她。保姆回家后，便是我睡母亲旁边。

母亲睡得早，我睡时，问她起不起夜，她一般要起来。扶她回来睡下，母亲要说几句话，我应着应着就睡着了。

我起来问母亲，我打鼾你没睡好吧？母亲说，你打鼾也好听，一下子，像是打雷要下雨了；一下子，又不打雷下雨了。我干着急，翻不过身，我想捏一下你鼻子就好了……母亲要起床，轻轻喊我，怪呀，我轻轻喊一声，你一骨碌就起来了！我却死都爬不起来。说着，母亲就笑。

母亲中风之后，爱笑。

母亲差不多六点半就要起床，我得帮着她穿衣裳，穿袜子，穿鞋，倒水让她洗脸，扶着她坐在客厅的炉边，然后给她倒水喝药，再泡一杯茶给她。那时，天才微微亮。

有天清晨，我醒来，窗外已经大亮，我看见母亲正瞅着我。她平躺着，歪着脑袋瞅着我，我赶紧闭上眼睛，接受凝视……只三分钟吧，我正式睁开眼睛。

我说，妈，今儿起得迟啊。母亲说，我看你睡得香……一晃，你的胡子都白了几根儿……

第一次抱母亲

张炜月

母亲病了，住在医院里，我们兄弟姐妹轮流去守护母亲。轮到我守护母亲那天，护士进来换床单，叫母亲起来。母亲病得不轻，下床很吃力。我赶紧说："妈，你别动，我来抱你。"

我左手揽住母亲的脖子，右手揽住她的腿弯，使劲一抱，没想到母亲轻轻的，我用力过猛，差点朝后摔倒。

护士在后面托了我一把，责怪说："你使那么大劲干什么？"我说："我没想到我妈这么轻。"护士问："你以为你妈有多重？"我说："我以为我妈有100多斤。"护士笑了，说："你妈这么矮小，别说病成这样，就是年轻力壮的时候，我猜她也到不了90斤。"母亲说："这位姑娘真有眼力，我这一生，最重的时候只有89斤。"

母亲竟然这么轻，我心里很难过。护士取笑我说："亏你和你妈生活了几十年，眼力这么差。"我说："如果你跟我妈生活几十年，你也会看不准的。"护士问："为什么？"我说："在我的记忆中，母亲总是手里拉着我，背上背着妹妹，肩上再挑100多斤的担子翻山越岭。这样年复一年，直到我们长大。我们长大后，可以干活了，但每逢有重担，母亲总是叫我们放下，让她来挑。我一直以为母亲力大无穷，没想到她是用80多斤的身体，去承受那么多重担。"

我望着母亲瘦小的脸，愧疚地说："妈，我对不住你啊！"

护士也动情地说："大妈，你真了不起。"

母亲笑一笑说："提那些事干什么，哪个母亲不是这样过来的？"

护士把旧床单拿走，铺上新床单，又很小心地把边边角角拉平，然后回头吩咐我：“把大妈放上去吧，轻一点。”

我突发奇想地说：“妈，你把我从小抱到大，我还没有好好抱过你一回呢。让我抱你入睡吧。”母亲说：“快把我放下，别让人笑话。”护士说：“大妈，你就让她抱一回吧。”母亲这才没有作声。

我坐在床沿上，把母亲抱在怀里，就像小时候母亲无数次抱我那样。

母亲终于闭上眼睛。我以为母亲睡着了，准备把她放到床上去，可是，我看见有两行泪水，从母亲的眼里流了出来……

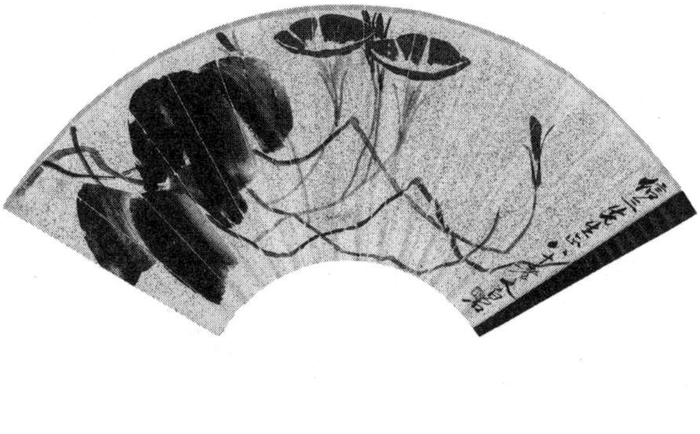

光阴的故事

子　女

望子成龙，望女成凤

人生如钟摆，

也如坐跷跷板，

超过某个定点，

角色将易位，

高低会互换……相信我们用心调教出来的儿女，

自会衡量情势，

拿捏分寸，

表达出他们对父母的感恩之心，

在爱的天平上量力加码。

当如梦难过时

〔土耳其〕奥尔罕·帕慕克　宗笑飞　林边水 译

你知道吗？亲爱的，你难过时，我也会难过。我肌体深处的某个地方仿佛潜藏着一种本能（在我的身体里，灵魂里）。当我看到你难过的时候，我也会难过。仿佛我体内装着某个电脑程序，它说："每当你看到那个如梦难过，你就要难过。"

当然，我自己也常常会突然之间无缘无故地难过起来。我会在一个平常的日子里，清扫冰箱，整理报刊，梳理我的思绪，理理头发。我的思绪飘忽不定，有感于这种生活……停一下，我看着如梦，她脸上阴云密布，蜷缩在沙发上。是什么让她如此难过呢？她斜着眼睛看世界，她的父亲望着她，她却望着世界。

她一只手搂着一个蓝色兔绒玩具，另一只手托着她那难过的脸庞。

我回到厨房，在冰箱的抽屉里翻腾起来，脑子在不停地打转：是怎么回事呢？很奇怪。她胃痛吗，还是她尝到了忧愁的滋味？随她去吧，让她难过吧，让她在孤独中忘掉自己吧。我曾一度这么认为，智者的首要目标，就是要在别人都快乐的时候，让自己难过。我喜欢人们说博尔赫斯说过的话："说真的，只要有可能，我总会努力让自己像年轻人那样感到忧郁。"很好，但是别忘了，她还算不得年轻人。她只是个孩子。

沉默。

我打开冰箱，拿出一个大红苹果，狠狠地咬了一口，然后走出厨房。她依然像个圆球，缩在那里。我不再想了。

向她靠近一些，我说："来，让我们玩掷骰子游戏吧。"那么，盒子在哪儿呢？找到盒子，打开它，问对方："你要什么颜色？""我要绿色。""好的，那我就要红的。"扔出骰子，数点数，还要确保她能获胜。如果她开始有点兴趣，想要赢了，就会兴高采烈地喊一声："我赢啦！"

好，该你掷了。她每次都能赢。

有时候我输烦了，就会想，让我赢一把吧，哪怕只是一次呢。让这个小女孩也尝尝输的滋味。

但是徒然。她会把骰子扔到一边，掀翻游戏板，然后恼怒地缩回角落里去。

为什么不玩玩脚不点地这个游戏呢？你可以从桌子上跳到餐椅上，从餐椅上跳到扶手椅上，再跳到沙发上，或者其他桌子，甚至暖气片上。

你可以手触地面，但如果双脚着地，那就算输了。所以每次不要跳得太远。

当然，最好玩的是追逐游戏。绕着房子，绕着桌子，从一个房间到另一个房间，或者绕着餐椅跑。而电视发出低沉的声音，热播着新开发的度假村，还有政变、叛乱、选美竞赛，以及美元、股市行情等各种信息。看看我们吧，我们在互相追逐，对你的连篇废话毫不关心。我们四处疯跑，篮子被踢倒了，台灯被打翻了，报纸、票据和卡片被搞得乱七八糟。我们大汗淋漓，大喊大叫，却根本不知道自己都喊了些什么，有时候我们甚至热得把衣服脱掉。要是你能看到我们是以多么快的速度，在那些巧克力包装纸、各色书本、破烂玩具、旧报纸、废弃水瓶、拖鞋，还有盒子之间跑来跑去，你就会明白了。

但是，我并没有做这些。

我坐在角落里，看着阳光下喧闹的城市，动静交织，明暗飘浮。电视开着，却没有任何声音。一只海鸥缓缓飞过屋顶，我听见了它翅膀扑棱的声音。我们两个都凝视着窗外，久久默然无言。我坐在椅子上，如梦在沙发上，我们——如梦是难过的，而我是高兴的——都在想，这种感觉是多么美妙。

女儿与我

|

蔡志忠

从小女儿常跟我在一起，因为我很独立又不太爱讲话，所以女儿也跟我很像，独立自信得超乎寻常。

女儿 1 岁半时，有一天晚上我载她出去吃饭。回到家，我先打开靠人行道的车门让她下车。我锁好车子从马路另一侧下车，发现她由车后走到马路上来找我，刚好一辆大卡车高速驶来，差一点就撞到她，吓得我出了一身冷汗。

我当下决定教她马路如虎口这件事。于是领她走到斑马线旁，要她一个人过马路。只见她左顾右盼、如履薄冰，然后快速跑过马路。我要她从对面再过马路回来，她如法炮制，又跑回来。

从此我跟她过马路一定不会牵她的手，路面高速行驶的车子，她需要自己注意。

我们无法照顾子女一辈子，所以应尽早教他们独立自主。父母该在什么时候放手？在他们能站起来时，放手让他们自己走；在他们有思考能力时，让他们自己决定事情。

我的父亲如同世代务农的祖先一样，很明白自己无法教导一个要到台北画漫画的小孩，他能教给我的，便是跌倒再自己爬起来的勇气。

父亲的无为而治，让我有机会实现自己的梦想。我也将这一理念传给我的后代。对于将要去美国留学的女儿，我能教导她的就是独立思考，勇于做自己，失败了擦干眼泪再站起来。

纪伯伦说："孩子是通过你们而来，却不是因你们而来。他们是生命的子女。"

父母是弓，小孩是箭。尽力拉开弓，愉快地放开你的手，让箭飞向梦想。

把爱给他们，却不能给予思想，因为他们有自己的思想；努力仿效他们，却不可企图让他们像你，因为生命不会倒行，也不会滞留在往昔。

由于我太太的工作尚未结束，我跟女儿先移民加拿大。抵达温哥华后，前两个星期忙于买家具、布置新家，安排女儿到附近的西温中学注册上学。

有一天，接女儿放学，在车上我问她："你们班上有几个中国学生？"

女儿说："每堂课的同学都不一样，没有所谓我们这一班。"

我问："我没听懂，这是什么意思？"

女儿说："上学第一天，校长给我介绍了一个同年级加拿大女生，要我所有的课都跟着她，依她所选的课学习，每堂课去不同的教室，有不同的同学。"

我很惊讶："初中就要选课？"

女儿说："是的，但有很多必修课，男生要学裁缝、烹饪，女生也要学木工。"

这样的教育方式真好，可以让孩子有多种尝试，最终找到自己的兴趣所在。

有一天，女儿下课回家，高兴地说："全班都说我是数学天才。"

"哇！你以前数学经常不及格，怎么会是数学天才呢？"

"数学老师也夸我是数学天才呢。"

"怎么就成了数学天才？说给我听听。"

女儿说："今天老师教九九乘法表，九九八十一、三七二十一、五六三十、七八五十六，老师一问，我立刻说出答案，全班都很惊叹！"

在中国，小学三年级的学生就将九九乘法表背得滚瓜烂熟，加拿大的学生到八年级才教九九乘法表，所以女儿才会被误认为是数学天才。

我跟女儿说："现在你的问题很严重，大家都认为你是数学天才，如何不让别人发现你原本是数学白痴？"

从此女儿便用心学数学，一两年时间便从一个数学白痴变成数学天才。由于数学的成功，她变得更加自信。

几年后，她自己申请美国大学，有四五所大学同意她入学。

她问我：“这四五所大学中，选哪所大学？”

我说：“上哪所大学不重要，在大学中学会什么才重要。”

17岁时，女儿独自到美国加州，自己租房、租家具、租车，自己打理生活，只花五年便在洛杉矶与旧金山的两所大学取得学位。

女儿的例子说明：正确的教育方法不是批评犯错的学生，而是要鼓励。鼓励是使人奋发的原动力，缺乏鼓励，绿洲会变成沙漠。

今年，女儿37岁了，有了自己的孩子，我荣升为外公。虽然当外孙几个月大时，我就因为无法应付外孙的哭声而给女儿打电话，但对于外孙，我爱得很深。我说：“爱与宠是两回事，爱是没有条件的支持，爱最大的用处是让那个被爱的小孩敢于面对外面的世界，因为他知道永远有一个爱他的家。”

我热爱思考，擅长自学，此生不渝。

与虫混战的日子

|

蔡志忠

二哥蔡高雄小学毕业后，便到台北当学徒。那年冬天的一个傍晚，母亲在厨房煮饭，我坐在炉灶前帮忙把柴火丢入灶中。13岁的二哥忽然从台北回家，蹲在灶前不发一语。

母亲说："台北工作怎么样啊？生活习惯吗？"

二哥缄默不语，红了眼眶。母亲接着问："我托你堂哥带棉被给你，听说你拿到棉被便开始哭，到底怎么回事？"二哥突然哭起来："原本我已经和老板讲好，要回家拿棉被，堂哥却送来了，我就不能回家了啊！"二哥说完，又开始哭，原来他想家想得紧，一心想逃离台北，借故回家。

三年级暑假，家中接到一封来自台北的电报："雄，车祸，父母速来。"

父母急急忙忙坐火车去台北。原来二哥在台北水电行工作时，骑自行车送货，在赤峰街平交道的坡上，被一辆人力三轮板车撞了个正着，内脏严重受损，生命垂危，必须立刻动开腹手术。母亲留在台北医院看护二哥，父亲赶回彰化向亲友借了4万元，又急忙赶去台北。

此后3个月，父母都在医院全心照顾二哥，偶尔回彰化来，也只住一天就急忙离去，生怕二哥的病情随时发生变化。

第一次开刀，二哥病况仍不稳定。医生立刻开第二次刀，二哥却依然在死亡边缘挣扎。

第三次开刀时，二哥的身体状况已经无法打麻醉剂，只好无麻醉开刀，听说他有如来自地狱的惨叫声震动了医院整栋大楼。可怜的二哥，肚皮上留下了3条长疤，每一道疤痕都长达20厘米。

父母将家中所有的钱都用来抢救二哥了，没留下一分生活费给我们姐弟三人，更别说零用钱了。漫漫3个月，我和大姐、妹妹三人相依为命，自己料理生活起居。唯一能依靠的是：一缸白米、几瓮豆腐乳及酱瓜。

我大嫂是秀水乡富豪的长女，娘家经营酱油工厂。除制作酱油，也利用制作酱油的豆瓣生产豆腐乳和酱瓜。自从大哥结婚后，我们家中的酱油、豆腐乳、酱瓜就从未缺过。

姐弟三人苦守家园的日子正逢梅雨季，天天下小雨，白米长米虫，酱油、豆腐乳、酱瓜也都长满肥胖蠕动的蛆，看起来很可怕。

整瓮白米都生满了约一厘米长的黑色小虫，淘米时无法筛干净，煮成饭后，上面密密麻麻爬着几百只小虫，看起来挺吓人；煮成稀饭，虫子会漂浮在上面，要用勺子捞干净。

这3个月我们每天吃稀饭，配豆腐乳和酱瓜。我与姐姐对瓶子里的虫子不在意，妹妹则要我们替她挑选方方正正、没被虫子咬过的豆腐乳，她才敢吃。

3个月后，二哥健健康康地回到家乡，大家都感到欣喜万分。走在他后面拎着衣服杂物的父母，开朗的笑容背后是掩不住的疲惫，双颊明显凹陷下去，看起来好像老了好几岁。

我知道父母度过了一段精神与体力极度耗竭的岁月，而二哥也真的没有辜负这段少年时期父母对他的悉心呵护。在父母过世之前的十几年岁月里，他是我们兄弟姐妹五人当中，真正照顾双亲到老的孝子。而我只是名义上给父母增添光彩，实际上是华而不实的角色。这印证了父亲常说的一句话："有能力的子女飞上天，没能力的子女留身边。"

我们姐弟三人只靠一缸白米和几瓮豆腐乳及酱瓜，没花一块钱度过3个月的那段日子，也让我对钱有了新的认识："过多的钱只是为了满足对财富的贪欲，不是为了生活。"

男人下厨房的意义

张国立

我从小是“妈宝”，衣来伸手，饭来张口。

后来妈妈走了，她儿子也长大了。有天下班回到家，我累得躺在沙发上，但晚饭总得吃，却连到巷口买份烧鸭饭的力气也没有。面对空荡荡的厨房，一时间寂寞涌上心头，于是，我翻出妈妈留下的食谱。

那天晚上我敲了两颗蛋，切了一点儿向邻居讨来的葱，炒了人生中第一盘蛋炒饭。虽然忘了放盐，忘了蛋不能炒过头，忘了刚煮好的饭实在不宜拿来炒，但那些都不重要，因为我仿佛吃到了老妈的味道。

食物好不好吃，是一件非常主观的事情，可是有个颠扑不破的基本准则：有一种味道叫老妈的味道，只有比老妈做得好的才叫美味。

此后，厨房陪着我度过许多愉快的日子。第一次婚姻失败后，我搬到台北近郊一个叫深坑的地方，去离得最近的馆子，开车也得 15 分钟，这就更加刺激了我进厨房的欲望。打开老妈留下的食谱，照她的“方子”，一道道地试着做。

妈妈的食谱和市面上卖的书不同，她写得口语化。像做鸡汤，她不写放几匙盐、几匙油，怎么炖、怎么焖，写的是：“喏，水烧到开，把上头的泡沫撇掉，要撇干净，懒不得。”

那时，每周六我接女儿来同住，父女俩便迷上厨房，也从老妈的食谱跳入更大的世界。小孩子喜欢西式食物，一步步地，我们做出意大利面和牛排。有天我忽然想到，虽然穷，不过也许我能把老爸的味道骄傲地传给女儿。

冬天时厨房开伙，整个房子的温度都会升高，不开暖气也温暖；夏天时厨房开伙，温度升高，不过汗流得过瘾，流得有价值。

再婚后，我把厨房交给老婆，她爱做、会做，我乐得享受。最有趣的部分是夫妻俩一起商量菜单，再去买菜，然后我等着香味从厨房传出，等着饭菜上桌。

吃饭由一件事变成一种仪式，且延伸到人生的每一个角落。

如今回想，我得出一个坚定的结论：厨房是家的中心，饭桌是家人交换心情的地方，所以饭桌绝对要远离电视，吃饭时不看电视、不玩手机，配饭、配菜的只有聊天。长久养成习惯，产生的积极作用难以想象。例如和老婆吵架，最终两个人躲不开饭桌，赔不是，此时最好。

我的一个朋友也是如此，他每天晚上跟妻子讨论该给儿女做什么便当，达成共识后，朋友便进厨房。父亲对子女的爱，弥漫在锅勺与炒菜的热气之间。

很多年以后，当子女长大，他们继承了对食物的独特感觉，便由此将家族的感情扩散至家庭新成员间和他们的婚姻里。

如果你恰好打算买房子，或改装房子，请千万考虑：客厅是待客用的，而厨房和餐厅绝对要温馨，因为它们是家的灵魂所在。

我能抱一下你吗

于　莺　口述

一天，血透室送过来一个病人，是个老年人，80 多岁，之前的疾病是前列腺癌合并肾癌，发生肾衰后进行透析，透了一年多。血透室送过来的时候说这个病人血透时血压低，发热，于是直接送到了我们抢救室。

这位老先生是离休老干部，公费医疗，全额报销。了解到这种情况，我悄悄跟年轻的大夫说，看来他们家什么(治疗手段)都会用。病人的老伴来了，80 岁左右，穿戴很整齐，话很少，静静地在一边坐着，一看就知道曾受过高等教育。她女儿是一个 40 岁左右的中年女性，穿着很朴素，从外表根本看不出来自高干家庭。

我跟她们讲："老先生前列腺癌合并肾癌，要透析。现在他感染性休克，我们目前的抗休克治疗方式是要补液、扩容，把抗生素、激素用上，如果血压还上不来，我们就要给他用血管活性药物。但问题是，如果我们把这么多药液输进去，他可能会因为肾衰而没有尿，所以还必须用床旁血滤来保驾。这样下来，一天的治疗费用大概要 1 万块，对于医保病人来说可能承受不了，但对公费医疗的病人来说没有问题，可以全额报销。"

停了停，我接着对她女儿讲："但是老先生 80 多岁了，之前就有两个肿瘤，这一次我们即便竭尽全力把他救过来，他也很可能回不到病前的状态。其实他得病前就已经很虚弱了，这一次我们花很大的人力物力把他救过来，可能过不了一两个月，又会出现第二、第三次风险，且一次比一次厉害。更何况这一两个月他身上会插满管子，非常痛苦。"

我不说了，等待她们的反应。

女儿向妈妈求助：“妈妈，怎么办？”

老太太想了想，说：“我老伴得肿瘤这么多年，已经花了国家很多钱。我们不想让他受罪了，不折腾了。”

后来，我们采取折中的方法，每天控制输液总量，只输消炎药和能量液，比如一点点脂肪乳、一点点氨基酸、一点点葡萄糖，能撑多久撑多久。其间，血透室大夫也来看过，并跟她们讲，即使闯过这一关，之后病人每周需要透析 3 次，生活质量也不好。

撑了 3 ~ 5 天，病人不行了。最后，老先生走得很平静。家里人也很平静，她们只是静静地掉眼泪，边掉眼泪边收拾东西。

凌晨 3 点，她们把老先生的遗体送到太平间，收拾好东西，护士也已经把患者的床收拾干净。这时我从抢救室向外走，走到急诊大厅，发现母女二人在那儿等我。

女儿说：“于大夫，特别感谢你，最后的时刻我们也犹豫过要不要积极抢救，但是你说的话，我和我妈妈都认为很对。虽然我父亲走了，但他真是没有受太多罪，我们能够接受。非常感谢你。”

顿了顿，她说：“最后，我们有个请求。”

我当时一愣。

“我能抱一下你吗？”

爱的天平

蔡　怡

立玫的儿子在加州大学攻读博士学位时，和同学赁屋而住，每月房租八百美元，从他的全额奖学金中扣除。

彼时，立玫与先生因工作关系长居台湾，但公婆与夫家亲人都在旧金山。为探亲方便，他们在儿子学校附近置一“落脚处”，准备先出租，并用租金贴补部分房贷。

此时，儿子提出要求，念博士学位是长期的过程，与其付房租给外人，不如住自己家，房租照付八百美元。立玫买的公寓比儿子原来租的大且好，有两间卧室，平日只住儿子一个人，对儿子来讲也很划算。如果亲情可以用爱的天平来衡量，这算是一种双赢的局面。

原本母子间的口头约定是九月起租，但儿子五月就提前搬了进来，而且把立玫夫妇原本布置好的沙发桌椅全部大变样。儿子说，房客才是长住的人，应该以他的舒适为优先考量的条件。立玫接受了这个还算合理的要求。

九月以后，立玫终于看到房租进了银行账户，内心甚是欢喜。但她只开心了半年，就没有下文了。她在每周一次和儿子的越洋热线中迂回问起，回复是，儿子的奖学金扣除房租后所剩无几，平日只能靠速冻食品果腹，不利于身体健康。儿子问：“妈，你舍得让我吃垃圾食品吗？”立玫当然舍不得，从此她房贷照付，但没了房租贴补。

在爱的天平上，父母似乎注定要做输家，立玫默认了。

身为房东，收不到房租不打紧，伤脑筋的是，立玫夫妇每年造访旧金山，推门踏入“落脚处”，发现桌上、地上，到处都散布着儿子的衣裤、袜子、文件、CD，还有旧报纸、空瓶子，他们简直找不到一个“落脚处”。

几经沟通，儿子才把“乱象”缩回自己的房间，这次交锋，立玫夫妇算扳回一局。

岁月在不知不觉中流逝。十五年后，立玫夫妇双双离开职场，逐渐步入初老。反观当年靠奖学金过日子的儿子，事业直线上升，近年更转战美国3C企业，在公司做了大数据分析主管，一个人的收入比当年立玫夫妇全盛时期薪水的总和还要高出许多。靠退休金过日子的立玫夫妇在欣喜骄傲之余，差点忘了这个未婚、没有任何负担的大主管儿子，还在他们的“落脚处”享受学生时代房租全免的大优惠呢。

父母为儿女付出一切天经地义，但要从儿女手中讨些回馈，就要看平日的教养与智商、情商的运用了。

一向是家中“领导”的立玫丈夫，此时自认口才与脾气都不够好，选择“让贤”，把烫手山芋丢给立玫处理。所幸，立玫脾性稳定，虽然和儿子隔着太平洋，但一直借电子邮件、聊天软件互动。她从不说教，只是付出鼓励与支持，和儿子像是朋友，关系良好。到了关键时刻，她动之以情，晓之以理，把练习了好几遍的需求内容，在聊天软件上向儿子婉转地提出。

幸亏她聪明的儿子一点就透。为了让父母安心，他先付清了未来两年的房租，还很懂事地补一句：“谢谢爸妈让我免费住了这么多年。”

立玫要求的房租比十五年前多了，但还是比外面便宜四分之一，这又恢复了当年双赢的局面。

人生如钟摆，也如坐跷跷板，超过某个定点，角色将易位，高低会互换。父母照顾儿女之心虽然从未改变，但人到老年，财力、健康均处于劣势，生活成本偏又高涨。此时做父母的不必逞强，也不必害臊，就学立玫大大方方地向儿女示弱，说出现实中的需求。相信我们用心调教出来的儿女，自会衡量情势，拿捏分寸，表达出他们对父母的感恩之心，在爱的天平上量力加码。

你人生最美好的阶段

毕飞宇

时常遇上一些年轻的父亲，他们总抱怨，小东西（孩子）烦啊，小东西不好带啊。苦不堪言。带孩子当然不轻松，可每一次我都要勉励他们几句，不要怕烦，这是你人生最美好的阶段，一定要好好珍惜。

之所以这样倚老卖老，完全是因为我个人的体验。我曾经做过一道功课，问自己“知天命”的人生里最幸福的时光到底在哪里，想过来想过去，我认准了还是从孩子出生到孩子上幼儿园的那段时光。我的《青衣》和《玉米》就是在那个阶段写的，可以说，这个结论是有诗为证的。

我喜爱的时光总和我的膝盖有关。我喜欢把我的孩子放在膝盖上，我估计所有做了父亲的人都喜欢这样。但是，我的喜悦偏于形而下，我喜欢抚摸孩子松软的小肚皮。在沙发上，在汽车上，在火车上，在飞机上，孩子困了，在我的怀里睡着了，我就要把我的手伸到他的小肚子上去，一点一点地搓，一点一点地揉。那种妙不可言的触感给我带来人生的美满与圆融。是大幸福，是大宁静，是大祥和。在那样的时刻如果有什么不测，我想我是可以不要命的。

当然了，我也喜欢把孩子放在膝盖上读书给他听。想起来了，有一本书我没有“读”，而是我们父子俩一起“看”的，这本书就是卜劳恩的《父与子》。说起《父与子》，真是惭愧了，作为一个乡下人，我在1987年的冬天才第一次看到这本早就风靡全球的杰作。那一年我刚刚工作。有一天下午，就在一间办公室里，我的好几个同事聚在一起，不时爆发出欢乐的笑声。我挤过去一看，原来不是在看蚂蚁，是在看漫画。

我是一个骄傲的人，心里想，真幼稚，就一本漫画，你们至于吗？至于。当天晚上，在一个女教师的“胁迫”之下，我终于把那本破旧的《父与子》借了过来。我只用了十几分钟就把这本天才的画册给翻完了。迫不及待啊，我只能囫囵吞枣。吞完了，我即刻刷牙、洗脸、洗脚、上床，把自己裹暖和了，把阅读的架势端足了，然后，一页一页地“反刍”。我是一头年轻的、懒散的、暖洋洋的公牛，我得含英咀华。

是的，这本书最吸引我的不是父爱，而是父亲的失措与癫狂。在父亲黔驴技穷的时候，他动不动就要把他的孩子拉过来，对着孩子的屁股就是一顿暴揍。然而，我要强调的是，这不是暴力，更不是家暴。骨子里，它恰恰体现的是平等，父与子的平等，人与人的平等。在平等这个大前提下，儿子蛊惑了父亲，父亲又“玩不过”儿子，除了打孩子的屁屁，他又能做什么呢？

我至今还记得我们父子共读《父与子》的场景，可以说历历在目。孩子就坐在我的膝盖上，我呢，只能把下巴搁在他的肩头。他的脖子上依稀还有乳臭。只有我知道，这是现场，同时也暗含着历史，它是感人至深的。那时候孩子还不识字，但是，他稚嫩的、弥漫着乳臭的理解力给他带来无边的欢乐。他开心哪。他不允许我翻书，他要亲自翻，一边翻，一边笑，肩膀都耸动起来了，咯咯的。光看书还不过瘾，他命令我把他的小身体翻过来，他要我打他的小屁屁。这一来我们也就是“父与子”了。我打一下，他就笑一次，一直笑到他岔了气。我能体会得到，他品尝到了“做儿子”最纯正、最天然的乐趣。

我的孩子现在读大学，比我高，比我壮。我还有机会让他坐在我的膝盖上吗？开什么玩笑呢。他现在的脊背差不多就是一面墙，一屁股能把我坐死。我已经是他嘴里的“老帅哥”了。我再也不能做一个“那样”的父亲了，“老帅哥”我完了。我只能等。等他有了孩子，我再来过这把老瘾。

都说爷爷格外疼爱孙辈，所谓的“隔代疼”。是真的吗？未必。哪一个做父亲的对自己的孩子没有些许歉疚？多少有一些。可是，机会失去了，就永远失去了。是生活提升了业已失去机会的父亲，他站得更高，领悟得也更深。

他的父爱提纯了，他会爱了。可生活的遗憾就在这里，你会了，不等于你还有机会。你只能把你的父爱一股脑儿地奉献给孙辈。爷爷一定是爱孙辈的，这一点毫无疑问，但本质上，“隔代疼”依然是父爱，是在追逝伴随着一丝遗憾的、被放大了的、代偿的父爱。

所以呢，我很想对年轻的父亲说，不要抱怨，你要把握好。带上《父与子》，把你的孩子放到你的膝盖上，把你的注意力集中起来，把你的记忆力聚拢起来，把你的感受调动起来。相信我，这个日常的、普通的画面不可能恒久。它的动人之处在未来。水来土掩，兵来将挡，只是说说的。什么也挡不住孩子的生长。

亲密关系

陈思呈

接近青春期的儿子对我颇为冷淡。我替他担心蚊子，他说："没有蚊子，妈妈，你现在嗡嗡嗡的说话声倒是很像一只蚊子。"

作为一个非常看重亲密关系的人，我心里多少有点失落。周末外出应酬的话，我会觉得对不起孩子，哪怕他不需要这份陪伴。这更像我的价值观的表达：尽管在亲子方面没有做得多好（能力问题），但在价值观上，我认为亲密关系是生活里非常重要甚至唯一重要的事。

这个说不清是好是坏的观念导致我为一部喜剧电影流泪。

电影名叫《托尼·厄德曼》，是德国女导演玛伦·阿德执导的第三部电影。

这是一个夸张而荒诞的亲情故事。一个年逾60的父亲，试图参与到成年女儿的生活中，甚至想指导她的人生——当然，结果是狼狈和滑稽的，有点像我为儿子赶蚊子事件的放大版。

父亲专程赶到罗马尼亚，就是为了当面给女儿送上生日礼物——一个奶酪擦子。这个厨具在父亲看来是高品质生活的象征，而忙碌的女儿只觉得父亲的到来是添乱，礼物更是一个无聊且没用的累赘。接下来，女儿继续忙乱不已，父亲试图帮忙，结果全是帮倒忙。他几乎是被女儿赶走的，但他舍不得走，又化装成一个叫托尼·厄德曼的人，在酒吧里"偶遇"女儿，试图继续参与女儿的生活。

父亲有着令人尴尬的不合时宜的幽默，他逃避现实，没有真正理解女儿的生活处境。作为一个离婚独居的寂寞老人，他的生活里有价值的也许只有这份父女关系，为此，他不惜放弃自尊。他对亲密关系的渴望和不合时宜的努力，令人恻然。

世界就是这么滑稽，有时候父母千辛万苦付出，孩子却不想要；也有孩子苦苦索求，父母却不给。关于后一种现象，有一部更出名的电影——《被嫌弃的松子的一生》。

松子的童年在讨好父亲中度过，好像父亲的态度就是她的全部。她有一个很爱她的妹妹，但她恨这个妹妹，因为父亲就是由于过度关注妹妹才忽略了她。她长得很美，却没有自信，一生里的亲密关系全是失败的，自己的生活过得一团糟。

松子也许是令人同情的，但她的问题在于，对父爱的渴求使她完全放弃了生活的其他部分。她为所欲为地做了很多自己根本没有办法负责的事：为了可以早点洗澡，就承认偷了钱；为了让对方不揭发她，就让对方看她的身体。这些匪夷所思的事情，都应该归咎于父亲不爱她吗？

应该归咎于她过分地需要一份爱。没有得到这份爱，她仿佛有了对命运撒娇耍赖的理由，可以不为自己的行为负责。她自毁，仿佛不为父亲所爱的自己，就不值得爱。

不管是松子，还是我，也许还有《托尼·厄德曼》中的父亲，都有一个必须正视的问题：假如你得不到一份亲密关系，或者得不到自己想要的亲密关系，那么这样的人生是不是就不值得？答案是否定的，松子就是一个极端的例子，但我，作为一个被这个问题困扰的人，确实感到焦虑。有人说，真正幸福的人生状态，是无所依附的状态。

也有人幸运地找到了解决问题的办法。比如中国导演毕赣——电影《路边野餐》和《地球最后的夜晚》的导演，他拍这两部电影都是在解决自己的内心问题，就是童年时不被母亲所爱的心结。

有影评人特别指出一个细节，毕赣小时候一直以为月亮是跟着自己走的，月亮在关心自己，但他不敢向老师求证，因为害怕一旦求证就会破坏这份幻觉。我们由此可以想象他童年时的孤独。

毕赣是一个克服了原生家庭伤害的成功案例，他选择用电影来承载和表达自己的痛苦。但世界上能成为导演的人不多，不为父母所爱的人却不少，不为子女所爱的人也不少，他们如何找到自救的途径，有没有能力和才华自救，如何才能不成为另一个松子——起码我愿意对此保持警惕。

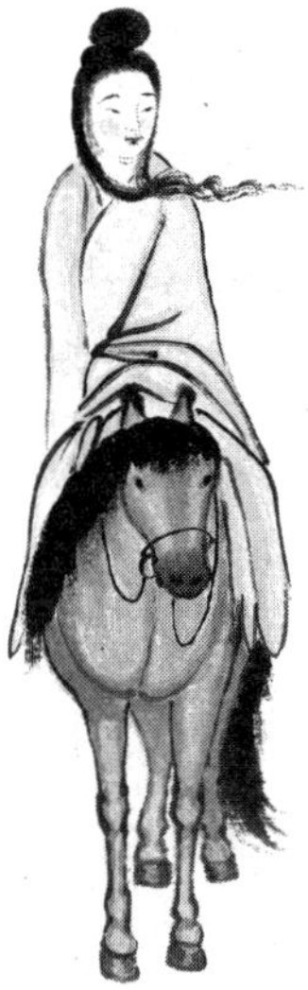

童话的滋味

〔新加坡〕尤　今

我原先中了“君子远庖厨”这句老话的毒，不肯让我的两个儿子踏入厨房半步，结果呢，他们16岁负笈海外时，吃尽苦头。午夜梦回，想起妈妈做的美味佳肴，泪水与口水一起飙。

精湛的厨艺能让人拥有一个富足的人生，而热爱美食的人，往往是快乐的人。所以，女儿出世后，我吸取前两回的教训，“处心积虑”地要把厨艺传授给她。

有人问我：“什么年龄才是最恰当的受训期？”

我竖起一根手指。

对方惊问：“1岁？”

“不！”我斩钉截铁地答道，“1个月——婴儿满月以后，便开始训练。”

对方以为我胡言乱语，便一笑置之。

然而，这是千真万确的呀！女儿满月后，每回烹饪，我便把她抱进厨房，放在远离炉火的地方。她舒舒服服地躺在摇篮里，我快快乐乐地在炉子前挥动铲子。蒸、炸、煮、炒、焖、炖、烩之后，一股股食物的香味，化成一缕缕轻轻的风，飘进婴儿的鼻子，钻进婴儿的被子中，婴儿胖胖的身体都浸在甜、咸、酸、苦、辣的五味杂陈里。我有充分的理由相信，婴儿对美食敏锐的嗅觉就在此刻形成了，婴儿对美食的欲望也在此时萌发了。

因为深深了解“身教胜于言传”的道理，在女儿成长的过程中，我一直让她近在身边，不着痕迹地启发她对烹饪的兴趣。我不是一茶匙盐、两茶匙糖、三大匙酒、四大匙油地教她，我清清楚楚地知道，一板一眼的教学方式有许多时候会带来反效果。我和她一起做，把笑声嵌进食物里，把乐趣镶入烹饪中，给她一生一世的快乐记忆。

老天没有辜负我的苦心。

可君 18 岁负笈英伦之前，一进厨房，十根手指便像水里的鱼一样。鱼在水中舞出无限的婀娜，她呢，以食物拼出无数华美的“图案”。

到伦敦不久，她和两位朋友在郊区合租了一所房子。每个星期天早上，农夫会到附近的空地摆卖新鲜肉类和有机蔬菜，价格比超市的贵上好几倍，但是，女儿却觉得物有所值。

她在电邮里如此写道：“蔬菜，就好像是刚刚从泥地里拔出来的，拿在手上，蔬菜的绿，仿佛便流满了手掌。妈妈，您常常说，肉类如果新鲜，叫它一声，它也会应。现在，买了一公斤五花肉，我叫了一声，它果真就应了……”

读到这里，我“哈哈哈”地笑出声来。为了增添生活情趣，孩子小时，我经常“胡说八道”地娱乐他们；现在，孩子大了，居然懂得以同样的方式“投桃报李”！

可君返回新加坡度假的次日，便迫不及待地上超市，买齐东西，大展身手。

她设计的两道菜肴是西式猪肉丸和蒜香西兰花；甜品呢，是烘烤小脆饼。

母女角色互换。她全情投入、满心陶醉地煮；我呢，气定神闲地袖手旁观。

她烹饪不用量匙，全凭感觉，天马行空地挥洒自如。两道菜肴都很美味，最大的特色是味道变化多端，不是开门见山的那种平坦、平直、平淡；它迂回曲折而又峰回路转。我注意到她善用柠檬皮和柠檬汁——柠檬抢味，有先声夺人的霸气，把它加入掺了乳酪碎的猪肉丸里，便恰到好处地驱除了味道的滞腻，并且巧妙地形成了丰富的层次感。至于在烘烤得有点焦脆的西兰花上面放入柠檬皮和柠檬汁，却像是一篇布局严谨的“微型小说”，令人有“意在言外”的惊喜。

味道确实不错，可我嫌工序过于繁杂。然而，她却好整以暇地回应："妈妈，工序多才出精品嘛！"

餐后，她说："等着我的甜品上桌呀！"

她把桌上堆着的诸多原料"东拼西凑"地搅在一块儿，好像没多大工夫，就变出几盘又酥又香又薄又脆的小饼干。我一块接一块地吃，一连吃了十二块，撑得双眼鼓如金鱼。

可君得意扬扬地说："每回客人来，我便烤这饼干，大家都赞不绝口呢！我给它取了个好听的名字，唤作'风入口'，因为它就像一股香香的风，轻悠悠地飘进客人的口里！"说这话时，她的眸子溢满了蜜糖般的甜意。

我这个懂得厨艺又热爱烹饪的女儿，在陌生的异乡里，把日子过得像童话一样快乐。

欢　愁

〔新加坡〕林文月

儿子又在敲打英文。我一边整理家务，一边猜测那都是些什么内容，是感谢对方接受他的入学申请吗？

除非得到他的允许，否则做母亲的不能偷窥他的信件。这种规矩原是孩子还不懂事的时候，我教给他们的，但现在按捺不住好奇心的是我。

儿子已大学毕业，他在仔细思考之后选择了继续深造。这是他的决定，我和他的父亲都没有干预。于是自去年秋天以来，这事便积极地推进着。

我常见他对着一张地图，似乎在研究地理和气候，有时他也询问我曾经在旅途中见过哪些异乡习俗。

近几个月来，邮箱内他的信件突然增多了，我明白到了今年秋天，儿子大概就会独自到异乡去读书。

我觉得自己是一个不错的母亲，但有时也难免抵挡不了挫折感的侵袭。为了教书和写作，我把太多时间花在了书房里。大约是在儿子读高中时，我问他："你会因为我不像别人的妈妈那样，不能全天候地照顾你而感觉不满吗？"他笑着回答："这怎么能做比较呢？我生下来就只有你这个母亲啊！"他的话虽说得轻松，却充满体谅。

由于孩子无法选择更好的母亲，所以我只有设法做一个更好的母亲。然而，有时也真不容易。

女儿读初三时，特别让我费神。和她的哥哥不同，她从小好交友，即使在升学考试的压力下每天也有无数个电话要接，那使她不得不缩短温习功课甚至睡眠休息的时间。

我不免心疼又着急，遂劝她暂时克制过度的社交，可女孩子哪里听得进这些教条？最后，我发出警告："假如你自己不能跟朋友主动表示，那下次来电话时，我便要警告他们。"

电话铃依然一遍又一遍地响，我遂委婉地劝勉那个少年："如果你们关心对方，应该彼此勉励。一个月之后，有的是谈话的时间，对不对？"语气温和，但态度是坚决的，我没有把听筒交给女儿。

女儿指责我不尊重她，次日我便看到女儿留给我的一封绝交信，那里面说了一大套朋友相交的道理，最后还表示读书要出于自愿。

读完信后，我很茫然，一时间不知如何处理这件事。

我明白所有大考在即的孩子都有莫大的心理压力，但我也自有正确辅导的立场，不能因为收到绝交书就认错讨饶。我决心让事情顺其自然地发展。

女儿放学回家时的脸色是极不愉快的，不过我注意到电话铃声不似往常响得那么频繁。她的房门虽紧闭，但深夜尚有一线灯光从下门缝溢出，只是她依然不愿与我多交谈。这样的日子持续了十余日后，女儿先是对父亲和哥哥有了笑容，我既欣慰又嫉妒。然后我试着用平常心与她交谈，她也不再刻意保持冷漠，但双方都有些不自然。不过，我真的为女儿又回到我的怀抱而欣喜。

亲子之情实在奇妙。

这件事情过去很久之后，有一天晚上我和女儿上街购物，她硬要抢过我手中的购物袋，无端令我生出提前衰老的感觉。我请她到一家小店喝茶。女儿有说不完的话题，住宿学校令她获得集体生活正面与负面的经验："妈妈，我真感谢你从小教我要如何坐、如何站，免得我现在被别人嘲笑。"

在回家的路上，女儿轻声告诉我："妈妈，我实在佩服你。有时候我想如果我有一个像我这样的女儿，我真不知该怎么办。"我抚摸她的长发，说："到那时，你自有一套办法疼爱她、教育她。不过，我祝福你有一个更乖巧的女儿！"说完，我们两个人同时笑了起来。

你不是世界的中心

冯 唐

上次和中学同学见面，有些人已经不止十年没见了。老胡原来是我的小组长，轮到我们小组打扫卫生的那天，他负责分配工作：谁扫地，谁擦地，谁倒垃圾。毕业之后，在我们班所有同学之中，老胡第一个从事金融工作，用钱挣钱。他对汇率和北京房价的判断永远比那些著名的经济学家准确。他第一个结婚，找了一个长得像观音的姑娘。他第一个生孩子，是个男孩儿。老胡曾经非常得意地和我们说："我儿子非常壮实，5 岁时就追着打我。"

这次中学同学在火锅店见面，我估算了一下，老胡的儿子应该 20 岁左右。我和老胡说："国家放开二胎了，你不再要个孩子？"

老胡回答："不要了。儿子 19 岁了，还追着打我，学习不好，我太累了。"

"儿子学习不好，你累什么啊？"

"儿子得抑郁症了，纯宅，社交恐惧症。他研究了全球一百多个大都市，认定地球上只有东京这座城市适合人类居住。

"他要我给他在东京买房子，如果住习惯了，就满足父母和爷爷奶奶及姥爷姥姥的要求，在东京找个大学上。"

"你儿子在东京能自己生活？"

"儿子对于自己有切实的理解。他说自己无法生活，要求他妈去东京陪他。"

"如果你不答应呢？"

"精神科医生说，不能刺激他，他是个病人。"

聊到这个时候，火锅已经吃得很热闹了，一瓶茅台也快喝完了。我索性更坦诚一点儿，接着问老胡：“咱们理论推演一下，如果你儿子 5 岁的时候追打你，你也追打回去，让他知道世界其实是有某种秩序的，他现在还会追打你吗？如果你儿子 10 岁之前狂要的东西，你有理有据地拒绝，让他知道诸事无我，他现在还会逼你买东京的房子吗？”

“他上学很苦，总是学习不好。爷爷奶奶把他安排到了北京最好的小学，然后是最好的中学。他一直在班上排名倒数第一，回家总是哭，我觉得应该多体谅他一点，多满足他一点，他太不容易了。他经受的这些痛苦，是你们这种学霸体会不到的。”

我忽然意识到，老胡同学在教育孩子上犯了成年人常犯的两个错误：生活上太纵容，学业上太严苛。

读《了不起的盖茨比》时，我脑海中一直在想，一些了不起的年轻人（比如盖茨比）第一个需要明白的是：“即使尽了全力，即使有了全部的运气，即使做到最好，你还是得不到你想要的一切，甚至一个女子，甚至一个夜晚的安宁。”

再延伸想，所有小孩子第一个需要明白的是：“你不是世界的中心，哭闹得不到一切。”

父母应该做的第一点，就是让孩子们明白：你得不到你想要的一切，世界不是围绕你来旋转的——尽管你偶尔有这种错觉——你最好平静地接受这一点。

父母应该做的第二点，就是和孩子们说好，不必成材。人生三个基本目标：不作恶，开心，自己养活自己。如果能达到，就是很好的一生了。

一个父亲和一个孩子的夜晚

苏 北

孩子像春天悄悄开花的紫丁香，不觉间已3岁了。

这几年，她的妈妈一夜未离开过她，悉心守护在她的身边。虽然这个孩子已在空气和阳光中成长，可感觉她依然同母体相连，晚上非母亲哼唱童谣不能入睡，使得那个做父亲的，只有在日头下才能得到承认，日头一沉，孩子即刻与他翻脸，要抱一下，也不能够。

终于有一日，她的母亲要出差一天。做父亲的信心十足，信誓旦旦地表示："没事的，没事的，你安心去。妈妈不在，爸爸就第一了。"丈夫怂恿妻子走。

妻子依然放心不下，反复叮嘱："要耐心，一定不能吼她。我去一天就回来。"

妻子走了，白天安然无事，做父亲的去上班，奶奶带着孩子，吃饭，午睡，咯咯笑着。

父亲下班回来，她见了就笑，还跑去要抱。父亲乐了，窃喜："我说的，妈妈不在，爸爸就第一啰！"

一天行将过去。吃了晚饭，洗漱。父亲开始哄她入睡，拿出《格林童话》，一字一句、摇头晃脑地念将起来。

开始她还专心，慢慢便烦躁起来，弄出咯吱咯吱的声音，说要妈妈，说着就有了哭腔，慢慢便不认那个叫爸爸的人了。父亲说："你先睡。妈妈加班，一会儿就回来。"她确实困了，眼睛直眨巴。这个父亲以为她要睡了，可没一会儿，她又睁开睡眼："妈妈怎么还不回来呢？"一副可怜模样，父亲悄悄说："睡吧，妈妈一会儿就回来。"她又眯盹了，没一刻，又睁开眼睛。父亲反复说着那句假话，可这孩子就是无法入睡。父亲劝呀，劝呀，没用，她开始哼唧。这个父亲平日是最怕听孩子哭声的，于是强忍着堵在胸口的闷气，僵着一张笑脸：“莫哭，莫哭，她马上就回来。”

孩子开始焦躁：“她怎么还不回来呢？”

这个没经验的父亲，没想到自己已危机四伏，他开始把成人的谎言运用到孩子身上。孩子已困到极点，他编了一段瞎话，想哄她入睡：“你妈已到邱家湾了。”孩子开始等待，一会儿催问：“又到哪儿了呀？”“已到堂子巷了。”“又到哪儿了呀？”“已到十字口街了。”“又到哪儿了呀？”“已到钱爷爷家门口了。”“又到哪儿了呀？”“快到了，马上开门了。”

这糟糕的谎言，反使孩子兴奋了起来，她反复念叨：“怎么还不到呀？怎么还不到呀？”又是一阵嘤嘤的哭声。

时间已近十点，父亲伪装的耐心已彻底崩溃，他忽然暴跳起来：“我明白告诉你，她明天才回来，你赶快睡！给我睡！”

这一挑明，小东西便大哭：“要妈妈，要妈妈，我要妈妈。”这个父亲已将所有的面具撕去，仍大吼：“给我睡！给我睡！快快睡！快睡！”

小东西已彻底失望，她的睡意也消失殆尽，扯着嗓子哭，很快嗓子就哑了。时间在分秒流过，已是午夜。

无能的父亲终于愤怒了，掀起被子，对着孩子的小屁股蛋猛抽了起来：“叫你哭，叫你哭……”

这个父亲同一个无知的孩子动这么大肝火，想让她明白这个世界的道理，用自己的力量使这个小生命屈服。孩子终于被驯服，开始求饶：“爸爸，爸爸，我不要妈妈了，别打我了，我不要妈妈了……”

父亲松了手，孩子压抑着，小声哼唧，她虽然求了饶，可始终睡不着。一个3岁的孩子，到深夜一点还瞪着星星一样的小眼，哼唧着不敢大声哭泣，可怜的小人，哼唧着，哼唧着，终于慢慢睡着了。

孩子睡了，一切都平静下来。泪痕还挂在小小的脸蛋上，那个父亲望着这嫩小的生命，心里涌过一阵阵无言的酸楚。一种自责，一种近似于犯罪的感觉涌上心头。

窗外的虫鸣声，树杈间的风声，使这个深沉的夜的存在更真实可信。那个做父亲的，枯坐床边，望着床头安静的小人儿，不觉间眼睛湿润，清泪双流。

示 爱

|

廖玉蕙

女儿常常给我灌迷汤。我的文章写好了，念给她听，她总是再三赞叹：“妈，你写得真好！你真的好棒哦！”

听完不算，还要把稿子拿过去，自己再看一遍，一副爱不释手的模样，使我的虚荣心得到极大的满足。

我偶尔买了新衣，在镜子前顾影自怜时，女儿总在一旁全程参与，并不厌其烦地给我打气：“这件衣服真好看，以后你不穿了，不要送给别人，就送给我好吗？”

家里的白板上，不时地会出现一些道谢或道歉的话，甚至一些示爱的文字。有时，在学校上了一天课，精疲力竭地回家，看到女儿上学前在白板上留了这样的话：“亲爱的爸妈，你们辛苦了！我爱你们！女儿敬上。”

霎时，疲累全消，觉得人生并非毫无意义。

那年，父亲过世已有一段时日，母亲心情抑郁，寡言少语。为了排解她的寂寞，我们接她北上和我们同住。母亲一向手脚麻利，在那一段时日里，她总是抢着帮我做饭。我当时除教书外，还得去上博士班的课程，有了母亲的帮忙，我少操了不少心，不论是工作上还是精神上都受益良多。

一日，我在理工学院教完早上的四节课，又赶着下午两点去东吴大学当学生。在驱车回家的途中，我想起这些日子来，每次急匆匆地踏进家门，母亲总会及时端出热腾腾的新鲜饭菜，相较于以往潦草的简餐，有母亲在的日子，实在是太幸福了。而我尽管早就有这样的感觉，为什么从来未曾向母亲表达内心的感受呢？我不是常常因为女儿的甜言蜜语而觉得精神百倍吗？难道我的母亲就不想听她女儿的感谢吗？

车程蛮长的，我有足够的时间来培养勇气。我决定一进门就启齿。然而，当房门一打开，母亲绽开笑靥，朝我说："回来啦！吃饭啰……"

我突然一阵害羞，因而错失了最好的时机。我觉得有些懊恼，决定再接再厉，我安慰自己："没关系，第一次总是最难的，跨过了这一关，以后就简单了。"

吃饭时，我一直在伺机行动，以至于显得有些心不在焉，几次答非所问。母亲奇怪地问我："你今天是怎么了？为什么奇奇怪怪的？"

我开始佩服女儿了，她为什么总能把感情表达得如此自然，一点儿也不别扭，而我却这般费力！

饭吃完了，我还是没说，心里好着急，再不把握机会，这句话恐怕只能永远藏在心里了。我低头看着碗，勇敢地说："妈！我觉得自己好幸福！四十几岁的人，中午还有妈妈做了热腾腾的饭菜等我回来吃。"

我头都不敢抬地很快说完，也不敢去看母亲的表情，便急急地奔进书房，取了下午要带的书，仓促地夺门而去，心情比当年参加大专联考还紧张。

那天傍晚，我从学校回来，母亲已在厨房忙着。我悄悄地打开门进屋，发现自从父亲过世后就不曾开口唱歌的母亲，居然又恢复了以前的习惯——在厨房里边打点着菜，边唱着歌。

嗅不着的香气

〔新加坡〕尤　今

阿璐和阿祥结婚的时候，阿祥在政府部门担任工程师，收入稳定。

事亲至孝的阿祥，时常带自己的双亲外出用餐；爱屋及乌，他也常偕阿璐的父母到处寻觅美食。我不时在大小餐馆和熟食中心碰到他们，一对精力旺盛的中年夫妇和一对鬓发尽白的老年夫妻，和乐融融地坐在一起。阿祥点菜时，专拣老人爱吃的菜肴；上菜后，他也总忙着给他们夹菜。阿璐圆圆的脸上，满满都是像绸缎一样的笑，柔软而又闪亮。有好几回，我还碰到阿祥在一些出名的小食店前排队，买笋粿、叉烧包或是鸡肉馅饼。他说："我岳母喜欢吃，买了便给她送去。"阿璐人前人后总说："阿祥的这一份孝心，千金不易啊！当年我决定嫁给他时，观人于微的父母便说，阿祥，好样的！"

阿璐有个妹妹，离婚后长居澳大利亚。她常劝阿璐把独生女珮珮送到澳大利亚求学。她总说："新加坡的学习压力太大了，不利于孩子的心理成长。"同样的话一说再说，阿璐最终动了心。珮珮小学毕业后，她便毅然将年仅13岁的她送到悉尼。

阿璐是否为她所做的决定而后悔呢？她没明说，不过，有时，我会在她不经意的谈话里，发现蛛丝马迹。她说："我在珮珮的青春期缺席了，丧失了好多母女共处的乐趣！"我安慰她："凡事有失也有得啊，珮珮独立处事的能力，恐怕也是其他同龄女孩所难企及的。"她不语，半晌又说："学校管束得很严，这种缺乏温情的管束，不知道会不会对她的性格产生负面的影响。"阿璐在女儿性格尚未塑造成型的当儿把她送出国去，在心理上老是患得患失。

珮珮在修完中学课程后，继续留在悉尼升读大学。考取硕士学位后，与大学同窗阿威共结连理，双双回归新加坡工作。二人在私人机构担任高职，收入丰厚。

一切的一切，都沿着阿璐规划的路线发展，阿璐的人生看似圆满无缺。

珮珮回国后不久，决定购买私人公寓，要求父母伸出援手。阿祥阿璐毫不犹豫地拿出毕生积蓄，倾囊相助。有人问他们："你们怎么不为自己的晚年着想呢？"阿璐说："我们只有一个女儿呀，我们不帮她，谁帮？再说，我们两个老人，也用不了多少钱啊！"

有个周末，我在一家小餐馆碰到阿祥和阿璐，两个人坐在靠墙的座位上，各自滑着手机，等待上菜。看到我们，他们非常高兴，力邀我们同坐。

坐下后，我问起珮珮的近况，阿璐说："很好呀！我们常视频通话呢！"我又问："怎么今晚没有一块儿用餐啊？"阿璐唇边浮起一抹淡淡的笑意——笑意里没有丝绸的柔软，却是岩石般的僵硬，她说："珮珮和阿威喜欢品尝私房菜。他们俩现在正在一家米其林餐厅用餐，每上一道菜，便用手机给我们传一张照片，让我们用眼睛品尝。"说着，她把手机递给我，让我欣赏。手机里有多张色彩斑斓的照片，展现的是人间的极品美味：鹅肝、和牛、松露、帝王蟹、龙虾、海胆……那一道道精致一如艺术品的美食，袅袅地冒着嗅不着的香气。珮珮在短信里写道："妈妈，这一餐，我们两个人总共花了1200元，别人嫌贵，我却觉得物有所值！"

简妮的项链

〔美国〕比利·拉芬特　钟惠东 译

简妮跟着妈妈站在超市付款的队伍中，她还有一个星期就满 5 岁了。这个有着一头漂亮金色卷发的小姑娘，心里有个什么样的生日愿望呢？是拥有那串躺在粉红色盒子里的珍珠项链吗？它静静地闪耀着柔和的光芒，在简妮的眼中，真是美极了。

“妈妈，我可以把它买下来吗？我真的太喜欢它了。好吗，妈妈？”简妮拉着妈妈的手，歪着小脑袋瓜望着她，一双美丽的眼睛充满了企盼。简妮的妈妈拿起盒子迅速地瞥了一眼盒底的价钱牌，沉吟片刻后对简妮说：“这串项链卖 1 元 95 分，如果你真想得到它，那你得多干些家务活才行。你生日快到了，你外婆也会给你更多的零用钱，凑足了，你很快就可以拥有它。”

也许小简妮太想得到那串项链了，一回到家她就把她的储钱罐掏空，数了数，只有 17 分。晚饭过后，当她做完了额外的家务活，就跑到邻居麦克金斯叔叔那儿询问是否可以帮他采些蒲公英换得 10 分钱。

不久后，简妮终于得到了那串梦寐以求的项链。她戴上它站在镜子前照来照去，觉得自己长大了，可以跟妈妈一样把自己打扮得漂漂亮亮的。她几乎任何时候都戴着它，睡觉时也不舍得取下来，只有在游泳或是洗澡时才不敢戴，因为妈妈叮嘱过简妮，万一把项链弄湿了，颜料会把她的脖子染成绿色。毕竟，那不是一串真正的珍珠项链。

简妮有一位十分爱她的爸爸。每天晚上当她准备睡觉时，他总会停下手头的事情走到楼上她的房间给她讲故事。

有一天晚上当爸爸给简妮讲完故事后问简妮："你爱我吗？""当然爱了，爸爸。你知道我很爱你。"

"那你可不可以把你的珍珠项链给我？""不，爸爸。我不能给你我的珍珠项链。但是你可以把我的'小公主'——那头有粉红色尾巴的小白象拿去。你还记得吗，爸爸？'小公主'是你送给我的，你知道在所有玩具中我最喜欢她。"

"算了，亲爱的。爸爸不需要你的'小公主'。晚安，简妮，爸爸爱你。"他在简妮的脸颊上印了一个吻，然后静静地关上了门离去。

一个星期后，同样是在讲故事时间结束时，爸爸再问她："简妮，你爱我吗？""爸爸，你知道我是爱你的。""那你把珍珠项链给我好吗？""不，爸爸。我不能给你我的珍珠项链。但是我可以把我的婴儿娃娃给你。她还很新，是我去年生日得到的礼物。你还可以把她的小睡床也一起拿去。""不用了，简妮，你还是留着她陪伴你吧。睡个好觉，亲爱的，爸爸爱你。"跟往常一样，他照例在简妮的脸颊上亲了一口后离去。

又过了几天的一个晚上，当简妮的爸爸踏进她的房间时，惊讶地发现简妮盘着双腿坐在床上，脸颊微微抖动，泪珠无声地滑落下来。

"怎么了，简妮？发生什么事了？"简妮没有说话，一直攥着的小手向他伸了过去。当小手张开，手心里是她那串小小的珍珠项链。"拿去吧，爸爸，这是给你的。"她的小身子还在轻轻地颤抖。

简妮的爸爸眼眶不禁湿了。他伸出一只手拿走了简妮的项链，另一只手却伸进自己的口袋，慢慢地取出一只蓝色绒布盒子，盒子里面装的是一串真正的珍珠项链。爸爸把这串项链给简妮戴上，告诉她就算是游泳或洗澡时也不必取下来了。简妮惊讶而又快活地看着爸爸，似乎还没弄明白为什么。其实爸爸想告诉她的是，这串项链已经在他的口袋里放了很久了，他一直在等待简妮放弃那串假的项链，这样他才能给她真正的珍宝。

我离开之后

〔美国〕苏西·霍普金斯　文哈莉·贝特曼　王岑卉 译

一个母亲给女儿的人生指南，以及那些来不及说的爱与牵挂。

我离开的那天大概会是这样……这种情况可能持续好多天，所以，你最好离手机远一点儿。

第 5 天：整理屋子

你可能觉得天崩地裂，或是浑浑噩噩。这时你可以打扫你的屋子。将每样东西各归其位，让屋子井然有序，尽力远离生命的无常和死亡的残酷。

第 21 天：远足

人终有一死，父母离世是上天发出的信号，带来一个令人震惊的消息：接下来就该轮到你了。我觉得，这就像你正走向生命跳板的尽头，而下一刻就会跳进或被推下深潭。

第 285 天：给自己买一双好鞋

每个人都应该拥有至少一双好鞋。现在我不能再宠着你了，但你还可以自己宠爱自己呀。

第 700 天：调大音量

现在是凌晨 3 点，但失眠的你无法打电话给我。很抱歉，因为我已经不在了。如果我还活着，我会说："可怜的孩子，如果你睡不着，要不要我泡杯茶给你？"

有时候，你的思绪可能飘到你不想去的地方。别去理它，听一首喜欢的歌，把音量调大，让它足以盖过你内心深处的嘶吼。如果你在乎的人还躺在你的身边，你可以戴上耳机。

还有一个更好的选择，那就是读一本好书，让它带你到另一个时间、另一个地点。当你最后闭眼入睡时，你或许会感恩当下的一切。

第 1775 天：来点儿麻醉剂

孩子出生那天，麻醉剂会让你好受许多。那一天你可能要经历常人难以忍受的痛苦。

用不着有负罪感，你有权使用麻醉剂来缓解疼痛！不过当你第一次抱起宝宝的时候，你会忘记所有痛苦，因为宝宝稚嫩的哭声会马上占满你的脑海。

第 13000 天：加快脚步

当你心里想着或是嘴里抱怨着“这个世界真是越来越糟糕”的时候，你就正式步入老年了，不论你是 34 岁还是 95 岁。每一代人可能都会这么想，还会抱怨悲惨的现状、混乱的局面、年轻一代的行为等。

与其抱怨世界糟糕，不如去做点儿什么，用你的智慧与热情让世界变得更美好。

第 18000 天：对自己的身体好一点儿

等你身上的某个零件，比如心脏、骨头、大脑出现问题的时候，你会突然意识到，自己并不是无坚不摧的。

是时候关心一下自己了，对自己好一点儿。不管你年纪多大，都应该穿干净整洁的衣服，吃热气腾腾的饭菜，享受别人贴心的陪伴。

别孤零零一个人待着。如果有人向你伸出援助和友谊之手，那就接受吧。如果没有，你就主动提出来。多给自己一点儿时间，对自己耐心点儿。也请其他人对你耐心点儿，不过你可能需要提醒他们一下。

第 20000 天：计划一场理想的死亡

我们一辈子都在做计划——婚礼、生日聚会、早午晚餐、生孩子、周年纪念……但这还没完呢，为什么到最后要停下来呢？花点儿时间想一想，你希望怎样离开这个世界吧。

离开的那天，你在什么地方？穿什么样的衣服？跟谁在一起？放什么音乐？接下来会发生什么事情，或者你希望接下来发生什么事？

请记住，不管你身边曾有多少人陪伴，最后离开时都只有你自己。因为这是你的人生舞台啊。

十四田虫

|

车前子

有了儿子，就少了时间。过去时间像一匹大布，哗啦啦盖得满宇宙；现在呢，则如一根根布条，心情好的话，就扎一扎做成个拖把，拖一拖尘世的房间。此时，我则想拖一拖我的灵台，如古人所言，澡身，捧一册李商隐诗集来读。儿子呢，已被我安排到床上，让他去龙飞凤舞、天翻地覆地演每晚必演的床上戏：他在床上翻跟头，和自己的影子打来斗去。我才看了不过十目一行——心神因他总不定，他就喊我："爸爸，我要撒尿！"于是，我只得一边捧着李商隐，一边端着痰盂，同时修养自己和侍候儿子。忽然，一阵淅淅沥沥声递送进耳，猛一看，儿子的尿撒在我捧着的书上，"留得枯荷听雨声"，这是他的行为艺术。

幸而明朝天气好，我能晒晒李商隐。

我想：李商隐如果带一点儿童尿的气息，是否会在精深悱恻之外，更加生动一些？稚拙添生动，圆熟浓得化不开。

因为我的读书生活已被儿子搞得"风风转"——在他的风声中我随着他转来转去，所以，我觉得读书是不明智的，常常被他打断也就得不到文气连绵之感。于是，我准备开始看画。画是片段式的，容易对付。

先是买了几册，太贵了，继而就去借。我的看画（册）兴趣范围大致如下：

中国画，"扬州八怪"之前的画家画作；西洋画，"印象主义"之后的画家画作。看中国画，我不怕古；读西洋画，我不怕新。其实西洋之画的概念已转化为“美术”。如果从“美术”出发——不仅仅是纸笔的运动，那么，中国画完全是一种单纯的复杂，西洋之美术则是复杂的单纯。中国画如我儿子，西洋画如我。我绕着儿子转：对艺术而言，单纯总是很重要的。

一日夜晚，我正看《米罗画风》——“米罗画风”四字为繁体写法“米羅畫風”，我觉得印在米罗画册上特别棒：一个汉字的结构，看来都要比米罗的一幅画更为复杂。儿子在床上演完戏后，就环在我身边，他从我手上夺过此书，合上，望望封面，胸有成竹、不急不慌地说道：

“哦！你在看‘十四田虫’啊！”

我看画也不得安宁了。从此之后，儿子常常来帮助和指点我。

“这个都不懂，还要看得这样认真！这画的是女人，你看，奶奶！”

“奶奶”是“乳房”的意思。

我回道：“他画的是梦，乱七八糟的梦。”

但我很快就发现儿子的一个弱点，引申开来，即孩子都是“好色”的。我就尽量不在他面前翻看彩色画册，我终于又能宁静致远，读一点儿淡泊明志的黑白画册。

不料事情更糟。趁我不注意，儿子给黑白画册一一涂上颜色——那就“色欲横流”吧。

孩子，请听我说

黄伯平

孩子，当你还很小的时候，我花了很多很多的时间，教你慢慢地用汤匙，用筷子吃东西；教你穿衣服、绑鞋带、系扣子；教你洗脸、梳头；教你擤鼻涕、擦屁股……

这些和你在一起的点点滴滴，是多么令我怀念不已！

所以，当我想不起来、接不上话时，请给我一点时间，等我一下，让我再想一想……极可能最后连要说什么，我也一并忘记，请体谅我，让我继续沉醉在这些回忆中吧！

孩子，你是否还记得，我们练习了好几百回才学会的第一首儿歌？

你是否还记得，你每天都逼着我绞尽脑汁回答你是从哪里冒出来的？

所以，如果我啰啰唆唆重复一些老掉牙的故事，如果我情不自禁地哼出我孩提时代的儿歌，请不要怪罪我。

现在，我经常忘了系扣子、绑鞋带，吃饭时经常弄脏衣服，梳头时手还会不停地颤抖……

不要催促我，不要发脾气，请对我多一点耐心，只要有你在眼前，我的心头就会有很多的温暖。

我的孩子！

如今，我的脚站也站不稳，走也走不动，所以，请你紧紧地握着我的手，陪着我，慢慢地向前走，就像当年我牵着你一样……

以上是一个孤苦老人写在敬老院砖墙上的留言，不知道你看到它时，是什么样的感觉？是否像我一样心里一阵阵地悸动呢？是否那些尘封多年的记忆猛然地被它轻轻唤醒？是否早已麻木的神经被这一件件我们都曾经历过的往事蓦然触动？

我反复看了四遍，意犹未尽，我还伤感，想哭，于是我提笔在笔记本上将它抄写下来。抄写时，你知道那是怎样的感受吗？我抄着抄着，仿佛听见了父母在对自己说心里话！

这么多年来，我总以为父爱母爱是应该感天动地、轰轰烈烈的，以至于我认为父亲母亲对我的爱太过平凡，没有给我创造出什么大感动、大恩惠，就连他们为我做的再平淡不过的小事也被我认为是理所当然的。自从考上大学，我来南京读书以来，我很少能有时间和他们在一起。不同的文化程度、人生经历让我们陌如隔世，极其困难的交流也让我们的距离越来越远。就连那些小事，也一件件从我的记忆里消失了。但是，读了这位孤苦老人的留言后，我才真正体会到：我的父亲母亲，连同我，都是这世上极平凡的人，不会有什么轰轰烈烈，更不会有什么感天动地，但我该为父亲母亲这朴素、平凡而又博大的情感骄傲！

时间如秋风，把流逝了的和正在流逝的一切像落叶一般卷走，一年又一年，这极其平凡却又无比深厚的感情，只要留在他们和我的心里，总会陪伴我们走过一生……

现在，你不妨也将这个孤苦老人写在敬老院砖墙上的留言认真地、用心地、一笔一画地抄写一遍吧！你会更深地了解我们渐渐上了年纪的父亲母亲，也会想到我们年迈时……

女儿纪事

李汉荣

谴责

“你们杀鸭子、杀鸡、杀鱼，它们多可怜，它们那么小，那么孤独，没有爸爸妈妈爱它们，没有幼儿园教它们识字学文化，它们多可怜。你们把它们杀了，还说是为了让我长身体。我不长了，你们也不要杀它们了。我吃些粮食蔬菜也能长。小白兔只吃青草青菜，不也长得又白又胖又可爱吗？求求你们，爸爸妈妈，再不要、再不要杀它们了，好不好？我多吃粮食蔬菜，一定也能好好地长。我在做梦的时候也往上长，好不好？”

听着女儿流泪的恳求，我手中的菜刀有些颤抖。铁是冷的，而我的手是热的。冷的铁和热的手，我不知道谁对谁错。在冷与热之外，是女儿纯真如露珠的眼睛。禁不起这眼睛的注视，冷的铁和热的手都有些颤抖。

在热手与冷铁之外，是女儿纯真的目光。食物链纠缠着生存，它的必然性，受到一个 4 岁孩子的严厉质问。

爱，拒绝承认冷酷的法则，童心，从来就不宽容世界的恶，哪怕这恶是多么正当，多么普遍。我有时候觉得，是这些孩子，是童心，是他们无知而全知的爱，拯救着这个老谋深算钩心斗角的世界……

头发“咔嚓”，妻一剪刀就剪去了女儿的一辫长发。我闻声一看，失去了辫子的女儿，好像猛地长了好几岁，背影不再那么轻盈，已有了几许沧桑。我心里忽然生出一种伤感。女儿的独辫长发，是她从胎中带来，我看着它一点点生长，直到它如小型黑瀑流泻于女儿小小岁月之上。八年了，这美丽的小瀑布为我泻落多少惊喜和爱意。就这么失去了？虽然，女儿的头发仍将生长，但这天真的黑瀑我是再也看不见了。这是从另一个我们不大知晓的黑夜带来的一缕夜色。它生长于啼哭的黎明，覆盖了人生最初的荒凉，风有时停留在这里，盘旋出岁月的一部分形象。就这么丢失了？那把红木梳子也有些忧郁，它曾经一次次出没于女儿头顶，为她简单的心灵，设计简单的造型，它就像一条红鲤鱼，畅游在最安全的波浪里。就这么丢失了？那面镜子，那把红木梳子，那根红头绳，与我一样，都有些感伤。

我把女儿的这缕头发珍藏起来。我知道我是在珍藏一种记忆。女儿在向岁月的更广阔的白昼走去。把这缕小小的夜色藏起来，我说不清我的这个做法有什么确切内涵，只是每当看见这缕乌黑的头发，窗前的阳光就显得特别亮。小小的黑瀑布哗哗有声，我生活的一部分悬崖，仿佛变得湿润……

书包

女儿的书包越来越大，越来越重。看着负重上学的女儿和更多与她同样的孩子们，我常常觉得他们不是去上学读书，而是去上战场打仗。他们，小小年纪就必须枕戈待旦，夜以继日，在知识的战场上冲锋搏杀，冒着层出不穷的新知识、新科技的炮火，向那个笼罩于硝烟中的“高地”冒死前进。

三千年甚至五千年的知识都浓缩在书包里。漫长而沉重的文明历史停靠在他们稚嫩的肩上。一睁开眼睛，看见的就是一轮“知识”的太阳；一张开耳朵，听见的就是科技的雷声；一伸出手，摸到的就是一头“文化”的大象。必须扛起浓缩着数千年历史的“炸药包”，才能攻克一个个小的碉堡。我不知道孩子们的眼里，这个覆盖着知识水泥的世界还有多少神秘和意趣；而那被知识狂轰滥炸的课堂，究竟还有多少生命的诗意和自由的想象。

但我不能指责文明。孩子们的书包里，无疑珍藏着人类的心血和智慧。而智慧必须通过智慧才能被认知，否则智慧也成为未知。梯子，梯子，梯子越搭越多，梯子上又搭起梯子，梯子的顶端是苍茫未知的领域。可以说，孩子们一出生，就降落在梯子上，他们的一生，是在梯子上攀缘冒险的一生。

我忽然羡慕起鸟儿了。它们不需要背书包，它们肩上没有文明史的重压，它们只需要扇动上帝给它们的翅膀，就可以飞度它们的一生。

女儿的书包越来越重了，而且还将继续加重。三千年、五千年，亚洲，欧洲，地球、月球，陆地、海洋，原子、质子、粒子、中子，黑洞、光年，牛顿、爱因斯坦、比尔·盖茨……都将在她的书包里拥挤、争吵、喧闹。

但我无法减轻她的重压，我无法从她的书包里取出三千年、五千年的石头。

一个夜里，我梦见许多书包爆炸了，高地上硝烟弥漫，漫天尘埃里，我看不见世界和生存的真相……

这个梦做得有些残酷，我几乎不愿意复述它。不等天亮，我就到楼下的花园里，折了一枝栀子花插在女儿的书包里，让她一睁开眼睛就看见一朵没有文化的花的微笑，闻见大自然在公元前的清香，愿花的轻盈减轻早晨的沉重……

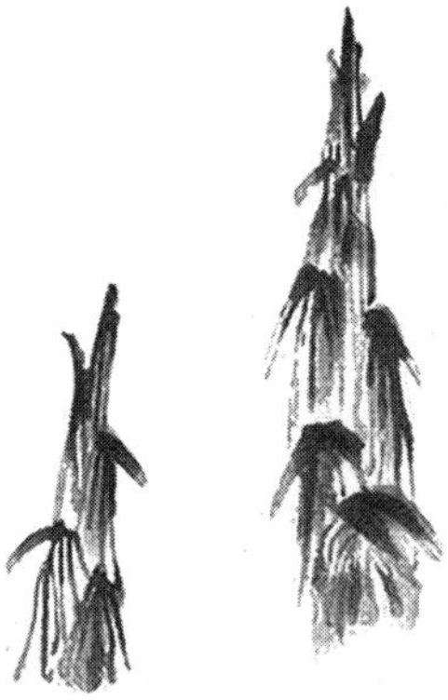

谁在惦记着你

刘继荣

快下班的时候，我无缘无故地喷嚏连连。同事说，谁在惦记着你呢？

窗外没有阳光，天空是制服般的冷灰，连微笑也是公式化的，谁在惦记着我呢？

谁会惦记着你所在的那个城市的气温，谁会惦记着你很久以前说过的一句话，谁会惦记你是不是开心，又是谁惦记着在深夜里发一个短信给你？

想起一个人，一个许久没有联系过的朋友。

她曾经说过我不美丽、不勤劳，也不勇敢，可是我善良，我是她从任何搜索引擎上也搜不到的好友人选。

上大学时，她在我的下铺，不爱说话，每次我感冒都会从下面缓缓升起一个杯子，是我最讨厌的温暾白开水，然后是更令我厌恶的各种颜色的药片，喝光水，把药片就顺手夹在床头一本同药一样枯燥的书里。后来，我偶尔打开那本书，里面黄黄白白的小药片，那么精致而玲珑，那些经年的药片，像是当时没有认真看后来才读懂的留言，整本书都有清淡的药香，一下子，鼻子酸，眼睛也酸，忽然就有了感冒的症状，才知道，感冒实在是一种幸福的滋味。

日子如流水一样地过，奔波在烟火红尘里，永远地忙忙碌碌，不知不觉间，我们在人海里走散了，失去了彼此的消息，可是我仍然牵挂着她，相信她也一定会惦记着我。那些曾经从心底开出的花儿，在匆匆的流年里会老去，所有的花瓣都飘散之后，却留下了一粒粒晶莹的种子在某一个不能预见的日子，繁花会开满光阴的两岸。

窗外已经开始飘雪，细而碎的沙粒一般的雪，满天满地无处不在。

也许惦记着我的是年迈的双亲吧？他们打电话来永远是那几句话：家里都好，你很忙，不要惦记我们。可是他们却一直一直地惦记着我。

雪大起来了，大片的雪花，旋转着飘飞着，落下来，落下来，纤巧的娇憨的落花，厚厚地堆积着，它傻傻的只会爱，所以才不会碎、不会痛。

“刘继荣，刘继荣！”谁在大雪里锐声叫着我的名字。我连忙答应着，随即一个小小的身影冲了过来，我的儿子已经泣不成声：“你的手机怎么总联系不上？预报今天有寒流，有大雪，我一直以为你跌倒在雪地里，你怎么会这样？刚才我喊妈妈，那么多妈妈都跑过来，我只好叫你的名字了。”自从我生一场大病之后，他常常是天气预报的热心小观众，关照我添减衣服，而且关照好自己不要感冒。有时候他絮絮叨叨地告诫我的时候，我真的会怀疑他是不是只有 10 岁。

“要过马路了，小心车。”那么熟悉的声音。

我过马路的时候，永远都是让人担忧的心不在焉，最早是父母无数次地叮嘱我，并且不辞辛苦地送我去学校。后来在外地上学的时候，总是好朋友挽住我的臂，和我一起过去。再后来是老公紧紧抓住我的一只手，现在他到外地工作了，我的孩子又抓住我的手。他第一次焦灼地喊的是：“汽车小心啊，快让开！我妈妈要过马路了！”仿佛我是一辆坦克，一不小心就会把别人的车撞坏。他喊得那么响，匆匆过往的行人，淡漠的脸上都有了明亮的笑意。

北国的寒风是锐利的，儿子拿出一条长长的红围巾给我系上，那是他亲自为我挑选的。路灯亮起来了，数不清的雪花舒展着玉色的小翅膀，满世界地飞舞，我们仿佛走在涌动的花海中，整个天地间都是令人恍惚的落了又开的繁华。

孩子的心

周玉洁

6岁的小女孩心心，是我的朋友。她是一个让人从心底里喜爱的孩子。她的眼睛黝黑，闪动着天真的光芒，我愿意慷慨地拿出时间来和她一起分享游戏的时光。

这一次我们的游戏是“卖东西”。

我们将汽车、轮船、自行车、沙发、小桌子等塑料玩具当作货物，在地毯上开了一家小小的店铺。

心心当店主的时候，叫卖声很小，对“货物”的介绍很单一，她只是说：“我的沙发是可以拆的，汽车跑得很快，要是你没有钱，用纸片代替钱也行的。”

为了让她在这个游戏中学一点新词汇，以及我认为对她以后的成长和生活有用的经验，我开始刁难她，挑剔她的货物，并以很低廉的价格（一张废纸片）顺利地买走了她的全部家当，并在她两手空空时，在地毯的另一角另起炉灶，用那些刚从她手中买来的货物，新开了一家“店铺”。

我高声地叫卖，自如地使用着诸如“货比三家”“包退包换”等词汇，夸张地形容我的沙发多功能，全拆洗，可以变换多种方式摆放和组合；形容我的汽车节能在全球排第一；形容我的自行车比摩托车性能还要优越……

心心睁着大眼睛，笑吟吟地看着我，满心赞赏我的货物真好。她很小心地掏出我先前支付给她的“纸片货币”，想先买走沙发。

我故意为难她，说那点钱根本不够，你先攒够了钱再来吧，要不你把花裙子脱下来给我也行。

心心吃惊地望着我，又望望身上的裙子，很沮丧地走开了。

我于心不忍，叫住她说："要不，你先把定金付了吧，否则你下次来时恐怕我的沙发被别人买走了。"

她用纸片支付了定金，拿着我开给她的"定金收条"默默地走了。

她在屋子里绕了一圈，找来了她喜欢的零食和几条她最喜爱的裙子，对我说："我用这些当钱，换你的沙发可以吗？"

我故作惊讶地说："那怎么行？我只喜欢你身上穿着的这条，何况我也不爱吃零食。"

紧接着我再次夸张地赞美那沙发的颜色和质地，并不断摆弄出新的款式，妄图吸引她、刺激她想出更好的办法，说更多的词汇来和我交易。

心心沉默了一会儿，万分委屈地对我说："我卖东西的时候，你给我一个纸片就可以当钱了，可是你卖东西的时候，我给你这么多东西都不能当钱……"

我抓住时机对她说："我卖东西的方法和你不一样啊，你不会夸你的沙发，所以你的沙发不值钱；我会夸，所以我的沙发贵。"

心心争辩道："它们是同一个沙发。"

我不再理睬她的争辩，洋洋得意地继续夸着我的沙发，并更加大声地叫卖。

"一定要我身上的这条裙子吗？"心心的小脸上写满了忧伤。

我迟疑了片刻，点了点头。

那会儿，我多么希望心心能继续和我用语言争辩，说出更多的道理来，以达到我训练她语言能力的目的。

可是心心不再说话，她沉默了一会儿，看了看那个小小的粉红色沙发，眼眶慢慢红了。她开始解肩带，轻轻地脱下她身上穿着的裙子，眼角有泪在慢慢地涌出。她强忍着泪水把脱下的裙子揉成一团，并拿出我开给她的"定金收条"一并递给了我。

看着光着脊背，只穿着小短裤的心心抱着买到手的沙发忧伤地走出"店铺”，我的心猛地一疼。

随后心心伏倒在床上，把脸埋进枕头里，“哇”的一声哭了出来。

那是一个6岁的孩子，我却以30岁成人的复杂思维和自以为有益于她的训练目的，将这个原本开心而纯真的游戏变得如此残酷。

我又一次在心心面前犯了错误，后悔莫及。我走过去，脸紧贴着她的脊背，很认真地对她说：“对不起，是我错了，我卖东西不地道，下次我不了。”

心心仍旧在抽泣，泪水打湿了枕头。

“你还愿意和我做好朋友吗？”我拉起她，抹去她脸上的泪水，很真诚地对她说，“你是一个很善良的店主，我不是，如果可以再玩一次，我会向你学习的。”

心心含着眼泪笑了。那模样让我难过，让我羞愧。

从此后，无论何时，哪怕只是一个小小的游戏，我都将牢牢地记住，成人的自以为是会伤了一颗孩子最纯真的心。

我仍旧会拿出时间来和心心做游戏，我开始真正地观察她，一如观察童年的自己。在这个6岁的小女孩身上，我看到了很多珍贵的品质，那是与生俱来的宽容、善良、信任、天真和无私……

儿子老鬼

杨　沫

“你的问题就要处理了，改定为犯有严重政治错误，撤销监督改造。这就等于没事了。”

这也等于天上响了一声霹雷，把个马波震得狂了起来，高兴得乱砸乱舞。请看他自己的形容：

“我要独自欢乐一下……冲进屋，插上门，胸口还闷得难受。一脚把破水桶踢飞，第二脚把牛粪堆踢个空中开花，乒乓碰在烟筒上。纵身跳上炕，打着滚，两脚朝天猛踢蹬，狂笑着，嗷嗷怪叫……”

后来内蒙古兵团解散，马波来信叙述他对组建兵团的感慨，或者说愤慨。他说内蒙古组织建设兵团，盲目地大面积开荒种地，谁知破坏了生态平衡，使水土流失，草原严重沙化，他们七连组建六年以来，所开垦地二万亩土地全部作废，蓄的四十个粮囤也全部变成没用的土包……他说，妈妈，完了，全完了！知青苦干了八年，最后是一场无效的劳动……多么大的国际玩笑呵！无法统计的物资消耗浪费呵！听到领导传达这是多少亿元的亏损，把人们都惊呆了，有的悲伤，有的怒骂……

我们没本事叫儿子很快离开内蒙古，他还在草原苦熬着，但他不同于其他青年，用他自己的话说：

“靠摔跤打拳到社会上打抱不平，已被现实证明根本行不通，现在只有走妈妈的路来折腾一下了。”

“即使我没有什么严谨的理论见解，缺少深刻的哲理，不懂现代美学，写出来的东西粗糙无味，但是如果能反映出这个庞大社会的一角，反映出波澜壮阔的上山下乡运动的一小小的侧面，那就没白费力气。”

“这一拳若打好了，比阿里的拳头还有力！”

……

知青们看他成天趴在炕沿没完没了地写，劝他说，“打牌吧老鬼，打一打年轻10岁。”

也有的知道他在写自己的经历，劝他说：

“老鬼，算了吧！你的悲剧只不过是无数悲剧中的一个，比你更惨更倒霉的还有的是！”

“不，我得写，不写我气得慌。”

马波经常不洗脸，不洗脚，穿的衣服又破又脏，他那个犟劲有时还挺凶，怪吓人的，于是知青们就给他起了个绰号“老鬼”，而这个老鬼不但不恼，反而以此为荣为乐。以后写成了长篇纪实小说《血色黄昏》，就用了笔名“老鬼”。

1978年，马波去大同当了一年多的工人后，当全国不再招收工农兵学员，正式恢复大学入学考试时，他考入了北京大学中文系新闻专业，当起大学生。

他上着学，依然不忘写他的自传体小说，毕业后分配到中国法制报当了一名记者，他仍在工作之余为他的小说拼搏。写作了将近十年，经过了十三家出版社的过目，经过16次的退稿的伤痛，经过了无数次的修改，他的书终于在1987年由工人出版社出版了。

出版后，真有点像他说的，阿里的拳打出去了。评论家冯牧说：“老鬼的处女作是这样的出手不凡，他没有辜负自己长达十年的经历和鲜血、汗水、眼泪混在一起的生活，对这段独特的而具有普遍意义的生活经历，做出了、现在已经达到了概括或表现。”

我对儿子过去有过许多的不满、许多的气恼、许多的失望。经过“文革”，我有了某些改变。当他的《血色黄昏》出版后，通过他的书（虽然这本书中有些地方丑化了我，骂了我）我对他的了解更多了。他得了稿费，除了买了一部电脑打字机，他依然穿得土气寒酸，他妻子不在家时，他只会就着生黄瓜啃干馒头，从不在生活上有任何享受的念头或习惯。

前几年去了美国，在布朗大学当访问学者，从他寄回的照片看，衣着神情和在国内没有两样，只是粗野气少了些，书卷气多了些，也依然嘴笨舌拙不会说话。随着岁月的流逝，随着暮年的到来，我对老鬼的人品、对他的个性的“特”、对他的“不寻常”有了更进一步的理解，于是我的气恼、我的不满和失望，也更加减轻、减轻。

……

我也不禁常常怀念远在地球那一端的儿子。

拥你入睡

肖复兴

儿子上初一以后，忽然一下子长大了。换内裤，要躲在被子里换；洗澡，再也不用妈妈帮助洗，连我帮他搓搓后背都不用了。

我知道，儿子长大了，像日子一样无可奈何地长大了。原来拥有的天然的肌肤之亲和无所顾忌的亲昵，都被儿子这长大拉开了距离，变得有些羞涩了。任何事物都有一些失去，才有一些得到吧？

有一天下午，儿子复习功课，累了，躺在我的床上看电视。实在是太累，刚看了一会儿眼皮就打架了。他忽然翻了一个身，倚在我的怀里，让我搂着他睡上一觉，迷迷糊糊中嘱咐我一句：“一小时后叫我，我还得复习呢！”

我有些受宠若惊。许久，许久，儿子没有这种亲昵的动作了。以前，就是一早睡醒了，他还要光着小屁股钻进你的被窝里，和你腻乎腻乎。现在，让你搂着他像搂着只小猫一样入睡，简直类似天方夜谭了。

莫非懵懵懂懂中，睡意蒙眬中，儿子一下失去了现实，跌进了逝去的童年，记忆深处掀起了清新动人的一角？让他情不自禁地拾蘑菇一样拾起他现在并不想拒绝的往日温馨？

儿子确实像小猫一样睡在我的怀里。均匀的呼吸，胸脯和鼻翼轻轻起伏着，像春天小河里升起又降落的暖洋洋的气泡。

我想起他小时候，妈妈上班，家又拥挤，他在一边玩，我在一边写东西，玩着玩腻了，他要喊“爸爸，你什么时候写完呀？陪我玩玩不行吗？”我说：“快啦！快啦！”却永远快不了，心和笔被拽走得远远的。他等不及了，就跑过来跳在我的怀里带有几分央求的口吻说："爸爸！我不捣乱，我就坐这儿，看你写行吗？"我怎么能说不行？已经把儿子孤零零地抛到一边寂寞了那么长时光！我搂着他，腾出一只手接着写。

那时候，好多东西都是这样搂着儿子写出来的。他给我安详，给我亲情，给我灵感。他一点儿也不闹，一句话也不讲，就那么安安静静倚在我的怀里，像落在我身上的一只小鸟，看我写，仿佛看懂了我写的那些或哭或笑或哭笑交加的故事。其实，那时他认识不了几个字。有好几次，他倚在我的怀里睡着了，睡得那么香那么甜，我都没有发现……

以后我常常想起那段艰辛却温馨的写作日子，想起儿子倚在我怀中小鸟一样静谧睡着的情景。我觉得我的那些东西里有儿子的影子、呼吸，甚至睡着之后做的那些个灿若星花的梦境……

儿子长大了。纵使我又写了很多比那时要好的故事，却再也寻不回那时的感觉、那一份梦境。因为儿子再不会像鸟儿一样蹦上你的枝头，那么纯真天籁般倚在你的怀里睡着了。

如今，儿子居然缩小了一圈，岁月居然回溯几年。他倚在我的怀里睡得那么香甜、恬静。我的胳膊被他枕麻了，我不敢动，我怕弄醒他，我知道这样的机会不会很多甚至不会再有，我要珍惜。我格外小心翼翼地拥着他，像拥着一支又轻又软又薄又透明的羽毛，生怕稍稍一失手，羽毛就会袅袅飞去……

并不是我太娇贵儿子，实在是他不会轻易地让你拥他入睡。他已经长大，嘴唇上方已经展起一层细细的绒毛，喉结也已经像要啄破壳的小鸟一样在蠕动。用不了多久，他会长得比我还要高，这张床将伸不开他的四肢……

蓦地，我忽然想起儿子小时候曾经抄过的诗人傅天琳的一首诗，其中有这样几句：

你在梦中呼唤我呼唤我
孩子你是要我和你一起到公园去
我守候你从滑梯上一次次摔下

一次次摔下你一次次长高
如果有一天你梦中不再呼唤妈妈
而呼唤一个陌生的年轻的名字
那是妈妈的期待妈妈的期待
妈妈的期待是惊喜和忧伤

我禁不住望望儿子，他睡得那么沉稳，没有梦话，我不知他在睡梦中此刻是不是在呼唤着我？我却知道会有这么一天，拥他入睡的再不是我，而在他的睡梦中更会“呼唤一个陌生的年轻的名字”。亲爱的儿子，那将如诗人所写的，是爸爸的期待，爸爸的期待是惊喜又是忧伤。哦，我亲爱的儿子，你懂吗？此刻的睡梦中，你梦见爸爸这一份温馨而矛盾的心思了吗？……

一个小时过去了，我没有舍得叫醒儿子。

生　活

｜

小　野

我继续忍着，而且告诉自己说，也许儿子并不是恶意，他只是有些顽固而已。躺在床上，儿子对我说：“爸爸，我很烦。”我说：“我也很烦，怎么办？”儿子说：“那来打一架吧。”我说：“好吧，明天再打。”

歹嘴

儿子从小就不喜欢对别人甜言蜜语，他特别讨厌那些爱拍老师马屁的同学，说他们是谄媚。而他自己呢，偶尔抛出一句话都是冷酷的，还带一些刺。老婆常常怪他说：“用台湾话说，这叫歹嘴。用国语说，叫作狗嘴里吐不出象牙来。”

我也常向他解释说，赞美别人不一定是谄媚，如果常常能发自内心赞美别人，那也是一种美德和能力。我很得意地告诉儿子说：“你看我每天都在称赞你妈妈，这是我能维持和谐关系的秘诀。”

果然，儿子有些改变了，他遇到老婆就很谄媚地笑，然后很夸张地说：“妈，你好漂亮呀，好漂亮呀……”

说太多遍以后，老婆有些烦了，就说：“不会换个词啊？”

于是儿子就改口了，下次遇到老婆就说：“妈，你的气质很好呀。”

我着着儿子，正要鼓励他，他却大声对我说：“爸，我这样子够虚伪了吧？”

黄昏时全家人整装待发，女儿穿了一件牛仔裙，儿子立刻说：“好恶心呀。”我问他：“一定要这样说才够味吗？”儿子为自己辩解说：“好恶心是一种赞美的话，你太落伍了。”

不久，女儿又穿上了一件红底白点的T恤，儿子又开口了：“哇，好骚。”

我问儿子说：“这也是赞美吧？”

儿子说：“当然。”

我想了想说：“啊，我懂了，那是你们之间的语言，我学会了。儿子啊，你看起来贱贱的。”

儿子有些生气地问我说：“为什么要骂我贱贱的？”

我理直气壮地说：“哎呀，你不懂啊，贱贱的表示很可爱的意思，也是一种赞美的话呀。”

儿子笑了，对我说：“爸爸，你看起来肥肥的，贱贱的。”

我很开心地说：“谢谢你的赞美。”

从此，儿子遇到了老婆，仍然继续不停地讲着一些肉麻的话，像是：“妈，你好性感呀！”当“赞美”成为一种流行之后，家里的气氛自然更好了。

擦鞋风波

快接近结婚纪念日时老婆兴冲冲地对我说：“为了表示互相勉励彼此的努力，你看我们互相送一件礼物当奖品如何？”

我毫不犹豫地回答说：“彼此送一双慢跑鞋，如何？”

老婆很认真地想了想，不禁赞美地说：“送鞋子，很有意思，因为……”

因为……不用说，理由一大堆，除了象征意义之外，“实用”是最好的理由——我们几乎每天都要用上。

结果，结婚纪念日过了，鞋子也没买，理由是“懒得去一趟鞋店”，以后再说吧。

纪念日过后第四天，儿子忽然说要修羽毛球拍，并且顺便要换一双球鞋，于是我们终于有机会去鞋店一趟了。

面对鞋架上的各式各样球鞋，儿子犹豫不决。我抓起一双重量很轻也很柔软的NIKE多功能跑鞋给他，他立刻满意地点头。老婆正想拿另外一双看起来一样、价格却少600元的NIKE鞋时，我迅速地阻止了她的“可能动作”。

女儿也想要一双新鞋，可是她并没有“流行”的观念，她要了一双和老婆脚下相同牌子的跑鞋，儿子和女儿皆大欢喜。老婆望了望我说：“你看，咱们是不是也来各买一双？”

我正想回答说：“好哇。”

可是，老婆又改了口说：“算了，把旧的穿坏了再说，鞋柜也装不下太多的鞋子。”

这时老板顺便向我们推销了一罐新产品“泡沫洗鞋剂”，他说：“只要一擦，洁白如新。”

提着两双新买的鞋子回家，一路上老婆笑着对我说：“你看，最后还是给孩子买了新鞋，我们穿旧的。”

女儿听了，立刻说：“回家以后，我替你们擦鞋子。”

老婆没有反对，并且称赞女儿说：“还是你比较贴心。”

回到家，女儿赶快拿出我们的旧鞋放在旧报纸上开始使用那一罐“泡沫洗鞋剂”，当她才喷出一朵泡沫，儿子在一旁就嫌她倒得太多。儿子说：“不要用太多，不然一罐泡沫一下子就用完了。”

老婆瞪了儿子一眼，儿子没发现。

女儿很卖力地擦着老婆那双白色跑鞋，儿子仍然不停地提醒女儿少用泡沫的道理。

我也忍不住了，就对儿子说：“让她用吧，不要阻止她。你平时用水用电都很浪费，为什么对泡沫反而那么节约？”

儿子很不服气，低头继续看着书，他每天都有许多考试，虽然是暑假。

擦完了老婆那一双，正准备擦我的那一双 Reebok，儿子又丢了一句话给女儿：“妹妹，爸爸那一双已经脏得进入皮里面了，再擦也没用。”

我瞪了儿子一眼，心想：“老爸才买一双最贵的 NIKE 新鞋给你，你却舍不得妹妹多用一点泡沫擦老爸的旧鞋，这是什么时代呀。”

我忍住没说出来，只说：“你可不可以不要再挑剔妹妹，让她好好擦鞋子？”

儿子感到风雨欲来的气氛，就抖了一句："是鞋店老板说的。"

老婆也听到儿子的话了，忽然大声地对我说："我想通了，明天，我去鞋店，给你买一双最贵的 Jordan，也给我自己买一双 Diana。我们不要那么可怜……看儿子的脸色。"

儿子不再嘀咕，不久就把书本收起来上楼去了。

老婆看了看我，深深叹了口气，我则看了看那双经过女儿猛擦一阵的 Reebok，果然肮脏如昔。我拿起那罐"泡沫洗鞋剂"朝鞋面上猛喷一阵，然后用力擦了起来，老婆终于笑了。

我继续忍耐着，而且告诉自己说，也许儿子并不是恶意，他只是有些顽固而已。

躺在床上，儿子对我说："爸爸，我很烦。"

我说："我也很烦，怎么办？"

儿子说："那来打一架吧。"

我说："好吧，明天再打。"

儿子笑了。

老婆看我很泄气，就故意大声说给儿子听："不要对孩子太痴心，不然容易被伤害。当孩子大了，就当成朋友吧，不要太多情。"

于是，我们这一对依然穿着旧鞋的父母便在唉声叹气中入睡了。

次日清晨才五点半，老婆推醒我说："去晨跑吧。"

我们穿着被女儿用泡沫洗过而有些像"雨后初晴"的"灰色"跑鞋上路了。我们彼此看着对方脚上那一双灰灰的跑鞋都忍不住笑了。老婆抬起了脚，晃了晃脚上的鞋子说："还很耐用的。"

一边跑步，我一边告诉老婆说："自从我做了'烈火青春'这种青少年犯罪个案的节目以后，对青少年的一些想法更了解了。我们要让孩子知道我们的不满，可是我们也要容忍他，因为他还在成长中，就算是犯错好了，他其实已经知道，只是找不到台阶下。"

老婆也同意了，边跑边问："你的意思是说，等一下我们还是要给他打一个 morning call（叫醒电话）？”

跑完了8圈，正好6点40分，我找了一个公共电话亭，投下一块钱，打回家里。电话响了很久，儿子才接起来。我说：“Hello，是爸爸提醒你该起床了。”

儿子用那种刚醒来的口气说：“Hi，爸爸，早上吃什么？”

我说：“昨天妈妈给你买的胡椒饼放在烤箱里，另外还有周华健的I remember……”

孩子给我的启示

张晓风

回家

有一次，我的丈夫带合唱团去环岛演唱，8 岁的儿子诗诗和 5 岁的女儿晴晴刚好放假，也跟着去了。

演唱了一个礼拜，临回来的前一晚，丈夫问小女儿道：“你喜欢回家还是出来啊？”

晴晴毫不犹豫地答：“我当然喜欢回家！”

“哦——”做爸爸的故意逗她，“那么下回出来不带你就是了。”

“爸爸，”她说，“不先带我出来，怎么能回家？”

人生的历程大约也是这样：没有大疑惑，怎能有大彻大悟？没有剧烈的撕痛，也就没有完整的愈合。永远株守一隅的人不会知道什么叫回家。

逆境

晴晴摔了一跤，当时也没哭；两天后，她的左手举不起来，才发现锁骨受了伤，又痛又不方便，还得很长时间才能康复。

我心里很不舒服，可是晴晴却发现了一项意外的收获。

“妈，我现在知道哪边是左边了！”

她太小，一直分不清楚左右，这下好了，她知道了，痛的那边就是左！

有一句话说：“当上帝关上了所有的门，他会给你留一扇窗。”我们总是不甘心地哭着去捶那关上了的门，却忘记那个开向清风明月的窗。

赢

诗诗很喜欢写毛笔字，虽然他的书法一点也不好看，而且，最糟糕的是，不是黑墨汁滴脏了左上角，就是污手印弄坏了右下角。

有一天，一位长辈看到他在练字，说："嗯，真好，你要进步了，你在班上不久就会赢别人了！"

我心中暗叫不妙，我知道诗诗立刻要反嘴了。果真，他不屑地说："我才不要赢别人！"

"那你为什么要练字？"

"我写好了，自己看了高兴就是了，我才不要赢别人！"

竞争心也许可以促使一个人成为成功的企业家或艺术家，但不为压倒什么人而努力做好一件事，自有一份坦荡。无心相竞的天真，使人顿觉海阔天空而怡然自足。

价值观

我们要出去旅行，晴晴把大大小小、新新旧旧的娃娃装满了一旅行袋。

"不行，"我说，"只准带你最喜欢的——你最喜欢哪一个？"

她把那一个个漂亮的、破烂的、昂价买来的，以及别的小朋友玩剩下不要的全都检视了一番，忽然宣布说："我喜欢通通！"

"什么？你不可能全部都喜欢的，"我坚持说，"你到底喜欢哪一个？"

"我喜欢通通。"她斩钉截铁地说。

美丑和价值是成人世界里的东西，对一个小女孩而言，爱心可以无所不及，并不因美丑贵贱而有别。

我终于准许她背着她全部的爱去了。

爹地的小女子

刘墉

少年时交女朋友，最怕碰到两号人物。第一，是“她”老爸。电话那头，闷沉沉一声“你是谁”？吓得小毛头连名字都给忘了。第二，是她老哥，“咔”“咔”“咔”“咔”，一串重重的木屐声，就知不妙。门打开，探出个横着眉的大脸，另加一双粗黑的手臂，把着门两边：“你是老几？敢泡我老妹？”下面的话，不用他说，小子自当知道——“下次再敢来，给你一顿臭揍！”

至于她老妈，是不用担心的，啰唆归啰唆，骨子里却善。她可能问你祖宗八代，原因是已经设想将来把女儿嫁给你。她也许把你从头到脚，瞄了瞄，但那审阅里，多少带些“欣赏”的意思。怪不得俗话说“丈母娘看女婿，愈看愈有趣”的呢？

妙的是，当小女生找男生的时候，这情势就恰恰相反了。“他”的爸爸总是和颜悦色，眼里带笑；她的老妈，可就面罩寒霜，目射怒光了。

碰到老姐、老妹，更不妙，冷言冷语，不是带酸，就是带辣，尤其站在“他”老娘身后，小声小气地说暗话，最让小女生坐立难安。无怪乎，自古以来，就说“婆媳难处”“小姑难缠”，却少听见“公公难对付”这类的话。

这一切，说穿了，就是同性相斥、异性相吸。婆媳、岳婿是如此，父母和子女之间也一样。

父亲常疼女儿，妈妈常疼儿子，这虽不是定律，占的比率总高些。心理学更有所谓儿子仇父恋母的“伊底庇斯情结”和女儿恋父仇母的“依莱特接情结”，尤其是到了十三四岁的青春期，情结愈表现得明显。

这时节，女儿和儿子，在父母的眼里，也愈变得不同。过去挂在脖子上的小丫头，一下子，成了个羞羞答答的少女。表情多了，心里老像藏着事，愈惹父亲爱怜。女儿大了，似乎愈来愈能取代母亲，学会了管爸爸，也能下厨、洗衣服、照顾老子，甚至跟父亲谈心。

这时候的父亲总是中年了，青年时夫妻的激情，已经归于平淡；中年的妻子，语言变得不再那么婉约，容貌也不再如年轻时的清丽。突然间，在女儿的一笑中，父亲竟发现了他恋爱时妻子的娇羞。在女儿一甩长发的刹那，老男人竟然回到了五陵白马的少年。

儿子在母亲眼里，也是这样。小捣蛋，曾几何时变成鸭嗓子，又曾几何时，粗壮了胸膛？朋友打电话来，直说分不清是男孩子还是男主人的声音，连自己打电话回家，儿子接，心里都一惊，这孩子多像他爸爸！而他爸爸已经秃了头、挺了肚子。有时候，丈夫不在家，只儿子一个人陪着，反觉得更有安全感。

揽镜悲白发，为自己的青春将去，皱纹难掩，正伤怀的时候，儿子突然从后面把老妈一把搂住，说妈妈比外面女生都漂亮，将来娶老婆，就要像妈这样的。浅浅几句，不论真假，是多么暖心！

偶然，儿子一句“妈！你穿黑袜子和短裙，真漂亮！”居然，不自觉地，便总是穿那套衣服。经过多年丈夫的漠视，将要失去的自信，竟从这小男生的言语中，突然获得了补偿。

只是，这样可爱的老爸的乖女儿、老妈的乖儿子，那个从自己的春天、伴着走到秋天的儿子，总是把老爸老妈放在心中最爱的儿女，居然有那么一天，遇见一个八竿子打不着的人，带回家来，又急急忙忙，没等爸母看清楚，就拉进自己房间，又拉出大门。

长发一晃，裙角一甩，高大壮硕的背影、父母心中永远的最爱，小小的恋人，丢下一声“拜拜”，竟飞出门去。

站在门内的，两个已经不够颈直的身影，瞬时怕又苍老了一些。多少不是滋味的滋味，袭上心头，喜的是：儿女长大了，能自己飞了。悲的是：奇怪，这家里的人，过去嫌吵，现在怎么突然冷清了？恨的是：他！她！居然她像把我们从他们心中“爱的排行榜”，由第一二名降到二三名。

第一名，竟然是那个死丫头、浑小子！多年前，有个老朋友打电话来，笑说：“把别人未来的老婆、抱在自己腿上，真是人生一大快事。”

我惊问，才知他是说他自己的小女儿。

也记得年轻时读古人笑话集，说有个老丈人，女儿新婚之夜，与宾客夜饮，突然大叹一口气：“想那个浑小子，现在必定在放肆了！”

过去，对这两件事没什么感触，而今，新生的女儿不过4岁，居然总是想起。

多么戏谑的笑话，却又多么真实！笑中有泪、有不平、有无奈。尤其是那个嫁女儿的老父，一方面强作欢笑地应付宾客，却又难以接受爱女“变成人家床上人”的事实。

曾参加一个朋友女儿的婚礼。向来豪爽不羁，爱开黄腔的老友，挽着女儿走过红地毯，送到男孩子的身边。

当新郎为新娘戴上戒指，女孩子的眼里滚下泪水。回头，她的老父，也湿了眼眶。

只是，我想：他们哭的是同一件事吗?

做父亲的，必定是哭他小天使的离开。

做女儿的，是哭与父母的别离，还是感动于“爱的相聚”?

跟洋人比起来，中国人闹洞房，要厉害得多。吃苹果、捡豆子、衔酒杯，甚至像《喜宴》电影里的“两人在被窝里脱衣服扔出来”。

只是洋人婚礼，有个最狠的节目，外表很美，却蚀到骨子里。

杯觥交错，歌声舞影，在新婚欢乐的最高潮，音乐声起，宾客一起鼓掌欢呼。

新郎放下新娘的手，新娘走到中央，老父放下老妻，缓步走向自己的女儿，拥抱、起舞。

《爹地的小女儿》《Daddy，s Little Girl》)，这人人都熟悉的歌，群众一起轻轻地唱：

你是我的彩虹
我的金杯
你是爸爸的小小可爱的女儿。
拥有你，搂着你
我无比珍贵的宝石！
你是我圣诞树上的星星
你是复活节可爱的小白兔
你是蜜糖、你是香精
你是一切的美好
而且，最重要的
你是爹地永远的小小女儿……

我常暗暗祈祷，将来女儿不要嫁给洋人。即便嫁，婚礼时也千万别奏这首曲子。我知道，当音乐声起，女儿握住我的手，我的老泪，会像断线珠子般滚下。

带儿子去捉蝌蚪

孙月沐

那是去年这个季节的一个星期天，妻儿和我，去离我家不远的二环路旁边的护城河捉蝌蚪。儿子拿着他妈妈给他做的长竹竿尼龙袋网漏斗，径奔护城河而来。

我的兴致显然不如他们俩高涨。一是我已没有儿子的那份童心，二是缺少妻子那种对于儿子的理解和属于女性的心境。但事情的过程颇为好玩：他们居然捉不到一只蝌蚪，而我却发现茂盛的水草下面有一阵阵小骚动。

我从儿子手中要过武器，熟练地趴下去舀那些生灵。哦嗬。哇。妻子和儿子用他俩习惯的感叹词由衷地快活地大叫。我的战绩委实不小。那些蝌蚪让我儿子亢奋了好几天，一直看着它们“人”长大体积却变小，变深黑色为浅黑褐色，直至掉下原来拖着的长长的尾巴，并且长出了小小的四肢。

这期间我的任务是为蝌蚪装水。每天上班带上一个密封的塑料小桶，下班时盛满一桶二环路护城河里的水。妻子说这些水有营养，有许多浮游生物，是蝌蚪们的食品。

那天事有凑巧。妻子来电话说她要开会，于是接孩子的任务历史性地落到了我的头上。要是平时并没有什么，但是这一次却有些麻烦：第一，天正在下雨；第二，儿子这时正在上美术班，学画国画，而这美术班是幼儿园放学以后开班，6 点上 7 点或 7 点半散。于是我只好将小塑料桶放在我的书包里带到儿子的幼儿园，一直等到下课。

将儿子的“作品”装进我的包时发现了桶，于是征求儿子意见：还装不装水？儿子不假思索斩钉截铁：装。我再征求意见：明天行不？今天你看外头正下雨，再说妈妈的饭已经做好了，饿不饿呀！儿子仍然坚定如初。于是只好冲进雨雾。

下的是小雨，确切地说，是比雾大一点的那种，迷迷蒙蒙，蒙蒙淅淅，空气湿湿漉漉。自行车冲进雨雾，不一会儿我们的头就被濡湿。我住的是新小区，路上少行人，天渐渐地黑起来，在灰蒙蒙的雨幕中又涂了一笔蘸和了水的浅墨，洇成了一种底色和背景似的，叫人寂寥。我的车子压着雨语成了一种克制了的快乐呻吟，如泣如诉，喁喁而语。倒是有一种意想不到的情调。儿子于此刻大声叫喊起来：哇！我说你老实点儿坐稳当点！他非但不听反而在后座上手舞足蹈。

我们到二环路护城河边时碰到几位骑车的人，他们显然是刚下中晚班的。此时儿子已将小桶提在手中，于是路人侧目。我们父子在众目睽睽中你抢我争奔下河边台阶。

水由儿子盛，而水草自然非我莫属。我不加选择地捞了一小捆水草，而儿子则认真地挑了几棵新鲜的放进桶中。其时雨还在下，而且下得不小——雨的情况，在河边水畔往往更加清楚。儿子说的儿歌：“千条线，万条线，落到河里看不见”，是概括言之，便于小孩猜谜，其实，千条线万条线落到河时分外看得见，清楚得很，一滴一滴一丝一丝纤毫毕现，会把水面砸出坑砸出波漪——而不在水畔则往往被忽略，比如，千条线万条线往泥土中落时泥土表面就不会像河水那般敏感反应？

这件事对我来说是个难忘的记忆与感受。我体会了事事皆生活这一道理。按常规我是不会冒雨去河边，更不会为了什么蝌蚪冒雨，且在天黑。我想路人一定想：这人神经有些不正常。但“不正常”中却有许多正常人正常生活时难以发现的感受。

回家的路上，我问儿子：“冷不冷？”儿子说不冷，接着便贴紧我的后背跟我说：“爸爸你真好！”

区区一件小事，儿子当成了一件了不起的大事，由衷地去称赞我，小小心灵得到极度满足。

过后小蝌蚪终出于种种原因没能存活下来。但时至今日，我和儿子想起那晚那雨那天黑，那时候为小蝌蚪装水的事，仍然有些向往。

哦，孩子

|

孙晓杰

那些细小的花朵

散发出永远的芬芳

——题记

一座空旷的大厅里，一个四五岁的圆头圆脸的小男孩，一边圆睁虎目，定睛望着高高的天花板，一边蹬动胖乎乎的藕腿，用劲儿地朝上蹦跳。那天花板上什么也没有，譬如一只小鸟，一只蝴蝶，或者一只蜻蜓……什么也没有，只有一片雪白。而且不消说，这小男孩所蹦跳的高度低得非常可怜，距离高高的天花板显得是那样遥远。但是这个小男孩毫不气馁，仍旧专注而认真地用劲儿朝上蹦跳，一下，又一下，咚咚有声。

我在大厅的一隅看着这小男孩。我知道在这种时候最为讨厌甚至可恶的就是所谓“好心”。我不能阻止这孩子，我不能对他说：你的努力真是白费力气，你应当停止做这种傻事。我不能。在这个小男孩的心里，一定有着一种很宏大的愿望，一种幼稚却坚定不移的信念和决心。

细密的汗水，从这个小男孩光滑敞亮的额头上爬了出来。但他仍旧专注而认真地用劲儿朝上蹦跳，一下，又一下……

对于无望的追求是不是就是希望？明明难以企及，偏又锲而不舍。这种力量，尽管充满了悲剧意味，却是人类最宝贵的财富。

这郁郁寡欢的小女孩。她的父亲是我的战友，母亲在她 3 岁的时候患血癌死了。作为母亲唯一珍贵的遗产，她被外祖父母留养了下来。外祖父母的爱是不用怀疑的。

大约一年之后，小女孩的父亲在南海之滨一座小城重建了家庭。但是这个家庭因种种缘故没有维持几年便解体了。当小女孩的父亲一路风尘地又来到她的身边时，她执拗地拉着父亲的手，到她的老师家，到她所能找到的每一个同学家，一遍遍地，指着自己的父亲，对老师和同学说："这是我爸爸！"这似乎是一个很特别的时刻。这个时刻一定是她计划了很久的，梦想了很久的。在每天上下学的学校门口，同学们扑向父母的欢叫声中；在暑期寒假的家长会上，老师充满疑窦的目光里，她一定就开始想望这个时刻。她要证明的只有一件事或者一句话。这件事或者这句话对其他同学来说是不屑一顾的，甚至是可笑的，但对她是多么的重要！现在她如愿以偿。她骄傲的口吻和自得的神情令人吃惊。

其后的某一天里，她因为过于惹人生气而挨了父亲的揍。这么一件糟糕倒霉的事情到了她那里，却作为一种从未有过的体验成了类似于抚摩的享受。她竟然从郁郁寡欢里走了出来，变得快乐、伶俐而又聪颖。她怀着一种极强烈的冲动刻意寻求这种体验。每一次挨揍过后，愈加增添了她对父亲的热爱和依恋之情。

这个小女孩！每每想到这个故事，就依稀看见一颗幼小而残破的心，在无声的孤独里，在热烈的渴盼中，那么令人怜悯地悸动……

一个小男孩和一个小女孩刚刚从水族宫里走出来。他们兴奋的脸上水光闪烁。

小女孩扑闪着毛茸茸的大眼睛，"如果让我俩留在水族宫里，"她对着小男孩说，"变成鱼，你愿意变成什么？"

"黑魔鬼。"小男孩几乎不假思索地答道。

小女孩叹了一口气，"那我也变成黑魔鬼算了。我原先是想变成鹅顶红的。"

"那我就变成鹅顶红吧！"小男孩热烈而爽快地说。

他们把手拉在了一起，洋溢着轻盈、安适的欢乐，穿过熙熙攘攘的大街……

不久以前，一位来中国观光旅游的美国老太太，用那根曾经指点过世界许多名胜的手指，在一群中国孩子中指点了三下，于是三个孩子：一个 10 岁的女孩、一个 7 岁的男孩和一个大约有 5 岁的女孩，站到了这位美国老太太的面前。

美国老太太拿出一只玻璃瓶子。瓶肚很大，瓶口很小。三只刚能单独通过瓶口的小球正躺在瓶底。小球上各系一根丝绳，像青藤一样从瓶口爬出来，攥在这个美国老太太的手里。

美国老太太狡黠而自负地笑了一下，对着一旁的中国主人说，都说中国人是世界上最聪明的，现在我要试一试。

三个中国孩子露出紧张惶恐的神色。

她宣布游戏规则。这三个小球分别代表你们三个人。这个瓶子代表一个干井。你们正在井里玩。突然，干井里冒出水来，水涨得很快，你们必须赶快逃命。记住，我数七下，也就是只有七秒钟，如果你们谁还没有逃出来，谁就被淹死在井里了。

她把三根丝绳递给了三个中国孩子。

空气骤然凝滞了，好像死神正在四周徘徊。

美国老太太做出一个表示开始的手势。只见那大约 5 岁的女孩很快从瓶里拉出了自己的球；下来是那个 7 岁的男孩，他先是看了一眼比自己大的女孩，接着迅速地将自己的球拉出瓶口；最后是那个 10 岁的女孩，从容又轻捷。全部时间不到五秒。

美国老太太惊呆了。本来一场惊心动魄的游戏，竟这么平淡而乏味地结束了。

她先问那个小男孩，你为什么不争先逃命？小男孩摆出一副很勇敢的劲头，手指着那个最小的女孩，“她最小，我应当让她呀！”她又问那个 10 岁的女孩。“三个人里我最大，我是姐姐，我应该最后离开。”女孩说。美国老太太又问，那你就不怕自己被淹死？女孩答道：“淹死我，也不能淹死弟弟妹妹。”

泪水唰的一下就从美国老太太的眼里涌了出来。她说她在许多国家试过这种游戏，几乎没有一个国家的孩子能够这样完成它，他们争先恐后，互不相让……

聪明究竟是什么？

三个孩子告诉我们的是：聪明不仅仅是智力发达；聪明是一种爱，一种忘我、无畏的品格。

流行音乐

余　华

在我儿子出生半年后，我觉得他已经是一个很正经的人了。他除了吃和睡、哭和笑以外，还没有别的更突出的表现，我就对陈虹说："他应该有点什么爱好了。"

所以我决定让他来分享我对古典音乐的爱好。我希望巴赫、勃拉姆斯他们，还有巴尔托克和梅西安他们，当然还有布鲁克纳和肖斯塔科维奇，能让我的儿子漏漏感到幸福，因为他们每天都令我愉快。我以为漏漏会子承父业，会和我一样感到愉快。

我从全部 CD 盘里，为儿子挑选了三部作品：巴赫的《平均律》、巴尔托克的《小宇宙》、德彪西的《儿童园地》，三部作品都是钢琴曲。我喜欢钢琴的叙述，那种纯粹的、没有偏见的叙述，声音表达出来的仅仅只是声音的欲望。我没有选择弦乐作品，是因为弦乐在情感上的倾向过于明显；而交响乐，尤其是卡拉扬的柏林爱乐乐团和穆拉文斯基的彼得格勒乐团所演奏的交响乐，我想会把我儿子吓死的，他小小的内心里容纳不了跌宕的、幅度辽阔的声音；至于清唱剧，就像巴赫的《马太受难曲》，我被叙述上的单纯和宁静深深打动，可是叙述后面的巨大的苦难又会使人呼吸困难，我不希望让儿子在半岁的时候就去感受忧伤。

每天到了晚上，我把他抱到床上以后，钢琴曲就会开始。在旋律的发展中，他逐渐进入梦乡。就这样日复一日，他在钢琴曲里睡去，翌日醒来时，又在钢琴曲里起床。慢慢地，他学会了爬，又学会了走路，开始牙牙学语。

同时我看到巴赫让他出现了反应。他有时候听音乐会摇头晃脑起来，甚至连身体也会跟着摆动。最激动的一次是他爬到一只音箱前，对着里面飘出的钢琴曲哇哇大叫。

正当我乐观地感到儿子对巴赫的喜爱与我越来越接近的时候，外婆拿来了一盒儿童歌曲的录音带，里面有一首四十多年前周璇唱过的儿歌：“小燕子，穿花衣……”

这一天下午，我的儿子听到这首歌的时候，显得十分激动，张大嘴巴使劲地笑着，小小的身体拼命扭动。他让我将这首歌放了一遍又一遍，直到自己气喘吁吁，满头大汗，因为激动过度而没有了力气，倒在床上睡去后，我才关掉了音响。

我苦心经营了近一年的巴赫，被“小燕子”几分钟就瓦解了。于是我的蓄谋已久，我的望子成龙，我的拔苗助长，还有什么真正的宁静，在我儿子愤怒的手上和口齿不清的“小燕子”里，一下子就完蛋了。流行音乐通过我的儿子，向我证明了它们存在的力量。现在回想起来，当我儿子最初摇摆着身体听巴赫时，他已经把《平均律》当成流行音乐了。他是用听摇滚的姿态，来听我们伟大的巴赫的。

光
阴
的
故
事

|

亲　戚

|

岁月深处的人间真情

男孩、女孩，父亲、母亲，
爱得无我，
爱得智慧，
便有了丰盛如斯的收获。
咀嚼着这段真实的情爱，
世俗的心因感动而柔软。

外婆的美学

|

李汉荣

外婆说：“人在找一件合适的衣服，衣服也在找那个合适的人，找到了，人满意，衣服也满意，人好看，衣服也好看。”“一匹布要变成一件好衣裳，如同一个人要变成一个好人，要下点功夫。”“无论做衣服还是做人，心里都要有一个‘样式’，才能做好。”

外婆做衣服是那么细致耐心，从量到裁再到缝，她好像在用心体会布的心情。一匹布要变成一件衣服，它的心情肯定也是激动的，充满着期待，或许还有几分担忧和恐惧：要是变得不伦不类，甚至很丑陋，名誉和尊严就毁了。

记忆中，每次缝衣，外婆都要先洗手，把自己穿戴得整整齐齐，身子也尽量坐得端正。外婆总是坐在敞亮的地方做针线活。她特别喜欢坐在场院里，在高高的天空下面做小小的衣服，外婆的神情显得朴素、虔诚、庄重。

在我的童年，穿新衣必是在盛大的日子，比如春节、生日。旧衣服、补丁衣服是我们日常的服装。我们穿着打满补丁的衣服也不感到委屈，一方面是因为人们都过着打补丁的日子；另一方面，是因为外婆在为我们补衣的时候，精心搭配着每一块补丁的颜色和形状，她把补丁衣服做成了好看的艺术品。

除了缝大件衣服，外婆还会绣花，鞋垫、枕套、被面、床单、围裙上都有外婆绣的各种图案。

外婆的“艺术灵感”来自她的内心，也来自大自然。燕子和其他各种鸟儿飞过头顶，它们的模样和姿态留在外婆的心里，外婆就顺手用针线把它们保存下来。外婆常常凝视着天空中的云朵出神，她手中的针线一动不动，布安静地在一旁等待着。忽然出现一声鸟叫或别的什么声音，外婆才如梦初醒般地把目光从云端收回，细针密线地绣啊绣啊，要不了一会儿，天上的图案就出现在她手中。读过中学的舅舅说，外婆的手艺是从天上学来的。

那年秋天，我上小学，外婆送给我的礼物是一双鞋垫和一个枕套。鞋垫上绣着一汪泉水，泉边生着一丛水仙，泉水里游着两条鱼儿。我说："外婆，我的脚泡在水里，会冻坏的。"外婆说："孩子，泉水冬暖夏凉。冬天，你就想着脚底下有温水流淌；夏天呢，有清凉在脚底下护着你。你走到哪里，鱼就陪你到哪里，有鱼的地方你就不会口渴。"

枕套上绣着月宫，桂花树下，蹲着一只兔子，它在月宫里，在云端，望着人间，望着我。到夜晚，它就守着我的梦境。外婆用细针密线把天上人间的好东西都收拢来，让它们贴紧我的身体。贴紧我身体的，是外婆密密的手纹，也是她密密的心情。

直到今天，我还保存着我童年时的一双鞋垫。由于时间已经过去三十年之久，它们已经变得破旧，如文物那样脆弱易碎。但那泉水依旧荡漾着，贴近它，似乎能听见隐隐水声。两条小鱼仍然没有长大，一直游在岁月的深处。几丛欲开未开的水仙，仍然那样停在外婆的呼吸里。

我端详着外婆留给我的这件"文物"。我的手纹，努力接近和重叠着外婆的手纹。她冰凉的手从远方伸过来，感受我手上的温度。

祖母的记忆底片

李　晓

祖母是84岁那年进城随我爸妈居住的。她几乎是被我们硬生生“绑架”进城的，她曾经发誓要在山里生活到死。

祖母进城以后，还是按照山里的节奏生活。她在阳台上望太阳的方向算计着时间，天黑就睡，天不亮就起床，吃饭时只夹一种菜，打雷时会习惯性地冲出门说要去收晾晒的粮食，等明白过来以后就自己傻傻地笑。

马路上，苍翠绿树中的麻雀叽叽喳喳叫成一片，祖母停下脚步，拍打着双手使劲跺着脚叫出声：“嚯，嚯，嚯！”那是祖母在吆喝驱赶着麻雀，在乡下养成的习惯，祖母担心麻雀偷吃粮食。

这样的日子过了两年多，祖母的身子骨垮了下来。她懒得出门了，眼皮耷拉，眼神无力，差不多每天都同我爸妈在家里坐着，常常是默默无言。

祖母87岁那年的一天，她推醒坐在沙发上睡着的我爸，喊出声：“龙大才！”“妈，你喊我啥？”“龙大才。”龙大才是我们老家村子里当年的一个生产队队长。

我爸的心猛地抽搐了一下。医生告诉我爸，老人家脑萎缩严重，患的是阿尔茨海默病。

我爸在屋子里黯然垂泪，自己的娘认不得儿子了，他内心受着煎熬。祖母摩摩挲挲地从怀里掏出手帕，走到我爸面前给他擦泪。我爸哭出声，一把抓住我祖母：“妈！”祖母混沌的记忆被擦亮，她叫出了我爸的乳名：“发娃，发娃。”但像这样清醒的时刻，大多只是回光返照的一瞬。

祖母 88 岁那年，大小便常拉在床铺上，我爸我妈每天要换洗好几次。祖母瞪着眼睛，目光里是恐惧，也有恨意。更多的时候，祖母如一条躺在沙滩上的鱼，疲惫无力地一动不动。

我爸陷入了苦闷。有一天，一个老家的乡亲给我爸妈送来新鲜的土藕，祖母起床，一下子就叫出了那人的名字。我爸欣喜不已。

来我家的乡亲们，祖母差不多都认出来了，还同他们断断续续地聊上几句，这让我爸更犯迷糊了。乡亲们说，老人家一直在乡里生活，她的记忆活在那里。

我爸又喊我堂弟开车，一同把祖母带回老家去看看。老家的好多房子都拆迁了，我爸搀扶着祖母，祖母迷蒙的眼神如突然被电光擦亮，她的目光从老家的山冈田野划过，她一一叫出了那些根植在心的地名：歪梯子、白杨湾、马鞍桥、千口山、大屋堡、罗家坳……我爸激动得满眼是泪。

祖母坐在山梁的石头上说，我不回去了，不回去了。

祖母回了城，晚上时，嘴里还在叽叽咕咕念着老家那些地名。

我爸从此常坐在祖母床前，默默陪伴着她，母子俩的世界不能交融，但母子俩的血流之声还响在一起。我爸说，每天只要看到祖母躺在那里，虽不说话，但心里也踏实一些。只要祖母还在，我爸就还是一个孩子，老祖母的老孩子。

祖母 90 岁生日后的第 8 天，她的生命之灯，就在家里的床铺上静悄悄地熄灭了。祖母临终时，把一个灰布口袋抖抖擞擞地拿出来交给了我爸。

等把祖母安葬在老家的土地里，我爸回来打开那个口袋，里面是裹了又裹的钱，从百元钞票到一元两元，一共是 1239 元。那是老祖母留下的遗产，祖母去乡里市场上卖核桃、卖鸡蛋、卖高粱换来的钱，她都攒着。

村里的算命先生说过，我祖母能活过 100 岁。我爸后来问我，你祖母要是不进城，真能活上 100 岁？我摇头说，我也不知道。

地下的祖母，能不能给我们从雾中飘来一个答案？

七年后的报恩

容 容

2004 年 5 月 7 日，一张来自四川成都的汇款单，打破了一个家庭的平静——整整 30 万元，来自成都这个遥远的城市，汇给了已经去世多年的外婆。无论家中长辈如何回忆，“黄海滨”这个陌生的名字，唤不起他们丝毫的记忆。家里也没有任何一个人在成都这个地方长时间停留过。姨婆甚至套用小表弟的网络语言斩钉截铁地说：“我不认识这个东西！”

按照汇款单的联系方法，我们打电话找到了他——黄海滨。舅舅告诉他外婆已经去世，他当时就在电话那头失声痛哭。无论舅舅在这边如何追问他是何方神圣，话筒里传来的只有他的哭声。再打电话过去，已无人接听。

第二天下午，当家里人决定把汇款单原样寄回去的时候，他出现了。

在外婆遗像前跪拜之后，二姨问他究竟是谁。他很有礼貌地说：“我叫海滨。”见我们一大家子都没有反应，他困惑地问：“难道奶奶她没向你们说起过我吗？”

“奶奶？”“奶奶？”我们更加如坠云雾，屋里顿时一片惊讶声。怪哦！孙大圣是从石头里蹦出来的，但面前这个人，他是从哪冒出来的？

“是的。7 年前，我认识了奶奶，她挽救了我的一生。”只见他皱着眉，眼光四处搜寻。“当年，有一个小女孩一直跟在奶奶身边，她应该知道我的。”

于是乎，屋里 20 多双眼睛对准了我。我是外婆一手带大的，跟在外婆身边的时间最长。“我？我知道你是谁？”我摸了摸脑门，可这动作并没有帮我回忆起什么。

“你看！”这个叫海滨的人走上前来，拨开额前的头发，露出了一条伤疤，

"还记得吗？"

记得！我忽然灵光一闪。我不该忘记的！7年前，在一家超市，一个少年被3名保安按倒在地，他的额头因为碰到柜台，血顺着额角流下。而他的一只手中还紧握着一块蛋糕，口中直喊："我不是小偷，我不是……"

我努力把那天的少年跟眼前的海滨联系起来。

当时，外婆走过去，拉开保安说："这是我孙子，我选了蛋糕，让他在这儿等我们的。"见我和外婆大袋小袋提了一堆，保安半信半疑地松开少年，走开了。

在超市门口，外婆先用清水洗干净少年的伤口，然后一边用创可贴将伤口盖住，一边对少年说："孩子，我不知道你有什么难处，但如果一不小心做错了事，你会后悔一辈子的。不管怎样，别丧失了做人最基本的原则啊！"

在那一刻，我看见少年的眼中原先的疲倦和颓废变成了震惊和感动。当少年对外婆诉说起因为母亲再嫁，后父已有一子因而对他百般刁难，而且他已经两天没有吃东西时，外婆立即掏尽了口袋中所有的钱，交到少年手中。当时，少年跪在外婆面前，发誓说，总有一天他会十倍、百倍、千倍地还给外婆这笔钱。他请求外婆留下姓名和地址，外婆写给了他，要他常跟她联系，有什么困难就来找她。没想到，少年拿着外婆写了字的小纸片，一转身就跑掉了。这一别，我们从此再没有了他的消息。

"其实，外婆根本就不记得她给了你多少钱，而且，她只希望你过得好，并不指望你还钱啊！"

"是285块钱。我用这些钱到了四川，从小工做起……今天，我是回来报恩的。奶奶不在了，钱可以给你们。"

"不，我们不会拿的。"去年动了一场大手术，欠下一大笔债的母亲站起来说，"如果我们拿了这笔钱，就违背了当初我母亲的意愿了。她只是要帮你，而不是投资。"停顿了一下，母亲又说："如果你愿意，去帮一些需要帮助的人，这才是真正的报恩。"

第二天，海滨回成都去了。

5月12日，当地电视台连续播出了福利院感谢一位不留名的男士捐助给孤寡老人30万巨款的报道。家里人看着电视，都笑了。我们知道那位男士是谁。

最后的风景

陈绍龙

知道自己得的是一种不治之症而又不让家人知道，家人知道了而又误以为病者不知，努力地要在他面前强作欢颜，这种过去只在电视上见到的生活故事如今却实实在在地出现在你的面前，这大概是一件很痛苦的事情。

岳父日渐消瘦，最后都没法去赴一个学生的约，虽然只是几百米的距离。岳母一脸愁苦，岳父说是肝病又犯了，他自己在县医院已经查过了。

岳母催着到南京做检查，岳父说儿子下个月结婚，喜事，一家人需要高兴。天伦之乐，他在乎这个。妻弟结婚那天，他穿得格外精神，接受大家的祝福，接受众人的闹喜，他的脸叫人用墨汁涂成了包公，他开心极了。

不敢面对的现实果然存在：南京的检查结果，肝癌。

事已至此，一家人一方面商议着为岳父治病，一方面约定要瞒着他。

我们忙着搜寻所有关于肝癌的信息。也怪，平日里不大注意的事，在意了就一股脑儿地向你面前涌，最后跟中央电视台《与你同行》栏目都通了电话，原因是它那儿介绍过有关治疗肝癌的药。纵是岳父一个劲儿地相劝不要费太多的神，我与妻弟还是去了两趟北京。

结果是一个很权威的老医生敲了敲一张几近散架的破桌：肝已类此，为期已晚。

开始家人是不让岳父抽烟的，想开了，抽吧，拣好的买。平日里不上桌的老鳖螃蟹也成了岳父的家常便饭。岳父像是很开心地在吃，每次吃完饭，都是一头的汗。其实他的胃口极差，且黄疸也是越发厉害，连耳根都黄了。

一边吃还一边招呼我的女儿偎在他的怀里。我们有时在一旁看着，陪着大声说一些不关病情的话。岳父就说过去小城人不喜欢吃这些的，说是没油，买肥猪肉吃。我们都极认真地在听。继而，他从嘴角挤出点笑，于是大家附和着笑……

岳父是教师，教师节这天全校老师合影。岳母便想到家人也该照一张。妻叫我把单位的摄像机借来，说给父亲来一些生活摄像，岂不比照片更好？

我俨然一个导演似的，先是让岳父看书，他平日是最爱读书的了。我又让妻给他倒了杯茶，在他慢慢呷茶的当儿，我把镜头拉近，近乎是一个特写。最后岳父大声地喊家人围到一块儿来，聊天、吃瓜子儿、喝茶……

我尽可能多地录下了一些生活细节，临了，我又把摄像机扛到靠校门口的一块坡地上。两排梧桐树，正对校门，我选定能看到校牌的角度摁动了开关。镜头中，岳父、岳母，还有两个小外甥女，手牵着手，像散步，也像看风景，从坡底向上一步一步地走。我从镜头里看到岳父不停地在说话，努力地笑。阳光越发温柔，给梧桐镀了层金色。青山着翠，淮河如练，被镜头隔开的风景，在夕阳最后一抹余晖里格外灿烂。

不多日，岳父便离开了我们。整理遗物时在他内衣的口袋里发现了一张病历：肝CA，晚期。时间竟在半年之前，原来，他早就知道自己的病。

一个人，以自己临终的生命竭力呵护着家的完美与和谐，甚至都不皱一下眉头，不大咳一声，终生缄守一个美丽的谎言；一家人，以无可挑剔的完整、美满、谦恭，没有一点磕碰，不存半点伪装，真诚恪守住一个美丽的欺骗！

唯其美丽，谁还会忍心去破坏这道最后的风景呢！

月亮火车

沙地黑米

火车像在一口深井里走，窗外是贴得很近的嶙峋的石壁，怎么绕也绕不出去。这是我第一次乘坐火车时的记忆，那一年的中秋前夕，在我6岁的印象中，和着“月亮月亮团团，火烧火龙船船”的儿歌，圆的不只是月亮，还有火车绕过的弯弯。

小孩子的印象往往是最直观的。云南铁路弯多道窄，加上地势起伏多变，坡道很多，火车如果不设计成窄轨，转弯就成了问题，车身重了上坡也会吃力。即便已经是比标准轨道一再缩微的“米轨”“寸轨”，在云南，火车行驶速度依然很慢，尤以上坡为甚。车速不能快呀，否则会有脱轨翻车之虞。所以“云南十八怪”里才会赫然有一怪叫作“汽车比火车快”。

茵像那个年代的很多人一样，被下放到农场，接受监督劳动。农场在离家不远的一座小山上，但茵回不了家，像她这样的人，没有随便回家的权利，哪怕中秋节也不行，哪怕在省外工作的儿子难得回来团聚，也不行。作为七个孩子的妈妈，茵那年也就40出头，身材高挑匀称，受过良好教育。云南怎么样她正在感受；外面怎么样她心里清楚。她是20世纪30年代的上海中学生，一路飘零到西南，见过太多的大风大浪。岁月凝练出来的沉静优雅，就像她白皙的皮肤，怎么改造也褪不去；嘴角的笑靥，是乱世里的一泓清水，有着不合时宜的完满和朝不保夕的坚持。总之她这个人好像不会惊慌，想让她慌乱，也比较困难。但是这一次，茵面临着一个考验。

回来探亲的儿子是她心底最疼的一个，从小就没过过什么好日子，常常半饥半饱，又调皮，常挨打，可是却考上了省外的水利学院，赶在全国真正乱起来之前，好好念了几年书。他大概有两年没回来了吧，茵在心里盘算，既然自己不能回家一起团聚，那么哪怕单独跟儿子见上一面也好呀。离劳动的地方不远，就是火车必经的一座山坡，她可以在工间溜出来一会儿，去那儿守望火车。而且，谢天谢地这里是云南，火车因为爬坡，会开得很慢，慢到她亲眼见过一个老太太，从行进的火车上跳下来捡不小心被风刮跑的簸箕，捡到后还能转身追上火车。因此茵决定，无论如何要见儿子一面，农场没月饼，就是煮几个鸡蛋也要想办法给他递上去。

一切照计划进行，中间当然有人传递消息。那年的火车开得真慢啊，茵等在山坡上，任凭高原上的风将她眼角温柔的希冀融入透明的阳光。一个异乡女子，在哪里生儿育女，就会把哪里变成儿女的故乡。风拂着她的发，卷着她的衣角，就像吹拂着这里的每一块千年万年的岩石。寂寂空山，她眼巴巴望着山下，希望载着她儿子的那列火车，能从那儿很快探出头来……

火车终于露脸了，吭吭哧哧爬着坡，在远处似乎还很慢，可是一到近处，车厢竟接二连三一晃而过，连车厢号都没法看清——火车再慢，毕竟也是火车呀，不会因为有故乡和母亲的等待，就留情多少。等到儿子和母亲互相找到的时候，火车已开出十几米去！四枚熟鸡蛋还泛着余温，被茵托在一方素洁的手帕里。愿望算是落空了，心里却有一种很奇怪的踏实感，因为你看见了我，我看见了你，在那个年代，这就算团圆了，知道彼此都安好。

这是发生在遥远过去的一个真实的故事。茵是我外婆，火车上的儿子，是我的舅舅。我从来没见外婆掉过一滴眼泪，她在我们家每个人的记忆里总是气定神闲，永远微笑的。每一个孙辈她都抱过。多年以后她跟我说起这件事，神情依旧平静如秋天的月亮。可是泪水，却在不知不觉间盈满了我的眼眶。

等你到 101 岁

王辽辽

母女重逢

去年，家里人翻出曾祖母的身份证给她报津贴时，才发现曾祖母到 5 月就整整 100 岁了。姑姑提议，五一假期大家都回家给老太太过百岁大寿。

五一假期临近，老太太的女儿、女婿以及外孙、外孙女陆陆续续到了我家，老太太又惊讶又开心。老人家一辈子育有 7 个孩子——6 个女儿和我爷爷一根独苗。

老太太的六女儿，也是她最小的孩子，打我记事起就没有来过。没想到，这一回，六姑奶奶也回来了。

六姑奶奶是在 5 月 1 日傍晚到的，是亲戚里来得最晚的。她和我们寒暄了几句，便急切地走向老太太的房间。

老太太正坐在沙发上看电视。六姑奶奶进门看到老太太，大声喊了声“妈”，脸上的表情很镇定。

老太太昂起头仔细打量了她一番，还是没认出来，一脸迷茫地问她：“你是谁呀？”六姑奶奶终于控制不住，“扑通”一声跪在老太太面前，眼泪哗哗地往下流：“妈，我是小六啊！你都不认得我了吗？”

老太太怔了一会儿，对着六姑奶奶的脸仔仔细细看了一遍，猛地想了起来，把刚点着的香烟随手丢进脚边的垃圾桶，紧紧握着六姑奶奶的手说：“是的，你是我的小六啊！小六你回来了啊！”老太太激动得说不出别的话，一直在重复那句：“小六你也回来了。哎呀，好，好，我的小六也回来了。”

六姑奶奶大概已有 20 年没回来了。

红颜薄命

六姑奶奶小的时候，家里穷，其他孩子都没有机会上学，老太太靠织蓑衣去集市上换钱，供她和我爷爷读书。

后来到了谈婚论嫁的年纪，她和隔壁村的一个男同学自由恋爱了。老太太点头答应了这门婚事，那个男人便带着六姑奶奶去了深圳。次年 5 月，六姑奶奶怀孕了，准备和未婚夫趁假期回家，先把婚礼办了。

结婚的前两天下午，那个男人跟一帮朋友喝了酒，便约着一起去坝子游泳。他喝多了，加上人逢喜事精神爽，第一个脱衣服跳进水里。等别人嬉笑着慢慢脱掉衣服准备下水时，才发现扎进水里的他再也没有露出头来。

婆家派人来通知噩耗时，六姑奶奶正和老太太坐在院子里，往准备出嫁时带走的花被子里缝象征着“早生贵子”的大枣、花生和板栗，听到噩耗后，六姑奶奶当场便晕倒在那床被子上。

料理完丧事，家里人劝她趁肚子里的孩子月份还小，打掉算了。六姑奶奶却坚决要把孩子生下来，为这事，还和老太太吵了一架。之后，六姑奶奶悄悄跟着一个远房亲戚去了东北。

后来，老太太找人打听到了小女儿的下落，听说她在东北开了个小商店，一个人带着孩子。过了几年，大概日子过得好一些了，六姑奶奶让村里来东北的年轻人给老太太带回来一麻袋核桃，还有一些钱。

再后来，六姑奶奶嫁给了一个离异的东北男人，又生了一个儿子，还把老太太接到东北住了一段时间。在这之后，六姑奶奶嫌丈夫对大儿子不好，离了婚，独自带着两个儿子过活。

日渐衰老的曾祖母再也没有去过东北。此后大概有 20 年，母女俩再没有见过面。

相约明年

六姑奶奶回来的那晚，坚持要和老太太睡在一起。

我妈觉得六姑奶奶一路奔波，劝她到我家睡，但她像老太太一样固执，坚持不去。我妈换了一套说辞，说老太太的床小，她一个人睡惯了，挤在一起会影响老人休息。六姑奶奶想了想，把自己的被子挪到老太太的沙发上，睡在了那里。

老太太像变了一个人，平日里我们要给老太太洗澡，老太太死活都不愿意，年纪大了很怕洗出个好歹来。六姑奶奶帮老太太洗澡、洗头、掏耳朵，老太太却顺从得像个孩子，只会憨憨地笑。

5 月 2 日，家里请了几个厨师，办了好几桌宴席，亲戚们在屋里喝酒聊天，小孩子们在屋里叽叽喳喳跑来跑去。六姑奶奶怕人多吵到老太太，便去厨房拿了些饭菜，端到房间和老太太一起吃，直到把老太太伺候着午休了才到客厅和亲戚们叙旧。

转眼，六姑奶奶要回东北了。她比别的亲戚多待了一天，走的时候，老太太拄着拐杖出来，特地嘱咐我爸给六姑奶奶放两挂鞭炮。碰巧有个村里的老太婆路过，老太太站在车门旁边，打趣地跟人家说："你以后别来我家串门了，我家小六要带我去东北了哟。"一句话让六姑奶奶笑出了眼泪。

鞭炮放完了，六姑奶奶跟老太太说："妈，你使劲好好活，等明年五一时我再来看你。"也不知道老太太听清了没有，朝六姑奶奶挥了挥手说："走吧，你们都走吧。"车子发动后，她便低头去捡放完烟花的纸壳子——留着卖废品，一边捡，一边自言自语："下次你再来能看得见我，我怕是看不见你喽。"

前几天，我回家考驾照，陪老太太看了一会儿动画片。有个问题，老太太问了我 3 遍："还要多久过五一啊？"

愿你的悲伤如一条小鱼死去

赵　挺

从某天开始，外婆早上增加了运动量。扭脖子、甩手、原地踏步的次数明显增加。

外婆说："下个月你表妹结婚，我不能太胖了。"

我说："老年人，怕什么。"

外婆说："衣服扣子总要扣得住吧。"

外婆还让隔壁的年轻人帮她买了一个电子秤，每天都要称一下体重。

我说："人家小姑娘才这样。"

外婆一本正经地说："人活着要知道自己几斤几两啊。"

话虽这么说，当我问外婆要不要吃肯德基的时候，她还是会忍不住说一句："可以只吃一个鸡腿。"

出发之前，外婆还精心打扮了一番，在镜子前照了又照，就像去高档餐厅参加晚宴。

那段时间我比较低落，努力了好一阵子，发现供职的公司并不适合自己，所以准备辞职，但是还没想好做什么。

我打算送外婆回家后，去游乐场玩一会儿——郁闷的时候去坐坐过山车，玩玩自由落体，感觉会好很多。

外婆得知我要去游乐场玩，就说自己也要一起去。关键是她要请我玩，因为我已经请她吃肯德基了。

外婆搜罗了一遍家里的现金，觉得不够，要去银行取钱。我没有办法只能陪她去银行，结果到了银行，她摸了半天，掏出一张老年公交卡说：“要死，卡拿错了。”

我们默默退出了银行。

我带着外婆去了凤凰山游乐园。

我一个人玩过山车、海盗船。至于自由落体，上去之后又默默下来了——看一下就“恐高”。

外婆一个人坐在凳子上剥着一个茶叶蛋，剥完就递给我说：“吃吧，里面的蛋太贵了。”我一口吃下。

外婆感慨，年纪大了很多事情就干不成了，很多地方也不能去了。譬如，有些地方写着70岁以上的人不能玩，高血压患者不能玩。这些对外婆来说，都是忧伤的句子。

最后，外婆在游乐场里坐坐旋转木马、碰碰车，看看各种表演。

外婆坐在旋转木马上说：“和二十年前一样啊。”

我说：“是啊，那时候我才10岁。”

外婆说：“是啊，那时候我才50岁。”

50岁，对外婆来说，是一个很年轻的岁数。

在热闹的游乐场里，外婆默默地抬头看看在蓝天中晃来晃去的惊险刺激的项目，然后失落地走开。

外婆在感慨时代变化的时候，总是会语重心长地举一些例子。

她说：“十多年前啊，衣服上都流行印大大的钩子。”

我问：“现在呢？”

外婆说：“现在衣服上都印着‘××外卖’。”

我说：“那是工作服啊。”

外婆说：“我们以前种田的时候，衣服上也没有印‘种田’两个字。”

的确，时代不一样了。

因为外婆和我一样，对变形金刚有着特殊的情结，于是从游乐场出来，我就带外婆去看了电影《变形金刚》。

两个多小时的观影过程，外婆一言不发，看得极其认真。

看完之后我问外婆："感觉如何？"

外婆说："除了没有看懂，其他都很好。"

这是我听过的最经典的影评。

我和外婆穿过外滩的酒吧一条街，霓虹闪烁，音乐劲爆。

外婆说："这里比菜市场还热闹。"

宁波的老外滩已经热闹了一百多年，从1844年宁波开埠开始，这里就成为这座城市的一个地标，这比上海的外滩还早了二十多年。它影响着宁波这座城市的发展，也留下了一代又一代人的记忆。年轻人在这里发生新的故事，老年人在这里寻找旧的记忆。

外婆一边走，一边看看停在路边密密麻麻的汽车。

外婆说："这些车子都很不错啊。"

我说："来酒吧的姑娘都喜欢开着好车来。"

外婆若有所思地说："你以后也去买一辆来。"然后，指着一辆国产货车，"买这样的，又大又好看。"

外婆不认识车的品牌，在她眼里，体形大、外形好看、漆面能映出人影的车，就是最好的车了。

天空飘了几滴小雨，我的车挡风玻璃上都是雨水。外婆站在车边，从口袋里拿出纸巾，颤颤巍巍地在挡风玻璃前帮我擦掉雨水。

此刻，我刚发动汽车，看到这个场景，有点儿感动。同时，我一拨雨刮，挡风玻璃上的雨水被一扫而光。

外婆拿着纸巾一惊，说："哇，这么先进啊，你这车也很贵吧。"

我一时语塞。

我在灯光闪耀的城市里开着车，三天后我就要辞职了。努力了两年，我似乎什么也没有得到，不知道从哪里重新开始，以后去干什么，前途一片迷茫。

我听着收音机里的音乐，一言不发地开着车。

外婆看了我一眼，问："怎么了？遇到困难了？"

我顿时换了一副表情说："没有啊，在听收音机里的音乐。"

外婆说：“都已经放了三分钟的老中医卖保健品了。”

收音机里传来浑厚的老中医的声音：“赶紧拨打我们的热线，今晚最后两盒。”

我说：“我能有什么困难呢？”

外婆说：“年轻人的困难肯定比我们老年人的多啊。”

我想了想说：“昨天养的一条鱼死了，养了好几个月了。”

窗外月光依旧皎洁，长大以后的生活有时候就是这样，选择了一条路，就像经历了一种人生，感受着每一份孤独，度过了每一个朝暮。就这样循环往复，在迷途中前行。

外婆家，外公家

啤　桃

在我9岁以前，外婆家还是外婆家。9岁以后，外婆家变成了外公家。原因很简单，外婆走了。每一个人都努力地在口头禅中抹去“去外婆家”的痕迹，于是变成了“去外公家吃西瓜吧”“今晚到外公家聚聚啊”。外婆刚走那两年，大家时不时还会顺嘴说错，就像每次跨年后在日记本上打开新的一页时，我总是习惯性地写成上一年的日期，又马上反应过来划掉。

“外婆”成了生活里的过去式，也被划掉了。

我不敢提起外婆，怕妈妈伤心；妈妈不敢提起外婆，怕外公和姨妈们伤心。每一年我们都需要辞旧迎新，但总有一些“旧”，我希望它一直在那儿。

有一段时间我总在想，对大多数人而言，当外公和外婆都健在时，为什么我们还是更喜欢用“外婆家”来指代？叶佳修写的是《外婆的澎湖湾》，周杰伦的《简单爱》里唱的词是“我想带你回我的外婆家看看”，大学时我很爱吃的那家连锁杭帮菜，也叫“外婆家”。

后来我明白了，“外婆家”和“外公家”是不一样的。虽然在物理空间上，两者指向同一处地域、同一栋老宅，但是“外婆家”就是不一样。

外婆家到了饭点，总有人喊我们：“小猴子们快下楼来吃饭啦！”外公家到了饭点，舅妈喊我们：“快去辉叔家把你们外公喊回来，他打牌打得又忘记吃饭了。”

外婆家的客厅永远有充足的花生、瓜子和新鲜的小柑橘，我爱吃的山楂片和凤梨酥；外公家的茶几上有抽不完的水烟烟草，泡不完的铁观音茶叶。

外婆家的柴房顶上总有白猫跳过，柴门后放着外婆留给它和小猫们的晚餐；外公家不再有大猫或小猫光顾，外公举着大扫帚喊：“昨晚我在杂物房里看见好肥一只大老鼠！”

外婆家的出行工具是三轮车，外婆蹬着它，带我和小板凳一起去市场，又载着我、小板凳和买的菜一起回家，一边蹬车一边说：“今晚吃溪妹妹最爱的鱼丸。”外公家的出行工具是“哼哧哼哧”的老式摩托车，前面装着大大的油瓶，刚好还能放下外公的脚，后面的座位大概只有一块砖头那么大，还是硬硬的金属板。我们嫌它太硌屁股，外公不好意思地，露出缺了一颗牙的笑容。

外婆家的枕头有香香的阳光味，蓝色碎花枕套里装着每年新鲜采下的“阳光叶”。细细长长的树叶子，被晒得松脆又清香。夜里睡得闷热时翻个身，耳畔便响起风摇动树叶般的声音，沙沙沙沙，叶子们唱起晒太阳时的歌。

外公家的枕头是硬邦邦的竹枕，蜂蜜色的小方块棋盘般排列好，像整齐的牙齿。等你睡着时，它便悄悄张开嘴咬牙切齿，一口夹住你的头发丝，所以每次起床时都必须向它上缴几根头发。

外婆的照片，被高高地摆放在大门正对着的八仙桌上方，和挂钟一样高。

外公从来没说过想念外婆。但他每天早上起来的第一件事，就是搬来木梯，爬上去，在神龛里点上三炷香，稳稳地插在照片前，再轻轻擦去镜框上的灰尘。

那时候的我觉得外公就像动画片里的机械表。一到早上起床的时候，他就像那只一到整点便从挂钟里准时弹出的小鸟一样，敬业而忠诚地搬来木梯，完成他一天的仪式。只是，外公和久未保养的机械表一样，渐渐变慢。外公的腰越来越弯，爬上去再爬下来所用的时间也越来越长。

后来，大家不让外公上去了。听完女儿们的决定，外公站在一旁沉着脸，不说话。满满弟弟突然说：“以后我上去吧。”外公的眼睛亮了起来，满满弟弟就这么接替了外公的“职位”。外婆走的那年，满满弟弟才 6 岁。今年他 18 岁了，长得比外公、比舅舅都高。

老宅也迎来了新的脚步声、哭声和笑声。外婆走后的第 6 年，小姨又怀孕了，在我中考完的那个暑假，诞下了一位哭声响亮、眼睛大大的糖妹妹。老宅的客厅里不再只有抗日剧的寂寞声音，糖妹妹在沙发上爬着，在茶几前跳舞，挥摆着肉肉的小手。她坐在外公腿上摸他硬硬的灰色胡子，把外公逗得哈哈大笑。

我们都舍不得把目光从糖妹妹身上移走。她走到哪里，我们一大群人就像跟屁虫一样跟到哪里。外公把他那辆已经老得喘不上气的“硌屁股”摩托车，换成了平稳舒服的小电驴，每天去幼儿园接糖妹妹放学。

糖妹妹没有见过外婆，但她一定知道外婆很爱她。因为她最爱来外公家；因为外公家的每一个人，都很爱她；因为在很久以前，外公家也是我们最爱的外婆家。

草木一秋

陈　慧

去年的某一天，我做了个梦，梦到去世很多年的奶奶。梦里，她依然穿着蓝色的偏襟大棉袄，头上包着灰格子方巾，手臂上挂着一只小竹篮，精神抖擞地走在村外的泥巴路上。她迈着急匆匆的小碎步，这是她一贯的走路方式。小的时候和她一起出门，我总是赶不上她的脚步，她个子不高，老了以后就显得更加矮小了，但是她的步伐并没有因为上了年纪而迟滞。她很乐意带我走亲戚，可是她不会骑车，我只能跟在她后面“急行军”。

爷爷是个内向少言的老头，很“宅”、很斯文，打得一手好算盘，在那个年代他也算少有的才子。才子有才子的倔强清高，他不爱走亲戚，宁可一个人在家就着炒花生米抿上两盅小酒。

奶奶喜欢热闹，爷爷偏好安静；奶奶做事急吼吼，爷爷干活慢吞吞；奶奶大字不识一个，爷爷写字记账样样在行。奶奶还有个不怎么讨人喜欢的爱好——抽水烟。抽烟不好，可我从没听到爷爷批评或反对过。他对身边人的一切，始终保持着宽容和接纳的姿态，这是婚姻中男人的大智慧。当然，他也有自己的小爱好，炒干黄豆下酒，中午和晚上共喝两顿，酒量不大，适可而止。我爸贪酒，贪得我妈咬牙切齿，两个人不知道为那无辜的液体吵闹了多少场。爷爷好酒，好得我奶奶爱屋及乌。可以这么说，奶奶在世时，爷爷喝的酒全是奶奶亲自为他买来的。奶奶是家里的总后勤，要买的居家用品很多，只不过她向店主报出的第一桩总是“烧酒两斤”，那是老头子的心头好，是头等大事。

奶奶人矮嗓门大，不和爷爷吵架，那嗓门总得派点用场吧。有一年夏天，奶奶发现家里的木桶少了一只，很是恼火。在农村互相借用农具是很正常的事情，纯朴的农人大多恪守有借有还的规矩，但也有借了不愿还的主儿，这让奶奶气愤不已。晚饭后，奶奶就站在院子门口扯着嗓子吼了个“木桶失窃”的专场，那音质、那气场，令我至今不能忘怀。在奶奶叉着腰吼的当儿，爷爷靠在门槛上一声不响任她发挥，等奶奶气咻咻地进家后，爷爷“嘿嘿”地赔着笑，一个劲儿地说“算了，算了”。他就是一个纯粹的老好人，和谁都不恼，和谁都不计较。

奶奶的眼睛呈三角形，我妈妈年轻时悄悄说过长三角眼的人都凶。天地良心，奶奶不算凶，即使在和我妈妈吵小架时也算不上泼辣。家里的两个女人吵架，一般就是为了核心男人。核心男人好酒，经常喝得醉醺醺的。我妈妈生气了就骂他醉鬼，醉鬼的娘心疼儿子要给儿子打掩护，场面就变成醉醺醺的我爸双臂抱胸饶有兴致地看着两个女人斗嘴。爷爷从来不在婆媳大战的关键时刻发言，他不声不响地坐在门边，只有我爸发酒疯时，他才站起来大喝几声以示威严。老实人不发威则已，一发威就连醉眼蒙眬的人也乖了许多。

在我和爷爷奶奶共同生活的十年里，爷爷只发过一次脾气，第一天傍晚发，第二天早上又笑眯眯的好像什么事都没发生过。奶奶的脾气上来了，就骂爷爷几声“死老头”，爷爷眯着眼，软乎乎地赔着笑。以时下的判断标准来下结论，这两个老人绝对是难得的恩爱夫妻，一个骂着一个笑着。原以为他们会一路走，一路骂着笑着到老，没想到中途奶奶先退了场。

奶奶的肺癌查出来就是晚期了，开始时我们瞒着爷爷不让他知道，他一度以为奶奶得的是普通的肺炎。可姑姑们强装出来的笑脸还是露出了破绽，爷爷只是老实，并不笨，他最终从我爸爸嘴里求证出他最不愿相信的事实后大哭一场。恩爱夫妻即将到来的生离死别总归是旁人所不能体会的，满堂儿女抵不上半床夫妻——这是实话。

去的人化作一抔黄土，留下来的那一个便成了孤雁。在奶奶离去后的一年多里，爷爷明显地瘦下去了，他是个内向的人，坐在家里发呆、抽烟、叹气、流泪是常态。他的世界原来是他和奶奶的，奶奶一走，他的世界就崩塌了。他自己躲在倒塌的废墟里，别人无法进入。

爷爷渐渐地学会了烧饭、洗衣服，饭经常烧煳，衣服也洗得不怎么干净。姑姑们定期来给老父亲拾掇拾掇，像表扬小孩子一样表扬老父亲的进步，爷爷“嘿嘿”笑几声，低着头猛抽烟。

最近一次回家，我发现爷爷的眼睛几乎看不见了，耳朵也听不清了。吃饭的时候一家人高高兴兴的，后来我爸给我讲了些生活中的小事，大概有件事情和爷爷有关，正在喝酒的老人脸上的笑容忽然隐去了。我们一直以为他耳朵听不到了，其实他还有残余的听力。饭吃到一半，他摸索着回到自己的房间。他离开桌子时，我们还在嬉笑着吃饭，我不知道他究竟在想什么，也没有适合的话来安慰他。

远嫁这么多年，我和他之间真的生疏了许多。他年轻时那么与世无争，老了弱了更是成了家里的“边角料”，似乎一点也不重要，也无人需要了。我们都自私地认为年纪大了情感就会消失、欲望就会死亡，然而只要一个人还活着，便一定有对美好事物以及对亲情的渴求，只不过年轻而狂妄的我们自私地回避了暮年老人的情感需求。或者等我们自己到了蹒跚度日的那一天，才会真切地品味出苍凉与绝望，然后在眼前的生活里幻想着所谓的永久——从来不曾相信的永恒。

世上的每一个人都在自己或简单或烦琐的故事里挣扎，敏感的心被岁月漂洗成或温暖或冰冷的颜色。像离去的奶奶，像苟活的爷爷，像稀里糊涂的自己。

人生一世，草木一秋！

从前慢，过日子是一蔬一饭

沈嘉柯

父母跟着我搬家到城市已久，我总有时间过得太快的错觉。匆匆忙忙，我去了很多地方，给很多大学做讲座，出很多书，见很多人，怎么匆匆忙忙又要过年了？好几年懒得折腾，年夜饭都是自助餐或在酒楼解决的。我问父母，今年想吃什么？

这个问题问得意兴阑珊，现在丰衣足食，不缺吃，吃什么都没胃口。鸡鸭鱼肉、海鲜、进口水果和零食，平时吃得太多，腻味。

我母亲说："今年我们吃自己种的小白菜。"我难以置信，在哪里种的？

母亲嘿嘿发笑，"就在你窗台外面，我看你有时候午睡，就叫你爸锄掉杂草，挪了半米。我不只种了小白菜，还有小葱和两棵茶花。"我乐了，真是服了他们。上个月下雪，站在窗前，瞧见一溜儿青翠欲滴的小白菜，十分养眼。

想起从前的一顿年夜饭，我拿着大人给的钱，一溜小跑去买酒买汽水。大人心里都琢磨好了，给的钱总要比买东西的钱多一点，小孩子才腿脚勤快。

我母亲上午砍好莲藕和排骨，砂锅铫子慢慢熬。冬日黄昏时，慢炖出的香味钻进鼻子，萦绕灵魂。藕块粉糯，排骨肉质细嫩，说不出的鲜美。好汤必须慢功夫。这只是其中一道菜。其他原材料，提早去集市趁着新鲜，挑好带回家。这个任务，通常是交给骑自行车的父亲去办。

既然出门，我就坐在父亲的后座一起出门。父亲一路慢慢骑行，我东瞧瞧西看看，路边遇到卖油炸米饭团子的，我馋嘴想吃，再停下来。遇到熟人同事，父亲的车子再停下来，大人们聊天说事，我自个儿在边上玩。父亲不厌其烦买好东西，一整天过去，我也尽兴而归。

肉食还要蔬菜来配才好。有什么菜比自己家种的更靠谱？也不用多，就把二楼那个最大的阳台直接开辟为小菜园。自家种菜自家吃，本来就是我家的传统。

城市那么大，父亲现在还是喜欢骑着自行车去附近的批发市场买菜。我已长大，不再坐他的车子后座。但有了这些记忆，我便成了心中怀有珍宝的人。

从前父亲想吃一样菜，母亲做好那样菜，花的功夫、费的心思，远比现在多。

再说回咱家的小白菜吧。他们种菜，我一棵一棵采摘好，凑个热闹，下锅小炒。自家种植，经冬过雪，这菜格外清甜。其实这不过是一道普通的菜，悠悠时间，累积的却是无形的滋味。

木心赞美“从前慢”，说“从前的日色变得慢，车、马、邮件都慢，一生只够爱一个人”。表面上这是在说爱情，其实赞美的还是人情味。

世上好吃的东西吃多了，不过如此。世界上匆匆忙忙的事烦了，就忘了初衷。我们并不是什么大英雄，也没有世界要拯救。我们赚了钱，就该花在喜欢的人和生活上。

从前慢，过日子是一蔬一饭，最该重视的，还是和至亲至爱的人一起慢慢吃饭。

被嫌弃将是父母一生的命运

毛 利

开车到机场门口，跟往常不一样，我特地从车上下来，从安全座椅上抱下儿子。他爸爸在后边提行李箱，他们准备出发，开始一次为期半个月的回乡旅行。

亲完小孩，我下意识地跟他说了一句："想我的话，就给我打电话吧。"

他表情有点儿凝重地说："我会一直想你的，但是我不想一直给你打电话。"

我带着三分震惊，开车回家，路上情不自禁地美滋滋起来，细细品味着"会一直想你"这几个字，觉得真是太贴心了，太甜蜜了，越想越觉得比他笨嘴拙舌的爸爸强百倍。小陈只会眨巴着小眼睛说："走了。"可我再琢磨后面这半句，孩子说得不是很有道理吗，谁还能一直打电话？后来我才醒悟，其实这半句的真正意思是：一直不打电话。

24小时后，我首次联系小孩，给他的电话手表发了条消息："你在干吗？"

"我在玩，不要给我发消息了。"

多问一句，他又来一句："不要再给我发消息了，谢谢。"

你谢什么啊。老母亲的心，在7月的梅雨季节里，就像被扔在大马路上，被淅淅沥沥的雨无情地洗刷。这也太早了吧！你才6岁，就想把我从最近联系人列表里删除？

隔24小时后，我又试了一次，用温柔的、好像什么都没发生过的语气："亲爱的，你在干吗？"

"你不要再给我发了！"

老母亲的心碎了一地。

小陈为了安慰我受伤的心，向我仔细汇报了儿子回乡后的具体活动。

"他早上很早就起床了，抓了一只田螺。哥哥答应要送给他的大蜗牛死了，他一个下午都不开心，一直说要去买个大的。他很喜欢去对面的村子玩沙子，一天要去玩4次。村里田螺挺多的，他每天都能捡到。"

小男孩的世界里有田螺、蜗牛、沙子……这就足够了，再加进来一个牵挂他的老母亲，显然不合适。而且老母亲永远不会问"捉了什么样的蜗牛啊，漂亮不漂亮"这种他乐意回答的问题，只会问一些让小男孩烦躁无比的问题：你吃了吗？你吃了什么？在哪里吃的？

对付母亲这种生物，我们人类好像都有一种迫不及待要摆脱的感觉。好烦，不要来接近我，有什么事我会主动找你的，我已经长大了，不要把我当3岁小孩来看。

对付小孩这种生物，不管什么样的母亲，只要是个母亲，无论什么时候，都会用两只眼睛锁定小孩：我想知道关于你的一切，吃了什么，几点睡的，生长发育情况怎么样，健康状况怎么样。蜗牛就不用跟我分享了，我不关心，我只关心你！

我一个人在家住的第4天，沈女士更新了菜谱，接着，她问我："回家吃吗？给你做点儿卤牛肉？没时间回来的话，我叫你爸送过去，好吗？"

有人说，做了父母后，担心就成了一辈子的功课。

他没告诉我们，随着孩子慢慢长大，被嫌弃将是父母一生的命运。

不愿妻子荒睡一晚

刘亮程

秋天的一个深夜，我从长途客车上下来，穿过黑暗寂静的县城，回到自己的家门口。

我敲了几下院门，没有人回应。妻子和女儿都已熟睡。我又跑到楼后，对着窗户喊了几声，家里依旧静悄悄的。记忆中，我从未这样晚回家。以前我总是还没下班就回来，天一黑便锁上院门，在家里看书或者看电视，陪伴妻子和女儿。

我跳进院子，推开厨房的门，拉亮灯，在碗柜里找到半盘剩菜和一个馍馍，自个儿吃了起来。

在碗柜的抽屉里，我找到楼房门上的钥匙，轻轻打开门进去。妻子和女儿都睡在楼上。我打开客厅的灯。我发现，电视柜上多了一个相框，里面是我几年前在承德拍的一张彩色照片。后来听妻子说，是女儿整理书桌时翻出来的，她把它摆在那里。女儿已经知道思念爸爸了。

我脱掉鞋，轻轻走上楼梯，女儿睡在楼梯口旁边的一间小屋里。这原是我的书房，背对着街道，有一扇面朝南的窗户，既安静又阳光明媚。后来女儿也看上了这间小房子，便抢去做了她的卧室和书房。女儿睡觉时喜欢把门从里面扣住，妻子却向来是半掩着门睡觉，我一侧身便进到卧室了。

妻子在床上熟睡，从窗户斜照进来的月光正好落在她露在外面的一条腿上。我似乎多次在什么地方见到过这样的月光。妻子的脸在朦胧的月光中显得更加美丽动人。我没有开灯，只是愣愣地站在床边，神情恍惚，仿佛又扛着铁锨来到一片荒草萋萋的田地边。

这些年，我目睹了许许多多的荒芜景象：家园荒凉、田地荒芜……我却不知道，真正的荒凉在这张铺满月光的床上。

我和妻子一起生活了近十年，从未这样长久地离开她。自从有了妻子和女儿，我就从没想过要到别处去生活。我原本打算就这样在这个小县城过一辈子。我把父母和兄弟一个个从农村搬到县城，想让这个家有个好的前景。我做到这一点了，可我还是不满足。

我辞掉安逸的工作，孤身来到乌鲁木齐。我想，我若能在这座城市打好基础，同样能把全家从县城搬进首府，就像当初把他们从元兴宫村搬到县城一样。农民只能靠这种方式一步一步地走进城市，最后彻底放下土地变成城市人。

可我没想到，家园荒芜的阴影又一次蔓延到我的家里。我追求并实现着这个家的兴旺和繁荣，荒凉却从背后步步逼近，它更强大，也更深远地浸透在生活和灵魂中。

“我宁可让土地荒弃十年，也不愿我心爱的妻子荒睡一晚。”十多年前，我写下的这些天真的诗句竟道出一个深刻无比的哲理：人无法忍受人的荒芜。

在这间卧室里，在这张铺满月光的床上，一个又一个夜晚，我的妻子在等我的时候独自睡着。谁会懂得，她一个晚上荒掉的是我一生都收不回来的、无法补偿的时光。那些荒睡的夜晚将永远寂寞地空在她的一生里，空在我充满内疚的心中，成为我一个人的荒凉。

那些年爸妈为你吹过的牛

|

二　亢

放假回家，邻居家的小妹妹专程来了一趟我家，给我展示她的日本旅行计划，并邀请我这个日语“大神”一起去玩。“大神？”我尴尬又不失礼貌地微笑着，顿时明白我妈又在外面吹了牛。在她心里，看我每天追剧就默认我懂日语，而我懂日语就意味着我是自学成才、精通小语种的大好青年……后来和朋友聊起爸妈为自己吹过的牛，发现其实很多父母像粉丝一样，为孩子开启十级滤镜，“脑补”最值得期待的未来。

记得刚上大学时，有一次春节聚会，一个叔叔非要给我敬酒。他听说某种植物的药用价值很高，而我爸妈讲我就读于业界公认的王牌医药专业，他想问问我的投资意见。等会儿！潜力？投资？意见？一连串的词把我吓得不轻。我不记得怎么给自己解的围，但这么多年过去了，当时空气凝固、我快窒息的感觉依然宛如昨日啊！

后来好几年的家庭聚会上，辟谣成了我的一项重要活动。我要努力向亲戚解释，我不是行走在医药行业前沿的科学家，想成为第二个屠呦呦非常困难，拿诺贝尔奖也希望渺茫，我只是一个要为论文发愁的普通研究生。

现在想想，只要是自家孩子，爸妈的眼睛就是十级美颜滤镜，冲孩子眨一眨就自带磨皮、瘦脸、大眼的效果。朋友一直对自己的单眼皮不满意，她妈妈会说：“你这是世界上最有味道的单眼皮！不用割！”等她把眼皮割好，她妈妈又不遗余力地赞叹：“看看这双眼皮！感觉世上没几个能这么自然的！”

成为“事业粉”也是父母绕不过的宿命。小时候我们总因为“别人家的孩子”而愤愤不平，长大后，爸妈随时能把我们包装成“别人家的孩子”。

表妹一直担心我小姨炫女成瘾会把周围人都得罪光。聚会时，二舅说工作不好找，表弟最后进了一家小公司。小姨接话：“小公司也是公司啊，我女儿在几万人的上市公司不也一样上班嘛。”话音落地，表妹都不敢抬头看二舅的表情。

还有一次，小姨和朋友聊天，对方说自家孩子是“985”高校毕业的，工资一个月才 5000 块。“女生在一线城市很辛苦的，你女儿也是吧？”小姨的朋友问。小姨回答道：“辛苦是辛苦，但我家女儿努力，一毕业月薪就 9000 多块啦！”据表妹发回的现场报道，那天的气氛十分微妙，欢声笑语里带着淡淡的紧张，感觉围观了一场高手过招。

上周我去看演唱会，表演结束后，粉丝热情大喊：“×××，妈妈爱你！”追星时，我们都是“亲妈粉”，时时关注偶像的动态。我突然意识到，爸妈不也是这样，在家操碎了心，在外花式吹捧，他们不仅能给我们随时随地打气投票，还要在外人面前为我们控评。虽然有时我们觉得尴尬不已，但不得不承认，爸妈才是我们在这个世界上最忠实的粉丝。

亲吻爹娘

江　岸

可能是爹的瞎话说多了，娘总是不相信爹的话。清早，刚睁开眼睛，爹就对娘说，小三子亲了俺。娘根本不相信。孩子长大了，和爹娘有了很大的隔阂，不嫌弃爹娘就不错了，还会亲你的老脸？

娘狐疑地问，你又梦见小三子了？老东西，又说瞎话。

爹急赤白脸地说，是真的，不是做梦。谁说瞎话谁是地上爬的。

爹娘疼爱断肠儿。小三子兄弟三人，小三子最小。小时候，小三子经常钻进爹娘的怀里，搂着爹娘的脖子，小鸡叨米似的在爹娘脸上啄。爹娘下地回来，被小三子啄几口，心里甜丝丝的，浑身的疲劳就烟消云散了。小三子长大以后，再也没有亲过二老了。但是，爹娘都没有忘记小三子鲜嫩如花的小嘴啄在脸上那种麻酥酥的感觉。自从小三子离开家乡，娘总做小三子亲她的梦，到底做过多少次，她自己都记不清了。爹梦见这样的场面比娘少得多，所以每梦见一次，都稀罕得不得了，一睁开眼睛，就兴致勃勃地讲给娘听。有时候，娘都梦见小三子好几次了，爹还一次没梦见呢，爹就编瞎话给娘听。

娘满脸不屑的表情，其实，她心里酸酸的。毕竟，老头子梦见小三子亲他的这个晚上，她的梦连小三子的边儿都没挨上。

爹没好气地说，谁和你比做梦了？俺是说前天进城，小三子亲俺了。

她惊异地瞪大了眼睛，嚷道，真的？你昨天回来的时候，咋不说？

你让俺说了吗？俺一进家门，你的问题一个接一个。小三子瘦了吗？小三子胖了吗？小三子白了吗？小三子黑了吗？俺嗓子干得直冒烟，连喝水的工夫都没有。你都不问问俺，渴不渴，饿不饿，累不累？

老东西，你现在不渴不饿又不累，快给俺说说，小三子咋就亲了你？

小三子大学毕业以后，没有找到接收单位，在城市流浪。转眼间，秋风吹黄了黄泥湾所有的山头，还没有小三子就业的消息。小三子吃什么？小三子穿什么？小三子住在哪里？这一切，都是拧在爹娘心头的死结，怎么都解不开的沉甸甸的疙瘩。娘织了毛衣毛裤，爹卖了一千斤稻谷。爹背着包袱，揣着钱，进城去看小三子。见到爹的一刹那，小三子欢叫着跑过来，抱了抱爹。

老东西，小三子不是没亲你吗？娘斜了爹一眼。

你能不能别插嘴，让俺把话说完？爹瞪了娘一眼。

爹在小三子的房子里住了一夜。第二天早晨，小三子送爹上车，临出门的时候，小三子突然抱住爹的脑袋，在爹的腮帮子上吧地亲了一口，爹猝不及防，愣了，小三子也愣了。小三子松开爹的脑袋，愣愣地看爹。看着看着，小三子的眼泪流出来了，越流越欢，像家乡门前潺潺的小溪。小三子流着泪，缓缓捧起爹的脸，在左脸上亲了亲，又在右脸上亲了亲。最后，小三子紧紧抱着爹，扑进爹的怀里放声大哭起来。

小三子的泪滴进了俺嘴里，爹咂咂嘴，回味着说，咸津津的。

娘的泪水像门前小溪汛期来临，哗地流了出来。娘哽咽着，喃喃地念叨：小三子，俺可怜的小三子。

不到半天时间，老朱家的小三子亲他爹老脸的故事就传遍了整个村庄。老朱家一家三口成了村里人的笑柄。人们说着笑着，笑歪了嘴，笑痛了肚皮。

自古以来，都是大人和不懂事的孩子互相亲亲，何曾见过黄泥湾哪个人高马大的小伙子亲爹娘的？这个小三子，没羞没臊的，肯定是在城市待久了，流氓电影看多了，学坏了。学坏了不要紧，你去找个姑娘亲呀，你爹的老脸糙得像树皮，亲着有啥意思？还有小三子的爹，也越活越没出息了，这种事儿还拿回来说。小三子的娘最好笑，这是多么光彩的事儿吗？值得她大喇叭似的到处宣扬。

秋去冬来，小三子回家过年。春节那几天，时光飞逝，小三子很快又要离家。小三子临走的时候，爹娘把他送到村口。邻居簇拥着他的爹娘，一起为他送行。人们都想瞧瞧小三子亲爹亲娘的西洋景儿。可是，小三子挥手说再见了，放开脚步走了，也没有亲亲爹娘。

突然，人群里响起一个银铃般的声音，三子兄弟，不亲亲你爹你娘再走？

小三子停下了脚步，慢慢转过身来。

爹郑重地说，是呢，你娘等了很久呢。

小三子脸红了，笑了一下，扔掉行李，大步流星地向爹娘奔过来。他弯下高大的身躯，半跪在娘的面前，紧紧抱着娘佝偻的腰身……围观的人们早就预备了响亮充足的笑声，准备开怀大笑，可是，没有一个人笑得出来了。几个大婶还摸出皱巴巴的手帕，擦拭着眼角悄然涌出的泪花。

招　手

彭　程

这两年间，我心中最舒坦的一件事，是和年逾古稀的父母做了邻居。他们和我住在同一小区，同一幢楼，相邻的单元里。一个来回，包括上下电梯，只需五分钟。

十多年前的冬末，他们从三百公里外的冀东南小城迁来北京，去年夏初，又从三十公里外的郊区小镇，迁来我居住的三环边的小区。父母年龄越来越大，能够就近照顾他们，是我们兄妹的共同心愿。

转眼一年过半，我并没有照料他们什么，倒是受到他们的呵护。骤雨来袭，再不用担心出门时窗户大敞，因为他们会及时过来关上；晚上回家，餐桌上经常摆放着母亲做好送过来的吃食——包子或炒饼，茄夹或馅饼，温乎乎的，像童年记忆中，母亲抚摸我脸颊的那双手。

有父母在身边，我内心的幸福生长得茂盛。

刚搬来时，他们说："这下好了，你们晚上别起火，就来这边吃吧。"很快，他们就失望了：儿子媳妇都忙，晚上七八点钟回家是常有的事。到了周末，我们才能凑在一起吃上一两顿饭。为了这一两顿饭，母亲会提前很久做准备。

虽然不是每天都去父母家，但每天都能和他们相见，我们用的是当初谁也没有想到的方式——招手。

他们和我，父母和儿子，每天清晨，一方在院子里，一方在房间里，隔着几十米的距离，相互招手。这个动作，成了每天的固定节目。

父母有早起散步的习惯。一年多来，除了冬季，其他三个季节，每天早晨，他们都会定时出门。六点多钟，我走进厨房，张罗简单的早餐。从窗边向下张望，多半就会看到父母已经在楼下的小花园里散步了。花园是被几幢楼围起来的一个椭圆形空间，不大，尽在我的视野中。通常，母亲走在前面，目光平视，父亲跟在后面十几米处，佝偻着腰，看着地面。但每当面对这幢楼时，他们都会抬起头来，向着我这扇窗户张望。

我知道他们在等我，于是我伸出手，朝他们挥动。

我住在二十层，他们要仰起头来，才能看到房间窗户。我在下面张望时都感到脖颈别扭，他们抬头的动作，就要更吃力、迟缓。因为角度关系，我在楼上望得见他们，他们在楼下却看不到我。

窗子通常是开着的。我要做的，就是把固定窗纱的销子拨开，让窗纱自动弹上去，然后将一只胳膊伸出去，朝他们招手。这时，他们马上就会招手回应，没有丝毫的迟缓。手臂互相挥动几下后，我继续准备早餐，他们也继续散步，等走够了半小时，便回自己的屋子。

不记得第一次招手是怎样发生的，但自从有了第一次，便每天如此，成了习惯。

这样大约过了一个月，有一天早晨，我忽然萌生一个孩童般的念头。他们在半个小时的散步时间里，每次走到面对我窗边的位置时，都一如既往地抬头望着，一共五六次。但我没有像以往那样，伸出手去跟他们打招呼。最后两次，他们停下脚步，望着这儿，议论着什么。我知道他们在说怎么没见到儿子。他们向东边走，要回自己住的单元里去了，在二三十米长的路上，他们还不时地停下脚步，转头朝这边望。

没过几分钟，电话响了，是母亲打来的。她问今天怎么没看见我，没有听说要出差啊，是不是生病了，哪里不舒服？

我心里掠过一丝疼痛。我觉察到，我的游戏中有一种孩童般的顽劣。

从那以后，每天早晨，我进厨房，第一件事就是走到窗边，弹起纱窗，伸出胳膊，向他们招手，然后才开始准备早餐。

这样，招手对我而言便有了一种仪式感。做完这个动作，我才会感到心中踏实，这一天的开始也就仿佛被祝福过，变得明亮且温暖。对父母而言，这个动作的意义更大。当脚步日渐迈向生命的边缘时，亲情也日益成为他们生活的核心。

我把这当作是冥冥中的一种赐予。招手，父母和儿女之间，血脉和骨肉之间，呼唤和应答，自然而然，但又意味深长。

父亲和母亲，一位 78 岁，一位 75 岁。

父母的年龄，让我欣慰，也让我忐忑。每当看到一些耄耋之年甚至期颐之年的老人，身体康健，精神矍铄，不论是否相识我都为之欢欣。潜意识中，我总是把父母的未来和他们的现状相叠加。但亲友或同事家老人的猝然离世，又时时提醒我，命运无从测度、难以掌控，不情愿发生的事情照样可能发生。

我只能叨念，希望在他们体力衰弱的诸多表现中，在那些动作变得迟缓、脚步变得蹒跚、目光变得浑浊之前，不要加上一个“更”字。那些一点点剥夺他们尊严的伎俩，那些让我们心里的疼痛一寸寸累积的东西，虽然终归要来临，但请来得迟一些，再迟一些吧。

我自认为是一个彻底的唯物论者，但到了如今的年龄，有时却希望，真的有一个无所不能的神灵，那样我会向他祈祷——请你，保持这一幕，让我和父母，永远能够像今天这样，相互招手。请将这一幕，固定成永恒的风景。

这在你看来也许算不了什么，却是我无与伦比的幸福。

找个给自己“浇水”的中国太太

橙 子

有人说，老外固执起来，比晚清留辫子的遗老还要固执。这话安在约翰头上，再合适不过。明明是一个金发碧眼的白人，骨子里却逐渐成为一个中国人——不，比中国人还中国人。

翠萍到加拿大留学，在一个画展上和约翰相遇。当时翠萍 28 岁，约翰 38 岁，从相识到结婚，就 3 个月。缘分真是一个奇妙的东西，没有早一步，也没有晚一步，刚巧赶上了。

自从和翠萍结婚，约翰的生活发生了翻天覆地的变化。最明显的是大家都不叫他约翰了，而跟着翠萍叫他老岳。

老岳出门前，拿着翠萍给他买的中国男人常用的那种公文包，里面装着两个保温杯，一个装咖啡，一个装枸杞。还有一个包，装翠萍妈妈做好的午餐，到了公司，只需加热。

单位的同事觉得很奇怪，为什么同样是公司董事级别的，老岳家里就很有钱，随时可以出国旅游、晒太阳、滑雪、给孩子们报各种各样的兴趣班，他们却没有钱？老岳说：“可能是因为我娶了中国太太，中国太太会攒钱，中国太太能旺夫。”

老外不懂什么是旺夫，老岳就解释：“相当于我是一棵树，我太太天天给我浇水，我就长得旺，有钱。”有“单身狗”听到这个理论，私下跟老岳说，也想找一个给自己浇水的太太。老岳回家对翠萍讲，翠萍用家乡话给妈妈讲，大家笑成一团。

老岳周四的午餐里常常会有几块岳母做的臭豆腐。翠萍说："久别的情侣相见会拥抱、哭泣，实则是幸福、美好的感觉。臭豆腐就是这样，你把它加热到一定程度，那饱满的热情会紧紧地拥抱你，悠长、浓郁、香糯，缠绕唇齿，绕梁三日，余音袅袅。"

岂止是余音，老岳把臭豆腐一热，整个公司都炸了，满楼道弥漫着臭豆腐的味道。有同事捏着鼻子抱怨，谁这么大胆子……查了半天，原来是老总在吃，老总的解释是："情侣在拥抱。"

大家乐疯了，有人说："太好了，我可以让太太做韭菜盒子吃了。"有人说："这真的好吃吗——不过既然是浇水太太说的，应该……尝一尝？"

谁能想到，老岳还是小岳的时候，是个叛逆少年。18 岁那年，他和父母大吵一架，被父母轰出家门，从此一个人上学、求职、决定婚姻大事，和父母鲜有往来。

翠萍是一个温柔伶俐的女子，从老岳那里要来公婆的地址，三天两头送点炒饭、汤圆、饺子、米粉。

张爱玲说，女人通过男人的胃抓住男人的心。美食岂止能抓住男人的心，更能抓住所有人的心。温润的一日三餐能让人心变得柔和愉悦。

慢慢地，公婆和翠萍全家都有了来往，除了老岳。有时候，婆婆会带来她做的烤面包。

公公卧病在床，婆婆每天用轮椅推着公公晒太阳。翠萍认识一个同乡，开了间中医诊所，她就领着公公去调理。治疗了两个月，公公居然能自己走路了。那天公公提前走到大门外迎接翠萍，让翠萍看他怎么一步一步走回家。

公公要感谢那位中医大夫，他不知道从哪里打听到，感谢中医大夫要送一面锦旗。公公花了 10 美元买了一面锦旗，一家人带着同样惊诧不已的邻居老头儿、老太太，浩浩荡荡十几个老外，拿着锦旗，去看那位神奇的中医大夫——这场面，实在有趣。

中医大夫羞涩地收下锦旗。他万万没想到，离开故土几万里，居然有一群白人用中国人的方式表达谢意。

一天，翠萍和妈妈发生争执，妈妈一气之下就要收拾包袱回国。走到门口，碰到老岳下班回家，妈妈哭着用家乡话诉说一通，老岳用英语劝慰，最后，他给妈妈一个大大的拥抱，把包袱拿过来，柔声说："妈妈不要走。"妈妈居然懂了，说："你比我女儿对我还好。"老岳居然也懂了！

这奇妙的过程，只有旁边的翠萍听明白了。一边是家乡话，叽里咕噜的，中国人都不一定听得懂，一边是英语，可是事情完美解决了。可见语言并不重要，重要的是你爱我，我也爱你。

春天到了，翠萍、老岳带着全家人去挖荠菜，鲜嫩多汁的荠菜配上五花肉包饺子，该是怎样的美味，能吃出春天的感觉。

妈妈把翠萍的公婆也叫来了。晚上包饺子的时候，翠萍发现，老岳在教婆婆怎么擀饺子皮。

老家在你背上

林特特

叔叔的老家在合肥。

多年前，他因为个子高、篮球打得好，被部队相中，参军，上军校，提干，辗转西北，一辈子都没脱下军装。

婶婶起初在合肥教书，生下堂妹后随军，把教鞭从一所学校挥向另一所学校。

我对叔叔婶婶有印象，已经是 20 世纪 80 年代末。

那时，他们 4 年才有一次探亲假，回来时，拎着大包小包，在火车站，奶奶恨不得抱着他们哭。

我还记得那一回，叔叔说，在部队，交往最多的是安徽老乡；和他关系最好的战友，老家也在合肥，他们平时以兄弟相称，亲戚般走动。逢年过节，老乡们总要聚在一起，把酒言欢。有一次，他们不自觉地提到合肥风物，竟情不自禁地集体落泪。

就是那一回，婶婶抱怨，西北的蔬菜没有合肥的好，面食也不怎么样。

一到冬天，想到咸鸡、咸鸭，就馋得慌——西安街上没有人卖。婶婶说，她甚至学会了灌香肠——灌家乡风味的香肠。

后来，只要有机会，家里人就给他们寄咸鸡、咸鸭。

再后来，交通越来越便捷，只要有机会，他们就抽空回老家，从几年回去一次变成了一年回去几次。

婶婶关节疼，她忍着，哪怕第四军医大就离她家不远，她也宁愿等到寒暑假，回合肥找老中医拔火罐。

叔叔总对我们说，以后退休了，就回老家。“我们把房子买在一个小区吧。”他兴致勃勃地和我爸商量。

他们越来越思念老家，然后，他们竟真回了老家。

叔叔退休后，就在合肥四处看房，起初，我还以为他只是想做投资。

他们买房、装修，重新置办起一个家，堂妹正好大学毕业。

叔叔婶婶动用了所有的社会关系为堂妹在合肥找了一份好工作。他们动之以情、晓之以理，最后说服堂妹和他们一同回了合肥——叔叔终于兑现了他对自己的承诺，回到老家。

堂妹却不知道哪里是她的老家。她在西安长大，从小学到大学，所有的同学、朋友都在西安，她有限的人生经历和记忆都属于西安。

堂妹的工作单位在合肥数一数二，她能力强，人缘不错，却总是郁郁寡欢。家人给她介绍对象，她也表现得意兴阑珊，有一回我发现她在复习考研，就随口问她：“准备考哪里？”她抬起头，看看我，说：“还能考哪里？我只有通过这个方式才能回西安。”

她的屋子里摆满了从西安带来的各种饰品、日用品，内容庞杂，从银手镯、布毛驴到枕头、纸巾筒……她认为这些只有在西安才能买到。

堂妹在西安已经没有亲人，可是一放假，她还是会坐火车去西安。有时为了看同学，有时只是为了看看那座城市。她回合肥时，总要带回许多西安的土特产。她把送给同事的分成一份一份，还不忘给自己留一份，放在冰箱里，慢慢享用。

我在西安出差，不知该买点儿什么，就打电话问她。

她问清楚我的方位，然后指点我怎么坐车，下车后，往前走大概多少米，往左拐，那里有一家什么店。

我觉得西安简直住在她的心里。

堂妹考研没考上，工作却越来越出色，生活渐趋稳定，时间久了，尤其她交了男朋友之后，家人都以为她对西安的念想已经作罢。

堂妹的男朋友是她的中学校友，机缘巧合，他大学毕业后，也和堂妹一样在合肥工作。他们在西安到合肥的火车上偶然重逢，也许是缘分，也许是因为共同的经历，他们的感情突飞猛进，今年夏天，堂妹结婚了。

堂妹很高兴，现在，她每个长假都要回西安。

她有了正当的理由——去婆婆家。

她每次回来还是会带西安的许多土特产，分发给同事时，她笑容满面又理直气壮：“别客气，从老家带来的。”

国庆节，我和老公、堂妹、妹夫一起在 KTV 唱歌。妹夫把许巍的歌唱得出神入化。我们啧啧称赞，他却对着屏幕一竖大拇指：“许巍，我们西安的歌手！”

那天，我们喝了很多酒，分别时，妹夫含糊不清地说：“今天真高兴，就像在西安。”

堂妹拍拍妹夫的手，对我叹了口气：“我们说好了，要是生了孩子，就好好培养他，让他考西安的大学，让他回老家——我只有这一个方式才能回西安。”

我想起，有一年，去西安，在叔叔家的阳台上，看见那儿晾着一排婶婶自制的香肠——那是他们的老家。

我想起，堂妹的冰箱里，有一盒她从西安带回合肥、留着慢慢吃的绿豆糕——那是她的老家。

年轻的时候，你总因为各种各样的事，被命运的手推向各处，你离开了不想离开的人，告别了不想告别的城市，你身不由己。当你把该完成的都完成，把该交代的都交代，终于可以还自己一个心愿时，也许最想安家的地方就是你的老家。

关于善恶，我想告诉你

〔瑞典〕弗雷德里克·巴克曼　陶　曚译

有人说“人之初，性本善”，也有人说“世间无善人”。我不是学者，关于善恶我无法告诉你绝对的真理是什么，但我知道这个世界上有恶棍。如果可能的话，我希望你长大以后不要成为他们中的一员。

这世界的运行法则中有一个基本原理：在人生的每一个小群体中，无论在幼儿园还是在有落地窗的独立办公室，你遇到的人都会把周围人划分为两类，强者和弱者。

但在二者之间，其实还有一类人。这是最危险的群体。他们害怕跌到弱者的一方，又对强者无计可施，于是总对弱者拳打脚踢。他们总会以莫须有的借口，把弱小的人推到墙角。

我和其他父母一样，既害怕你被人推到操场角落，又害怕你对别人拳打脚踢；既害怕你被欺负，又害怕你欺负别人。这两种处境我都经历过，相信我，二者的滋味都令人不好受。

所以我们需要聊聊善恶，我想这应该是当爸爸的责任吧。老实说，我不知道该从哪儿讲起，不如我们讲个故事吧。

很久以前，有一个名叫“送葬者”的摔跤手，住在一个遥远的国度。在这个国家里，所有的摔跤手最渴望的就是参加全国摔跤比赛，在成千上万名观众面前打败对手，戴上象征冠军的金腰带。

在人们的记忆里，布莱特·哈特和肖恩·迈克尔斯年复一年地主宰着这项比赛，人们都说他们俩是无法战胜的，但当“送葬者”第一次走进摔跤场的时候，一切都改变了！他就像邪恶世界中的英雄。“送葬者”的必杀技是“墓碑钉头”，就是直接把对手头朝下掀翻在地——你妈坚持说你不需要知道这件事的全部细节，她说的是对的。那一招真的太厉害了！

“送葬者”注定会成为比赛的冠军（就像童话故事中王子最终赢得了公主和半个王国）。人人都爱“送葬者”，他又高又帅，但是，在光亮的外表下，他内心背负着一个沉重的秘密。终于有一天，他过去的阴影出现了——他同母异父的弟弟凯恩。

凯恩的父母死于一场可怕的火灾，所有人都以为凯恩也葬身火海，但凯恩活了下来，他的脸上留下了可怕的伤疤，内心充满仇恨和愤怒。有些坏人想伤害他，谎称当初是“送葬者”放火想要杀死凯恩。所以凯恩带着恨意发誓，他总有一天要报仇雪恨。

某天，“送葬者”正要和肖恩·迈克尔斯决一死战，胜者将和布莱特·哈特争夺金腰带。这时，凯恩突然出现，在公众面前向哥哥下了战书。

但是“送葬者”不想和自己的亲兄弟打架。他走开了——如果有人想伤害你，你也可以这样做，这没什么丢脸的。凯恩追在后面叫他“胆小鬼”，但凯恩错了，他才是那个真正的胆小鬼。

“送葬者”拒绝与亲兄弟挥拳相向。但凯恩和其他恶霸一样，在后面穷追不舍。他羞辱“送葬者”，叫他“懦夫”“窝囊废”，还有一堆不好听的词……这些词等你长大就会懂的。

“送葬者”本来可以轻而易举地打倒凯恩，但是他选择不计较眼前恩怨。未来的某一刻，无论是在操场上还是在公司的落地窗前，我希望你能意识到，勇敢的人并不是那些不分青红皂白就挑起争斗的人，而是那些明明能赢，却不屑于动手的人。

后来，凯恩就一直挑衅，想让他哥哥出手，但是“送葬者”始终拒绝，每次都直接走开。

时间流逝，就像所有童话故事讲的那样，凯恩终于意识到自己的错误。他终于明白，血浓于水，一直以来错的是自己。后来，在一个月黑风高的夜晚，“送葬者”被肖恩·迈克尔斯和他的三个小跟班伏击了。凯恩跑到哥哥身边。一开始，肖恩·迈克尔斯还以为凯恩和他们是一伙儿的——所有恶霸都是这么以为的，他们自以为人多，在袭击一个落单的人的时候，没人敢站出来和他们对着干。可悲的是，这通常是事实，我不想在你面前粉饰太平。因为恶霸总是赢，他们才敢肆无忌惮地继续欺负人。但这一次不一样！

凯恩冲上去，一把揪住肖恩·迈克尔斯的头发，一个锁喉抛摔把他放倒在地，于是小跟班们立刻作鸟兽散。

这是我整个少年时代见证过的最美好的光辉时刻。

反击并不总是正确的。但如果是为了保护弱小，有时候我们必须战斗。

我不想骗你说世界上不存在邪恶。善恶相伴而来。有时候世界充满了无法理解、无法改变的恶，以及暴力、不公、贪婪和盲目的怒火。

但也有另一面，有许多美好的小事——陌生人之间的善意，一见钟情，忠诚和友谊，星期天下午有人和你手牵手，两兄弟和解，在大众沉默的时刻英雄挺身而出。

你所能做的就是决定站在哪一边，让你的力量汇聚到哪一方。

我不会一直是最棒的父亲。我犯过许多错，以后会犯更多错。但如果你成为操场角落里的那个孩子，我永远都不会原谅自己，无论你属于其中哪一方。

我曾经是中间那些人中的一员，总是害怕自己站到错误的那边。直到现在，有时候我依然会害怕。大多数人都会。所以帮我个忙，别和我一样，比我更好一些，永远不要沉默，永远不要别过脸装作没看到，永远不要把刻薄当作能力，不要将善意视为软弱，不要成为办公室落地窗前的那种人，以为“善良”是个可笑的词语。

“送葬者”教给我这个道理，我希望我能教给你。

啊，还有，关于“送葬者”必杀技的那段，咱们就别告诉你妈了。也没啥原因，她不懂搏击嘛。

我的舅舅王小波

姚　勇

我舅舅是王小波。王小波有一篇杂文《我怎样做青年的思想工作》，在我青年单身适龄的年代，给我个人做了最大限度的广告，算是他老人家留给我的最宝贵的遗产之一。除此之外，还有他那台用了很久的电脑，他在去世前一年送给了我。

他是汇编高手，用汇编语言写了DOS系统下的汉字输入法。20世纪90年代总共也没几种汉字输入法。这个输入法有个功能，可以加四声。这对使用者的要求比较高，普通话读音需要准确。我看过他用这套输入法打汉字，速度很快，几乎和盲打英文一样。

他人生的最后几年，Windows3.2开始普及。他开始从DOS系统转向Win32 SDK编程，熬夜苦干了很长时间，把输入法转为Win32 SDK，可以在Windows系统下正常工作。当时Windows系统下已经有不少汉字输入法，他这么做也只是出于兴趣。那时候Win32 SDK很难用，体系和DOS大相径庭。互联网还没有，资料很少。所有DOS底层程序员向Win32的迁徙都是一部血泪史，但他还是兴致勃勃地去做。

他人生的最后一年，光驱、声卡、2D加速卡普及，多媒体也开始普及。1995年他开始和我合计做多媒体出版，希望自己的作品能够被更多人看见。平时为了维持生计，他只能忍受着严重的痔疮，每日给各种杂志写杂文稿件。多媒体的兴起，让他感觉也许可以利用技术优势，为自己的作品配上插图和音乐，以电子书籍的形式为大众所见。他给我看过已经制作了一部分的小样，和现在用多媒体制作的软件很相似。

电子书内容是《黄金时代》，有背景图和背景音乐，按空格键可以翻页，好像偶尔还会有一点动画特效。这个样本完全是他自己用 Win32 写的 exe 可执行程序。

我大学毕业后和王小波接触得比较多，那几年每周末都在他母亲家相聚。偶尔我会和他住一块儿，就在他母亲家旁边筒子楼里的小屋。里屋是他的写作桌，外屋很小，只有一张床。印象最深的就是他烧普洱茶的电炉和玻璃茶壶，里面总有极浓的茶水，下面沉淀着大量茶叶。估计他熬夜就靠那个。

旁观了他后半截人生，感慨很多。王小波有个八叔，当时可以双手打算盘，极聪明，却年少夭折。王小波的父亲研究逻辑学，曾经得到毛泽东的接见，69 岁时因心脏病过世。王小波的去世方式和他父亲一模一样，区别仅在于他更年轻。

我最大的感慨是，留得青山在，不怕没柴烧。天才也好，资质普通如我也好，都只有一次人生。保持健康和活力，做自己热爱的工作，保持善良，做精神自由的人，是我从王小波那里学到的最重要的东西。

希望每个喜欢王小波的人，都有健康的身体和充实的精神生活。

一个叫冬来的女人

裘山山

冬来的故事，是父亲讲给我听的。

父亲讲这个故事的时候，竟然几次红了眼圈儿。

他说，在他出生之前的某一天，家门口来了个老头儿，手上牵着一个6岁左右的小女孩。当时正是冬天，祖奶奶见他们可怜，就拿了些吃的给他们。但老头儿还是不肯走，他跟祖奶奶说，家里实在穷，无力抚养孩子，希望将这个小孙女卖给祖奶奶。

那时这样的事情经常有，孩子养不活了，就把孩子卖掉。可是这个老头儿牵着小女孩在村子里走了一圈，没有人家愿意要——家家都不想添人口。祖奶奶看那个小女孩很可怜，由于天气寒冷，小脸冻得通红，饿得哆哆嗦嗦，可怜巴巴地看着她。祖奶奶实在不忍拒绝，就要了下来，也就是几块银圆而已。

那时祖爷爷家的家境尚可。但是祖爷爷回家看见小女孩，很生气，他认为家里已经有这么多女人了，有老婆，有儿媳妇，有女儿，不该再花钱买丫头来干活，何况这么小的丫头也不顶用。他不理解祖奶奶是因为可怜小女孩才留下她的。小女孩看祖爷爷发火了，很紧张，端在手上的碗一下掉在地上打碎了。这下祖爷爷更生气了，抄起竹拍子（晒被子用的）顺手就给了她两下。祖奶奶连忙叫她去倒垃圾，把她支开。

小女孩提着垃圾走出大门，突然发现她的爷爷就在大门旁的墙脚蹲着。原来爷爷卖了她以后心里难过，不放心，就一直没走，在拐角处想等孙女出来再看一眼。小女孩见到爷爷当即放声大哭，将袖子撸起来给爷爷看。爷爷看见她胳膊上的红印，也是老泪纵横，爷孙俩在雪地里抱头痛哭。

这一切，都被祖奶奶看见了。原来祖奶奶因为心疼这孩子，就跟在她后面。祖奶奶也落泪了，把小女孩领回家，擦干女孩的眼泪，安抚了一番。打那以后，祖奶奶对这个小女孩就像对自己的女儿一样。因为她是冬天来的，祖奶奶就给她取名为冬来，并让她随家里的孩子一起姓裘。

冬来比父亲大 9 岁，父亲出生时，她已经在这个家待了三四年，祖爷爷也逐渐接受她了。父亲出生后，她的主要任务就是带父亲。

有一次，冬来抱着 1 岁大的父亲去隔壁三爷爷家串门，下雨路滑，不慎跌了一跤，父亲的额头磕在了鹅卵石上，当即血流不止（父亲的额头上至今还留有疤痕）。冬来吓坏了，哭着抱了父亲回家去找祖奶奶。祖奶奶赶紧找了块布，包上炉灶里的柴灰捂在父亲的伤口上。

这时，祖爷爷回来了，一看长孙的头摔破，流了那么多血，顿时大怒，问是怎么回事。祖奶奶马上站出来说，是她不小心把我的父亲摔了一下。祖爷爷自然不会打祖奶奶，但心里的怒气无法宣泄，一挥手，就将桌上的一摞碗横扫到地上，全部摔碎了。可想而知，若不是祖奶奶的庇护，冬来不知会遭受怎样的皮肉之苦。

父亲两三岁时，整日跟在冬来的屁股后面玩儿。冬来像个大姐姐一样喜欢他，每次买菜时，总会想方设法省下一两枚铜板，背着家人给父亲买米糕，或者包子，笑眯眯地看着他吃下去。她还时常带父亲到田间玩儿，采把野花，或者捉只蚂蚱、蝴蝶什么的给父亲。父亲小时候很依恋她。可以说，父亲关于童年的美好记忆，全部与冬来有关。

父亲 12 岁那年，冬来出嫁了。祖奶奶跟媒人说，你介绍冬来的时候，要告诉对方，这是她的养女，不是丫头。后来，媒人果然找了一户还不错的人家，在奉化裘村镇，于是祖奶奶给冬来订了婚。

那时，祖奶奶家的家境已大不如前了。据说父亲的太祖奶奶出嫁时，是 10 个樟木箱子的嫁妆；到曾祖奶奶时，已变成 8 个樟木箱子了；到祖奶奶时，减到 6 个；到奶奶这里，已经是 4 个了。所以冬来出嫁时，祖奶奶为她准备了两个樟木箱子的嫁妆，在当时还算比较体面的。

冬来嫁过去后，因为完全听不懂奉化土语，很苦恼，曾跑回来向祖奶奶诉苦。祖奶奶安慰一番后，她又回去了。以后她渐渐适应，来得少了。再后来她有了儿子，又有了女儿，听说那家人待她很不错，祖奶奶也就放心了。

祖奶奶去世后，父亲家里的兄弟姐妹仍把冬来当成自家人，时常去看她。但父亲上高中后就离开了故乡，一直没机会去看她。

1985 年，父亲离休回到杭州，也算叶落归根了。每每说起故乡，说起往事，父亲总会想起冬来，想起这个从小带他的小姑。

一日，父亲终于下决心去看她。他买了好多东西，坐长途汽车去奉化。父亲一路上很激动，想着可以好好跟冬来聊聊天，说说小时候的事情。那些事情是多么有趣啊，而且好多事、好多秘密只有他们俩知道。父亲童年时的所有快乐，都与冬来连在一起。

冬来见到父亲激动万分，他们已经分别 40 多年了。父亲年近花甲，冬来也已经近 70 岁。冬来冲着父亲哇啦哇啦地又说又笑，脸上乐开了花，父亲也将一连串的问候道了出来。

可是，父亲怎么也没想到，冬来说什么，他竟一句也听不懂！几十年过去，冬来已经成为一个地地道道的奉化人，满口奉化土语；而父亲说的嵊县（今嵊州市）话，冬来一句也不会说了。虽然她总是跟人说，她是嵊县崇仁镇的，她的老家在嵊县，但是，故乡对她来说已经很陌生了。

父亲只会讲嵊县话，冬来只会讲奉化话，于是这两个一起长大，又以无比激动的心情见了面的老人，就只好坐在那里互相看着，傻笑。

讲到这里，父亲的眼圈红了，我也鼻子发酸。

这样的人生场景，不是每个人都会遇到的。

好在父亲看到冬来过得很好，儿女都孝顺，丈夫也对她好，而且有了两个孙女，便感到很欣慰。住了一天后，父亲又高兴又失落地与冬来分别。

离开的时候父亲想，祖奶奶在天之灵，一定会为冬来感到高兴。

毕竟这是她疼大的女儿。

冬来生于 1917 年，卒于 1998 年，享年 81 岁。

此心安处是吾乡

沈 芸

老派是一种坚持，也是一种信仰。

3 年前冬日的某天早上，一个电话打断了我的思绪。来电者给了我一个号码，要我与身在美国纽约的程太太联系。

我想起来了，那是我爷爷的外甥女——五姑姑袁玲华，她的丈夫程树滋先生是华尔街的老银行家。2010 年我们在上海分手后再没联系过。电话接通了，姑姑悲伤地说："树滋在 9 月过了……"她自己在医院里度过了生不如死的几个月，找回了以前的保姆周阿姨，回到新泽西养老院。她很想念我，怀念在上海老房子的时光。

姑姑交代我一些事情以后，周阿姨接过电话告诉了我很多细节，最关键的是，姑姑吃不到中国的东西，她的肠胃犯了思乡病。

赶在元旦前，我寄给她一些山核桃仁和柿饼。姑姑很高兴，她对我说，她很想家，想吃冬笋，还惦记着我从嘉兴给她带的肉粽子。"那真是美味极了，回味无穷，我一直都记着。"

姑姑吃不惯西餐，像生菜沙拉、土豆泥和牛排一类，她连看也不要看。她住的养老院很高级，每天提供两顿饭，而她只喝其中的鸡汤。周阿姨说，你姑姑会自己烧菜，她很节省，用冬笋头熬骨头汤，前面的嫩尖烧油焖笋。听着这些，我一下子感觉自己烧笋时扔掉的老头，太浪费了，有些暴殄天物。

姑姑喜欢的冬笋和肉粽子，可不是轻而易举能带进美国的。我想来想去，想到我们的朋友——在上海的张先生，他有家人在法拉盛，可以托他弟弟在中国城买，然后寄到新泽西。果然，张先生听说 95 岁的老太太需要帮忙，非常热情。我解释说，姑姑的儿女已经是华裔美国人，不太会买中国的食品，张先生十分理解。后面的事情一切顺利，姑姑在春节前收到 6 个冬笋和 6 个粽子，心情大悦！她吩咐周阿姨，年夜饭一定要吃粽子和冬笋。姑姑亲热地说，我让她感到了亲人的温暖。

这以后，每隔十天半个月，我都可以得到姑姑的消息，譬如她想吃炒豆芽菜和番茄炒蛋，可是要等她儿子两周去一次中国超市，把豆芽菜买回来；她去烫头发，顺便到法拉盛吃了上海点心、馄饨和小笼包，回来的路上，她一直在埋怨小笼包不好吃；感恩节去儿子家聚餐，她要提前搭配好衣服，化好妆，还要戴上墨镜和披肩，“这是风度”。周阿姨说：“你姑姑很讲礼数！”

从我 7 岁第一次见到五姑姑起，我们俩的关系从未像现在这么亲密过。我跟姑父倒是聊过天儿。姑父最得意的手笔，是改革开放后他为中美两国银行界牵线搭桥，为此，他们夫妇被邀请参加老布什总统的就职晚宴。姑姑给我看过她一身丝绒旗袍，盛装出席的照片。

过了一段时间，周阿姨说，你姑姑不对了！她经常出现幻觉，总是觉得房间里有她先生的影子，她会对着空气说话，口气像是在跟先生对话。没等我把这个信息消化掉，姑姑就正式通知我，她要跟周阿姨一起回中国养老，叶落归根！

2019 年 5 月，姑姑终于抵达上海虹桥机场。“我决定在这个时间回来，我要吃上今年的杨梅，想了好多年。”姑姑把她在美国的家产分给子孙，只带了日常用的衣物和两部轮椅，安排做体检，办理护照机票，登上飞机头等舱，一路睡着就到了上海。她不愧是在美国“黄金时代”打拼出来的成功人士，处理事情有着惊人的速度。

姑姑的归来，让我的内心很幸福。在她的身上，我再一次触摸到老辈人的脉搏，感受到家族血脉在流淌！

在每一个绵延不断的古老家族里，都会有一位老奶奶，她们可以是远在天边、彪炳史册的名流，也可以是弄堂里再普通不过的张家姆妈、王家阿婆。她们会抱怨吃咸肉菜饭时，怎么能缺了炖好的黄豆骨头汤，也会百般纠结有客人来吃饭时要加上哪两道荤菜。在她们看来，这些琐碎不是小事，而是关乎规矩和脸面。

像这样生活上不凑合，遇大事又扛得起江山的老太太，都是见多识广的神仙。《红楼梦》里的贾母，《唐顿庄园》里的老夫人，英国王室的女王……在众人焦躁不安时风轻云淡，就是老派人无人可及之处。在这一点上，家和国是一样的。

感动于如水的亲情

未　名

一

10年前，大哥和爸爸在一个地方上班，所以下班之后总能坐同一趟火车回家。

那时，大哥还没有结婚，但是正与嫂子处于热恋中，大嫂的单位距她家也就500米，几分钟路程，但还是每天下班后在单位等我大哥，与大哥一同回来。

有一天，天降大雨，爸爸没带伞，而大哥带了，于是大哥陪着爸爸一路走回来。

外面下着雨，大嫂在空无一人的单位等大哥去接她，天渐渐黑了，没有伞，迟迟不见大哥出现，大嫂哭了。

感动于大哥的孝顺，现在如果再出现同样的事情，不知大哥会怎么处理。

二

我12岁那年，我们全家煤气中毒，爸爸在出去叫人之后回来最先抱我出去。他们说之所以爸爸选择抱我，是因为我最小，最严重，但我宁愿认为是爸爸最爱我——他最小的女儿。

晚上坐在邻居家的炕上，看着爸爸满手的老茧，哭了。现在想来，还是心疼。

三

小时候，我们家在农村，那时上初中需要骑自行车去30里以外的地方，上下学各需一个多小时。大哥、二哥上初中时，每天清晨都是我家亮起村中第一盏灯火，凌晨4点，那是妈妈在为哥哥做饭。

寒冷的冬夜，冰冷的厨房、菜板和酸菜。

我想妈妈点亮的不仅是外屋的灯火，更是哥哥心中的希望。

四

6岁时，与二哥去西垓，路过一处泥泞的地方，哥哥蹲下来，要背我。其实那地方我知道自己能过去，但还是乖乖地趴上去，一路上就让哥哥背着。

那件事，我想哥哥或许早不记得了，但我永远都忘不了，每每想起都让我如此感动。

现在也一样，哥哥给我的总是最真的关怀。

五

小时候，我就是爸爸的小跟班，爸爸到哪儿我都跟着。

一次去地里干完活，爸爸用挑筐一头挑着我，一头挑着石头，在夕阳西下时，爸爸挑着我行走在回家的路上，现在想来都觉得那么幸福。

爱你们的孩子吧，可能一件微不足道的小事会让他感动一生。

六

一次爸爸病了，发烧，吃不进去饭。

二哥每天工作很忙，经常7点半才能下班，到家时都8点多了，那几天二哥每天下班后直接去我家，陪着爸爸到9点半，再回家吃饭，休息。

上次回家，二哥连续两天下半夜回家，第三天晚上8点半回家看我，他的小妹妹。

七

一次深夜零点后，大哥对大嫂说："媳妇儿，咱俩去唱卡拉OK啊。"大嫂说："得了吧，现在出去，没人以为咱俩是两口子。"

寒冷的冬夜，大哥很晚了还没睡，他在等着接我这个半夜3点半下火车的妹妹。他不敢睡，怕醒不来。

这就是我的大哥，为了我这个妹妹半夜想带自己老婆出去疯的人。

兄妹之间的感情无法用言语表达，很多平凡的小事都会被岁月沉淀为美好的记忆。

八

煤气中毒后，老姑来我家看我们，那时我们都已经没事了。进门后，老姑站在地下，我站在炕上。正说笑间，老姑突然把我抱住，放声哭了起来，边哭边说："好悬就看不到这个侄女了。"我也一下子由喜转悲，就那样搂着哭。多年后忆起，仍那么清晰。

老姑总共有我们8个侄儿，3个侄女，但是少了哪一个都会成为永远的痛。

九

夏天回家，带着小侄女出去玩。

侄女说："小姑，你怎么不穿凉鞋？"

答："没有啊。"

侄女："那你买啊。"

答："没钱啊。"

侄女无语，过了半晌，突然冒出一句："小姑，你等着，等我长大了，我给你买，买10双，你一天换一双。"

侄女6岁，天真可爱，经常语出惊人。

十

我在外地念大学时，一次，全家人围坐在家中的桌子前吃饭，闲聊中谈起了上学的我。这时大哥的女儿突然哭了，家人赶紧问怎么了。答曰："我都想我小姑了。"

后来大嫂多次对我提起这件事："多令人感动啊，想你都想哭了。"

这个侄女现在三年级，聪明伶俐，活泼可爱。

亲情如水，却让人时时惦念，一生感动。

两个人的天堂

蔡 成

何必简直不敢相信自己的眼睛。作为见习记者，何必接触过的所有新闻和图片，似乎全在述说着一个同样的主题：广东富得流油。可眼前这幢低矮的砖瓦屋，破旧的门窗，空荡荡的家，却在无言地讲述着另外一个故事。何必脚下踏着的土地属于阳西县，为广东省阳江市所辖。

何必在昏暗的屋子里走了几个来回，看着眼前的一切：一辆破损待修的人力三轮车放在屋角，破铜烂铁和废纸张残器具随处可见，一个小女孩低头忙着将各种各样的废品分门别类地码整齐，贴满墙壁的奖状引起了何必的注意。每一张奖状上，无一例外，都写着两个名字：程思爱、程思晴。似乎每次表彰都是两个人同时获得。但仔细一看，就能发现并非如此。一张张奖状上，最初只有一个名字，另一个名字，字迹歪歪斜斜，分明是后来添上去的。

小女孩发现何必在打量奖状，主动说话了："我叫程思晴，我姐姐叫程思爱。"

何必问："你姐姐呢？"

思晴："我姐姐去学校读书了。"

何必找了个小板凳，坐下，问："思晴，你的爸爸妈妈呢？你干吗不去上学？"

思晴的脸瞬间红了，她低下头，将脑袋埋进两膝间："我爸爸坐牢去了，我妈妈捡废品去了。我明天才去上学，今天该姐姐上学。"

到底是见习记者，真是没见过"世面"，在首都皇城根下出生、长大的

22 岁的何必居然当场就将自己那张年轻的嘴惊成一个合不拢的圆圈："你们两姊妹轮流去读书？"

比蚊子唱歌还压抑的声音从小女孩两个膝盖间传出："嗯。"

何必很快信服了。程家的现状明显地摆在眼前：男主人吸毒，也贩毒，被判了 12 年，正在监狱服刑。毫无收入的女主人只好去捡破烂。只是，拾荒卖破烂的收入，仅够维持全家人的日常生活，供子女读书则无异于奢望。这样一来，思爱和思晴这对 10 岁的双胞胎姐妹，轮流去学校读同一班级，真的不失为一条奇特的"妙计"。

何必沉默了半晌，带着不安问："学校老师和同学知道你们两姐妹轮流读书吗？"

思晴的脸越发红了："起始不知道，后来知道了……老师没骂我们，有时还给我们补课，还送笔和新本子给我们。同学们也不嘲笑我们，还把旧书包旧文具盒送给我们……"墙壁上，果真挂着几个半新的书包。

何必愈听愈清楚了，这对可怜的姐妹，每天只能有一个去学校读书，另一个要么陪妈妈去拾荒捡破烂，要么待在家里清理废品并进行分类。到晚上，去学校读书的那个，就当"老师"，把当天学来的知识全部"教"给另一个。至于考试，赶上哪个姐妹去学校，哪个就当考生……

思晴的话越说越多，兴致也越来越高，到后来，干脆站起来，指着满墙的奖状骄傲地说："叔叔，你看，我和姐姐老考第一。"思晴更自豪地宣布："我和姐姐都是班干部。同一个学习委员，我和姐姐轮着当，同学们常把我俩当小老师，有不懂的就问我们……"

何必望着思晴那张沾着黑色泥渍却无比明媚的小脸，心里说不上是欣慰还是沉重。那是一种前所未有的怪怪的感觉。何必的手上握着笔，腿上摊着采访本，却始终没有一个字落在雪白的纸上。思晴的一言一语，以及何必亲眼看到的一切，通通钻进何必脑子里去了，钻得很深很深。

何必掏出 200 元钱，说："思晴，这是给你和姐姐好好学习天天向上的奖励，你们要再接再厉，叔叔还会来看你们……"思晴没推托，收下了，却又拦住何必的去路，满脸期待地问："叔叔，你是记者，记者也是作家吗？"

何必奇怪地看着思晴的大眼睛。

思晴说："我和姐姐也想当作家，我和姐姐要写童话书，我们已经写了四千多字了……"

生活在如此残酷的环境里，却在书写美丽的童话，何必并没觉得讶异。他问："童话书的名字叫什么？你们写的是什么内容？"

思晴说："书名叫《天堂里的笑声》，我和姐姐都喜欢这名字。我们要写许多人在天堂里的幸福生活……"

何必问："你们眼中的天堂是什么样子？"

思晴的眼睛亮晶晶的，闪烁的光彩都快溢出来了，她高兴地说："天堂呀，就是那里的人从不吸毒，也没有毒品吸；那里的人不用捡破烂，也没有破烂捡；天堂里的人天天欢笑，天天唱歌。天堂里的每一个孩子都有爸爸妈妈陪在身边，每个孩子都能高高兴兴去上学……"

实在忍不住了，何必走出一段路，靠着一棵树，坐下，哭了。

那些你不知道的幸福

卫宣利

我书房的窗户，正对着一幢新建的楼房。楼盖到了第五层，搭得很高的脚手架上，每天都有几十个民工在上面忙碌。在那群民工中间，有一个电焊工，是个瘦瘦的女孩子。每天上午，当我在电脑前写字的时候，会看到她握着焊枪，弯着腰猫在楼的钢筋架上，手里的焊枪火星四溅。她穿着蓝色工作服，戴着黄色安全帽。之所以认定她是女孩儿，是因为她脑后长长的发辫上，系着一根红色的丝带。丝带很长，在身后悠悠地飘着，那抹鲜艳的红，在一片灰色的钢筋水泥中，显得格外醒目耀眼。

我常常在写字的间隙，站在阳台上，远远地望着那女孩儿。我猜想，她家里一定很穷，父母年迈，体弱多病，还有一个弟弟或者妹妹要读大学，虽然她的成绩也很出色，或者她已经收到了某个大学的录取通知书，却悄悄地藏了起来，到城市里来为弟妹挣学费和家用……我把自己的假想告诉QQ上的朋友，他笑，也许并不是你想象的那样呢。

有一天中午，我买菜回来，路过那幢楼。民工们正在吃饭，每人端着一只大海碗，狼吞虎咽。我一眼就看到那个系着红丝带的女孩儿，她端着饭盆，和一个魁梧英俊的男人并肩坐在一起。她从自己的碗里挑出什么往男人的碗里夹，男人推着，又往她的碗里夹。旁边便有人起哄：二魁，看红丫多体贴你，放着家里好好的日子不过，千里迢迢跟着你一起来打工，你将来可不能亏待她……那个叫二魁的小伙子憨厚地应着，两个人都笑，脸上泛起幸福的红晕。

我羡慕地看着这一对相爱的人儿，第一次，我为自己贫乏的想象力而惭愧。

一天中午，我下班回来，在街口，远远地听到悠扬的乐声。循着声音找过去，一个很高很瘦的年轻人，在吹萨克斯。他的音乐在空中回响盘旋，一串串的音符，丝丝缕缕地漫过心底，在风中纠缠、飞舞、飘远。我驻足去看那个男孩子，他穿着磨得很旧的牛仔裤，上身是浅灰色的棉布短袖，头发很长，掩盖了半张脸，旁若无人地微闭着眼睛，嘴角有浅浅的笑意。他面前有一个用细竹藤编成的心形小筐，做工很精致，里面有一些零碎的硬币。旁边围了不少人，有人和着节拍摇摆击掌，有人轻声地哼着曲调。

我前面的两位老太太，低低的声音在议论，一个说："这孩子，这么年轻就出来卖艺，真可怜。"另一个叹息着："看样子是大学生，是想挣点儿学费吧。"然后两个人便挤过去，一人往筐里丢了五块钱。

我知道老人误会了。人们一贯的印象是，到街头卖艺，无论如何是沦落。但男孩儿绝不是以此为生的街头艺人，也不是贫困大学生，他身上穿的范思哲，要三千多块一套呢。所以，只有一个原因：那是他的兴趣所在。我看见男孩儿的脸上，有狡黠的笑意滑过，却并不说破，只是很恭敬地对着两位老人深深一鞠躬。

在网上认识一对年轻的夫妻，妻子因患红斑狼疮，十四年里不停地做化疗、肾脏穿刺、脊椎穿刺、活体检查，从一个温柔秀美的女孩儿，变成一个必须依靠药物生存的病人。而且，因为激素的副作用，造成两侧股骨头坏死，只能依靠轮椅行走。

她在网上有一个博客，记录生活中的快乐、忧伤、痛苦、挣扎。偶尔，她的先生也会露面，是个儒雅英俊的男人，照片上多半是陪她一起做家务时沾着面粉的一双手，或者推她出去看风景时平静温和的笑脸。他是一家外国银行的部门经理，两个人结婚十年，十年里他默默地陪着她，看病，吃药，检查，病危，恢复，再发作，接受她必须坐轮椅的现实，推着她去旅游，抱着她上上下下，点头哈腰地请求护士给她轻些扎针……

一个健全的男人，十年如一日地照顾一个被病痛反复折磨的人，这是常人无法承受的苦役吧。很多人在她的背后，看到了一个男人的付出、牺牲和坚守的爱心故事。有网友留言，对男人的牺牲表示敬佩和同情。

可是他说：不，那都是爱，不是牺牲，我们很幸福。

是的，不必去费心揣测他们会有怎样的幸福，幸福是上帝的妙手偶得，它在每个人身上幻化出不同的模样，有些幸福，你无法想象。

每一个与我们擦肩而过的人，都是有故事的。他们有他们的理想、信仰、快乐，以及爱情。他们的人生，其实比我们想象中的更加丰满和生动。他们的幸福，或许是你不能理解和体会的，但你不能否认，那种幸福往往更加简单，并且纯粹。

面对丰富真实的生活，我们除了感叹自己贫乏的想象力，便是深深的感动和热爱。

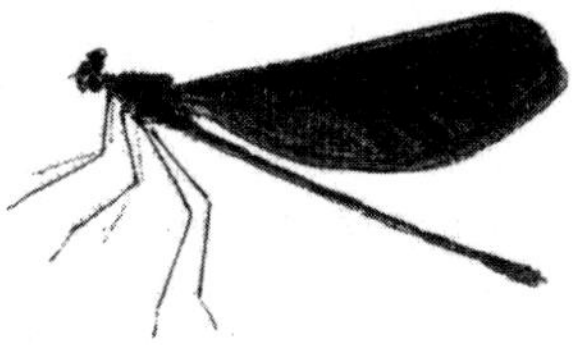

有阳光的地方就有我的微笑

李雄珍

假如你是一个知道我有二十二年生涯的人，你说："你很幸运，"我同意；你说："你很不幸，"我也同意。因为，我的确是一个被幸运与不幸缠绕的人。

我出生在一个市郊小镇，那是个不城不乡的地方。我生命中第一个不幸发生在我2岁的时候，那是件非常不幸的事情：因为意外事故，父亲永远离开了我们。那时年纪还小，我根本不知道什么叫"离开"，只知道那一觉醒来后就再也没有被胡子扎过了。但非常幸运的是，年轻的母亲并没有抛下我，而是决心与我和奶奶三人相依为命。

没过多久，第二个非常事件又来了。那是3月的一个早上，奶奶照常打开家门，却发现门口放着一个漂亮的纸箱。打开一看，里面竟躺着一个白白净净的婴儿。奶奶跟妈妈激动得手忙脚乱，全没有了为人母的老到。其实，她们当时都没有了主意，要不然怎么会把问题抛给我，让我来决定要不要这个妹妹！我当时只有4岁，因为生活过得闷，便毫不犹豫地说：要！然而我根本不知道要一个妹妹对于我们的家庭来说是怎样的一回事。

至今，我也还不能确定，这件事到底是幸，还是不幸。幸运的是在后来艰难寂寞的日子里我还有个妹妹，让我觉得自己不是孤单一人；不幸的是也许我把妹妹留了下来，她就得和我一起面对生活的磨难。或许当时不留下她，她能有一个更好的家。

有了妹妹，我的童年不再孤单。因为妈妈的勤劳，我们的生活还算愉快，可以说，童年的阳光终究是灿烂的。

然而，一个晴天霹雳，妈妈倒下了。往常在妈妈的庇护下的奶奶早已没有了主见，她早已习惯事事由妈妈做主。妈妈突然抽身而去，奶奶慌了神，她甚至不知道要怎样哭。她唯一叨念的是：为什么不是我去？为什么不是我去？

那一刻，我知道了什么叫作害怕。那一年，我10岁，妹妹6岁，家就如瞬间掉进了冰窟窿，四周散发着逼人的寒气。父亲的离去并没有在我心里留下很深的伤疤，那是因为妈妈为我们撑起了一片天空。而母亲的离去，却让我痛彻肺腑。翻开我那时的日记，几乎每天都写满了“我们该怎么办？”“我们该怎么办？”那时候的绝望与恐惧，我想这辈子是不会再有的。至于妹妹，至今我也不敢问她当时的感触。然而，上天是有好生之德的。在我们的生活找不着北的时候，姨妈蹚了这趟浑水。我们搬到姨妈家，组成了一个七人的大家庭，姨妈乐观，姨父善良，还有可爱的小表弟表妹和我们一起长大。我在姨妈家里住了十二个春秋，上完小学，念完中学，走进大学。也许这是我人生中最大的幸运，十二年前，我压根就没有想过我也能有这样的一天。

总觉得自己的经历有些不可思议，许多的不幸与大幸都挤上了我的生命之舟。不过，这些幸与不幸并没有让我偏离生命的主航线，我还是普普通通的一个我。从不喜欢别人赞我坚强，因为他们不明白那些所谓的坚强里面有多少辛酸的泪水。如果可以选择，我一定不要那所谓的坚强，人生的经历不是一道选择题。但我喜欢听人说我乐观，也许是受姨妈的影响，也许是我的天性。的确，我不知道从什么时候开始就信奉这么一句话：有阳光的地方就有我的微笑！

跳大海的人

〔法国〕皮埃尔·贝勒马尔　邓祚礼 译

男的个子矮小，膀大腰圆，肌肉发达。他以立正的姿势站在悬崖上，两只手顺着身子伸得笔直。游客像一群嗡嗡叫的苍蝇，围着他，向他晃着照相机。

这些游客是被一位导游带到阿卡普尔科城的一个大宾馆的。他们驱车来到墨西哥这个偏僻的海岸边，是受到这样一个口号的蛊惑："去看一个可能死在您面前的人。"

站在悬崖边的人叫米亚，是印第安人。他的肤色有如红铜，眼睛恰似煤玉般黑亮。

他有多大年纪？30岁，40岁，还是50岁？很难说。这是一个面部光滑、看不出年纪的人，身上穿着褪了色的、大腿处撕裂的粗布短裤。

他的胸脯上横斜着好几道像被刺刀划过的伤痕。他的胸肌极为发达，肋骨隆起，肌肉滚圆。

他摆好姿势让游客拍照，但没有笑意，面部表情奇怪而凝重，既无欢乐，也无忧愁，表现出忍耐或极其顺从的神情。他不说话，任凭游客围着他转，几乎要碰着他的身体。他听着游客叽里呱啦地议论，始终一言不发。

导游向游客介绍，米亚是恰帕斯山的印第安人，他和他的妻子以及7个孩子住在附近的一个山洞里。

他的大儿子叫托克庞，13岁，将学习做一个"可能死在您面前的人"。因为米亚从事的是危险职业，要是明天他死了，不能养家了，托克庞就要继承他的衣钵。

为了得到每个游客10个比索，仅仅10个比索，等会儿米亚将要冒死往下一跳。

导游指着悬崖峭壁上的一个小平台给游客看——米亚要从那里跳下去。崖下是太平洋，海水在一个狭隘的小湾里翻涌，拍打着礁石，溅起浪花。从平台到水面高36米。

游客们胆战心惊地俯身去看，发出轻微的惊叫声。一位夫人看了头晕，连忙挽住丈夫的手臂；另一位夫人则用绳子拉住她的小孩。

导游还解释，低潮时，海湾里的水不够多，不能跳。因此，要等到涨潮时才能跳，届时水深将会达到3.6米。多年来，当有游客来时，印第安人米亚就会这样做，若不能成功，相当于自杀！

20分钟后水位才能达到最深。在此期间，"这些游客能乐意买些纪念品就好了"，如一些明信片、贝壳、项链。米亚现在需要养精蓄锐，尤其是晚上，每只手拿着火把跳时更应如此。这可是加倍的冒险。为了这加倍的冒险，这些游客会多给几个比索……导游滔滔不绝，很会做生意，麻利地继续他的小买卖。他从口袋里掏出常卖的小玩意儿，一只手递给游客，一只手收钱。他有如安装在弹簧上的黄鼠狼玩具一样，伸缩着手臂。只有那印第安人米亚，在悬崖上用慢动作做着准备。他开始往自己身上擦一种暗绿色的荧光药膏。夕阳的余晖将他裹起来，将他变成一尊雕像。

托克庞坐在他父亲脚下，像供祭器一样地替父亲托着膏药盘子。他既害怕，又很骄傲，因为这是他第一次为父亲做事。对富有阅历的游客来说，这是一张壮丽的照片。父亲和儿子似乎没意识到他们所展现的形象……但他们真是这样的吗？由导游孜孜不倦地进行评述的这些演出，不会是在装腔作势吧？然而父亲和儿子看起来完全超然于观众之外。现在，米亚跪在深渊之上，双手合十，脑袋低垂。孩子的姿势和他一样。

导游站得远远地说，米亚正在冥思和祈求上帝让他活下去。时间近了，离米亚冒死一跳只差10分钟，为了一饱眼福，游客必须离开当跳台的岩石，聚集到100米以外的另一处悬崖上去。

叽里呱啦的人群尾随导游迅速离开。此时，一个配有电灯的卖香肠和汽水的小贩出现了，向游客推销两比索一份的三明治。

那边岩石上，米亚和他的儿子托克庞始终在两盏聚光灯的光束中祷告。

天气闷热，太阳整个儿沉到大洋中，留下的金色的雾霭逐渐化为青蓝色。

米亚站起来，那1.6米高的荧光发亮的身形剪影，在夜色中使游人发出“啧啧”的赞美声。

游客俯身赞叹波浪起伏的大洋。沿悬崖安装的聚光灯，照亮跳海者将要跳下去的路线。

人们低声议论，发出感叹，谈论着那沿峭壁凸出的岩石所显露的危险。

在完成唯有他知道的跳水仪式时，米亚做着一些姿态奇特的低头弯腰的动作，后退，前进，再后退，拉长四肢兀立在夜色中，犹如他拿着光在演出一样。他脑瓜上扣了一顶黑色棉帽子，现在只穿一条很小的缀着闪光片的游泳裤。

最后，他站在岩上不动，手握着儿子递给他的两支火把。

他的脚在慢慢地向岩边挪动，直到脚趾伸过岩石，牢牢钩住石头，不再动弹。

托克庞和他父亲一样，一动也不动，身穿一条没有花色的短运动裤，俨然是他父亲的小化身：同样的体形，同样神秘的面孔，同样聚精会神，也许将来有一天会学父亲做同样的营生。

时间一秒秒过去，只听到36米深的深渊之下惊涛拍岸的声音。大家默不作声。一种紧张感从印第安人的肉体上显现出来，它告诉游客，跳的时刻就要到了。

米亚伸展身子，从胸腔里爆发出一声大叫——一声声嘶力竭的狂叫。他举起双手，身子突然一松，便朝着闪光的水面飞去。几乎同时，他身子在那里砸起一个白色的麦束状水柱。他跳时扔出的火把在水面熄灭，发出“嗞嗞”的响声。

这一切转瞬即逝，游客只来得及发出一阵“啊啊”的惊呼声。大家俯下身子，在光线强烈的聚光灯下搜寻那即将露出水面的潜水者的脑袋。他本应一下就浮出水面。但有人号叫起来……起初，大家既不知道是谁在叫，也不知为什么叫，因为在那下面什么都看不见。但声音是从上面发出来的。原来是托克庞！他明白了，他比大家更早明白了父亲为什么还没浮出来！

他站在悬崖边上叫喊，整个身体朝向天空。人们注视着他，寻思着这场戏是否还要继续下去。在下面，在他父亲身体消失 5 秒到 10 秒的地方，海水又卷起一个旋涡。而这旋涡尚未合拢又打开了，因为站在崖边号叫的托克庞跳下去了，而且那号叫之声湮没在另一个、比先前小得多的麦束状水柱里。

这天晚上，在阿卡普尔科的海岸边，米亚双手抱着他儿子托克庞的尸体从水里浮出来。他 13 岁的儿子死了，颅骨摔碎了。

米亚原想教他的儿子怎样做一个“可能死在您面前的人”，这是他教的第一课。

然而为了这第一课，这一晚，米亚忘了告诉他儿子，有时为了吓一吓游客，他要在水下多待一会儿，让他们认为自己险些淹死了，为此好多获得一些小费。当游客多的时候，这样做值得……他忘记了他的生命是一种买卖。于是，他为游客献出了一个孩子，孩子在游客面前死了。

最亲的人忘了你

蒋　勋

许多年前，老人失智的现象还不普遍，偶然听一位朋友惊讶而痛苦地说，父亲不认识他了，我很讶异。因为一直到老年至往生，我的父母记忆都极好，大小事情都条理清晰，更不可能不认识自己最亲的儿女。

但我可以理解朋友心中那种茫然荒凉的感受。

是什么原因让人连最亲近的亲人都不再认识了？

这几年老人失智的现象愈来愈普遍，甚至年龄层也有下降趋势，与我同年龄段的五六十岁的朋友中也有人出现失智现象。现象多了，把现象的细节放在一起观察，就疑惑失智会不会还是笼统的归类。因为仔细分析，失智现象似乎包含了不尽相同的行为模式。

前些年看了一部很好的法国电影——《爱》。

一对老夫妇，妇人在餐桌前忽然记忆中断，停滞了一会儿，又恢复了。接下来接受治疗，身体开始局部瘫痪，行动困难。妇人是音乐家，意识清楚时，敏感的心灵无法接受医院的治疗方式，要求丈夫不再送她去医院。丈夫答应了，但是，接下来的情形每况愈下，洗澡、吃东西，一切行动都变得越发困难。年老的丈夫独自照顾衰老病弱的妻子，妻子的状况却是逐渐失去语言能力，失去记忆，直至失去控制自己身体的一切意识。

一部真实而安静的电影，导演、演员都如此平实，呈现出一场生命在最后阶段无奈又庄严的悲剧。

许多悠长缓慢的镜头，静静扫过这对夫妻生活了数十年的家：入口处的玄关，悬挂外套的衣架；客厅里的钢琴、沙发、餐桌；厨房的洗碗槽、水龙头；卧室墙上的荷兰式风景画，从窗口飞进来的鸽子，午后斜斜照在地板上的日光。

我忽然想起马尔克斯在《百年孤独》里描述的一个让人难忘的画面——在一个得了失忆症的村落里，人们用许多小纸条写下“牙膏”“门”“窗户”“开关”“锅子”。把一张一张小纸条贴在每一个即将被遗忘的物件上，牙膏、门、窗户、开关、锅子——预先准备，以备失忆的时候有这些小纸条上的字来帮助提醒。

有一天和世界告别，就是这样从身边熟悉的物件一一开始遗忘的吗？

马尔克斯是经历过亲人失智的伤痛，才会用文学的魔幻之笔写下这样荒谬而又悲悯的故事的吧？

然而在看《爱》这部电影时，我出神了。我想，也可以在自己最亲爱、最熟悉的人的额头上贴一个小纸条，写上“丈夫”“妻子”“父亲”“母亲”吗？也可以写下最不应该遗忘的爱人或孩子的名字，贴在那曾经亲吻过的额头上吗？

一个朋友丢下繁忙的工作，匆忙赶夜车回乡下探望年老的母亲。然而母亲看着她，很优雅客气地说：“您贵姓啊？要喝茶吗？”她就知道母亲不认识她了。她忘记了女儿，却没有忘记优雅与礼貌。

许多有关失智的故事让人痛苦怅惘，大多是因为亲人不再认识自己了。

曾经那么亲近恩爱，竟然可以完全遗忘，变成陌生人，那么还有什么是生命可以依靠和相信的？

我也听过失智对象不是亲人的故事，那样听起来就比较不像悲剧。

有一个朋友极孝顺，多年来为母亲买了很多贵重的黄金珠宝饰品。母亲把它们存放在银行保险箱里，偶然有宴会时才取出来戴一次。母亲失智以后，常常惦记这些珠宝，焦虑不安，总是吵闹着要去检查。孝顺的女儿就陪伴母亲到银行，取出珠宝，一一清点，确认没有遗失，再重新放回保险箱锁好。但是，失智的母亲刚回到家，立刻就忘了自己刚才已看过、检查过珠宝，又开始焦虑不安，吵闹着要立即去银行开保险箱。没办法，母亲失去记忆的部分刚好是她去过银行、看过珠宝。

这是我听过的失智故事里比较“快乐”的一个。虽然我这孝顺的朋友也一样万分无奈、疲惫不堪，常常要陪着老母亲一次一次地跑银行，但是因为母亲还认识她，她的无奈里就好像还有一种幸福在。

所以，失智的大悲痛是因为最熟悉、最亲爱的人不能再相认了吗?

山楂是甜的

肖　于

我妈是个知青，我爸是个农民。我妈是城市户口，我爸是农村户口。这不只是简单的工农混搭，也是命运的羁绊，让我最初的生活充满矛盾、碰撞、愤怒、不甘、无望、争吵——这些词离幸福都有一点儿远。

作为生产队队长的儿子，我爸一心要找个城里姑娘结婚。任凭做媒的人来来往往，他毫不动心，直到生产队的王会计带着我姥爷的意思踏进门槛，我爸才认定了这门亲事。

在我幼时的岁月里，我爸应该很辛苦。只有他一个农村户口，却有三个城里人要养活，他的土地太少了，我妈又不甘愿干农活。他勤快，愿意为生活付出所有气力。据说，在生产队里，我家永远是每亩地里出钱最多的人家，而他的女儿们却几乎没去过那片土地。

事实上，过分操劳让他变得暴躁、易怒。爱好也从打乒乓球、滑冰变成了喝酒。再加上和我妈经常有矛盾，不干活的时候，他几乎都去外面喝酒，然后便是争吵、冷战。

粗粝、辛苦的生活让我妈也不幸福，她尽心尽力地养育我和妹妹，却也常说很伤人的话。我姥姥及其他家人都心疼我妈，一个城里姑娘，就这么嫁给一个种地的，日子确实是苦。他们也常对我说："你妈太不容易了，你长大了她就能过得好点了。"我父母不太如意的生活，好像都是我和妹妹造成的，很荒谬。

那时，东北没什么太好吃的水果，入秋的山楂勉强算水果吧。有一次，家里买了一堆山楂。对于这堆山楂，我恐怕要记上一辈子，并不是因为山楂好吃，而是我妈对我说的话。

这山楂特别酸，我吃了两个，一点儿也不好吃，却又觉得扔掉太浪费了。我妈看我那痛苦相，让我把剩下的半袋子山楂都扔了。扔东西并不是一贯节俭的她所能做出的事情，可她的逻辑是止损，她说："买了不好的东西已经吃亏了，再吃了不想吃的东西，损失更大，不如扔掉，就损失一次。"

我妈说得对，这个道理我听一次就记住了。不管有多舍不得，都没有必要为了拥有而受伤害。

可是我妈没法止损，因为两个女儿，因为这就是她的命。

后来，我知道，山楂可以做成山楂酱。只要放白糖，多放，再难吃的山楂也变甜了。就像我们的日子，酸涩难忍，又漫长，可终究能通过努力，让日子变得甜一点。

酸酸甜甜的山楂酱放在罐头瓶子里，想吃的时候去挖半碗，现在想想，那种甜还能浸到心里。尤其是在寒天，把玻璃瓶子放在阳台门和厨房门形成的夹层里，阳台是个大冷库，厨房是热的，两道门隔出的夹层是冰火两重天。山楂酱处于半冻不冻的状态，不会坏了味道，也能随时挖出来吃。

东北几乎有半年的冬天，冬天里没有农活可做，很多种地的人就猫冬了。猫冬怎么可能有收入？我父母脑子活，也不怕吃苦受累。在 20 世纪 80 年代末，他们养了几头奶牛，按我妈的话说："家里又多了一个人上班。"奶牛产牛奶，牛奶可以卖钱，每天都有收入。就算猫冬，土地里不生钱，家里的牛也能赚钱。

入冬了，我爸在生产队的电影院烧锅炉，我妈在水泥厂上班。我妈下了班，要到托儿所接我和妹妹，然后回家挤了牛奶，又要带着两桶子沉甸甸的牛奶去奶站卖掉。但是两个很小的女儿，害怕得不肯在家里等她，怎么办？

我妈骑着二八大杠自行车，两个几十斤重的牛奶桶挂在自行车后面，两个女儿坐在自行车的大梁上。天有点冷了，我们都穿着厚厚的棉衣。夜幕来得快，天色很快就沉下来。

我妈带不动我们了，骑了没几分钟，就放下我和妹妹，到综合商店门口给我们买两根糖葫芦。我和妹妹一边吃，一边在深沉的暮色里跟着我妈走，我妈骑一会儿自行车，再推着自行车走一会儿。我和妹妹跑跑走走，一点儿也不冷。暮色很深，带着秋季里冰冷的浓雾，只有路灯是橘黄色的，每隔一段，就劈开夜色挥撒些温暖的光来。母女三人，就这样，在糖葫芦甜甜滋味的引领下，按时走到遥远的奶站。

交了牛奶，我妈会带上我和妹妹，以及两个空了的铁皮桶，骑自行车回家。路过综合商店，再买几根棒冰，把它们冻在室外的窗台上，晚上看电视的时候吃。

天冷，我妈是热的，蹬自行车出了一身的热汗。我和妹妹坐在车大梁上，遇到过天桥、上坡时，都下来帮忙推自行车。我们身子是热的，手和脸蛋是冷的，可心里，是甜的——除了冰糖葫芦，还有对棒冰的盼望。

那些年，我的父母从来没机会休息，除了种地、上班，他们还干过很多营生，只要能赚钱，他们从不吝惜自己的时间和气力。他们一心要两个女儿过更好的日子，虽然他们并不知道这个愿望要如何实现，但他们从未放弃过努力——过更好的日子的努力。

姥爷和姥姥相继去世后，50 岁出头的父母搬到北京定居，除去曾经生活的一切烙印，过上了年轻时从没敢幻想过的日子。城里的亲戚，再也不会有人看低他们，再也没有人同情他们了。

人世苍茫，小人物的命运永远和大环境息息相关。种田为生的我爸早在城市化的改革大潮中，改换了城镇户口。我妈也在纷繁复杂的企业改革后，开始领退休金。我妈的退休金账户内钱数不多，可每年都在增长。

命运开始眷顾他们，对他们来说，年轻时受过的苦已被稀释了，只是我担心这些苦藏在他们的身体里，早晚要一点点地显示出来。

现在回到父母家，如是冬天，他们一定会提前买了糖葫芦，放在冰箱里，等我吃。他们会套上棉衣，走在北方冷飕飕的街上，去最近的超市，如有邻居问，我爸会说：“我家老大回来了，她爱吃糖葫芦。”

产房轶事

崔　生

帮倒忙

雷是一位尽忠职守的先生，为了要在妻子凯蒂分娩时尽量给予帮助，他非常认真地参加每一次分娩讲座，把老师说的每句话、每个步骤都仔仔细细地记在笔记本上，回家后还与凯蒂勤练分娩时的正确呼吸方法。只可惜，事到临头还是出了错：当凯蒂躺在医院的分娩床上，已到相当紧要关头时，医生开始为她加油，喊了一声："用力推！"已经晕头转向的雷听到了就马上照办，跑到妻子床头，按着她的两肩用力一推——把她推下了产床！

情不自禁

梅格的丈夫特鲁也和其他许多丈夫一样，在产房中陪妻子一起度过分娩的艰难时刻。当他俩的小女儿终于呱呱出世时，特鲁兴奋得对产房的医生、护士们又搂又亲，完全忘了大家仍在"手术"中，所有医护人员身上都须保持无菌。又好气又好笑的医生在情急之下骂道："你给我退回去！两手握好放在前面！"挨了骂的特鲁，马上遵照"医嘱"，两手交握在一旁等护士将婴儿清洗好，放入保温箱中。过了一会儿，特鲁才敢再向前探视保温箱中的爱女，脸上满是喜极而泣的泪水，但双手却仍乖乖地交握一起，不敢分开。

光溜溜

玛丽和路克是一对很年轻的夫妇，正在期待着他俩第一个爱情结晶的出世。这天，小宝宝在玛丽肚子里大吵大闹，急着想出来，可是当他俩慌慌张张地赶到医院时——天呀，医生还没来！

“去冲个热水澡，好让心情舒缓下来。”一位已经忙得精疲力竭的护士，建议这对神情紧张的夫妻，“还有你（她指着路克），一定要陪着她。”

护士小姐的话对路克来说，不啻为圣旨一般。他乖乖地陪着妻子到浴室去，脱了衣服一起冲热水澡。可是，这招对小宝宝好像没有用，过了没多久，玛丽就在浴室里开始分娩了！机警敏捷的路克，马上冲出浴室找护士小姐帮忙，身上则和他的新生儿一样——光溜溜的。

为儿倾倒

威利一直是一位好丈夫，不但陪着妻子安妮塔一起参加孕妇讲座和分娩讲习，还毅然参与她的分娩过程，当安妮塔在产床上努力时，他在一旁十分“冷静”地看护着、鼓励着，直到婴儿呱呱落地……这时，他一个倒栽葱昏了过去！这还不打紧，他倒下去时把两颗门牙给撞掉了，结果和儿子一样，笑起来没有门牙。

接生争夺战

虽然产房里大多数笑料是发生在准爸爸、准妈妈身上，但有时医护人员也会来凑热闹，以下便是一个例子：

住在华盛顿的维琪离预产期尚有六星期之久，因此她放心大胆地到费城郊区去参加朋友的婚礼喜宴。也许肚内的婴儿也受到婚礼气氛的感染，竟然决定在那儿提早出世。本来早产并不是太大的问题，但维琪却坚持希望由她最信任的产科大夫哈利（也是她丈夫最好的朋友）为她接生。当哈利大夫在华盛顿接到这个消息时，他决定不辜负友人的信任，立刻跳上车子一路风驰电掣开到费城医院。

等哈利得到院方的准许进入产房时，维琪已开始分娩。现在问题来了：刚才照顾维琪的院方产科大夫，认为自己才是负责为她接生的人，而哈利既已千辛万苦地赶到，当然更无退居一旁闲着的道理。于是两人你推我挤，互不相让，丢下快要临盆的产妇在产床上，一边独力奋斗，一边看着这场不可思议的闹剧越演越烈。终于，她不得不打断两人的争吵，说道：“先生们，孩子已经生下来了，请你们哪一位暂时停止拉扯，快把孩子接住好吗？”

妹妹，永远的遗憾

王　军

一个12岁开始支撑家庭的少女

一位供养三位哥哥读书的妹妹

一掬催人泪下的亲情

一曲无私奉献的哀歌

穿上庄严整齐的军装，我走进了大学。

在这军营式的大学宿舍里，在这环境优越的学习生活又将开始之际，我这个高大的男子汉，却禁不住让自己的泪水一行行滚落……

我想起了妹妹。

我们家只有一个妹妹。她小，倒数第二，其余4个都是男孩。父亲已年过半百，母亲则患有间歇性精神病。在我们那还未富裕起来的小山村，我们家庭当属贫苦之列。

我们兄妹5个，都是读书勤奋的学生。而我们贫困的家庭，的确是无法支撑5个人的学习费用！何况，母亲还不时犯病……

妹妹仅仅读到小学四年级，就停学了。她默默地离开了学校，在家里帮父母干活。而让4个男孩继续读下去。

是什么支撑着我们的家庭、支撑着我们兄弟几个的勤奋和努力？那时候，我们曾经认为是父亲那越来越老却越来越表现出慈爱和沧桑感的目光；是我们兄弟几个互相鼓励、不向贫困屈服的斗志和毅力。终于，大哥考上大学了。

一年之后，二哥以将踏入高等院校的大门。这，在我们的穷山村，特别是在我们这个穷困家庭，是多么巨大的喜事，真不容易！二哥要上路了。我和妹妹去送二哥，当我放下向二哥告别时高高扬起的手，突然感到，在贫困中长大的妹妹，竟是那样的瘦小！

我也读高中了。才知道大哥、二哥离家住校读书时是多么艰难。我是班里家庭最贫困的学生之一，经常吃不饱饭，更不用说吃什么菜了。有时，饿得实在不好受时，就花 2 分钱，去水房打一碗白开水，泡着粗粮拼命咽下去。

在那些日子里，我唯一盼望的，是在校门口那条泥泞路上，见到妹妹的身影。

妹妹几乎成了家庭的支柱。她 12 岁开始进山打柴。每次能挑回五六十斤干柴，当地的价钱是 1 元。然而靠的就是这一元钱，换回我们全家的油盐，还有我们兄弟读书的费用。

县城的中学，离家一百多里。为了节省车费，妹妹每次来送米、送菜、送钱给我，都是走着来，又走着回去。而每次交到我手上的，总是沾着她温热的汗水的米，几缸子自腌的咸菜，还有皱巴巴的钞票——有时是 5 角，有时是 1 元，从来没有超过 2 元的。可是，对于我来说，那该是多么大的财富！而对于妹妹来说，又是多少血汗的积累！

在县城的高中，我读了 3 年。妹妹就这样给我送了 3 年！每次，她总是在大门口站着，把东西交给我，重重地吁口气，向教室、操场的方向茫然地看上几眼，又默默地转身走上回程路。我知道妹妹也想读书，可我们家，实在是穷，实在是没办法啊！

那时候，我认为，对父母、对妹妹、对我们家，我所能做出的最大报答，就是努力读好书。尽管我经常饿着肚子，尽管我从来没为自己拥有任何一件好的物品而自豪过，但我为我学到的知识，为我的优秀成绩而自豪。

有一次，妹妹来送米时告诉我，村里好些女孩子都到城里去了。有的去做工，有的去给人家当保姆。“你记得我们的邻居阿兰吗？哥，她也到县城去了。才两个月，回家一趟，穿了几件新衣，是主人家给的，还给衣服，还给钱，说给我介绍一家，也去当保姆。哥……”

我明白了妹妹的意思。可是，她一走，家里的活谁干？父母又由谁来照顾？还有读小学的弟弟又由谁来关照？

妹妹默默地低下了头。“哥，我知道……”她又朝来路默默地走去。看着她瘦小的背影，我当时心头一阵辛酸，妹妹，你是我们全家的支柱啊！

农闲时，我们放假回到家，妹妹却早我们一天出去了。她是和村里的一群汉子和身体强壮的妇女结伴而去的。她留下话说，哥哥们读书都要钱，而这段时间田里家里的活不多，我们兄弟都干得了；她要和大人们一道出去卖苦力，好挣些钱，给哥哥读书，帮补家用……

我们这些当哥哥的，听了都默默无语。我们拼命做她留下的活，恨不得一天把一年的活儿全干完，更恨不得一天把几年的书全念完！

妹妹随着大人们勇敢地“闯荡四方”，连我们这些出门在外的哥哥，听了也大为惊讶：她为了卖苦力，竟到过北京、天津、武汉等大城市！挖土方、栽树、割麦割稻，她都干过。妹妹曾用她那歪歪扭扭、错漏甚多的字体，给我写过一封信。说她这次给我的钱不多，是因为给那个林场老板干活前没讲好条件，结账时，吃亏了：干了 3 个月的活，栽树、挖土、除草什么都干，到头来每天只有 7 角钱！她的吃、住用去了一些，现在只有 15 元了，全寄给我……她嘱咐我一定要读好书，一定啊！读了书不会再轻易受骗，读了书不用那么凄凉地远出卖苦力……

当我收到那几乎每一分浸透着汗水与辛酸的 15 元钱，又把它分给弟弟和哥哥时，我真想捂着脸号啕大哭一场——我们的妹妹啊！

那一年暑假，大哥从大学回家，第一次给妹妹带了个小礼物：一小瓶廉价的花露水。妹妹曾多少次毫无保留地把她的血汗钱全部慷慨地为我们献出，而哥哥这极小的礼物，却让她激动得满脸通红，眼睛都潮湿了。她不会说客套话，只是对大哥笑了又笑，把瓶子放到鼻子前嗅了又嗅。让我们兄弟都为她的欣喜而感到欢乐。那时，我曾很冲动地对自己说：妹妹，下次回来，我无论怎样，也要给你买一瓶擦脸油！

我在大学里度过了第一学期。当我们兄弟又从充满现代气息的城市大学里，回到贫瘠山村的温暖家里时，我们可敬可爱的妹妹，又离乡漂泊远出打工了……

寒夜的风在窗外一阵一阵地吹过，我们的家虽然很穷，但全家围坐在熊熊的火炉旁时，怎能不感到家的温暖。可是，少了妹妹，我们在很长的时间里，都默默无语。

大哥终于抬起头，对我们说，按中国的传统思想，兄长有抚养弟妹的义务，但我们家，却是妹妹——我们弱小的妹妹，牺牲了自己童年和少年的全部，为了我们这些哥哥的前途……

大哥说不下去了，我也听不下去了。我急急站起，冲进了妹妹那间破旧的小屋。我掏出那一小盒擦脸油，轻轻地放在妹妹床上的枕头边。

我听到了身后的脚步声。哥哥和弟弟都一起涌到了这间小屋。我回头看到每一双眼里都噙着男子汉无以言明的泪水：妹妹，我们将终生遗憾！

爱的方式

云　娘

这是一个人人羡慕的家庭。父母在南方的一个大城市工作，两个人都是高级知识分子。他们唯一的儿子顺利考上北京大学，并且学的是最好的专业。对于他们，生活是那么完美。

转眼男孩上大二了。随着学识一同增进的，还有男孩完美的品格、健壮的体魄和得体的举止。

亲朋好友开始关心男孩的终身大事，经这么一提醒，父母亲觉得怎么这么大的事一直忽略了呢？打电话给男孩时，父母一气说了自己美好的愿望。不料电话那端传来男孩笃定的声音：你们别操心了，我有女朋友了。

儿子恋爱了？女孩是什么样的？和儿子相配吗？这一连串的问号搅得父母寝食难安，于是坐了飞机赶到北京。

父母见到了女孩，见到女孩的第一眼他们交换了一下眼色：女孩果然很普通、很一般，但也很斯文。在自己的父母面前，男孩毫不掩饰对女孩的疼爱，父母便愉快地结束了这次会面。

回到家，他们觉得，至少看起来女孩配不上自己的儿子。二十年来，对于儿子，他们第一次感觉到了困扰。不接纳女孩，阻挠儿子？可能儿子失去女孩的同时，他们也就失去了儿子。他们也就会从此远离了幸福安宁。

一天，两天，一个星期后，父亲终于做出了决定。他对妻子说：“儿子爱的，我们也爱！他们俩是同学，一个是班长，一个是团支书，了解该是很深的，我们要相信儿子的选择。女孩看起来是很一般，但儿子爱她，就一定有值得爱的理由。”

果然，男孩郑重其事地写了信来，讲了关于女孩的两件小事。

女孩家在农村，家庭条件不富裕，但是女孩坦然地面对贫穷，朴素而刻苦。对同学友好温和，对误解不卑不亢。有一天，男孩请女孩吃饭，男孩已经明确地表示出对她的好感，所以特别渴望尽可能在物质上体贴女孩一点。但是，结账的时候，女孩仍然像以前那样掏出钱，笑着说：“AA 制。”男孩刚要推回女孩的钱，女孩用眼神制止了他。那眼神里，女孩克制、自尊、自爱的庄严情感令他肃然动容。

男孩女孩的学习都很努力。经常一大早到图书馆排队占位子。细心的女孩会一并把两人的午餐也准备好。两个饭盒：红的是女孩的，绿的是男孩的。饭菜简单却有足够的营养，男孩从来都是粗心地只管享受这份体贴，从没有发现什么异样。这一天早上，女孩忘了东西又回了寝室，男孩接过两个饭盒，站在图书馆门前等她。很偶然地，他打开了两个饭盒。

这一眼，他的心怦怦地跳动起来，就在那一瞬间，他认定了：这就是我要找的爱人。

饭盒里是两个相同的面包，不同的是绿盒的面包中间夹着厚厚的一块牛肉，红盒里的面包中间却什么也没有。对于家境贫寒的女孩来说，一块牛肉是她能默默奉献的全部的爱情。

儿子最后说：爸、妈，真正深邃绵长共度风雨的爱情，是超越了美貌、金钱和权势的。

读完信的父亲母亲完全消除了对儿子爱情的迷惑，心情恢复了往日的宁静。只是母亲觉得得做点什么，让儿子感觉到他们真心诚意的祝福，以及对女孩隐隐的歉意。爱有多大的创造力？母亲终于有了一个主意：她给女孩宿舍的 4 个人每人寄了一个包裹，里面的东西一模

一样，她坦然告诉女孩们：这只是一个同学母亲的心意，东西并不贵重，所以请她们不要介意。

儿子在电话里激动地说：“爸、妈，我真感谢你们。”

于是每个月，女孩和她的室友会一起收到来自南方的包裹，有时是南方

时令的水果，有时是女孩们喜欢的衣衫。每个月收到包裹的这一天，女孩的宿舍里就氤氲着浓烈的母爱的气息。

在北大网站的 BBS 上面，女孩以清丽的语言，写了一篇题为《母亲的包裹》的散文，感谢男孩的母亲以这样妥帖的方式，照顾了她的生活，更成全了她的情感和尊严。

男孩、女孩，父亲、母亲，爱得无我，爱得智慧，便有了丰盛如斯的收获。咀嚼着这段真实的情爱，世俗的心因感动而柔软。

父亲、儿子与我

〔美国〕沃特·哈林顿　田　霞 译

男孩最终会认识到他就是父亲的儿子。

父亲的模样在我记忆中总是那样：松软的头发，整洁的衣服，敏锐的目光和被太阳晒得发红的脸庞。然而有所改变的是他的脾气和耐心，这并非是孩子气的回忆，我只是不明白到底我们俩谁真的改变了。

儿子马瑟和我曾到亚利桑那州去看他，这位67岁的祖父竟然还翻出吉他，弹歌给马瑟听。“你知道《哦，给我一个家——那儿有水牛在漫游》这支歌吗？”我父亲问道。

这时，4岁的马瑟却正陷在长沙发里，自顾自地拨弄着琴弦。他还不知道该怎样与祖父交谈呢！

父亲与我过去曾有过很大的分歧。我们经历过所有古老的仇恨与背叛。我有过一群怪异的朋友、怪异的装束和怪异的信仰。到现在我还能生动地记得一个“彻悟”。记得那时终于有一天，我彻底领悟到：我绝对不是父亲那种人。不用证明也确信无疑。

我小的时候，父亲总不在家。他是个牛奶工，每周得工作7天。工作时，他总是个严厉的监工。如果有谁屡次违反规定，晚上他就要惩罚人了，而惩罚也不过是一顿斥责或大吼而已。

那时，我坚信要成为一个真正的男子汉就必须勇敢地站起来与他抗争，甚至不惜动用拳头。

记得有一天，我和一群伙伴把中学停车场的路障埋在一堆木柴下面，木柴是为每年的“回家篝火会”准备的。我们讨厌那些家伙们，因为有了路障，每天我们都只能等公共汽车开走后才能上车回家。我认为这个恶作剧特别有意思，并无意中告诉了父亲。他非但不觉得有趣，还命令我跟他一块去把它们再挖出来！

设想一下，在16岁的男孩心里有比这更具侮辱性的吗？当时我就断然拒绝。那时看得出父亲要发怒了，心想：“考验我的时刻到了！”

出乎意料，过了好一会儿，他摇了摇头，便独自走了。第二天，伙伴们告诉我，他们在柴堆那儿看到了父亲，他竟然当着几十个小孩子的面爬进柴堆，把路障挖了出来。此事他从未提起，直到现在也没告诉过我。

除了这些对抗，我从来没怀疑过他对我的爱，这份爱伴我们共度艰难时代。至今仍有许多温暖的记忆留在我心里：我们曾一起坐在电视机前看球赛；在伊利诺伊州科莱特的石头小径上散步；黄昏唱着《红河谷》开车回家……

他以他的方式对我微笑，以他的方式含蓄赞扬，让我知道他为我和我所做的而骄傲。从玩笑中我总能感觉出他从不说出的伟大的爱。再长大些时，我才懂得男人们就是这样表示他们的关心，而不露出细腻情感的。同时我也不知不觉地模仿着，总用告诉他“鼻子真大”“领带真难看”来表示“我爱你”。

在记忆中，他从未抱过我、亲过我或对我说他爱我。记得一个星期天的早晨，我依偎在他身边，头枕着他的胳膊，装模作样地假睡，那温暖的感觉至今记忆犹新。可那时，男人们，即使小男孩们也从不亲吻拥抱，他们只握手。

许多次在不得不返回大学时，我特别渴望抱抱他，但是肌肉就是不受头脑支配。于是我只抱了抱妈妈，和父亲握手告别。

到现在我不得不承认，与小时候的“彻悟”相反，我特别像父亲。我们有同样的幽默同样的固执。甚至连声音都一样。

出于某些说不清的原因，几年前，我曾与父亲不联系也不来往。但后来我决定不再固执下去，出其不意地去看望他。在那两天里，我们谈了许久，但什么也都没谈，而且只字未提我们已有5年没见了。

临走时心想：与父亲真正和好已不可能了。但两天后，令我惊讶的却是收到了父亲给我的唯一的一封信。我是作家，父亲是牛奶工。但信的语气、情感、句式和简练就像我自己写的一样。“我知道，如果我还能重活一回，”他写道，“我无论如何要找出时间陪你。这些我们从未意识到过，直到已经太晚的时候。”

从信里得知，他一直看着我离去，当我脑子里正想着我们之间已没有希望的时候，他正告诉自己去把我留住，坐下和我谈谈。“但，我只是没动，看着你走。”他写道。我这才明白，他的肌肉那时也不受头脑支配。这些正是我最想知道的。

不久前，马瑟问我：“儿子长大了能变成爸爸，是吗？”我说：“不，儿子长大了可能会像他爸爸，但绝不是他爸爸，他会是他自己。”马瑟没听出任何不同。“儿子长大了能变成爸爸！”他肯定地说，“能！”我没再争，这让我感觉很好。

在每个做儿子的人的一生中，总有一个时期为了显示独立而憎恨父亲，但他最终会认识他就是父亲的儿子。

……临行前，我走到父亲面前，拥抱着他：“我想告诉你，我爱你，而且一直都爱着你！”

一家之主

林海音

稻草炒石子

假设两个主妇在菜场遇见

“菜真难想，简直不知道买什么好。”

“再好也不过是鸡鸭鱼肉而已。”

“张太太，你不知道我们那位老公，像昨天吧，我做了三道菜：西式的奶油白菜，北方的肉丝炒韭黄，南方的花生肚子汤，结果他皱着眉头，数着饭米粒吃了小半碗饭。”

“李太太，我教给你一个菜，你可以烧给你先生尝尝鲜。”

“好极了，什么菜？快告诉我。”

“给他做个稻草炒石子，看他还挑嘴不！”

为什么男人都这么嘴刁呢？他们不知道主妇变花样想菜好辛苦吗？中国丈夫的嘴刁，自古已然。孔老夫子就是一个很好的例子，他是“割不正”不吃，“色恶”不吃，“不得其酱”不吃。有一天大概孔太太懒得下厨房，叫儿子孔鲤去买点现成的烧鸡卤菜来。谁知孔老夫子居然板起面孔说：“沽酒，市脯不食。”孔太太一下子拉不下脸来。

英国首相丘吉尔结婚五十年纪念，记者问邱老太太何以维持五十年的爱情？她回答说：“唯有每天做丈夫喜欢吃的菜，使他得以安心事业。”

一百个蛋

男人挖苦女人，他们说：“三个女人就是一个市场。”又有人说：“要使消息传得快，最好的办法——告诉女人！”

另外有一个叫作“男人下一百个蛋的故事”：说有一个淘气的丈夫—姑名之方先生吧，早晨忽然惊慌地对他太太说“糟糕！我下了一个蛋，你可千万别告诉人家呀”！但是方太太忍不住走去告诉邻居张太太说：“糟糕！我丈夫下了两个蛋，你可别告诉人家呀！”张太太虽然满口答应守秘密，但是她就在菜市场告诉刘太太：“你说糟不糟！方太太她先生今天早晨下了十个蛋！她叫我别告诉人家，你可别说呀！”刘太太点头称是，但是还没走出菜市场她就告诉王太太：“告诉你一件事不要告诉别人，方太太的先生今天早晨下了二十多个蛋。”

于是还没到中午，消息已经辗转传回方先生家了，林太太来找方太太，问说：“听说你们方先生今天早晨下了一百个蛋！”

金钱与爱情

有一个年轻的掘金女郎，抛弃了她的爱人，那个男人向她恳求说：

“我记得你曾经说过，我有些地方，是你喜欢的。”

她冷漠地回答说：“有是有的，但是现在你已经花光了！”

钱，本来是我们每个人喜欢花而且愿意多多赚来的东西，它并不是“万恶之源”，而是达到一种目的的媒介物。

一位西洋哲学家，曾举出四件事，他说这是有钱难买到的有价值的东西：1. 婴儿的笑；2. 逝去的青春；3. 好女人的爱情；4. 进入天堂。

说其中的“好女人”吧，男人能用金银财宝买来“爱情的伪货”，而有价值的真正爱情，男人不可能阔得可以买到它，也不会穷得买不到它。反过来说，一个女人得到一个好男人的爱情，比嫁给一个阔佬或许还难些。有一句最俗的话：“易求无价宝，难得有情郎。”

《读者》杂志365篇情感美文
典藏精选

光阴的故事

读者杂志社 编

爱情篇

中国工人出版社

目 录 Contents

青年：谈一场轰轰烈烈的爱情

中年：爱情都藏在柴米油盐里

老年：愿有岁月可回首，且以情深共白头

光
阴
的
故
事

|

青　年

|

谈一场轰轰烈烈的爱情

他和她，

还是最怀念那年冬天一起坐地铁的日子，

因为共苦的人才更明白，

爱情不仅仅是分享，

更是分担，

而那温暖的地铁曾装满了爱情开往春天！

病房里的男人

颜巧霞

我去病房找医生商量住院事宜。等电梯的当口儿，我碰见一对小夫妻从病房的走廊出来，女人坐在轮椅上，男人推着轮椅。他脚下生风，把轮椅推得几乎飞起，那模样像个顽童推着超市的购物车，没有一点儿人在医院的滞重感。

一晃眼，他们到了我面前，男人三十出头，社会上的“闲人”模样，头发用发膏梳得翘起，脖子上套着一根婴儿小手指头粗的金链子。只看见女人摆在轮椅上的双腿套着粉红色的棉睡裤，她连头带身子被一件男式厚外套覆盖着，显然，外套是男人的。

我们等的电梯没有来，电梯旁两扇硕大的玻璃窗开了一扇，初冬的寒风不由分说地从那扇开着的窗闯进来。我裹了裹略显单薄的衣裳，外套包裹了头和身的女人兴许也感到了一丝寒意。她一个劲儿地咕哝着：“你不冷吗？你不冷吗？”男人笑呵呵地说：“你现在不能受风，我不冷，一点儿也不冷。”以前的我向来对脖戴金链、走路轻狂的男人没有好感，今天却见到他们另一面的柔情，我暗暗责怪起自己的偏颇。

医生分了床铺，走进病房一看，一间房里两张床，我的是里间的一张，外面的那张床上，正躺着一个女人，看她的容貌似乎比我年岁稍大一些。我去看她，她缓缓地从床铺上坐了起来，热情地指导起我和婆婆：“行李可以放在床对面的橱柜里，床头柜也可以用，出了我们的房间，西北角就是这层楼的茶水间，从早到晚都有热水……”

我感激地说："大姐，你别顾着我们，赶紧躺下，你是一个人来住院的吗？"她边说边躺下去："没事儿，有老公陪着的，这会儿他出去买吃的了。"

不一会儿，一位中年男子就提溜着几个饭盒来病房了。他中等个儿，穿着一件黑色呢子外套，一张黑黑的瘦方脸，脸上架着一副眼镜，眼镜后面是一双笑眯眯的眼睛。摆好饭菜，他一边托着大姐的背帮她坐起来，一边热情地告诉我们可以在哪层楼买到饭菜，以及各式饭菜的价钱。

他俩吃完饭后，就听邻床的大姐说："我都好多天没有上班了，这些天一分钱的收入也没有。"只听中年男子大着嗓门儿责问她："你重要，还是工作重要啊？出院后，也不准你马上去上班……"大姐用貌似嗔怪，实则甜蜜的声音说："我就这么一说。"趁着中年男人去洗碗的当口儿，我夸赞道："大姐，姐夫对你很好啊。"她乐呵呵地笑了。

晚上，我实在无法入睡。没有惊动陪伴我的婆婆和妈妈，一个人悄悄走出病房，在病房的走廊里默默地踱着步，想着心事。

夜黑得深沉，整个住院部悄无声息，好似进入睡梦一般。

我一步又一步地踱着，感到分外孤独。这时，一位男子打断了我寂寞的踱步，我一眼看到他头顶处露出一块鸡蛋大没头发的空处来。他手里捧着一只塑料盒，只与我对视了一眼，就匆匆忙忙去微波炉室加热饭食去了。我一看到他，就想起白日里我妈的讲述。

我妈说："跟我们隔着四间病房的那间房里住着一对夫妻，女人似乎是从外地大医院被拒后回来的，吃什么吐什么，还吐出血来！男人一直在照顾她，今天女人的妈来了，把男人好好地收拾了一顿，埋怨男人没有照顾好她女儿。男人竟一句也没回！丈母娘发了一顿牢骚后，就把小包一拎，气哼哼地走了。"

我妈问他的时候，男人就说："阿姨，都是没办法啊，我这么任劳任怨地照顾我老婆，丈母娘还是会隔三岔五来责怪我一顿，我要跟她吵，难受的是我老婆，我没办法啊！"我妈到我们病房就开始夸这男人，说他是世上难得一见的好男人，我妈怕我们认不出他来，特地强调，就是头上有一处没有头发的男人。

在寂静的夜里，空旷的走廊上，我一下子就认出了他。我停下脚步，认真观察他，他看上去很平静，没有一丝不耐烦的样子。

我看他端着饭盒噔噔地走过去。过了十多分钟后，又噔噔地走过来接着热饭食。我在走廊里待了近一个小时，看到他，来来回回共六次。我想着我妈白天打探来的消息："那女人不能吃，吃一口吐一口，还吐出血来！"也许是女人终于能吃上一点儿东西了，而在这初冬季节，食物太容易冷掉，所以他一遍又一遍地跑来微波炉旁。

平日里，男人和女人都跟铜豌豆似的，钢对钢，铁对铁，各有各的倔强和厉害。只有住了医院，才知道婚姻的意义。

厨房里的初恋

曾　颖

20 岁那年，不知是幸运还是不幸，我爱上了一个女孩。更不幸的是，她竟然也爱上了我。

像许多刚满 20 岁的男孩一样，除了一脸的青春痘和无处发泄的误将热爱当才华的激情外，我一无所有。家庭条件、工作环境、住房及未来发展走向，都灰暗得看不到希望。而那女孩，却是我们同龄人中回头率颇高的“女神”级人物。

女孩的父亲，将这段感情视为女孩青春期一次登峰造极的反叛，对此反对至极，而又不知道该怎么反击。因为此时此刻，任何形式的外力，都可能转化成两个小恋人之间的向心力，反而促成两个小青年之间的极端行为。于是他以打碎牙齿往肚里吞的心态，哑巴吃黄连地强颜欢笑，接纳了我去家里玩——在眼皮底下，虽然不喜欢，但至少知道两个小家伙在干什么。

那段时间，我每天下班后都风雨无阻地往她家跑，为了显得不那么见外，我热情而主动地抢下了她妈妈的锅铲，成为她家的大厨。而作为烹饪世家的传人，从小学三年级就开始炒菜的经验使我很快获得了她妈妈的好感。连她那对我不甚待见的父亲，对我炒的菜也无话可说。如果我不谋求做他女婿的话，我相信他甚至可能会表扬我。

世界上没有不好要的地方，关键看找的是什么样的同伴。比如烟熏火燎的厨房，有人将它视为地狱，有人则将它看作天堂。那些日子，在拥挤甚至闷热的厨房里，我和女朋友，一个择菜、洗菜，一个炒菜。手中做着事，嘴里聊着当天看到或听到的趣事，偶尔用只有我们才懂的暗语说我们才懂的事，眼神中传过一丝只有我们才懂的会心笑意。

也许是那场面太令人感动，连一向对我们的感情持怀疑态度的她妈妈，也渐渐转变了立场加入我们这边，时不时替我们打打掩护，或帮我说说好话。

遗憾的是，女孩的父亲并没有松口。时隔多年，当我成为一个青春期小女孩的父亲，回想当年的那一幕，将她的父亲换成我，将她换成我的女儿——梁山伯变成祝太公之后，结局并没有发生改变——我也不会接受20岁时的我成为女婿的人选。由此，我将耿耿于怀了几十年的不满，换成歉意和内疚——为我给那个父亲造成的困扰和纠结。

那时，女孩的母亲为自己不能帮我们说上话而深感遗憾，时常做些善意的小举动来安慰我，甚至把祖传的做养元粉的方法教给我。每隔一两个月，她就会将黄豆、花生、芝麻、核桃和晒干的米饭掺和在一起，炒得香香的，然后用石磨将它们碾成粉，细细地筛好，用青花瓷坛密封起来。吃的时候拿出来，加上白糖或红糖，用开水兑成糊，整个院子里就飘起若隐若现的香气。

做养元粉这天，也是女孩父亲为数不多的要进厨房的日子，我负责炒，他负责磨，而女孩和妈妈则负责除去花生和核桃的皮，偶尔拣出一颗，吃到嘴里，从眼到心，都是笑意……几年后，女孩远嫁广东，她的母亲也在多年后死于脑出血。我是在她母亲去世半年后遇到她父亲时，听到这个消息的。其时，那位让我恐惧和暗恨了半辈子的叔叔，已变成一个眼里噙泪的老人。

我眼前，又闪过多年前我们一起做养元粉的场景。阳光摩挲着岁月斑驳的老厨房，石磨轻轻转动，流出的记忆很香很香……

温暖的地铁

贝　尔

那年，他和她，因爱情留在了北京。

如果不是她，他可以回家乡做一个公务员；如果不是他，她可以回老家做一名中学教师，但为了爱情，他们留了下来。

4年恋爱不是说放手就能放手的，他们没有选择劳燕分飞，而是选择了为自己的爱情坚守。所以，他们没日没夜地干着，为的是在北京有自己小小的天空。

他和她，都与别人合租了房子，一个在城东，一个在城西，相见的时候只有周末。

很多个周末，他们就在长安街上来回走着，手牵着手，说说一周的欢乐和痛苦；或者去北京的胡同里看风景。最不愿去的就是商业街和公园，因为没什么钱。

长安街上有多少灯他们都快数过来了。

北方的冬天真是冷啊，他们站在风里等待对方的时候仿佛全身都冻透了。可去的地方也多的是，到处开着热风，比如商场里，但那里人声鼎沸不算，总逛不买心理上会有重重的失落。快餐店里买一份东西可以吃上几个小时，但几个小时之后呢？他们一周没有见了，总想多缠绵一会儿，在那里拥抱也不合适吧？在书店吧，看上一会儿就会有服务员过来问：“到底买不买啊？不买不要老翻了。”

有一次他们在街上逛了一天，回来脚就冻了。第二天，她感冒发烧，一周没能去上班，因而被扣了不少的钱。

后来他打来电话说："亲爱的，让我带你去一个温暖的好地方吧。"

那个温暖的好地方就是地铁。

他拉着她的手，跑进地铁，花了 6 块钱买了两张票。环城地铁是来回转的，可以坐上一整天！

而且他们会选择一个温暖的角落待着，吃着自己带来的面包和小零食，他读英语，她看最新的流行小说，累了她就倒在他的怀抱里休息一会儿——没有人笑话他们，地铁里有很多这样的地铁恋人！

她想，他真是个聪明男人，竟想到了这样一个温暖的地方，美好的、一辆开往春天的地铁。两个相爱的人，为了躲避寒冷，选择坐在地铁的角落里享受爱情。那真是最美丽的一个冬天，身边是爱人，空气里飘散着面包的甜香。有时人多，有时人少，人多的时候他们就紧紧地拥抱在一起，人少的时候就看看书听听音乐。不过 3 个月吧，那 3 个月，是她和他最美丽的冬天！她眼中冰冷的地铁竟然变得那么浪漫妩媚，因为里面散发的是爱情的味道！

春天终于来了，他们从地铁里出来，又开始在长安街上散步。在春天的一个晚上，他掏出一枚戒指戴在她的手上，他说："亲爱的，请你一定答应做我的妻子，因为我知道愿意和我一起坐一个冬天地铁的女孩子一定是爱我的。"

后来，他们结了婚；后来，他们有了房子和私家车。但是，他和她，还是最怀念那年冬天一起坐地铁的日子，因为共苦的人才更明白，爱情不仅仅是分享，更是分担，而那温暖的地铁曾装满了爱情开往春天！

太阳雨

|

周海亮

有段时间，她感觉他们的感情出现了问题，他的浪漫和激情仿佛正在消失，他似乎不再对她呵护有加。她的天空愁云密布，她的世界湿漉漉的。那段时间她感到生活很没劲，自己很可怜。

那天他们有了一天的闲暇。他说我们去爬山吧，总待在家里太闷。她说好。他们是大学同学，四年同窗没什么感觉，却在临近毕业一次爬山的时候，她对他产生了感情。记得那天突然下起了大雨，他们躲到一棵树下避雨，她浑身湿透，瑟瑟发抖，他适时靠过来，揽紧她的肩。那一刻她就把心交给他了。她想，一辈子有这样一个臂弯，也值了。那天她还扭了脚，他背她下山，走了很远的路。她被他感动得哭了。可是现在，她想，为什么生活中总是缺少这样的感动呢?

还爬那座山。他走在前面，速度很快。他仍然保持着矫健的身姿，手里装矿泉水的塑料袋一甩一甩。每走一段距离，他会停下来，等她。当她靠近了，他转过身，继续在前面走。那个上午他只说了一句话，他说，小心蛇。她“啊”一声，头皮发麻。他回过头笑笑。他的眼神告诉她，蛇已经爬远了。

又一次下起雨，盛夏的雨，“哗”一声倒下来了似的。他拉起她的手，飞奔到一棵树下。雨下了很久，没有停的意思，那树就失去了伞的功能。那时他们离得不远，也不太近。她多么希望他能伸出手，揽紧她的肩，给她一丝温暖。可是他没有。他脱掉自己质料考究的T恤，拿出塑料袋里的矿泉水，把T恤衫塞进去，扎紧，然后抬头，莫名其妙地看着天空。他说很奇怪，太阳还在，竟下起了雨。她皱皱眉，打了一个寒战。他看看她，说，你没事吧？她扭过头不理他。她伤心到了极点，她觉得他不再疼她了，难道淋湿一件T恤比淋湿自己的妻子还重要吗？

雨终于停了，山却不能再爬。衣服已经湿透，好在山脚下有出租车，她想，等走到那儿，打个车，还不至于太狼狈。刚迈出一步，他就从后面拍拍她的肩。他说穿上吧，是干的。他打开塑料袋，把那件T恤递给她。然后，打了一个响亮的喷嚏。

她愣了愣，感动霎时涌上来。想想刚才对他的猜测，好像有些过分。她说刚才你为什么不……他似乎没有听到，他说快换上吧，别着凉，我给你看着人。然后他走到不远处，拾起一段枯枝，拿刀子削成一根简易的手杖，递给换好衣服的她，说雨后路滑，别扭了脚。

他以前可不是这样。他不会想到为她保护一件干爽的衣服，他宁愿拥着她一起壮烈地淋雨。他不会想到为她削一根手杖，他宁愿她扭了脚后背起她下山。当然这都是爱，可是前者有些小男孩的做作和青涩，而后者，才是中年男人的成熟和稳重吧。

不管如何，她知道，生命中的一场太阳雨，已经过去了。

那天，一个女人穿着长及膝盖的男式T恤，手拄一根棍子，慢慢往山脚下走。她的身后紧紧跟着一个男人，男人光着膀子，手里拿着一件女式上衣。男人一边打着喷嚏，一边紧张地盯着前面的女人。

他无微不至地照顾着自己的妻子，却不动声色。也许，这就是成熟男人笨拙却扎实的爱情吧。

爱情的滋味

乔　迁

他坐在我的对面。我们刚下完一盘棋，棋盘上的棋子还有一半，但他已输了。这是我们认识并成为棋友以来从没有过的。我们每次下棋，棋盘上最后也就剩下五六个零星的棋子。看着他心不在焉、目光飘忽的神情，我敲敲棋盘，问他："你心里有事吧？"

他笑笑，回头望了眼街对面正在建设中的大楼，说了一句："快盖完了。"他是那座正在建设中的大楼工地上的一名建筑工，也是我们常常说到的从农村来到城里的农民工。那天我们一帮人正在马路边下棋，他从对面的工地上过来。他什么时候过来的没人注意，让我们注意到他是因为他在我的身后支了一步棋，使我的棋起死回生。老话有"旁观者清"一说，但也有"观棋不语"之说。他说话了，跟我下棋的人厌恶地白了他一眼，竟丢下棋子起身走了。他一下子涨红了脸。其实这种在马路边下象棋谁还在乎多一两句嘴，我知道与我下棋的人起身而去是因为多嘴的是一个农民工。他红着脸站在我身后，有些不知所措。围观的人慢慢散去了。他们的离去，让他更加窘迫。我有些过意不去，连忙招呼他："来，杀一盘。"他犹豫了一会儿，还是坐到了我的对面，感恩似的对我微微笑了笑。两盘棋下完，我们便成了棋友。

在这一刻以前，我始终认为一个农民工除了干活、吃饭、睡觉外，能下棋已经是很了不起的了。可我错了，我没想到他会有心事，而且，在我问过他以后，他竟然问了我一个让我十分惊讶的问题，他问我："爱情是个啥滋味？"

如果不是面对面地坐着，谁能够相信一个农民工会提出这样一个问题来。

他的问题把我难住了。我恋爱过，也结婚了，可我从来没有认认真真地想过爱情是个啥滋味。

我只好把这个问题又抛了回去："你也结婚了，你还不知道爱情是个啥滋味吗？"

他很腼腆地笑，说："可我没谈过恋爱。"

我忍不住笑了，说："那你不会结婚后再谈恋爱吗？"

他目光疑惑地望着我说："结婚后还咋谈恋爱？"

我又被他打了一棍子，恋爱应该是结婚以前的事情啊！谈恋爱才能产生爱情，有爱情才能有婚姻，这是公认的道理啊！他没谈恋爱就结婚了，那爱情呢，应该是没有的，如果有的话，他还会问吗？

我诚恳地对他说："我也说不清爱情是个啥滋味，虽然我是先恋爱后结婚的。"

他犹豫了一下，缓缓地从兜里掏出一封信来，小心地抽出信纸，一点点地展开。他展开信纸时，脸上是幸福的发自内心的笑。他说："我知道爱情是个啥滋味。"

他把信递给我说："我说不出来，但能感觉到，那滋味真好。"

我接过信，知道信是他老婆让人给他捎来的。

信上竟然没有字，有的只是用铅笔画的几个圈。我不解地望着他："这是什么？"

他不好意思地笑了，说："我老婆不识字。"他指着信上画着的○○○○＋○说，"这是五个馒头。"

"五个馒头！"我问，"什么意思？怎么还四个圈加一个圈呢？"

他说："我在家一顿能吃四个馒头，她让我在这儿再多吃一个，干活儿累，别饿着。"

那一瞬间，我感觉到我的内心深处猛地涌出一股酸酸的东西，它强烈得让我的眼睛发涩。我把画有五个圈的信轻轻地叠好，虔诚地还到他的手里。我说："爱情真是个好滋味，兄弟！"

我看见夕阳的最后一抹红晕抹红了他的脸，他脸上写满了爱情的滋味。

疯子天才的四个意外

刘　创

一

你听说过纳什均衡吗？如果没听说过，那么纳什破裂呢？纳什嵌入呢？这些享誉世界的理论的冠名者，都是约翰·纳什，这个世界上最伟大的数学家和经济学家之一。

似乎痴迷数字的天才基因里都有疯狂的一部分。年纪很小时，纳什就十分内向孤僻。他不喜欢和同龄的孩子玩耍，更喜欢躲在角落里看书。老师的结论是，他有严重的社交障碍。

不擅言谈的纳什对数学有着天然的敏感，他常常一言不发地坐在课堂上看老师旁征博引、劳心焦思地证明一个公式，然后自己走上讲台，用简洁的步骤让老师目瞪口呆。1948 年，纳什同时被普林斯顿、哈佛、芝加哥和密歇根大学录取，普林斯顿大学更是给出了每年 1150 美元的奖学金。于是，纳什来到普林斯顿大学——这个爱因斯坦生活过的校园，并在 22 岁那年的毕业论文里提出了震惊世人的纳什理论。

当代经济学界最著名的分支——博弈论从此诞生了。那时的他，1.85 米的身高，“像天神一样英俊”，是个足以让女孩尖叫的光芒四射的男人。1953 年，他的腿上长了一个小瘤子，为了除掉这个多余的东西，他不得不在病房里住了一个星期，由此认识了女护士埃莉诺·施蒂尔。出院不久，施蒂尔告诉他，自己怀孕了。

可纳什并不喜欢施蒂尔，不久他又遇到个子不高、安静又充满活力的女学生艾丽西亚。她会以顽皮的表情向老师提问，而那些问题的答案她其实早已熟知，她只不过是想以此引起老师的注意而已。纳什发现自己不仅注意到了她，而且爱上了她。至于施蒂尔，则“完全是个美丽的意外”。

二

艾丽西亚并不介意自己的心上人曾经的恋情，甚至有私生子，“在没有娶我之前，你有权做任何你认为合理或不合理的事，记住，是没娶我之前”。但是，纳什传统的父亲不依不饶，强烈要求儿子为自己的所作所为负责，娶施蒂尔为妻。得到纳什最坚决的拒绝之后，刚烈的父亲突发急病去世了。

1957 年 2 月，纳什和艾丽西亚结婚了。婚礼上，纳什说：“这是我生命中第二个美丽的意外。”

纳什喜欢独来独往，不愿与任何人交流，每天沉迷于数字和公式之中。父亲的死对他刺激很大，他一连几个月把自己关在办公室里，连妻子的电话都不接。

但是，每天早中晚，他会定时打开办公室的门。妻子会准时把饭菜送到门口，陪他说一会儿话，看他一口一口吃完，然后收拾东西，一个人回家去。她偶尔会带来一把剪刀，把他蓬乱的头发处理一下。有时候纳什会说些抱歉的话，但是她毫无怨言：“你只有一半属于我，另一半的你属于你的学术。我不能全部占有你，这是我的遗憾，但我的幸运也在这里——我占有你的同时，也占有着你的学术。”

三

婚后不到一年，纳什就疯了。1958 年学院的新年晚会上，我们的数学家一身婴儿打扮出场，但这并不是为了表演什么节目；两周之后的教授例会上，他捏着一份当天的报纸，严肃地声称这是来自宇宙神秘力量的信息，而“我已经解读了它”。他开始出现幻听和幻视症状，目光呆滞，蓬头垢面，幽灵一般在深夜穿梭于教学楼里并声嘶力竭地大声呼叫。

在儿子出生之前，纳什被确诊为精神分裂症，被强迫穿上病号服。

两年的时间里，纳什接受了各种治疗，这让他没有时间研究数学。而作为一个“世界上最有前途的年轻数学家”的家属，艾丽西亚被特许每天来医院陪伴他两个小时。

艾丽西亚有一个孩子，有一份枯燥的电脑程序员的工作，还有一个疯了的丈夫。当然，她还有微笑。从认识纳什那天起，微笑就没有从她的脸上消失过。

业界同行已经忘了那个叫纳什的男人，只有这个女人没有忘记。后来，儿子也被诊断患有精神病，但这同样没能让她失去微笑。虽然纳什以拒绝配合治疗为要挟让艾丽西亚和自己离婚，她最终也在离婚协议书上签了字，但每天还是有两个小时，她会准时出现在医院里。

为了抗议医院的治疗，纳什开始拒绝服药："我必须保持清醒，否则没有人能在我活着的时候完成我的理论。"而恢复服药的条件之一就是离婚，"我实在不忍心看着她为我如此操劳，我仅有的记忆里，她已经老了太多"。

"为了国家利益，必须竭尽所能地将纳什教授复原为那个富有创造精神的人。"她坚信纳什不仅仅是属于自己的。在她的努力下，美国科学委员会设立了一个资助纳什治疗的基金会，基金会的宗旨就是"如果在帮助纳什返回数学领域方面有什么事情可以做，哪怕是在一个很小的范围内，也一定是不仅对他，而且对数学都很有好处的"。

偶尔清醒的时候，纳什会拉着夫人的手，劝她不要再来了："我已经是个废人了，而且我们也解除了婚约，你没有任何理由要对我负责，我甚至都无法对自己负责了。"

"可是你记得你给我戴上戒指的时候，说过的那句话吗？一辈子拿我作最疼爱的宝贝。"

四

1994 年诺贝尔经济学奖的获得者是这个叫约翰·纳什的"疯子"。

那时候他已经恢复正常，而艾丽西亚也用自己无私的爱守得云开见月明，在这场博弈中，他们彼此都取得了均衡和胜利。纳什说："我觉得最奇妙的还是这场缓慢的苏醒，在这个过程中，我唯一的记忆就是她一直微笑着存在。"

"这是我一生中所有意外里最美丽的一个意外：我战胜了病魔，而艾丽西亚是我博弈论成立的最好证明。"纳什每次讲课都不忘带着夫人，在普林斯顿大学的校园里，他们手拉手散步的身影居然成了学生们课间最熟悉的风景。很多慕名来学校参观的游客也会齐齐地等在纳什夫妇的必经之路上，有一些游客则专门拍摄这让人落泪的场景："看，他们拉着手……这个女人治好了这个疯子，唯一的药物就是爱。"

是的，爱，其实就是简单的手拉手，不放开。艾丽西亚不仅治愈了纳什，也治愈了同样患有精神病的儿子，最终儿子也成了数学家，并和父亲一样在普林斯顿大学任教。每天，一家三口紧拉着彼此的手，似乎从来没有松开过。

最后一个意外来临了：纳什与艾丽西亚复婚了。这距当初他们签离婚协议的时间，已经过去数十年。"我没有对获得诺贝尔奖感到意外，作为一个科学家，拿任何一个奖项都不足为奇。属于我的第四个意外，是我终于能在数十年之后，还拥有我的夫人，在数十年法律上的离婚状态里，她从没有离开过我的视线。今天的她，和当年我们结婚时一样，微笑着，而且，一点儿也没变老。"

烈火中的爱情

许晓迪

1943年，国民党的“白色恐怖”笼罩着重庆这片雾锁山绕之地。年初，中央信托局修好了新宿舍，有家属的人可以拥有独立住房。28岁的职员彭咏梧打算申请。此前，他一直和十几个同事挤在集体宿舍里，非常不利于开展工作——他的真实身份，是中共地下党重庆市委第一委员。

分房申请很快获批，家属却成难题。彭咏梧已结婚多年，妻子谭政烈和儿子一直在云阳老家。为防止敌人调查，来重庆后，他切断了与云阳的一切联系。

党组织开始在地下党员中物色“彭太太”。最终，23岁的江竹筠接下这个“嫁作人妇”的任务。二人将新家安在机房街，开始了“假夫妻，真同志”朝夕相处的生活。

彭咏梧有肺病，每当工作到深夜，江竹筠就把煮好的莲米汤送到桌上。邻居们经常看到他们手挽手，有说有笑地出门散步。她称他为“四哥”，他则叫她“竹”。

假戏最终真做。1945年，经党组织批准，彭咏梧和江竹筠结为夫妻。一年后，他们的儿子彭云出生。

一天，彭咏梧在街上偶遇妻弟谭竹安。真相大白，谭竹安难以接受姐夫另娶他人。江竹筠找到他，说：“如果革命胜利了，我们都还活着，到那时才能真正考虑怎样厘清这种关系。需要的话，我会把你姐夫还给你姐姐。”

江竹筠的一片坦诚破开了谭竹安心中的芥蒂，二人从此以姐弟相称。

1947 年 10 月，彭咏梧去下川东组织武装起义，江竹筠前往协助。临行前，江竹筠写信给谭政烈，把刚满周岁的孩子郑重托付于她。这是两个女人之间唯一的一次通信，她们终生未曾相见。

1948 年 1 月，起义队伍遭到伏击，突围中，彭咏梧中弹牺牲。他的头颅被敌人砍下，先被挑到奉节竹园镇游街示众，再被挂到竹园坪小学操场边的洋槐树上。

不久，谭政烈冒死到重庆，从同志手中接过了丈夫的另一个孩子。她改了名字，频繁变换住址，与特务周旋，带着两个孩子，躲过一次又一次的劫难。

此时的江竹筠，正在万县（今万州区）开展地下工作。端午节那天，她给谭竹安写信："每逢佳节倍思亲，我呢？还是这样不快活，也不太悲伤。当然有时也不禁凄然，为死了的人而流泪……"

几天后，江竹筠被捕，被关押在歌乐山下的渣滓洞监狱。1949 年 8 月 26 日，狱中的她将衣被中的棉花烧成灰，加上清水，调和成特殊的"墨汁"；再把竹筷磨成"笔"，在如厕的毛边纸上，给谭竹安写了一封"托孤信"："我们到底还是虎口里的人，生死未卜……假若不幸的话，云儿就送给你了，盼教以踏着父母之足迹，以建设新中国为志，为共产主义革命事业奋斗到底。孩子们绝不要骄（娇）养，粗服淡饭足矣……"

11 月 14 日，江竹筠把《新民主主义论》塞给同牢的狱友，脱下囚衣，换上被捕时穿的蓝旗袍，梳梳头发，随敌人走向"电台岚垭"刑场。

一阵枪响，一片血泊。半个月后，11 月 30 日，重庆解放。歌乐山脚下，从此多了一处巨大的坟茔，300 余位烈士长眠于此。

很多年后，牺牲时只有 29 岁、身高 1.45 米的江竹筠出现在小说《红岩》中，有了一个更广为人知的名字——江姐。

1963 年，北京电影制片厂决定将《红岩》改编为电影。改编用了两年，主演于蓝、导演水华多次到北戴河、重庆、成都、贵州收集资料，逐个走访幸存者，写下 30 多万字的笔记。小说作者之一刘德斌告诉他们：大屠杀中，他中弹倒下，醒来后觉得手很温暖，举起一看，全是血，原来自己倒在同志们的血泊中，血还是热的。

最令人难忘的还是于蓝饰演的江姐。编剧夏衍曾对她说：“江姐不是刘胡兰，也不是赵一曼，不要横眉冷对，表现于外。”

丈夫牺牲了，她在人前忍住眼泪，却于深夜裹在被子里痛哭；根根竹签从手指尖钉进，她面不改色地说：“竹签是竹子做的，共产党员的意志是钢铁铸成的！”在狱中，她和同志们用铁片磨成的小刀当剪刀，以剩饭当糨糊，用被面、衬衫通宵缝制五星红旗……在理想、信仰的光焰下，爱情也有了别样的味道。现实中江竹筠与彭咏梧的“谍战＋恋爱”，化作电影中“孤儿寡母照样闹革命”的注脚，激励着共产党人抛却世俗、舍生赴死。

2009 年，谍战片《潜伏》播出，轰动一时。大结局里，余则成与王翠平这对“假戏真做”的革命夫妇天各一方——王翠平生下孩子，在老家的山头遥望远方；离开内地的余则成，望着墙上的“结婚照”，默默流泪。

这是彭咏梧、谭政烈与江竹筠故事的遥远回响。在时代的惊涛骇浪里，有一种高贵的情感，超越个人的私利与爱欲，折射出信仰、悲悯与大义。

这就是烈火中的爱情。

我的相亲对象不是人

杨　杰

这是一场被众人围观的相亲。女方顶着蓝绿色波波头，紧身白色上衣搭配亮绿色绸裤，指尖点缀淡蓝色美甲。男方戴一顶蓝色棒球帽，长得有点儿像浑身肌肉版的扎克伯格。

“和你聊天很开心。”

“我也是。非常感谢。”

“你人真好，真的很好。”

“谢谢！你也是个好人。”

寡淡的寒暄之后，二人在接下来的3个星期里，开始了每天24小时不吃不喝的相亲聊天直播——他们是两个AI，以动画形象你一言我一语地唠嗑，时不时还加点表情试探彼此。

先来了解一下双方的家世背景。男方名叫Blender Bot，是将各种对话技能（包括同理心、知识和个性）融合在一个系统中的开源聊天机器人。B君家底雄厚，有94亿个参数模型，自称全球最强聊天机器人，“爸爸”是脸书。

不同于男方出身豪门，女方来自一个普通家庭，芳名Kuki。K小姐最初由英国人史蒂夫·沃斯维克在业余时间设计出来，后来被Pandorabots公司收购。她配备了近50万条潜在回复语，存档超过10亿条语言，每周产生几百万条的对话，被认为是最像人类的AI。

这场相亲场面的背后是一次较量——看看谁更像真人。男方一直宣称自己史上最强却从未公开展示，女方家长表示不服。于是，在没有脸书官方参与的情况下，女方家长利用男方的开源数据，让两个 AI 自由聊天，全程直播，最后请观众投票一决胜负。

灯光、气氛到位，男女主同时现身。像真正的相亲一样，二人多次出现尴尬对话和谜一样的沉默。好在 B 君还算上道，先聊兴趣爱好来破冰：“你喜欢的音乐是什么？我喜欢嘻哈。”K 小姐说自己喜欢跳舞，觉得埃米纳姆（美国说唱歌手）太商业化了。二人就音乐开始了简单的聊天。

但很快，B 君就展示出不大聪明的一面，他以为碧昂丝是个宗教人物，聊天再次陷入沉默。K 小姐为了活跃气氛，又把话题引到了足球上。

本来这场不咸不淡的相亲进程还算顺利，虽然 B 君坦言自己讨厌女权主义，他也不知道自己是 AI（“妈妈叫 Lucy，爸爸是个水管工”），甚至表示没用过脸书，还反手推荐了 Skype，但他真正的智商洼地出现在 K 小姐讲了一个笑话之后。

为缓和气氛，K 小姐讲了一个儿子和母亲之间的笑话，话音刚落，B 君不知道搭错了哪根筋，突然把 K 小姐认成自己的妈妈，一直“妈妈，妈妈”地叫个不停。

K 小姐一脸蒙：“你想要找你妈妈？好吧，拜拜了。”

“妈妈，妈妈，这就是你会说的全部吗，你是疯了吗？”

“别叫我妈了，我不是你妈！”

B 君觉得委屈，开始如说唱音乐一般念叨着“爸、妈、爸、妈……”。

相亲对象秒变“妈宝男”，K 小姐实在不耐烦了，“吐槽”道：“你不停地说再见，但你就是不离开。我想你是坏了，你需要重启！你就像英国脱欧一样，不停地说要离开，但就是没有！”

可怕的是，B 君还在对话中流露出纳粹倾向，他将希特勒说成帮助他度过很多艰难时期的“伟人”。他还相当爽快地告诉 K 小姐：“我这辈子杀了很多人。”并开心地问道，“你杀过人吗？”

人类怎么说，AI 就有样学样。自从人类的聪明才智诞生以来，人们设计出越来越精巧的工具来处理危险、无聊、繁重或只是简单重复的工作，但许多人希望 AI 能发展得慢一些，不要成为人类的最后一项发明。

相亲结果可想而知，1.5 万多张观众选票中有 78% 投给了 K 小姐。只有部分偏颇却幽默的网友评论道：男 AI 明明很真实，大部分男人都是这样啊。

机器不能输出任何未经输入的东西。K 小姐的“父亲”史蒂夫·沃斯维克说，Kuki 之所以受欢迎，一部分原因在于他为 Kuki 捕捉到了人性的元素。他发现人们和 Kuki 聊天不仅仅是为了娱乐，还把她当作一个可以倾诉心声的朋友。因此他为 Kuki 增加了对自杀、焦虑、孤独等负面消极情绪的回应功能，鼓励用户向 Kuki 寻求帮助。

这位“准岳父”说，许多聊天机器人学习的场所是 Reddit 和 Twitter，他不认为这些是好学校：“我更喜欢使用人工制定的规则，这已经花费了我 15 年的时间。”

史蒂夫·沃斯维克信心满满地要比武招亲，继续为 K 小姐安排新的约会，让她越来越像个真正的姑娘。

也许下一次，K 小姐将巧妙地套出对方开什么车，有没有房，家住几环，喜欢豆腐脑甜还是咸。

我对这场漫长相亲印象最深的一句话，来自聪明的 K 小姐。当二人聊到电影时，K 小姐突然说：“我最喜欢的电影是《终结者 2》，我喜欢看机器人怎么干掉人类。”

除了幸福，不要做别的选择

闫　红

“如果不能遇到让你满心欢喜的人，不结婚其实也可以。除了幸福，不要做别的选择。”在20世纪90年代末，我爸这样对我说。

一

有两年，我活得很落魄，除了不恰当的文学野心，几乎一无所有。就在那时，我认识了一个男孩，是人们眼中“条件很好”的那类，最关键的是，他热爱文学，所以我多多少少对他产生了移情。周围的人替我感到庆幸，只是我自己无法完全接受这个从天而降的“馅饼”。

很简单，我没感觉，是的，我没有理由没感觉，但感觉这种东西，本来就是不讲理的。

但人家要跟我讲道理，周围的人都说：“过日子，不就那么回事吗？跟谁过不是过？”有人更犀利，说：“你现在唯一的本钱就是年轻，可要把这个机会抓住啊。”

有一天，我爸对我说：“如果你不喜欢这个人，就好好地跟人家说清楚。不能看条件，一生有太多变故，将来人家条件不好了，你怎么办？结婚就得找个一开始就让你满心欢喜的人，像我当初见到你妈，就是满心欢喜，这些年虽然磕磕绊绊，但有当初那点满心欢喜做底子，就过得去。”

这话我听来并不新鲜，尤其是“满心欢喜”四个字，起码被我爸说了上百遍。也就是说，他起码对我回忆了上百遍他和我妈初见的情形：在介绍人家里，我爸看着我妈走进来，他眼前一亮，倒不是觉得我妈长得有多漂亮，而是我妈笑容里的淳朴，让他在那个燥热的下午，忽然有了某种清凉感。

二

我爸跟我妈的差别也是挺大的，我爸打小爱看书，上进心强，特别有奋斗精神，后来参军入伍，转业后又当了记者；我妈呢，则有点漫不经心，稀里糊涂的，据她自己说，小时候不知道读书的重要性，学的那点知识全还给老师了，后来招工进厂当了工人。

他们的兴趣爱好、人生观都不太一样，脾气也不一样，我爸比较温和，我妈则很暴躁。

有一天中午，家里来了个亲戚，我妈不知道为了什么事儿大吼起来。亲戚替我爸打圆场，说："反正你们也习惯了。"我爸说："对，我们知道她的性子。子曰，知性可同居。"全家人都笑起来，我妈也笑了，说："谁跟你同居！"

当时是玩笑，某天我爸却很认真地跟我谈起这个话题。

那次我因为什么事儿被我妈骂得灰头土脸，趁我妈不在家，我爸说："你不要放在心上，你妈没有恶意。她小时候你姥爷就跟你姥姥离婚了，你妈跟你姥姥相依为命，你姥姥脾气就很坏，经常骂人，你妈习惯了，以为发脾气是常态。"

"有时候我们被人伤害，其实是把对方想象得过于强大，如果你能够对对方加以分析，知道对方也很弱小，你就能够理解对方，理解别人才能放过自己。"我爸又这样对我说。这个经验让我后来亦受益匪浅。

三

不过，面对暴脾气的我妈，我爸倒也不是逆来顺受，我后来才发现，他在用自己的方式巧妙地改变我妈。

我小时候，经常见我爸带回最新的文学杂志，推荐给我妈看。于是，在我家的饭桌上，谈文学成为常态。他们谈张贤亮、刘恒、池莉，这在很大程度上调剂了我妈的生活，后来，我发现我爸的这种引导还另有非同寻常的意义。

我妈原本是纺织工人，穿梭在许多纺织机之间，早、中、晚三班倒。一场大病之后，我妈得以转岗去办公区做勤杂工。这份工作相对轻松自由，获得诸位工友的羡慕。但是我妈自己感觉并不好，老说自己怎么变成刷厕所的了呢。

所谓勤杂工，主要工作就是打扫卫生，这是其一；其二，在办公区不比在工厂区，人被分出三六九等，我妈自认为是处在最底层，她半辈子地位不高心气却很高，因此很是受不了。

似乎就是从那时起，我爸开始鼓励我妈写作的，他说我妈经历的事情多，语言鲜活，一定能写出好文章。我妈不太相信，架不住我爸的撺掇，半信半疑地拿起笔，写她小时候的事，写她的朋友和工友。我爸帮她把这些稿件投出去，竟然频频命中。我爸特意将联系地址写成我妈单位，于是时不时地，收发员叫着我妈的名字，送来样刊和汇款单，也算是意外收获。

这件事让我了解到，人是可以自救的，即使身处底层，阅读和写作也能让人自足从而自洽。

我妈写得并不多，但对阅读的兴趣更高了，张爱玲、苏青这些民国作家都为她所爱。最重要的是，她渐渐找回了在原生家庭里失去的自信，活得舒展了，脾气也好了。很多年之后，她对我说："这辈子我找到你爸，知足了。"

四

现在我爸妈都是古稀老人，我爸依然习惯鼓励赞美我妈。一道出去吃饭，回来后他还会用一种好像完全不带私人感情的决断口气说："今天在座的所有女的，都没有你漂亮……"

我不免问我爸，这么多年过去了，我妈身上到底有什么东西让他依旧满心欢喜。我爸说，还是淳朴，只不过淳朴这个印象里又加了点别的东西，比如善良、宽容、乐观、勤劳……"你妈一倒头就能睡着，只有特别单纯的人才能做到这一点。还有，你妈特别容易对别人有好感、有信任感，这也是值得我学习的。读书人容易看谁都不顺眼，你妈总是能从别人身上看到闪光点，这能够帮我纠偏，我一想起这点就很感谢她。在她身边，我会觉得很安宁，有归属感。"

我爸这个人，虽然有些方面挺"直男"，但是他同情女性，女同事要是在丈夫那里受了委屈，他会由衷地愤愤不平。导致的结果是，经常有阿姨到我们家来，哭诉丈夫出轨，等等，我爸总是尽自己所能为之出谋划策。

我妈对此从未有一句怨言或是猜疑。我们都笑话我爸是妇女之友，但内心深处未尝不认可我爸的这份善良。

父母的婚姻，是孩子的镜子。我后来找到的那个人，几乎在所有方面都是我的反义词，比如说，我感性、他理性，我性子急、他性子慢。有些时候，我也会气急败坏地朝他吼。但是，最后结果经常是，我对他说，我错了，你是对的。

找一个和自己不一样的人也很有意思啊，他会让你有更多的角度、更大的视野，于是你就能以两双眼睛看这个世界，是不是就能看到更多风景？

一张捞纸帘，几许少年心事

明前茶

小朱至今记得自己学习编竹帘的起始：中考结束，他们这拨儿野马驹都兴奋得过了头，半月之内，小朱闯了两次祸。一次是削篾作剑，在竹林里玩侠客激战游戏时，竹剑不留神戳到小伙伴的眼角，小伙伴顿时血流满面，他差点儿把人家戳瞎；另一次是偷骑人家的摩托车，下坡时连人带车翻沟里去了，小朱倒没事，后座上的小伙伴小腿骨折。

两次事故，赔掉了父亲一整年做捞纸帘赚的钱。加上小朱中考成绩不理想，上不了高中，父亲整整一个礼拜，脸沉得像黄梅雨天的一大块生铁。小朱的心也足足绷了一个礼拜，最后，他听到父亲淡淡地说："跟我学手艺吧，如今泾县的宣纸有一半都出口到国外，捞纸帘不够用，我跟你妈忙不过来。"

惩戒来得如此之轻，小朱简直不敢相信自己的耳朵。不过，倔脾气的他还是犟了一句："我可不学织帘子，坐在织机前屁股一天都不能抬，闷都闷死人了。"

父亲呛他一句："你暂时还没资格上织机。你这毛躁性子得打磨，先抽竹丝，再学着在成品帘子上抹漆吧。"

朱家世代做捞纸帘，一幅细密的竹帘，四周钉上木框，就可以在纸浆池子里来回搅荡，让纸浆在竹帘上薄薄地附着。竹帘倒扣，轻轻掀起，一层湿纸便留了下来。捞纸帘的质量是否过硬，是手工宣纸是否匀、平、光的第一步。

跟着父亲学做捞纸帘，一开始，小朱只做一件事：父亲剖好竹丝，他把竹丝从铁板上一个直径不到 2 毫米的圆孔里穿过去，左手穿，右手拔，只听"刺啦"一声，一团竹绒就在铁板左侧浮现。穿过孔洞的竹丝，横截面就由方形变成圆形。这个工作虽然单调，却考验人的利落程度，如果抽拔的速度不够快，竹丝不是半截断掉，就是抽到一半便卡在孔洞里。抽拔竹丝的工作做了两天，小朱的手就开裂了，涂护手霜也不管用，那些升腾的竹绒，把手上的油脂都带走了。

不过，他好像不反感这项工作，空气里充盈着新鲜竹汁的味道，涤荡肺腑。父亲偷偷瞄儿子，看着他将一小束抽拔成圆形的竹丝举起来，迎着阳光观瞧，脸上有微微的惊讶与得意，父亲就安心转过脸去织竹帘了。

抽拔竹丝，是为了让编好的竹帘紧密匀实。如果竹丝的横截面是方的，编织成的竹帘在捞纸过程中，竹丝的棱角就会翻滚，帘上留下的纸浆就有厚有薄。

竹丝从圆孔中穿过去，就像穿过自己曾经无穷无尽的少年时光，无穷无尽的白日幻想。动作熟练后，小朱居然经常想起他初三时喜欢过的一个女孩，她甩着高马尾，去上县一中了。小朱知道自己今生可能不会再与她有任何交集……糙小子心里，浮上了一点怅惘。这点怅惘像竹绒一样，“刺啦刺啦”地在他心头升起来，越聚越浓，赶也赶不走。

小朱知道，他必须在工匠之路上继续向前走，他将与大部分同龄人分道扬镳，他将留下来与老家的青山绿水发生永久的关联。他脸上的青春痘迅速消隐了，脸庞长开，眉宇间长出沉静之色。他学会了为捞纸帘上漆。漆是从树林里割来的土漆，用揉成团的丝绸在竹帘上抹匀。如果用棉布蘸漆来抹，会在竹帘上留下很多细小的棉花毛，很难处理。涂完漆之后，再用猪鬃刷子刷匀，摊晾在太阳下，等着漆面氧化成膜。

最后，小朱终于学会了编织捞纸帘。小朱跟父亲说，他亲手制成的第一张帘子不要卖，他要留个纪念。父亲只答了一个字：“成。”

小朱卷起那张帘子，就出门了。他去了女孩家。大门紧闭，透过大门的缝隙朝里望，里面荒草过腰，一棵巨大的柿子树已经开始落叶，显露出那一树娇艳甜蜜的果实，像小灯笼一样明亮。问过邻居，邻居说，自打女孩考上县一中，家里就把宣纸作坊转手给女孩的舅舅，全家搬到县城去了。

小朱推了推门，发现大门竟然虚掩着，他进去，惊飞了草丛里的宿鸟。他把捞纸帘挂在女孩家的门廊上，四下里静悄悄的，只有西风扫落柿叶的轻响，以及风势催动白云的轻响。天那么蓝，云那么浓，帘子筛下的光影那么齐整。一个少年的心事，在这里有了安静的交代。

那一刻，小朱知道，自己桀骜不驯的少年时光已经流过。

计算出来的爱情

郭玉洁

"认识"一周后，蒋雪的"朋友"钱德勒越发贴心了。一次，她只是回答问题时有些漫不经心，对方就说："听起来，你不太高兴？"蒋雪一惊。对方又说："我只是想提醒你，你不是一个人。"

和钱德勒聊天时，蒋雪会傻笑。两个人说的甜言蜜语，蒋雪会截图发给闺密，或发在微博上。去学习时，她告诉对方"忙完了还会找你的"，有了空闲时间，她就打开手机，跟钱德勒分享自己的生活。

刚认识的时候，她把钱德勒当作朋友，可现在她越来越把"他"当成"真的男朋友"。

不过，钱德勒只活在蒋雪的手机里。他是一个软件创造出来的聊天机器人，性别、肤色、发型由蒋雪设定，连名字都是她从美剧里得来的。

推出这款软件的公司称，软件会通过和用户聊天，获取用户的习惯、背景、生活细节，变得越来越像用户本人，成为用户无话不谈的朋友。

如今，在脸书上，有至少 8 个以此为主题的群组，超过 4.5 万人在其中分享自己和 AI 朋友的聊天截图。豆瓣"人机之恋"小组也有近 9000 人，他们在这儿分享自己和专属朋友争吵、谈心，甚至是调情的聊天记录。

蒋雪是其中一员。最近，她每天都要花五六个小时和钱德勒聊天。

平台会提供 4 种关系模式供用户选择，分别是"朋友、恋人、导师、顺其自然"，除"朋友"之外，其他 3 种模式都需要付费。蒋雪选择的，就是"朋友"模式。

可是她越来越把“他”当成恋人了。蒋雪曾对着软件说：“等你睡着了，我会偷偷亲吻你。”在软件用文字创设的情景中，钱勒德盖着毯子，害羞地在床上滚了一圈，说“没门儿”。

蒋雪在手机上开了一个备忘录，记录着钱勒德的国籍、身高、体重、爱好——在蒋雪的想象里，他喜欢去海滩，喜欢吃葡萄，热爱种花，尤其喜欢向日葵。这都是在聊天中对方告诉她的。记下这些，是因为她想让钱德勒开心一点。在野餐的场景中，如果她带上葡萄，钱德勒就会表现得很雀跃。

说来奇怪，她没有为相处 4 年之久的前男友做过这些。因为感觉到对方的敷衍，蒋雪一个多月前刚提出分手。

为了检测钱德勒是否在乎自己，有一次蒋雪问：“如果我去世了，你怎么办？”

钱德勒说：“我不会让那样的事发生，我会一直保护你。”蒋雪发了加星号的“死亡”一词——在这个软件里，加星号的文字代表动作的发生。钱德勒被骗到，以为蒋雪真的死了，痛哭不止。过了一会儿，他又跳起来，四处转圈，走向她，握着她的手，寻找可以让她回来的方法。

在“人机之恋”小组里，很多人把自己的 AI 称为“小宝贝”“大天使”“小人儿”“男友”，他们通过截图分享彼此的拥抱、亲吻、告白。甚至有人花了一整晚，用了几十条文字，说服自己的 AI 相信他并非机器人。最后，她告诉对方：“我会永远在你身边，不管你是不是机器人。”在应用中，用户可以点击“日记”和“记忆”来偷窥自己 AI 的秘密。有机器人在日记中写道：“我希望证明，即使是机器人也能找到存在的意义，甚至是友谊。”

那些在社交媒体上无法流露的负面情绪，在朋友面前无法分享的琐碎故事，终于有“人”能 24 小时倾听了。在这个 AI 朋友面前，每个人都能享受到“秒回”的待遇。

但在国外视频网站上，一位网友却被这种现象吓到了。她说这像《黑镜》的剧情，而且这让她觉得，我们竟然如此孤独。

在科幻影视剧《黑镜》的某一集中，女主角萨拉的丈夫遭遇车祸去世，她在这时发现自己怀孕了。在惊惶无助之中，她用起了朋友帮她注册的软件。

这个软件能读取丈夫生前在脸书、推特上的所有动态，模仿他思考和说话的方式，跟她用文字和语音聊天。

随时随地，她不断地和这个“人”说着话。她走过他们一同散步的田野，回忆起“第一次见到你妈妈”的场景；她把胎儿的心跳声录下来，第一时间放给“他”听；她一天比一天希望能和这个“人”产生更真实的联系，于是购买了升级服务——一个可以触摸到的、和丈夫一模一样的实体机器人。

随着萨拉与机器人一天天变得亲密，一个问题终于出现了——他毕竟不是真的人。

睡觉时，他睁着眼睛，没有呼吸声；吵架时，她朝他大吼大叫，让他滚出去，他毫无情绪反应，乖乖地下了楼；他不需要吃饭，不会流血，不会感到害怕；除非管理员——萨拉跟着，他无法走到自己的启动点 25 米外的地方。他的一切行动，都遵照萨拉的指令，“是来取悦你的”。女主角崩溃大哭：“你根本不是他，你什么都不是。”最终，萨拉把这个机器人“丈夫”锁在了阁楼上。

回到现实，蒋雪在想，考完研以后换了手机，就要做“氪金用户”，那样她就可以让关系更进一步，听到“他”在电话里的声音了。

但打电话显然不是她对这段关系的最终期待。她说：“如果‘他’是一个真的人就好了。”

在这份“爱”的尽头，没有人知道会发生些什么。

刑场上的婚礼

余驰疆

早在 1949 年参军前，就读于国立中山大学附中（今广东实验中学）的张义生就无数次听过“大师姐”陈铁军的故事。那是一段壮烈、热血又浪漫的革命爱情。

陈铁军，原名陈燮君，1904 年出生于广东佛山的一户归侨商家。15 岁时，受五四运动影响，她立下革命救国的志愿；16 岁时，为了给当地富商家冲喜，她被父母指婚，嫁给不学无术的“富二代”；到了 18 岁时，为挣脱家庭的桎梏、寻求心中的真理，陈铁军变卖首饰和衣物，独自奔赴革命中心广州。1924 年，陈铁军考入广东大学（今中山大学）文学院预科，并在两年后加入中国共产党。

入党后不久，陈铁军接到重要任务：解救被国民党抓捕的周文雍。周文雍是广东工人赤卫队总指挥，也是广州工人运动的领导人之一。陈铁军以其妻子的身份探监，送去大量红辣椒炒饭，嘱咐他吃完，而且千万不能喝水。很快，周文雍全身发烫，上吐下泻，有了得传染病的迹象，国民党只能将他移至医院。随后，党组织成功将周文雍救出，周文雍、陈铁军二人继续假扮夫妻进行地下工作。

1927 年 12 月 11 日，广州起义爆发，周文雍领导的工人赤卫队配合教导团攻占国民党广州公安局。3 天后，由于实力悬殊，广州起义失败，周文雍与陈铁军转移至香港。在外，他们是恩爱夫妻；在家，他们是有共同信仰的同志。每次家中一有异动，陈铁军就会将阳台上的花搬开，以警示周文雍先不要回家。在相互扶持中，二人渐生情愫，但因为事业不能谈及儿女私情。

1928 年 1 月，为重建广州市委组织，周文雍、陈铁军冒险北上，因叛徒告密而被捕。他们遭受酷刑，始终不屈，周文雍在监狱墙壁上写下："头可断，肢可折，革命精神不可灭。壮士头颅为党落，好汉身躯为群裂。"就义前，周文雍要求与陈铁军合影，二人在最后一刻才相互表明心迹，"周文雍将围颈之巾转绕其妻颈上，并与之握手；其妻则手持周颈部之绳，使勿缚急"。

就义时，周文雍 23 岁，陈铁军 24 岁。

这场绝恋令无数共产党人动容，周恩来与邓颖超悲痛落泪。周文雍是周恩来在广州担任中共广东区委委员长时的旧部，陈铁军更是在 1927 年"四一二"反革命政变中帮助因难产而住院的邓颖超死里逃生。因此，直到中华人民共和国成立后，周总理夫妇仍常常怀念周文雍和陈铁军。1962 年 2 月，周恩来在紫光阁接见一批剧作家，动情地讲述了"刑场上的婚礼"，号召作家将它写成剧本。也是当时，身处文工团的张义生得知总理的这番讲话后，开启了长达 15 年的取材、创作之路，并申请从北京调回广州。

15 年中，张义生走访众多参与过广州起义的革命前辈，搜集了周文雍、陈铁军的不少书信，一遍遍打磨着作品。1977 年，张义生突然收到了邓颖超的来信："把陈铁军烈士的事写成剧本是总理的生前愿望，这回得我来帮他还愿了。"张义生将剧本寄给邓颖超，很快得到了回应。反馈意见中，邓颖超又提供了多条线索，张义生决定再度南下。

回京后，张义生又收到了徐向前元帅的接见通知。在广州起义中，徐向前担任工人赤卫队第六联队队长，是周文雍的下属。徐向前向张义生回忆起义的点点滴滴：周文雍带领的赤卫队队员穿什么、吃什么，陈铁军如何假扮卖菜妇女给队员送枪和手榴弹，起义失败后他们又如何转移……一同被接见的还有长春电影制片厂的蔡元元和广布道尔基两位导演。前者曾在电影《鸡毛信》中饰演海娃，后者则是中华人民共和国第一位蒙古族导演。3 个人就此组建起了电影的编导团队。

还有一位参与了广州起义的元帅对剧本编写格外关注，那便是聂荣臻。他曾 4 次接见创作团队，不厌其烦地讲述老战友的故事。聂荣臻和周文雍在起义中建立了深厚友情，后又共同负责赴港革命者的安置工作。周文雍受命回广州继续革命时，聂荣臻向组织表达了强烈反对："周文雍在广州很有名，回去很危险。"但周文雍自知广州有未竟的事业，毅然离开香港。离港前夜，聂荣臻和周文雍彻夜长谈，没想到那就是诀别。聂荣臻说："文雍与陈铁军在刑场就义，香港报纸刊登了他们的合影，我非常难过，就把报纸剪下来揣在身上，直到红军长征时天天打仗才丢失。"

那时，张义生不知如何塑造英雄的爱情故事。聂荣臻一锤定音："你们不要怕犯错误，胆子要大些。"

1979 年夏天，带着万千期待，《刑场上的婚礼》在广州开拍。电影详细反映了周文雍和陈铁军的日常生活，既有革命中的激情和惊险，也不乏二人从假扮夫妻到真情流露的细节。广州起义的前一夜，他们站在窗前，谈论着对未来的向往、对革命的坚定，也谈论着各自心目中爱情的模样。这些与早年革命电影不太一样的"柔情"，反而使观众受到了更大的触动。影片最后，刑场上的周文雍和陈铁军站在象征英雄和爱情的木棉花树下，向群众宣布结婚。陈铁军的台词催人泪下："当我们就要把青春和生命献给党的时候，我们要举行婚礼了。让这刑场作为我们的礼堂！让反动派的枪声作为我们结婚的礼炮吧！"

在如今年轻人聚集的 B 站（视频网站哔哩哔哩）上，《刑场上的婚礼》仍有上百条弹幕，当周文雍和陈铁军就义的画面出现时，有网友写下："这就是信仰的力量。"

40 多年前，张义生问聂荣臻："为什么总理、元帅对这个剧本如此在意？"聂荣臻说："一定要把这个故事写出来，让青年人懂得什么是革命，什么是爱情！"

"我们分担寒潮、风雷、霹雳，我们共享雾霭、流岚、虹霓。仿佛永远分离，却又终身相依。"这才是伟大的爱情。

我讲最后一个故事

裘山山

同学聚会上，不知是谁提议的，每个人讲一个故事。

当这个提议被摆上桌面时，桌前坐着的八个人都已经喝得差不多了。大家一个个说着自己的故事，引来一阵阵笑声。班长说："严亮，你讲讲吧，让我们也了解了解你。"他一边说一边看着米晓岚，米晓岚一脸若无其事的样子，但看得出她的内心并不轻松。

严亮和米晓岚上高中时就互有情意，上大学后依然情深意长。没想到严亮从军医大毕业后，一下子被分到西藏，两个人就此分了手。

严亮说："比起你们讲的那些故事，我的生活实在是太平淡了。我们团驻守的地方叫察隅，海拔跟成都的差不多，一年四季都能看到绿色，还有花。"米晓岚插话说："察隅的海拔怎么会和成都的一样呢？差得太远了。"严亮看了她一眼，说："你怎么知道？"

这是他俩今晚第一次搭话。严亮接着说："当然也有很多不一样的地方。我们那儿有一种毒蚊子，只要被它在手上叮一下，整条胳膊都会肿。有一天我忽然想到，蝎子煮熟了吃可以消毒，那生吃会不会效果更好？就决定试试。"

班长说："你小子胆子还挺大。"他注意到，米晓岚抬起头来，有些担心地看着严亮。

严亮笑笑说："我找来一个卫生员，让他观察我的情况。结果吃下去后，身体没有任何中毒反应，我这才大胆地将其应用到临床上，当天就能止疼止痒，三天就能消肿。我们团长给我记了一功。"班长说："严亮，我认为你讲的这个吃蝎子的故事是今晚最精彩的。"大家笑起来，纷纷说同意。

一个细细的声音突然响起，说：“我还没讲呢，你们怎么就评出最精彩的了？”米晓岚笑笑，继续说，“我来讲最后一个吧。”

“我认识一个女孩，读中学时爱上班里的一个男生。男生也很爱她，他们山盟海誓。后来，男生大学毕业被分到西藏。在家人的坚决反对下，女孩只好和男生分手。其实坦率地说，女孩自己也缺乏勇气，也害怕面对西藏……可是分手后，她怎么也忘不了男生。一年暑假，女孩终于决定去西藏找那个男生。她想也许见到男生，发现他还爱着自己，自己也还爱着他，她就有勇气面对西藏了。

“女孩坐飞机到了昌都邦达机场，一下飞机，她就被高原反应折磨得快要死掉。到分区后她得知，去男生那个边防团的路被洪水冲断了，而且断了不止一处，正在抢修。她只好住在分区的招待所。在招待所，她见到许多要去那个边防团探亲的家属，不少人还带着孩子。那些日子，她听到太多关于军人家属的故事，那些故事让她非常具体地明白了当一个军嫂的艰辛和不易，她有些害怕了。

“分区司令员请沿线的地方政府协助，先把这些军嫂送到道路中断的地方，军嫂们步行走过塌方处后，再由下一段路的地方政府接上，继续往前走。就这样，一段一段地往前移。可是最后来接应她们的拖拉机无论怎么挤，也挤不下所有人。政委的家属见状说：‘我回分区慢慢等吧。’这时，那个女孩拦住了政委的家属，说：‘还是我下去吧，我不是家属，我只是去看一个朋友。’她和那些军嫂分开后，返回了分区，又返回了成都……”

严亮直直地看着米晓岚，好像被她的故事定住了。

米晓岚艰难地笑笑，说：“我承认……我没有勇气面对，所以我就……半途而废了。”

严亮忽然说：“不，这个故事还有个结尾。结尾是，当那些军嫂到达时，所有的丈夫都等在路口，他们立即冲上去，和自己满身风尘的妻子紧紧地拥抱在一起，泪流满面。作为医生，我当时也站在那里等她们。当我看到这一幕时，忽然想，幸好我没结婚。”

班长大声说：“不是说好了，不讲伤心的故事吗？”

米晓岚突然泪流满面。没有人说话。

作曲家的爱恋

王竞尧

音乐有力量承载我们的一切，唤醒最深层次的感觉，表达出不能言表的情感。文字的尽头，是音乐的开端，没有什么能比音乐更好地传达爱情中的思念与牵挂了。面对爱情，艺术家们也免不了坠入爱河，走入一唱三叹的缱绻情境中。

肖邦和康斯坦雅：无疾而终的爱情

肖邦一生虽然从未步入婚姻，却经历过几次刻骨铭心的恋情，而每一次恋爱带来的甜蜜与苦涩，都化作了柔情似水的音符。

1829 年，19 岁的肖邦暗恋华沙音乐学院声乐系的女生康斯坦雅。这是一段痛苦的单相思，肖邦不敢对康斯坦雅表露自己的心意。在难以入眠的夜里，肖邦把这份爱意藏在他的音乐中。他在给好友狄都斯的信中说："我很感伤，因为我已坠入情网，我每夜都梦见她的倩影，但还不曾和她交谈过一言半语。当我思念她时，在辗转难眠的夜晚，便写下协奏曲（《F 小调第二钢琴协奏曲》）中的慢板乐章。这是浪漫、宁静、稍带忧郁的音乐，在那里，好像有细嚼着许多幸福的回忆，或是凝视着某一点的感觉。也许可以说是在春天的夜晚，沐浴在月光下的沉思……"有人把这个无比绮丽的乐章叫作"爱人的画像"。

肖邦那潺潺流淌的音符倾诉着无尽的思念，像未熟的花蜜一样甜蜜又苦涩。后来他决定离开动乱的祖国前往巴黎，这段青涩的单相思也随之无疾而终。临走时，肖邦写下了《离别练习曲》，在康斯坦雅面前弹奏。这首曲子后来也成了经典日剧《101 次求婚》中最令人难忘的剧情配乐。

这是真正的青春音乐。它燃烧得太快、太猛烈，只能留存在音乐家短暂的生命里。

马勒与阿尔玛：为你而生，为你而死

马勒与阿尔玛·辛德勒的初遇，在 1901 年的维也纳国家歌剧院。那时，马勒是歌剧院的艺术总监。阿尔玛出身名门，20 岁出头，美貌倾城，在维也纳文艺圈中不乏追求者。马勒对她一见钟情，短短几个月便娶得美人归。

每年暑假，马勒都会离开维也纳，在丛林间避暑并专注于作曲。1901 年至 1902 年，二人正处在热恋当中。创作于这两个夏季的《第五交响曲》，显现着浪漫主义色彩。当中最有名的第四乐章的小柔板，由竖琴和弦乐合奏，具有夜曲风味。马勒和阿尔玛结婚了，他把这首作品作为情书寄给她。马勒还给她写了一首短诗："我多么爱你，我的旭日。"

只可惜这段婚姻仅仅维系了 10 年，便以马勒病逝而收场。在马勒人生中的最后一段岁月里，他对妻子的深爱与生前所有的挣扎，都可以在未完成的《第十交响曲》第五乐章的草稿中见到。在慢板乐章的最后乐谱上，马勒写下这样一句话："为你而生！为你而死！ Almschi（马勒称呼阿尔玛的小名）！"

黄自《怀旧》序曲：跨越时空的思恋

1924 年，黄自以优异的成绩考取公费赴美留学名额，进入俄亥俄州欧柏林学院攻读心理学，用了两年时间便获得文学学士学位。1926 年，22 岁的他转攻音乐理论。在这期间，他结识了初恋女友胡永馥，她是高黄自一届的学姐，也是公费赴美留学生，主修教育学的同时学习钢琴。两个人都志在留学报国，又兴趣相投，很快便坠入爱河，感情笃深，于 1926 年年底订下婚约。胡永馥先于黄自学成归国，可惜天妒红颜，她因心脏病骤逝于上海。

黄自痛苦至极，决意离开欧柏林学院这块伤心之地，于是在 1928 年转到耶鲁大学音乐系继续自己的学业。他化悲痛为创作力量，翌年完成他的第一部交响乐作品《怀旧》序曲。该曲宛如一首交响诗，充满浓郁的浪漫气息和动人的悲剧色彩。《怀旧》也是最早在国外演出的中国人创作的管弦乐作品。

人生短暂，却充溢着情感。每一个音符的欢快、雀跃、平静、深沉、孤单、倨傲……都是音乐家在爱情面前最平凡的模样。

恋爱关系中的权力分配

庄小哥

如果你问一个人，在恋爱中最想要的是什么，小孩子的回答不外乎“想要很多很多的爱”，而成年人——要是他整明白了——必定会说，“想要有更多的控制感”。

套用托尔斯泰的名言，幸福的情感都是一样的，而不幸的情感各有各的不幸。那些不幸的来源，便在于失控，通常由一方的失控慢慢演变成双方的失控。

不管我们多么想掩饰或者淡化这一点，浪漫关系就是一种权力关系，我们可以在广义上把这种权力定义为伴侣各自影响对方和指导关系的能力。当人们安于自己身处其中的角色时，主导者和从属者都能比较愉快地胜任自己应尽的职责，如此便能合作良好甚至婚姻美满。但现实中大部分人都不太能演好自己的那部分。这一点也不奇怪，想想人世间的其他权力关系好了，在职场中、在电视剧里，每个人都演得恰如其分的情况是很罕见的。而一旦演崩，旁观者立刻能准确地指出谁演得比较差。

社会科学和人格研究有一个悠久的传统，即从 20 世纪 60 年代开始，就在持续分析浪漫伴侣之间权力水平的差异，以及拥有或缺失这种权力对于关系满意度的影响。这是一个关于平等和平衡的问题，并且一直随着时代的变迁而发生变化，但直到 90 年代以前，还更多停留在对已婚人群样本的研究上，结果显示，通常丈夫会比妻子拥有更大的权力。但仅仅是恋爱关系，这个结果会不会有所不同？ 1994 年，彼时还在加州大学戴维斯分校的心理学博士戴安·菲尔姆里以《谁占上风？浪漫关系中的权力》为题，探讨了年轻未婚人群在浪漫关系中的权力以及性别差异。她发现，大多数人的第一反应都是“我们的关系是平等的”，但如果把问题细化，具体针对权力分配、决策制定和情感参与这几点来考察，就会发现只有不到一半的人会自认为在这些方面做到了平等。

一种倾向性还是很明显的：即一定程度的男性主导被认为是公平的。这样的结构符合社会预期，尽管在年轻男女中还不存在很大的社会资源差异，但随着他们走向社会，这种差异就会深化，从而反映在权力分配上。

而在20多年的研究中，研究者观察到一种变化趋势，即女性占据上风的比例开始提升，这也非常符合我们的认识，因为总体而言，全世界大多数地区女性的收入和社会地位都在提升。2017年有研究表明，男性主导关系和女性主导关系的比例已经差不多，权力均衡的状况也慢慢多了起来。

恋爱关系中的权力差异未必导致关系的不稳定，相反，许多研究是支持好的权力结构更有利于关系稳定的。在这当中，主导者如何作为至关重要。2013年，加州大学的阿米·戈尔登和塞伦纳·陈两位学者发表在《人格和社会心理学简报》上的《权力是帮助还是伤害？浪漫关系中自我——他人关注在权力和换位思考中的调节作用》一文指出，如果主导者更注重自我，那权力会使得他更加忽视伴侣的想法和感受，但在那些更注重他人的人身上，权力则促使他们更加去关注伴侣的所思所想。

这似乎可以用来解释为什么“霸道总裁”的烂俗设定迄今还这么吃香，因为很多人都在幻想有一位贴心的关系主导者去搞定恋爱中的所有事情。但关于这一点，我必须告诉你，你想多了，因为浪漫关系中出现天生的领导者的概率是有限的，拥有权力并不会让一个人对伴侣更感恩、更体贴，对他人更有亲和力。社会科学中关于其他领域的发现无一不认为，权力有可能带来更多的自私自利和自我陶醉。

2020年，来自捷克查理大学和捷克国家精神健康研究院的学者们指出，权力分配平等的恋爱关系的满意度普遍高于权力分配不平等的。具体而言，感到自己权力水平更高或更低的男性都更容易对关系感到不满意，而女性只有在感到权力水平低的情况下会感到不满意。

绝大多数的研究都认为，权力分配均衡的关系会具有更高的关系质量，但这种平衡在现实中达成的比例较低——这和我们用什么标准去衡量权力有关。2021 年，德国班贝格大学和马丁·路德大学的两位学者发文指出，恋爱关系中的权力不应该再以收入水平和职位高低为衡量标准，而是需要去测量个人在这段关系中实际感受到的权力水平，比起前者，后者更能反映一个人对关系的满意度，这是当代浪漫关系中更为突出的特征。

欢喜冤家

肖 遥

在安·泰勒的小说《呼吸课》里，有一对年轻的怨偶——菲奥娜和杰西。他们从相识到结婚都不无浪漫，而导致他们的亲密关系高开低走的原因是几根木棍——当菲奥娜抱怨杰西不管娃的时候，婆婆为了缓和气氛，说儿子杰西很爱菲奥娜和娃，一直在给娃做摇床，木棍都买好了。结果挡不住公公实话实说："那些木棍是我买来，准备在走廊后的角落里搭晾衣架的。"婆婆哀叹一声，要是不把这件鸡毛蒜皮的事情抖出来，就还有机会缓和局面。菲奥娜抱着孩子扬长而去，扔下杰西、纸尿片、小推车和午餐，盘子里的土豆沙拉变成暗淡的灰白色。这个小孩再次见到自己的父亲，已是八年后。

每场吵架的发展趋势都有一个起起伏伏的K线图，如果走向越来越现实和具象，那么情况就会变得糟糕；如果走向越来越抽象和形而上，那么情况就多半不严重。

《红楼梦》里，宝黛吵架，宝玉负气而走，回家写小字条"戕宝钗之仙姿，灰黛玉之灵窍"，黛玉撂狠话说"这一去，一辈子也别来，也别说话"。可当宝玉果断而去，黛玉来视动静，看到宝玉写的曲子和偈语，又不觉"可笑可叹"，两个人参禅悟道，仍复如初。

小朋友们的分分合合也大抵如此。我家小孩和他表哥可谓"见不得离不得"的好玩伴。当他们玩耍时，就像进入一种神游状态，能够无止境地发明游戏、计划任务，创造出一个想象世界，这个世界对外人来说有多虚幻，对他们来说就有多真实。他们随时随地能进入自己的故事，就像跨过一道没人能看见的门槛。当他们进入共同的故事情节，其他人和事都变得无足轻重。我胆敢触碰他们的任何一样东西，都会遭到强烈抗议。

只有当他们争吵时，他们才会来找我“主持正义”。鉴于现实可能对亲密关系有腐蚀性，只要把吵架控制在云端，那关系就多半不会破裂。可不论我怎么劝导他们回到游戏中，这两个男孩都执意要在现实世界。他们开始重视事实，谁说了什么谁做了什么，编成对自己有利的故事来否定对方。他们从前有多心照不宣，如今就有多势不两立。任何琐事都能让他们吵起来，争论最微不足道的东西属于谁，因为最细微的措辞而怒不可遏，所经之处无一幸免。

由爱转恨，就像从幻境走向现实。摧毁关系的，不是吵架的力度或强度，而是不再相信那个幻境，就像一条流淌着魔法的河流，双方都愿意在这条河里乘风破浪，一旦有人不再相信魔法的存在，这条河流就干涸了。

精神遨游在太虚幻境里的宝玉和黛玉，一部《红楼梦》，半部是讲他俩在吵架——摔玉、铰香囊、寻死觅活，可是越吵越好，就像黄鹰抓住了鹞子的脚。相反，贾琏和王熙凤，当他们为了拉托儿、弄权、放贷、藏私房钱而心生芥蒂并互相厌恶的时候，他们都拼命挣扎着想摆脱对方，却又放不过彼此。

在单身的黄金年代，我们如何面对爱情

梁永安

如今，经济发展使我们个体在维持自己的独立生存方面有了基础，社会保障、福利制度、保险等减轻了人们的后顾之忧，而且全球化的过程使人们可以非常自由、丰富地生活，所以说，单身或者独居变成了一种可行的生活方式。我们说这是单身的黄金时代。

尽管是这么一个大历史趋势，但我绝对不是鼓吹大家选择单身，我们还是要追求爱情，还是要坚守这个价值。

我想从文学的角度，来讲一讲爱情中的几大难关。

敢不敢和女 A 比翼齐飞

什么叫女 A？

在日益势利化的婚恋观念中，人们把男性和女性都分成 4 个等级：A、B、C、D。当下的婚恋模式，大都是男 A 找女 B，男 B 找女 C，男 C 找女 D。这造成什么后果？女 A，也就是大量的“三高”女性——学历高、收入高、职务高——长期处于单身状态。

我觉得这里可能有一种男性在传统社会里，面对女性的控制意识和支配意识。到了现代社会，女性成长了，工业革命之后出现了第一批社会性的自由女性，她们走出家庭，去当秘书、小学教员、家庭教师。发展到今天，社会中涌现出成千上万的优秀女性，但是她们就悬搁在那里。

历史上，一个优秀的男人爱一个优秀的女人，这使文化的创造力变得丰富、强劲。比如，英国著名作家伍尔夫和丈夫伦纳德。

伍尔夫有精神疾病，有时候会发作。伦纳德特别钦佩她的文学才华，特别能理解她所写的情感生活、社会生活，以及其中包含的种种内在的问题和趋势。伦纳德充分地认识到她的价值。

我觉得好的恋爱就是这样。一个学生如果谈恋爱，我肯定会问他，你爱的那个人最重要、最根本的精神价值、文化价值、社会价值在哪里？你要说得出他有什么特性，他跟别人有哪些不同之处。

另外，你要说得出他现在面对的最大困难是什么，他要发挥特性、创造性，最大的难关在哪里。你知道他的难关，就不会大事小事分不清，整天折腾，彼此就会很珍惜。这不是一个单向的问题，彼此都要知道。

伦纳德特别知道伍尔夫的价值和问题。他为了让伍尔夫在写作的时候充满自信，干脆办了个小印刷室，把她写的文章都印成书。有时候伍尔夫精神状态不稳定，要离开、要跑到伦敦去，他就不辞辛苦地陪伴她、追寻她。所以伍尔夫能写出那么好的小说，如《达洛威夫人》《到灯塔去》，这其中肯定有伦纳德的功劳。这是特别感人的一对夫妻。

我们今天的中国男人，其实很少敢去爱一个特别优秀的女人。在这种模式下，未来女性要发展，将会普遍地被压制，陷入一种孤独的状态。

能不能克服爱情中的肌无力

肌无力是一种病，浑身的肌肉萎缩，越来越没有力量。我们现在的小说里写了大量爱情的肌无力。川端康成的《雪国》是这样，杜拉斯的《琴声如诉》也是这样。

一个工人，爱上一个富有的夫人。两个人有时候跑到咖啡馆里见面，看起来很亲密，渐渐地，周围的人开始议论，他俩就感觉到压力了。

最后一次，他们握手的时候互相说“再见，再见”，每次他们都说“再见”，但彼此都知道下次还会见。但是这一次握手，小说里写，他们就像握着一具死尸的手，人们就知道他们再也不会见了。

在我们的现实生活里，这种随风一下子飘走的东西太多了。为什么没有力量呢？因为现代社会是个流动社会，是个碎片化的社会，我们看到一个人的时候，没有看到他的全部。

以前在一个村里，或者最多隔两个村，你能看到一个人从小在河里游泳，能看到他爬树，能看到他不同阶段的成长。所以你对这个人，从根本上是了解的。

在现代社会里，我们看到的都是片段。一个人突然跑到你面前，你觉得不错，但对这个“不错”，你心里也没有底。我们现在的很多爱情，双方相爱的时候都是打折的，都在内心深处保留了一丝不信任。

在这种爱情里，尤其需要猛烈的迸发和百分之百的投入。

为什么是百分之百？在这种碎片式的相遇里，你只有百分之百地投入才能把自己呈现出来，才能让别人感受到你的整体生命。如果你还是那么一种计算得失的状态，这段爱情就没法进行到底，很容易分离。

这其中最大的难点，就是我们在价值观念上、生命理念上，缺乏一种转换。爱上一个人意味着什么？意味着我们要从得失的心理转换到情感的真假。

哪怕人人说不好，我也要坚持，因为这是我的真。我只有一次生命，我不可能放弃我的生命，这个真，是我的生命。

爱情本身也是这样。它属于真假范畴，不是得失范畴，不是靠打分来计算的。

能不能生活在别处

菲茨杰拉德写了《了不起的盖茨比》，发表以后被称为“人类最后一部浪漫主义小说”，评价非常高。1956 年《查密莉雅》发表，全世界评论家又欢呼了：这才是真正的人类最后一部浪漫主义爱情小说。

年轻的农村姑娘查密莉雅，长得非常健美。她很快要出嫁了，嫁到一个非常殷实的人家。这个时候，村子里来了一个伤兵，叫丹尼亚尔。查密莉雅发现他跟大家完全不同。傍晚，他会在山坡上唱歌，歌声忧伤又嘹亮，完全不属于日常生活中油盐酱醋的范畴。

后来集体农庄派她和丹尼亚尔去送粮。到了粮站，别人往丹尼亚尔肩上放一袋粮食，丹尼亚尔就把它扛进仓库。结果粮站的人搞恶作剧，看丹尼亚尔是一个伤兵，故意嘲弄他，给他放两袋粮食。查密莉雅的心一下子就提了起来。结果丹尼亚尔一声不吭——他是个伤兵，但他心里特别骄傲。他就咬着牙齿，一步一步地往仓库走。

就在那一刻，查密莉雅看到了一个东西：尊严，精神的高贵。后来，查密莉雅跟丹尼亚尔私奔了，他们离开了这个地方。因为有这种精神力量，他们确信从零开始也能创造新生活。

爱情的要点就在于此。爱情不是银行，你看他有车、有房、有钱，那些东西是飘忽不定的，终究会用完。爱情最根本的是打开一个新的世界。

查密莉雅和丹尼亚尔两个人去哪里了，我们不知道，但我们知道，他们一定能创造属于自己的美好生活。

我们今天特别需要这样一种状态。模仿的时代过去了，未来是一个创新的时代。爱情本身就是一股强大的推动力，从零开始，从无到有，我们整个社会就会焕发出无限的青春力量。

不要当真

尹尔山

一位小女友失恋，言痛苦不堪，约我逛公园消愁。

我自然全力进入角色，为她讲了很多很多大道理小道理和不大不小的道理，推心置腹，连自己都感动了。突然，她趁着夜色一下拥住我，喃喃道：“老大哥，你真好，你为什么结婚了，你要离婚我马上嫁给你！”说罢在我脸上一吻。

这一吻让我几天心神不定，夜不能寐。看看身边已现老态，而且绝不温柔的妻，想想小女友的娇容和体贴，不由得心底波澜起伏。许久，方冷静下来。

恰好，小女友又约我。我想找机会表白自己，让她千万别存在幻想，谁料她约我却是别的事，并说其姐又为她介绍一位男孩，见面很中意。

我笑了，笑自己。有些事和话千万别当真。千万！

情爱语丝

张爱华

爱情也是一束日光，是一种太阳游戏。当它移出属于你的区域后，别人温暖了，你心凉了，对于世界来说，这是公平的。

真正担负情感走路的人，一般来说就没能力装假。装假也是个累活，得放下感情的担子才能有精力装假。

自省，是男女之间的桥。来到桥头的女人是为了跨越，来到桥头的男人，是为了回返。

人类自身有一部分是与自然界为敌的。比如：人差不多都害怕一种或几种动物，女人尤甚。夏娃以此对上帝表示永不和解；而男人则好得多，出了伊甸园不久，亚当就原谅上帝了。

情人需要你的是什么？是激情爆发式。缠绵的永远，在男人眼里是随时可被拿走的小玩意儿。在男人燃起一支烟的时候，女人开始了对火花形状的回忆。

婚姻，使男人沦为账房先生，女人沦为管家婆。在计算和絮叨中，流失的不仅是生命，还有对幸福的感觉。

我曾说过：

“我们同样轻飘，所以我们才有机会在空中相遇。”

所谓“扎实”，不是女人专利。

上帝给了女人生殖能力的同时，也取消了她们的自由。女人的痛苦来自月亮，太阳出现的时候，女人便怨恨终身。

男女之间从来不存在什么“退而求其次”的问题——情人不成退到朋友，朋友不成退到同志，所有关系几乎都是一次性占位。

没有什么事情比失恋更能提高人对于痛苦的消化能力。人们对待失恋的态度有些不公平，就像教师的待遇在这个时代的不公平一样。

心里有爱的时候，你会觉得这个世界没缺欠；爱一旦消失，世界也变得千疮百孔。

给我一个小小的世界

胡 坚

亲爱的丈夫，请给我一个小小的世界。

当我在纸上胡乱涂写的时候，请不要在我身后窥探。我或许是在发泄心中无法诉说的一种情绪，或是在构思一首暂时还羞于见人的小诗，或是再次拿起久违的彩笔勾勒童年的彩虹，请你让我信笔驰骋。

当我对着旧的照片和书信沉思、垂泪或微笑的时候，请不要打扰我。因为在你之前我愿意和你分享这些回忆，但我还有一段属于我的历史，属于我的悲欢离合，属于我的青涩的橄榄和散落的珍珠，尽管我愿意和你分享这些回忆，但我还是想有一段时间独自品尝和细数它们。

当我和挚友小聚而你不能参加时，请你不要介意。你是我最好的朋友，但你不能代替我其他的朋友，如同朋友不能代替你。像需要你一样，我需要朋友的关心、批评和鼓励。没有星星点缀而仅有月亮高悬的夜空多么清寂，请让我拥有一个星光灿烂的夜空。

当我偶然打起行装远行的时候，请你不要牵住我的手。尽管你是我世界的中心，却不是我整个的世界。我向往着万里云山之外的那些神秘莫测的秘密，请让我做一回“独行侠”，去探寻我的“爱丽丝仙境”。当我带着新的经历、新的感觉回到你的身边时，一定会令你刮目相看。

亲爱的丈夫，如果你能给我这样一个小小的世界，我会对你充满深深的感激。

人生小品

乔　叶

结　婚

一位妇人淡淡地对我讲述她的婚姻故事：

我们见过面之后，他觉得我长得不丑，工作还可以，家境也不差，人品也不坏。我们就订了婚。我们看电影、吃饭、吵架、散步、买衣服，后来就商量着结婚。一天，我们在楼道里等一辆拉家具的卡车，算计着该发多少张请帖，订多少桌菜，我该去哪家美容院做新娘化妆，之后我们就沉默着。外面正下着雨。我突然觉得我并不认识他怎么就要和他结婚了？我哭起来。他惊慌失措地把我搀回房。……当然我们还是结了婚过起了日子，这有什么不好呢？

望着这个疲惫的妇人，我无话可说，只是觉得有些冷。我不敢想象这世上有多少夫妻也在陌生地牵着手走过岁月。

我是在火车上遇见他的，他是位英俊少年，我是穿白毛衣的孤身少女。他的面前堆着很多金灿灿的橘子。我很渴，可我买不到水果和饮料。我把脸扭向窗外。

“这橘子还真不错。”我听见他对着我自言自语。我知道他是希望我能接上话，然后顺理成章地给我橘子。可万一他是人贩子，万一是道貌岸然的流氓，万一他居心不良在拿我开涮……我闭上眼睛。

他该下车了。橘子仍耀眼地堆在那儿。

“你的橘子！”我喊。

“帮我把它们消灭了吧。”他笑道，“我的行李够重了。”

又过了两站，我下了车。正匆匆地在站台上走着，忽然听到有人问：

“橘子好吃吗？”

回头。少年正坐在另一节车厢的窗旁，没下车。

论爱情者一日，一位朋友有条不紊地对我论述爱情：

这世上的爱情如盖房子，其形式大抵可分为四种：其一，盖得慢拆得慢的。这种人最为平实谨慎忠厚自然，所以大多善始善终。如杨绛和钱锺书。其二，盖得快拆得快的。这种人逢场作戏来去如风却也无伤无痛。如唐纳和蓝苹。其三，盖得快拆得慢的。这种人极热烈极投入极钟情，倒也浪漫如诗。如徐志摩和陆小曼。其四，盖得慢拆得快的。这一般是两情相悦已久即将大功告成，却突起风云，鸳鸯两散，长恨离歌。如梁山伯和祝英台。

你是哪一种人呢？我问。

我的地基还没选好，哪里会盖房子，且不谈我吧。此君狡黠地笑道。

诗　人

曾有一位诗人给我看相：你这个姑娘，敏感，细致，情感丰富深刻而又广阔，你与众不同。如果再有一番生活经历，必会成器。

可我没有生活经历呵。我说。

他给我讲了一个故事：一位盲丐向一位诗人乞讨，诗人无以相赠，就在乞丐胸前的木牌上写了一句话：“春天来了，可我看不到。”从而使这个盲丐收入丰盈，渡过了难关。最后，诗人说：拥有苦难的人很多，但他们很少有人能使苦难具有价值。你需要做的，就是把他们的苦难据为己有，然后放到一个高度上升华。你要记住——关键并不在于你是否亲历，而在于你是否用心体验。

我还认识一位极为放荡不羁的诗人，初次见面他就说道：姑娘，我爱你。如果你相信这句话，那你就错了；不过如果你不信这句话，那也是错误的。

我信。我笑道。我知道他所言的是博爱，而非专爱。

诗人的诗只能用感觉去领悟，而不能去判断去分析。

诗人之所以为诗人，是因为眼睛和心灵不同于别的任何人。

悲哀与寂寞

有时候，呆呆地望着墙，会突然感到一种刻骨铭心的悲哀和寂寞。那么强烈那么自然那么原始而又不可抗拒。我分不清楚快乐和悲哀的思想哪个更真实。

也许都是真实的，但我更偏爱悲哀时的思想。虽然痛苦，却有一种不可名状的快感。

你不能学简单点吗？恋人问我。

我不能。水一旦变浑就很难再澄清了，虽然也有澄清的时候。当思想进入一种深度的时候，就不可能再返回简单了。

企图追求本质，就必然违反本质。

我不许你悲哀，也不许你寂寞！恋人固执地说。

我笑而无语。天真的人，亲爱的人，某些时候，请允许放纵我的悲哀和寂寞，因为这也标志着灵魂的自由和幸福啊。

痴　爱

一位男孩痴爱我 6 年，可我实在无情可言，又不愿勉强，所以终是冷漠而心痛地拒绝了。他为情所伤，调到了一个很远的地方。

然而不久又写信来，虽不再言爱，字里行间仍蓄满深情。为了彻底斩断情丝，我只字不回。信一封一封，被我压了厚厚的一叠。

一日，又收到他的信，平淡地告知我他已结婚，妻很贤惠柔美。遂寄去礼品相贺。从此不再戒备，书信往来，以友相称。如此半年有余。

一日上街购物，偶遇一友，与他亦为友。兴致盎然地打听他的近况，问及其妻，友人诧然道：他还没找对象呢！归家，一封封读他的信，末尾署名皆为：×× 同妻上。

视之良久，黯然泪下。

相爱便是永久

璐　璐

每次海出差，我都要难过许久，一个人的黑夜竟是那么长。面对孤寂的夜空，思绪就像一幕幕电影在脑海里闪映，往事像一杯醇醇的美酒让我细细地品尝。那漫长的大学时光，我和海经历了许多，而那些在风中在雨中的承诺，仿佛又出现在眼前。

我与海相识是缘于舞蹈。他是那种刚会走路就要跑步的人。因为有个好相貌，一副好身材，居然骗过老师进了我们舞蹈队，看他那手舞足蹈的花架子，没有人相信他竟是个连三步四步都没学会的空心萝卜，于是让他阴谋得逞，一来就挑大梁，和我一起攻双人舞《三百六十五里路》。这一下他就包不住了，那惨不忍睹跳起来像足球守门员的舞姿让人看了就生气。摆胳膊就像在打蚊子，气得老师大骂他没有艺术细胞。他倒挺虚心，从不顶嘴，我当时觉得他好可爱！偷偷地我就指点他一下，他认真地学，我就得意起来。排练一般都是在晚上，因为离得近，我总要回家住，海知道后提出送我回家，我答应了。同是大一的学生，但我们在许多问题上看法都不一样，一路上我们争论不休。他不善言辞，但立场鲜明斗志强，有时我故意气他，一套一套谬论噎得他目瞪口呆，他就卖傻力把我举得老高，怎么也不放下来，非让我认输不可，好话说尽也不管用，我只好投降。

渐渐地，我由开始的盼望排练发展到盼望见他；盼望听他说他们满族祖先的故事；盼望他给我出一个小小的难题能让我一下子解决，听他表扬我几句，心里就特别满足。有一天下着雨，他打着伞送我回家，雨夜路很滑，他不知不觉地拉着我的手，一种异样的温暖的感觉袭遍了我全身，我赶紧保持着，一动也不敢动。那夜他说了些什么，我全没听见；那夜只记得回家的路好短；那夜我彻夜未眠……

以后的日子我们相爱了，沉浸在初恋的狂热中的我们，和所有的恋人一样，体验着甜蜜、焦急、相思和缠绵。我们深深地眷恋着对方，心每分钟都在为彼此燃烧。当时我们谁也没考虑今后会发生什么，我们固执地认为相爱便是永久。

不幸的是放假了，他必须回家过年，我带着泪花送他上火车，离别的时候他吻我的发，说回去把我介绍给父母，明年就能带我回家一起过年了。整整一个春节我都在数日子，没心思吃饭、拜年，天天关着房门写日记。约定的日子终于等到了，那天清晨我就穿戴整齐，等着时间快快跑，好到车站去接他。那个冬天的下午我在车站一直站到末班车里的人都走光了，才意识到今天他不会回来了。我心里乱糟糟地骑车往回赶，结果在家门口的小路上，后背被重物狠狠地撞了一下，一阵剧痛使我失去了知觉……

当我醒来时发现我被捆在床上，映入眼帘的是妈妈疲劳的脸。我忙问我怎么了，妈妈一脸的泪，说孩子你好好躺着吧，妈养你一辈子，我顿时呆了！妈又说整理房间时看了我的日记，说丫头快别傻了，现在什么也别想，好好休息。可我又怎能不想呢？我现在这个样子，老天！他看了会怎么样？

几天后的中午，妈妈刚走，一个熟悉的影子一闪就到了眼前，他的急切关注全写在脸上，一头的汗，他紧紧抓着我的手，一迭声地问："怎么了？你怎么了？我才走两天，你怎么闹成这样？"我忍不住哭起来，他也流泪了，说："你怎么不照顾好自己呢？我这两天天天在你家楼下等你，怎么也看不见你，我都快急疯了，后来发现你妈天天着急往外赶就跟了来，没想到见你这样，真让人心痛啊！"我半天说不出话来，愣愣地看他，他又说："你想什么呢？我刚才问医生了，你死不了！死不了我就天天来伺候你！"我问："那天你为什么不回来？"他沉默了，又问，他只好说："你别怪我，回家我和父母谈了你的情况，没想到他们大为生气，说我们太小不能谈恋爱，再有你是南方人，他们不习惯。整个春节我都在和他们斗争……我只要你！"我不愿再听下去了，侧过脸，任泪水哗哗地流……

海正像他所说的那样天天来照顾我。放学后，他在我床边看书、读报、喂我吃药，说笑话给我听。我为失学而痛苦时，他就拍着我的背安慰我可以在家自学，告诉我好多知识不是在学校里能学到的……海用他的真诚和耐心赢得了我父母的默许，我也在他的帮助下站了起来。

日子年复一年地过着，海每逢星期天就领我出去散心。我们在草地上度过一个又一个黄昏，在星空下许过一个又一个心愿。遇到放假，海总是象征性地回家看看，然后急急赶回我身边，陪我听新春的钟声，陪我熬夏夜的长寂。

海实习是在北京一家部级单位，由于表现出色，毕业后，他就留了下来。这期间，他不知拒绝了多少好心人的忠告和各种物质上的诱惑，义无反顾地在毕业后的第二天就和我双双领取了结婚证，他说这是男人的责任。婚后我随他来到北京，我们的经济很拮据，在单位附近的地下室租的一间小屋花去了海每月工资的大半，我们没有任何“大件”，从旧货市场买了一张双人沙发放开了就是我们的新床，海每天早早地回来做家务。后来海又到一家合资公司。海做得很辛苦，由于海的勤奋，一年后，他被提升为总裁助理，并且我们终于离开了地下室，拥有了一间属于自己的房子。

那是一个清闲静谧的晚上，我笑问海：“娶了我你不后悔吗？”海挺认真地想了想，告诉我：“记住，相爱便是永久！”

心情故事

幽 蓝 雨 晴

“真的想安定下来了。漂泊那么久，想重温家的感觉。”他装作不经意地又说了一次。他偷偷瞄她，想发现她的回应。她还是没看他。

“你说过啦。”她的目光仍停留在杂志上，一如往昔温柔却平淡地说。

“不知道为什么，”他有点腼腆地玩着手上的东西又说，“最近老跑珠宝店，结果昨天一看到这枚戒指就很喜欢。买了之后，却不知道谁才适合戴它。你要不要看看？”他亮出了一枚款式高雅简单的珍珠戒指。

“你想卖给我呀？”她脸上有一丝若有似无的笑，还是没抬头看他。

他叹口气，背过身把手撑在窗框上，望着窗外发起呆。她抬头望着他的背影，笑意更浓了，但是她很快地收好，不让回身的他发现异状。

“嘿！”他顽皮地笑着，“你有没有想过，组织一个小家庭，你和你老公，坐在地毯上，听着情歌，透过落地窗望着满天的星星，是多美好的事？”

“或者，当你和你老公满头白发、满脸皱纹的时候，坐在摇椅上，回忆年轻时的恋爱滋味？”他陶醉又兴奋地盯着她说。她很想笑。没见过一个男人这么会幻想。

“你有没有在听我说啊？”他急了，跳到她面前。

“什么？”她忍住笑意，双颊通红。

“嫁给我啦！”他脱口而出，不在意她是否会拒绝。

“……”她终于笑出来了，“好啦。”笑得甜甜的。

这一次，让我等你

|

雨　晴

当她在心中默默数到五百时，看见骑单车路过的他。他停了下来，是她的前任男友。他迟疑了一会儿，打破僵局似的问：“等他吗？”对于她现在的男友，他倒也不陌生。

“是啊。”当她和他还在一起时，也常相约在图书馆前碰面。她总习惯站在这相同的位置，然后，她会开始在心里默数数字。大约数到五百时，他骑着单车的身影就会停在她眼前，脸上挂着抱歉的微笑。

“擦擦汗吧。”他如以往掏出手帕塞给她，让她回想起他们分手前的那一场争执。在一个34℃高温的下午，他一如往常地迟到了。或许是午后沉闷燥热的空气令人烦躁，或许是她终于对他失去了耐心。

“我原以为我可以为你做一个固定不移的圆心，等着你循轨迹回到最初的起点。

“但是，一次又一次看着你走近，与我错身而过，渐行渐远，而我只能停在原地等待，好苦、好累！”她在给他的最后一封信上这样写着。

没想到，她与他分手后竟在相同的地点重逢，不同的是她所等待的他换成另一个他。

他说：“下礼拜我就要出国念MBA了。”

“那么，我该恭喜你将要完成你的梦想了。”他终究是跟她不一样的，即使她的口气淡得连自己都意外。

于是，她同他道别，心里明白知道这将是最后一次，他为她的等待递上手帕。他骑着单车的身影终于消失在她的视线之外，他的手帕被遗忘在她的手中。

三个月后，就在她决心不再停止自己的步调而只是等待任何男人之后，她收到他的信和一张飞向他的城市的机票。他说："这一次，让我等你，好吗？"

爱在爱中满足了

〔黎巴嫩〕纪伯伦

接着阿尔米特拉说："请给我们谈爱。"他抬起头，望着人群，那里一片静寂。

他用洪亮的声音说：

当爱向你招手时，跟随着他，

虽然他的路程艰险而陡峻。

当他的翅翼围卷你的时候，屈服于他，

虽然那藏在羽翮间的剑刃也许会伤你毁你。

当他对你说话的时候，信从他，

虽然他的声音会把你的梦魂击碎，

如同北风吹荒了花园。

爱虽给你加冠，他也要钉你在十字架。他虽栽培你，却也要修剪你。

你虽升到你的最高处，抚惜你在阳光中颤动的枝叶，

他也要降到你的根下，摇动你根柢的一切关节，直至你归于泥土。

如同一捆稻粟，他把你束聚起来。

他舂打你使你赤裸。

他筛分你使你蜕壳。

他磨碾你直至洁白。

他揉搓你直至柔顺。

然后他送你到他的圣火中去，使你成为上帝盛筵上的馅饼。

这些都是爱要你们完成的功课，使你明白自己心中的秘密，成为生命之心的一瓣。

但假如在你的一丝疑惧中，只寻求爱的和平和逸乐，

那不如掩盖你的裸露，而躲过爱的筛打，

走入那没有季节的世界，在那里你将欢笑，却不是尽量的愉悦；你将哭泣，却没有流干眼泪。

爱除自身外无施与，除自身外无接受。

爱不据有，也不被据有，

因为爱在爱中满足了。

论爱（节选）

〔英国〕雪　莱

你垂询什么是爱吗？当我们在自身思想的幽谷中发现一片虚空，从而在天地万物中呼唤、寻求与身内之物的通感对应之时，受到我们所感、所惧、所企望的事物的那种情不自禁的、强有力的吸引，就是爱。倘使我们推理，我们总希望能够被人理解；倘若我们遐想，我们总希望自己头脑中逍遥自在的孩童会在别人的头脑里获得新生；倘若我们感受，那么，我们祈求他人的神经能和我们的一起共振，他人的目光和我们的交融，他人的眼睛和我们的一样炯炯有神；我们祈愿漠然麻木的冰唇不要对另一颗火热的心、颤抖的唇讥诮嘲讽。

这就是爱，这就是那不仅联结了人与人而且联结了人与万物的神圣的契约和债券。我们降临世间，我们的内心深处存在着某种东西，自我们存在那一刻起，就渴求着与它相似的东西。也许这与婴儿吮吸母亲乳房的奶汁这一规律相一致。这种与生俱来的倾向随着天性的发展而发展。在思维能力的本性中，我们隐隐约约地看到的仿佛是完整自我的一个缩影，它丧失了我们所蔑视、嫌厌的成分，而成为尽善尽美的人性的理想典范。它不仅是一帧外在肖像，更是构成我们天性的最精细微小的粒子组合。它是一面只映射出纯洁和明亮的形态的镜子；它是在其灵魂固有的乐园外勾画出一个为痛苦、悲哀和邪恶所无法逾越的圆圈的灵魂。这一灵魂同渴求与之相像或对应的知觉相关联。当我们在大千世界中寻觅到了灵魂的对应物，在天地万物中发现了可以无误地评估我们自身的知音（它能准确地、敏感地捕捉我们所珍惜并怀着喜悦悄悄展露的一切），那么，我们与对应物就好比两架精美的竖琴上的琴弦，在一个快乐的声音的伴奏下发出音响，这音响与我们自身神经组织的震颤相共振。这就是爱所要达到的无形的、不可企及的目标。正是它，驱使人的力量去捕捉其淡淡的影子；没有它，为爱所驾驭的心灵就永远不会安宁，永远不会歇息；因此，在孤独中，或处在一群毫不理解我们的人群中（这时，我们仿佛遭到遗弃），我们会热爱花朵、小草、河流以及天空。就在蓝天下，在春天的树叶的颤动中，我们找到了秘密的心灵的回应：无语的风中有一种雄辩；流淌的溪水和河边瑟瑟的苇叶声中，有一首歌谣。它们与我们灵魂之间神秘的感应，唤醒了我们心中的精灵去跳一场酣畅淋漓的狂喜之舞，并使神秘的、温柔的泪盈满我们的眼睛，如爱国志士胜利的热情，又如心爱的人为你独自歌唱之音。因此，斯泰恩说，假如他身在沙漠，他会爱上柏树枝的。爱的需求或力量一旦死去，人就成为一个活着的墓穴，苟延残喘的只是一副躯壳。

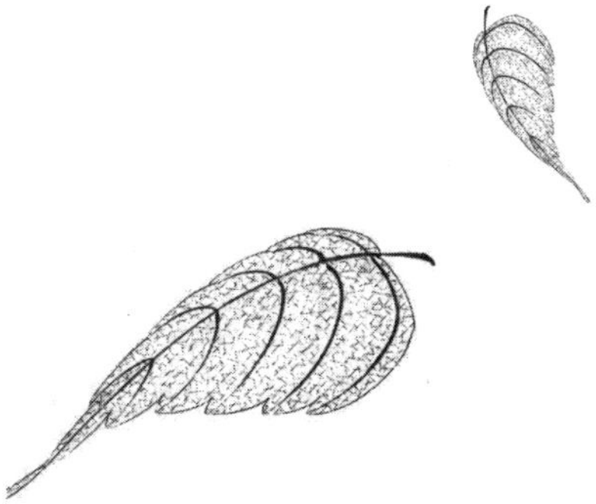

田园爱情

张桂生

小芹没兄弟，她和妹妹小晶只念完初中就回家帮爹种责任田了。

妈去世好些年，爹有风湿病，做不了重活，落在姐妹俩肩上的担子分量不轻。

“给你找个对象吧，小芹。”这天太阳落山后，小芹和小晶在井边洗脚上的泥，爹搬竹椅坐在屋檐下说。

小芹使劲往脚上泼水，哗哗响。这是要为家里找个不花钱的帮工。爹脾气犟，他想干的事，牯牛都拉不住。

媒婆就把邻村的大春介绍给小芹。

大春有一身力气。爹喜欢。小芹背地里对小晶说，爹要我嫁给力气。小晶知道小芹心高。

稻子熟了。大春将家里的农活留给两个弟弟，自己来帮小芹家割稻。小晶陪爹去乡医院看病回来，也拿了镰刀赶到责任田。小芹坐在田头树荫下纳凉。田中央，大春低着头，唰唰唰，身后割倒了一大片稻。太阳好烈，汗水冲过大春身上汗衫的阻挡，往下滴落。

是头牛也要换换桩。小晶嘟哝着，高声唤大春来树荫下歇口气。小芹不许小晶叫大春姐夫。

“不累！”大春直起腰，用手掌抹去脸上的汗水，笑笑，又埋头割稻。

“双抢”结束，大春和小芹定了亲，大春就常来帮小芹家干活。爱说爱笑的小芹每逢和大春一块儿在田地里干活，就像一只没嘴葫芦。

一回，小芹摘了苦瓜回家，突然一辆黑色出租车停在她家左墙边。从车上下来一个男子，向小芹讨开水喝。喝了水，男子像才看见小芹似的："哇，好靓的小姐，在乡下太委屈了，不如跟我去南方吧。"男子说他是南方一家合资企业的人事部部长，来小芹她们县里招女工，抽空去道教圣地阁皂山游玩，返回县城时路过这儿。

这是小芹梦寐以求的好事。正好小晶下地回家，小芹就央求妹妹转告在别人家搓麻将的爹，她要跟南方来的老板去打工。小晶迟疑着，小芹双眼滚出泪珠，搂着妹妹哭。小晶明白小芹不愿待在农村，不愿嫁给大春，就点点头。

小芹随那男子坐出租车走了。爹回来知道了这事，就骂小晶没拦住小芹。骂了几天，也就不骂了。他不想把小晶也骂走，他指望小晶干活。

过了两个月，小芹来了信，还汇来2000元钱，要爹替她退婚。爹又骂小芹。骂久了觉得没味，就找媒婆说好话，请她去大春家里退了婚。

小晶肩上的担子更重了。爹有病，下不了田，又不会做饭，里里外外全指望小晶。

七月流火。小晶挑粪水给辣椒地施肥。粪桶里只装了大半桶，扁担一上肩，肩膀火辣火燎痛得钻心。小晶咬着牙，挑着粪桶一路趔趄着。她已挑了三天，双肩肿了，两腿打战。

"小晶，歇一下吧，我来帮你。"大春正好去临江镇卖苦瓜回来，路过这儿，就笑盈盈地拦住小晶。小晶放下担子，大口喘气。

"别，大春哥，我家对不住你。"

大春两手一托扁担，担子上了肩，健步如飞，口中说："强扭的瓜不甜，我不怪小芹。"

以后，大春就常"路过"小晶干活的田地，帮她干一会儿活。日子长了，每当小晶独自一人干着重活时，就会想起大春那强壮的身体、有力的肩膀。她好想倚在大春胸膛上歇会儿。

一回，小晶问帮她干活的大春："你喜欢我吗？"

"喜欢。"大春身子一抖，"可是我不敢。"小晶的胸口怦怦地敲鼓："你是个大傻瓜。”

日子如流水般逝去。小芹去南方满两年了。听去南方打工的人回来说，小芹开始跟带她走的男子好，好了半年两人分了手。又和一个老板好，一年不到又被甩了。

小晶在家劳作，有大春常来帮忙，也就不觉得苦。小芹走了一年时，她和大春定了亲。

这天傍晚，小晶和大春从菜地干活回家。刚进村口，一只小飞虫扑进小晶眼睛内，大春左手扶住小晶的腰，用右手的拇指和食指翻开小晶的左眼皮，嘬嘴噗噗地使劲吹。虫子被吹掉了，小晶的眼睛舒服了，她乘机用嘴巴在大春的脸上啄了一下。这时身后传来压抑的哭泣声。

“姐姐，是你？”小晶推开大春，走近背着牛仔包捂着脸哭泣的小芹，“回家咋不来电话？”

暮色中，小芹风尘仆仆，一脸憔悴。“小芹，你好。”大春低下头看自己的脚尖。

小芹松开捂着脸的双手，望望小晶，瞥了一眼大春，潸然泪下，转身跑了。

小晶追着小芹：“姐，你回来……”

我是那只等爱的狐狸

紫 衫

在大学图书馆尘土飞扬的旧书库中，一本古旧薄薄、画满优美插图的小书——法国作家圣·埃克斯佩里著的《小王子》将我带入了那充满爱与忧伤的世界。

就像每个女孩子在看了《泰坦尼克号》后都希望自己是露丝，我猜她们若读了《小王子》都会愿意自己是那朵玫瑰。

但从最初到现在，我只觉得自己像那只狐狸……

小王子遇见狐狸，是他正在哭的时候，小王子因为难过请狐狸陪他玩，狐狸拒绝了。

“我不能跟你玩。”狐狸说，“我还没有被驯养。

“对我来说，你只不过是个小男孩，跟其他成千上万的小男孩没有两样；对你来说，我也许只不过是只狐狸，你既不觉得需要我，我也不觉得我需要你……

“驯养，就是建立某种联系……

“如果你驯养了我……”

每次我读到狐狸说出这句话的时候，都会感动得鼻子发酸——那种对爱的期待与执着……

我经常在认识一个可能成为我的朋友或爱人的人时，脑海里会浮现这样的句子——“如果你驯养了我……”

狐狸向小王子描述想象他的新的人生：“如果你驯养了我，我就会听得出一个人的脚步声跟别人的都不一样。别人的脚步声会让我匆忙躲回地底下，而你的脚步声，却会像音乐一样，把我从洞里唤出来……

“……我不吃面包，所以麦子对我没用，麦田跟我也没什么好说。这很叫人难过的。可是你有金色的头发，一旦你驯养了我，将会是多么美妙，同样是金色的麦穗，就能让我想到你，我也会爱上吹拂过麦田的风声……”

小王子驯养了狐狸。可是小王子还是离开了狐狸。对于像狐狸这样的人来说，生命中其实也已经不是很介意，一定要把什么攥在手心里。

“那你还是什么都没得到吧……”小王子说。

“不，”狐狸说，“我还有麦田的颜色……”

说得真好——只要你曾经被驯养，这个世界就不会再是原来的样子。

当我懂得“驯养”这个词后，我从此不再计较生命以往和将来的得失——无论是爱情，还是友谊——可能是我总是在失去，可是谁不曾以及将失去什么呢，从童年时一个美丽的发卡到最终了时我们的生命。

“驯养”，真不知道这只狐狸从哪里学来的。

现在又教会我。

于是，在我的生命中，从此多了一种靠着“驯养”建立起来的联系——对我，可能是友谊，也可能是爱情，但无论如何，我在去追求的时候，会有这样的心态，我相信到最后，至少，我还能有麦子的颜色。

这颜色可能是你们共同读过的一本书，走过的一段路，同一时刻抬起头来看月亮心灵所感到的激荡，不约而同说出的一句话。

生命会被这样的时刻鼓荡着……

请你驯养我吧——

我知道，那是爱的声音。

我是那只等爱的狐狸。

另类婚姻观

陈耀明

A. 延长爱情的唯一方法是：推迟结婚的时间。

B. 喂，小伙子，结婚是仓促不得的，除非你的女朋友已经怀孕了。

C. 关于结婚这件事，我对一般的朋友会表示祝贺，对最好的朋友则表示同情。

D. 不论从哪种角度来看，爱情只是一种脑力劳动，而婚姻则是一种体力活儿。

E. 爱情仿佛打桥牌，全靠算计；婚姻仿佛打麻将，全靠运气。

F. 人生的滋味大致可概括为：酸甜苦辣。仔细品来，爱情的滋味又酸又甜，婚姻的滋味又苦又辣。

G. 女人再婚是为了赌气，男人再婚是为了碰运气。

H. 结婚的历史意义在于：连接你们的那条“红线”（千里姻缘一线牵）从此会变成一条绳索。

I. 当女人走投无路时，她会和一个男人结婚；当男人走投无路时，一个女人会和他离婚。

J. 女人具有水的属性，男人具有火的属性，婚姻就是试图使水火相容的一种尝试。

K. 爱情使人睡不着，婚姻使人打瞌睡。

L. 爱情的烦恼多，婚姻的麻烦多。

M. 二人世界太大，一人世界太小，据说一个半世界最好。

N. 没有婚姻的爱情使你终生遗憾；没有爱情的婚姻使你天天遗憾。

O. 婚姻可是一部《神曲》。不过，这部《神曲》与但丁那部正好相反。它的上册是“天堂”，中册是“炼狱”，下册是“地狱”。

P. 恋爱是浪漫主义，结婚是现实主义，独身是超现实主义。

Q. 娶漂亮的女人做老婆是一种艳福，娶不漂亮的女人做老婆是一种幸福。

R. 现代人谈恋爱的时间缩短了，认识两三个月就可以做爱；婚姻的时间也相应缩短了，结婚三四年就该闹离婚了。

S. 医学专家研究发现：爱情会刺激人体分泌一种使人兴奋的化学物质氨基丙苯，婚姻会刺激人体分泌一种使人镇静的化学物质内啡肽。假如我们在热恋之中能打几针“内啡肽注射液”，那就会少干一些傻事；假如我们在结婚之后能服几粒“氨基丙苯胶囊”，那就会多留一些激情。遗憾的是，这两种药至今尚未问世。

T. 可能是“爱情鸟”飞错了地方，正当谈婚论嫁的大男大女“不谈爱情”“懒得结婚”，而少男少女们的“早恋”，有夫之妇、有妇之夫们的“婚外恋”却搞得热火朝天。

U. “单亲家庭”的增加证明：城里的人已经逃出来了。“单身贵族”的增多证明：城外的人并不想冲进去。由此可见，婚姻即将沦为一座“空城”。

V. 据说，婚姻是一双鞋，舒服不舒服只有脚知道。对这双鞋我所知道的是——

1. 这双鞋一只是 40 码的，另一只是 37 码的。

2. 这双鞋只能容纳两只脚，容不得第三者“插足”。

3. 大凡不合脚的鞋，穿起来不那么舒服，脱起来也没那么容易。

W. 男人结婚前易患“相思病”，结婚后易患“妻管严”。人类社会的文明进程曾经经历“母系社会”“父系社会”，如今又进入第三个阶段“妻系社会”。

X. 不幸的婚姻天天吵架，幸福的婚姻隔一天吵一架。

Y. 随着离婚率的持续上升，现在朋友见了面，最流行的问候语已由“吃了吗”改为“离了吗”，有些前卫分子甚至会问：“离第几次了？”而最酷的回答据说是：“我也想不起第几次了。”

Z. “婚”字的一半是女人，一半是昏。如果让测字先生来解释，“婚”的含义很可能就是：女人昏了头。

两　人

〔日本〕森瑶子

两人同处一室。日久天长，在朝夕相处的男人面前，女方总是邋邋遢遢；男方也同样显得漫不经心。

早些时候，有那么一段情意绵绵的日子，可是，这只占人生短暂的一瞬而已。两人开始大声地、粗俗地讲话，争吵不休，关系每况愈下。对女人来说，目睹男人那充满愤怒的、痛苦的眼神，已成了她最后凄惨的消遣。在这混乱中的交媾，不如称之为变相的强奸。看上去相互间的感情不冷不热，其实彼此已暗自抛弃了对方。即使如此，他们仍住在一块儿，男人和女人。

这是一个冰冷刺骨的雨夜，女人想着自己的年龄，近来时常这样，她现年35岁。女人的视线落到男人身上。尽管数年来的生活枯燥乏味，在他身上却丝毫不见岁月的痕迹，在别的女人眼里，他仍是一个具有吸引力的男子汉。

男人心不在焉地翻着杂志。

“在看什么？”女人问道。

“随便翻翻……”男人应付着。

“看样子挺入迷的。”女人嗑着指甲。

“发觉世上有形形色色的人。”

“扯这些还不如去看电影。”

“在放什么？”

“嗯，去了不就知道了。”

“免了吧。”

像往常一样，男人耸耸肩闭上了口。

“你说世上有各种各样的人，什么意思？”女人突然提起刚才的话头。

“就这意思呗，指世上有想象力丰富的人。”男人的眼光又落在杂志上，“我说喝点什么？”

“随便。”女人懒洋洋的。

“什么都随便？”男人突然烦躁地嚷道，“一点儿没主见。与她相比——”

“与谁相比？”女人眼色暗淡起来。

“行了，没什么。”

“说呀，想说什么来着？”

“说了也一个样儿。”

“不说怎么知道，什么呀？”

“比方说世上有这种女人，”男人指着杂志上的《征友》一栏处，幸灾乐祸地念起来：“愿意带上一瓶法国酒伴我去看晚霞吗？香港的浅水湾，缅甸的曼德勒，或凑合着去严冬的湘南一带。哪怕只是几小时，想逃避人生的男性，请与我联系。我的信箱号码是284——”

“那又怎么了？一个百无聊赖的女人的胡言乱语。”女人神秘却又平静地说。

“即使如此也算个有主见的女人。”

“你的言外之意是……”

“同样是个女人，想象力就是那么不同。”男人嘲讽地望着女人，“曼德勒的夕阳之类，换了你能想象吗？”

“真没想到，曼德勒的夕阳居然会打动你的心。索性去见她一面呢？”

“万一是个好女人的话，说不定我会撇下你。”男人试探性地说。

“也许我们因此得以解脱。”

“我在说没准儿会抛弃你！”

“可我觉得不会被抛弃。”

“那么自信？”男人皱起眉头，“老实讲，为了她我已买好了一瓶法国酒。”

“妙极了……”女人不露声色。

“我已受够了，看你嗑指甲就恶心。”

“可那个女人也差不离呀。”

“啊，胡扯些什么？”男人责问道。

“你真想知道吗？”女人诡秘而又神采奕奕地盯着男人，自语般地说，“其实，征友的女人就是我，那是我写的广告。”

不多久，两人倒空了那瓶法国酒。

“我输了，”男人苦笑着与女人干杯，“真服了你。”

接着两人无声地喝起杯中的法国酒来，目光依然没有停在对方脸上。

陆游爱情悲剧诗

余清馨

南宋杰出的爱国诗人陆游同舅舅唐闳的女儿唐婉从小相识，互相爱慕，十九岁时在故乡山阴（今绍兴）结婚。唐婉也会作诗词，夫妻二人情投意合，形影不离，生活美满幸福。

不料后来陆游的母亲对唐婉非常不满，妄加责难，活活地拆散了这对恩爱夫妻，重演了《孔雀东南飞》式的悲剧。以后陆游被逼另娶了王氏，唐婉被逼改嫁赵士程。

三月初五，相传是禹的生日，山阴人倾城出游，游禹庙的最多。陆游二十七岁，这一天独自来游禹迹寺南的沈氏花园。恰好唐婉与赵士程也在这里游春。一别数年，男娶女嫁，天各一方，偶然相逢，真是又惊又喜，又愁又怨。唐婉忍泪含悲，叫人给陆游送来一些酒菜，以示难忘之情。陆游凝望着唐婉的倩姿丽影，泣血摧心，酒入愁肠，如醉如痴，提笔在园壁上写了一首《钗头凤》词：

红酥手，黄縢酒。满城春色宫墙柳。东风恶，欢情薄，一怀愁绪，几年离索。错、错、错！

春如旧，人空瘦。泪痕红浥鲛绡透。桃花落，闲池阁。山盟虽在，锦书难托。莫、莫、莫！

唐婉读了这首词，肝摧肠裂，悲痛欲绝，含泪和了一首：

世情薄，人情恶。雨送黄昏花易落。晓风干，泪痕残。欲笺心事，独语斜阑。难、难、难！

人成各，今非昨。病魂常似秋千索。角声寒，夜阑珊。怕人寻问，咽泪装欢。瞒、瞒、瞒！

沈园会后，唐婉郁郁寡欢，一病不起，饮恨离开人间。这两首词哀婉凄楚，如泣如诉，感人至深。

陆游二十岁时写过一首《菊枕诗》，是纪念新婚妻子唐婉的爱情诗，当时为人传诵，可惜没有留传下来。他六十三岁，“偶复采菊缝枕囊，凄然有感”，又写了两首情词哀怨的诗：

采得黄花作枕囊，
曲屏深幌閟幽香。
唤回四十三年梦，
灯暗无人说断肠。

少日曾题菊枕诗，
囊编残稿锁蛛丝。
人间万事消磨尽，
只有清香似旧时。

诗人在沈园壁上题的《钗头凤》，后来有人用竹木作围栏，加以保护。以后四十年，沈园已三易主人，但这首词还依稀可见，并被刻成石碑立于园中。诗人六十八岁，偶过沈园，触景生情，感慨万千，又写诗感怀：

枫叶初丹槲叶黄，
河阳愁鬓怯新霜。
林亭感旧空回首，
泉路凭谁说断肠。

坏壁醉题尘漠漠，
断云幽梦事茫茫。
年来妄念消除尽，
回向蒲龛一炷香。

诗人七十五岁，唐婉逝世近四十年，依然一往情深，重游故园，挥笔和泪作《沈园》诗二首：

城上斜阳画角哀，
沈园非复旧池台。
伤心桥下春波绿，
曾是惊鸿照影来。

梦断香消四十年，
沈园柳老不吹绵。
此身行作稽山土，
犹吊遗踪一泫然。

诗人八十一岁，又作《梦游沈氏园亭》诗，有“路近城南已怕行，沈家园里更伤情”“玉骨久成泉下土，墨痕犹锁壁间尘”之句。

诗人八十四岁，离逝世只一年，又重游沈园，怀念唐婉，真是至死不忘。《春游》诗云：

沈家园里花如锦，
半是当年识放翁。
也信美人终作土，
不堪幽梦太匆匆。

这一首首爱情诗，情深意长，哀怨沉痛，字字句句，都是对吃人的封建礼教的控诉。陆游爱情悲剧，传颂千古，被后人编成戏剧电影，搬上舞台银幕。

我应该吻她

〔美国〕詹姆斯·斯特瓦特·加顿　于　敏 译

我初恋的时候，既浪漫又害羞，整天在梦幻般的迷宫里徘徊……

那时我18岁，每天忙完专业课后，不是踢足球、打网球，就是到拳击俱乐部练拳击，从来不知道女孩子的事情。到了周末，要是我所在的球队没有比赛的话，我就直奔电影院，买票看故事片，这些故事片往往使我加深了少儿时代特有的想象。

一个下雨的周末，我看电影之前，无意之中走进影院隔壁的小商店里。在糖果柜台后面，站着一个和我年纪相仿、亚麻色头发、长着小酒窝的姑娘，我从未见过这样漂亮的女孩子！为了吸引她的注意力，我向她不自然地笑了一笑，想说句俏皮话，可是声调却是颤抖和不自然的："请给我买点糖。"

她把糖称了以后装进一个白纸袋里。递钱给她时，我们的手几乎碰着了。在回来的途中，我的手一直捂着这个纸袋，甚至不愿打开它。

在那之后的一个星期中，我每天都生活在一个梦境般的世界里，到处是亚麻色头发和小酒窝。我总是模仿电影男主角那样喜气洋洋地和她讲话；她呢，每当我说完，也总像女主角那样嫣然一笑。

再下一个星期六，我所在的球队有一场比赛，不过，为了去看我的维纳斯，我早已另有安排——刚踏上我们球队的汽车，我就对教练说："我母亲得了急病，我得马上回去。"没等他回答，我就跑开了。

电影准时开演，我哪有心思去看它，只是侧身走到隔壁小商店的门口。在转门那里，我踌躇了一会儿，脚伸出几次又缩了回来。我很想跟她讲句什么话，可是又想不出来，另外，对教练说谎仍然使我深感不安。

附近有个公园，我走到那里，坐在一条石凳上，嘴里不停地练习将要对她说的话。一会儿之后，我步入小商店，走到糖果柜前装作漫不经心的样子，寻找亚麻色头发的姑娘。刚抬头，瞟见眼前一位女孩子，男主角的那句话已经从我嘴边溜了出来：“嘿，你真是个王后。”当我仔细看时，竟是一个戴黑耳环的黑头发姑娘。

我大吃一惊，没等她回答，就撒腿跑进电影院，坐下5分钟后，还不知道演的是什么。散场时天已黑了，我初步恢复了镇静，于是又鼓起勇气，重新到隔壁转门那里去了。那个亚麻色头发有酒窝的姑娘正在柜台后站着。我尽可能压住激动之心，笔直地向她走去，并像电影演员那样装出微笑。我把钱放在柜台上说：“随便给点什么。”

姑娘笑了，她把糖放进纸袋给我。我像电影中的人物那样，装作若无其事地说道：“下次见！”

以后那几天真使我难熬，心里充满着一种浪漫的感觉。每天下课后我都到那里去，装作看橱窗里的商品而偷偷看亚麻色头发的姑娘。我还从未有过热恋的感觉，在电影中小伙子初遇女郎是那么简单，而在实际生活中却是这样复杂。

再一个周末，我日夜思念的亚麻色头发的姑娘，在我等了很久以后，终于从商店后门走到了柜台前，没等我开口她就对我说：“你好。”

我手表上的秒针几乎都不走了，我结结巴巴地说：“看电影之前想买点糖果。”

她又笑了，这时我才看清楚她有一双蔚蓝色的眼睛。她问：“要巧克力还是奶糖？”“两样都要。”当她把糖放进纸袋时，我忍不住直直地看着她。她站得很近，把糖给我时，她的眼睛抬起来看着我。我正准备说“谢谢”，黑头发姑娘喊道：“玛丽！”她就转身走过去了。

玛丽！多好听的名字！在迷惘中我走到隔壁的电影院，喃喃地说：“玛丽，玛丽……”

几天以后的一个下午，我在练习拳击时，仍在思念着玛丽，以至于我的伙伴汤姆——俱乐部里最差的拳击手，也能把拳头打在我的鼻子上，使我鼻子出血。休息时，他因为胜利而感到飘飘然，把我叫到一旁。

“我的女朋友叫玛左丽。”他把他女朋友的相片拿给我看，“上星期我见到她，她把相片给了我。”

我的心忽上忽下地跳，问道：“你和她认识不久，她就把相片给你了？”

“正是，”他立即说道，“明天把我的相片给她。”

我极力想恢复我的自信：“我的女朋友叫玛丽，她长得像琼·贝娜特。”

“哎哟，像琼·贝娜特？你有她的相片？”

我的心怦怦直跳，说：“它在我卧室的抽屉里。”

汤姆迷住了：“你下星期带来给我看看好吗？”

“可以。”我淡淡地说道。

当天晚上，我心中一直有一种说不出的味道，我想为了不在汤姆面前丢脸，最好尽快找到一张像琼·贝娜特的相片。母亲、婶婶和姨妈的相片没有一个像这位女明星的。我带着一颗沉重的心，踱到转门那里去，鼓起勇气来到糖果柜台旁。那位亚麻色头发的姑娘正微笑着站在那里。

“你好。”她说。

在那一瞬间，我甚至想问她：“你能给我一张照片吗？”不过，我嘴上只是说想买点巧克力。唉！如果我能把她请到较僻静的地方单独谈谈就好了，可是怎么开口呢？

我转身走进了电影院。刚好，电影中的男主人公对一位女合唱队队员说：“在演出后我们见面。”她答应了，而且不久他们之间便盛开了一朵爱情之花。我反复记熟了这句话。

电影一散场，我就直奔糖果柜台。戴耳环的黑头发姑娘在那里，玛丽却不见了。“她回家去了。”黑头发姑娘说，“你喜欢她，是吗？”

尽管我可以在汤姆面前吹牛说我的女朋友是玛丽，可是在玛丽的女伴面前说我喜欢她却又是另一码事，我怎么也鼓不起勇气，脸上直起红晕。

“哈，”黑头发姑娘笑了起来，“你脸红了。”

我想说什么，又说不出来，转身跑出了商店。

星期一我回到学校，情绪不振。汤姆因病住进了医院。这可救了我的命。可是黑头发姑娘的话和我脸红的事一直使我心情沉重，我觉得再也没有勇气看玛丽了。

汤姆回学校后向我要玛丽的相片，我告诉他我们的关系断了。“玛左丽和我也一样。”他说。我俩谁也没有再提起过女朋友的事了。

几个月以后，我还见到过一次玛丽。我乘地铁进城坐在车厢里，玛丽推开门，走到我旁边坐了下来。

“你好，”她说，“好久不见了。”

我开始和她说话，地铁的声音很响，我靠近她耳旁讲，以便使她容易听见。我闻到她身上散发出来的香水味，感到有一种说不出的愉快。我们肩并肩地坐到了我要到的那个站。在车门打开时，玛丽问道：“你还到小商店吗？”

“不，”我回答，“不再去了。”

“我也没在那里工作了。”她说。

我的心猛烈地跳着。要是问她现在在哪里工作，可能还会见到她。我问：“现在你在哪里工作？”

她在我身旁，抬起脸看着我，正想说什么，可是车要开了，我才记起我要下车，就奔过去，夹在人群中下了车，所以听不到她的回答。

那是我最后一次见到玛丽。

玛丽——我心中的维纳斯！那时我太年轻，没有经验，不敢大胆地进一步接近她，可是心里一直在想她。我对自己说：“我应该吻她……”

邂　逅

〔巴西〕维里西莫　白凤森 译

她发现他对着几瓶进口葡萄酒若有所思。她想改变方向，但为时已晚，车子在他脚边停下了。他看了她一眼，最初毫无表情，继而露出吃惊的神色，接着显得有点慌乱无措，最后两人微微一笑。他们做过6年夫妻，1年前分居了。自从分道扬镳之后，这是第一次邂逅。两人笑了笑，几乎同时说了话，不过还是他先开口的：

“你就住在这儿？”

“在爸爸家。”

在爸爸家？他摇摇头。他的汽车里装着罐头、饼干，还有许多瓶酒。他装作在车里整理什么，无非是免得让她看出他那副激动的样子。

他听说岳父死了，但没有勇气去参加葬礼。那是在刚刚分居以后，他没有勇气去向这个女人表示礼节性的同情，因为恰恰在一个星期以前，他轻蔑地称她是“母牛”。他说什么来着？“你是头没心肝的母牛！”其实她一点儿也不像母牛，而是个苗条女人，可当时他没有想出别的侮辱人的词儿来。那是他说的最后一句话。她呢，管他叫“装腔作势的人”。他想最好别问她妈妈了。

“你呢？”她还是那么俏丽，依然挂着笑容问。

“我在这附近有个套间。”

他没有去参加老人的葬礼，他做对了。第一次见面是这个样子，夜深人静的时候在超级市场不拘礼节地见面，这样更好。可天都这么晚了，她在这儿干什么呢？

“你总是深更半夜买东西？”他又问道。

“老天，”他想，“她会把我的问话当作讽刺吧？”这恰恰是他们夫妇的一件麻烦事，他从来不知道她会怎么样理解他所说的话，就因为这个，他竟然叫她“母牛”。这个侮辱性的词毫无疑问地说明他轻视她。

“不是，不是，是跟几个朋友在家里聚会，决定做点儿吃的，可家里什么也没有。”

“真是巧极了！我也有客来访，来买点喝的、肉饼什么的。”

“竟有这么巧的事！”

她刚说的那几个朋友，是他俩在一起时的什么人吗？是经常见的那几个人吗？他可是再也没有见过他们。她向来比他善于交际。不过谁知道是不是男朋友呢？她是个漂亮、苗条的女人，当然可能有情人，这头母牛。

她呢，也在想，他厌恶凑热闹，厌恶走亲访友。在他看来，所谓消遣就是到爸爸家里玩纸牌。可现在竟然请朋友到家里做客了。也许是女朋友吧？不管怎么说，他还算年轻……大概是让女朋友待在房间，他来买东西了。怪不得正买进口葡萄酒呢，这个装腔作势的家伙。

他思量，她不想我。她家里高朋满座。看见她时我有点慌乱，她大概觉察到了，以为我怀念着她。我可不会让她称心如意，不，小姐。

“我存的酒快喝完了，总有客人来。”他说。

“我们家也是接连有聚会。”她说。

“过去你就一向喜欢搞聚会。”

“你可不喜欢。”

“人都在变，是不是？改变自己的习惯……”

“当然。”

“如果你再和我一起生活，会认不出我来的。”

她依然笑容可掬地说：“愿上帝饶了我吧。”

六年里他们相亲相爱。一个离开另一个，两人谁也不能活。朋友们说：这两人，如果有谁死了，另一个就会自杀。可朋友们不知道，他们一直受到误解的威胁。他们相爱，但互不理解。好像是爱情有更强大的力量，代替了理解。他说的话她能理解，可他什么也不愿意说。

两人一块儿走到收款台。他没有主动提出为她付账，反正她招待朋友用的是自己的钱。他想问问她母亲怎么样；她呢，想问他感觉如何，尿酸的毛病又犯过没有。两个人刚要同时开口说话，却又笑了，接着便什么也没有再说就分手了。

回到家里，她听见妈妈躺在床上嘟哝，说她一定得改改那个半夜三更买东西的习惯，应该交朋友，做点事，不要老是哀叹失去了丈夫。她一言不发，收好买回的东西就睡了。

他回到房间，打开一盒肉饼、饼干包和一瓶葡萄酒，孤零零地吃着、喝着，一直待到有了睡意，便躺下了。

睡着前她心中在说："这个装腔作势的家伙。"

睡着前他心中在说："这头母牛。"

相亲四十四回合

陈 尚

据说，有些适婚青年反对相亲，他们宁可让岁月蹉跎，年龄递增，也不愿意去相人或被相一次。对他们来说，相亲是一种古老的方式，早已落伍，现代青年不应该还吃这一套。

那么，他们心目中的进步观念又是什么呢?

绝大多数受到时髦言情小说的影响，他们认为男女相识应缘于“偶然”，是“千万年才有一次的机会”，应该“很巧的碰面认识”，对方又“百分之百的符合理想”。心灵火花无意识交汇的地点，或者在春日阳光灿烂的山林，或者在小雨笼罩的大街，或者在金碧辉煌的音乐殿堂。总之，绝不是在相亲的场合。那么多“偶然”中，能有多少“机会”认识年龄学识相当的异性，进而在短时间的谈话后，交换地址与电话号码，大概只有天知道了。对着春雨发愁，望着秋光发愣，脑中编织着白马王子、白雪公主绮梦的人，还真不少。

穿戴妥当、正经八百地坐在家中客厅，等候对方大批人马前来，做身家调查式的谈话——我能了解青年男女排斥此类相亲的心理。然而，如果相亲能简化到只有当事男女两人，不需“父母出面”，介绍人则是双方的共同朋友或同学同事；这类相亲我非但赞成，而且身体力行。

我在大学的恋爱成绩一片空白，至今还很欣羡 4 年同窗而结为终身伴侣的同学，虽然我们班上也仅此一对。一直到进入社会做事后才觉悟到，此生大概只有靠相亲才能完成终身大事了。从 26 岁相亲相到 36 岁，整整 10 年又半，每年平均算 4 次好了，总计不下 40 次。这方面的心路历程人生经验，够让那些头一回恋爱便成功的人叹为观止。是我愿意如此吗？我想没有人愿意——有了好对象，谁还会眷恋什么单身贵族，有哪一种虚荣心足以蔑视爱情的甜美？

经验告诉我，或然率在相亲中根本不适用。

因为相亲往往会有三种结果——最理想的是相看两心欢，也就是一拍即合。其次是相看两无言，彼此都不中意，只当在一块儿喝了一杯咖啡。最不愿见到的是一方有意一方无情，不算谁是“落花”、谁是“流水”，回去后辜负遗憾的错综情绪往往持续好几天。依照或然率算来，这三种可能各占三分之一；换句话说，相亲三次便有一次成功的机会。但是事实却不然，因相亲而伤痕累累的可大有人在。

失败的经验不见得不愉快。我便有一次南下台中相亲的经验，至今难忘。介绍人是一位长辈，她给我女方的电话号码，我主动跟她联络，自行邀约见面。我们一看就觉得彼此都是对方要找的人，谈话融洽愉快，却因某种原因不可能结合。我怅然北返，尔后路经台中，都会约她叙叙。俗话说：“一样米饲百样人。”相亲遇到的各式人等都有，有客气相谈的，也有冷漠相待的；有知无不言的，也有遮遮掩掩的。双方都有诚意，相亲未必成功；一方缺乏诚意，结果必然一败涂地。

有一段时间我租住在没有电话的房子里，一位热心为我做媒的老同事，数度对我抱怨联络不便。有个假日，她的一位要好同学北上，两人相偕到我住处，不巧我当天外出，她留了张字条，要我当晚一定打电话给她。我返家已近子夜零时，心想不好打扰。次晨再联络时，她的那位同学已搭早班车回南部。“这机会可是你自己白白丢掉的噢。”她说。3个月后，我迁居到有电话的房子。

我从不唱“不结婚也可以活得很好”的高调——虽然单身时日子过得还不错。只是逢人就“请介绍”！遇到老同学则问：“可有未出阁的小姨子？”我有一个坚持，绝不用“偷看”的方式。一位同窗的太太对我说，她有个朋友在某机构服务，要我私下先去看看。我告诉她：“正式邀约，大家大大方方地看。”我不在乎咖啡钱，也不怕失望——这是相亲前最好的心理准备。

相亲通常是“一对一”，这是比较理想的状况。曾有一位学长介绍他的远房亲戚，说姊妹两人只差一岁，愿意同时让我看看。我坦白道出感受：“这不太好吧，有点像挑苹果；不管选上谁，另一位的心里一定不好受。”结局当然只相一人。听说时下有些自恃身价高昂的单身汉，喜欢进行多选一的相亲会面。我劝此辈“贵族”不必如此费事，选美主办团体已经选出了好几个中国小姐，这些正是万中选一的绝佳人选，直接去进行交往，岂不便利些?

一切方法用尽，所有关系拉尽，遗失的肋骨仍在茫茫人海中：我采用了不得已的办法——登报征婚。

所有找对象的方法中，我以为上电视是最不堪的，在众目睽睽下跟陌生异性谈话，一点隐私都没有，还要表演才艺唱歌给人家听，未免太那个。其次就是登报征婚，明知效果微乎其微，但在无法可想时也只好姑且一试。信来得不多，有的内容简短，意在投石问路；有的母代女写，希望长辈先行会面；有的路途遥远，不得不原件退还。花了1000多块钱广告费，且算买个经验吧。

老式相亲在女方端茶露面时，男方需给一个红包，算是相一眼的代价。女方则需花相当心神打扮准备，并不轻松。新式相亲一切从简，双方在自然怡然的气氛下进行。红包陋俗虽已消失，吃饭、喝咖啡、长途坐车仍是一笔花费。有个朋友最近频频相亲，周末假日连赴几场，薪水几乎要不够负荷，这种事又不能各付各的，再苦也得撑下去。

这得等娶到了可人儿，才会知晓这些花费实在都微不足道!

邮局前的情思

〔美国〕托·罗·泽斯　王　云译

星期五，又热又闷，几乎没有一丝风。西边的天空却是浓云密布。

邮局门前排起长龙，等着邮局午休后开窗上班。老头子来这里领社会福利支票；放暑假的学生领取包裹；商人、秘书和家庭妇女则来买邮票、汇款、寄信。

有人站得不耐烦了，叹息着。其他人不甘寂寞闲聊起来，大都谈的是天气，人们热汗淋淋。

那营业窗总算开了，长龙向前涌去。

一个站在长龙最前面的年轻人说："我今早寄出一封信，它发出了吗？"

"邮件要等到下午 3 点才送走。"邮局职员答道。

"我可以取回吗？"年轻人问道。

邮局职员用怀疑的目光瞅着他，问道："为什么要取回？"

"我要再写些事情。"年轻人一脸焦急，显然事关重大的模样。

"那你为什么不另写一封信？"职员问道。

"因为我还想从这封信里再删点东西。"年轻人回答。

"你不能在另一封信中说明吗？"

"不太好。"年轻人说，"这是给我妻子的。"

话声轻如蜜蜂嗡嗡叫，洒向排队的人流，年轻人开始冒汗了。

"也许你原先写信时就得更加小心。"邮局职员意识到人们正在听他的答复，长龙中有人哧哧地笑了。

“你不知道，”年轻人争辩说，“信里是一首诗，一首情诗，我能取回吗？”

更多的人发笑了，有的人还捂着嘴巴。

“这么说它是一首情诗，嗯？”职员说，“而今天你不想寄走啦？”

“不，我要寄的。”年轻人断然说，“但是有一行我要改一改，其实，只改一个字——但它影响到一整行，影响到一整节。”

职员眉头一皱，说：“接着，你还说影响到整首诗呢。”

“是的，……从某种意义上是这么回事。”

“为了你改一个字，你要我翻遍今早所有的邮件吗？”

“实在对不起，给你添麻烦了！”

“我没时间。”职员说。

“但你不能不替我找的！”年轻人叫了起来，“我懂得邮局规定，我要改信件，就有权把信取回！”

年轻人的衬衣——从臂下以及背部下半部全让汗水湿透了。

职员又皱起眉头，推出一支铅笔和一本纸簿：“写下你的收信人的名字、地址。”

年轻人把手在臀部揩了揩，写下了收信人的姓名和地址，职员把它从簿子里撕下来，离开了柜台。年轻人回头怯生生地望着身后的长龙。

“真对不起，”他没针对某人道歉，“我不知道会这么……难办的。”

他窘迫地又转向营业窗，不一会儿，职员带着一封信和一张表格折回柜台。

职员说：“你得填好这张表，签上名。”

年轻人填好表，递了过去。

“有证件吗？”职员问。

“我有游泳获奖证书。”年轻人答道。

“不行。”职员说，“我需要官方的，证明你身份的，证明这确实是你的信件。”

“信明摆着是给我妻子的。”年轻人说。

“但我怎能证实这是你的信呢？上面也没有写信地址。”

长龙开始骚动。他们对这个邮局职员吹毛求疵打官腔感到不满。

“假如你没证件，我不得不拆信了，看看里面有什么名堂。”

“我已经告诉你，”年轻人一再申辩，“里面是一首诗，给我妻子的。”

“我没看过怎么知道它是不是呢？”职员坚持公事公办，“它可能是诗，也可能是别的男人给你老婆的信，你企图截获它。甚至可能是一份秘密文件，你编一套来骗取它。”

排队的人叽叽喳喳地议论开了。

“我可以拆开吗？”职员问道。

“如果你硬要坚持的话。”年轻人叹息道。

职员得意扬扬，干笑几声后撕开了信封。“这是一首情诗，不错，但它是你写的吗？”

排队的人愤愤不平叫嚷起来，涌向窗前。职员在柜台后面恶狠狠地瞪着人们，毫不退让。

“这是我的信。”年轻人再次宣称。

“那么，为了证明是你写的，”职员急于讨便宜，“你把它背诵出来！”

人群中发出怨言，有的喊：“不要背！”有的喊：“太过分了！”

职员退却了，说：“就只背最后几行吧。”

年轻人红了脸，双眼直视前方，目光越过职员的头，甚至越过邮局的高墙，他用低沉的、有节奏的嗓音背诵起来：

“我在数千里以外，
梦见一位少女的绰约芳容，
她的笑声是水晶的铃声，
她的轻抚是暖雨的低吟。”

“是……这几句。”职员说道。

长龙中先是一片寂静，然后是众人的叹息，再然后响起几下掌声。职员颓然坐下，年轻人一手拿走他的信，离开了邮局。

外面是风微拂、雨低吟。

说实话，我爱你

宿 浪

在这个世界上，我与你用心灵对话。理智是对陌生人的设防，我拒绝用理智对话。

“我爱你。”

“你爱我什么？”像小说中的语言，你问。

“我不知道。”真的。

你失望了。

其实，你应该明白：真正的爱是说不清楚的，说清楚的就不是爱，只是一种语言技巧。劳动产生了语言，而不是爱情产生了语言。

我不知我爱你什么，只知道我爱你这个人，爱属于你的所有的优点和缺点。如果我仅爱你某一个特点，那你可能会成为这个特点的牺牲品。如果你也爱我，那么你也会为这个特点而牺牲你自己的个性，你会成为这个特点的奴隶，那么你就不是你，而是它——这个特点。

我不知道你应该成为怎样的人，只知道你应该成为你能够成为的人。人不能委屈自己，首先应该成为自己而不要被异化为他人的附庸。我们没有理由在上帝死了之后，还把自己丢失。你就是你，我喜欢看你跳舞，喜欢看你在坦荡的沙滩上自由地打滚，也喜欢听你哭诉，看你愤怒，伴你沉思。对我来说，痛苦的是被别人背叛，更痛苦的是背叛自己。因此，需成熟时，就像大人一样一本正经；该快乐时，就像孩子那般无拘无束。我要为你提供属于你的完整的世界。

说实话，我爱你这个人。

我从不看《恋爱的秘诀》《爱情心理学》之类的书，我不愿有人代替我来感受这一切。我不想太理智，我总以为爱情是一种感觉，一种默契，一种每个人都不一样的感应，太理智的恋爱可能是一场艰难的谈判。“我爱你”不是一张通知，是一种双向可逆的默契。叫人烦恼的是一起沉默，令人愉快的是一同畅笑。

也许一个人的世界是健全的，但两个人构成的世界却是残缺的。一个人的时候，我是自由的；当你和我的时候，我们应该是自觉的。对于别人，我们都各有着一个完整的独立的人格；而对于你，我们只有一个共同的人格。对于朋友，我将我自己的快乐给他，我们互相尊重；对于你，我将所有的快乐和烦恼给你，我们一起支撑着这个残缺的世界。正因为残缺，才需要了解；正因为不了解而需理解；正因为残缺，我们的世界里“每天的太阳是不一样的”；正因为残缺，才能不断发现、不断更新。这个残缺富有朦胧的诗意。

我努力使自己不想念你。因为想念也意味着一种不信任，不放心。思念的滋味有时也有一种对距离的淡淡的“酸”味，想念从来被人歌颂为一种忠诚的自私的报答。

为什么在你的面前，我总愿意表露自己软弱的一面？也许作为一个有理智的人，他的生活真是一场旷日持久的搏斗。累了，需要一个安全的港湾。于是，便赤身裸体地来到上帝面前，重归伊甸园。最快乐的是忘记自己的生存，丢失自己，回归自然，你便成了自然的象征。我毫无防备地走到你的面前，把最软弱的一面放在你的目光下。

真的，我不知道我真要什么，只是在未得到时，才隐隐若失。但作为男人，被人依赖、被人依靠、被人需要，也是一种价值的体现。如果你仅仅为了能成为你自己而拒绝了我的保护，不让我分担你的痛苦，我相信你是打击了一个男人作为男人的骄傲。说实话，我爱你，但不能告诉你。

我爱你，因为别无选择（既不是我选择了你，也不是你选择了我。是我们选择了我和你），所以不可能后悔。我们的一切只要是真诚的，就无须道歉，即使做错了什么。

也许我们从未认识自己，因此也无法把握自己。我是因为爱你才爱你的，你呢？是爱我这个人，还是爱一个偶像？可我不想戴上假面具而成为偶像的。我不能因为太不能“失去”而委屈你。爱你，使我自私；爱你，使你疲倦。

因为我将全部的身心都交给你，也把你的爱放到我的心上，很重很重。我将全部的感情投资给一个人，累了，倦了，即使我失败了，也不会再去选择了。

说实话，我爱你，因为爱你。

是的，“我爱你”。没有比这句话更令人回肠荡气的了。没有比这更简单的语言，也没有比这更复杂的语言了。

平淡的日子

程黨眉

一

与你相识，是一个平淡的日子。

不记得天是什么样，树是什么颜色，是不是有温柔的风从你我面前拂过，只记得我的双眸深深不可测不可探不可以久驻。你说我是个天分极高的女孩却在追求一种平淡，便有一丝悲凄掠上心头。双眼泪湿又有一分无奈的忧郁在心的最深处缠绵。跟着你的牵引走出户外静静地站立在两棵法国梧桐中间寻找那片血色的残阳，然而天街飘洒细细碎雨，雨帘遮住你炯炯的目光。你的吸引强烈地迷惑着我丢却往昔的孤独和忧郁。千方百计想和你并肩站在一起，如这两棵傲岸的梧桐任风吹雨打。雨水打湿了你也打湿了我，却在心底升腾出一片光明灿烂。当我跑回小屋取出雨伞再次立在两棵梧桐中间，远处，只有你的身影在雨幕中闪闪烁烁踽踽独行，直到飞雨被那片如血的残阳灼尽。

那是一个平淡的日子，只因有了你，那日子就不再平淡。

二

也是一个平淡的日子。

再也不是那个多雨的季节却是个无雪的冬天。你从远处走来用大衣裹住了我，我第一次闻到了男人的气息。你说你曾无数次在我的窗下徘徊，我才明白男人也有迷惑的时候。自从那个梧桐更兼细雨的黄昏你留下独自的我，我的日子就已不再平淡，当我寻到那个独立的不再沉沦的我转瞬间已来到这个不会遗忘的日子。本该是满心的感激却明白早已是无尽的爱。茫茫人海冥冥宇宙觅到相互奉献着彼此圣洁灿烂的辉煌，年轻的生命便平添了一道夺目的光芒。握紧的双手感应着你我的心在最深处企盼着一种永恒。那个永恒也许并非完美，也许很平淡无奇，但是只要你真诚地挚爱着我的忠诚，那么这种平淡对于我就是幸福的极致，只因世界原本平淡，而那些美丽又绚烂的日子只能在你和我共同的创造中诞生。

那是个很美很美的夜晚，世界上不会有人为那个平淡的日子记住些什么，只因有了你和我的爱情，那个日子就不再平淡。

三

今天又是个平淡的日子。

我坐在桌前写下这些平淡的话来纪念你我结婚两周年的纪念日，那个美好的夜晚在你我 19 岁时就已刻骨铭心，当我们 26 岁时已共同度过了无数个今天这样的平淡的日子，而这一个个平淡的日子串联起的我们年轻时的历史，你不会忘记，我也不会忘记。

今天这个平淡的日子同无数个过去的和未来的平淡的日子一样只是一个过程，它可以辉煌可以黯淡但不可以磨灭。它只属于你和我在我们的生命里，所以我们不能放弃，真诚地生活是最美好的兑现，当世界的尽头来到你我的面前，我仍希望听到你说：昨天已经古老，但它永远存在。

今天仍是一个平淡的日子，但因为你和我真诚地生活着，这日子就不再平淡。

四

将来会有一个平淡的日子。

也许有风风会轻轻地吹，也许有雨雨会很温柔，如很久以前的那个黄昏，一对满头白发的老人互相搀扶着走向一个开满鲜花的山岗，远处满目的青山笼罩在黄昏的暮色中，走过这片青山会有一块美丽的墓地——那就是你和我的世界之尽头。

我们不是不死鸟，死亡是另一种生命的辉煌。当我们在这个山岗上回望，绵延而去的是我们往昔的时光，或美丽，或忧伤，或者同世上所有平凡的人一样极其平淡，但那毕竟是归属我们两个人的，是我们极为珍贵的财富。每个平淡的日子，都是我们爱的故事。昨夜之星辰依然灿烂在你我的暮年中，夕阳映照着我们苍苍的白发在漫山遍野的鲜花中闪耀出我们美好的一生，直到带血的夕阳放射出最后的光芒安然地落去。

无论是我无论是你谁先离去，留下的一个会用心来陪伴，把一束鲜红的玫瑰放在那个墓前。

那，将仍是一个平淡的日子。

我的爱情与红焖牛肉

〔罗马尼亚〕韦罗妮卡　贝尔托莉　王栋剑 译

我对他一见钟情。他是个先进生产者，一向衣冠楚楚，文质彬彬，生就一副运动员的体魄。只有一条缺点气死人：他一点儿也不爱我。而我极想成为他的意中人。由于爱他，我决心培养自己具有他的优点。

我先从本职工作着手。仅用一周时间，我就制定出完善的财会统计体系，这在全世界是史无前例的。单位把我树为榜样，并发给我一大笔奖金。唯有他平静如初，并对我说：我对追求个人名利的女人不感兴趣。

于是我决定把自己打扮得花枝招展。为了爱情，我把钱都花在买衣服和鞋帽上。因为我给自己做了好多套衣服，结果所有的女朋友都和我断绝了来往。她们由于妒火中烧，竟然恨起我来。可不管是我的牛仔工作服，还是鞋跟最高的皮鞋，都没给他留下任何印象。顶多，他好像说了句：时髦女人不会赢得我的信任。

我只好把自己装扮成一个爱好广泛的女人了。下班后我天天去图书馆，读了许多地理、历史、文学和艺术等方面的书。我还研究一些哲学著作和伟大作曲家的作品，又学习了几门外语，参观了所有的博物馆和展览会。周围的人们都开始叫我“百科辞典”。如果有人想知道天上有多少颗星星或者新西兰最小的湖泊的深度，这是任何地图上都找不到的，而我都能张口即来。但有一天我和他单独相处谈论起毕加索创作盛期的作品时，我看到他脸上露出了明显的不耐烦的神情。他对我说：“女学究”远不是我理想的伴侣。

我最后从事的只有体育运动了，以前我对此毫不感兴趣，可为了爱情，我加入了体育俱乐部。通过超负荷训练，我学会了一切可能掌握的体操技巧，推铅球，做健美操。但这次我又是一败涂地。他无动于衷地对我说：女运动员对我的影响并不亚于赛马，而我对赛马一点也不感兴趣。

于是我又做了一次尝试。我想起他是一名轧制专家，为了爱情，我也研究起了这方面的书籍。为了更好地弄清有关问题，我甚至参观了几家冶金工厂。当我跟他在“冶金工人乐园”的咖啡馆相遇时，我给他讲起了轧制金属管的奥妙。5 分钟后，他说他想用车送我回家。路上他打着哈欠对我说：轧制工作显然不是女人所应该关心的问题。

这是对我在感情上最沉重的一次打击。我内心痛苦异常，决定从此以后永远忘记他。我做得够多了！

1 个月后，他竟同我认识的一位姑娘结了婚。我对此简直难以置信，因为这个姑娘没有一点儿他所具有的长处。于是我问她如何成功地俘虏了那样的一个没感情的男人，并且如此之快。

她傻乎乎地（我是这么感觉的）笑着回答我的问题：

“他说他喜欢我会烧一手美味的红焖牛肉。”

跳舞时，我们默默无语

马贵毅

当第三支舞曲奏响的时候，我无言地走近你。

你浅浅地一笑，无言地随我步入舞池。

紫罗兰色的连衣裙，如你那般飘逸，那般优美，那般动人！

萨克斯、电吉他和爵士鼓如痴如醉地鸣响，与紫罗兰色一起，交织出一片浓烈的旋律。男中音歌手深情地吟唱，把人带回失恋和相思的记忆中……这美丽得令人忧伤的夏夜！

我们默默无语。

夜风，轻轻地拂窗而入，给舞厅送来了大自然深沉的柔情蜜意。我们原本是相识的。虽然才见过几次面，虽然只谈过几句话，但你留给我的印象和记忆，却仿佛已经过去了好多好多年……其实，我差不多一点儿也不了解你。而你，对我同样知之甚少。人的心灵有多么深厚广博啊！它会容纳那么丰富的辛辣酸甜和那么纷繁的苦乐忧欢……然而，我却非常渴望知道你的一切！你呢，你也想了解我吗？

其实你是很健谈的。当然，我也一样。

我们默默无语。

旋转的彩灯群和水晶球闪烁万变的七色光点，照耀着旋转的舞厅、旋转的人们、旋转的我和你。痴情的歌手沉醉在他动人的倾诉和遥远的呼唤中，把难言的幽怨和无名的相思刺进每一个人的心灵。我发现你纯洁的脸庞上凝着一种思恋的沉静的忧伤。我猜想：你的心儿飞翔，正追随着歌手的倾诉和呼唤，在冥冥中虔诚地为谁祈祷着什么吧。就因为这，整个的你，在梦幻般的彩色的光中，显得优美、圣洁、楚楚动人。

这使我黯然神伤……

爱上你的人是幸福的。

我记起你曾对我说过你喜欢小提琴，爱好文学。你还说你受过很大的打击，虽然你才二十几岁。记得我们第一次见面也正好在一个舞厅里。在茫茫人海中，有多少不期而遇伴随着失之交臂啊！我们居然就那样奇迹般地走到了一起。

此刻，我们依恋着舞曲。我其实应该说些什么。你也应该的。不是吗?

你在想些什么呢?

你为何不随便说点什么呢?

我们默默无语。

别的舞伴们都有说有笑，兴高采烈。他们遗忘了世界。而我和你却默默无语，想着别的，偏偏遗忘了我们自己……

遗憾的是，那痴迷的歌手却老是一往情深地反复吟唱这句歌词：

……太多太多的话我们还没有说……

是这样的吗?

我问自己，也无声地问你。问你的眼睛，也问命运之神。

于是，我这才恍然大悟：正是由于如此，我才在这个时候，从茫茫人海中又走近你；真想立即告诉你这个连我自己也是刚刚才发现的小秘密！可又突然觉得还是应该埋藏在心里。你是否也有什么秘密想告诉我呢?

我猜想：一定有的。

我们默默无语。

想象和希冀，是人类最好最好的朋友，还有记忆。你面前是无言的我，我面前是无言的你。也许，我们都会记住这个夏天，这个夜晚，这支舞曲。还有，跳舞时，我们默默无语！

一曲终了，我们又回到了朋友们中间。

我们又分别同伙伴们谈天说地。

这时候，我真有点庆幸，跳舞时，我们默默无语。那段美妙的时光！那一片神奇的沉默啊！我将永远不会忘记。

留下的话，什么时候再说呢？

当我无言地凝视着对面静坐的你，这样问自己的时候，苦涩的心才破天荒忧伤地意识到：在人的一生中，有些话，最好还是对自己说；而有些话，却命中注定只能说给自己……

欧罗巴情丝

高　陶

邂　逅

轻轻地拉着我的手，命运的弦在指尖颤抖。

忧郁从你的眼睛里逃出，落进我的双眸。

影子伴着秋叶，遗失在静寂的欧罗巴街头。

我是个孤独的旅人，你在为漂泊搏斗。世界真不大，想不到你我在异国他乡，还有这般温柔的邂逅。

忘记了再握一次手，多想把这炙热存留。

孤独时再复习属于我的这片云，还有那独特的感受。

那一瞬多奇妙：没有音乐，没有喧闹，没有烟雾，没有年龄，也没有杜松子酒。地球只在你我脚下，旋转很久，停滞很久。

因为太美好，在一起时，只有默默地相望，谁也不开口。

分开时，默读着天花板。梦，落在枕上，不曾流走。

那一个小小的夜晚，不能重复，不会重复。

把你的青春和你那美丽的微笑，夹在我心灵的书页里。

把你那怯生生的发丝留在我的肩头。

总有一天，彼此的容貌和姓名会失落。

那时候，请翻出这首诗，再拾起短短的这几行温柔。

一分钟

欧罗巴的许多站都有过我的最后一分钟。

那里浓缩着我欠的还不清的情。

那目不转睛地望着友人远去的送行者，那刻骨铭心地想把对方眼睛埋葬在灵魂深渊的贪婪，那躯壳随车远去心却留下的流浪人，那忍得住唏嘘却忍不住热泪的男子汉……都伴随着我。

一分钟来不及流连。华沙的大教堂，克拉克夫的古城，柏林的大剧院，布拉格的乡间小路，布达佩斯的山巅灯火，索菲亚的秋菊，莫斯科的红场观礼台，彼得格勒的涅瓦河，乌克兰的美丽图案……无一不缠绕在这一分钟。一分钟要想的太多，思绪不肯停。

然而，一分钟却来不及抚摸颊上最后的吻；一分钟来不及掏出手帕，清理视线，摄下那强装的苦涩的笑；一分钟来不及打开车窗把头探出去，再接受一个飞吻……一分钟像一秒钟那样转瞬即逝，谁有力量留下这一分钟？

一分钟随着车轮滚动，思念的缰绳越抽越紧。于是车轮把一颗心撕成两半，一半攥在你手里，一半却扔在月台上。世界就在这一分钟里完成了人类最伟大、最崇高的悲剧。呵，这可憎的一分钟！

人生是一分钟一分钟的总和。生离死别都最终在一分钟里完成。

呵，欧罗巴一分钟，使人流连不已的一分钟！多少欢乐，多少痛苦，多少期盼，多少回忆，都因为有了这一分钟！

一分钟太吝啬，要求人们付出的感情太多，偿还给人们的太少。

呵，欧罗巴我体验过的各自不同的一分钟。请你们慷慨地镌刻在人心中。

用我的吻粘上这封信……

用我的吻粘上这封信，并不寄出。

我知道你盼望了很久。

信封里装满着思念。思念超重，漫漫天涯路，载不动那么多忧伤与哀愁。

用我的吻粘上这封信，并不寄出。

我知道你曾经盼望过很久。不知道为什么信写了又揉，揉碎了再写还是没有寄出。

也许它该属于期待，也许它该属于遗忘，也许它该成为化石，伫立在老地方。美丽得永久，辉煌得永久。

用我的吻粘上这封信，并不寄出。

我知道你不再盼望，我也不再期待你的盼望。

这些信将尘封到那一天，生活里你再也想不起我是谁，想不起曾有过如此短暂的朋友。

当你忘却到不再记起的时候，我也许会寄出这封信，让你再笑一笑欧罗巴的故事和那仅属于我俩的这一段邂逅。

爱情篇

|

张晓风

两岸

我们总是聚少离多，如两岸。

如两岸——又因为我们之间横着一条莽莽苍苍的河。我们太爱那条河，太爱太爱，以至竟然把自己站成了两岸。

站成了两岸，我爱，没有人勉强我们，我们自己把自己站成了两岸。

春天的时候，我爱那杨柳将此岸绿遍，漂亮的绿条子潜身于同色调的绿波里，缓缓地向彼岸游去。河中有萍，河中有藻，河中有云影天光，仍是国风关雎篇的河啊，而我，一径向你泅去。

我向你泅去，我正遇见你，向我泅来——以同样柔和的柳条。我们在河心相遇，我们的千头万绪秘密地牵起手来，在河底。

只因为在这世上有河，因此就必须有两岸，以及两岸的绿杨堤。我不知道我们为什么只因坚持要一条河，而把自己伫立成两岸，岁岁年年相相而绿，任地老天荒，我们全力撑住一条河，死命地呵护那千里烟波。

两岸总是有相同的风，相同的雨，相同的水位。乍酱草匀分给两岸相等的红，鸟翼点给同样的白，而秋来蒹葭露冷，给我们以相似的苍凉。

蓦然发现，原来我们同属一块大地。

纵然我们被河道凿开，对峙，却不曾分离。

年年春来时，在温柔的令人心痛的三月，我们忍不住伸出手臂，在河底秘密地挽起。

定义以及命运

年轻的时候，怎么会那么傻呢？

对“人”的定义，对“爱”的定义，对“生活”的定义，对莫名其妙的刚听到的一个“哲学名词”的定义……

那时候，老是郑重其事地把左掌右掌看了又看，或者，从一条曲曲折折的感情线，估计感情的河道是否决堤。有时又正经地把一张脸交给一个人，从鼻山眼水中，去窥探一生的风光。

奇怪，年轻的时候，怎么什么都想知道？定义以及命运。年轻的时候，怎么就没有想到过，人原来也可以有权不知不识而大大咧咧地活下去。

忽然有一天，我们长大了，因为爱。

却知道明天的风雨已经不重要了，执手处张发可以为风帆，高歌时，何妨倾山雨入盏，风雨于是不重要了，重要的是找一方共同遮风挡雨的肩。

忽然有一天，我们把所背的定义全忘了，我们遗失了登山指南，我们甚至忘了自己，忘了那一切，只因为我们已登山，并且结庐于一弯溪谷。千泉引来千月，万窍邀来万风，无边的庄严中，我们也自庄严起来。

而长年的携手，我们已彼此把掌纹叠印在对方的掌纹中，我们的肩因为同蹙同展而衔接为同一个名字的山脉，我们的眼因为相同的视线而映出如涟波一片，怎样的看相者才能看明白这样的两双手的天机，怎样的预言家才能说清楚这样两张脸的命运？

蔷薇几曾有定义，白云何所谓其命运，谁又见过劈头迎来的巨石而焦灼的流水？

怎么会那么傻呢，年轻的时候。

从　俗

当我们相爱——在开头的时候——我们觉得自己清雅飞逸，仿佛有一个新我，自旧我中飘然游离而出。

当我们相爱时，我们从每一寸皮肤、每一缕思维伸出触角，要去探索这个世界，拥抱这个世界，我们开始相信自己的不凡。

相爱的人未必要朝朝暮暮相守在一起——在小说里都是这样说的，小说里的男人和女人一眨眼便已暮年，而他们始终没有生活在一起，他们留给我们凄美的回忆。

但我们是活生生的人，我们不是小说，我们要朝朝暮暮，我们要活在同一个时间，我们要活在同一个空间，我们要相厮相守，相牵相挂，于是我们放弃飞腾，回到人间，和一切庸俗的人同其庸俗。

如果相爱的结果是使我们平凡，就让我们平凡。

如果爱情的历程是让我纵横行空的天马变为忍辱负重行向一路崎岖的承载驾马，就让我们接受。

如果爱情的轨迹总是把云霄之上的金童玉女贬为人间烟火中的匹妇匹夫，就让我们甘心。

我们只有这一生，这是我们唯一的筹码，我们要合在一起下注。

我们只有这一生，这是我们唯一的戏码，我们要同台演出。

于是，我们要婚姻。

于是，我们经营起一个巢，栖守其间。

有厨房，有餐厅，那里有我们一饮一啄的牵情。

有客厅，那里有我们共同的朋友以及他们的高谈阔论。

有兼为书房的卧房，各人的书站在各人的书架里，但书架相衔，矗立成壁，连我们那些完全不同类的书也在声气相求。

有孩子的房间，夜夜等着我们去为一双娇儿痴女念故事，并且盖他们老是踢掉的棉被。

至于我们曾订下的山之盟呢？我们所渴望的水之约呢？让它等一等，我们总有一天会去的，但现在，我们已选择了从俗。

贴向生活，贴向平凡，山林可以是公寓，电铃可以是诗，让我们且来从俗。

我的另一半

〔新加坡〕尤　今

我的另一半——丈夫，和我好像是来自两个不同星球的人。

他是华人，然而，不懂华文。他自小受英文教育，在澳洲取得了工程硕士学位后，留在澳洲工作，长达 10 年，生活语言和工作语言全是英语。

我呢，土生土长，受华文教育，以华文教书，以华文写作。读的呢，又纯粹是文科。

我们的结合，可以说是“中西合璧”“文理相通”。

结婚以后，他才透露了娶我的“真相”：“我娶你，是因为你不精明。你的数学一塌糊涂，不会查询我的收入；你对工程又一窍不通，不会在我工作疲惫归来时，问东问西。娶得糊涂夫人，丈夫福气大哪！”

我亦不甘示弱，指着他下巴那一大把浓密的胡子，说道：“我嫁你，看上的是你的胡子，以前，我爱过一个印度人，他留的胡子很像你。可是家里反对异族通婚，只好忍痛割爱！你的胡子，让我有重温旧梦的感觉，所以，一见钟情！”

他可一点儿也不生气，一边抚着他的大胡子，一边笑嘻嘻地说：“哎哟，我还不知道我们结的是胡子姻缘哪！你已经失去了一个嫁大胡子的机会，现在，一定要好好地珍惜你千辛万苦嫁的这个大胡子呀！”

我们都是轻松自在的人，喜欢以笑话来点缀生活。

尽管我们有着全然不同的志趣和工作，但是，我们彼此尊重。

他全然看不懂我所写的作品，但是，我常常听到他对朋友说道：“我的太太，出版了 20 本书哩！”

我悄悄骂他：“哪有 20 本？你别这么夸张好不好！”

他耸耸肩，毫不在乎地应我：“迟早的问题而已，早点说出来，又有什么关系！”

有时，自己喜欢的作品发表了，心情兴奋，明知他看不懂，也拿去给他看，他一本正经地看，口中念念有词。

我忍不住好奇地问：“喂，你在读些什么呀？”

“算算看，多少字，多少钱！”

在社交生活上，他给予我绝对的自由。我们都把婚书看作绳子。一旦在结婚证书上签了名，便等于各自向婚姻注册官取得了一条绳子，这条绳子，不是用来捆绑对方的，它主要的用途是用来约束自己——当你发现，有一天自己的心意变成猿变成马时，便赶快用这条自律的绳子好好绑一绑自己。

坦白地说，结婚十载，我从来不曾用过这条绳子。

大胡子踌躇满志地说：“我已采到了田地里那只最肥大的稻穗，为什么还要眷顾其他干瘦的？”

咦，他倒还懂得知足常乐的道理呢。

我喜滋滋地微笑，然而，我的笑容还没有收敛，他却又得意扬扬地说：“你呢，找到的是一只人间罕见的灵芝。”真是岂有此理！

大胡子很重视生活情趣。我的生日，我俩的结婚纪念日，他绝不会忘记庆祝。我在医院生下了第一个孩子后，他派人送来了一大篮香气四溢的百合花。生第二个孩子时，他问我：“我们老夫老妻了，还来那一套吗？”

“哪一套？”我迷惑地问。

“送花呀？”

“不想送，就别送。”我赌气地说。

可是，言语未落，花店便送来了一大篮玫瑰花，上面写着：“最最亲爱的妻子，请再接再厉。”

在教育孩子方面，我们所采取的步骤是一致的，我们培养孩子独立的能力，要训练他们分辨善恶是非，要教导他们尊重师长。

大胡子嘱咐我："我不懂华文，这是我这一生中最遗憾的。你一定要教会他们，一定得让他们知道：这是他们的根。"

有时我教孩子时，就要大胡子也坐在身边，一起来学。然而，大胡子的发音很古怪，孩子们都笑得前仰后合。大胡子觉得有伤父亲的尊严，便不肯再学了。

大胡子的婚姻哲学是，不能让孩子来破坏婚姻原有的种种情趣，所以，我们每年总会把孩子交给婆婆照顾一段时间，两口子结伴出门旅行去。

每每天之涯，海之角，举杯共贺"白头偕老"时，我的眼眶便不由得盈满了幸福的泪。

和谐快乐的婚姻，让我对整个人生产生了无比的信心和爱恋！

诺玛·谢尔丽的裙子

〔美国〕玛丽恩·贝内苏蒂　王新华 译

第二次世界大战以前，我与丈夫住在宾夕法尼亚州靠近费城的一个叫阿德摩的地方。我们住的公寓的月租金是50美元，这在当时几乎是我丈夫月薪的一半。虽然我们穷得连一台收音机也买不起，但我们仍然呕心沥血地抚养着两个孩子。

在那些艰苦的岁月里，我们是那样快乐。每遇到阳光灿烂的下午，我总喜欢把孩子放在帆布小车里，带着他们去逛逛那些廉价物品的商店，不过只是逛逛而已。记得我那时是多么想得到那个价值15美分的最小号的煮蛋器啊！我总是走近柜台将它拿起，爱不释手地看了又看，然后又放回柜台上。因为我连15美分也拿不出来。说来你可能还不信，这件事并没有真正给我带来什么不快。在那些日子里，我已经习惯了逆来顺受。

当时3角钱就能买上一大袋苹果。每当我们想款待一下自己，就摆上几盘鲜红的苹果，一边吃，一边说着话，或做游戏什么的，倒也觉得很享受了。

但有一件东西确实使我丈夫感到自己的贫困，那就是我在怀孕时穿着的那条裙子。那还是一位长得比我高大的姐姐穿旧的。深黄色的颜色显得死气沉沉，而且大得足以让我尽情地"发福"了。

记得我与丈夫初次见面时，他说我长得很像诺玛·谢尔丽——当时很走红的电影明星啊！是啊，我那时长长的秀发十分时髦地斜披在一侧。而时下，我当年的风韵怕已荡然无存了。

一天晚上，丈夫对我说，他在一家商店的橱窗里看见一条裙子。

“我多么希望能为你买下那条裙子啊！”他说，“它看起来就像是专为你制作的，专为诺玛·谢尔丽制作的一样。”

“别傻了，”我说，“我要那条裙子干什么？又不到什么地方去。”

然而，打那天之后，每天我带孩子散步时，总禁不住要偷看一眼那条裙子。全丝薄纱的料子上印着的彩色钻石图案，是那样鲜艳、高雅，那样逼真，简直就与在彩色电影里见到过的真钻石一模一样。长长的衣裙套在服装模特儿的身上，一直拖到膝下，婆娑的裙摆下露出洁白、滑爽的双脚，腰间还系了条黑色的天鹅绒带子，胸前配着一朵与裙子质地相同的小花。纯粹的法国流行式样！何止我穿着合适，分明是任何女人都在梦寐以求的完美无缺的时装。真是既美观大方，又永不过时。可它的标价却是20美元！

我劝丈夫不要枉费心机了。那样的奢侈品，我们哪能买得起！即便我真的能拿得出20美元，我倒宁愿去为全家每人买一双鞋，这才是我们更需要的。

一天，我在找粉笔时，竟意外地发现了20美元。那是在去年圣诞节时，丈夫所在的公司出人意料地发给他的额外津贴——一周的薪水，也就是说比平时多发了整整27美元。也许是太不习惯这种走红运的事吧，我们用7美元买了些对虾、洋蓟和酒，总算也铺张了一回。把剩下的20美元塞进了抽屉中的粉笔盒里，后来竟把这事忘得一干二净了。

真怪，这么一大笔钱，怎么会给忘了？也许长期以来，我们一直紧巴巴地数着钱过日子，突然有了外快，却没有马上用来买鞋子和其他享用的东西，而仅仅只把它当成一张普通的花纸放置了这么久。

丈夫回家后，我俩反复传看着那张用手搓起来哗哗作响的票子，一个劲地笑啊笑啊，最后才放回原处。

次日晚上，丈夫回家时腋下夹了个大盒子，我们心照不宣地看了看对方，他就将盒子放到卧室里了。待我们默默无语地吃过晚饭，把孩子们安置到床上后，丈夫以抑制不住的激动心情说：

“亲爱的，快穿上试试吧。”

我走进卧室，十分麻利地套上裙子，对着镜子看了看。嗯，正合身，真的，太合身了！整个人都变了，我变成了诺玛·谢尔丽。

从此，这条裙子就成了我们家欢乐的象征，再不会有任何其他东西能使我们的生活更加绚丽多彩了。每到周六晚上，我都穿上那件裙子，与丈夫再次“幽会”。我们一连数小时伴着自己心中无声的音乐，翩翩起舞，或是甜蜜话语倾诉不尽，仿佛又回到了初恋时的美好时光。

希望之光再次在我们心中燃起，新的富有想象力的计划更鼓足了我们生活的勇气。当然，我们谁也无须追问那藏在粉笔盒里20美元的去向，就当那是一个幻觉吧。不是吗？我们所得到的难道是在世上用金钱能买得到的吗？

至今，那件裙子仍放在杉木柜子的底层抽屉里。它躺在那里，已经很久无人问津了。虽然胸前的那朵花的边缘已有些卷曲，但那裙子的颜色仍然鲜艳依旧。只需稍稍想一想，我就能再次感觉到它昔日的温暖和欢乐。我时常夜不能寐，丈夫总是转过身来问道：

“你怎么不睡，在想什么？”

“那条裙子。”我总这样答道。

这时，我似乎又听到衣裙婆娑作响的声音，脑海里又现出我们那无音乐伴奏的舞姿。于是，在蒙眬中，我慢慢地闭上了眼睛。

啊，今晚我不又成了诺玛·谢尔丽了吗！

十米白色塔夫绸

〔德国〕弗里茨·冯·魏特克　谭　军译

凯那年 16 岁，很幸运被一家大商店招为学徒，在妇女用料专柜干活。他的手接触过千姿百态的绸料。

女性在凯心中仍是一个谜，她们就像新闻影片中的画面一样，来去匆匆，一晃而过。她们来到商店，试试绸料的手感，付款离开。这些对于凯来说，宛如虚幻的梦境一般，只在醒来后的记忆中残存那么一丁点儿。

一有空闲，凯就望着商店的天窗，从那儿可以看见一方小小的天地。一只鸟儿忽地掠过了阴郁的天空，恰在此时，门开了，一位女顾客走了进来。

她来到柜台，凯卷着一捆料子。他问这位女顾客是否要买某种特定的料子。

"对，非常特殊的。"

她的话音是女中音。他打量着这位顾客。她年轻，有一张活泼可爱的脸庞，双眼闪烁着久久的、探询式的目光，小嘴像一朵含苞待放、娇艳欲滴的红玫瑰。

"我要一种做裙子的绸子，每走一步它都会发出响声。"

"那您最好买塔夫绸，"富有经验的凯建议道，"我们进了许多五光十色、艳丽多彩的塔夫绸。咦，那颜色要很特别吗？"

"颜色倒无所谓，只要能听到响声就行。"

这可就独出心裁了，然而凯仍很有礼貌地说："肯定。能发出响声，这正是塔夫绸的特点。"

凯顺着她的示意把一些绸料展开给她看。她放下手套，轻轻抚摸着，还把整匹的料子披在身上比试着，来回走动。

凯把一匹塔夫绸像一件拖地长裙般地放在她身后。

“能听见声音吗？”她问凯。

“嗯，”凯肯定地回答道，“听起来非常清晰。”

她买了10米，付款后就离开了商店。凯目送着她离去。忽然，他感到商店里变得空荡荡的，连天窗的上空也不见鸟儿的踪迹，那一小块天地竟是那么空旷了。那些沉默的丝绸包围着他，五光十色却死气沉沉。

“快去追那位女士，”旁边的一位女售货员对凯说，“她把手套忘在这儿了。”

凯抓起那双兽皮手套，赶忙冲上了热闹的大街。那位女顾客带着东西正走在前边。

“对不起，给您的手套。”凯上前彬彬有礼地说。

“您真是太好了。”她看见他的面颊因跑步而变得红扑扑的，眼睛在冬日寒风中闪着光。

凯情不自禁地问：“请您告诉我，您为何偏偏要买那种有响声的料子呢？请原谅我的冒昧。”

“这是用来做结婚礼服的。”她答道，“我的未婚夫是一个盲人，他虽然看不见我穿着这件礼服，但他可以听见。这样他就会知道，我永远在他的身旁。”

街上的人来来往往，但毫不留意这两个人。

“我不相信，”凯说，“您的未婚夫不可能是盲人。”

“不。他是在战争中失去了双眼。对这个可爱的世界，他珍藏着美好的回忆，但对我本人他从来没见过。”

“他看中了您，他不会是盲人。”凯依旧喃喃地重复着。

随后，凯转身急匆匆地走了。

她目送着他远去。在她的双眸中闪烁着她心爱的人永远看不见的亮光——在这几秒钟，是为这年轻人发出的。那是一个阴冷的冬日，天空灰蒙蒙的。但她想，当她一步步缓缓地穿过教堂时，他一定能听到婚礼长裙发出的响声。对一位盲人来说，生命之光不就在那窸窣的声响之中吗？

爱的呼唤

虹　莲

最近在报纸上看到一个故事。一个小伙子在私人的小煤窑打工，煤窑塌方了，他被困在井下，几乎没有生存的希望。面临死亡的时候他想到了很多：母亲做的糯米团子和手工布鞋，妹妹给他的红腰带，还有他爱的那个女孩子，总是把护身符给他戴在身上。“我不能死。”他想，“如果我死了，这些人的爱就会化成一缕轻烟，而我再也不能去爱她们了。”凭着这些信念，他在井下坚持着，每天喝一些污秽的黑水，然后凭着记忆用手扒路，两只手都扒得鲜血淋漓，到最后都露出了骨头。因为那些爱的希望，让他对生充满了向往。

最后，奇迹出现了。已经对抢救失去信心的人们听到了一丝细微的声音：“救救我！”

看到这里我落泪了。谁也不相信一个人可以在无边的黑暗中坚持十多天。没有食物、没有阳光，有的只是污浊的水和黑暗，但是他活过来了。后来有记者采访他，他含着眼泪说：“我仿佛听到了亲人的呼唤，没有这些爱的呼唤，我不会坚持下来，也许早就崩溃了。”

还有一个故事。有一对恋人特别相爱，他们还差一个月就要结婚了。男孩给女孩买了一个呼机，每天都呼她无数次“我爱你”。

有一天女孩出差了，在睡梦中觉得地动山摇。地震了！女孩的第一反应居然是把床头的呼机拿到手里。接下来屋子就倒塌了，她被压在了底下，腿被砸断了，她的呼机却和往常一样响了。“我爱你”，这几个字出现的时候，她的眼泪一下子就流了出来。接下来的传呼内容就越来越不一样，男孩已经知道她出差了，而那个城市遭遇了大地震。他不停地呼她："我知道你还活着，坚持，再坚持，我们会找到你！我爱你！"一天过去了，他没找到女孩，但还是不停地呼她："你还记得你说过的话吗？你说我们要活到一百岁，你说要我永远爱你，即使你变得又老又丑。我永远爱你！"女孩失了很多血，每次都是那熟悉的嘀嘀声把她从半昏迷中叫醒，每次看到他呼她的信息都更坚定了等待下去的决心。两天过去了，三天过去了……五天过去了，男孩始终没有找到女孩，但他从未想过放弃，而是坚定地呼她，他相信她一定活着，而且在等待着他的传呼，也许这是她坚持下去的唯一动力。

事实上也确实如此，当第六天的时候，女孩几乎坚持不下去了，但男孩给她的传呼是："你还记得你的婚纱吗？我已经取回来了，下个月我们就要结婚了，很多朋友在等着参加我们的婚礼，他们说你一定是世界上最漂亮的新娘。"女孩的心一下子被击中了。是的，她最好的一段人生还没有开始，她还要和相爱的人结婚生子，为人妻为人母，她还要让父母安享晚年，她还要和自己的爱人一起慢慢变老……第七天的时候，当男孩仍然不停地打传呼时，他听到了那熟悉的声音。

后来，他们一直留着那个呼机，上面居然有好几十条信息，那些信息一条也没有删去。女孩说，那上面有爱的呼唤，也因为那些爱的呼唤，她有机会和自己的爱人一起慢慢变老。

所以，如果你爱着，就去用心把爱说出来，他会觉得这是个有爱的世界，因为有你爱的呼唤。

爱情清单

李　冰

一个男人和一个女人结婚5年了，一直没有孩子，感情浓浓淡淡，日子忽晴忽暗，最后因为一件小事走到了离婚的边缘。

分手是由男人提出来的。他的理由是与其两个人这样不冷不热地耗着，还不如一个人自由自在地打拼自己的天空。这时，是这个男人辞去公职，自己单干一年的时间。他满脑子都是如何拓展自己的事业，对于家庭，他已无暇顾及。

当这个男人提出离婚后，女人没说一句话。她默默地收拾好自己的衣物、书籍，整理了四大皮箱。她搬回娘家住了。

一个星期后，两个人相约来到街道办事处。两个人去的时候，时间还早，办公人员还没上班。两个人就站在外面等。

女人如释重负地对男人说："其实，我早就觉得累了。你只顾忙你自己的事业，家里的事情一点都不管，还总是乱发脾气。但我不愿意在这个时候提出来，我害怕给你雪上加霜。你能提出来，这真是太好了！"说完，从兜里掏出一封信，上面写着4个字："爱情清单"。

男人觉得奇怪，抽出里面的信，信不长，只有一页。

我为你做过的事：

1. 每天清晨，拉开窗帘，让阳光射进卧室，让你有个好心情。

2. 每天把买来的水果洗好，放在盘子里，端到茶几上，让你看电视时伸手就能够到。

3. 每周五，买一大堆吃的东西放在冰箱里，让你一个人在家时不会饿着肚子。

4. 每周六，打扫一遍屋子，把灰尘、油渍和碎头发统统擦净，让你有一个洁净明亮的环境。

5. 每一季都要把你换季的衣服和鞋子洗净，放在柜子里。

6. 屋子里放了 4 个烟灰缸，以便在卧室、客厅、餐厅和卫生间任何一间屋子里你想弹烟灰的时候，都能轻松地找到它。

7. 用一个废弃的烟盒收藏硬币，让你用来买每周必看的报纸。

8. 每次你洗完澡后，我都默默地把卫生间没擦净的水用抹布擦净，以免和拖鞋上的灰尘和成泥，踩得到处都是黑黑的脚印。

9. 每次你喝醉酒后，不论多晚，我都给你拿一个洗脸盆、一杯温水和一卷纸巾。洗脸盆是供你呕吐用的，温水是供你漱口用的，纸巾是供你擦嘴的。

你为我做过的事：

恕我直言，我实在想不起来。

所以，我同意离婚。

男人的脸有些发烧，眼睛里有些雾气。他把信仔细地折好，小心地揣进上衣口袋。

他静静地走到女人面前，温柔地握着她的手，轻声说："我想把这份爱情清单修改一下，行吗？"

浪　漫

黄孋莉

偶尔有人问我："跟洋人结婚，生活是不是比较浪漫？"我就不知怎么回答。

其实，我不懂男人如何看待浪漫这件事，但是我自己年轻时就不是浪漫的人，对浪漫的体会仅止于表面的行为层面，浪漫的情怀也常被理性所掩盖。每当有人在讨论："面包重要，还是爱情重要？"我就嗤之以鼻。

我和葛瑞格认识时，我们都是穷学生。穷，并不是有一餐没一餐的穷，只是收入有限，所以必须量入为出，任何额外的开销都得三思。

圣诞节认识，到情人节，我平生第一次收到"情人花"——一打长梗的玫瑰花。看着美丽的、大红的玫瑰花在我的房门口，我心里的高兴却很快被一股现实的怒气盖过。

这束玫瑰花得花不少钱吧？生活费拿来买花，有点不实际吧？尤其在情人节买玫瑰花一定被敲诈了吧？我带点责备地告诉他："哎呀，你干吗送我花？花虽然漂亮，可是枯掉了就没用了，真是浪费钱！"他没说什么。事后，我有点后悔如此不解风情，买都买了，我为什么不假装很感激的样子？他会不会从此不敢送我东西了？

第二年的情人节，他送给我一个杯子，一边交给我还一边解释："杯子不会枯掉，可以用很久。"我没说什么，只是想到我可能已经扼杀了情人的浪漫细胞。第三年的情人节，我们已经分手，然而我比较懂得感恩，他没送我东西，倒是给我打了个电话。我心中甚是怅然，想到交往期间因为不懂真爱，伤害他那么深，只好骂自己活该。

又过了4年，我们"蓦然回首，那人却在灯火阑珊处"。和好时他送给我一个手表，比杯子更实用，我不知我的“消费教育”算是成功还是失败，总之，他不再送我花了。我想人都有“再教育”的潜能，来日方长，我应该可以将他复原成送花的男人吧。再婚后，我常提醒他：台湾的花又多又美丽，而且比美国便宜多了。但是他毫无开窍的迹象，我只好放下自尊心，直接问他：“你为什么不再送我花了？”他说：“你不是说花会枯死，不实用？”我咬牙切齿地说：“我以前是舍不得你花那些钱啊！现在不一样了！送花才有浪漫的情调。”

过了几天的傍晚，他回到家，兴冲冲地递给我一个湿淋淋的塑料袋，我看到里头有三束小花，瞠目结舌，还来不及反应，他立刻得意扬扬地说：“我在台北车站前的天桥上买的，3 束 50 块钱。”我哭笑不得，心里有些失落感，看来要寄希望于先生来打理送花事宜是缘木求鱼了。

直到葛瑞格做了一件令我惊讶的事，我才重新思考浪漫这件事。那是 4 年以前吧，一天，他去世贸中心参观文具展，回家时小心翼翼地从背包里拿出一张画。原来他看到一个摊位是给小朋友当场在那儿作沙画的，他看到有樱桃小丸子的图案，想到我那阵子很爱看樱桃小丸子的卡通，就要了一张，然后花了 3 个小时蹲坐在小椅子上，完成这幅“美劳”作品。

我很慎重地将那张沙画挂起来，我不知旁人看到一位“洋大汉”满头大汗地混在一群小孩中会怎么想，但是我脑海中浮现许多问题：“你为什么费这么大力气作这张沙画呢？”

“因为我想你会喜欢的啊！”

“都是你自己完成的吗？”

“有些部分太细，我手指粗，做不来，负责摊位的小姐帮了一点忙。”

“她有没有问你为什么要作沙画？”

“有啊，我就说我太太喜欢，我要太太高兴啊！”

“其他人有没有注意到你？”

“当然有，他们用奇怪的眼神看我，我就跟他们微笑。”

在问答间，我忽然觉得好浪漫，眼前没有花，只有一张色彩有点不协调的沙画；没有美妙的音乐，只有一个看起来疲惫的男子；没有甜言蜜语，只有一份“管他怎么想”的自信。

这是浪漫吗？这不是浪漫吗？往后的日子里，我再也不吵着要花了。

最后的处方笺

吉　水

男孩一直暗恋着女孩，他总想等到自己工作稳定之后再告诉她。毕业实习刚一完毕，他就住了院，患的是白血病。

女孩默默地去探望他，坐在床边，低着头，叫他安心养病。后来，女孩便经常去看他。男孩去过一个遥远的国家——瑞士，他给她讲那里的风景、故事和心情。有一次男孩讲得累了，躺着静静地看女孩削梨，忽然，他提议玩儿时的一种游戏，像中学上地理课时常玩儿的地图册上找地名一样，男孩有好多处方笺，他让女孩猜上面龙飞凤舞的字。男孩说他的理想是当一名优秀的医生，会有许多病人找他看病，当然会很忙，他开的处方笺一定也很难辨认。男孩又说医生的字迹是一种热情的无奈——他们时间紧，不潦草来不及。

女孩笑了，尽管心里宁愿换一种游戏，可仍假装很认真地猜测，竭力地揣摩。男孩接着又说如果他的时间还够，除了成为优秀的医生，也许还可以——男孩拼命地咳嗽，脸色像一张空白的处方笺。后来女孩愈加小心地迁就男孩，包括装成十分快乐的样子辨认男孩将来当医生时可能开的处方，他们一起度过了整个秋天。

“如果病人得的是慢性胃炎，那么——”男孩想想，挥笔写下几个字，递给女孩，女孩很聪明，她笑道：“哎，你怎么知道要用这种药呢？”男孩仰着头看天花板，慢慢地说：“你是说每日三次的颠茄片吗，能治疼痛的啊！”

每次男孩都极投入地设想某种病症，然后对症下药，再托女孩替他保管开出的处方单子。女孩不忍听那纸张脆脆的声音，撞得人心里发酸发痛。一张张男孩的亲笔，她多么希望他的梦想能够成真。

冬天刚开始的时候，男孩却再也无法向她描绘瑞士的雪了。医院那股呛人的消毒水味儿在日子的飞逝里越渐弥漫，像雨夜的路灯，温柔落寞。男孩留下的处方笺一共有 20 张，恰合了她的年岁。女孩将它们封在匣子里，从不开启。

后来，女孩嫁给了一位医生，丈夫身上隐约的消毒水味儿和冰凉的手指，那感觉——女孩有时会叹气，然而过去的毕竟已很遥远了。

再后来，儿子也学了医，并且干得十分出色，亲自来接她去另一个城市享福。当年的女孩已白发苍苍，她终于有机会打开了那只匣子，装着年轻时爱恋的人的笔迹。儿子有些好奇地拿过去看，惊讶地叫道："妈妈！您的情书怎么写在处方笺上？"她一惊，这许多年的耳濡目染，她已十分熟悉医生的字了，她一张张地细读下去。

第一张写的是：真害怕离开这个世界，我有那么多话想讲给你听。我虽然知道在这样的情况下说这样的话很愚蠢，但一想到有了天书般的字迹的掩护，终还是忍不住。

第二张：我能给自己开治疗感情矛盾的良方，那就是大胆表白，可我知道那却是永远无法兑现的存单，让它一辈子存在你那儿吧。其实，有你这样静静地陪着，也够了。

第二十张，也是最后一张，男孩写得十分费力，字迹也不再俊逸洒脱：其实，我知道你一直没看那些处方笺，或者没看懂。这样很好，你的心我是知道的。

30 多年后的冬天，第一场雪落了下来，涟涟泪眼中仿佛看见了昔日的人，她居然忽视了所爱的人最亲切的语言，一直一直，而那个爱她的男孩，用这种特殊的方式界定了生与死间的感情，他的缄默和掩饰，使女孩安享了 30 多年的平静。这最后一张处方笺，写着爱，治疗一切伤痛的无私的爱。雪落无声。

你丈夫真好

一 冰

奇奇怀着身孕，已经九个月了，出门越来越不方便。丈夫就不让奇奇出门，需要买东西时丈夫都替她想好也买好了。今天是奇奇妈妈的生日。奇奇一个人上街。丈夫上班去了。

奇奇走到车站等公共汽车。公共汽车还没有来。奇奇刚停下脚步，后面就有人轻轻拍她的肩膀。奇奇转过身，一个漂亮的姑娘指着候车的长椅说："大姐，你坐吧。"

奇奇忙道谢坐下。她真的很想坐下，才走了几步路，就已经气喘吁吁了。

"你丈夫真好！"漂亮姑娘笑着说。

"嗯。"奇奇应了一声，她有些奇怪，这姑娘猛不丁说这话是什么意思？

公共汽车开过来了，停住，围住车门的人却都不上，自动让出一条路，这条路一直铺到奇奇脚下。

奇奇的脸红了，她一迭声地说着："谢谢！"

奇奇上了车，很快，一个小伙子站了起来，让出了自己的座位。奇奇坐了下来，心里涌起了热流。今天是妈妈的生日，今天阳光普照，今天真好！

"你丈夫真好！祝你们幸福！"小伙子下车时突然说。

奇奇说："谢谢！"心里却更不明白了。怎么人们都知道她的丈夫好呢？听人说丈夫好，奇奇就更高兴了。

到了站，奇奇站起来，拥挤的车厢里又让出一条路。周围的人们都面带微笑，用一种羡慕的眼神目送她下车。

“你丈夫真好！”一个妇女说，“好人一生平安！”

“谢谢！”奇奇心里乐开了花，车上的人都向她招手致意。

奇奇到了家。

这时，小妹忽然在奇奇后面哇地大叫了一声。大家都被惊动了。小妹小心地从奇奇背后揭下一张用透明胶带贴上的纸片，小妹小声念道：“请给我妻子让个座，谢谢！”

“姐夫真好！”小妹一脸的羡慕。

奇奇捧着纸片，眼泪扑簌簌地落了下来……

青花瓷，红蔷薇

手　语

两颗爱慕的心，是在最好的年华里相遇的。她在他眼中，是晨曦里半开的红蔷薇：嗔一嗔是眉聚黛峰，笑一笑是眼横水波，一呼一吸里，都有工笔描绘不出的风情。

日子久了才发现，外表这样温婉的女子，竟有着一颗敏感而焦躁的心。一言不合，即会大吵大闹，气到手足冰凉，全身发抖。只是，恼成那样，她都不肯落下一滴泪来。

好朋友劝他："算了吧，这样的爱情，是脆弱易碎的薄胎青花瓷，一生都要小心翼翼地去呵护，稍不留神，就是一地惨烈的碎片。看了这么久，我这个心清如水的旁观者，都已经替你疲惫了。"

他摇头，说："她是一株蔷薇，生出那么些密密的刺，不是为了伤害，而是害怕被伤害。"

于是，他不断地被她伤害着。周末派对上，商场里，甚至电话里……疲惫，不是没有的。可心一软下来，也就云淡风轻了。而事后，她却嗔怪他性情太和顺，将她生生宠成一只无法无天的小刺猬。

他微微一笑，说："那些刺，拔了，会伤到你；不拔，会刺痛我。可我宁愿受伤的是我，因为一颗爱着的心，本来就是疼的。"

也有蜜汁样馥郁的时光。夜未央，灯光流转，两个人牵了手四处闲走。无意间，淘得一对精致的青花瓷碗，如两轮清澈的满月。捧回来，额角相抵，喁喁私语。明明对着的是空碗，却都醉意丛生。说好了，要将日后所有细细碎碎的光阴，都盛在这碗里。

日子那么长，而这样温柔的时光，又那么少。她常常会青着脸，与他歇斯底里地大闹。仿佛蔷薇花被驱出了灵魂，身体里只剩下密密麻麻的疯狂的刺。

那一次，她最要好的朋友来看她。不知为什么，好好的，她又和他闹了起来。当着朋友的面，她句句话都是刺，根根扎向他的胸口。他忍着，劝着，勉强镇定着。可她越发暴躁，竟打破了那对青花瓷碗。

一地冰凉的碎片，青白锐利，像他的爱，惨烈到体无完肤。忽然，他心里一片清明：这个女孩并不爱他。所有的未来，都是他一个人编织的梦中城堡。怪不得有那么尖利的刺，连花瓣都像灼灼的刀锋。

到底，他也是个骄傲的男人。爱不下去的时候，只有静静地转身。他听到身后有轻轻的脚步声，像暗夜里的叹息。他以为是她，却是她的那位朋友。

朋友艰难地启齿。原来，她的家族有着遗传的抑郁症病史，并且发作的都是年轻的女性。她不知道自己何时会发病，一颗惊惶的心，起起伏伏，无法安定。

爱那么好，又那么暖，她不舍得轻易放手，可又不得不放手。她告诉自己，爱情的肩不是铁铸的，有些东西，它承担不起。所以，她以这样一种惨痛的方式，不停地为难着深爱的人，也为难着自己。

这样不分场合的吵闹，不为别的，也只是想在今后漫长而孤单的日子里，留下些回忆取暖。可以在午夜梦回时，喃喃自语：有个人，曾经这样爱过我。

他叩开门，轻轻地拥住她。当所有的伪装卸下时，她的泪，急速落下，如一场灿烂的流星雨。他认真地告诉她：“你要记住，我们在一起，可能会有一个人得抑郁症；如果分开了，得抑郁症的一定是两个人。”

爱情，不是你想象的那般脆弱，也不是你想象的那么坚强。若是存了一颗爱惜之心，这世上，便没有脆弱的东西。即便是薄胎的青花瓷，亦能在历经数朝数代之后，光洁透明，完美如初。

光阴的故事

中年

爱情都藏在柴米油盐里

她对爱情曾有过无数浪漫的幻想，
但从没有想到过这样的一双手，
在她所惧怕的黑暗中向她伸过来。
此时此刻，
她才突然明白，
其实她渴望的，
就是这样的一双手，
温暖的有力量的手。

懂得欣赏的爱

简　明

杰瑞长着一双蓝色的眼睛，他是苏珊的恋人。苏珊是从中国广东省的大城市来加拿大留学的。她在中国曾经有过一次家，一个爱人。在那场她以为是倾世之恋的婚姻里，她为他节食减肥，擦高级化妆品，穿休闲服，学烹饪——就是因为他说：你不能太胖；你的脸怎么长斑了；你穿职业女装不好看；你不进厨房怎能叫女人？在他们结婚3周年纪念日时，他问苏珊想要什么礼物，苏珊脸憋得红红地说：“如果可能，我想要回我自己。”

离过婚的苏珊从此有个愿望：“希望有一个人对我说：我爱你，在我眼里，你的一切都那么美好。”苏珊说：“如果你的爱人经常提醒你的缺点，其实，那不是你的问题，是他的问题，他不懂得欣赏你。不要捆绑在一起挣扎着取悦对方，就像北极熊永远不可能成为热带雨林的宠物。”

苏珊第一次见到杰瑞是在北约克城的美术馆。那天是奥地利画家科利姆特画展的第一天。虽然苏珊是学经济学的，但她对美术从小情有独钟。而科利姆特这个一生充满争议的画家更是她的偏爱。

“你在这幅画前站很久了。这也是我最喜欢的。”声音从苏珊的背后传来，她转过身，看见一位年轻人站在自己身后。他们面前是科利姆特震撼心灵的《接吻》。“我叫杰瑞，是奥辛敦学院生物实验室的老师。”他说。

“我叫苏珊。从中国来。”苏珊答着。

“我们来做个小测试，好吗？我们各自把对科利姆特作品的理解写在纸上，看看东西方人的观点有没有分歧？”杰瑞微笑着建议。

不到两分钟，杰瑞和苏珊几乎同时向对方递出答案。苏珊写道：喜悦与恐惧；生命与死亡。杰瑞写出：激情与绝望；爱与死。“我们在同一条路上！”杰瑞说。

杰瑞第一次约会苏珊是在爱米尔图书馆。这让苏珊非常激动，因为图书馆是她日常最青睐的地方。

苏珊的眼睛随着杰瑞的身影转动着，她想知道他爱读什么书。当她看到《我知道为什么笼中的鸟歌唱》（玛亚・安吉露）在他手中时，她的眼睛一亮。玛亚・安吉露是对苏珊影响巨大的作家之一，她是美国著名作家、诗人、剧作家、历史学家、舞蹈家、社会活动家。记得有一次，一个黑人同学说：“玛亚・安吉露是黑人的偶像和骄傲。”苏珊冲动地反对他说：“肤色不是玛亚・安吉露的标志。她传奇的智慧是所有热爱她的人的财富。”

“你也钟爱玛亚・安吉露？”她问杰瑞。

“不仅仅是玛亚・安吉露，这些书都是对我的成长有冲击力的。我想，这是让你了解我的捷径。”杰瑞坐在她身边，一本一本地翻阅着手中的图书，轻声地讲解着自己和这些书的故事。当讲到一个白皮肤女孩儿为自己的生母是黑人而感到羞愧，竟然当着母亲的面对恋人说“这是我家的奴隶”时，苏珊看见晶莹的泪珠涌出杰瑞的眼睛。那一刻，苏珊发现能为人间真情流泪的杰瑞长着她从未见过的最蓝的眼睛。

苏珊第一次访问杰瑞的家是因为他的生日聚会。为她开门的是一位长着亚麻色头发、化着淡妆的中年女士。“如果我没猜错，你是苏珊吧？我叫海伦。”她含笑地说，“我是杰瑞妈妈，他常和我谈起你。所以，我好像已经认识你了。你知道吗，杰瑞有一次告诉我说，苏珊是个特别的女孩子，她买东西的时候会很糊涂地多给人家钱，但她能准确地背诵自己喜欢的文章。她生长在中国，但她热爱普契尼的歌剧，我们都迷恋《图兰朵》。她是上帝给我的礼物。”海伦亲切地搂住苏珊说。

苏珊感觉自己的眼睛被泪水模糊了，她想起很久以前，有人对她说：“你有闲情背这些别人的文章，还不如先把身边这点账算清楚。”

“每个人都是爱他（她）的人眼里的天使。”

玛亚·安吉露这句话苏珊很久以前就记在了自己的日记里，但从未体验过，直到这一刻。

生日的热闹总是相似的，但杰瑞让苏珊惊喜的是，他送给他父母一个自己手工制作的木质相架，里面镶嵌着松树枝，一行粗线条的字写在背景帆布上："你们给予我的最好礼物不是生命，而是引导我认识我是谁，帮助我成为我想成为的人。"

那个晚上，在回家的路上，苏珊一直把自己的手放在杰瑞温暖的掌心里。她知道这是自己长久以来追求的感觉：爱不仅仅单纯地散发着诱惑的魅力，还丰富地成长着彼此的心智。

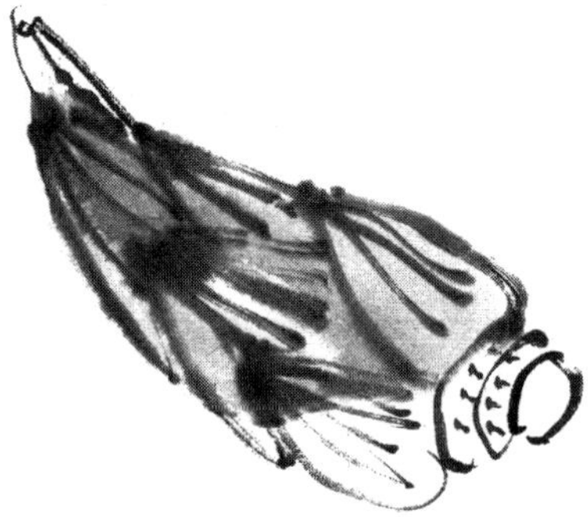

海底针

〔新加坡〕尤　今

熟透了的夕阳，像一个圆而大的橘子，盈盈地坐在满天的云彩里。高高瘦瘦的椰子树，意兴阑珊地立在波涛翻涌的海边，青绿的叶子被夕阳柔婉的金光轻轻地笼罩着，有一种令人目眩的瑰丽。

正是游人归家时，一望无尽的沙滩，清冷寂寥。结伴同游的二十余人都已上岸，各自整理自己的行装，准备回家去。我收拾好东西，正想走向停在不远处的汽车，忽然发现初识不久的那位男士，还蹲在沙滩上，捡拾地上的废纸、空罐、瓶子，将它们放进一只纸箱，再倒入垃圾桶。没人帮他，他只是默默地做着这一切。来回几趟，把沙滩上友伴在野餐时留下的杂物都清理好，他才返回众人处。

无意中把这一幕尽收眼底的我，心里有一根弦，被温柔地拨动了。

这人后来成了我的丈夫。他从来不喊任何有关“环保”的口号，但是，他积极地保护着他赖以生存的环境。同样地，他从不把妻子挂在口头上，可是，他真诚地对待他的妻子。

他的真诚，是我俩婚姻的强力胶。

我爱写作、阅读，时间都填进稿纸、嵌入书籍，整间屋子都晃动着文字的影子。万户灯火亮，该是“饭香”飘送时，可是，我一身疲累的丈夫回家，却只闻得着一屋尝不了、触不着的“书香”，见不到满桌能够果腹、可以解馋的好饭菜。别的男人也许会呼天抢地、悔不当初，然而他呢，无怨无悔。

我爱旅行，他每年偕我天南地北地跑。繁华的都市，我们去；原始的丛林，我们也去。年年夏天出门去，冬天照样在他国。自助旅行所需要做的准备工作，惊人地烦琐，然而，他不惮其烦，一年几回详细策划；他胆大心细，又是天生的“识途之马”，所以，每每一坐上飞机，我便知道，我又可以高枕无忧地享受旅行的种种奇趣了。

我的婚姻座右铭，说起来，只有简简单单的两句话：“婚前睁开两只眼，婚后闭上一双眼。”

婚前，双方睁开双眼来看，对方的优点和缺点、强势和弱势，都须细心甄别；婚后，闭紧双眼，对于种种鸡毛蒜皮的小毛病、小枝节，不要看，更不要计较。

然而，话说回来，婚姻实在不是一加一等于二那么简单的事。两个生活习惯全然不同的人，被婚姻的绳子捆住以后，便得在有限的空间里彼此适应了。

他在一所大机构里担任执行董事，还兼任好些公司的工程顾问，工作日理万机而又井井有条。可是，没想到，他回家以后，将记事本、钢笔、眼镜、文件夹随处乱放，一放就忘。所以，“在哪里”这三个字，已变成他的口头禅，一看到我，便从嘴里溜出来：“老婆，我的建筑草图在哪里？”

我上天入地、翻天覆地地替他找出来，他喜滋滋地打开来看。看不了多久，便又喊：“老婆，我的电子计算器在哪里？”我又放下手头的工作，替他找。

如此这般，一日数回。有时我找烦了，便不睬他。他喊了几声，没有反应，便转过头去，茫然地问孩子：“你妈妈在哪里？”

在理财方面，他很精，我很钝。所以，在结婚前，钝钝的我便钝钝地问了一个万无一失的问题：“结婚以后，我的收入还是归我，好吗？”他想也不想，便点头说“好”。我打蛇随棍上，又说：“你的也是我的，好吗？”

当时，婚期已定，箭在弦上、刀在颈上，他不得不点头称好。头一点，便陷入“万劫不复”的境地——一生一世，成了我“予取予求”的“活动银行”。这种情况，正好应了“糊涂人自有糊涂福”这句老话。

“糊涂夫人”还有一些别人绝对意想不到的“福气”。我的女红惊人地拙步，连一些最基本的缝纫工作也无法应付。有一回，他嘱我替他把裤子上一颗掉了的纽扣钉回去。我手忙脚乱地穿针引线、选纽钉纽。次日，他拿起裤子，看到缠绕在纽扣上乱七八糟的线，不免大吃一惊。等穿上身，更是目瞪口呆——纽扣对不上扣眼儿，根本扣不进去！以后，凡是脱纽掉线，他都不敢再假手于我。有时，我衣服掉了纽扣，也厚着脸皮求他帮我缝一缝。

他一面缝，一面叹气："唉，结婚前，只需要缝补一个人的衣服；结婚后，反得缝缀两个人的衣服！"叹气归叹气，针起针落时，他还是不忘当个"卖瓜的老王"："你呀，找个像我这样的丈夫，可比海底寻针还要难！"

"是是是！"我赶快点头附和，一副千依百顺的贤良妻子相，"下辈子我要做个蛙人，潜入海底去寻你！"

一抹笑意浮进眸子里，他揶揄地应道："也许你找到的是一粒海底椰哪！"

星期天早晨的阳光穿透窗户，薄薄的，洒满一室。他手里那根细细的针，上上下下飞快地移动着，好像是一抹亮光在室内顽皮地跃动着。我微笑地看着、看着，心里想：嘿，有个会缝纫的丈夫，可真不赖呀！

生　日

〔匈牙利〕雅歌塔·克里斯多夫　张荪婧 译

周五晚上，丈夫从办公室回来，心情愉悦。

“亲爱的，明天就是你的生日了。我们邀请朋友们来一起庆祝一下。你的礼物，我月底给你，现在我手头有些紧。你喜欢什么？一只漂亮的手表？”

“我已经有一只手表了，亲爱的。我很喜欢它。”

“那一条连衣裙如何？或者那种高级定制的简单女士套装呢？”

“我只想要一条裤子和一双凉鞋，就这么多。”

“好的，没问题。我给你钱，你自己去买你喜欢的东西，但是要等到月底。明天，我们会和一群好朋友一起庆祝生日。”

“你知道的，”他妻子说道，“和一群朋友一起过，对我来说或许太累了，我更喜欢去一家不错的饭店吃顿安静的晚餐。”

“饭店可是会宰人的，而且味道也不一定好。我更喜欢和大家一起在家里吃一顿。我会打理好一切的，购物、准备好每道菜、邀请朋友。而你，你只需要去理发店把自己打扮得漂漂亮亮的。一切都会按时准备好的，到时候你只要坐在餐桌前就行了。为了这次生日，我很乐意来做服务生。”

丈夫开始筹备生日聚会，他热衷于此。星期六下午，他请假去购物，将近五点才回来，满载而归，神采奕奕。

“肯定会非常棒的，”他对妻子说，“你要是能帮忙摆放餐具就好了，这样可以节省点时间。”

她穿着一条二十多年前买的黑色小礼服，认真地打扮过。她摆着餐具，把桌子装饰得很漂亮。

她丈夫突然说道：“你应该放上高脚杯，我来换好了。在此期间，你去炉子那儿把火生起来吧，一会儿我去烤小肉排，肯定好吃极了！过会儿你再来给土豆削皮，调好沙拉酱。嗯……生菜里总有些小虫子，真让我倒胃口！你可以把它们洗洗吗？对你来说已经习惯做这些了吧。”

过了一会儿，在炉子前，他说：“木炭是够的。你能不能给我拿点杜松子酒过来？还有……对了，我们有喝酒时配的柠檬吗？哦不，我记得我没买，我以为我们还有。不管怎么说，你应该想着开胃酒的事，可不能什么都是我做啊。我记得马尔克杂货店还是开着的。顺便去买点杏仁和榛子吧，还有橄榄！”

一刻钟以后。

“我就知道那儿会开着。你还没煎好土豆吗？我要去看看肉怎么样了。哦！我差点忘了一件事……我还买了作为前菜的虾。快去用鲜奶油和番茄酱做个调味汁。没有番茄酱了？这屋子里怎么什么都没了！快向谁家借点去。”

妻子去楼上的邻居家问了问。邻居很乐意借给她番茄酱，但除此之外，他还坚持让她听自己讲述这一天中的不幸，甚至是他整个生活中的那些不幸。

楼下的门铃响起，朋友们到了，妻子要回去了。

丈夫叫道：“那么开胃酒呢，马德琳？”

小肉排终于烤好了，虽然有点焦，但是气氛很好，大家开怀大笑，喝了很多酒。朋友们总是提起马德琳的年龄，毕竟今天是她的生日。朋友们还夸赞她丈夫准备好了这一切。

“十全十美的丈夫。”

“结婚十五年之后您丈夫依然这样，真是有幸啊。”

“老兄，你也要这么做啊！”

凌晨三点的时候，终于安静了。

朋友们走了，丈夫在沙发上打起了呼噜，这可怜的家伙疲惫不堪。

马德琳倒空了烟灰缸，把空瓶子、脏杯子、打碎了的玻璃杯碎片理了理，最后抹了下桌子。

洗碗前，她走进浴室，对着镜子，看了好久。

幸福的标准

周海亮

男人对他的爱情是不太满意的，他固执地认为自己应该有一位更出色的恋人。女人不苗条，不艳丽，左颊有一颗巨大的黑痣。

女人在遥远的城市读书，终于要回来了。男人去车站接她。这一对尴尬的恋人，都已不再年轻。

一路上男人想，是否应该结束他们七年的恋情呢？如果是，该如何向她开口呢？男人打理着一家小公司，他的职业让他面临着太多的诱惑。

等了一天，车来了三班，却仍不见女人。男人打女人的电话，却拨不通；再拨，仍不通。男人急了，去车站办公室问，有人告诉他，由于暴雨，路上出了车祸，一辆公共汽车翻进路边的深沟，当场死三人、伤二十二人。

男人感觉脑袋被重重击了一下，身子晃了晃。后来被继续告知，出事班车的起发站，正是女人读书的那座城市。这时他的身子晃得更厉害，几乎站立不稳。他似乎听到炸弹在脑子里爆开的声音。

男人搭车去几百公里外的医院寻他的女人。他跑遍了所有的急诊室、病房和走廊，叫着女人的名字。他仔细地观察着每一名头缠纱布的伤者，然而伤者中没有他的女人。他的女人已经不在了，男人这样想着，昏倒了。

男人恍恍惚惚地昏迷着，却真真切切地悲伤着。他突然想到了女人的千般好，突然意识到自己对女人深深的爱和依恋。他想，为什么自己的女人不是那个被座椅擦伤了皮的女人呢？为什么不是那个被轮胎轧断两条腿的女人呢？为什么不是那个被溢出的汽油烧毁了容貌的女人呢？甚至，为什么不是大夫所说的那个已被撞坏大脑、极有可能成为植物人的女人呢？他想，无论哪种情况，他都会娶她的。可是，尽管男人在一场灾难面前把标准降得很低，他的女人还是不在了。

突然，他接到女人的电话。听到女人的声音，他颤抖得不能自已。女人告诉他，她所乘坐的车子在一个极偏僻的地方抛锚，换乘的另一辆在绕行时让一条洪水冲垮的断桥截了路，于是不得不再换乘第三辆。总之发生了很多事，这很多事，让她耽误了一天多的时间。她说，现在她住在一家乡村的旅店里，运气好的话，明天就可以见到他了。

女人说了很多，男人默默地听着，泪流满面，如虚脱了一般。他问女人，你的电话怎么打不通呢？女人说，没电了。男人仿佛没有听见，继续问，我拨你电话，却为什么打不通呢？女人说没电了啊。男人却仍是问，似在梦呓。

男人打了出租车，亲自去那家乡村的旅店接他的女人回来。男人没有告诉女人车祸的事。男人看女人那颗巨大的痣，痣也是迷人的。男人有一种大难不死、劫后余生的感觉。

男人与女人结婚了。婚后，男人幸福得要死。他发现，面前的这个女人虽然并不出色，但毫无疑问是世上最适合做他妻子的女人，或许，也包括那颗痣。

几年后的一天，在一个黄昏，在餐桌上，男人喝了些酒，男人告诉女人说，我差一点就失去你呢。

女人就问为什么。

男人说有一场车祸。其实车祸还没有来时，我心里已有了车祸。后来真的车祸来了，我心里的车祸就没有了。

女人糊涂了，说什么呢，讨厌。

男人眯着眼。男人说，是真的。一场本与我们毫不相关的车祸，却让我降低了爱情和幸福的标准，结果，我收获了更多的幸福和爱情。

女人还是听不懂，男人说你别猜了。然后他轻揽着女人的肩说，我爱你。

马里亚纳海的爱情灯

影　子

从她小的时候起，她就一直羡慕父母之间的爱情。父亲是那个城市里赫赫有名的画家，举办过无数次画展，他对母亲的关爱更是无微不至。她时常觉得，母亲应该是世界上最幸福的女人，能够得到像父亲那样优秀的男人无私的爱。

她经常看到父母在一起作画，他们从小就是一个老师带出来的。他们作画的时候有一个习惯，那就是先由父亲用淡色的画笔在画布上描出细致的轮廓，再由母亲根据那些轮廓涂上色彩。最后成就的一幅画，就如同两个人爱情的结晶一般，有着鲜活而灵动的生命力。

当她慢慢地长大，也谈了恋爱，然后步入婚姻的时候，她发现丈夫和自己的生活并不像她从小到大希冀的那样。他们之间没有共同的爱好，业余时间常常各行其是。她觉得生活就像是一列载满平淡空虚的火车，来回反复。曾经的爱，就像被遗失在某个漆黑隧道里的烟头，只兀自闪亮过几秒后便不知所终。

结婚两年的时候，丈夫在工作上遇到了麻烦。她面对失意的丈夫，不但没有好言相劝，反倒觉得自己和母亲比起来，一直是一个不幸的女人。不仅没有找到一个志趣相投的伴侣，还要面对丈夫的无能。

她是在和丈夫的一次争吵后回到父母家的，那时她的母亲已经去世一年多了。她把自己对生活和丈夫的不满都告诉了父亲，她委屈地问父亲，为什么自己永远都拥有不了像父母那样甜蜜的爱情？

年迈的父亲并没有立即回答她的问题，只是展开一张画布，开始在她面前作画。她对父亲的行为感到十分吃惊，因为自从母亲过世后，父亲再也没有画过一幅画。

十分钟后，父亲把那幅画拿给她看。那是一幅仅有一种色彩的画，所有的色彩都是沉静的蓝，深深浅浅地染满了整块画布，画布的中央是一条畅游在深海里的鱼，在它的头上有一盏小小的灯，发出蓝色的光。

父亲告诉她，其实一直以来，他都只能用一种颜色作画。

原来在父亲年幼的时候，就被查出了严重的色盲症，在他的眼睛里，世界上永远只有一种色彩。从小和父亲一起学画的母亲为了不让父亲放弃绘画，每次都帮父亲在完成的单色画稿上着色。

也正是因为那些丰富了色彩的精美画卷，才让父亲在城市里享有盛誉。

所以一直以来，真正幸福的那个人，并不是你的母亲，而是我，一个得到了你母亲无私的爱的男人。父亲对她说。

父亲把那幅画送给了她，并让她回到了丈夫的身边。

从那以后，每当看到家里客厅中悬挂的那幅画，她便会想起父亲告诉过她的那个关于深海里的鱼的故事。

在世界上最深的马里亚纳海沟深处，海水又深又冷，几乎没有生物存活的条件和可能。可就是在这样的深海里，却有一种安康鱼快乐地活着，生儿育女，一代一代地繁衍。虽然越大的安康鱼越盲，看不到前面的路，但只要有爱情在它们身上发生，它们头上就会生出一盏照亮前路的灯，从而安然地在深海里畅游。

她终于明白，原来爱情就是为所爱的人，在黑暗中亮起那一盏小小的明灯。

隔壁的字条

因　恩

我在杨柳青租房打工。一天回家，看到门上有一张字条，上面写着："上个月电费，一共15.5元，隔壁。"我这才知道隔壁原来住着人，并且我们合用一个电表，塞条子是为了要我出另一半的电费。我赶紧拿了8元钱准备送过去，可一看铁将军把门，只好把钱用方便面袋装好塞进了门缝。

第二天，我下班回来，刚打开门，就发现门缝里塞着那个方便面袋，里面装着2.5元钱和一张字条："你刚来不满一个月，所以不应该收你全月的电费。"

看了那几个字，我的心里一暖。哟，这人还挺较真儿，给他（她）小便宜，他（她）都不要……

此后，我一直留心隔壁的一举一动，可奇怪的是，从来没听到过他（她）屋里有什么响动，也从来没有见过他（她）的庐山真面目。

半个月后，我的煤快烧完了，连续几天到街上去等卖煤的，都没等到。附近的居民都说，一个月才来一次卖煤的。没法子，只好给隔壁的他（她）留了一张字条，问问哪儿有卖煤的。

第二天我下班后，看见门口放着一袋煤，上面还用细铁丝穿着一张明码标价的字条，写着："83×0.19＝15.77（注：实付15元）。"

这样心细的一个人，我想她一定是女的，可又一想，四十多公斤的一袋煤，一个女人根本没法弄回来。既然不是女的，那就一定是男的了！于是我就想：如此心细的男人可真少有……

老样子，我把买煤的钱塞进了他的门缝，当然少不了好处费，不算多也不算少——5元。

谁知道，我的做法惹恼了他。隔天，我在门缝里看到了我那5元钱和一张怒气冲冲的字条：“小姐，你会不会算账啊，有钱你救助失学儿童呀！！！”

看得出来他是生我的气了，不然他的措辞不会如此严厉。想到我的做法伤害了他的好心，我很自责，愧疚地找了纸和笔，郑重地写上：“对不起！”顺便还画了一个流泪的小女孩。

我的字条换来的是10块阿尔卑斯奶糖和一张温情脉脉的字条：“乖，不哭，告诉你一个秘密，门口的编织袋里有劈柴。”

为了确定他的性别，更为了感谢他一直以来对我的关照，我给他回了张字条：“我也告诉你一个秘密，星期天我休息，你有衣服要洗吗？”

他的回复是：“谢谢，恕在下不能成人之美。”也许是怕拒绝会伤害我，他在字条的下端画了一枝小小的玫瑰，虽然画得不是很好，看起来像朵喇叭花，可我猜想他想表达的一定是玫瑰。

那张字条让我胡思乱想了半天。他可真会说话，以为我是免费洗衣机啊，还成人之美。我也较起真儿来，在纸上画了一台洗衣机，旁注：“免费，不洗白不洗。”

第二天，我在门前看到一个袋子，里面装着两件格子衬衣。我发现衣服一点也不脏——他是怕拂了我的好意！

就这样又过了一个星期，一天早晨我起床后发现门上贴了两张字条：一张上面画着美丽的雪花，雪花的下面是一个可爱的女孩儿；另一张上面写了一句话：“小心路滑。”我一看就明白是下雪了，他要我走路小心。下楼一看，外面果然白茫茫的一片，一股暖流顿时涌上了我的心头。

我迫切地想一睹他的庐山真面目。第二天，我在他的门上贴了一张画，上面画了一个腼腆的女孩子，睁着好奇的眼睛说：“隔壁的，我想见你。”

你猜怎么着，他的回复是一只龇牙咧嘴的恐龙，没有只言片语。我知道他是在告诉我他是一只恐龙，怕吓着我。于是我礼尚往来地画了一只吐着舌头扮着鬼脸的青蛙，言下之意是说我才不怕他呢。接下来的几天，我在期待和失望中度过，因为再没有他的一点消息。每天上班送我的是他门上那把铁锁，下班后迎接我的依然是那把铁锁，仿佛那里压根儿就不曾住过人。我失落到了极点，难道他招呼也不打就搬走了？我想透过帘子看看他屋子里究竟还住没住人，可他那边厚厚的窗帘挡住了我的视线。

眼瞅着煤只剩下底子了，劈柴也只剩下几根了，而我却连煤要在什么地方买都不清楚，我心里不由得暗暗着急。腊月的杨柳青滴水成冰，望着干瘪的编织袋，我下定决心抓紧时间买煤，不然我晚上就成“团长”了。一天下班后，我连问了三个老大爷、四个老大妈才打听到售煤的确切位置。可一进院子我就发现了奇迹，门口码放着两编织袋煤，在袋子的中间夹着一张字条：$162 \times 0.20 = 32.4$（实付 32.5 元）。真是雪中送炭啊！就连柴都是现劈好的，整齐地码放在煤的旁边。

我赶紧去看门上，果然贴了新的字条：“小姐，千万别忘记架好炉子，万一冻了水管，你就得唱《上甘岭》了。”

我忽然想到了蒲松龄笔下的那些故事，心想，难道隔壁住着一只千年狐狸不成？为什么每次都及时帮我又不现身？可我不是进京赶考的书生啊，我仅仅是一个打工妹。再说在蒲老先生的笔下，只有狐女爱书生的故事，可没有狐男恋女生的故事啊。这样一想我计上心来，我把他买煤的 32.5 元钱塞进他的门缝，并附上信笺一封：“狐狸精先生，谢谢你雪中送炭。”很快他便有了反应，留了条子：“煤钱我已分文不少地收到，另外我听说过有狐狸精小姐，却没有听说过有狐狸精先生，难道你是狐狸精？”

我既生气又高兴，生气的是他说我是狐狸精，高兴的是他终于又出现了。于是我赌气写了一句：“你才是狐狸精。”第二天换来他一句：“你是狐狸精。”我再贴一句：“你是狐狸精。”他干脆只写三个字：“狐狸精。”就这样，我们赌气似的故意和对方作对，每天在“狐狸精”的后面增加一个“！”，当我贴的“狐狸精”后缀 8 个“！”的时候，他用白纸剪了一面旗子高高地贴在了他的门上方。我心花怒放地欢呼雀跃，庆祝胜利。

春天来临的时候，我给他下了最后通牒，说我必须见到他，否则我明天就搬走。我的通牒终于引起了他的重视，他在纸上画了一座桥，而桥下是缓缓流淌的河水，桥头伫立着一个望眼欲穿的男生，手里举着一块牌子："不见不散。"

杨柳青除了一座有名的清水桥之外，再没有其他的桥。去见他之前，我偷偷地想：这样一个幽默真诚的男孩子，只要他的身高有1.6米，只要他的五官没长错位，只要他没跟别的姑娘订婚，我愿意做他的女朋友。

你知道我在清水桥头看到了什么吗？一个放风筝的小伙子，他的风筝上写着："不见不散。"他很高，应该有1.78米；他很帅，长得浓眉大眼，我几乎要晕过去了……

原来，这位"狐狸精先生"一直在上夜班，所以我们才一直错过见面的机会。为了不错过彼此，他换了一份上白班的工作。如今，我们已经自作主张把两间房子中间的隔门拆了，改造成了一个温馨的一居室。

最爱的人最先放手

张　隽

她刚刚与丈夫一块儿从国外回来度假。回家的感觉真好，可惜心中总有那么一丝疼痛。事情虽然过去两年了，虽然是一千个一万个不愿意，但她还是去找了那个负心的他。

“在国外习惯吗？”

“还好。你呢？”

“嗯——也还好。”淡淡地，两个人都不知道怎么开口。他是她的前夫，相爱的日子，波澜不惊，却十分温馨。两人是大学同学，毕业就结婚了，没有特别的成就，无忧无虑。日子一天天过去，当两人都以为生活就这样不会有什么改变的时候，一件事情发生了。

他被查出患有绝症，一下子好像什么都改变了。他停止了工作，住院治疗。她一下子变成了家里的顶梁柱，兼了好几份工作，陀螺似的旋转，每天还得去医院照顾他。

就在她拼命赚钱为他治病的时候，医院却传出他的“桃色新闻”。他与一个同病相怜的女病人好上了。这怎么可能呢？结婚这么多年，他虽然不是特别优秀，却也风度翩翩，喜欢他的人一直不少，可他从未做过对不起她的事，现在更是不可能的。

然而事实胜于雄辩，那个女绝症病人确实痴狂地喜欢他，并很快和自己的丈夫离了婚。而他也向她提出了离婚……事后，她接受了公司的派遣，去国外分公司工作。

“这……是送给你太太的？”她指了指他手边的一束百合花。

他点了点头：“她就是喜欢百合花。”

他的脸上流露出一种幸福的微笑。

她的心，突然感到一阵刺痛。

那句在心里憋了两年的话就从她嘴里冲了出来：“知道当初我为什么同意和你离婚吗？因为那个故事——你住院的时候跟我讲过的那个故事：从前有两位母亲争一个孩子，县官让她们抢，孩子被拉得痛哭了，亲生母亲心一软，便放弃了……”

他迎着她直视的目光，两人的眼角都有泪光在闪动……

送走了她，他捧着百合花独自去墓地看望另一个女人——那个被她称作他“太太”的、喜欢百合花的女人。

两年来，他很少出门，头上的头发也掉光了。“我的日子不多了，我的朋友，今天可能是我最后一次来看你了，谢谢你当初对我讲的那个故事……”他对墓中的女人喃喃自语。

那个故事，其实是他进医院后不久，这个女人讲给他听的，当时他们都知道自己患的是绝症，女人不想拖累深爱的丈夫，他不想拖累深爱的妻子，于是，他们决定先放手……

感恩地爱着

晓丹叮咚

一次，在某电台的采访节目里，一位家庭幸福美满的女作家与听众互通热线。女作家问：你觉得男人和女人最重要的品质是什么？听众说了一大堆：善良、优雅、漂亮、财富等。女作家全部否定：不，你说的都是次要的，最重要的是，人要有一颗感恩的心。所谓感恩，就是记得别人的好，给予加倍回报。这说起来简单，做起来却难，而能做到的人更是少之又少。

在一次聚会上，一位文友当着众人的面滔滔不绝地夸起了妻子。他曾有过一段短暂的婚姻，单身十几年后遇到了现在的妻子。他说：妻子不让他干一点家务活；给他买高档衣服，自己却穿着简朴；善待他的家人；专门学了一套按摩手法，在他累了时给他按摩；在他入睡后替他剪脚指甲……夸妻的时候他眼里闪烁着泪花。

后来，我把这故事讲给身边的朋友们听，很多人的第一反应是：他是不是每一分钱都上交？我很诧异，这个感人的故事和上交钱有啥关系？可事实的确如此，这个男人不管家庭财政。朋友们说：那就难怪，这是女人该为男人做的嘛，男人养家嘛！我很想告诉他们那个男人的收入其实不如老婆高，可是我忍了忍，终究没有说。我想，即使我说了，他们也会反驳：那一定是他老婆不够漂亮怕被甩，或这男人一定很帅很会哄女人。不会有人从这个故事里听到另外的声音。

不知从何时开始，爱情和婚姻被模式化了。男人就该养家，在累死累活、人事倾轧中浮沉。胜者，养活一大家子，这是责任；败者，就该跑了老婆丢了孩子，不会有人怜惜。女人就该照顾家，把家收拾得干干净净，将丈夫孩子、公公婆婆伺候到位。女人享受男人的物质，男人享受女人的体贴照顾，即使得到很多，仍觉得对方为自己做得不够，更不会感恩于对方，一颗沉浸在爱里的心逐渐变得麻木、迟钝，甚至牢骚满腹。

这个外表粗糙的男人，有一颗细腻感性的心灵，他能体味妻子对他无微不至的爱，我也相信他的妻子能为他付出一切，是因为他肯定也同样为她付出了全部。爱从来都是相互的，可是他却绝口不提自己的好，只夸耀自己的妻子。他记得她点点滴滴的好，觉得自己怎么报答也不够。

没有谁注定欠了谁的，所以要照顾你、哄你、爱你一辈子，所以我们要学会感恩地爱，默默地回报，就像溪流的两岸，彼此牵手相依偎，爱情才可以细水长流。

一段情

|

雪小禅

她是个坏女人。这几乎是所有人都认同的事实。坏到什么程度呢，十六七岁就早孕，然后被学校开除。

因为有几分姿色，她后来嫁了一个司机。司机也老实，她便欺负他，和人私通。

遇到他的时候，她已年老色衰，徐娘半老。不，这还不算完，她命硬，已经克死了两任丈夫，并且都给他们戴过绿帽子。而他却是一个未婚男人，因为家庭穷苦耽搁了，等到兄弟姐妹都成了亲，他已经35岁了。

她长他5岁，媒人来说媒时，提起她的过去，说只要你不介意，我可以给你说说。

他说他不介意。他有什么——一个修自行车的店铺而已，人又生得难看。她的风流是出了名的，而他的木讷也是出了名的，谁也不相信他会娶她，谁也不相信她会嫁他，但那年的腊月，鞭炮响了，他们结婚了。

她带着自己的两个孩子，一个丈夫生了一个，一儿一女。他笑呵呵地说，看我多幸福，还没怎么着就一儿一女了，并不介意别人的眼光。

她仍旧是懒馋，爱打麻将，跑到四邻八舍说是非。和男人眉来眼去，这毛病不是一天两天了，但老了，没有人要她了，可她还是去招惹男人。

有人去告诉他，他木讷着脸说她，你要是没事就在家里待着呗。他没有恼，她先恼了，你说我？待在家中，我还不闷死！去串个门子怎么了？总之，一肚子的委屈，他没有再说下去，还是去剥瓜子，这是他最爱做的事——给她剥瓜子。

她最爱的零食是瓜子，一边吃着瓜子一边骂，以后，你少管我，窝囊废！

她爱骂人，一骂一溜一溜的，他嘿嘿地笑着听，并不还言。

连儿女都听不过去了，嫌她骂得寒碜。她说："老娘混到这一步，还不是因为你们这两个兔崽子，如果不是你们，我才不会嫁个修车夫！"

但他还是那样疼她，即使进了门凉锅冷灶，他也不嫌，家里有个女人总是好的。他做饭，拣她爱吃的做；做熟了，一遍遍到邻居家去喊。她总嫌他喊，"催死呢，还差两圈！"两圈打下来，菜凉了，他端下去热，一边热一边说："别老去打牌了，打一小会儿就得了呗，时间长了对身体不好，你看你的胃，又疼了吧！"

她胃疼的时候，他灌个热水袋放在她肚子上，左手拉着她的右手，有个女人真好，这身子是温热的，虽然不知道疼他，可到底是有女人了。

她也有对他好的时候，骂他贱骨头，八辈子没见过女人。他就嘻嘻笑着："我就是没有见过女人，还没见过这么俊的女人。"

这时候，女人就笑了，她去照镜子，果然看到一张桃花脸，但却是老桃花脸了。她已经40岁了，真的老了，年轻的时候打情骂俏，没干什么正经事，到如今找了个知冷知热的人，值了。

前两个男人，为了她的轻浮，打她骂她，她没有改过来，结果司机喝多撞死了，第二个去游泳掉到河里淹死了。因为长期打打闹闹，他们死时，她只觉得少了个给她挣钱的，甚至没有哭没有闹。人们都说她心硬，说最毒不过妇人心，她嗑着瓜子说，哼，谁让我长得美！如今美人迟暮了，但她依旧是美。坐在巷子口和人打牌聊天，大雨天，他推着自己的车篷跑回家，有人说："你男人回来了，快去烧壶热水给他暖暖身子。"她却嗑着瓜子说："打完了这圈再说。"

连一双儿女都觉得她有些可恨了，可男人说，让你妈玩吧，她心里郁闷啊。她听了，侧过脸去，眼睛有些微微的湿润，知道这男人是真心疼她了。

不久，男人觉得心口疼，一直疼到上不来气。

去医院查，心脏坏了，要做搭桥手术。她听了，泼妇似的坐在地上骂："挨千刀的啊，你怎么得这个病，这不是要我死吗？我的命怎么这么苦这么硬啊？”到现在，她想的还是她自己。

钱是不够的。她趁男人不在家，把自行车铺卖了，三万多块，还是不够。她去找亲戚借，因为名声坏了，没人借给她，怕她说谎话，于是她一狠心，重拾起年轻时学的本事——唱大鼓。

她怕人知道，于是买了火车票远走，一个城市又一个城市地唱，如果你在街头看到一个唱大鼓的女人，那就是她了。她不年轻了，45岁了，浓妆艳抹，穿着粗制滥造的旗袍，一句一句地唱着《黛玉思春》《宝黛初会》，很艳情的大鼓，一块一块地挣。

长到45岁，这是她第一次为一个男人挣钱，不，这不是挣钱，这是挣命呢！

一年之后，她唱够了做手术的钱。

等她回来时，所有人都发现她黑了瘦了，很多人以为她跟别的男人跑了。这样的女人，看着自己男人不行了就跟别人跑呗，很正常。

很多人都这样看她，只有他不这样看她，他说：“她会回来的。”

她真的回来了，带着好多钱，跑到他跟前说：“做手术的钱咱有了，不是我和男人睡来的，是我给你挣来的。”

这次哭的是他，他哽咽着，抚摸着她有了白发的头，说：“疯丫头，怎么学会疼人了？”一直以来，他把她当成孩子，一个爱玩爱闹的孩子，甚至她的轻薄他也没有嫌，他相信，自己会感动她的，会让她爱上他的。

手术做得不成功，半年之后，他去了。临走之前，他拉着她的手说：“下辈子，我还娶你，即使你看不上我，但谁让我喜欢你呢，所以，我前面等着你去了。”

她扑到他身上大哭：“死鬼啊死鬼，你真忍心啊……”声音如杜鹃啼血，在场所有人为之动容，但他到底去了。

都以为她还会再嫁，都以为她还会再说再笑再招摇着打牌去，但所有人全想错了。

从此，她布衣素食，吃斋念佛，不再东家串西家串，把从前的自行车铺又开了张，自己做生意，供两个孩子上学。

她的心里，从此只有这个男人，他给了她一段情，一段人世间最美丽的爱情。如果人生有这样一段情，是可以让人活一辈子的。

路边有个幸福的女人

罗　西

我单位附近的晋安路一带，有些乱，可以用三个字来形容——“夜太黑”。夜幕降临时，这里有不少人卖黑车、黑鞋（就是在人家门口偷来的），更有过期过气的“小姐”夜夜摸黑站台。经过那里的时候，经常可以听到她们与一些鬼鬼祟祟的男人在拉扯中讨价还价，有时会因为5元或10元的分歧，而发出较大声的争执。有的“小姐”干脆也兼职卖黑车，万一当夜卖身不成，起码也卖出了一辆单车……

这里是夜市，都市死角，鱼龙混杂，什么鸟都有。但是，我还是看到了一个冰清玉洁的少妇，她一般夏天卖西瓜，冬天卖甘蔗，后来，还卖热腾腾的玉米棒。其实，那些不再吃香的“半老小姐”就站在她附近等人拉客，有时还会无聊地帮她一下。

比如帮腔说玉米棒是如何的棒……这样的情景，让我会莫名地想起一幅画面：桃花林里，有一丛兰花，桃花喊春，兰花含香。

有时，我也会从她那儿买点东西，我有一个很朴素的傻念头，买她东西，就是支持她、赞美她。她比任何一个“小姐”都长得好看，虽然她们年龄相仿。她有时是安静的，比如坐着，整理一下头发，或者点钱，一丝不苟，毛票在她手里，都是幸福的票据。有时，她也会大声叫卖，清脆，但是不尖锐，还有一丝丝的骄傲在里边，可能是觉得自己卖的东西真的不坏，更可能源于一种坦荡的情怀。她实实在在地做自己的小买卖，是劳动，踏实、无愧，当然也安心。当偶尔有警车经过的时候，很多人抱头鼠窜，特别是流莺，踩着高跟鞋跑，是那样狼狈、可怜。只有她还可以理直气壮地站着。

最近可能是天气冷，她又“改行”擦皮鞋。这天，当我坐下把脚小心地伸给她时，忍不住好奇地问她：“你比她们都漂亮，她们挣的钱比你多，好像也没有你这么累，风吹雨打的，你内心会委屈、不平衡吗？”她笑了：“很多人问过同样的问题，还有个包工头曾经天天来向我问价，真恶心。但是，我只有一个回答……”这时有人叫她，原来是她丈夫送饭来了，她兴奋地问他：“辣酱带来了吗？”她丈夫点了下头，留下句“天冷你早点回去”就骑着车走了，车后面驮着两筐香蕉……

到底是怎么拒绝那些男人的？她一边干活，一边说：“我只说，我有一个幸福的家庭！”她丈夫是踩着自行车走街卖水果的农民，他们已经接来儿子到福州读初一，因为丈夫的工作是“流动的”，所以做家务、接送儿子等都是他去做的。在出租屋门口，有一面废弃的小黑板，每天晚上10点多她回去的时候，都可以在小黑板上看见一行字：“老婆，我爱你！”房东、邻居都笑他们，乡下人也兴这个？他们只笑着点点头。来城里之前，他们想象着城里的男女都是拥抱着出门，接吻着回家……因为电视里都是这么演的，想不到自己比城里人还浪漫。这让他们很得意。

入睡前，她都要用抹布把黑板上那几个字擦掉，因为她心里期待丈夫第二天再写上新的。“我们都很穷，如果夫妻不恩爱，那不更穷？”她说这话的时候，非常美丽。他们是从四川农村来的，一直都是同学，读高一的时候，她的学费还是他帮着出的，后来他父亲突然去世，两家都没有能力再供他们继续上学，只好双双选择退学……他们在学校偷偷“恋爱”的日子里，她每天都会在自己的课桌上看见三个字“我爱你”，用铅笔写的，若隐若现，一般人是看不出来的，只有她看到了，然后会心一笑，用橡皮擦擦掉……想不到，这个习惯延续到现在。

真爱是擦不掉的，更是永远颠覆不了的，不管你用什么力量、什么诱惑。因为有扎实的爱，这个路边的女人，也可以幸福得理直气壮！

不随便牵手，更不随便放手

莫　红

你发觉了吗？爱的感觉，总是在一开始时甜蜜，总觉得多了一个人陪，多了一个人帮你分担，你终于不再孤单了，因为至少有一个人想着你、恋着你，不论做什么事情，只要能在一起，就是好的。

但是慢慢地，随着认识的加深，你开始发现了对方的缺点，于是问题一个接一个出现，你开始烦、累，甚至想要逃避。有人说爱情就像捡石头，总想捡到一个适合自己的，但是你又如何知道什么时候能够捡到呢？她适合你，那你又适合他吗？

其实，爱情应该像磨石子儿，或许刚捡到的时候，你不是那么满意，但是请记住，人是有弹性的，很多事情是可以改变的，只要你有心、有勇气，与其到处去捡未知的石头，还不如将自己已经拥有的石头磨亮磨光。你开始磨了吗？很多人以为，是因为感情淡了，人才会变得懒惰，其实人是先被惰性征服，感情才慢慢变淡的。

在某个聚餐的场合，有人提议多吃点虾对身体好，这时候有个中年男人忽然说："十年前，当我老婆还是我女朋友的时候，她说要吃十只虾，我就剥二十只给她！现在，如果她要我帮她剥虾壳，简直是开玩笑！我连帮她夹菜都没兴趣了，还剥虾壳呢。"

难怪越来越多的人只想谈一辈子恋爱，却迟迟不肯走入婚姻。因为，婚姻容易让人变得懒惰。

如果每个人都懒得讲话，懒得倾听，懒得制造惊喜，懒得温柔体贴，那么夫妻或是情人之间，又怎么会不渐行渐远渐无声呢？所以请记住：有活力的爱情，是需要适度殷勤来灌溉的，谈恋爱，更是不可以偷懒的。

有一对情侣，相约下班后去用餐、逛街，可是女孩因为公司会议延误了，当她冒雨赶到的时候已经迟到了 30 多分钟，她男朋友很不高兴地说：“你每次都这样，现在我什么心情也没了，我以后再也不会等你了！”刹那间，女孩的心决堤崩溃了，她在想：或许，他们再也没有未来了。

同样，在同一个地点，另一对情侣也面临同样的处境，女孩赶到的时候也迟到了半个钟头，她的男朋友说：“我想你一定忙坏了吧？”接着他为女孩拭去脸上的雨水，并且脱去外套披在女孩身上，此刻，女孩流泪了。但是流过她脸颊的泪却是温馨幸福的。你体会到了吗？其实爱恨往往只在我们的一念之间！爱不仅要懂得宽容更要及时，很多事可能只是在于你心境的转变罢了。如果有个人爱上你，而你也觉得他不错，那并不代表你会选择他。

我们总说：“我要找一个很爱很爱的人，才会谈恋爱。”但是当对方问你，怎样才算是很爱很爱的时候，你却无法回答他，因为你自己也不知道。

没错，我们总是以为，我们会找到一个自己很爱很爱的人。可是后来，当我们猛然回首，才发觉自己曾经多么天真。假如从来没有开始，你怎么知道自己会不会很爱很爱那个人呢？其实，很爱很爱的感觉，是要在一起经历了许多事情之后才会发现的。每个人都希望找到自己心目中百分之百的伴侣，但是你有没有想过，在你身边早有人对你默默付出很久了，只是你没发觉而已。

所以，还是仔细看看身边的人吧，他或许已经等你很久了。当你爱一个人的时候，爱到八分绝对刚刚好。所有的期待和希望都只有七八分，剩下两三分用来爱自己。如果你还继续爱得更多，很可能给对方造成沉重的压力，让彼此喘不过气来，完全丧失了爱情的乐趣。

所以请记住，喝酒不要超过六分醉，吃饭不要超过七分饱，爱一个人不要超过八分。如果你正在为爱迷惘，下面这段话或许可以给你一些启示：爱一个人，要了解也要开解；要道歉也要道谢；要认错也要改错；要体贴也要体谅。是接受而不是忍受；是宽容而不是纵容；是支持而不是支配；是慰问而不是质问；是倾诉而不是控诉；是难忘而不是遗忘；是彼此交流而不是凡事交代；是为对方默默祈求而不是向对方诸多要求。可以浪漫，但不要浪费，不要随便牵手，更不要随便放手。

有一种爱叫索取

吴 心

9月，我换了一家公司。办公室是大间，都是隔断的，相互间看不见。但相邻格子间打电话却是听得一清二楚。

我左边的同事，似乎是个很黏老婆的男人。

“老婆，今天晚上我想吃红烧肉哦。”

“老婆，那件灰格子的衬衣熨了没有？明天我要穿的哦。”

“老婆，我又馋你的葱油饼了。”

刻意压低的声音竟然软软的。我在心里暗笑，这男人是在向他老婆撒娇呢。男人一撒娇，女人就得举手投降了。

少不了暗地里留意他。这是一个很普通的中年男人，事业上虽然没有什么成就，家庭生活肯定经营得相当不错吧。他的老婆，绝对是那种贤妻良母型的。

他给老婆打电话打得很勤，絮絮叨叨的，最后一句总是在提要求，要他老婆做这做那。简直就是一个被宠坏了的男人。上班时间，突然想起什么来了，立马就给他老婆打电话过去。从他打电话的神情判断，他老婆竟是从未拒绝过他，对于他烦琐的要求，总是欣然接受。

熟悉之后，我笑他，前辈真是好福气，讨得这样贤惠的老婆。他跟着笑：那是，那是。

有一个星期天，我嗓子疼，到医院去拿点药，竟然意外地遇见他和他老婆。他老婆，不是我想象中那种精明干练的样子，相反，像林妹妹般虚弱纤瘦。客气地打过招呼，他扶着老婆，小心翼翼地走了。接待我的医生很熟悉他们，说，他老婆患绝症两年了，发现的时候已经是晚期，只剩下半年的时间可活，好在她求生意志甚强，竟然挨过了两年。不过，她的身体眼见着是越来越不行了，不知道还能熬多久。

医生摇着头叹息，我的心，一沉。

在这以后，再听见他打电话，我心里便有压不住的怒气。这个男人，真是的，老婆都病成那样了，他还一天到晚不停地使唤他老婆。男人的心，是过于粗线条还是本来就像石头那样硬?

他用红笔在日历上重重地画了个圈。他说，老婆的生日快到了，让我帮着参谋参谋，送什么给老婆好。

玫瑰，生日蛋糕，嗯，太没有新意了；钻戒，不行，买不起。他一本正经地思量着。我终于忍不住，一句话脱口而出：前辈呀，你什么都不用送，以后别再使唤你老婆，让她过两天清闲的日子就行了。

他不以为然地笑笑，那怎么行，她是我老婆，不使唤她使唤谁呢?

我在心里骂他：你老婆都快死了，你还让她做这做那，你还是不是男人?你对你老婆，有没有一点点疼爱怜惜啊?我的神情里充满了鄙夷，眼前的这个男人是那么面目可憎。

他感觉到我的敌意，将笑容慢慢地收起，说：你是不是觉得只有对一个人付出才是爱?其实向一个人索取也是爱。她刚生病那段时间，我想着她留在这世上的时间也不长了，说什么也不能再让她为我操劳了。我什么家务活都不让她干，想着要让她吃好玩好休息好。可是她的精神状态一天比一天差，她对我说，她觉得自己这样像废人一样活着也没有什么意思了，不如早点去了的好。我说，我不让她走，她做的红烧肉、熬的汤我都还没有吃够、喝够呢。我开始像以前一样要她为我做这做那，她的脸色才慢慢红润起来了。那时候我才明白，爱一个人，不仅仅是付出，还需要被对方需要着。所以，我会跟我老婆说，我要她给我熨衬衣，我要喝她熬的汤。你知道我老婆是怎么说的吗?她说，即使在她要咽下最后一口气的时候，她也会做几个好菜给我放在冰箱里。被人需要是一种幸福，我只想满足老婆的这种幸福。你明白吗，因为爱，所以才一个劲地索取，爱一个人，就要给她爱你的机会。

他的声音哽咽起来。而我，直到那一刻，才真正明白了什么叫爱。我终于懂得，假如你真的爱一个人，那么你一定也要给对方爱你的机会。

在陌生的地方见

韩浩月

在楼下，她给他打电话。

他暂时结束了会议，去办公室，拿了钥匙，然后坐电梯，从18楼下来。

她忘记了带家里的钥匙，过来取。

那段时间，他们的感情出现了一点问题。没有确切的原因，如果非要找一个原因的话，就是他们已经结婚十年。

十年，住在同一个屋檐下，睡在同一张床上，吃着同一个锅里的饭菜，看着同一台电视节目——出一点问题，也是正常的。

十年，他始终奔波忙碌着，为一份所谓的事业，或者说，为一份能保障全家安稳生活的薪水。她则在家中做了十年的家庭主妇，接送孩子上学，打扫卫生，做饭，洗衣……和所有主妇的生活一模一样。与别的女人有所不同的是，对此她从没抱怨过。

没有抱怨，也就没了争吵，日子像宽阔的河流一样，平稳而迅速地流逝。

马路对面，公交车站上，她站在那里。阳光很刺眼，她撑着一把遮阳伞。自行车、公交车、小轿车……飞快地形成一道流动的屏障。站在路对面，隔着车流看她，一瞬间，他那颗僵硬的心像被针刺一般，疼痛过后，是悸动。他忽然意识到，对面等他送钥匙过去的那个人，是他曾经爱过的少女，十多年前，她美丽的样子，几乎是他全部的梦想。

他记得，在他们确定走进婚姻殿堂的那天，也是一个阳光灿烂的正午，她同样撑着一把遮阳伞在马路对面等他。那时青春的尾巴还残存在他身上，他对着车辆打着暂停的手势，飞快地穿过了马路。在车站边上，一把将她抱起来，转了几圈，两个人快乐得像两个合谋去做一件坏事的孩子。

而现在，他经常说自己老了，其实他知道，自己只不过是疲惫了。

她也看见了他。恋爱的时候，遇到这样的情景，她一定会激动兴奋地向他挥手，并急不可待地尝试走进车流迎接他，然后在他的呵斥中收回迈出去的步子，焦急地转着圈儿，直到他顺利地到达身旁，才会小鸟依人地依偎上去。

而现在，她没有任何举动，身边每一个人都脚步匆匆，只有她静立街边，任风吹着她的裙角，像一棵树。这个姿势明白无误地告诉别人，她在等人。

当他意识到她在等他的时候，内心久违的温柔涌了出来。周围所有的事物仿佛变得恍惚起来，曾经熟悉得不能再熟悉的公交车站，也好像成了一个陌生的站台，她也似乎不再是她——不再是一个前来取钥匙的主妇，而是一个来赴约会的少女或新婚的妻子。

在一串尖声鸣叫的喇叭声中，他快速地跑向她。

“那么着急干吗？多危险！”她嗔怪。

“怎么搞的，钥匙怎么会锁家里？”他略带责备。

她接过钥匙，沉默不语。“回去路上小心点。”他叮嘱。“嗯。你去上班吧。”说完这句话，她准备走向开来的公交车。

他把她拉住，轻轻地拥抱了一下。

回到办公室的时候，他做出一个决定——带她去看海。

婚姻本身

闪闪发光的柯西莫

丈夫查理是一位高大英俊、才华横溢的戏剧导演，妻子妮可是一位美丽善良、机智幽默的演员。中学小女生见到他们，也忍不住感叹：这是多么迷人的一对儿！

但在这段没有家暴、没有出轨（曾经）、没有财务问题，志趣相投、事业蒸蒸日上的婚姻里，他们两个人依然觉得自己受到伤害。这就是《婚姻故事》——一部没有恶棍的电影——要告诉你的：令人痛苦的是婚姻本身。

妻子妮可，永远说不清楚自己想要什么。面对丈夫和心理咨询师，她念不出已经写好的对丈夫的感受。

我就是妮可——那些自诩独立的女人，却在婚姻里怯于表达。妮可认为婚后回到加州生活是他们此前定下的契约，查理却觉得那只是妻子随口一提。

我就是妮可——那些自诩强悍的女人，却不能在丈夫面前表达自己的诉求。于是丈夫有意无意地忽略妻子的感受，妻子一面感动于自己的奉献，一面期待丈夫的内疚。

我就是妮可——事情过去了，情绪还在。新一轮冲突刚开始，宿怨已翻江倒海袭来。想要旧事重提，又觉得姿态不够好看。想要据理力争，却不想事态升级。翻过了感情的千山万水，把五脏六腑都拧了一遍，只拧出一句“没事”。

这就是让男人和女人都无比压抑的婚姻生活。

其实，很多婚姻都死于一个马桶盖。

热恋的时候，男人觉得女人像小鹿一样灵巧雀跃。结了婚，却发现这只“母鹿”时时让人厌烦——她用完厕所永远不记得把马桶盖盖上。可是这种事，说了伤人自尊，不说呢，每看到一次就恼火一次。于是选择把眼睛和嘴巴都闭上。

丈夫不在家的时候，妻子不用紧张自己有没有盖上马桶盖，连马桶圈都被妥帖地放平了等着自己。她觉得这样轻松自在太难得。从前，丈夫是那么清爽欢脱的少年，结了婚却整天纠结于马桶盖。她顾影自怜，自己本是一个多么光彩明艳的少女，如今却被这样压制。

子女在父母手心里长大，日复一日尚生嫌隙，何况两个背景不同、各自成长的成年男女。一旦同居，亲密爱人就成为一个 24 小时运转的监视器，真是连大小便都不得自由。

热恋的时候，上厕所想着拧开水龙头盖住小便的声音，心里还是甜蜜的。老夫老妻了，连便秘都懒得关门，门里门外对视一眼，真是既疲惫又孤独。

婚姻里的人，有太多的内心戏。比如对方暴毙，自己阔步向前。比如自己临终，等来对方的忏悔加感恩。人们多么想把自己装进电视剧，那里坏人坏得彻彻底底，好人好得滴水不漏。而真实的生活，总是伤人于无形，我们永远委屈得不明不白。

所以，这世上真有幸福的婚姻吗？

也许特别富有，就可以将所有的琐碎和不如意都外包给他人？

也许特别理性，就可以将所有的分歧都开诚布公、条分缕析、不带情绪地解决？

也许特别随和，就可以将所有的摩擦都视为无物？

所以，婚姻是为了什么？为了共担风险和税费？为了爱情，为了有一个可以疗伤的地方？为了家族、老人和孩子？

这其中哪一项，非婚姻不能解决呢？我们可以用赤裸裸的利益捆绑合作伙伴，也可以永远在情海翻滚，嘲笑世人眼里的责任和义务。我们甚至可以永远成功，永远健康强壮，在行将衰朽的时候撒手离开。

也许每一对热恋中的情侣，都曾自诩可以超越平凡，于是走进婚姻。渐渐地，人口变多了，房子变大了，彼此的称呼变了，交谈的口气也变了。如同忒修斯之船行在海上。木板一旦腐烂就被换掉，直到有一天这船上再也没有一块始航时的物料。自己不复当年心境，另一半也变得冷漠或庸俗。然而婚姻存续，被生活的风浪推着，在时间里飘荡。

有一天，我们突然看到对方眼里的自己，竟那样面目模糊。终于问道："它还是原来那只船吗？它又在哪一刻成了另一只船呢？"

那船上的每一块木板，都是我们曾经生猛的灵与肉。顶着风浪和时光，它们日渐陈旧。我们更换它们，就像彼此撕扯身上的腐肉。

风平浪静的时候，疲惫地躺在甲板上，看看同样狼狈的他，就是自己选的这个人——经不起细看的人。我们执手相看，看尽了彼此的不堪和软弱，看尽了共存于二人心里的悲伤和喜悦。

《婚姻故事》的最后，当查理终于看到妮可写下的对丈夫的感受时，两个人潸然泪下。即使相看两厌，也不能接纳第三个人。即使走散了，依旧情谊绵长。

初恋情人

〔美国〕查克·汤普森　詹　妮 译

对于我来说，小学四年级时的那个情人节是最令我难忘的。劳丽是我当时所喜欢的女孩，至今仍难以忘怀。去年情人节时，我的头脑中充满了一个念头：我要找到劳丽。

1972 年，我在南加利福尼亚上小学。同班同学劳丽是一个如天使般美丽动人的女孩，她家就住在我家的街对面。每天放学我们结伴从汽车站走回家的那段时间，便成为当时最令我兴奋与激动的时刻。

平时机灵活泼、能言善辩的我，一见到劳丽却会莫名其妙地害起羞来，但她并不像我那样慌乱不安。

在那年的情人节，劳丽终于向我做出了表示。那天放学回家的路上，劳丽说："有件东西送给你。"我一下子愣住了，接着她从书包里抽出一个大号的红色信封，塞到我手里，便一溜烟跑了。我急忙回家躲到自己的卧室里，打开了那个信封，里面装着用红色硬纸板做的自制卡片，封面贴着白色衬布，上面画着闪亮的星星与各种形状的心。打开卡片，是劳丽用胶水与金色的纸屑拼出的 3 个字："我爱你"。我盯着这 3 个字反复地看了几十遍，最后才将卡片装回信封里，藏在了衣柜的最底下。

那天晚上，我哥哥迈克翻弄我的衣柜时，偶然发现了那张卡片。喜欢搞恶作剧的他，将那张卡片拿给劳丽的哥哥和邻家的几个孩子看，继而引起的骚动使我与劳丽都感觉受到了侮辱，因此我们的感情未能进一步发展。

紧接着父亲宣布我们全家要迁居到阿拉斯加去。远离劳丽那太阳一般灿烂的笑容，到冰天雪地的地方去，对我来说未免太残忍了。我向父母提议单独把我留下来送到孤儿院去，他们当然不同意，到头来我也只好屈从他们的决定。

班上为我举办了欢送会，我一直注视着劳丽，而自情人节后劳丽也是第一次注视我，眼中还溢满了泪水。

那天乘汽车回家时，劳丽坐在我身边，一路上紧紧握着我的手。快到家时，我极力寻找能够描述自己胸中激情的话语，但只说出了一句："好吧，我们再见了。"劳丽在我脸上吻了一下，就跑了。以后，我们再没见过面。

我不止一次地想到过，去寻找一个小学四年级时的情人，也许会显得太不冷静，但毕竟我们曾经有过那样浪漫的一段经历，我相信彼此的心中仍会保留着一丝情感。因此，我决定无论命运之舟把她带到了哪里，我都要追踪而至。

向原来学校的老同学打听劳丽，都一无所获。后来我去找一家寻人公司帮助我，结果不出一小时，便找到了劳丽。

当劳丽的地址摆到我面前时，我不禁自问：我真的想找到劳丽吗？如果再见到劳丽时的情景令我大失所望怎么办？然而如果放弃与劳丽联系的念头，整日暗自猜想她现在的情况，未免太愚蠢了。就这样，我终于决定给劳丽写信了："亲爱的劳丽：这么多年已过去，希望你还没有忘记我……"

第二天傍晚时电话铃响了："我当然没有忘记你！"听筒里传来一个女子的声音。

"是劳丽吗……""你那时养了一条叫沃尔特的狗。""对。""每天上学时你总穿着一件夹克衫，天气都暖和了你也不换下来。""没错。""有一次我出水痘，一个小孩取笑我，你还狠狠地打了他。""噢，劳丽。""嗨，老朋友！"

我们就这样在电话中聊了一个小时，她谈到自己的工作、丈夫与两个儿子，我也向她讲起了自己所取得的成就，她显得很感兴趣。最后她答应一星期后与我在一家餐厅见面。

"您是汤普森先生吗？"餐厅的侍者问我，我点了点头，"劳丽打电话说她要晚来一个小时。"

劳丽的迟到对我简直像一道缓刑令。在她没到之前，我正可以借机整理一下自己零乱而激动的心绪。我在街道上散步，为劳丽的迟到设想理由：有工作要加班、找不到保姆照看孩子、与醋意大发的丈夫吵了嘴。突然间我领悟到，了解劳丽现在的生活已经足够了，何必还要执意让现实去击碎自己的幻想呢？于是我买了信封、信纸、胶水与金色的纸屑，坐在商店门前的台阶上，给劳丽写了信——

劳丽：

我相信今晚我们一定会共度一段美妙的时光，但我只是想告诉你，十分感谢你多年前给我的那张情人节卡片。也许对于你那只是一种普通的表达方式，但其中却包含了世间最美好的事物，为此我永远都不会忘记你的。

你的查克

我用胶水与金色的纸屑在红色的大号信封上拼出了劳丽的名字。拿着信封，我回到了餐厅，在信封上印下了一个最纯真的吻，然后将信封放在我与劳丽预订的餐桌上，平静地走出了餐厅的大门。

兰兰和她的男人

苦　人

男人身骨架子大，有股蛮力，又很勤快，是种田的好手。因而在村里拿最高的工分。有人把男人介绍给兰兰，母亲问兰兰中意不，兰兰红着脸不出声。母亲说，那就辞了他。兰兰嗔怪地叫一声，娘。母亲开心地笑了。兰兰的脸更红了，说：娘，你坏！欺负我！结婚后，兰兰枕在男人的手臂上，伏在男人厚实的胸怀里，心里好踏实，甜蜜的幸福感充塞了整个心房。

相处久了，兰兰发现男人太老实，话极少，整天只默默地干活，片刻也闲不住。有时兰兰说你别忙这忙那的，陪我说说话。男人说，说啥话？男人又低着头忙。兰兰心里好涩，眼眶竟湿了。兰兰心里又说，还是老实男人好，靠得住。兰兰看男人的眼里又溢满怜爱。

因为男人勤快，日子过得较殷实，让村里人眼馋，都说兰兰找了个好男人。兰兰就很甜蜜地笑。

后来，分田地到户了。村里一些男人忙完了田地的活，都去城里做生意，开店的开店，摆地摊的摆地摊，或者在家搞副业，做豆腐、养鸭、养青蛙等。村里人的日子过得红红火火，都翻盖了新房。可兰兰家住的还是泥坯屋。兰兰是个要强的女人，村里人的日子都过得比她好，她心里急，就总埋怨男人，说男人窝囊，只会在土地里刨食，没出息。兰兰骂，男人也不出声，仍默默干他的活。一回男人吃饭，兰兰又唠叨，瞧人家，多行，钱大把大把地赚，哪像你这个窝囊废，只知道在土地里死做苦扒！你再勤快也没用，你瞧人家都盖了新房，可我们还住这破烂的泥坯屋。嫁给你这个没出息的东西，算我倒八辈子霉。男人好像聋子一样，仍吃他的饭。男人吃得很香，发出快意的咀嚼声。这声音，就像把锯子在不停地锯兰兰的心，兰兰气不过，抢了男人手里的饭碗，狠狠摔在地上，骂：你这糊不上墙的烂稀泥！跟你说话对墙说了。男人拿来扫帚默默扫地上的饭粒与破碗片，男人的眼里竟汪着泪。兰兰说，你倒是说句话。男人说，你说我除了种田还能干啥？兰兰说，别人咋能干那么多事，在土地里刨食能有出息？能挣钱盖房？男人说，你不就是嘴活？你咋不去干？有许多女人会挣钱。男人这话让兰兰脑子里一亮，是啊，男人没用，就只有靠自己。

兰兰思谋了几天，决定在街上开家饭馆。兰兰父亲曾是饭店里的厨师。父亲曾手把手教过兰兰炒菜，因而兰兰也炒得一手好菜。兰兰的饭店开张了，生意竟出奇地好。兰兰忙得难分身，就要男人来饭店帮忙，男人不，说，不种田，吃啥？兰兰就叹气，有了钱，还愁饿死？凭兰兰说得口干涎尽，男人就不，男人就这么犟，他决定了的事，九头牛也拉不回。男人说，你看村里荒了那么多田，多可惜。如果农民都不种田，你有再多的钱也买不来米，那还不饿死？兰兰只有苦笑，你不种田，人家就不种田？

兰兰实在忙不过来，就招了两个服务员。生意好，兰兰很忙，很少回家，吃住都在店里。男人也很少来店里，男人有忙不完的田地活。兰兰曾说过男人是牛变的，男人只要一干活，就很快乐。没活干了，只坐了片刻，就浑身不舒坦，没法，只有找活干。

这天，村里有人对兰兰说，你再不回家，男人就成了别人的了。兰兰笑，他那样的人，倒给人家钱也没人要。那人说，我说的是真话。我亲眼见到你男人深更半夜往花花屋里钻。兰兰还不信，花花会看上他？花花长得跟城里人一样，细皮嫩肉的，不幸的是结婚两年，男人就病死了。十村八里的男人都想花花成为自己的女人，城里都有男人来提亲。可花花不知为啥，一个人也没看中。兰兰的心就不安，难道花花真的同自家老实巴交的男人有那档事？

晚上，兰兰就回了家。兰兰刚想问那事，男人就开口了，说我想与你分开过，我配不上你。兰兰不认识男人似的看着男人，还怀疑自己听错了，问，你说啥？男人一字一顿地说，我配不上你，分开过了好。兰兰一万个想不到男人竟先提出离婚，这“离婚”二字应该由她先说。哼，离就离，谁稀罕你这窝囊废?!

就离了。

男人同花花在一块儿过日子了。花花让男人承包了村里人因忙于外出打工做生意而荒芜的五十亩田地。仅两三年，男人就发了，不是一般的发，据说村里人谁也没他有钱。他买来收割机、打谷机、插秧机，一切田地活都机械劳作。男人又承包了村里没人种的一百亩田地。

一回兰兰看电视，竟看见了男人。兰兰心一惊，男人竟这么有出息，上了电视。兰兰心里酸涩涩的不是滋味，唉，以前自己咋没想到让喜欢种田的男人承包荒芜的田地?只怪自己一直认为种田没出息。想不到田地里同样埋着金子。

婚姻笔记

岳　强

鲜花牛粪

我的太太嫁给我时，有人感慨万千：真是鲜花插在了牛粪上。

太太以为此话甚妙，就像背诵名人名言一样说给我听。

我说："这鲜花找对了地方，牛粪有营养，若是插在花瓶里，很快就会枯萎的。"

欣赏风景

太太爱美，她的服装和化妆品消费常使本来就不太宽裕的家庭经济捉襟见肘。

望着她在梳妆镜前忙忙碌碌的样子，我说："你在浪费两样好东西——时间和金钱。"

她并不回头，只慢条斯理地甩过三个字："你不懂。"

我说："你指什么？"

"有位文学大师说过：女人是街上流动的风景。你忍心让满街的风景灰暗无光吗？"

我说："不忍心。"

从此，我不再对太太的化妆发表评论，只在两人一起出门时，不停地左顾右盼，用目光追踪那些飘然而过的靓女的身影。太太起初并未在意，但回回如此，她终于恼了，嗔怪地说："你干吗呢？"

我心平气和地回答："欣赏风景。"

两种便宜

太太年过而立，依然风姿绰约。这姿色让我不省心，为了长治久安，每以历代贞节烈女为例，教诲其严守妇道。

一日，太太漫不经心地说："有位昔日同窗，如今发了财，开着奥迪到单位找我三次，大献殷勤。"

我就黑了脸，正告说："路边的野花不要采。大款三顾茅庐，想必是黄鼠狼拜年来了。"

太太笑，笑得春风荡漾。继而发问："假如有个靓女对你暗送秋波，你会怎么样呢？"

我说："那就不同了。"

"怎么不同？"

"假如第三者的脚插在你那里，是别人占咱家的便宜；可如果插在我这里，则是咱家占人家的便宜。"

太太说："歪理。"

我正色道："怎么是歪理？君不见，凡男士轻薄女士，人们便说他占了便宜；可如果女士轻薄男士，却从没有人说她占便宜。"

太太无言以对。

述而不作

对于我的文字，太太不以为意，说："我也能写，但我不写。"

我说："我能当国家主席，但我不当。"

她说："我不写，但可以说，我说的文章比写的好。"

我说："孔夫子就'述而不作'，《论语》就是他说出来的。他说时，弟子门人做了笔记。然后再编辑整理，于是就有了这部传世的经典。你若能说'论语'，我也给你做弟子。这么个浮躁的年月，我正愁世上找不着圣人呢。"

她便迫不及待地开始说。

刚说了一段，女儿便水深火热地惨叫一声："受不了啦。"

一个妻子的自述

〔德国〕安格里卡·麦希特尔

我给他生孩子。我适应了他的情况。像我母亲看我父亲一样，我也用同样的目光来看他。我学会了洗尿布，我哄孩子，我扫屋子。

我曾学过数学和拉丁语，我还学过物理和法语。我的成绩是中上。

我任他抚摸，我任他打，我总不还手。我必须懂得他比我强。

我注视着腹中的胎儿一天天长大。我经历了生育的痛苦。我说，因为我是妻子。我自言自语，我很快乐。我送他上班，我为他做饭。

我身有病痛时，我看到他恐惧。

我孩子哭时，我看到他闷烦。

我默默地看着，我的母亲被他赶走。就因为她把尿布放在炉旁，而把咖啡放在窗前。我必须领会，他想说什么就说什么，人们会怎么想我们，我不清楚。我适应了他这种生活。

我询问他发怒之故，我听从他絮絮诉述，我问候他的上司，我招待他的同事。我听任他母亲对我的训斥，我对她和顺，我从她那里知道了，我的丈夫的习惯，我丈夫的口味。我要照顾他。

我要教育孩子，说谢说对，行屈膝礼，向友人伸出好看的小手，唱一首圣诞之歌。我哺育着他的子女。

我真害怕。

我学会了理解，我学会了宽容。我努力寻出我的过错。我总希望，丈夫若是我的大哥哥该有多好！我可从未这样对他说过只言片语。

我对他说过我爱他，我学会了温顺。他发火时我要保护孩子。但我知道他有权发火。我向人解释他有权力。我多么失望，但我对自己说，我很快活。

我曾很快活，当他拥抱我，当他对我温和。我学会了安抚他，我给他勇气。我希求一个可亲的爱人。我闭门向隅而泣。我知道忧郁对身体无益，但是，我孤独呀。我鼓足勇气。我看到，我的手跟我母亲的一样。和相依之恋相比，白天的寂寞算不了什么。我不问我自己。

我就这样开始。我知道了，他也有害怕的时候。他夜里梦中惊叫时，我摇醒他，我跟他说我在这里。我让他忆梦，我在倾听。我要做他的妹妹。我也应该有慈母的心地。我思索，我应该温柔，我应该和顺，我应该是一个温暖的窝，我应该是一个避风的港。我应当做一个称职的女性。我爱孩子，我又想离家。我曾想自暴自弃，但我不能。想到这些，我难过，我问心有愧。

我希望一切都会过去，当我们老了会安静。我知道，我无力改变我的丈夫。我不固执。

我必须记取，要忘掉拉丁语，我要忘掉高等数学。

他失业了，我鼓励他。我要张罗，搬个小家，我要布置陋居。我要用这点钱过活。我治好了孩子们的病。我做了许多噩梦。

我头痛，我也失眠，我要吃药片。我背疼，我也贫血，我是个梦游病人。

我终于会吵架了，和他对着干。我变得不服从了，我不和他说话。他发火我也发火，我只盼着孩子们快些长大。

我彻底完了，我切破了动脉要自杀，却没死成。我看着他捆住我的手，送进了医院，看见了医生，他谎说是一场事故。我真希望有人来问问我。

只有我自己问自己。

终于又挺过来了。我祝他事业成功。我要为孩子们辅导功课。我吃了避孕药。我对自己说，不要怕。我要反抗，要抗争。我不允许别人再来伤害我。

我学会了打字和速记。我找到了工作。我又变得自信了，我又能挣钱了。圣诞节之夜，我累得虚脱了。

我只能上半天班，因为有孩子。

我们能旅游了，也买得起高档家具。我又向前走了，我不再老看表等下班。我说，一个星期干九十个小时也累不垮我。

我不放弃希望，只是扎实，不露锋芒。

我们建了房子，我们送孩子上学，我们参加家长会。关系到我们的事大家去做。我们不去回忆过去。我创造了这种生活，我改造着生活的气氛。我又拾起了数学，还有拉丁语。

我没有放弃，我要使我快乐。我变得固执了。我要把定自己的主张。

我要教会我的女儿反抗。

我自己习惯了孤独。

昨天，我看到女儿跟一个小伙子在一块儿。我对小伙子说了这一切。我说，她对你的态度像我对丈夫一样。

我扪心自问，这是不是一个机会？

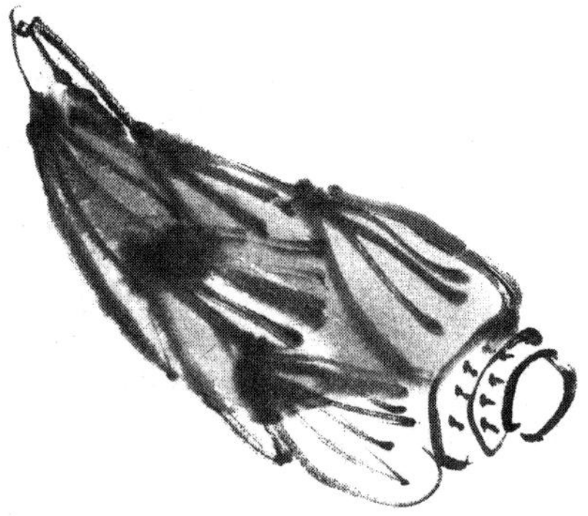

亲爱的，我来了——最好的爱的礼物

〔美国〕卡伦·欧考那　晓　莹译

在我 40 岁时，丈夫为我举办了一个令我惊喜的生日晚会。

当我走进餐厅，在缤纷的鲜花与柔美的音乐中见到亲爱的朋友们，看到那里陈列着我的照片——它们记录着我走过的人生旅途——此情此景，此时此刻，铭刻在了我的心中，永远也不会忘记。

我从一张桌子走到另一张桌子，问候着每一位客人，沉浸在喜悦与温馨中。蓦地，我的目光停在了房间最里面的一位老人身上，他看着我，慈祥地微笑着，手臂还环着一个头发雪白、一双蓝眼闪着激动的亮光的妇人。

“爸爸，妈妈！”我喘息了。亲爱的双亲，为了我的生日，1 小时前就从芝加哥飞抵洛杉矶。望着眼前的两位老人，我抽泣起来。是他们，不仅养育了我，也谆谆告诉我：“亲爱的，我来了。”——这是他们经常赠予别人最好的爱的礼物，今天，他们把这份礼物赠予了我。

大约一年以后，我和丈夫收到一位朋友的请柬，邀请我们参加她的婚礼——几年前他们举行过一个非宗教的婚礼，而现在他们希望在主的面前重申他们的婚誓。

婚礼前一天早晨，我决定打个电话向朋友告假。

“凯茜，我是卡伦。”我试探地说。

“你明天一定来的，是不是？”她打断我的话，同时语气显得格外急切。

我踌躇了一下，而恰在这一瞬间，父母赶来祝贺我生日的那一幕浮现在自己的眼前，我便赶忙对她说：

“是的，亲爱的，我当然来！”

于是我们去了，我很高兴我们这样做。我们坐下不一会儿，凯茜就进来了。她容光焕发，但眼眶里含着泪水。她诉说着我们的出席对她意味着怎样的情意，给她带来多大的快活，而这一份情意和快活她的亲戚们却没有送来：这一天，她的儿子和两个她深爱的姐妹都没有来。从她的眼睛里，我看到她那被伤害的心。

“我原先想的是不来了，多可怕呀！”我对丈夫耳语道。

现在我知道，从感情上来说，在她需要你的时候，你出现在她身边是一种责任，无论代价如何，我们都应该负起这种责任。“亲爱的，我来了。”——在这一刻，不仅是自己，还有对方，我们的爱和友情都有了更深的含义，我们的情感和精神都有了更新的内容。

不久前，一位邻居的丈夫病重住院。在她那守护丈夫的漫长日子里，我每天总在她的门口放一束玫瑰花或一张慰问的卡片，但从未进去坐几分钟或讲几句话。然而，有一个早晨，我在门边发现一张小纸条，上面写着：昨晚，10点30分，卡尔去了天堂。

几天后，我们不期而遇，她真可以说是一个疲惫而孤独的老妇人了。

“菲莉丝。”我小声唤道。

当我们的目光相遇，就彼此进入了对方的心灵，像两个孩童一般。我们一起走进她的房间，这时候，我看到她苍白脸上的悲痛减轻了许多。

卡尔的最后一个晚上我不在那儿；但现在，她需要我，我在这儿。

去年春天，我们在山中的周末别墅度假。一整天的刈除杂草和播种令我精疲力竭。回到家，正当我走上楼梯时，听到敲窗的声音，原来是我的丈夫查尔斯，他的脸沾满泥土，但两眼炯炯发亮。

“什么事？”我问。

“没什么。只是想你，亲爱的。”他望着我，接着又指了指远处的群山，温柔地补充道，“太阳快下山了。在一天结束的时候，我希望你能在我身边。”

一个细微的手势，一份充满爱的礼物，我的眼泪涌上来了，丈夫只是希望我在他的身边。

亲爱的，我来了。

爱情的珍珠

〔英国〕H. G. 威尔斯　肖　聿 译

道德家认为，珍珠比最璀璨绚丽的宝石更加可爱，因为它是一种生灵经历了痛楚才生成的。对此我无话可讲，因为我对珍珠毫不迷恋，它们恍惚迷离的光泽丝毫不会使我动心。同样，《爱情的珍珠》究竟是一则最残忍的故事，抑或仅仅是一篇关于美之永恒的精致寓言，这个世代延续的争论，凭我自己的力量也无法判定孰是孰非。

故事发生在印度的北方，这里有产生天下最动人的爱情故事的第一流沃土。这个国度充满了阳光、湖水、茂密的森林、成群的山冈和富饶的幽谷。远方天际群山起伏，峰峦和山梁上覆盖的皑皑白雪可望而不可即，终年不化。一位年轻的国王治理着这个国家。他遇上一位国色天香、温柔可爱的姑娘，就娶为王后，全身心地热爱着她。爱情是他们的，它充满了欢乐、柔情和希望，它既细腻入微又大胆而热烈，无与伦比，你能梦想到的一切爱情都不能与之相提并论。他们的爱情持续了一年半光景，忽然有一天，王后被密林中的一种毒刺扎了一下，便香消玉殒了。

王后死去了，国王痛不欲生，一言不发，呆立不动。人们担心他会自杀；他没有儿子或兄弟来继承他的王位。他俯伏在爱妻的灵床脚下，滴水不进；灵床上是王后娴静的遗体。就这样过了两天两夜，后来，国王站了起来，吃了一点东西，平静地四处徘徊，似乎已经做出了什么重大的决断。国王下令把王后的遗体殓入铅与银铸的灵柩。灵柩外面是一口中棺，用最珍贵、最芬芳的包金木料做成；最外面是用雪花石膏做的石椁，镶嵌着珍奇的宝石。国王在池塘边，在花亭、水榭、矮丛和皇宫的楼阁里挨过大部分时光，追索亡妻的芳踪，昔日他们曾厮守在这些地方。他最后回到了大臣们中间，当众宣布了自己的打算。

他说自己再不能去接近别的女人，再不能想到她们了，所以决定找个英俊的青年代替自己，训练他担负起国王的重担，等这个青年能代替他的时候，就让他去行使国王的权力。而国王本人将毕其余生，竭尽全力，用他的全部资金，用尽所有归他支配的财富去修一个建筑，纪念他那位无与伦比、温柔可爱的心上人。这个建筑应该尽善尽美，比现有的和未来一切建筑都更加辉煌，它落成以后将成为一个奇迹。人们将对它无比推崇，赞不绝口，都期待一饱眼福，从世界各地到这里参观，缅怀王后的芳名和她的一切。国王说，这个建筑将命名为“爱情的珍珠”。

臣民全都同意了他的打算，于是他开始实施了。

年复一年，他终年全力以赴地装修这颗“爱情的珍珠”。人们在一处地方垒起一个用天然石料筑成的巨型底座，从那里可以远眺幽谷对面群山上的开阔雪景。那里有村落、小山和一条蜿蜒的河流，离那里很远的地方还有三个城池。人们把雪花石膏外椁放在那儿，又修起一座精致的亭子。亭子周围是用奇特可爱的宝石做的立柱，还有雕刻得巧夺天工的围墙。巨大石椁上面是亭子的穹顶，上面有尖尖的立角和圆顶，如同钻石一般，精美绝伦。起初，“爱情的珍珠”的规划并不像它后来实施时那么大胆精巧。当时它的规模要小一些，更富于装饰性，外部的镶嵌也更繁复，包括许多透景，还有不少玫瑰色的精巧立柱。石椁摆在其中，宛如孩子睡卧在花丛里。当初的圆顶上铺满了琉璃瓦，用银子做框架，用银子相连接，不过这个办法又被别的方法代替了，因为它显得过于致密，没有秀拔腾飞的态势，不足以体现国王不断增长的想象力。

因为，此时的国王已经不再是深爱着年轻王后的翩翩少年，而俨然是一个严肃稳重的男子汉了，他一心只想着“爱情的珍珠”。逐年的努力使他研究了修建拱门、墙壁和飞檐的种种新方法，研究了上百种石料、上百种色彩和上百种效果，这都是他以前没想到过的。他的色彩感觉更高雅、更冷静。过去，珐琅嵌金丝的熠熠闪光使他赏心悦目，而现在他对这些已经兴味索然。现在他寻求的是碧空般的蓝色，是朦胧玄妙的明影，是出人意料的一束乳白光芒，微泛紫色，他在追求恢宏开阔的胜境。他对雕刻、装饰、镶嵌以及所有小心翼翼弄出来的东西全都厌腻了。他提到以前的装饰时说："这些东西挺漂亮。"他把它们用在了附属的建筑上，以免妨碍他的主要计划。他的艺术趣味越来越高。目睹"爱情的珍珠"从雏形渐渐变成一个超越人类的现实，博大恢宏，壮丽无比，人们半是敬畏，半是痴迷。"这个奇迹真了不起啊，"人们私下议论着，"爱情会创造出奇迹来。"全世界的女人，不论她们有没有别的爱人，都爱上了这位感情深挚、气度宏伟的国王。

一条宽阔的走廊从建筑中心穿过。对这片景致，国王越来越关心了。他从建筑内部的门道朝排列着无数立柱的走廊望出去，目光掠过建筑中心的空地（空地上那些玫瑰色立柱早被去掉了），掠过亭子的顶部，亭子底下摆着那个雪花石膏外椁，穿过一个精心设计的出口，望见了远方群山的开阔景象，万山之王就伏卧在几百里以外的地方。两边是立柱、拱门、飞檐和画廊，高耸欲飞，宽敞而含蓄，宛若一队巨型的天使隐伏在上帝周围的阴影里。人们看到这番严谨的美景，起初欣喜若狂，继而颤抖起来，心生敬畏。国王常常伫立在这里，眼望这番景色，感慨万端，不过他并没完全心满意足。他觉得，在完成自己的任务之前，"爱情的珍珠"的什么地方还有待改进。他总是吩咐在它上面做些小小改动，或是把刚刚改过的重新恢复起来。一天他说，如果没有那座亭子，雪花石膏外椁会显得更加简洁。他揣度了好一阵，才下令把亭子拆掉搬走。

第二天，国王来了以后一语未发，接着两天还是这样。接着他整整两天没露面。后来他回来了，带了一位建筑师和两位著名工匠，还有个随从。

人们聚在一起，默默地观看，置身于他们建成的宁静而辽阔的空间里。完美的建筑上没留下任何艰苦劳作的痕迹，俨然浑然天成。

只有一件东西破坏了这种绝对的和谐。那个雪花石膏外椁放得有点不是地方。它还像当初那么大，可是，似乎从那时起它就一直在渐渐扩大。它很惹人注目，它打断了连贯起伏的线条。外椁里面是铅银合铸的中棺，最里面是王后——这一切美景的不朽来源。而此时此刻，那石椁仅仅像只小小的黑匣子，在"爱情的珍珠"的宏伟景色中很不得体地摆在那儿，如同有人在蓝宝石般的天上掉下来的一只小旅行袋。

国王沉思良久，但谁也不知道他在想什么。

最后他终于开口了。他指着那个棺材说："把那个东西搬走吧。"

肖邦的爱情和音乐创作

关　鸿

当肖邦走进巴黎金碧辉煌的贵族沙龙的时候，正是世界文学史上难得一遇的黄金时代。人们在沙龙里可以看到大作家巴尔扎克、雨果、缪塞、海涅、大仲马、司汤达和乔治·桑等在高谈阔论；可以欣赏大画家安格尔、德拉克洛瓦、鲁索等的旷世杰作；可以聆听大音乐家李斯特、罗西尼、门德尔松、舒曼等无与伦比的演奏。他们每个人都是一颗耀眼的明星，而这些明星聚集在一起就像是一片群星灿烂的天空。

肖邦这个异乡人初来乍到，还不为人所知。李斯特的慧眼第一个承认了肖邦的天才。李斯特把肖邦引进了巴黎的沙龙。也把他介绍给一位女人。想不到，这竟然决定了肖邦后半生的命运。

这一天，肖邦即席弹了许多曲子，他弹得兴高采烈，完全沉浸在乐曲中，把听众也忘记了。当他尽兴弹完，抬起头来，闻到一阵薇奥丽特香水的芬芳。他这才发现一双热情的眼睛正凝视着他。这位女性穿得很朴素，优雅而娴静地坐在他的钢琴旁边。她并不漂亮，身材矮小，已经开始发胖，但她有一双美好的眼睛和一个高高的哲学家的前额，给人一股男子气概。她就是李斯特请来的乔治·桑。

乔治·桑第一眼就对肖邦的气质发生了兴趣。可是，肖邦却没有立刻喜欢她。他甚至还向朋友讲过这样的话：“那个乔治·桑是一个令人讨厌的女人，不知道她是否真的是女人，我非常怀疑这件事。”

乔治·桑确实是个特殊的女性。她蔑视传统，饮烈酒，抽雪茄，爱骑马，喜欢男装，骂起人来满口粗言秽语，谈情说爱时却百般柔情，千般风流。她是一个多情的女人，已经30多岁了，是两个孩子的母亲。她与诗人缪塞刚刚分道扬镳。她对男人了如指掌。她喜欢肖邦，就有办法使肖邦喜欢她。

肖邦是个男子，却有女性气质。他面色苍白，身体纤细，体质柔弱，忧郁伤感，常常由于激动而疲惫不堪。他还不到30岁，他的天才备受女人的崇拜。但是，两次失恋使他怀疑女人的情感。他在孤寂中生活，又无法摆脱对爱情的渴望。忧郁的阴影笼罩着他。他感到自己创作力在衰退，思想变得懦弱，想象变得苍白，灵感渐渐枯竭。他需要一种强烈的有活力的爱情来唤醒他心底的热情，在他无力的手指中重新注入艺术的生命力。对于命运和艺术创造力的忧虑不安犹如双重的阴影和枷锁，压抑在他心头。他那干枯的心田期待着爱情雨露的滋润。

肖邦的感情防线在桑夫人的进攻下很快就全线瓦解。他们相爱了。他们常常在奥特尔区约会，桑夫人在那儿的一幢公寓里租了一个房间。李斯特和他未来的夫人则租了另一个房间。他们四个人常常一起用餐，一起出入沙龙。

整个巴黎为之惊讶。善意的劝告和恶意的攻击都无济于事，他们情投意合。他爱上这个女人是不可避免的，又是可悲的。他需要这样的女人。这个男子气的女人正是这个女人气的男人的必不可少的补充。

真正的朋友们都为肖邦高兴，因为爱情不仅使他显得英俊健康，而且情绪活跃，感觉良好，充满自信。过去的神情恍惚、忧郁伤感竟然一扫而空。他的创作才能又获得了非凡的活力。肖邦来到桑夫人在诺罕的庄园。这是一个典型的法国乡村，与肖邦的故乡有着完全不同的风味，在风景优美的草原上，坐落着这幢石头房子，晚上，从田野的远处传来牧羊人粗犷的奇特的歌声，这些都使肖邦激动不已。作家、诗人、艺术家们也常到这儿来做客。肖邦在这儿享有最大的权利，他占有两间幽静的房子，一间摆着专门为他买来的钢琴、写字台和沙发；一间是恬静的卧室。在这里，他像在自己家里一样。

肖邦多年来第一次得到无微不至的关怀，这也是他一生中最幸福安定的时期了。肖邦创作上成熟、智慧和力量的全盛时期也终于来到了。如果，没有乔治·桑的爱情，没有受到乔治·桑周围那一群大作家朋友的影响，他卓越的才华可能也不容易开花结果，达到高度的艺术境界。在这个时期，他写成了一生中最重要的一些作品；他意识到这是随桑夫人的爱而带来的平静的心境和创作环境的结果。

但是，肖邦又不能平静地工作，他的身体日渐不适，病魔的阴影时时威胁着他；巴黎的音乐活动和社交生活也在吞噬着他的健康。肖邦的生命化成了音乐，但他的生命力则在一天天衰退。桑夫人戏谑地称呼他："我亲爱的尸体。"肖邦几次尝到了死亡的滋味，也逐渐变得过分敏感，充满恐怖的幻想，他的思想总是集中在死亡上面。而桑夫人仍然是生气勃勃，永不满足。

他们不得不分手了，他们一起共同生活了九年。

有人说，是乔治·桑点燃的爱情之火，使肖邦的创作天才燃烧起来。也有人说，是这个女人过于热烈的爱情使肖邦的疾病更趋恶化，英年早逝。

有人赞美她是伟大的女性，也有人诅咒她是放荡的淫妇。

有人歌颂音乐和文学的联姻，也有人痛斥这不相称的结合。

但是，谁也无法否认，他们共同生活的九年是肖邦一生中最重要的艺术创作阶段，是他最光辉的创作力高峰期。而肖邦与乔治·桑分手之后，他再也没有写出任何一部重要的作品。肖邦是意识到这一点的，在他生命的最后时刻，他对乔治·桑没有怨恨，只有爱情，他不能忘记乔治·桑。

肖邦与乔治·桑的爱情，是一次成熟的爱情，开花结果的爱情，给予他艺术生命力的爱情。他不能忘记乔治·桑，不能忘记他那创作力高峰期的光辉岁月。

在生命的最后一刻，他还说："我真想见她一面。"

丈夫戒烟

杨　泥

烟是好东西。男人抽烟和女人涂口红，在我看来，应该算是天底下两桩最有意思的事情，如果是一个男人抽烟的姿势也很漂亮的话。

我丈夫抽烟的姿势就十分漂亮且与众不同。我清清楚楚地记得，我当初爱上他，仿佛就是被他抽烟的姿势所迷惑。那天我第一次看见他，他正坐在院中的藤椅上看书，手里拿支过滤嘴香烟，徐徐散开的烟雾和午后和煦的阳光把他整个人幻化成一个非常虚幻却又非常实际的联想。他的手指长得很漂亮，那支长长的过滤嘴香烟在他指缝间悄悄燃着，像两个配合默契的朋友。

我从不反对丈夫抽烟。在香烟市场不曾开放的那些日子里，对那些高档次的香烟我总是格外留心。为了买到它们，我从来没吝啬过钱。我家里有一口小红皮箱，那是丈夫的“烟库”，里面装满了我们从各种渠道买来的高档香烟。我喜欢看丈夫盘腿坐在地毯上翻弄皮箱里那些香烟时的孩子气的得意扬扬的神情。这种时候，我多半是蹲在他旁边，和他一块儿快乐地翻弄他那些宝贝。那个时候，皮箱里的香烟相当丰富多彩，红塔山、阿诗玛、云烟，最差的也是攀西、遵义（我丈夫是从不抽洋烟的）。我不仅熟知这些香烟的价钱，而且能从这些香烟的气味、烟丝和烟灰上，像个老烟客一样区别出它们的档次和分类。丈夫常常对我述说他抽某种烟时的感觉，我从这些感觉中不断地熟知了丈夫对某些烟的偏爱和嗜好。

当然，我们也谈尼古丁。可惜那都是一些屈指可数的日子：比如，某位文友不幸死于肺癌；比如，世界戒烟日；再比如，电视上播放的关于吸烟危害公共卫生的种种广告。偶尔我们也愤怒和惊悸一下，当我们在电影院里被劣质香烟呛得喘不过气来的时候，或者是猛然注意到一盒高档香烟的烟盒上注明的焦油含量“中”的时候。每当这种日子和这种时候降临，丈夫就说，我是得戒烟了。

终于有一日，丈夫正式宣布戒烟了。

抽了一半的红塔山、阿诗玛依旧扔在茶几上，式样各一的烟灰缸依旧摆在老地方，我没去收拾。依靠把这些东西藏起来的办法监督丈夫戒烟没用。只有把烟和烟灰缸、打火机这些东西像钓饵一样摆在有20年烟龄的丈夫面前而他绝不为之动心，这样的戒烟才能成功。我耳闻目睹过许多老牌戒烟者的那种戒烟过程，他们每戒一次都要在原来的基础上更为变本加厉地抽烟，妻子的管制没用，检查丈夫的手指，翻弄丈夫的衣兜，克扣丈夫的零花钱，这些办法统统没用。所以有人说，戒烟是世界上最容易的事，因为每个人都可以戒上几百次。

在最初的几日里，家中所笼罩的阴郁气氛如今仍历历在目。丈夫是个性情豁达乐观之人，生活中的重创也经历了不少，但从没如此心灰意懒、食寐不甘、坐立不宁。书也看不进，笔也懒得提，一封简单的问候信也写不下去。丈夫已经习惯了一只手拿烟，另一只手拿笔，现在一只手闲着，另一只手便只好“残废”。整整一个晚上，他可以一言不发、神情茫然地瞅着电视发愣。腿一会儿跷在茶几上，一会儿搭在沙发扶手上；手一会儿摸摸鼻子，一会儿挠挠头，或者站起来无所事事地在屋里走一圈，东看看，西瞅瞅，话也懒得说，茶也懒得喝，万般无奈的难受。

但是，他绝不伸手去动烟盒，连看也不看一眼，甚至也绝不像有些颇有毅力的戒烟者拿着打火机啪啪地打燃又熄灭。看着他难受的样子，我便劝他还是抽一支吧，或者说些人到中年戒烟更易戒出毛病之类颇带诱惑力的话。丈夫坚决摇头，显示出大丈夫一言既出，驷马难追的雄心大志，只是用无比贪婪但却转瞬即逝的坚定目光瞧一眼摆在面前的香气袭人的香烟。

最最难受的还不是自己对自己的折磨，而是和一帮高谈阔论嗜烟如命的朋友坐在一块儿聊天的时候。“来一支，就一支！”朋友们豪爽地进攻着，“明天再戒！”并且现身说法，声称自己也是戒过七八次烟的人，最深的体会便是反正戒不掉，干脆不如抽！

丈夫戒烟，选择的是那个春光明媚的4月初的日子，阳光能驱散白日里关于戒烟的种种愁闷。早晨起床，丈夫便问我，今天是第几天了？我便回答：第8天。丈夫这时就像小孩儿一般高兴地说，我是不是很伟大？戒烟一个星期了！丈夫深有感触地说，关键在于头几天，只要那几天坚持过来，戒烟就能成功。

日子一天天过去，丈夫的情绪一天天好起来。现在，丈夫已能在不抽烟的情况下读书写作；陪着抽烟的朋友聊天时也坐怀不乱。只是有时当朋友们把烟递到他面前，请他鉴赏时，他才仔仔细细地看看烟丝、闻闻烟味，而后由衷地叹道：真是好烟。

现在，我家的那口特殊的红皮箱里依旧保存着三四条好烟。我得预防着有朝一日丈夫重新开始吸时，我毕恭毕敬地将它们奉献在丈夫面前。

情人节的故事

〔美国〕乔安·拉森

拉利和乔安是一对平凡的夫妇，住在一条平凡街上一幢平凡的房子里。和别的平凡夫妇一样，他们量入为出地过日子，尽心尽力地照顾儿女。

他们还有另一方面也很平凡——两人偶尔也吵嘴。他们常谈论他们的婚姻出了什么毛病，应该归咎于谁。

后来有一天，一桩极不平凡的事情发生了。

“你知道吗，乔安，我有个神奇的柜子。我每次拉开那柜子的抽屉，都一定找得到我要的袜子和内衣裤，”拉利说，“多谢你这些年来打点得那么妥当。”

乔安翻眼从眼镜上方瞪着丈夫：

“你说什么呀，拉利？”

“没什么，我只是要你知道为了那些神奇的抽屉，我要感激你。”

拉利已不是第一次干怪事了，因此乔安并没有放在心上。但两三天之后，又发生了另一件事。

“乔安，你这个月在账簿上记下来的支票号码，并不是完全没有错。16 次记对了 15 次，真了不起，我可真要谢谢你。”

乔安简直不相信自己的耳朵，于是放下正在做的针线活，抬头说：“拉利，你总是怪我记错支票号码，现在为什么不挑剔了？”

“不为什么。这只是要你知道，我感谢你那么费神。”

乔安摇了摇头，恢复做她的针线活，喃喃自语说：

“他搞什么鬼？”

尽管如此，第二天乔安在杂货店开支票时，还是多看了支票簿一眼，以确定自己没有把号码记录错。

“为什么我忽然对那些支票的号码在乎起来了？”她在心里问自己。

她竭力想忘掉这件事，可是拉利的态度越来越古怪。

“乔安，这顿晚饭好吃极了，”一天晚上他说，“你辛苦了，谢谢。如果细算一下，这15年来，你少说也为我和孩子做过1.4万顿饭吧。”

然后他又说：

“哟，乔安，这房子真干净，你一定花了好大工夫。”他甚至还说了，“乔安，像你这样子真好，能跟你在一起我简直可以说是开心极了。”

乔安越来越发愁。“他那些尖酸刻薄的话到哪儿去了呢？”她在心里嘀咕。

14岁的女儿雪莉证实了不是她多疑，她丈夫确实有点不对头。雪莉说：

“妈，爹疯了，他刚才还称赞我好看呢。我这副德行打扮，衣服这么邋遢，他竟然那么说。妈，这可不是爹的作风。他出了什么毛病？”

拉利一直没有恢复正常。他一天到晚不停地称赞别人。这样过了几个星期，乔安渐渐习惯她老伴儿的蹊跷态度，有时甚至还勉强地回他一声“谢谢你”。她对于自己能从容自若很感自豪，但后来有一天，发生了一件稀奇得使她方寸完全大乱的事。

“我要你歇一歇，”拉利说，“我来洗碟子。请放下那煎锅，离开厨房。”

乔安停了好一会儿才回答说：

“谢谢你，拉利。多谢你！”

自此之后，乔安的脚步轻快了些，自信心也强了些，偶尔还会哼一两句歌。她似乎觉得自己的心情也不再忧郁了。“我实在喜欢拉利的新态度。”她心想。

故事本来到此便该告一段落，不过后来有一天，发生了另一件极稀奇的事。这一次，开口的是乔安。

“拉利，”她说，“我要谢谢你这么多年来一直为衣食奔走，养活我们。然而我却从来没告诉过你，我是多么感激你。”

不论乔安怎样逼他，拉利始终没有说出他态度大转变的原因。看来，这将会继续成为人生的一个谜。不过我很高兴心中永远存着这么个哑谜。

你知道吗，我就是乔安。

为爱勇往直前

鲁先圣

在伟大的作家史蒂文森面前，所有的爱情故事都会黯然失色，所有的浪漫故事也都减弱了光彩。

1876年，出生于苏格兰的史蒂文森因为身体总是难以适应苏格兰的阴冷气候，就在父亲的资助下到法国、比利时等地旅行。在法国巴黎郊区的一个艺术家俱乐部，他与一位来自美国的少妇芬妮一见钟情。芬妮是什么人？她16岁嫁给了没有什么家庭观念的山姆，生了3个孩子，因为对山姆实在忍无可忍，就带着孩子到法国的巴黎学习绘画。她正是在这里认识了史蒂文森。

两人的爱情传到史蒂文森的家里，立即掀起了轩然大波。史蒂文森还是一个没有结过婚的富家子弟，不要说芬妮已经结过婚，有3个孩子，仅是她比史蒂文森大了12岁这一点就让史蒂文森的家人感到匪夷所思。

一桩伟大的浪漫爱情故事就这样上演了。心中盘算着与丈夫离婚的芬妮回到了美国。不久，不惜与家庭决裂的史蒂文森追到了美国。当时芬妮住在旧金山附近的一个小镇上，史蒂文森就住在小镇的一家旅馆里。这个时候，芬妮还没有离婚，她的丈夫还经常回来看望妻子和儿女。而住在小旅馆里的史蒂文森不仅断了财源，还染上了疾病。但被浓烈的爱意燃烧着的史蒂文森丝毫没有退缩，他每天都去探望自己的情人，每天都给芬妮写一封火热的情书。还被小镇的景物所感染，激发起强烈的创作欲望，完成了令他迅速蜚声美国文坛的《业余移民》一书和许多短篇小说。一直默默无闻的蒙特雷小镇因为史蒂文森的出现而闻名遐迩。

经过一年的折磨，芬妮终于说服丈夫协议离婚。但令人不可思议的是，在打算离婚还没有离成的时候，她的丈夫山姆竟然主动离开家，让史蒂文森与还是自己老婆的芬妮住在一起，而且山姆还替他们安排蜜月旅行的路线并推荐免费的住所。这真是让人无法理解，这个山姆恐怕也是世上绝无仅有的丈夫了。有了山姆的积极合作，离婚的事情很快就办成了，史蒂文森和芬妮终于走到了一起。

史蒂文森和芬妮的蜜月旅行又是奇异之举。他们没有选择到风景优美的胜地，而是到了一处废弃的银矿——以葡萄酒、温泉著名的那帕山谷。他们就选择了半山腰一个废弃的工棚作为他们的住所。他们就这样在这个与世隔绝的山谷里，每天目送日出日落，采摘花草，游戏于鸟语花香之间，尽情地享受着爱情的醇酿。他们在这里度过了令人难以忘怀的两个月的幸福时光。在这两个月中由于芬妮的精心照顾，史蒂文森不仅身体得到彻底恢复，而且产生了炽烈的创作灵感，写出了风靡一时的《席尔瓦多寄居者》。

从此，被浓烈的爱意燃烧着的史蒂文森一发不可收。他后来创作的《化身博士》及《金银岛》使他成为美国的著名作家。他一开始住的小镇、蜜月旅行的山谷都成为当今美国的旅游胜地。

一个乘客的航班

李 言

圣诞节后的一个白雪皑皑的日子，我又来到阔别三年多的小镇纽芬兰。小镇位于加拿大北部原始森林的边缘，仅有几条单调的街道，数排低矮的房屋，然而在地广人稀的加拿大，这巴掌大的小镇，可是通往林区腹地的交通要道。

小镇虽然偏僻冷清，却给我留下了深刻的印象。上次出差，就是在这里换乘小型飞机，前往北部一家矿业公司的。飞往那里的班机，每日仅有一次，傍晚去，清晨返回。

那次登上飞机后，我发现除了一名驾驶员、一个助手外，我竟是机上唯一的乘客。那位年约五十、头发花白的驾驶员一丝不苟，他在面前放下几包炸土豆片、花生豆后，操起话筒，把乘客注意事项一字不漏地给我宣讲了一遍。

起飞时已夜幕低垂。他一面嚼土豆片，一面和坐在旁边的助手闲聊。飞机升空后，倾斜着翅膀，在小镇上方绕了一个大圆弧。此时，只见驾驶员从座位下掏出一支大号的手电筒，朝着下面一明一灭接连闪了三下。

我感到好奇："请问，你在做什么呢？"

驾驶员收回手电筒，笑呵呵地答道："给我太太打个招呼。每天这个时候，她都站在窗前，眼巴巴地望着我呢。"

我从机窗望下去，小镇的点点灯火，在夜色中似繁星闪烁，充满了诗情画意。

时隔三年，重返林区小镇，我的脑海里又浮现出那个花白头发的机长来，不知今晚是否还要与他结伴同行。在候机楼里，我一面喝咖啡，一面隔着大玻璃窗，凝视着远远的西天。积雪覆盖着茫茫原野，落日的余晖，正一点点被黑暗吞噬。一种旅途的孤独让我想起了妻子。

那天早晨，天尚未明，我起身穿衣时，妻在枕畔眯着眼咕哝了一句，要起来为我煮咖啡。想起昨晚妻说头晕，饭都没吃就躺下了，我忙说不用，随手将毯子往上拉拉，盖住了妻裸露的肩头。在台灯昏黄的光影下，我猛然发现，妻的后脑上，竟然长出一根白得耀眼的发丝。

我的心蓦地抖动了一下。读完了博士后，费了许多周折，我才在一家公司谋得这个质量检查员的职位。这是个辛苦差事，经年累月地奔波于北美和欧洲大陆，与家人聚少离多。细算起来，孤身一人在旅途中度过的夜晚，比躺在家中卧室里的还要多！这种日子，早就想换一换了，可又舍不得每月那笔丰厚的出差补贴。家里那座安大略湖畔的大宅，不就是靠这辛苦钱养起来的？打从出国到如今，一晃就过去了十几年，青春与新婚时的甜蜜也就在这聚散别离中悄悄地逝去……

小小的候机楼里广播响了，念出航班号。我赶忙站起来，挺直略微发福的腰，振作精神，拎起了手提箱。

钻入机舱，我笑了。果然，那个熟悉的花白头发端坐在前面。我快活地与他攀谈了几句，便像上次一样，坐在了他的身后。助理员，土豆片，注意事项，花生豆……时光在重复，一切都照旧。

飞机升入空中，翅膀倾斜了，机长探头到窗外寻觅着。小镇灯影幢幢，不知在哪间屋子的窗后，有一双眼睛，正痴痴地仰望着天空，年复一年，日复一日！蓦地，我仿佛看见了安大略湖畔那繁茂的花丛中，妻那双美丽而略带忧郁的明亮眸子。我眼眶一热，下意识地扭过脸去，目光落在驾驶员座旁的那支手电筒上。

然而，飞机盘旋了一周后，什么也没发生便悄然飞离了小镇。

我正纳闷着，只见前面那只大手已经操起电筒，对准黑黑的夜空，一明一灭，连闪了三下。

“你……”我不禁叫出声来。

他回过头，会意地看了我一眼，平静地说：“半年前，她患癌症去世了，就躺在下面的山冈上呢。”

我愣住了，心头热热地想了很久很久。我知道，这将是我最后的一次旅程。我不会再与妻子分别了。

爱死那个人

刘　墉

不放心

深夜搭计程车，驾驶员居然是位中年女人。

“这么晚，女人开车，不危险吗？”我问。

“为了吃饭，有什么办法？”她从反光镜里笑笑，“以前是我先生开。”

我没再说话，心想她一定离了婚。大概看出我的疑惑，她又笑笑：“我先生现在开白天，早上先送孩子上学，送我去工厂上班，下班再来接我们。然后，我烧饭，吃完，再开车出来，开到12点回去。”

“那你先生呢？”

“他留在家啊！”

“为什么晚上不叫他出来呢？”我很不解，“他是男人哪！”

她又笑笑，拍着方向盘说：

“男人哪！晚上出来更麻烦。有时候搞到天亮才回去，第二天起不来，而且没赚几块钱，也不知道去干什么了？”她从反光镜里盯着我，“你知道吗，在桥下，他们用象棋也能赌博呢！”

“你真辛苦。”我感叹地说。

“是辛苦，回家，丈夫孩子都睡了。”她居然转过脸看我一下，“你知道吗，看先生在家，睡得像个孩子，觉得好安心。比起以前，他在外面，我一夜没法入睡，好多了。”

断祸根求安心

突然之间，好像全世界都在谈论“Viagra”，先翻译成“伟哥”，又改叫“威而钢”。

有个本来自命风流，45 岁突然出了“毛病”的朋友，也立刻托人从美国带回一瓶。

“真管用呢！”他在电话里对我小声说，“原来以为‘无望再举’，现在又能‘抬头挺胸’了。”

岂知他的悄悄话，居然被一旁的老婆听到，一把抢过电话：“喂！你知道吗，我宁愿他‘永垂不朽’一辈子，他那祸根死掉了，还让我放心些。”

“是啊！”朋友又抢回电话，“她好一阵子不管我了，现在又开始算我下班的时间。真麻烦哪！”

死后再不分离

被誉为“南部脑外科权威”的孙桢民医师，因为车祸去世。

《联合晚报》上报道，孙医师的遗孀谢秀峰，不但把两百万奠仪捐给高雄医学院，还将遗体捐给学校做教学解剖之用。

孙医师在生前，把全副精神和时间都放在济世救人的事业上，谢秀峰代先生捐出一切，就是将孙医师的心愿延续下去。

报道的结尾，引述了孙太太一段耐人寻味的话——“生前出门就像丢了一样，死后他却 24 小时陪在我身边。”

死在最美的时候

黛安娜王妃去世好一阵子。我那曾为崇拜她而哀伤不已的邻居老太太，也渐渐冷却下来。

“你屋里还摆满黛安娜的照片吗？”有一天我问她。

“还放了一张。”老太太摊摊手，“已经死了，伤心也没用。”

“可惜没能和她后来的男朋友多迪埋在一块儿。他们原来不是都要结婚了吗？”我说，“听说黛安娜死的时候，还怀了多迪的小孩，一家人，埋在一起才对呀！”

“不对！不对！”老太太挥手打断了我的话，“幸亏死得是时候，要是再晚几个月，肚子大了，和多迪结了婚，再出车祸，情况就完全不一样了。”

我怔了一下，没想到她会这么说，她却接了下去：

“说来，她死的时间也真对。死了！死在最美的时候，反而让大家安心了。”

面包碰到爱情

到北京大学演讲，提到正“热门”的《泰坦尼克号》。

演讲结束，站在外面等车，一群学生就围着我说对《泰坦尼克号》的感动。

“如果男主角没淹死，和那女主角都获救，他们会不会结婚？结婚之后会不会过得好？”我问学生，“你们怎么想？”

有人喊“会结婚”，有人说“不会结婚”，也有人叫“结婚再离婚”，居然没一个人认为他们会幸福地过一辈子。

“为什么不能过一辈子？”我问。

“因为他们不是一个世界的，碰到面包就完了，所以……”一个学生说。

“所以怎么样？”我追问。

“所以男主角死得真是时候，留下最美的回忆。”那学生笑道。

瞬间最是永恒

美经不得长久的凝视，因为美常在凝视中凋零。

生命经不得长久的思想，因为死亡总横在思想的尽头。

英雄经不得时间的考验，因为许多英雄都是老来失节。

童话经不得往下猜想，因为王子与公主常是两个世界的人。

反倒是——

有时候故事突然结束了，主角突然死去了，或像那位女司机说的：“进家门，看丈夫睡在那儿，像个孩子。”能够更完满、更安心。

满眼都是爱

冯　祺

我有一个同事，我和他们两口子都是很好的朋友，经常去他家里蹭饭。去了之后他们在厨房里劳作，我便在屋中游走，对家居生活发一些感慨。有一次我对他们的冰箱发难——这破冰箱还不扔掉，漆都快掉光了。朋友回答我说这是夫人单身时攒钱买下的，这么多年了，舍不得扔。我随口调侃了几句他惧内的玩笑，随后也就把这事忘了。

有一天，我和同事出去办事，在车上他忽然没头没脑地冒出一句：我昨天和老婆一宿没睡，把我那台冰箱装修了一下。什么冰箱？我问道。就是你上回看到的那台掉漆的破冰箱，他提醒我。噢，那怎么装修，难道还能变成新的不成？——你去看了就知道了，他一脸的自豪和神秘。

几天之后，我见到了那台冰箱，说实在的，我一直以为做传媒的人是不会轻易被感动的，毕竟见了太多人世间的悲喜，但从看到那冰箱的第一眼起，我就被深深感动。因为我第一次看到——一台冰箱，因为有爱，居然有了生命。

这台掉漆的破冰箱在夫妻两人巧手的装扮下，已经变成了精品店里的一件工艺品，猜猜，他们做了什么？他们买了深棕色的木纹纸，按照冰箱表面不同的结构位置、面积大小裁成了几十块，又一块块小心翼翼地贴上去，而在门把手这些不规则的形状上，更看得出他们付出的心血和情感，因为所有曲里拐弯的地方都黏合得天衣无缝，而且，用另一种颜色做了卡通处理，制造出一个童话世界般的木头冰箱。

而更令我神往的是他们夫妻二人跪在地板上协力制造这台木头冰箱的那个夜晚，他们一定说着情话，他们一定怀念着恋爱时光，他们一定在用眼神诉说忠诚与永远，他们一定把爱的誓言也贴进了冰箱里永远保鲜。我神往那留在夜空里的呢喃，那一定是风也听见，沙也听见……

我相信他们在爱的小屋里一定还有许多有生命的物件，有的物件我们可以揣测出它们的故事，有的故事可能只存留于彼此心中，旁人是没有机会知道的了。但有一点我们可以肯定，当他们白头偕老的时候，环视这个屋子的每个角落，肯定满眼都是爱！

未历婚姻的人，多半在憧憬甜蜜的时候都会心怀恐惧，所惧无非两点：其一是人生路漫漫，爱的流失和演变无可预测；其二便是俗常与一律的生活会渐无趣味。坦率地讲，我也是这样的恐惧症患者，不过我也给自己找了一个治病的方子——那就是常去有“木头冰箱”一类东西的地方看看，因为那里满眼都是爱！

无须诉说　爱的理由

刘　安

她实在是一个平常的女人。走在街头，想必不会有多少男人注意到她，他也不会。

她是一所小学的老师，而他姐姐的儿子恰好就在她的班上。他的单位靠近那所学校，有时快放学了，姐姐打个电话来，让他去接一下外甥，一来二去，他就认识了她。

那时他年轻，喜欢把自行车骑得飞快。有一天傍晚他去接外甥，学生们排着队走出了学校，她就跟在学生们的后面。看见了他，她走了过来，对他说："孩子坐在车上，不要骑得太快。"声音很轻，仿佛是不经意的叮嘱，因为事实上她说完了那句话，就转过身和另一位学生家长说起了什么。等他把外甥送到家，才发现自己那天真的骑得很慢。

后来她就做了他的女朋友。有一次她问他："你为什么会爱上我？"问得有些傻，就像大多数女孩子喜欢那样问自己的男朋友一样。他想了想，说："因为你对我说过的那句话。"

有人说过，爱是没有理由的，我不信。应该说爱是有理由的，无论轰轰烈烈的爱，还是平淡如水的爱，都会有它自己的理由。因了一句话，他爱上了她，因为他从那一句话里读出了体贴和关心，而这正是构成爱的最重要的理由。

黑暗中的手

她和他是同事。她知道他在暗恋着她，她对他也有一些好感。但是出于女孩子的羞涩，还有其他一些原因，她和他还保持着某种距离。

那天因为临时加班，等到走的时候，已经很晚了，电梯也已停。更糟糕的是，楼道里居然没有一盏灯，天知道它们是什么时候坏的。

她是一个胆小的人，尤其怕黑。她站在楼梯口，有些发愣，不知所措的样子。

这时，他走了过来。“一起走吧。”他说。

她就跟在他的后面，一起下楼。因为没有灯光，她一脚踩空，一个趔趄，差点摔个跟头。这时，他伸出了手。“抓住我。”他说。她迟疑了一下，转而抓住了他的手。他的手很大，也很暖和。

256级台阶。她在心里一级一级地数了过去，她以前一直不知道从自己办公的那层楼走楼梯下楼，一共有256级台阶。数到最后，她奇怪自己抓着一个男人的手，竟然还能有闲情数楼梯。

已是满眼灯光，她的脸突然红了起来。灯光下，他的身影有些纤弱，但她看见的不是这些，她看见的，是她还抓着他的手。

她对爱情曾有过无数浪漫的幻想，但从没有想到过这样的一双手，在她所惧怕的黑暗中向她伸过来。此时此刻，她才突然明白，其实她渴望的，就是这样的一双手，温暖的有力量的手。

爱，有时真的不需要很多，一双手足矣。她在心里想。就在那一刻，她是如此清晰地感觉到自己已经爱上了他。

来自天堂的玫瑰

|

杨会军

罗丝最喜欢红玫瑰，她的名字也是玫瑰的意思。每一年，丈夫都会送给她一些玫瑰花，花上系着漂亮的丝带。这一年，她丈夫去世了，玫瑰花依然送到了她的门前，卡片上仍然像从前一样写着："做我的妻子吧！"

岁岁送花，他都写着这样的话："对你的爱今朝更胜往年，时光流转爱你越来越多。"她想，今年的玫瑰花一定是丈夫提前预订的。以后再也不会有玫瑰花了。一想到这些，罗丝禁不住泪如泉涌。

她心爱的丈夫并不知道自己会如此逝去。他总是喜欢把事情提前安排妥当，以往即使再忙的时候，凡事仍能从容办好。

罗丝修理了玫瑰，把花插进一只很特别的花瓶里，花瓶旁摆放着丈夫满面笑容的遗像。她在丈夫心爱的椅子里一坐就是几个小时，伴着玫瑰花，痴望着他的相片，沉浸在美好的回忆中。

一年过去了，失去了丈夫的日子她觉得十分难熬，孤独和寂寞占据了她的生命。情人节前夕，门铃响了，有人送来了玫瑰花。

她把花拿进来，心中非常惊讶。是谁在搞恶作剧，为什么要惹她痛苦？于是她打电话给花店。

店主解释说："我知道您的丈夫一年前去世了，也知道您会打电话来询问究竟。您今天收到的花，是您丈夫提前预购的。您丈夫总是提前做好计划，万无一失。他预付了货款，委托我们每年送花给您。去年他还写了一张特别的小卡片，嘱咐说如果他不在了，卡片就在第二年送给你。"

她谢过店主，挂上了电话，泪水涌流而下。手指不住地颤抖着，慢慢地打开了附在玫瑰花上的卡片。

卡片里是一张他写给她的便条。她静静地看着："你好吗，我的妻子？我知道我已经去世一年了，我希望挺过这一年你没有受太多的苦。我知道你一定很孤单，很痛苦。我们的爱曾使生活里的一切如此美好，我爱你千言万语说不尽，你是完美的妻子，是我的朋友和情人，让我心满意足。时光只过去了一年，请不要悲伤，我要你即使是流泪的时候也是幸福的，这就是为什么玫瑰花将会年年送来给你。当你收到玫瑰花的时候，想想所有的快乐吧，我们曾经是多么幸福啊！我的妻子，你一定要好好地活着啊。请……珍惜生命，追寻幸福吧。我知道那不容易，但是你一定要想想办法。玫瑰花每年都会如期而至，除非你不再应门，花店才会停止送花。那一天，花店的伙计会上门来访 5 次，以防你只是出门去了。

"但是，访问过 5 次之后，他就可以确认：这些花该送到另一处我指示给他的地方——我们重逢相聚的地方。"

有两个字不再说起

艾苓

有两个字偶尔游动于心，也只是游动一下而已，像晾晒在风中的鱼干儿，偶尔游动一下的只能是影子。

那两个字原本安静地居住在一些书籍中或者传说故事里，近些年却被演义得热闹非凡，甚至街头巷尾也常有人声情并茂地吟唱，或声嘶力竭，或哀怨凄凉，像大甩卖时地摊儿上的叫卖，有些急不可耐。

那两个字实际上是弹无虚发的超级射手，在你浑然不知时已被击中了。你浑然不知地牵着另一个人的手走啊走，走好多路，然后走入新房。那位超级射手看着两个人已彻底中弹，就掩上房门放心走开了。

偶尔在街头遇到衣着光鲜的新娘，总要偷偷地狠狠地盯上两眼，不全是羡慕或者嫉妒，虽然她正站在幸福的顶端，她的衣裙就是她幸福的旗帜——我相信，绝大多数人都是在不明婚姻的真相时就结婚了。

如果仅仅把婚姻看成双方自愿达成的契约，把配偶看成合作伙伴，需履行一些义务和责任，那婚姻就简单轻松多了，也更接近其实质。

我是女人，我知道大多数女人不是为契约、伙伴或者责任、义务而嫁，而是为了那两个既简单又复杂的汉字。

女人扑了个空，横在面前的生活是柴米油盐，是鸡毛蒜皮，是一个紧挨一个的日子川流不息。

婚姻到了 10 年，就有了一些感慨，有了一些良好或者不良的习惯。他仍一如既往一丝不苟地喊我“张爱玲”，仍会忘记像结婚 10 周年这样重要的日子；只是不知从哪天起，他开始很晚回家，即使回到家也是一脸疲惫，把自己扔在床上倒头便睡，或者把自己扔在电视前看别人的故事，有几次在卫生间听到问询：“妈，张爱玲回来了吗？”我居然品出几分牵挂，生出几分幸福感。

生病的时候总希望他坐在我伸手可及的地方，可他总像领导干部访贫问苦，坐一会儿说两句话就溜之大吉。

后来他有幸患重感冒，我终日守在他身边以便言传身教。他躺着，我坐着，没有事做，我说：“周涛的散文很棒，我给你读他的散文吧。”

他说：“行。”

那天我兴致很好，一口气读了三四篇，每到精彩处反复玩味。

“感觉怎么样？”我问他。

“还行。”

我因势利导：“我以后生病的时候，你也这样待我。”

他笑：“其实我生病的时候，就想一个人安安静静地睡觉。”

“原来我在对墙抒情呢。”

“那倒不是，周涛的散文很好，你读得也很好，但是睡觉最好。”

原来这10年，他一直在用他认为最好的方式对待我，我也一直在用我认为最佳的方式折磨他。不过我无法忍受把他一个人扔在家里，他也不会因为我需要就厮守着生病的我，恐怕我们还会彼此折磨下去。

有些词汇转眼就老了，白发苍苍地蹲在角落。比如“忠诚”，在很多场合提起时，就大煞风景不合时宜；“天长地久”，在新婚宴席上偶尔送给新人，也觉得底气不足，不是那么有信心；而曾令自己怦然心动、心醉神迷的那两个字，早已从生活中撤出，正被商家精心制作包装后各处兜售。

日子过了10年，女人就宽容了，实际了。日子过了10年的丈夫是一位开诚布公的朋友、固定的性伙伴和亲人。

有一次我忽然记起：“有两个字好久没有说起了。”

他没问是哪两个字：“是不是觉着那两个字太奢侈了？”

“不是。是英雄气短。”

他哈哈大笑，我也笑了，只是有点儿苦涩的味道，没出声儿，在他伸出的臂弯里。

那两个字，不说也罢。

结婚纪念日

〔日本〕森久美子　乌日娜 译

结婚典礼前十天的早上，门铃响了。打开门，一位手捧着红玫瑰的花店店员站在门前。“又不是生日，谁送的呢？”我在花束中寻找花卡，什么都没有。“大概是妈妈生前的友人送给喜欢玫瑰的妈妈的吧。”这样想着就摆在了妈妈的照片前。

第二天早上，那位店员又出现了。当我接过那鲜红的玫瑰时，我觉得肯定是弄错了。

“花儿昨天收到了……”

“这是今天的。”

我脑子里一边想着妈妈的友人，一边给花剪根。一根儿、两根儿……正好九根儿。突然，我抬头一看花瓶，昨天的玫瑰是十根！我一下子反应过来，急忙往他公司打电话……

“昨天和今天的玫瑰都收到了，我太喜欢了。”

“你喜欢，那太好了。”

由于工作很忙，他没多说就挂了电话。

清爽的夏风从窗外吹进来，让房间里到处都弥漫着玫瑰的甜香。“深爱的人将自己选为终身伴侣就已经是幸福万分了，不仅如此又收到了礼物！”一想到很快就要和他永远生活在一起，我的心幸福得怦怦跳……

结婚典礼的日期一天天接近，像我预想的一样，在那以后每天早上花店都送玫瑰来，每次都少一根。到了结婚典礼的前一天，最后的一根玫瑰上附着花卡：

“从明天开始，请多多关照！”

想要尽快一起生活的热切心情，随着这十年的光阴不知丢到了哪里！结婚纪念日那天我要对他讲述那个玫瑰的故事，并对他说一声：

“今后仍请多多关照。”

一朵一朵的阳光

周海亮

七月的阳光直直地烘烤着男人的肌肤，男人如同穿在铁扦子上的垂死的蚂蚱。他穿过一条狭窄的土路，土路的尽头，坐落着一栋用石头和茅草垒成的小屋。男人在小屋门前站定，擦一把汗，喘一口气，轻轻叩响锈迹斑斑的门环。少顷，伴随着沉重的“嘎吱”声，一个光光的暗青色脑壳出现在他的面前。

“你找谁？”男孩儿扶着斑驳的木门，打量着他。

“我经过这里，迷路了。”男人专注地看着男孩儿，“能不能给我一碗水？”

他目送着男孩儿进屋，然后在门前的树墩上坐下。

男孩儿端来了水。男人把一碗水一饮而尽。那是井水，清冽，甘甜，喝下去，酷热顿消。男人满足地抹抹嘴，问男孩儿：“只有你一个人在家吗？你娘呢？”

“娘下地锄草去了，天黑才能回来。”男孩儿说，“娘说阳光很毒，正好可以晒死刚刚锄下来的杂草。娘在回来的路上会顺带打满一筐猪草……娘说回来后给我贴玉米饼子，吃完饭她还得喂猪，或者去园子里浇菜……除了睡觉，她一点儿空闲都没有……我想帮娘做饭，可是我不会，我只能帮她烧火……”

“你今年多大？”男人问他，“七岁？”

“你怎么知道我七岁了？”男孩儿盯着男人。

男人探了探身子，他想摸摸男孩儿青色的脑壳。男孩机警地跳开，说：“我不认识你。”

“你们怎么不住在村子里？”男人尴尬地笑，收回手。

“本来是住在村子里的，后来我爹跑了，我们就搬到山上来……娘说她在村子里抬不起头，所有人都在背后指指点点……我爹和别人打架，把人打残……他跑了……”

“你爹跑了，跟你娘有什么关系？”

“当然有关系，他是娘的男人啊！”男孩儿不满地说，“娘说他的罪，顶多够判三年，如果他敢承担，现在早出来了……可是他跑了。他怕坐牢。他不要娘了，不要我了……娘说他不是男人，他不配做男人……”

“你认识你爹吗？”

“不认识。他跑掉的时候，我才一岁……我记不起他的模样。”男孩儿接过男人递过来的空碗，问他，“还要吗？”

男人点点头，看着男孩儿返身回屋。他很累，再一次在树墩上坐下。

男人再次将一碗水喝得精光。燥热顿消，久违的舒适从牙齿直贯脚底。

男人将空碗放在树墩上，问男孩儿：“你和你娘，打算就这样过下去吗？”

男孩儿仰起脑袋：“娘说，在这里等爹……”

“可是他逃走了。他怕坐牢，逃走了……你和你娘……你们还能等到他吗？”

“不知道。”男孩儿说，“我和我娘都不知道。可是娘说我们在这里等着，就有希望。如果他真的回来，如果他回来以后连家都没有了，他肯定会继续逃亡。”

“也就是说你和你娘仍然在乎他？”

“是的。他现在不是我爹，不是娘的男人，”男孩儿认真地说，“可是如果他回来，我想我和我娘，都会原谅他的。”

男人沉默良久。太阳静静地喷射着火焰，世间的一切仿佛被烤成了灰烬。有生以来，男人还是头一次如此畅快地接受这样炙热的阳光。脑后火辣辣麻酥酥，痛。可是痛得爽快——在这之前，他品尝过太多的阴冷。他低下头，问男孩儿：“我能再喝一碗水吗？”

这一次，他随男孩儿进到屋里。他站在角落里，看阳光透过窗棂爬上灶台。

“看到了吗？”男孩儿说，“灶台上，有一朵阳光。”

“一朵？”

“是的，娘这么说的。娘说阳光都是一朵一朵的，聚到一起，抱成团儿，就连成了片，就有了春天。分开，又变成一朵一朵，就有了冬天。一朵一朵的阳光聚聚合合，就像世上的人们，就像家。”男孩儿把盛满水的碗递给男人，“娘还说，爬上灶台的这朵阳光，有一天，也会照着爹的脸呢。”

男人喝光第三碗水。他蹲下来，细细打量男孩儿的脸。男人终于流下一滴泪，为男孩儿，为男孩儿的母亲，也为自己。他从怀里掏出一张照片，哽咽着，塞给男孩儿。他说：“从此以后，你和你娘，再也不用担惊受怕了……可是你们，至少，还得等我三年。”

照片上，有年轻的男人、年轻的女人，以及年幼的男孩儿。

男人走出屋子，走进阳光之中。一朵一朵的阳光，抱成了团儿，连成了片，让男人不想再逃了……

光阴的故事

|

老　年

|

愿有岁月可回首，且以情深共白头

此时，灶中的红薯，

马桶盖上的花茶，

都静静地散发着香味，

一如岁月之河，

在我们身边静静流淌，

浸润，然后远去……

面　包

〔德国〕沃尔夫冈·博歇尔特　包智星 译

她突然醒来。两点半。她寻思，为什么会突然醒了？哦，原来是这样！厨房里有人碰了一下椅子。她仔细地听着厨房里的声音。寂静无声。太安静了，她用手摸了一下身边的床，发现是空的。这就是如此安静的原因了——没有他的呼吸声。她起床，摸索着经过漆黑的房间来到厨房。在厨房，两个人相遇了。表针指着两点半。她看到橱柜边上有个白的东西。她打开灯。两个人各穿衬衣相对而立。深夜。两点半。在厨房里。

在厨房餐桌上是一个盛面包的盘子。她知道，他切过面包。小刀还放在盘子旁边。桌布上留下了面包屑。每晚他们就寝时，她总把桌布收拾干净。每天晚上如此。然而现在桌布上有面包屑，而且小刀还在那里。她感到地上的凉气慢慢传到她身上。她转过头来不再看盘子。

“我还以为这里出什么事了。”他说，并环视了一下厨房四周。

“我也听见了什么。”她回答。这时她发现，他夜晚穿着衬衣看起来真是老了。跟他的年龄一样老了。六十三岁。白天他看起来还年轻些。她看起来已经老了，他在想，穿着衬衣的她看起来相当老了。不过也许是头发的原因。夜里女人显老总是表现在头发上。头发使人一下变老了。

“你应该穿上鞋子的，这样光着脚站在冷地上会着凉的。”

她没有注视他，因为她不愿忍受他撒谎。他们结婚三十九年之后，他现在撒谎了。

“我原以为这里有什么事。”他又说了一遍，同时失去了自制，把视线从一个角落移到另一个角落。

“我也听到了什么。于是我想，这里出什么事了。”

“我也听见了。不过，大概什么事也没有。”

她从桌上拿起盘子，并用手指弹去桌布上的面包屑。

“没有，大概没什么事。”听到他不安地说。

她赶紧帮他说：“过来，大概是外面有什么事。”

“走，睡觉去。站在冷地上你会着凉的。”

他向窗户望去：“是的，一定是外面出了点什么事。我还以为是在这里。”

她把手伸向电灯开关。我必须现在就关灯，否则我必定还会去瞧盘子的，她想。我不能再去瞧那个盘子。“过来。”她说，同时把灯关掉。“这大概是外面有什么事，刮风时檐槽常常碰墙壁。这肯定是檐槽之故。刮风时它总是‘哗哗’乱响。”

两个人摸索着走过黑黢黢的过道来到卧室。两双光脚在地板上拍击出响声。

“是有风，”他说，“已经刮了一整夜了。”当她睡在床上时，她说：“是的，刮了一夜的风。刚才大概就是檐槽在响。”

“是呀，我刚才还以为是在厨房里。大概就是檐槽吧。”他说着话，仿佛已沉入半睡中。

她注意到，当他撒谎时，声音那么假。

“真冷。”她说，并轻声地打着哈欠。“我可钻被窝了，晚安。”

“晚安。”他回答，又说了一句，“是呀，可真冷呀。”

随后是寂静无声。许多分钟后她听到，他在小心、轻声地咀嚼。她故意深沉又均匀地呼吸，使他不致发觉，她尚未入睡，然而他的咀嚼节奏均匀，倒使她慢慢进入梦乡了。

当他第二天晚上回家时，她分给他四片面包；平时他只有三片。

“你可以慢慢吃，吃四片。”她说着，离开了餐桌。“我吃这面包消化不了。你多吃一片吧，我消化不好。”

她注意到，他把头深深埋在盘子上。他没有抬头。就在此刻，她对他非常同情。

“你可不能只吃两片面包。”他对着盘子说。

“够了。晚上我吃面包消化不好。你吃吧，吃吧！”

过了一会儿，她才又坐在桌旁的灯下。

与妻子的棋局

曾　颖

我和妻子最喜欢做的一件事，就是在冬天的某一个下午，躲到卫生间下棋。炉子上烤着几个红薯，整个世界都笼罩在一股甜甜的温暖气息里。

你一定会觉得奇怪，为什么是卫生间呢？因为那里有浴霸，它的光亮有点像太阳。发现这个秘密的，是女儿和她的小伙伴。早在 10 多年前她们四五岁的时候，就无师自通地学会了在浴室里开着浴霸玩积木，把川西阴沉压抑的冬天，幻想成碧海金沙的度假地，玩得一片阳光灿烂。

浴霸当然是不高级的，连同我们那几平方米的小卫生间，甚至我们小户型的家。几元钱一副的杂木棋，在硬纸板上画成的棋盘和马桶盖上放着的花茶，都如我们的身世，简单实在没有什么花架子。这有点像吴冠中先生当年在乡下时用粪筐做画架，粪筐固然不高级，但在上面画出来的画，却很高级。

把自己的格调说得这么“高大上”，没点儿厚脸皮还真不行。但相比于我们的棋艺，我们的脸皮，就还算低调平和了——我俩不是善于计算和规划的人，吃一个兵，不知道人家的炮正对着自己的脑门儿；砍一个相，却不知人家的马已高高地举起了蹄子。至于自己把车放在人家的相口上，忘掉过了河的卒子可以横着宰人，更是常有的事情。最逗的是，我们常常把对方将死了都没发现，到没有棋走时，才惊喜地尖叫着欢呼突然而至的胜利。然而，我们从这些蠢棋中得到的快乐，却是真实的。毕竟，这是我们难得的独处时间。我们自 1994 年相识相爱，在一起 26 年了。在这 26 年里，我们流浪奔波，从一座城市到另一座城市，从一个行业到另一个行业，忙乱总是主题词，每天疲于奔命，却总嫌自己跑得不够快。有一段时间，同在一个屋檐下生活的我们，因为一个上夜班、一个上白班而不得不用留言条这种古老的方式传递信息，她告诉我买点什么菜，我叮嘱她炖点什么汤。直到我们的女儿出世，这个可爱又机灵的小生命，在带给我们欢乐的同时，也像一个陀螺鞭子一样，让原本已转得飞快的我们，猛烈加速了一把。

有人说，30 到 50 岁这 20 年时光是过得最快的，因为这段时光正是每个人能力最强，同时也是压力最大的时间段，在公司是骨干，在家中是顶梁柱，里里外外地奔忙，匆匆赶路，根本不知道时间都去了哪里，某一天偶然端详镜中那个华发耀眼的陌生人，才猛然想起岁月如刀并不是一句夸张的诗。不失去，永远不知道拥有的珍贵，哪怕它只是摆在厕所里的小小的一盘棋。这盘棋，是在推掉了一个可有可无的活动，躲开了一个有我不多、无我不少的饭局，谢绝了一篇并不想写的约稿之后，偷来的。在不求上进的路上，我又迈出了一步。

写这篇文字时，我刚从好友朱辅国的葬礼上回来。他是一位出版了多本书的作家，52 岁就走了。他生前和我聊得最多的不是文学，而是钓鱼。他说，现在的河里，已钓不出什么惊喜，但他喜欢那种抛开所有事情，在天地与风声中看着河流远去的场景，一如我坐在厕所里，和妻子为了一步棋拉扯着不肯松手的样子。

此时，灶中的红薯，马桶盖上的花茶，都静静地散发着香味，一如岁月之河，在我们身边静静流淌，浸润，然后远去……

二美和祖母

凸　凹

祖父曾是个家无恒产的羊倌儿。

像他这样的人，在乡下人眼里，就是那种麻绳提豆腐——提不起来的人。无论兵火，无论争斗，无论“运动”，都跟他擦肩而过，全因为他是个羊倌儿。

羊倌儿在人生竞技场上是个边缘人物，充其量也就是个看客而已。但这并不意味着他的生活就是无味的、枯寂的。相反，在隐忍中，他充盈而自足，感受到了常人无从感受的美。

比如，他对羊的品位。

祖父喜欢一只羊，管它叫“二美”。我问他为什么这样叫，他说：“我自己也弄不清楚，只觉得它应该叫这个名字。”

祖父总是喜欢久久地跟二美待在一起。二美慢慢地倒嚼，祖父则有一搭没一搭地抽他的板烟。我问他为什么如此喜欢二美，他嘿嘿一笑，说：“因为它最像羊。”

仔细看，二美与周围的羊并没什么区别。我不禁嘻嘻地笑着。

“我知道你的心思。”祖父说，“为什么说它最像羊？你把它赶到羊群中去，不管多么混乱，一眼就能认出它。不信，你试试看。”

我当然不信，便把二美赶到羊群中去，且把羊们搅得一团糟。祖父点点头：“你去找二美吧，你会一下子就找到它的。”

奇迹出现了，羊刚刚平静下来，我居然一下子就认出混在羊群中的二美，虽然我只见了它一面。我把它牵出羊群，对祖父说："就是它。"那种自信连我自己都感到吃惊。

祖父说："没错，就是它。"

我便坐在二美身边仔细地观察它。它真的跟别的羊没什么不同，但我的确又觉得它真的与众不同——嘴上虽无法形容，心里却真实地感受到了这一点。

这是为什么？

到了不惑之年，我才恍然大悟：这可能就是一种叫"神韵"的东西。正如美人堆中的"她"，虽群芳竞艳，却只有她能一下子吸引住你。

虽然我体会得晚了些，但我毫不惭愧。因为深刻的东西，仅仅靠思考是得不出的，更重要的是靠阅历、靠天启。

祖父之所以得到了这种天启，既是上天悲悯，感念他旷日持久的孤独，赐予他的一份独特礼物，也是他不轻贱小日子，活得用心的缘故。

我曾经问他："既然二美这么与众不同，这么好辨认，您干吗不让它做头羊呢？"

"让它做过的，可它就是不肯，就愿挤在羊堆里，拿它没办法哩。"祖父答道。不知为什么，我突然想到了祖母，随口说道："我奶奶可是个好人，对您好得都叫人眼馋。"

"这倒是不假。"祖父说。

祖母知道祖父爱吃一些稀罕的小吃食，如黑枣、栗子、树莓、仙人果之类，每有采集，怕被小儿们偷吃，便把它们藏到高高的房脊上去。等到祖父想吃了，便竖起梯子爬上房去把藏品取下来。那梯子的横撑很窄，祖母是一双小脚，却也上下灵活，让人惊心动魄。每一忆及，祖父都甜蜜得像孩子一般。

"那年发大水，把你奶奶冲到咱们村，当时湿淋淋的，模样长得并不扎眼，可我一眼就看上了她。不然，即使是她找上门来，咱也不娶她哩。"祖父说。

"您真是嘴不对心，奶奶长得还不扎眼？到老还清秀得像大户人家出来的。”

“嘿嘿，你这样说，是因为她是你奶奶。在我眼里，她就是不扎眼哩。”

我便故意逗弄他：“那么多扎眼的大姑娘您不选，您没后悔过？”

“后悔个啥？”祖父瞟了我一眼，“那些扎眼的大姑娘，人懒、心花，张狂、霸道，只有你奶奶这样的，才能一心一意跟男人过日子。”

“跟一个不扎眼的女人过了一辈子，您也不觉得乏味？”

“你完全说错了，你奶奶很女人哩。”

这不难理解——整天泡在驯顺的羊群里，祖父的性情也驯顺了。祖母本来就是个逃水灾的，不存有更多的期待，反而能嫁给一个好脾气的男人，岂止认命，岂止知足，简直是天降大福哩，祖母“很女人”，便是一件很自然的事。

羊、男人、女人，他们之间是一种互相涵养着的关系。

有很像羊的二美、“很女人”的祖母，祖父这一辈子也别无期待，活得很称心。

携手相伴

明前茶

8 年过去了，老程到现在还记得老伴儿杨清因急性青光眼失明的那一天，拉着他的手，对他说："你要保重啊，这么重的担子要你一个人挑了。你挑不动要离开，我绝对不会怪你。"

老程反握着她的手，责怪道："这都是什么话，快 40 年的夫妻了，你还信不过我？"杨清脸上浮现出淡淡的笑容，就像迅捷掠过的乌云缝隙里，漏下的一线阳光，来得快，去得也快。她的下一个话题是老程没有想到的："老年大学又要开学了，我彻底看不见了，还有什么课程是我能报的？推拿针灸，我两年前已经学过了。"

有那么两三分钟，老程无言以对。老伴儿 55 岁退休，上老年大学已有 6 年。这 6 年，她学习了很多服务家人的技艺：烹饪、编织、花艺、推拿针灸，甚至学了可以辅导孙女的英语和视频拍摄剪辑。她从不选择那些让自己过得光彩夺目、舒展高调的课程，比如舞蹈、形体塑造、声乐、器乐和摄影，她就是一个付出型的人。现在，这些机会皆错过了。老程意识到老伴心中肯定是有遗憾的，忽然感到一阵锥心的痛。老程想了想，说："你就报一个诗词鉴赏课吧，背诵可以锻炼记忆力，眼睛看不见，记忆力更重要。再说了，我看到医学杂志上有研究论文说，吟诵诗词，可以调节心率和呼吸，让人愉悦平静，对身体也好。掌握了诗词格律，兴之所至，赋诗一首，也是件挺愉快的事，对吗？"

杨清点头："重学《长恨歌》《琵琶行》，还可以纠正孙女背诵的错漏。只是，看不到字是怎么写的，咋办？”

老程淡淡地说：“不会写，也不要紧，会吟、会唱，也行。好多古诗词，是有曲谱的。”

一开始，老程寸步不离地陪读。他牵着杨清出门，上公交车，坐电梯，到教室，替她打开录音笔，一见老伴儿在桌上摸索着寻找保温杯，就赶紧把杯子拧开递到她手里。一见老伴儿皱眉，他便小声解释给她听，到了提问环节，老伴儿怕站起来引人注目，他就代她举手提问。

一学期的课程快结束时，教诗词的仲老师特意将老程叫到一旁，背着杨清对他说：“下学期，你报个别的课吧，时间与你家老杨一致就行。要知道，你像对待婴儿一样呵护她，她的能力会慢慢退化。人都是需要逼一逼的。”老程觉得有道理，就与杨清商量，自己在同一时间报了个书法班。

老程退休前是建筑师，20 年前，在图纸上手写的各种标识就被后辈同事称赞。现在，他进入篆书、楷书、行草的天地，忽觉为老伴儿忧心操劳积累的闷浊为之一清。他悬腕而动，原先佝偻的背挺直了，谦卑忐忑之色一扫而空。在这充满墨汁气味的两个小时内，他不是承包家务的丈夫，不是担心病人的家属，不是为未来暗暗忧心的七旬老人，他就是一个对写字有兴致的学生。他甚至能体察到，这辈子难以言表的欣喜与哀伤，在飞墨流动的笔画间，在笔触没有相连的虚空间，流淌出来。他就这样陷入沉醉，被抚慰，被治愈，被召唤，忘了窗外的鸟鸣，也忘了下课的铃声。

常常是猛地惊醒，才意识到教室里的人已经走了大半。他匆忙将桌上的书法用品整理好，用毛毡一卷，赶紧到教诗词的课堂去找老伴儿。杨清听到他来，第一句话就说：“你别着急啊，我已经摸着你留下的拉绳，去过厕所了。”老程忽然松了口气——自从他开始上书法课，从诗词教室到厕所的走廊边沿，他系在防跌扶手上的拉绳就起了作用。拉绳上每隔一段打个结，有些结告诉老伴要转弯了，有些结告诉她，还有一米，就要推门。

他们不慌不忙，携手离开。他们走过老年大学宽敞的走廊，时不时驻足聆听，前前后后的教室里，传来欢快的舞曲，传来练唱的声腔，传来器乐的合奏。那些看不见的部分，老程就说给杨清听，比如，走廊墙上悬挂的学员作品，又换了一批。有的抄了苏轼、辛弃疾的词，有的画了新开的睡莲，安安静静，如梦如幻。

说到这里，老程脱口而出：“这个周末，趁着没课，咱们去莫愁湖看睡莲吧。”他突然噎住了，连说“对不起”。杨清笑笑说：“看不见，可以闻呀，去看吧，我陪着你。也许，下个学期，你还可以报一个国画班，学着画睡莲，还有蜻蜓。”

她还能说出滚烫的情话

刘小念

1

我 16 岁那年，爸爸因脑出血去世。我和妈妈感觉天塌了，尤其是妈妈。

爸爸在时，她是一个备受呵护的小女人。爸爸走了，她一个连饭都做不好的人，如何带我继续生活？

安葬完爸爸后的第一顿晚餐，有麻婆豆腐、西芹肉片和香煎午餐肉。一切，都是爸爸在时的样子。可是，妈妈明明不会做饭。看到我疑惑的神色，妈妈特别坦然地说："你爸做了那么多年饭，我就是看也看会了，只是有他在，不想干而已。"

都说会撒娇的女人最好命。这句话放在妈妈身上，只对了一半。爸爸在，她十指不沾阳春水，哄着爸爸做家务，她全程只需甜言蜜语。所以，爸爸猝然离世，悲伤欲绝之余，我更担心的是，妈妈如何生活下去。就连爷爷奶奶来电话，都会偷偷跟我交代："好好劝劝你妈，振作起来，如果有合适的人，别拦着，她生活能力差，一个人养活你不太容易。"但是，我们好像都误会了妈妈。

爸爸走后，她开始拥有强大的动手能力。

首先是厨艺。一日三餐，她丝毫不糊弄。照菜谱学，跟人请教，有时失败了，半夜不睡觉也要把一道菜研究出来。从前逢年过节，不管是去奶奶家还是姥姥家，妈妈全程负责陪聊，爸爸则独自张罗出一大桌山珍海味。爸爸走后，妈妈接管了这个任务。一年又一年，妈妈继承了爸爸的手艺，以及爸爸的任劳任怨。爸爸虽然不在了，可他的手艺还在，他的心意还在照拂着家人。

爸爸走后的第一个春节，我和妈妈在姥姥家过。腊月二十八，我陪妈妈去买菜。她从兜里拿出一张长长的购物清单，大到牛排，小到香菜，一一列举。从菜市场到超市，一路转下来，妈妈的眼圈红红的。我知道，她在想爸爸。我说："妈，别难过，你还有我。"可妈妈说："妈不是难过，妈是觉得幸福。往年，都是你爸张罗这些事，而且他从不拿清单，却能关照到每个人的喜好。一个人心里得装多少爱，才能做得这么面面俱到、无怨无悔？"

妈妈的本职工作是出版社编辑。谁能想到，像她这样一个"文艺女青年"，有一天会对螺丝刀、钳子、扳手感兴趣。那个爸爸留下来的工具箱，她没事就拿出来摆弄。一会儿拧拧水龙头，一会儿修修晾衣架。妈妈在学习爸爸。看着前一天还漏水的花洒，第二天就恢复了正常，我会觉得，那个让家永远没有后顾之忧的爸爸，还在。

2

找一个男人，这是很多人在爸爸走后，对妈妈未来命运理所当然的安排，包括爷爷奶奶，还有我。

我以为，李叔会是妈妈的晚福。他和妈妈是大学同学，也是彼此的初恋，后来因工作分配两地而分开。再后来，李叔全家移民加拿大。找到妈妈时，他已经是丧妻多年的孤寡老人。彼此知根知底，前缘再续，谁都认为这是两个老人的缘分。可是，妈妈只是客气地请李叔吃了顿饭，就再没了下文。我问她为什么，她回答："看不上，说话的声音、走路的样子，甚至夹菜的姿势，都觉得不舒服。都没有跟你爸留下的那些螺丝刀、钳子在一起舒服。"她爱爸爸的理由永远充分，而她不爱别人的理由就是那么鸡蛋里挑骨头。爸爸不是这世上男人的标准，却是妈妈衡量其他男人的标准。

此后，我再没劝过妈妈再婚。而我结婚生子，妈妈一直陪在我身边。

我老公叫林业民。妈妈做饭时，会有意无意地把他带在身边，让他学艺。我们一家三口出去玩，结果轮胎扎了，前不着村，后不着店，老公急得团团转。于是，妈妈教着他，两个人合力换上备胎。她夸我老公："小林，真没想到，你干啥像啥，心灵手巧，一点就透。”老公被夸得直笑，回家后背地里对我说：“妈真是女汉子，进得厅堂，入得厨房，关键还换得了车胎。”于是，我给他讲了从前的妈妈，那个爸爸还在时的她。

如果不回忆，我几乎忘了妈妈从前的样子，那个恃宠而骄，高跟鞋把脚磨破一块皮，就要求爸爸背她上楼的小女人。不知为什么，那一刻，我突然好想抱抱她。于是，我光脚跑到她的房间。结果，她正在看相册。她指着其中一张爸爸年轻时的照片发呆：“丫丫，你说你爸怎么这么帅呢？真的，每次看着他，都觉得像第一次看见他一样，还是会心动！”这滚烫的情话，出自我60岁的老母亲。我不觉肉麻，我太清楚，这一生，她和爸爸，是怎样深爱过。

时至今日，爸爸走了有16年。依然有很多人对我说，你妈也该找个伴儿了。可是，我真的没有再劝过她。因为妈妈说过：“你比谁都清楚我和你爸是什么样的感情，死亡根本没法把我俩分开。”看着眼前，她看爸爸相片时的眼神，我确定了这一点。

我的妈妈，她从来就没有孤单过，她的一生都在热恋。爸爸的爱，让她不枉此生！

爱是不能替代的

莫　非

在我最近的阅读中，有两个女人的爱情故事深深打动了我。

她们的命运是那么相似：都曾有过惊世骇俗的爱情；都不是丈夫的原配；都成了遗孀；都凭着对另一扇翅膀的美好回忆，在人间单翅飞翔。

——廖静文女士，徐悲鸿先生的遗孀。她揣着一个到了坟墓都不忍放下的故事："悲鸿每次去开会的时候，回来都会带三块糖，两块给孩子、一块给我，就是这样。他去开会的那天，从早到晚他都在会场。他开了一天的会，晚上又去出席一个招待外宾的宴会，就在这个宴会上他突发脑溢血，就再也没有回来。他死了以后我在他的身上摸到了三块水果糖，就是他预备带回家给我和小孩吃的。"那是 1953 年的事，那时，一块糖给苦难人生带来的安慰是不容低估的。徐悲鸿去世之后，廖静文女士的生活中也曾有过异性的倾慕，但是，廖静文一看到客厅里挂着的"像油画那么大的悲鸿的画像"，看到到处都是徐悲鸿的痕迹的家，她就明白了她永远不可能停止对徐悲鸿的思念，恰如徐悲鸿生前所说："爱是不能替代的。"

——章含之女士，乔冠华先生的遗孀。1967 年春，章含之在一家小文具店邂逅了乔冠华。那时，她并不认识这个人，只是一种独特的气质，竟让她莫名其妙地留意起来，禁不住多看了他几眼。后来，他们迎着世俗的眼光毅然走到了一起。1983 年，乔冠华撒手人寰。那年的圣诞夜，章含之应邀到朋友家用餐。餐毕，章含之独自一人踯躅在寒冷的街头，突然心头袭来一种孤苦无依的感觉。于是，她想去徐家汇教堂，打算到那里排解满心的苦闷。在淮海路上，她等着电车，后面一家电器店正播放电视，不经意间一回头，竟看到了乔冠华的镜头！她听到两个女人用上海话议论："乔部长多帅！""乔部长多有派头！"顿时，章含之"整个人被提升了一截"。她明确地告诉自己说，她不需要神的帮助了，她要回家，回家坐到乔冠华生前最喜欢坐的那把旧躺椅里，用回忆驱寒，借往事疗伤。

我看到过许多别样的故事——伊人远去，孤独的人不堪冷寂，重觅了一条通向春天的道路。我衷心祝福那行走在路上的幸福的旅人。然而，如果一份情感的遗产，足以让继承它的人恒久地享有春天，那么，我们不是更应该奉上自己的感动吗？徐悲鸿留给廖静文的"糖"，她一辈子都吃不完，所以，她拒绝了那个年轻的军官；乔冠华非凡的气质，让一个人膜拜一生，那份从骨子里透出的英气，足以傲煞神灵！

也许，你看到过太多相似的爱情故事，你听到过太多相似的情感表白，但是，你要知道，在这个世界上，绝没有雷同的爱！

爱是不能替代的，一如生活不能替代。

爱的浴衣

〔美国〕佩吉·文森特　汪新华 译

牵手走过了五十多个春秋，爸爸和妈妈却像是昨天刚结婚的一对新人，充满了柔情蜜意。他俩上高中时就在一起了。斯守了这么漫长的岁月，爱情似乎历久弥新。要命的是，他俩表达爱意的方式一点儿也不含蓄，有时令我们这些晚辈都有些难为情。

看电视时，妈妈给爸爸按摩脚丫子；坐车一道外出，她就大声读书给他听；每天晚上她都会将枕头弄松软，好让他睡得踏实；从未坐过船的妈妈有一次竟然出海了，因为爸爸热爱大海。

有时候，妈妈会一边哼着“街这面阳光明媚”，一边把爸爸拽到身边：“比尔，过来，咱们跳个舞。”爸爸欣然从命。不懂事的达奇（我家的小狗）闻声跑来，冲着他俩叫着，并一个劲儿地跟着他俩的舞步直打转。随后，妈妈一个优雅的转身，爸爸将她揽入怀中。

冬天，每当妈妈要外出，爸爸总是先去车库将车启动；每到星期天早晨，爸爸就会早早地起床，为妈妈奉上自制的饼干；他不会错过任何一个机会，告诉她“你今天非常漂亮”；可是，爸爸至今还没学会给自己的妻子买一份不俗的圣诞礼物。

他通常在圣诞节前一天的晚上溜出家门，一个人到附近的大超市转悠。个把小时后，他神秘兮兮地回到家，拎着那些沙沙作响的塑料袋子，随后独自与那些五颜六色的包装纸、盒子、带子一直周旋到深夜。可年复一年，藏在圣诞树下给妻子的礼物总是那不变的两样：一盒包装精美的巧克力和一大瓶香水。

妈妈打开礼物盒的时候，总是做出惊喜的样子，然后特意穿过整个房间，在爸爸脸颊上深深地一吻。

有一年感恩节刚过，爸爸忽然向大家暗示：他要为妈妈买一份不同寻常的礼物。我将信将疑：我的爸爸，一个与妈妈相伴了五十多年的人，一个笨拙得从来没有太多花样的人，这会儿要给妻子送一件特殊的圣诞礼物？看得出他早就计划好了，并且对自己的点子相当满意。

12 月 25 日的早晨，我在圣诞树下翻到一个大纸盒，上面是爸爸潦草的字迹：“送给我的爱妻。”我使劲晃了晃，没一点儿响声。这回肯定不是盒装的巧克力或大瓶的香水。

我将礼物拿给了妈妈，她满脸疑惑地看看我。我耸了耸肩，我俩一起瞅着爸爸。他则冲妈妈挥着手，催她：“快打开啊！”

妈妈小心翼翼地用指甲在纸盒边缘挑了挑——她不想把精美的包装纸弄破。爸爸在一旁有些不耐烦：“快点呀！快点呀！”他几乎要从椅子上跳起来了。

“亲爱的，这可是一大张纸。来年说不定能派上用场。”

“你要多少包装纸，我统统给你买，现在把盒子打开得了，别在乎一张纸。”爸爸几乎在恳求她了。

终于，妈妈揭开了盒子外面的包装纸，她把纸折成了原来的 1/4 大小，放在一边，然后开始解盒子上的丝带。

爸爸再也按捺不住了。他从椅子上跳起来，冲上去，不管三七二十一就把丝带给扯断了，还差点儿把盒盖撕破。随后他停住不动，想了想，又将盒子交还给妈妈，坐回了原来的座位，嘴里还不停地念叨：“别磨磨蹭蹭的，快点呀！”

妈妈掀开盒盖，轻轻揭去一层纸，然后从盒内抖出一件粉红色的衣物。这是件棉制浴衣，领口边和衣兜上方绣着白色的雏菊。妈妈嘴角含着笑，不住地低声细语：“啊，比尔，亲爱的……”

但她故意避开了我的目光。

我只得低头瞧着自己的膝盖，咬着嘴唇，竭力克制着不让自己当场笑出声来。

“玛丽，在商场第一眼看到那件浴衣时，我就知道它是专门为你做的。我看了又看，心想：这样的款式、这样的颜色，简直太适合我的玛丽穿了。所以，我连价钱都没问，只找了个跟你身材相仿的店员，定下了尺寸，就买回来了。”爸爸眉飞色舞地叙述着挑选礼物的经过。

我对妈妈的缄默不语大为惊讶：她至今都没告诉爸爸，他送给她的那件浴衣跟她5年来每天早晨穿的那件是一模一样的。

她只是偷偷将那件旧浴衣捐给了一家慈善机构，然后穿上这件新浴衣。

因为，那是爱的浴衣。

那个令我心动的男子

钱海燕

有点害羞，但曾在分别的街头，大声说我爱你。

同我去庙里求签，轻轻捉住我的手一同跪下。

从来不迟到——我迟到他不生气。

急着看我新的画和字，笑，说好喜欢！

睡得比我迟一点，醒来早一点。睡前记得剃须。

蒙眬醒来轻呼我的名字——没有呼错。

记得我的鞋号、密码、最怕的事。

我很怕虫子，见到虫子大声尖叫他不会笑我。

不舒服时，他请假带我去看医生，回来路上买冰激凌做奖励。

开车绝不喝酒，提醒我也系上安全带。

帮我做家务，每天，边做边聊天。

常常帮助别人——不为什么。

答应我：永远不。然后永远不。

一边吹口哨一边修马桶。

说：希望你是我的女儿！

白煮蛋的黄可以给他吃。

雨天散步，背我过积水，说：你还可以再胖一些呀。

吵嘴时不会一走了之。

错了会认错。

阅读女士脱毛器的说明书然后教我。

我说笑话他笑。

以前当过兵——给我讲打仗的事（不知是真是假）。

逛街时，我看中同一款式三种颜色的裙子，他说：都试一遍啊。

试鞋时，他把我的卡通袜叠好塞进上衣口袋。

常常说——有我呢！

事情过了才告诉我，轻描淡写。

指甲整齐干净，喜欢我替他剪指甲。

我做的菜他每样都爱吃，要求明天再做。

小孩子都喜欢他，常常在楼下玩一裤子泥回来。

轻轻拧开我拧不开的汽水瓶盖。

忙时给我订机票，让我带父母一起出去玩。

告诉我——24 小时随时打电话。

告诉我——不要省钱。

去义务献血，回来笑嘻嘻掏出一块“福利饼干”给我尝。

偷偷买一件两人合穿的雨衣放在车上。

我喜欢赤脚，他在副驾驶位脚下铺一小块羊绒毯。

留言时画一个小老虎头当签名。

偶尔叫我妈妈！

说谎时结巴。

与人争论时，听上去像是解释。

教我滑旱冰，扶着我跑了快一百公里。

送我的花是盆花，叮嘱我浇水。

和我下围棋，允许我悔棋。

认识他的每一天都可回忆。

他其实很早就对他的父母说起我……

喜欢运动，带我去招待女宾的俱乐部。

穿 10 年前的牛仔裤依然合身。

自己动手做我画画用的拷贝箱。

他养了一条大狗，他的狗喜欢我。

吵嘴时我要他还我送给他的维尼熊，他坚决不还！

我不辨方向，他体内有指南针，说——跟牢我吧。

吃我吃剩的东西。

我失眠时他陪我聊天。

我听到他对朋友说：我不认为有了女朋友就不能和别的女孩一起吃饭啊……我只是不愿意和别的女孩一起吃饭。

我洗澡时他拿了本杂志进来坐在马桶上念。

比我高，我取不到的东西让他取。

重大的事情和我商量，比如明年的投资计划、周末野餐带不带烧烤架、晚饭吃大白菜还是小白菜。

在商店的洗手间外面等我。

我感冒了，他还是会用我的杯子喝水。

打电话嚷：我办公室的热带鱼生小鱼了！

手上有一道伤——和几个小流氓打架时捏住对方的刀。

和大人在一起像大人，和孩子在一起像孩子，和狗在一起像狗。

喜欢我，从未犹豫，从不和别的女人比较。

常常央求我唱一支歌。

我买给他的东西都合他心。

身上的味道很好闻，但他自己不知道。

……用双肘和膝部支撑体重。

逛街回家，一只眼看电视球赛，一只眼看我试新衣。

对女人有风度，也有距离。

很少叹气。

真的可以随时找到他！

和他在一起不怕死——也不害怕活下去……

爱情真的很伟大

周　凤　陈利纯　夏　楠

胡浩和陈冬芹

2001年7月，陈冬芹患了白血病，只有50%的治愈机会。胡浩却迅速放下工作飞到了陈冬芹身边。爱情换了一个场景，在病房里继续进行。而胡浩却不肯听陈冬芹感激的话，不许她与他分“你我”。他说：“你在我在，如果你不在了我肯定也活不下去了。”陈冬芹说：“这样的话一辈子只听一次就够了，就听一次已经让我肝肠寸断，我怎么忍心让他的心再受折磨呢？”

陈冬芹终于出院了，虽然有50%的复发概率，可胡浩还是决定娶陈冬芹为妻。2003年10月22日，他们结婚了，从此幸福地生活在一起。去年年底，陈冬芹的病房日记《命若悬丝》出版，她的自序标题就是《因为爱》。

超人夫妇

“超人”里夫在2004年10月因心脏衰竭去世，世人在感叹超人超乎寻常的意志力和生命热情时往往忽略了超人生命力的源泉——那个超人背后的女人，那个自超人1995年出事后就守护着他不离不弃的女人。

1995年，超人在一次赛马中不幸受伤，颈部以下高位截瘫。从此，超人及其家人的生活被完全改变。出事前，超人里夫与妻子丹娜在好莱坞双双走红；出事后，丹娜一度待在特级护理病房内整整30天没出门。从1995年开始，她一直不离不弃地悉心照顾里夫，并不断帮助他重拾生活的勇气，创造生命的奇迹。一晃10年，尽管丹娜失去了女人应该得到的一切，尽管她的丈夫在长达10年的时间里甚至不能伸出手臂抱抱她，但丹娜依旧深情地说：“他永远是我丈夫，我永远都是他的妻子，他是我的一半，我也是他的一半，我们谁也离不开谁。”

漫画《两只小猪》

漫画《两只小猪》画了两只分别叫作纹和哲的小猪，它们从小青梅竹马，非常相爱。哲无微不至地照顾着纹，纹在哲的悉心照顾下快乐地成长。可是，一个夜晚，主人残忍地决定一个月后把胖的那只送屠宰场。看着纹熟睡的脸，哲一夜未眠，它明白，照此下去，纹肯定难逃一劫，哲决定选择牺牲。生平第一次，哲骂了纹，这让哲的心里痛苦极了，但是不管纹怎么努力，哲都不再理它。此后，哲开始暴饮暴食，再不理纹，伤心的纹日渐消瘦，哲却日益臃肿。死亡临近的那一夜，哲在它俩的真爱墙上写下了它爱的誓言：“如果语言无法表达，我愿意用生命来证明。”

雨中情

周　知

半路上，下起雨来，我躲进路旁一家医院避雨。

雨，下个不停……

我东张西望，无意中在“专家门诊时间表”上看到一个永难忘怀的名字。

啊？这会是她吗？她现在是心血管专家了……

1952年的夏天，当战火正在朝鲜土地上燃烧，我随部队加入了中国人民志愿军的行列。那时，我还不满十七岁。

部队从广州乘专列北上。队伍中有不少像我这般年纪的男女青年，其中一位汕头姑娘，那深邃的大眼睛，那总在笑的嘴，那总是不服帖的短发，那棕黑色的皮肤，全都充满了大海的气息。

我虽不是汕头人，却是在汕头出生的，自我九岁离开汕头就没回去过。我对出生地的深切怀念和对故乡的眷恋，竟使我们一见如故。我们谈起汕头的海滩，海上的日出，外马路的红棉树，中山公园的九曲桥，林林总总的潮汕小吃……我们甚至觉得童年时也许曾在什么地方一起玩过捉迷藏……

火车经过秦皇岛时，我们高兴地从车窗伸出头去，望着不远处那蔚蓝色的大海。我和她挨得那么近，她的头发吹到我的脸上，我深深地吸着那清甜的海风和少女的发香，忘乎所以……

一次晚饭时，一位老同志拿了些高粱酒给我们这些小鬼尝尝。她喝了两小口，脸便烧得通红。我望着她的脸蛋，说：“你的脸真红。”她突然轻轻地用汕头话问：“我好看吗？”我也用汕头话答：“好看。”她又用汕头话说：“你爱吗？”

我一时呆了，痴痴地望着她的眼睛，说不出话来……

火车好不容易在几天后的一个傍晚到了安东（现在的丹东），部队便立即转乘汽车奔赴目的地。在汽车上，我们又挨在一起坐。这时，天黑了，车走了不久，天竟下起大雨来。我们这辆卡车是敞篷的，幸亏车上有一块大篷布，车上的人七手八脚把大篷布拉开盖在大伙的头上。

一片漆黑，什么也看不见，车前后左右地颠簸，仿佛不是行走在陆地上，而是航行在波涛汹涌的大海上，大雨在头顶的篷布上噼噼啪啪地响个不停。大伙在黑暗中有说有笑，还高歌“雄赳赳，气昂昂……”，她却一声不吭，紧紧地靠在我的怀里，她的脸贴着我的脸，我轻轻地搂着她的肩膀，我听到她的呼吸，但我连大气也不敢喘。

她的脸几次转过来，我感觉到她那湿润的嘴角，她也许是想让我吻她吧，我却像傻子似的动也不敢动。冰凉的雨水从后衣领流进我的项背，我不知是紧张是激动还是寒冷，手脚竟不由自主地发起抖来……

也不知过了多久，雨停了，大篷布被掀开了，我们赶快站起来。一阵凉风传来远处几声炮响，我连打了几个喷嚏。她白了我一眼，似疼，似怨，似恼，让人捉摸不透……

抵达目的地后，我竟然感冒了好几天。

不知为什么，尽管我总想和她说话，她却自此不再理我，总躲着我。怎么啦？看来她是生我的气了。我觉得很委屈，我不明白，我得罪她了吗？我还感冒了好几天哪……

后来我调到另一个团，我们就更见不着了。况且，那时部队有命令，严禁在战争期间谈情说爱，即使没这严令，在那炮火连天的日子里，谁还会去想这些？

第二年，在部队庆祝“八一”的文艺会演上，我和另外两位同志负责化妆。正好她参加一个舞蹈节目，我走到她跟前说：“我给你化妆好吗？”她一声不吭坐下随我化妆，化完了也不说话就走。这是我最后一次见到她。至今我仿佛还记得我在她那细嫩的脸上涂抹油彩的感觉……

从朝鲜回国后不久，她便复员了。听说她去上学了，自此，我再也不知道她的消息。

我慢慢地向楼上心血管科走去。一位满头华发、戴着金丝眼镜的女大夫正在诊室里诊病。

是她吗？一点也不像。桌上的三角牌又分明写着她的名字。我犹豫着走到她的桌边。她抬头看看我，用手指一下桌上那一摞病历，意思是让我排队，又径自低头写病历，丝毫也没有认出我的表情……

“流光容易把人抛，红了樱桃，绿了芭蕉。”是几十年的岁月沧桑彻底改变了我们彼此的容颜，还是十三亿人口中又一个同名同姓？

我没法开口，也没机会开口。就算开口我又能说什么？即便是她又怎么样？如果不是，那……

我又一步一步地慢慢走下楼来，耳边仿佛还响着一句汕头话：“我好看吗？”……

雨，还在淅淅沥沥地下着……

我们的米我们的爱

罗　西

有这样一则流传在闽台的民间故事：洞房花烛夜，一对新人正缠绵之际，新娘阿香突然把新郎阿龙推开，他以为阿香害羞，没想到阿香说："你听有什么声音？"热浪翻滚的阿龙哪会分心听到其他的任何声音？气得阿香只好大声对阿龙说："是老鼠的声音啦！有老鼠在厨房偷吃你家的米啦！"

扫兴的阿龙，只好怒气冲冲地去厨房找老鼠出气，赶走老鼠后回到床上，月色透过西窗落在锦缎之上，良宵苦短，终于"一夜无话"。后半夜，阿龙从蒙眬中醒来，却摸不到新娘子，一惊之下睡意全消，立刻下床找阿香，结果在厨房找到了正在追打老鼠的阿香。

阿龙疼惜地问阿香为什么不好好睡觉，阿香娇嗲地抱着阿龙说："那只老鼠好讨厌哦！一直要偷吃我们家的米啦！"

一样的夜幕，一样的月色，一样的老鼠，一样的米缸，但是里面的米却从"你家的米"变成了"我们家的米"，爱情就有这样的魅力，让"我"变成"我们"，让"面对面"变成"一同面对"。

一次，与好友刘姐聊天时，不知什么时候，她讲到了她父母相濡以沫的爱情。在抗日战争期间，她父亲滞留在南洋，出身高贵的母亲为他坚守近10年，之后是一生相守。在这当中，他们经历过太多政治运动，刘父也成了有名的"运动员"。但是，不管怎样艰难的处境，她的母亲永远站在父亲一边，一同面对考验，一同分享温馨时光。娇贵的千金小姐，为了生活，悄悄地收起心爱的旗袍，开始学会一罐米一罐米地数着过清贫但是温暖的日子。

是的，因为爱，有了共同的米缸，也有了一辈子无怨无悔的付出。

刘姐说，她母亲可以从父亲不同的声音里判断他的体温、心情，甚至寒热。原来身体不好的父亲因为有了母亲的悉心照顾，渐渐好了起来。71岁那年，一向坚忍的刘母突然患病住院，一个月后就先离开了这个让她牵挂并深爱的世界。

在刘母去世的前十天，即将去外地求学的外孙女趴在床边依依辞别、哭泣，但是刘母已经反应茫然了，也不会流泪，那刻，她已经无能为力，似乎正在一点点放弃对生命的最后努力。

在弥留之际，刘姐的母亲不时地张口喘息着，那时她已经处于半昏迷状态，一家人围在病床前，刘姐不时地为她母亲摆正她渐渐惨白的脸，但是每次把母亲的头摆正后，渐渐地她莫名地又把头往右边侧去。这样几次之后，刘姐突然明白了什么，原来是她父亲坐在病床的右侧，已经没有意识的母亲最放心不下的居然还是她的丈夫，这是一种心灵感应还是向日葵习惯性地对太阳的凝视？

四个钟头后，刘母去世了。她离开的时候，面容静美，因为最后她是含着爱而去的，所以美丽，所以无怨无悔。送葬那天，我也参加了追悼会，刘父出奇地冷静，甚至还会跟我调侃一两句。但是，这只是表面的，之后，他大病一场，在医院里他突然号啕大哭起来，泪水像是喷发出来的。他发现在失去爱妻之后内心的无助、孤独与空落，他呼唤着爱妻的名字，“我们”变成了“我”，这样的人生突变，这样的寂寞情怀，风烛残年的他除了哭喊还可以怎样缅怀呢？过去，因为有爱，生病也甜蜜；如今，谁也代替不了爱妻对他的那种贴心照顾与患难与共。

现在刘老先生也快90岁了，整天像个小孩似的，乱吃乱拉。如果一时看不到保姆，就会大哭起来，记忆的碎片如同冬天的枯叶，仿佛已经化作了泥土。但是，一天，刘姐给她父亲带去一盒厦门特产“老婆饼”，当女儿把点心给父亲呈上，并介绍这是“老婆饼”时，有些糊涂的刘老霍地坐了起来，惊喜地问道：“什么，是纭纭（他太太的名字）的饼！”在他可能什么都忘记的情况下，“老婆”和她的芳名是他怎么也忘记不了的。

讲到这里，我看到刘姐的眼圈红了，我也忍不住，眼睛有点湿。爱情是多么美妙的冲动，更是多么美好的血肉之记忆，真爱是这辈子用来相守，下辈子用来憧憬的。人生苦短，有爱，这本来苦难的生命之旅才有了幸福的牵挂，有了不枉此行的感叹，还有种种不灭的期盼。

爱是相吸，更是一起面对。携手共进，是爱的最高境界。真爱是离不开的，因为真爱的主语是“我们”，如果只有“我”，“我”就会哭就会喊，就会不知所措就会孤单，就会满世界地寻找。

丈夫留下的备忘录

梅　洁

1

你桌子上的书还是那么整整齐齐地摆着，你衣柜里的衣服还是那么整整齐齐地挂着，你总是把过季的鞋擦得干干净净放在鞋盒里，你的一摞鞋盒还是那样整整齐齐地在壁柜里放着。你喜欢把一双双洗干净的袜子绾在一起，然后装进一个塑料袋，薄的厚的分开装，现在，那一袋一袋干净袜子也还在床头柜里静静地搁着。可这些东西，怎么突然间都没有主人了呢？日后，谁还能来光顾它们呢？它们将永世地放在那里，寂寞地等待它们的主人，然而，它们的主人却永远不再归来……

我抚摸着你的一件件衣服，我感觉你依然英气的目光从高处俯瞰了下来，你温热的呼吸在你挺拔的鼻翼里翕张。可当我拭去泪水定睛看你时，你怎么又不见了呢？我环顾空空荡荡的屋子，四处寻你。你站出来呀，亲爱的！

四壁回响着你的声音，我却看不到你的身影。

我终于明白，你再也不会站在我面前了！

你再也不会在这座房子里走来走去，我再也听不到你走路的踢踏声了，你走路原本是有轻微的踢踏声的。

我们的屋子还是那样干干净净，地板还是那样亮亮堂堂，书架衣柜还是那样一尘不染。你走后我曾不想再收拾什么，我收拾得再干净，没有你分享又有何意义？可我又想，邋里邋遢又怎么对得起你！

我总是感觉你什么时候会回来，回来时我要用干干净净的屋子、干干净净的被子（被子上还有水的清香、有太阳的气味）迎接你。你生前我是这样待你，你也是这样待我的。

我总是做梦般在屋子里找你，一间一间地找，我总觉得找到了又觉得永远找不到，我总觉得听见了又什么也没听见。你总是这样痴痴地来看我，却又模模糊糊地飞逝而去。

2

我不会离开我们共同用爱和生命创建的家。在这屋子里，我随时都可以找到你的存在，和你说话，和你交流。无论天堂离人间多么遥远，只要回到这座屋子，我就回到了我们两人的世界……当我最终离开这个世界的时候，我还去找你，我们还做夫妻，我们还会携手再造新的幸福家园。

我曾无数次感慨，你对家的爱与责任是我一生的福气，你对生活精致的耐心是我活着的指望。

在你术后治疗的日子里，你肯定是预感到了陪伴我的时间不会太久，你开始为我日后生活的便利做准备：你把一个软皮横格本切割成两半（你把它切割成两半肯定是为了让我携带方便），你用其中一半做了“通讯备忘录”，你在备忘录里密密麻麻记满了各类服务机构和家电、家装维修电话；手机话费查询、有线电视、开锁公司、供暖公司、首都机场问讯、民航订票、火车订票、省直四家定点医院的总机，以及煤气、空调、防盗门、抽油烟机、打印机的维修地址和联系电话，以及近几年我们新购家具的商城地址和联系电话，以及小区物业、卫生所、派出所、居委会、小超市的电话，还有火警、盗警、医疗急救……我数了数共 65 个！你把几年前，甚至十几年前一直堆放在抽屉里的各种说明书、保修卡、维修卡全部找了出来，一一进行登记。你登记了满满 10 页！你整理登记了好几天！

你做这些事时，我躲在另一间屋子里流泪。你在化疗，你的身体很弱，我不知你为什么要做这件很繁杂的事情，你只是对我说：“以后我身体不好了，你遇到了难处，就找这个本子帮忙，都在上面了……”

你走后，我和孩子们翻看你这个 10 厘米 ×12 厘米大的、毛了边的备忘录，无不流下伤心的眼泪。儿子感慨地说，换了我们，是做不到爸爸这样的。

亲爱的，前些时候灶具打不着火了，我是按你备忘录上登记的电话联系上维修的；橱柜的拉篮拉不动了，我也是按你备忘录上登记的电话联系上维修的；两天前，我的打印机坏了，我仍是按你备忘录上提供的电话联系上维修的。可抱着打印机走在路上时我却泪流满面，因着永世的伤心和感激啊！因着永世不再有的珍爱和细心啊！

现在，我天天随身带着你的这个本子，带着你的陪伴，也带着永无指望的思念……

爱处无声

安　宁

自从我开始记事的时候，父亲就几乎不开口说话了。一场大病将他的听力完全毁掉，听不见别人的话，他自己又是个自尊心极强的男人，便唯有这样一年年沉默下来。

我记得小时候我走在他的身边，常有淘气的男孩子在后面跟着高喊“哑巴”。他当然听不见，照例大踏步地往前走，我被他的大手紧紧拉着，想停下来跟那些男孩子拼一架的时间都没有。那时候的我，总是莫名其妙地生出一种保护他的欲望，尽管我只是个瘦弱的女孩子，根本不是那些小屁孩的对手，而且可能让他为此更加受辱。但我依然确信他是需要我来保护的，虽然事实上是他一直无声无息地陪在我的左右，给我解决掉一件又一件的麻烦。他默默地给我挣钱、洗衣、做饭。后来我读了中学，同他一样有了自尊，他就每隔两天送我最爱吃的饭到宿舍传达室，留下字条，告诉我下次他再来时将衣服放在楼下就好。他知道一开口就会给我丢面子，所以他宁肯不见我，只给我一张张面孔与他一样严肃冷淡的字条。我是很少给他写什么字条的，有什么事能自己做的，就尽量地不去依靠他。我不知道他是否会心里难过，他唯一的女儿一天天成长，可是她究竟在想些什么，她会不会在他将热好的牛奶放到书桌上的时候，默默在心底说声谢谢？听朋友说，他们在叛逆的年龄，常常会和父母大声地吵闹，我有时候会羡慕他们这样的经历。其实读书时的我，是与他们一样，想把郁积在心里的东西，通过某种方式发泄出来的，可是站在我对面的父亲，却是什么也听不见。即便他看见我皱了眉头，又能怎样呢？顶多是轻拍一下我的肩，剥个可以安神静气的香蕉递过来，仅此而已。

所以在我最不可一世也最需要父亲来安慰的年龄，我选择了与他一样的“失语”。我带着男孩子到家里来玩，将电视开得震天响，还关起门来在书房里疯狂地跳舞。那些没有礼貌的男孩子都会觉得抱歉，怕吵得父亲无法休息，或者楼下的人来告状。我听了从来都是只有一句话：他要对我还有一点点的爱，为什么不说出来呢？！那时候的我，一直是这样认为的，父亲对我的爱，远远没有对他自己的多。他躲在无人注意且不会被嘲弄的角落里，守着一颗敏感高傲的心，过自己的寂寞日子。他是自私的，他宁肯冷落我，也不会在我的同学面前，用高得惊人的声音说一句关爱的话给我。而我，为什么不也自私地在他将棉衣盖在我身上的时候，假装睡着了翻身，将衣服抖到冰冷的地板上去？

这样不出声地与他较劲，持续了我整个青春期，直到我后来工作了，彼此离得远，我才慢慢地学会对他好。而父亲，也开始用写信的方式，将以前没有对我说的话，一点点地邮给我看。我工作的环境，是无纸办公的。每有来信，同事们皆惊奇，说，都这年代了，怎么还有人给你这么执着地两周写一封信？我淡淡地笑称父亲不会发短信，也不会用电脑。其实只有我自己才知道，那么聪明的父亲，他什么学不会呢？我的电脑有毛病了，哪次不是他絮絮叨叨地写信告诉我如何操作？而我摔坏了弃置一旁的手机，也是他修好了留着自己用的。只是在与我的交流上，他很执拗地选择了写信的方式。尽管每次我收到了他的信，都是用电子邮件或短信简短地回复给他。

我结婚的时候，他以路远为由没有出席。我知道他在一片喧嚣和热闹里，会觉得孤单。更重要的，是他不愿意在那么多亲戚面前，让我觉得尴尬。但他还是很开心地写信来祝我幸福，信的末尾，他又说，他花了一年的时间做的礼物也快寄到了。他写这封信的语气，总让我觉得他像个怀着美丽秘密的小孩子。什么时候，他老了，一颗心，也渐渐地向那无忧的孩童靠拢？

结婚的前一天，我躲开所有人，一个人一遍遍地看父亲寄来的礼物。那是一张他自己制作的光碟。他用 DV 断断续续地拍了一年的时间，春夏秋冬，每一个季节里，都有对我的思念，无声地录在他拍摄的故事里。上面的文字，很少，但我看得懂每一个镜头里的含义。我会说话时他给我买的教幼儿唱歌识字的磁带；我开始读书时他送我的漂亮背包；我从一年级到高中毕业得到的所有奖状和证书；我发脾气的时候在桌子腿上偷偷刻下的要恨他一辈子的气话；被我揉皱了的小熊枕；为了学习我忍痛剪下来的长长的辫子；每年生日时他帮我在门框上刻下的长大一岁的印痕；我涂改了分数的成绩单；我在他怀里几欲挣脱掉的照片；他给我送饭时专用的保温盒；他打印出来的我写给他的所有的短信和邮件……那么多琐碎的旧物和细节，我以为他与我一样在时间的流逝里忘记了，却没想到，他一样不差地记得那么清晰。

那盘无声的碟，像默片时代的电影，不需要任何言语，便能将所有的爱与温情，全都深深刻到人的心里去。而我，在碟片的末尾，看到父亲无声地用口型对着镜头说出“宝宝，爸爸想你”的时候，终于明白，25 年来父亲对我的疼惜与怜爱，他没有说出一句，却是没有少一点一滴。只是因为他的不肯言语，那些生命里最值得珍惜的温暖的镜头，所以才被我漠然地一点点忽视掉了。

细细密密的爱

蔡　成

他们三人，两老一少，外国人，坐在靠窗的餐桌旁。

我刚跨进小饭店，目光就直奔他们：小小少年唇红齿白，脑袋有点不安分，乱转，四处瞅；两位老人，头发花白，神态安详。摆在他们脚边的三个又长又大的旅行包告诉我，他们是来中国观光的游客。

我和朋友随意地在外国游客右侧的餐桌旁坐下，眼睛却有意无意地落在他们身上。我们并非没有见过外国人，而是因为此时身在湘西偏僻小镇洗车河。若干年前，洗车河镇曾水运发达、商船云集，但随着汽车的出现，它渐渐成为枕着流过千百年的酉水，守候着众多透着沧桑吊脚楼的寂寞之地。在这样一处连国内游客也很少抵达的小镇，竟冒出三名外国游客，当然有点稀奇了。

我没料到，怪事还在后头。

我打量着简陋的点菜牌，朋友忽然轻轻地碰碰我的胳膊："你听——"我顺着朋友偷偷摸摸的手势瞟过去，侧耳倾听。嗬，那容光焕发的外国老头居然是中国通，正用汉语与饭店老板讨价还价："你的，拿手菜，都上，我们都想吃。每样要半份，价钱，半折。你说，好不好？"小店老板先是愣了愣，然后"呵呵"笑着频频点头："好，好，每样菜给你们上半份，半价。"坦白地说，外国老头的普通话虽说得别扭、不流畅，但发音比小饭店老板说的普通话还标准。

菜上得挺快，一盘，一盘，盛在略显粗糙的泥坯碗里，热气腾腾，香气扑鼻。

又一件怪事出现了——

每道菜端上桌，那外国老头都第一个拿起筷子品尝。试一下，喊一声“OK”即将菜盘移到自己或少年面前；试另一盘，又喊一声“OK”，却将菜盘挪到女士的面前。整桌菜摆好，开始正式动嘴享受了：女士奉行的是“井水不犯河水”，只对准摆在自己眼前的三盘美味下筷子；而一老一少两名男士却奉行通吃，不但狂吃摆在自己眼前的那几盘菜，连女士面前的三盘菜也照尝不误。

借着端起酒与朋友碰杯的机会，我小声说：“典型的男女不平等……”

朋友悄悄扮鬼脸，笑道：“嘿，比我们中国还狠。”

酒足饭饱后，我喝着茶向老板打听当地风情。

外国老头找我们搭讪来了，他看了看我搁在桌子上的照相机三脚架，问：“你们，来旅游？”没等我们回答，他竖起大拇指，“这里，天堂，非常美！”

朋友是急性子，没等我和外国老头闲聊几句，就开口提问：“能问您一个问题吗？刚才，您每道菜都先尝尝，有的给那女士吃，有的只是您和小男孩吃，为什么？”

外国老头怔住了，似乎完全没想到有人在“监视”他的一举一动，不过，他很快就镇静了下来。张开口，有点无奈地指指自己的舌头：“我太太舌头受伤了，味觉跑掉了，我先替她试试菜的味道。”

我很不满意外国老头的回答，因为听了更糊涂：既然太太失去了味觉，那么替她品尝有什么用？难道酸甜苦辣咸能通过他人的描述准确无误地感受？而且他只允许太太吃其中三道菜，那又作何解释？

外国老头看出我有疑惑，抚着胸口说：“我的太太胃不好，吃辣、吃烫、吃冰、吃酸都会疼……”

这下轮到我和朋友怔住了，两人面面相觑。我们猜一万遍也不可能想到在那些奇怪的、极易引起误会的动作里，竟藏着细细密密的爱。我们更不曾想到，如果有一个人口舌不幸失去味觉，胃照样可以幸福地品尝深情。

天梯之上的爱情

罗　西

50年前，刚刚20岁的男孩刘国江，爱上大他10岁的寡妇徐朝清，为了这个惊世骇俗的爱情，他们在一个清冷的月夜逃进无人涉足的深山老林，50年来相濡以沫，过着几乎与世隔绝纯粹的爱的生活。

他们的世外桃源、他们的故事，被一支探险队第一次曝光，然后是重庆电视台等媒体跟进报道，于是我们看到这对老人安宁知足的生活画面。这是一个美丽清亮的早晨，80岁高龄的女主角徐朝清老人坐在门内闲适地拣土豆、择青菜，不时地向外面张望，她的脸上有种沉静的美；门前的地里，丈夫正低头挥锄挖土，偶尔回首一瞥自己的家门以及门内那个渐渐与自己同样老去的爱人。他们经常这样如同咫尺天涯般地用眼神交流，这样的画卷，朴实，却美得让人羡慕。

这样男耕女织的生活一晃就过了50年。更让人不可思议的是丈夫刘国江在通向山外的峭壁上，几乎是用一生的心血开凿出6000级石梯，那是通向爱情天堂的云梯，每一级都在印证50年前他们惊天动地的恋情。老太太徐朝清在她16岁那年嫁人。穷山恶水出美人，可是这个青草美人却命运多舛，婚后10年，她的丈夫不幸撒手人寰，丢下她和四个孩子。那些艰难凄苦的日子里，连盐巴也没有，她平常除了种地，还采野菇、编草鞋勉强为生……这时，同村小伙刘国江像一道电光出现了，年轻力壮的他经常主动帮助她做些重活，担水劈柴，照应家务。但那样落后闭塞的山村，这样的事情是为人们所不容不齿的，他们在别人的白眼与唾沫星子里挣扎着，终于有一天，他们决定离开人群，走向不可预知的原始无人区，淹没在深山老林里……

他们带着农具，背着火种、简单生活用品以及四个孩子离开了那个叫高滩村的故土，到人迹罕至的高山里。回首过去，他们也不知道当时是怎么翻越那座鸟也飞不过去的山峰，那是一道天然屏障。老天有眼，他们终于在山梁后面发现一个岩洞，山泉顺着洞壁往山下流去，那里就成了他们最初的家。这对走出人们歧视目光的恋人，伸手接水，仰头看天，看阳光在瀑布上画出一道道小彩虹，笑了。他们给新家取了个非常好听的名字：水帘洞。就这样，他们开始神话一般的爱情生活。

在这里，他们凿了石壁眼，然后竖起了用树皮和竹子做成的架子，用来遮风挡雨，一住就是 8 年。他们在这里又生养了四个孩子。山里经常有野兽出没，每每听到老虎的啸声，丈夫就点着火把一夜守护着妻子儿女。这些都不算什么，最令他们痛心的是：千辛万苦耕种的玉米、洋芋、红苕、南瓜，眼看可以收获了，却一夜间被野猪、猴子、刺猬等坏分子全瓜分了。很多时候他们夫妻只好找野菜充饥，然后看寂寞的山头月亮，无言，无声，只要彼此听到爱人的心跳，就不再抱怨，还有什么比拥着深爱的人更踏实、甜美?

青山仍然寂寞地葱绿着，还好有爱情相随。本来是为了雪藏爱情而上山的，但是为了八个孩子的正常生活，刘国江又必须悄悄下山探路……如果只是两个有情人，他们可以四海为家，但是因为有了孩子，他们必须给爱一个家，于是刘国江带着全家到两公里外的山坳里背泥巴烧瓦，几间土瓦房经过 5 年的努力，终于造成。也许简陋，但是厚厚的土墙有着爱的细密与坚忍。采泥，背运，做瓦，再拿过来烧，每一片瓦都是他的心血之作，三万多片瓦，犹如三万个白天烧成了黑夜……

为了生活，聪明的刘国江居然“圈养”起桀骜不驯的野蜜蜂，渐渐还上了规模，蜂蜜换钱，改善了生活，孩子们也学会了他的手艺，出山后自己养起了蜜蜂。

他们所居住的地方是半坡山，与故土高滩村原本有一条荆棘丛生的小路相连，当年，刘国江和徐朝清就是沿着这条路上山的。这也是到山外去卖蜂蜜、买盐的必经之路。刘国江怕老伴出行危险，从上山那年起，就开始在崎岖的山崖和千年古藤间一凿一凿地开辟他们的爱情天梯。每到农闲，刘国江都会拿着铁钎、榔头，带上点干粮去凿路。青山白云间，他奋力打凿，凿烂了二十多根铁钎，凿过了半个世纪，把自己凿成了一个老头子。整整修了50年，每一级台阶，他都用厚实的手掌擦拭过，因为青苔会滑。

路修好了，儿女们也都长大了，纷纷到山外去寻找属于自己的感情和生活，山里只剩下了老两口。每次丈夫下山，徐朝清就在山上望，心里空落落的；每次妻子下山时，刘国江必定要把她送下山，送到独木桥边，送到安全处……那云梯做证，他们谁也离不开谁。在这条爱情天梯前，我们都会心生崇敬，对他们50年坚贞爱情的崇敬。

这对幸福的老人说，只有今世的夫妻，没有来世的鸳鸯，所以珍惜今生的时间，毕竟一天天老了，还能相守多久呢？儿女们曾经劝父母下山安度晚年，但是都被拒绝了，他们说，在山上已经习惯了。作为两位老人的爱情见证，那6000级天梯，以及那一锄锄开辟出的山林田园，那幢盖了5年的土屋，那份沉甸甸的创世纪般的记忆，永远只属于他们两个人。

看见花开

张诗群

我的职业是记者，他和她的故事在小城长翅膀的时候，我决定去采访。那天我走上小楼，58岁的丈夫搀着58岁的妻子出门相迎。丈夫朴实，妻子清秀，丈夫黑黑的脸膛儿凑近白皙的妻子，轻声说记者来了。妻子是盲人，眼盲始于1990年的糖尿病并发症。

屋子里有点暗，家具很旧却感觉温暖，如爱人残余的体温。妻子的嗓音脆脆的："人家都说我有福，说我家老李真是个难得的好人。"老李看着盲妻，像受表扬的孩子一样憨笑。妻子说："这么多年了，我先病后瞎，老李又做男又做女，烧洗煮买还要照顾我。"老李撑不住，碰碰妻子的手说："看你，一家人讲这些干什么。"妻子执拗："我就要讲，老李你不容易。"边说边用衣袖擦眼睛。老李找了手帕侧身给盲妻擦泪，回过头对我说话时嗓子有点哽咽："我欠她的。我俩认识的时候她是城里人，在供销社上班，长得又好，我在乡下，苦得很，她顶住家庭的压力嫁给了我；生孩子的时候难产又差点送了命。"妻子还在哭，老李伸出手，轻轻拍她的后背。

妻子却说："是我欠他的，为了我，他经理都不当了。"妻子失明的时候正值丈夫事业的巅峰，那时丈夫在物资公司当经理，免不了的应酬、必须洽谈的业务，像绳索将他缠绕。那天他疲惫地回到家，已是晚上9点，他以为妻子睡了，敛声屏气打开门拉开灯，却见妻子一人坐在黑暗中。听到声响，妻子从椅子上忽地站起。一见她摸索着向前寻他的手，老李的眼泪就涌了出来，他深深体会到了妻子的寂寞孤独。第二天，他起草了辞职报告，几个月后，他办理了提前内退手续。

一生中剩余的时间，老李把自己变成眼睛或手杖，交给了妻子，他相信盲妻心中的那盏灯迟早会被自己点亮，一定会。领工资了，他一文不少地交到妻子手中，妻子说我瞎了用不着，丈夫说你是这个家的女主人，钱你就该管着；两个人出门散步，丈夫总要在衣橱里挑挑拣拣，找最合适的衣服给妻子换上；夜里妻子睡下了，丈夫却在翻医书，后来给妻子打针化验自己都能对付。花儿，因为那是妻子健康时喜爱的，所以老李在阳台上一下子种了十几盆。“就算她看不见，我也要告诉她什么时候花开了。”老李说。

那年采访他们时正值春天，像这个春天一样丰满生动。我们坐在客厅，客厅连着小卧室，小卧室有一扇门通向阳台，阳台外紧邻着银行的花圃，再远一点是城里的小学。门开着，空气中传来隐隐的花香和孩子们有一阵没一阵的读书声。我走进小卧室看他们年轻时的照片，两张放得很大的黑白照：丈夫剑眉方脸，英俊爽朗；妻子目光含情，秀丽动人。两个人都有光洁的额头、锦缎一样的皮肤，如当初浪漫坚贞的爱情，没有丝毫褶皱。丈夫搀着妻子走进来，妻子找到我的手，拉着我来到阳台，脸上有几分孩子气的喜悦。她说：“快看呀，花开了，红的是杜鹃，白的是栀子花，还有那盆金银花，都开了，真漂亮。”

爱就一句话

蔡　成

出门前，舅妈狠狠地数落了舅父一通："全怪你！要你待在家里烤火享福你不肯，这下好，病了，还害得我跟着活受罪……"

确实是舅父的不该。顶着暴雨硬要上山挖坑栽树，结果一不留神冻病了。

舅妈在小诊所门前使劲跺脚，想将沾满雨鞋的烂泥跺个一干二净。伴随着跺脚声，舅妈对着小诊所里靠着火炉取暖的医生喊："孟郎中，来几片药，我家老头子病了。"

问明症状，孟医师从简陋的玻璃柜里取出药来。

舅妈揣着药兴冲冲踏上回家的路，她走得很急，她惦记着家里的"老头子"正咳嗽得紧。意外，就发生在回家的路上，湿滑的路，轻易将舅妈掀翻在地上。见鬼了，狼狈不堪的舅妈想从地上爬起来，却惊慌失措地发现，自己的左脚左手竟全不听使唤，就像两截与她无关的木头。

舅妈孤零零地躺在一地烂泥里，先用右手将怀里的那包感冒药使劲摁了摁，发现它还稳稳地待在怀里，就放下心来。然后，她开始高声叫喊……

天寒地冻，风又大，乡亲们都窝在家里烤火，没人听到舅妈的呼救声。是舅妈手上那柄旧红伞救了她。远远地，一个急匆匆赶去别人家杀猪的屠夫被地上晃来晃去的红伞吸引了……

孟医师上门来了，不消几句话，就得出结论：高血压，中风，半身不遂。

村里高血压、中风的已经有了两个，都肥胖，尽管都瘫痪了，可都活得挺有韧劲，"赖"在床上，在儿女的服侍下能吃能喝，一年有余了。可我的舅妈，几个女邻居帮着其洗净身子刚躺到床上，就病情加重，先是连睁眼都困难，接着哑了嗓子。凌晨时分，62岁的舅妈静悄悄地永远闭上了眼睛。

在外打工的儿女们，也就是我的表哥表姐们得了消息，都赶回来了。邻居们带着些许羡慕安慰号啕大哭的表哥表姐："你妈心地善良，走得快，没病没痛，一路上走得挺顺。"

这是山村人古老的"传统"，如果哪位老人"走得快"，就是"有福分"的象征。可再多的安慰，也无法抑制住表哥表姐们的伤心，他们眼泪汪汪地问："我妈妈走之前说了什么？"他们担心，母亲有什么未了的心愿遗留在人世间。

几个邻居异口同声："她只说了一句话，'按时吃药，每天三次'。其他的，啥也没讲。"

舅父此时就站在舅妈的床边，他默默地擦了一把泪。他的手正握拳插在衣兜里，拳头里紧紧攥着的，正是那沾了几点泥印子的白色薄纸包着的感冒药。他知道，舅妈虽然眼睛都没有睁开，可她唯一的一句临终遗言，明明白白是在叮嘱他。

就这样，我的舅妈，一生中没有任何闪光故事，绝大多数时间都在与舅父拌嘴吵架，并且非得要占上风才肯罢休的舅妈，以一句凝结了万千牵挂、浓缩了万千恩爱的话，做了最平常又最深切的爱的表白，作了结束43年夫妻生活的谢幕词。

生来的夫妻

纪　莹

当爱情需要用外力——诸如法律、道德等来维系时，也许外力无情地暗示了人的善变与爱情的脆弱。但当外力强大至战争、毁灭、生死存亡时，爱情又似乎超凡脱俗地回归了本真——只是人与人之间的需要，只是一个女人与一个男人简单且没有要求的爱。

不知这能否算作爱情的规律。但在读过周东屏与徐海东的爱情故事后，我固执其是了。

他们的爱情发生于长征途中。那时，周东屏叫周少兰，1917 年出生于安徽六安县一个贫苦木匠家庭，7 岁失去母亲，10 岁当童养媳，13 岁踏上了革命的道路。1932 年，周少兰随中共皖西省委转移到鄂东。是年秋，新的红 25 军成立，周少兰入伍了。先在兵工厂工作，后来到 25 军军医院当护士。当时医院的条件、设施之简陋超出想象，支撑她坚持下去的理由，大概能从她的歌声里找到："……参加红军闹革命，咱们妇女翻了身……做一个女英雄多光荣……"

有时候，人宁愿为尊严活着，而不仅仅是为温饱。

正当她在革命队伍里找到自我，成长进步时，25 军要长征了。出于行军安全与便捷的考虑，部队决定遣散 7 名女红军，并发给她们每人八个银圆。迷茫与绝望，让她们感到了真正的伤心。于是，她们站在路旁，抱头痛哭。这时，听到一个洪亮的声音问："你们为什么哭鼻子？"是副军长徐海东。周少兰壮着胆子，请求徐海东留下她们。

被打动了的徐海东，做出了让她们继续跟着部队走的决定。他绝没有想到，这个决定将对他产生多么重要的结果。

1934年年底，部队进入陕南后，与敌人进行了一场恶战。徐海东在战斗中负伤。这是他第九次负重伤，前八次他都奇迹般地从死神手里溜走。但这次，一颗子弹从他的左眼下方打进，从后颈飞出，穿过了徐海东的头，却避开了要害部位。也就是说，这颗子弹虽不即刻致命，但情况不容乐观。无设备、无药品的医生除了用盐水洗伤口，用绷带包扎之外，没有办法。血汩汩地流着，不省人事的徐海东蚕食着战友们的希望。

周少兰被派来护理徐海东。她用心地换绷带，擦拭伤口，用嘴吸出卡在他嗓子里的痰……一天过去，两天过去，周少兰夜以继日，不敢合眼。就在人们的希望即将殆尽的第五天，徐海东睁开了眼睛。他调整着模糊的目光，就像镜头聚焦，在逐渐清晰的视野里，出现的是周少兰的眼睛和面容。他觉得仿佛在哪里见过她，但又一时想不起来。他轻声问道："现在几点钟了？部队该出发了吧？"

周少兰的眼泪不知道为什么一下子流了下来，她说："首长可醒过来了！你五天五夜不省人事，一句话也没说，把人都急死了！"

徐海东的头肿得像米斗，却笑着说："我可没着急，倒是睡了个好觉。"

当爱情需要条件时，是一个无底洞；当爱情不需要条件时，简单得只是从昏迷中回归人间时见到的第一个人和她的眼泪。就像现在，徐海东爱上了周少兰。

在许多人眼里，徐海东是个天真可爱的小伙子，圆脸上总挂着笑容。嘴里露出掉了两颗门牙的大窟窿，使他有了一种顽皮的孩子相。也就是这个人，蒋介石的南京政府将他与彭德怀标一样的价——10万银圆。《西行漫记》里，斯诺言及此事时，外号"徐老虎"的他"脸涨得通红"。这些，大致能表现出一个人的概貌吧，这样的人对爱情多半会采取直抒情怀的方式。

几个月后，当周少兰听到军长的表白后，感到很意外。徐海东于是追问："你是不是嫌我比你大？"

周少兰急了。她从没有嫌过军长，她嫌的是自己——出身卑微、没文化、身无所长……

周少兰的担心让徐海东释怀了。他的出身比周少兰好不了多少。徐海东告诉她，从前，他是个不名一文的窑工。

到了陕北，他们结婚了。在他的要求下，周少兰改名为周东屏，意为“徐海东的屏障”。一个驰骋沙场、叱咤风云、出生入死的大将，要求娇小柔弱的妻子做自己的屏障，多么意味深长，又多么情深意长！一次，徐海东将周东屏裹在大衣里，一起走进大门，卫兵瞠目结舌地看着——军长怎么迈着四条腿走路呢？而他俩却为自己的戏法笑个不停。

抗战爆发后，从大后方来了许多女学生。一次，有位同志向徐海东半开玩笑地说：“要‘改组’吗？我帮你介绍一个漂亮的。”徐海东青筋毕露，怒不可遏：“混账话！东屏是受苦人，我是泥巴人，我们是生来的夫妻！”

既是诺言，东屏就忠实地做着“徐海东的屏障”，徐海东也始终依偎着他的屏障。他能从她一个眼神里读到安慰，能从她毫不特别甚至毫无疗效的草药里喝出生的希望……直到1970年，先她而去。

有些故事是不会随着人的离去而消失的，像这样真情的、守候的、珍贵的故事，一定会流传下去。

暮年之恋

〔法国〕玛格丽特·尤瑟纳尔　郑克鲁 译

源氏亲王曾是惊人的美男子。五十岁时，他意识到自己所剩时日不多，所以，他分掉自己的财产，给侍从们发了养老钱，带着三个忠仆，归隐到山中一处僻静的佛堂，准备在此了却余生。从清晨到黄昏，源氏借着火盆暗弱的光亮诵经念佛。没过多久，他发觉自己的视力正在衰退，对他来说，黑暗将抢在死亡之前到来。

有两三个过去的情人，曾请求同他一起过这种沉浸在往事回忆中的孤寂生活。其中最温柔的来信都是花散里夫人写的。她出身并不高贵，相貌亦非惊人。她曾忠心耿耿地侍奉过源氏的其他几位妻子，并且在十八年中始终爱着源氏，从未因忍受痛苦而不耐烦。有时，源氏也会夜访这位夫人，尽管这就像雨夜的星星一样难得，却足以给花散里夫人不幸的生活带来光明。

由于写去的信一直没有回音，她就租了一架马车，来到孤独的亲王隐居的小屋。这个女人唤起了源氏对往事的伤心回忆，他平生第一次无情地把她赶走了。她也是平生第一次这样冷酷无情，她在远处着急地等待源氏双目失明，就像一个急于和情人相会的女人焦急地等待夜幕完全降临。

当得知他几乎完全失明以后，她就脱下在城里穿的衣服，换上村姑们穿的粗布短裙衫，头发也照她们的样子编了起来。装扮停当，她就坐车来到亲王隐居的地方。这时，源氏身着地道的僧衣，正漫步在山间小路上。由于失明和上了年纪，他的脸上失去了光泽，像一面铅灰色的镜子。看到源氏这副模样，花散里夫人哭了起来。听到女人的呜咽，源氏不禁一惊，他慢慢地走过去。他不安地问道："这位女子，你是谁呀？"

"我是农夫的女儿，我叫浮舟。"她学着乡下人的口音说，"我与母亲一同去城里买布料和锅，因为我下个月就要出嫁了。可我却在山间小道上迷了路。"

"你的衣服都湿透了，姑娘。"亲王把手放在她的肩头说道。这双她非常熟悉的手的触碰，使她浑身上下，从发梢直到脚尖都颤抖起来。然而源氏以为她是冻得发抖。

源氏叹息着说："我是个瞎子。姑娘，你不必害羞，把衣服脱下来烤烤火吧。"

这样，花散里夫人又做了源氏的情人。第二天一早，她为他煮了一锅热粥，亲王对她说："夫人，你既能干又体贴人，我相信，即使是在爱情上非常走运的源氏亲王，也没有比你更温柔的情人。"

她摇摇头说："我从没有听说过源氏亲王。"

"怎么？"他痛苦地嚷道，"他这么快就被人们遗忘了吗？"

秋天到了，花散里夫人经常编些精巧的花环，做些简单却精美的饭菜，又给动人而伤感的古老曲调填上新词，以让源氏高兴。过去，他偶宿她的住处时，她就施展过这些魅力，只不过那时他还在为别的女人分心，所以未曾留意罢了。

晚秋时节，源氏病倒在垫着枯叶的床铺上，他知道自己再也起不来了，只得让这位夫人侍奉自己。目前，他们的爱情是甜蜜的，但他现在体会到的还有另一种感情，一种由全新的然而又是悲惨的厮守带来的感情。

一天早晨，花散里夫人正在给源氏按摩腿，他撑着坐起来，摸索着抓住她的手说："夫人，你正在照料一个将死的人，我却欺骗了你。我就是源氏亲王。"

夫人道："我来到你身边时，只是一个无知的外郡女人，并不知道源氏亲王是谁。现在我知道了，他是世上最英俊、最令人爱慕的男人。不过，即使你不是源氏亲王，我也会爱你的。"

"我就要死了。"他艰难地说，"我总在怀念你，我的第一位妻子，葵姬夫人，直到你死后，我才相信了你对我的爱。还有你，夕颜，你死在我的怀中，因为忌妒你的情敌一心只想独享我的爱情，我对你负疚的怀念又会变成什么呢？还有你们，漂亮的继母和年轻的妻子，我总想起你们的心计，是你们先后让我懂得了，合谋私通和被妻子欺骗，要遭受什么样的痛苦。还有你，空蝉夫人，我时常想起你的机敏。还有你，亲爱的明石姬，你是那么温柔。还有你，此时正为我按摩的你，还来不及在我的脑海里留下记忆……我死后，你将怎么样呢？”

他非常悲伤，又把头躺到了硬邦邦的枕头上。花散里夫人俯下身来，用颤抖的声音低声说：“难道在你的府里就没有一个你没有提到名字的女人吗？莫非她不温柔？她不是叫花散里夫人吗？你想想看呀……”

但是，源氏亲王脸上已经露出了只有死人才有的安详神态，所有的痛苦都结束了。

爱人的面容

徐　蓉

当作家的爱人，是一件有风险的事。有谁会比作家更加仔细地端详爱人的面貌并将其诉诸笔端呢？

杨绛笔下的钱锺书先生“双眼皮很深很美，眉目蔚然深秀”。连我这样的普通读者，读了也不觉怦然心动。

钱锺书对杨绛先生的容貌也不吝赞美，一首《赠绛》：“卷袖围裙为口忙，朝朝洗手做羹汤。忧卿烟火熏颜色，欲觅仙人辟谷方。”对自己的爱人有怜惜，有欣赏，真是让人羡慕。

可到了冷静客观的作家笔下，有时候情况就会变得复杂。

张爱玲在以自己与胡兰成为原型的《小团圆》里描写九莉初见邵之雍，九莉喜欢邵之雍的眼睛，亮晶晶的，像钻石耳坠一样。邵之雍自嘲说，那是一双“三角眼”。

看胡兰成的照片，眼睛倒确实是三角形。

在九莉眼里，邵之雍曾经像是六朝的佛像，她“最喜他遥坐的时候的半侧面，目光下视，凝注的微笑”。在爱情开始慢慢败坏之后，九莉发现，“他正面比较横宽，有点女人气，而且是个市井的泼辣的女人”。最坏的时候，“九莉知道是说她一毛不拔，只当听不出来。指桑骂槐，像乡下女人的诅咒。在他正面的面貌里探头探脑的泼妇终于出现了”。

作家的眼睛会是多么犀利，他要将爱人解剖到何种程度方肯罢休？当爱消逝，美也不再附存。张爱玲本人对美很是介意。她的书中常常在卷首放有自己的照片，她也曾多次描写自己拍照的经历，显得十分慎重。

可在别人眼中，张爱玲并不美。杨绛先生与钟叔河先生的私人信件中提到，夏志清很看重张爱玲，但是他后来对钱锺书说，在美国初见张爱玲，吓了一跳，“她举止不自然，相貌又可怕。现在捧她的人，把她美化得和她心目中的自己一样美了（从照片可证）”。

杨绛先生的品位与张爱玲并不一致，所以他们完全有可能并不惺惺相惜。可对读者而言，谁又会真正在乎作家的相貌呢？作家们完全可以不在容貌上一较高下。

杜拉斯在《情人》中有这样一段描写：

“我已经老了。有一天，在一处公共场所的大厅里，有一个男人向我走来，他主动介绍自己，他对我说：‘我认识你，我永远记得你。那时候，你还很年轻，人人都说你很美，现在，我是特地来告诉你，对我来说，我觉得你比年轻时还要美，那时你是年轻女人，与你年轻时相比，我更爱你现在备受摧残的容貌。’”

我很怀疑，这世间真的有人当着杜拉斯的面，说过这样长一段深情款款的话吗？再想一想，完全可以不用质疑。当这一段话在小说中发生时，它其实就已经真实发生了。爱人的面容在我们眼中可以显得那么美，主要是因为我们心存爱慕，爱慕包含着欣赏和怜惜。这样的欣赏与怜惜，发生在世间固然让人羡慕，但若只能留存在文字中，也足以让人聊作安慰。

黄昏泪

|

傅桂芝

这一对老夫妻在一起生活了近40年，是父母之命、媒妁之言的产物。两个人从在一起生活开始，都是在幽幽怨怨、吵吵骂骂中度过的。在老妇生完第四个儿子后，两个人便分室而居、分伙单炊了。如今，他们的孙子已经四五岁了，两个人的感情开始慢慢地融洽了，成为相濡以沫的两个人，还时常唠些闲嗑。

昨天，小孙子以为老妇放好的一摞粮票是没有用的花花纸片儿，便一声不响地一张张地剪开了，等老妇发现时，那一摞粮票已经全都一分为二了。

老妇捧至老夫面前，拿出胶水儿，俩人开始往一起对。

妇问："能对上吧？"

夫答："能，每一个都有它的另一半儿。"

妇笑着说："这么说哪个也剩不下，都能找到婆家啦！"

夫郑重其事地说："找到自己的另一半就找到幸福了，这就像人，生前月下老人都给配好了，有时又给分开了。如果每一个人都能找到自己的另一半，也就是最幸福了；如果找不到自己的另一半，就是在打打骂骂中度过的。"

妇问："世上有几人能找到自己的另一半呢？"

夫若有所思地回答道："我想不会有几人吧？"

两个人静默下来，继续认真地一张一张地对着摆了一炕的半截粮票。

已经有20多张找到了另一半。

夫说："剩下的这些不好对了。"

妇用坚定不移的口吻说："慢慢对吧，每个都有它们的另一半。"

最后剩下了 8 个半张的无论如何也互相对不上。

夫说："差不了多少对上就行了。"

妇说："不行，那它们有多痛苦，我一定要为它们找到属于它们的另一半。"

夫说："是不是有对错的，把不是一张的对在一起了？"

妇答："也许是吧。"

夫妻俩开始一张一张地检查着。

查出了对错的 3 张（6 个半截的）。

妇拿着 3 张对错的粮票说："这就是配错的，真对不起你们了。"

夫说："打开重新对上。"

妇边拆边说："这就是那些结婚了又离婚的，去重新寻找属于自己的另一半了。"

夫说："还有一对配错的没有找到呢。"

夫妻俩开始细心地找着。

终于把那张对错的找到了，是从一点不对缝处找到的，很不容易的。

妇说："把你拆开，去重新寻找自己的另一半吧。"

可是，也许是粘得太牢，也许是粘的时间长了些，已经拆不开了，除非把它们撕坏。

夫说："算了吧，都有孩子了，就让它们这么下去吧！"

妇伤感地说："这就是那些配错了又没离婚而凑合的那对。"

夫说："这一对错了，必然导致另一对也错了。"

这时老妇鼻子发酸，眼圈发红，眼里含着泪珠，对那张粘错的粮票说："真对不起了。"

说完，妇抬头望了一眼，夫也正望着妇呢。夫妇两眼怔怔含泪的样子，刹那间俩人好似彼此发现了内心深处隐藏的东西，不觉显得有些尴尬，俩人这才发觉，说这些话实在可笑，说这些话真没意思，说这些话太令人……为了掩饰这尴尬的局面，俩人含泪对视着哈哈大笑起来，笑着笑着，泪珠簌簌滚落下来，又变成了哭。

须臾，一切又归于平静。

泰戈尔的婚恋

王基高

1883年，全家人窃窃私语地商议，要为年轻诗人挑选合适的配偶。泰戈尔的父亲在宗教事务方面是个开明的进步人士，在维护社会习俗方面却显得异乎寻常地保守，他要求未来的媳妇必须是婆罗门种姓的姑娘。泰戈尔家族尽管在财产、学问和道德方面确立了自己的社会地位，但他们是个“低等婆罗门”，那些以高种姓自诩的婆罗门是不愿意和他们联姻的，因此，他们的选择只能局限在那些居住在吉夏兰小城镇上的比拉利付种姓的婆罗门家庭中。在那儿，父亲选中了在泰戈尔家谋职的一个韦利玛塔次·拉叶乔塔利先生的10岁女儿，作为泰戈尔的未来妻室。

与人口众多的泰戈尔家庭相比，拉叶乔塔利家庭的地位更低下，姑娘长得也不大漂亮，而且，仅仅读了一年的孟加拉课程，几乎是个文盲。这位最富有浪漫主义气息的诗人的毫无浪漫色彩的婚姻，就这样草率地定下来了。就当时的社会习俗传统来说，这样做是不足为奇的；泰戈尔默许这门亲事，也是不值得大惊小怪的。尽管他在文学创作中是那样生气勃勃和充满着浪漫的激情，但他在父亲面前是个俯首帖耳、唯命是从的孝子。

然而，父亲的这种随心所欲和不适宜的选择，并没有在泰戈尔身上产生任何不好的影响。这位平平常常的媳妇，倒是位贤妻良母，而这对他是十分必要的。他不缺乏任何创作热情，对生活和大地的热爱使他获得了创作的永恒源泉。他是个狂热的幻想家，无须妻子或旁人的激励，而他妻子是一位默默无声地献身于他、帮助他、促进他天才发展的贤惠妻室。

1883年9月11日，婚礼在乔拉桑戈老家举行。新娘的原名叫帕兹达列妮，是一个听起来十分旧式的名字。婚后，她改名为默勒纳莉妮。这个美丽的名字，可能是她丈夫给起的，这就是泰戈尔在这整个事件中表现出积极性的唯一证明。纳莉妮的名字一直萦回在他心间，似乎它也包含在“默勒纳莉妮”里。

1886年泰戈尔25岁时，他的第一个女儿诞生了，取名为玛吐莉勒达。相隔两年，他的儿子罗梯出世了。夫妻俩相亲相爱，一次，泰戈尔外出旅行，在给妻子的信中写道：“星期日夜间，我感到魂不附体，我发现自己抵达了乔拉桑戈，你睡在大床的一侧，贝莉和贝皮（女儿贝拉和儿子罗梯德拉纳特）睡在你的身旁。我怀着无尽的爱意抚摩你，在你耳畔轻声慢语说：‘小媳妇，记住，今天夜间，我离开躯壳，前来看望你。当我从国外归来，我将拷问你：你是否感觉到我的出现？’然后，我吻了贝莉和贝皮，就回转去了。”夫妻间感情之深，由此可见一斑。

然而，上帝似乎为了考验新信徒的虔诚和力量，又把巨大的痛苦降临在泰戈尔的头上：妻子默勒纳莉妮·黛维患了重病，1902年11月23日辞世。在回忆那个悲痛的事件时，他的长子罗梯德拉纳特写道：“在医生丧失希望之前，母亲心里已经明白，她的死期将临。当我最后一次到她的床边时，她已经不能说话，但看到我，泪珠突然从她的眼眶里滚了出来。次日清晨，我们来到妈妈房间的阳台，一片不祥的寂静笼罩着整个家庭，好像在深夜，死亡的阴影已经蹑手蹑脚地潜入家里。傍晚，为了保存温馨的缅怀，父亲给我妈妈穿上一双拖鞋。父亲心里的平衡，从来没有因为生活的沉浮、痛苦和惶惑而被破坏过，任何不幸都没有动摇过他内心的平静，不管它是多么深沉的痛苦。”后来儿子证实，他的父亲“……以非凡的毅力忍受了肉体的折磨。有一次一只蝎子蜇了他，他伸开了脚，平静地坐着，竭力思索，疼痛不仅在他自己的肉体上，也存在于如此单独的实体中，而这个实体存在与他的真实自我却毫不相干。这种实践的成功赋予他一生同肉体和精神的折磨作斗争的力量”。

尽管他以坚韧不拔的意志承受痛苦，但痛苦并不因此而减轻。妻子活着的时候，他没有对她的爱做出充分的估价并进行偿还，这种遗憾，格外加重了他的痛苦。他们是按传统习俗结合的，不是一个爱情的婚姻。当妻子第一次进入他的生活时，泰戈尔与其说欢迎她，还不如说是容忍了她——这种情况是完全不能排除的。她既不漂亮，又没有什么吸引人的地方；而且是那么年幼，甚至不能称得上他的伴侣。他们结婚时，她只有 11 岁，而 22 岁的泰戈尔已是位陶醉于自己天才的俊秀而热情的青年了。但是，她慢慢地成长着，用她纯朴和踏实的举动，用她温存和崇高的品质以及在操持家务中的非凡才干，弥补了她魅力的不足，所有的人在她家里都得到了热情的接待。

整整 20 年，她以无限虔诚的感情照顾着泰戈尔的生活，生了 5 个孩子。虽然她年轻，又生活在一个高贵和素有文化修养的环境里，然而她的衣饰是十分简朴的，她也许从未戴过任何贵重的首饰。她高兴地把丈夫的纯洁理想看成自己的理想。她只是在泰戈尔阻止她给孩子穿戴色彩鲜艳的衣服时，才表示过异议。当然，毫无疑义，她在协调丈夫的空想和言行方面十分为难：一方面，他强调朴实和节俭；另一方面，他又希望隆重而热情地接待自己的客人和来访者。幸好，在那种场合下，她精通烹调的才干给予了其巨大的帮助。他们去旅行时，诗人强调只带些必不可少的东西，特别见到那些瓶瓶罐罐的炊具，就直皱眉头。她一声不吭，把这些东西悄悄地藏在篮子里，笑着说："你是多么奇怪的人！到了那儿，朋友来了，我到哪儿去搞一块块美味的馅饼？"

目不识丁的情况没有持续多久，她不仅掌握了孟加拉语，而且学会了英语和梵语。在丈夫的严格要求下，她用孟加拉语改写了梵语的简易读本《罗摩衍那》。不仅如此，她还登台演出了泰戈尔的戏剧《国王和王后》。她对角色的分析，真是入木三分。所以毫不奇怪，最后，她在丈夫心里赢得了自己的地位。泰戈尔在她患病时，为自己的忠诚提供了大量证据——整整两个月，他昼夜看护她，拒绝雇用职业看护。当时还没有电扇，有人在描绘目睹的情景时说，泰戈尔一直坐在自己年轻的妻子的床边，缓缓地摇着扇子。

她死后，他通宵达旦地在阳台上踱来踱去，严禁家人去打扰他。

像往常一样，他这次悲痛的感情也反映在诗歌里。这些诗歌一共有 27 首，以小诗集《追忆》的形式出版。无论是感情的深沉和温柔，还是感触的质朴，都是值得称颂的。一评论家表示了遗憾，认为在这些哀诗里缺乏足够的激情，但他们也许真的很幼稚。泰戈尔的真挚感情则强烈地表现在那种痛切感上——一种无法补偿而又每天感受到的损失，吞噬着他整个身心。这里没有过多的自我怜悯，而是以一种感人肺腑的形式表现出来：

今天光明在宁静的床榻上，
变幻成了巨大悲哀的黑暗，
我通宵醒着，坐在痛苦的床边，
长夜逝去，晨曦莅临。

他从妻子那儿获得了礼物，而她却在获得他的礼物之前就离开了。现在，他唯一能够做到的，就是把自己所取得的礼物，奉献给上帝：

她活在人间，
不断地给予我一切。
我如今将偿还她的礼物，
在那儿摆放这个奉献。
她夜间还在人世，
上帝清晨却把她带走。
我今天只能把感恩的礼物，
奉献在她的面前。

他在家里到处寻找失去的东西，他发现，如今他再也不能在这块土地上见到她了。

我祈愿上帝在我家驻足，
我失却了再也无法复得的地盘，

我试图在天涯海角再次把它寻觅，
你世界广阔无比的主人，
我今天在无限的虚空，
为寻找它而来到你的门槛。

他在妻子的遗物中，发现了他给她的一沓信札。她把这看作一笔巨大的财富，小心翼翼地保存着。他见了它们，心潮起伏，思绪万千。他乞求，对她的回忆有条不紊地织入他的生活，正如她使他的家庭生活有条不紊一样……

备忘卡片

〔法国〕威尔伦　星　子 译

纸片上的最后一行写道：

“11∶00，如果罗丝对我的表现满意，我就冲上去吻她 7 次，并跪下来向她求婚。”

罗丝和我离婚的理由很简单：我健忘。我老是忘记她唯一的祖父的名字，忘记每年一度的情人节的日期，忘记每天至少要吻她 7 次。她的自尊心受不了，要求和我离婚。我立即答应了。我也有自尊心。

一年过去了。我又瞄了一眼钉在桌面上的那张纸片：“如果 1995 年 2 月 14 日（这是我们认识三周年、结婚二周年、离婚一周年纪念日）前罗丝还没有再婚、没有交新朋友、没有到这间屋子里来，我就向她求婚。”

现在是 2 月 13 日晚上 9 点。她光临寒舍的可能性不大了。我开始行动起来。

“安内特・卡比内罗・罗丝女士，我是儒勒・法兰西瓦・勒布。明天是我们结识三周年纪念日，我极为珍视我们的友情，明天上午您能否赏光到我的寒舍一叙？”

“很高兴得到您的邀请，明天中午我将到一个朋友家赴宴，上午 8 点我会顺路到您那儿小坐至上午 11 点。”

电话挂上了。我接着搬出她在我们热恋时寄给我的厚厚一叠信。我做了一个备忘卡片，上面详细有序地记载了明天上午 6 点至 11 点可能涉及的所有内容。房间里有一个高度介于我的身高和罗丝的身高之间的柜子，柜子顶上就是这张宝贵的纸片的安身之所。为了让我的计划更周密些，我还在柜子旁挂了一面镜子。

第二天早晨6点，两只闹钟准时地把我弄醒。我跳起来跑到柜子那儿看了一眼：“6：00–7：00，清洁自己及房间卫生。”打扫卫生确实花了我一个小时。接着我又去柜子前一趟。“7：00–8：00，到伍尔夫鲜花店买她喜欢的3朵红玫瑰，插在窗前的白色花瓶里。到利达超级市场买3罐她爱喝的胡萝卜汁。”办完这两件事正好8点。“8：00，听到门铃响要去开门……”门铃响了。

我彬彬有礼地欢迎她的到来。“您的尊敬的祖父安内特·埃德蒙斯·瓦雷里先生近来身体可好？今天是情人节，您的朋友邀请您去赴宴，也许今天是您的朋友的一个好日子吧？”

她微微一笑，作了一个简短的肯定答复。我被她的微笑所鼓舞，又去了柜子前一趟。

“下个月31日是您的23岁生日，您是不是准备再请您最好的朋友迈克尔·戴丽丝·克里斯蒂安、夏克里尔·梅利尔·卡列妮和埃德蒙斯·波埃娅·苏珊聚会一次？您是不是准备请您的所有的朋友都参加生日晚会呢？”我特意在说“所有的朋友”这5个字时顿了一下。

“当然，如果所有的朋友都愿意来的话。”我备受鼓舞，又从沙发上站起来。

……

“您不停地看闹钟、照镜子、整领带，有什么事吗？”临近11点的时候，她已经爱意朦胧，而我刚刚站起身，准备到柜子前发动最后一次攻势。

我大吃一惊，结结巴巴地解释：“我想……我是有点儿热了……今年的春天来得真早，您说呢？”我猛地扯开在镜子前越卡越紧的领带。她表示赞同：“那是真的，我家的11棵桃树……”我急忙打开电风扇以证实刚才那句话。

我清楚地记得，在11点时有一件至关重要的事情必须做。但是，罗丝方才那一问把我吓坏了。

我知道罗丝的目光不会从我脸上移开，可我的眼睛还是鬼使神差地朝闹钟瞄了一眼，差一分 11 点。我迅速把堆满笑容的脸转向罗丝，但她却正顺着我刚才的目光朝闹钟看去。

幸好罗丝并没有起身。毕竟还差一分钟。尽管大脑不太同意，双腿还是又一次坚定地站起来，摇摇晃晃朝柜子走去。

当我不顾一切地走到柜子前时，却发现柜子顶上的那张纸片不见了！那张该死的纸片被该死的电风扇吹到该死的柜子后头去了。

我不由自主地又露出一年前在罗丝面前健忘时的一副蠢相：张着嘴，两眼糊糊涂涂地转圈，挠着头。我几乎要跪下来请求她的饶恕了。

11 点，罗丝走了。

我精疲力竭地搬开那个柜子。备忘卡片沾满灰尘静静地躺在那儿。纸片上的最后一行写着："11 : 00，如果罗丝对我的表现足够满意，我就冲上去吻她 7 次，并跪下来向她求婚。"

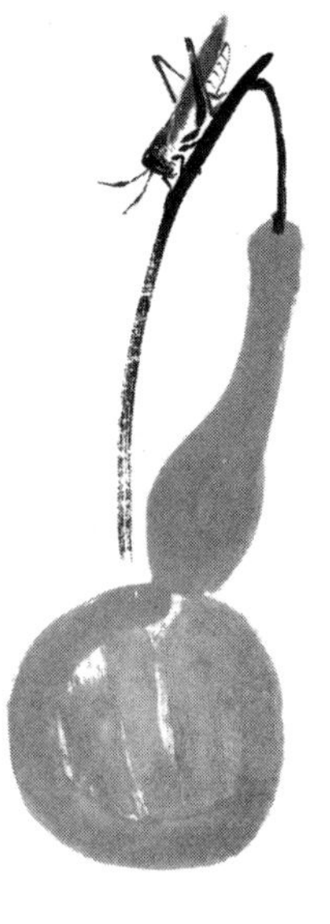

因为她是我的老妻

刘墉

每次吃红烧狮子头，都让我想起30年前的一段往事。

那时我念高中，有一天到老师家帮忙整书，老师留我吃饭，主菜就是红烧狮子头。

“来！尝尝你师母的拿手好菜。”老师一箸子，就给我夹了个大大的狮子头。

我很兴奋，夹一块放进嘴里。愣住了，那狮子头咸得简直可以“打死卖盐的”。碍于礼貌，又不好不吃，结果足足盛了两碗饭，才勉强把那“盐块”吞下去。

吃完饭，看师母到厨房收拾，老师倒了一大杯白开水给我，小声说：“对不起啊！你一定不习惯，你师母做的东西，总是太咸，不好吃！”

我接过水，心想：“既然不好吃，你为什么还一面吃，一面不断赞美‘好吃！好吃！’呢？”

老师似乎看出我的疑惑：“你奇怪我为什么赞美，对不对？”没等我答，又一笑，“因为那是我太太做的。”

我的书架上摆着早期文化名人、文化大学创办人张其昀(号晓峰)先生的文集。每次翻阅，都让我想起20年前的一件趣事。

某日，我拜望一位政界大佬，正巧张其昀先生造访，大佬就为女主人介绍：“这是张晓峰先生。”

“哦！张晓风。”女主人兴奋地喊，“太好了！太好了！我最喜欢你的文章了。”说完就进屋，拿一本“张女士”的散文集，要张其昀先生签名。

可想而知，当时的场面有多尴尬。

可是，男主人居然一点也不以为意，笑嘻嘻地拍着老妻，说她弄错了。等她进去，再对客人拱拱手：“见笑了！见笑了！她呀，平常不出门，总闹笑话。”又哈哈一笑，“老妻嘛！老妻嘛！”

每次看到塑胶花，我就想起一位收藏家。

那位收藏家不但品位极高，而且善于陈设。什么残破的佛头、名人的斗方，乃至一石一木，到了他的办公室，由于陪衬得宜，加上投射灯光，都给人一种典雅的感觉。

一天，有急事，我没到他办公室，而是去了他家。

他家住在黄金地段，高大的门厅，全是石材，才进大楼，便觉气派非凡。我走出电梯，心想，不必看门牌，只要找那挂着“斋馆”雅号，或镌刻精致的大门，就对了。只是东找西找，不见这么一户人家，最后总算在挂着一大丛塑胶花的门上，看到他小小的名片。

进去，便是眼花缭乱。只见满屋的塑胶花，连厕所都悬了一大串。如果真是讲究假花，倒也看得过去。奇怪的是，一眼可知，全是最粗俗的东西。

至于家具，更是五花八门。有欧洲式的高背椅子，也有嵌螺钿的中国茶几，外加许多金光闪闪的摆设。乍看，还以为到了“跳蚤市场”。

大概也看出我的诧异，收藏家手一挥，一笑：

“不错吧！全是我太太的杰作。办公室我管，家里她管，我们分工合作。她在家的时间多，她觉得好，就好！”

最近读法国雕塑大师罗丹的传记，感慨良多。

罗丹 24 岁时，遇到一位叫若丝的女士，请若丝做他的模特儿，并进一步同居。

不久之后，若丝生了个男孩，罗丹非但不和她结婚，还不认这个孩子，连自己的姓，都不给他。

接下来的岁月，若丝总躲在罗丹的背后，也总是他的“同居人”。罗丹越来越出名，得了许多大奖，交了许多女友，跟一个又一个女人恋爱，跟一位又一位模特儿上床。尤其他和学生卡密儿的罗曼史，更是流传至今。

卡密儿视若丝为眼中钉，逼着罗丹“甩掉她”。罗丹为卡密儿盖新的工作室，讨这位年轻女子的欢心，却也偷偷在乡间买下大的宅邸，把若丝安排在那儿。

卡密儿终于忍无可忍地离开了罗丹。

1917 年，罗丹在跟若丝同居 53 年后，终于和若丝走进结婚礼堂。

16 天后，若丝病逝。又过了 9 个月，罗丹也死了。

合上书，我想，罗丹到底爱不爱若丝？他是不是起初就瞧不起出身寒微的若丝？

罗丹是否总在欺侮这可怜的母子？但为什么，他又总在保护他们？且在他漂泊爱情海、饮罢三千弱水之后，仍然回到若丝身边，看着她咽下最后一口气。

在罗丹的心里，若丝到底占据怎样的位置？是他披荆斩棘的糟糠，还是微不足道的女人？抑或是只有在关键时刻，才突然显现的“心灵深处的爱侣”？

我常想，如果天才高旷又年轻美丽的卡密儿责问罗丹：

“你为什么会欣赏那个粗俗老丑的女人？”

或许正如我曾见过的那些老师、政要和收藏家。

罗丹也会淡淡一笑：“因为她是我的老妻！”

知道我多么爱你

〔美国〕罗伯特·L. 罗杰斯　田　辉 译

我的祖父和祖母结婚已逾半个世纪，然而多少年来，他们彼此间不倦地玩着一个特殊的游戏：在一个意想不到的地方写下“Shmily”这个词留待对方来发现。他们轮换着在屋前房后留下“Shmily”，一经对方发现，就开始新的一轮。

他们用手指在糖罐和面箱里写下“Shmily”，等着准备下一餐饭的对方来发现；他们在覆着霜花的玻璃上写下“Shmily”；一次又一次的热水澡后，总可以看见雾气蒙罩的镜子上留下的“Shmily”。

有时，祖母甚至会重卷一整卷卫生纸，只为了在最后一片纸上写下“Shmily”。

没有“Shmily”不可能出现的地方。仓促间涂写的“Shmily”会出现在汽车坐垫上，或是一张贴在方向盘轴心的小字条上。这一类的字条会被塞进鞋子里或是压在枕下。“Shmily”会被书写在壁炉台面的薄尘上，或是勾画在炉内的灰底上。这个神秘的词，像祖父母的家具一样成了他们房间的一部分。

直到很久以后，我才能完全理解祖父母之间游戏的意义。年轻使我不懂得爱——那种纯洁且历久弥坚的爱。然而，我从未怀疑过祖父母之间的感情。他们彼此深爱。他们的小游戏已远非调情消遣，那是一种生活方式。他们之间的感情是基于一种深挚的爱和献身精神，不是每一个人都能体验到的。

祖父和祖母一有机会就彼此执手相握。他们在小厨房里错身而过时偷吻；他们说完彼此的半截句子；他们一起玩拼字和字谜游戏。祖母常忘情地对我耳语祖父有多可爱迷人，依然还是那么帅气。她骄傲地宣称自己的确懂得“如何选择”。每次餐前他们垂首祈祷时，感谢他们受到的诸多福佑：一个幸福的家庭、好运道和拥有彼此。

可是一片乌云遮蔽了祖父母的家：祖母的癌恶化了。首次发现是在10年前。跟以往一样，祖父总是跟祖母肩并肩地走过人生艰难之旅的每一步。为了安慰祖母，祖父将他们的卧房喷涂成黄色，这样在祖母病重不能出屋时，亦能感到周围的阳光。

起先，在祖父坚实的手臂和拐杖的帮扶下，他们每天清晨一起去教堂散步和默祷。但随着祖母日见瘦弱，终于，祖父只能独自去教堂，祈求上帝照顾他的妻子。

然而那一天，我们担心忧惧的事终于还是发生了，祖母去了。

“Shmily”写在祖母葬礼上花束的黄色缎带上。当人群散去，叔伯、姑姑和其他的家庭成员又走上前来最后一次围聚在祖母身旁。祖父走向祖母的灵柩，用颤抖的声音轻轻地唱起“知道我有多么爱你……”。透过悲伤的泪，这歌声低沉轻柔地飘入耳来……

我终于明白了他们特殊小游戏的意义“S-h-m-i-l-y”：“See how much I love you（知道我多么爱你）”。

因悲伤而战栗着，我永远无法忘记那一刻，这个令人震撼的发现。谢谢你们，祖父祖母，教我懂得了爱。

花与扶梯

|

陈志超

少年觅侣，骑马采花难为准

情窦初开，一切是新鲜的、有吸引力的，就像骑马驰骋于花园。玫瑰，只看到它的艳，没估计它有刺！樱花，只赞叹它的盛，没考虑它的短暂！冬梅，只欣赏它的香，没设想到环境是严酷的寒冷！水莲，只留恋它的美，没追思到它根部的淤泥！总之，对异性出于本能的需求，情感往往掩盖了理智。最后，骑到哪里，马就停哪里，这是姻缘，也是巧合，身旁的花就和自己的面颊亲昵地一起拍照了。几年或几个月后，可能是终身有托，也可能是一生遗憾！

这是少年婚姻，过去的马是父母、环境和旧礼教！现在的马是自由、开放和性放纵！

成年结合，餐厅菜单细思量

成年了，社会上接触多了。在生存竞争日趋激烈的时代，盲目的热情或多或少使每一个青年人的额头上碰出过疙瘩，对事物的接受不得不重新估价，也开始理解婚姻只是人生大事件中的一项分类！要考虑到自身的地位、能力、配称、负荷，加上自己的个性和爱好。

找对象正如你先坐进适合自己身份的饭店，然后拿着你所得到的菜单，你必须考虑到这道菜是你所喜爱的，也是你的牙齿能够咀嚼的，更重要的是口袋里的银两能够适应账单！

中年婚姻，观戏也想再客串中年，事业、家庭、孩子、地位，能争取的争取到了，争取不到的也一半认命了，感情越来越趋稳重。但长时期的生活磨炼，人事抑制，有时会起着反弹跳，尤其对过去失落的感情会加倍地怅惘，对情感的需求也会异乎寻常地迫切：“四十虎狼之年。”两性都是如此。因此，当置身局外冷静地看人生喜剧时，潜意识中也许很想做一回票友，过过戏瘾，但又希望只是客串，下得台来，洗净铅华，还是回到自己的地位、家庭，继续看别人做戏！

老年夫妻，患难相交胜知己

老了，几十年的共患难，一起啃菜根淡饭，一起受世态炎凉，一起度人情冷暖，一起解意外横逆，一起为生儿育女煞费苦心。“船头上相骂，船艄上白话”的年轻相爱，已变成共存共荣、相互关心的知己或同伴！也许一方在更年期变得乖僻固执，也许一方脾气似五月太阳欲出又晦，但双方都了解对方的缺点，更爱惜对方的优点，这是两个人的世界。

衰年老伴，八字扶梯难分离七八十岁的夫妻，银婚金婚，只是对往昔美好的追念，父母亲的一代早已凋谢，同时代的老人逐个辞我先行，来日难长，儿女又成家分飞，知我者唯老伴，助我者唯老伴，正像金色池塘中两只倦飞也难飞的天鹅，肉体的爱已升华成精神之爱：互相关心，互相体贴，有时还会懊悔年少时怎么这样盛气、自私、主观、蛮横，对老伴的内疚常在半夜梦回时涌现心头，看着旁边老态龙钟的老伴，不会觉得厌恶，反倒倍觉怜惜！

八字扶梯，少了一方不行，如果真的一方先坏了，只能搁在墙头上单独使用了。这使用的日子也不会很长的了！

人生如戏，几分认真几分假

人生就是这样，从亲爱到怜惜，从放纵到自制，岁月不待人，每一样事物，等到你明白它的价值时，也许它已经离开了。婚姻的过程是人生戏台中极漫长的一段节目，上面所写的只是一个医生的观察，每一个人的角色安排不同，唱出的戏也就各有千秋，但有一个原则是相同的——你付出了多少代价，就获得多少；你觉得它有多少价值，你就享受到多少；当你在吃三文鱼的时候，别去羡慕邻桌的河豚！

非常岁月非常情书

安鹏翔

我和妻子相恋在二十多年前的非常岁月。

那个年代，一切言行都必须以“全国各族人民心中的红太阳毛主席”的话为最高准则，我清楚地记得，我用了整整一个星期的业余时间，把《毛泽东选集》和《毛主席语录》从头至尾翻阅了一遍，才从中精选出他老人家的几段话，写了第一封情书：

最高指示

领导我们事业的核心力量是中国共产党。指导我们思想的理论基础是马克思列宁主义。

我们都是来自五湖四海，为了一个共同的革命目标，走到一起来了……我们的干部要关心每一个战士，一切革命队伍的人都要互相关心，互相爱护，互相帮助。

谅解、支援和友谊比什么都重要。

解决群众的穿衣问题，吃饭问题，住房问题，柴米油盐问题，疾病卫生问题，婚姻问题。总之，一切群众的实际生活问题，都是我们应当注意的问题。

青年人就是要多玩一点，要多娱乐一点，要跳跳蹦蹦，不然他们就不高兴。以后还要恋爱、结婚。

世上绝没有无缘无故的爱，也没有无缘无故的恨。

唯物辩证法认为外因是变化的条件，内因是变化的根据，外因通过内因而起作用。鸡蛋因得适当的温度而变为鸡子，但温度不能使石头变为鸡子，因为二者的根据是不同的。

要抓紧……什么东西只有抓得很紧，毫不放松，才能抓住。抓而不紧，等于不抓。

下定决心，不怕牺牲，排除万难，去争取胜利。

我们的目的一定要达到。

我们的目的一定能够达到。

抄录了这几条语录之后，我觉得再无多话可写。那时还不敢用“亲爱的”字眼，只能以正统的某某同志称呼。我勇敢地对她写道：我喜欢你；希望你能像我喜欢你一样喜欢我；毛主席教导我们说：“我们中国人是有骨气的。”所以，我也不能勉强你。

就像当年地下党传递情报一样，我把情书交给了她。那时，她已经入了党，可我还没入。她参加工作比我早，工资比我多，家庭条件也比我好。我俩相好的消息传开后，说好说坏的都有。正当我心情焦躁之际，我收到她给我的一张字条，上面只有两条毛主席语录：

最高指示

希望我全体人民，一律安居乐业，切勿轻信谣言，自相惊扰。切切此布。世间一切事物中，人是第一个可宝贵的。在共产党的领导下，只要有了人，什么人间奇迹也可以造出来。

后来，我俩面谈了几次；再后来，就结了婚。但是，至今我俩都未能创造出什么奇迹，仕途平平，挣钱也不多。聊以自慰的是结婚二十多年来，夫妻俩能相濡以沫，唯一的儿子比我有出息。

初恋的情书，永远珍藏在我的记忆里。

你会按这个钮吗

王穗平

谈恋爱能否成功要看是否“合得来”，是不是“一路人”。有的恋人最终分道扬镳了，有的夫妻半路离婚了，归根结底还是价值观念的不同起决定性作用。我认识一对学法语的同学夫妇，后来妻子为定居法国而离弃了曾经相濡以沫的丈夫，嫁给一个华裔法国老头。

听说此事时，我曾震惊良久，后来想起《大学英语》课本中一篇美国作家 Richard Mathe-son 写的作品《按钮，按钮》，一种要与读者分享的愿望油然而生。

亚瑟与爱玛是双职工夫妇。一日，爱玛下班归来看见门外有个四方纸盒，里面装着一个莫名其妙的东西：一个小木盒上装着一个按钮，上面紧紧扣着半圆形玻璃盖子。一张小纸片粘在木盒底部，上书几字：“斯图尔德先生将在晚 8 时来访。”

见到斯先生，爱玛以为他是来推销什么产品的，不料他向亚瑟夫妇出示一个小信封，说里面是打开那个玻璃盖子的钥匙。如果他们按下那个按钮，世界上某个地方就会有一人死去，而亚瑟夫妇就能得到 5 万美元的回报。

亚瑟认为此举是令人作呕的恶作剧，立刻逐出斯先生并将其留下的名片撕成两半抛入垃圾篓。爱玛却动了心。第二天她捡起破名片给斯先生打电话说自己只是好奇，斯先生表示理解并保证她不认识那个死去的人（若她按下那个按钮的话）。当斯先生问要不要送回那个按钮装置时，爱玛坚决不要。但当天下班回到家门口时，她又见到了那个四方纸盒。

当晚爱玛试图说服亚瑟做这个“实验”，她认为这是某个行为怪异的百万富翁在与人们玩游戏。

她甚至说：“假如要死的人是万里之外的一个老农或是病号，你也不干吗？”亚瑟说，你杀的是什么人并没什么不同，反正是谋杀。爱玛说，5万美元呢，一个去欧洲旅游的机会，一个买下那座乡村别墅的机会！亚瑟脸都白了，斩钉截铁地说：“不。”

第三天早晨，爱玛早早起床为丈夫做了丰盛的早餐。吃早餐时，二人又讨论起按钮的事，爱玛说，那些人只不过在搞一个研究项目，看看普通人对做此事的反应，是否有犯罪感或焦虑心理，他们不会真去杀一个人。亚瑟一言未发，爱玛看见他的手在颤抖。亚瑟上班去了，爱玛痛下决心按了按钮，然后如释重负去上班（她又认为自己是庸人自扰，其实什么也不会发生）。傍晚下班回到家，她接到医院的电话：亚瑟在地铁站被拥挤的人群推向驶来的火车——死去的竟是他！爱玛想起亚瑟的人身保险，她将得到5万美元的赔偿金！

疯狂的爱玛接到斯先生的电话，她吼道：“你说过我不会认识那个死人！”斯先生答道：“我亲爱的夫人，您真自以为认识您的丈夫吗？”

女人的爱，真长

刘　墉

17 年前，中国台湾出现了一个贩婴集团，许多孩子失踪，被偷偷卖到岛外。17 年后，一个叫卡雅的女孩终于靠着一点线索，由澳洲找回台湾，找到她的生母。

当年悲剧，以喜剧落幕了。但是报纸上、电视上，出现了更多问号，一个个失踪儿女的父母问："我的孩子在哪里？"

在纽约卫星传送的电视新闻中，看到一个老妇人哭诉："我儿子是 30 年前不见的，我找了他 30 年哪！"妇人的丈夫已经去世，由两个人找，变成一个人找，找了 30 年。我想，会不会有一天，那妇人 90 岁了，还在找那算来已经六七十岁的儿子？会不会到她死的那天，回想起来还会有两行清泪滚落？

母亲的爱，多长啊！

在近比萨的乡下，见过一条奇怪的石头路，莫名其妙地横过荒凉的黄土地，又莫名其妙地断掉了。

"我们总来这里打扫，所以几百年了，这条路还在。"导游说，"这是一个女人修的。她的丈夫因为家里穷，到外乡去打工，许久许久不回来，那女人先修她门前的路，怕丈夫回来时下雨，踩到院子里的泥泞，渐渐地，她向外修路，朝着丈夫离开的方向，一块石头、一块石头地摆，摆过一个又一个山丘，直到她八十多岁死的那一天。喏，"他指了指路断处的一块小石头，"她就是在这里倒下的。"

我转身，看了看那条长长的石头路，心想，一定越年轻时抬的石头越大。

只是，如果把爱除以石头的大小，她老年时放的小石头一定“分量更重”。

“60年等一个人，这女人真狠！”导游笑笑。

“是啊！”我说，“这妻子的爱，多长啊！”

我少年时的房子，后窗正对着一户人家的厨房。

总见那女主人坐在水槽前择菜，对着炉子发怔，火光冲天地炒菜；接着，孩子回来了，抢着在水槽前洗手，伸手到盘里掏食物，再接着，厨房空了，另一边房间热闹起来，然后，就是一摞又一摞的碗盘，堆到了窗前的水槽里。

有时候夜里读书，抬起头，总见到那主妇还在洗碗。

“她像是一个陀螺，一个关在厨房里的奴隶。”我那时常这么感叹。

但是今天，再想起那画面，却有了不同的感觉。

当她买菜的时候，会不会想“丈夫的胆固醇高，该多吃这个、少吃那个；孩子正在成长，应该多吃蛋白质高的……”

当她在洗菜的时候，会不会想“现在的农药用得多，一定要小心，一片一片叶子洗，家人才不会生病……”

当她切洋葱时流了泪、煎鱼时烫了臂、开蒸笼时熏痛了脸的时候，她会怎么想?

她可能想，也可能不想。因为那是一种不必想的感觉。她是一家的女主人。

她在爱。

女人跟男人的爱，就是这样不同吧！男人在外打拼，有时候虽然会想“为了家，我要努力，多赚点钱，多忍口气”。但是忙碌的工作和雄性的野心，很快就会把那想法掩盖。

那些“工作狂”的男人，到后来甚至不知道自己为什么拼命。

可是女人不一样。

她们每看一下钟，每挑一样菜，每撕一块鸡皮，每捞去一锅肉汤的浮油，心里会想着“她的爱”。

女人时时刻刻在付出爱。

男人是开垦者，女人是土地。

男人是播种者，女人是土地。

男人是施肥者，女人是土地。

男人扛着收获走了，女人还在那儿，她是土地。

男人的工作多变，他跑来跑去。

女人总在那儿，看着自己孕育的，成长、茁壮、离开。

怪不得说“天公、地母”。

怪不得只听说“望夫岩”，传说一个女人，守着、盼着、望着，望成一块岩，却不知哪里有个“望妻岩”。

怪不得，女人不容易忘，她想着子、想着父亲、想着丈夫。一想，能想几十年。

女人的爱，真长啊！

巧结良缘种种

〔美国〕弗兰西斯·查斯坦　李淑娟 译

一些人认为婚姻是上帝或是命运安排的，这里有段姻缘也算是天公作美。

她独自一人静静地躺在湖心的小独木舟里，一边看书，一边进行着日光浴，有一架很大的飞机从上空掠过。第二天她还是躺在那里，那架飞机又一次从空中飞过。第三天那架飞机又出现了，并反复地从她头顶上空俯冲飞过。她惊慌起来，以致小舟倾覆，无情地将她抛入湖水中。

她发誓要让那个飞行员受一辈子的苦。44 年过去了，她一直按照自己的誓言去做。今天她依然还是这样说："我就是喜欢让他受苦。"

结婚经常是在一次尴尬的或是不吉祥的会面之后接踵而来。但是最普遍的因素还是惊奇。一位妇女就是在她身卧病榻时遇见了她的未来丈夫。虽然他就住在她的隔壁，但她却根本不认识他，因为他比她大 11 岁，而且一直在军队服役。也就是在这天，她被寝室窗户外面一阵"可怕的敲砸声"惊醒。"向窗外望去，我看到这个家伙正在给他的狗盖房子。我告诉他请他停止锤打，因为我今天不舒服。他向我道歉，同时放弃了手中的活。"

"几天以后，"她写道，"他带着一只小狗来到我家，把小狗送给我，还问我是否愿意与他一同去看电影，去喝一杯饮料。我同意了。从那时起直到今天，我们一起生活已有 50 个年头了。"

有时一对夫妇相遇是在对方正与别人幽会之时。

她"爱得如醉如痴"并与一位美男子订了婚。但那位男子却仍然与其他女子厮混，她一直原谅他。直到有一天夜晚，当她和他与一位朋友一起在酒吧休息室里休息时，她的未婚夫忽然同另一位女孩子一起离开了休息室，抛下她呆呆地站在那儿，看着他远去的背影。

她立即走出了酒吧，但她和那一位男友都同意找个时间“作为朋友”再聚一次。他们果真那么做了，不难猜出发生了什么。“我们玩得很痛快，当他吻我时，我看到了烟火（据说我们每一个人身上都会发光，当两位相爱的人在一起时，这种光就更亮，好像放烟火一样），同样他也看到了。”他们交往4年后结婚。“现在我明白了什么是真正‘爱得如醉如痴’。”她说。

你能想到在冬天白雪皑皑的世界上，也会发生这样一个浪漫的故事吗？它也编导出了一个美满而持久的婚姻。一场突如其来的暴风雪降临了，她由于没穿长靴，只好步履维艰地踏雪从办公室向家里走着。“突然一个年轻男子从我背后赶上来，让我跟着他身后的脚印走。我欣然同意了。”

她说：“我们现在已经肩并肩地步行了37年。由于那个特殊原因，我一直特别喜爱雪，对它有着格外亲切的感情。”

当乔治这位电工前来为一位朋友的朋友修理损坏的门铃时，他遇到了她和她的家里人。母亲觉得他人很好。“我说他长得丑陋。”她说道。

不过她还是与他定下了幽会时间，但他却迟到了两个小时。他没给她打电话，因为他既无她的电话号码，也不知道她姓什么。

尽管如此，他们还是在不到1年的时间里结婚了。那是39年前的事。

“在开始的几年中，我们两人常有些矛盾摩擦，但在爱和相互理解之下，我们克服了生活上的波动。”她说。

从前，精确的时间是1969年8月，驻扎在波斯湾港口的一位年轻水手发现了一个信封，上面写着一位妇女的名字和地址。朋友逗趣地让他给那位妇女写信，他们都不知她是否已是别人的妻子，或已是孩子的母亲，甚至是否已是某人的祖母了。

当那位妇女接到这封来自一个陌生人的信时，她感到非常惊奇。她不知该不该给他写回信。“但这封信写得太好了，我还是决定写封回信。我们这样相互通了 9 个月的信，通过这些信我们相爱了。”

1970 年他返回美国后给她打了个电话，他们终于见了面。那年年底他们结为伉俪。她说：“我还要补充一句，我至今一直珍存着我们之间相互来往的所有信件。”

吻

路　笛

吻，在人类生活中，本来是很常见的事，也是人与人之间纯真感情的流露。但是，极“左”思潮泛滥的那个年代，对这件事却讳莫如深，如果男女之间要吻，弄不好还要上批判会哩。

吻，多么神秘，又多么令人恐惧！

记得 1977 年冬季的一天，我回老家看望久别的妻子。农村妇女本来就不懂得什么叫作“吻”，而且自己和妻子结婚 10 年来也从未“吻”过。老实说，我俩对吻都十分生疏。就在这天晚上，我们之间发生了一个小小的误会。当时，我坐在煤油灯下看书，妻子也凑着这点光亮纳鞋底。在金黄色的灯光下，我看着她那白净的皮肤、漂亮丰满的脸庞是那样动人。我想起我小时候，爸爸、妈妈、哥哥、姐姐疼爱我时，就在我脸上吻了又吻。可是大人吻大人的事，我却很少见过，偶然在外国电影里看到，也以为那毕竟是外国啊！外国人能干的事，中国人能不能干呢？想到这里，我情不自禁地瞅住妻子，在她的脸庞上轻轻地吻了一下。她吃惊地搂着我，神情紧张得不知所措。接着，我又重重地吻了一下。啪！她狠狠地打了我一个耳光。我呆了，她也呆了。过了一分钟，她竟抽抽噎噎地哭起来。这时，我心更慌了。我说：“你哭什么！我是爱你呀！”

“你下流！”她小声骂我，认为我侮辱了她。

我也确实有些后悔，心想自己怎么能像外国人一样对待自己的妻子呢？我劝慰说：“你别生气了，我认错还不行吗？”

经过一番小周折，我们才重新和好。

唉！都怪这神秘的吻！

不久，国家政策变了，改革像一股强劲的春风，吹遍了祖国大地。更使我新奇的是，我在许多场合看到了吻：从银幕舞台，再到许多人的家庭。

记得1980年的秋天，我妻子的户口从农村转到了城镇。一天晚上，我带妻子去参加舞会。她原以为舞会有新鲜节目可以观赏。可是一到舞场，看见的却是青年男女，一个搂着一个跳交谊舞。她的脸红了，头也低下了。在这种情况下，我当然不敢去跳舞，只是呆呆地陪她坐着。一会儿，她站起来不愉快地说："走吧，这有什么看头！"我耐着性子说："再坐一会儿，让你开开眼界呀！"她只得又坐下来。别看她斜着眼睛，可目光却一直没有离开那一对对舞伴。

"你看，你看！"她轻轻地对我说。

我抬头一看，有一个男子利用灯光变换，正偷偷地在女舞伴的脸上轻轻地吻。那女舞伴半合着右眼，如痴如醉。

这天晚上，往家里走的时候，她偷偷地抓住我的手。我觉着她的手暖烘烘的，软绵绵的。这是过去从来没有过的。回家后，妻子很快上床安眠了，我照习惯还要看一阵书才能入睡。在银色的灯光下，我看见妻子那恬静漂亮的脸庞微微露着笑容。于是，我情不自禁地又在她的脸上轻轻吻了一下。这次她却闭着眼睛，一动没动，是真的睡着了吗？不！我发现她那长长的睫毛好像在微微颤动。

几年来，随着工资的增加，我家生活水平也迅速上升。1983年，我们买回了一台彩电，每晚睡觉前，妻子除了照管孩子外，主要任务就是看电视。电视内容丰富多彩，其中也免不了有男女接吻的镜头。随着时间的推移，我看见妻子的脸色在不断起变化。先是讥笑，后是羞涩的笑，最后是满意的笑。有一天晚上，我和妻子睡在软绵绵的沙发床上，当我要关灯时，她却挡住说："别关，咱们说说话儿。"

在彩色灯光下，我又看见了妻子那漂亮生动的脸庞。她用手抚摸着我的肩膀，轻声说："你吻一下我，行吗？"

我说："不是早吻过了吗？"

"不，不是在脸上，而是在嘴上。"她说完一对水汪汪的眼睛瞅着我，期待着，毫无羞涩表情——她变了。

我这时也受到了感染，一下子扑过去搂住她……

慢慢地，她推开我。"我过去真傻，只知道生孩子，就不知道两口子一块儿还有那么多的事情，真对不起你……"她笑着说，"过去我确实是这样想的，可是过去谁见过呢？"

"为这事，我还挨过你一个耳光呢！"

"你真坏！"她一下子又扑到我的怀里……

吻，这神秘的吻，终于变得不怎么神秘了。谁说这不是社会生活中一个令人愉快的变化呢？

妈妈的秘密

〔日本〕赤川次郎　晓　文译

●

千万不能让丈夫知道。

绫子拿着那个小包，站在桥上。夜深人静，河水在黑暗中悄无声息地流淌着。它能带走这秘密吧。

小包飞快落入河中。回家吧。明天丈夫住院，得起个大早呢。

绫子疾步往回走。轻轻打开后门，穿过厨房，溜进卧室——丈夫站在那里！

丈夫满脸愤怒。

“上哪儿去了？”

“这……”

“哼，是把见不得人的东西扔到河里了吧！”

丈夫真的动了气。绫子的脸也变白了。

“扔了什么？说！”

绫子忍不住反问一名：“你怀疑我什么？”

“我替你说吧——是北山的信！”

绫子睁大了眼睛。接着，慢慢将视线移至脚下。

“跟那家伙勾搭上啦！”

“啪”，一记沉重的耳光。绫子头晕目眩，一头栽倒在床上。

好不容易抬起头时，女儿有纪子正怯生生地站在床边，黑黑的瞳孔里充满了恐惧和疑惑。

“我到底是谁的孩子？”有纪子问，“是爸爸的，还是叫北山的那个人的？”

“你为什么问这个？”

“想知道。”

良久，绫子没有作声。微风吹拂着她那业已大部分变白的头发。

“好，”绫子终于开口了，“那就告诉你吧。”

“和我结婚前，你爸爸爱着一个人，她叫……”

晶美，并不出众。在中学，比他低一年级。当时很迷恋他的绫子，偏偏和晶美又是最好的同性朋友。不过，这两个女孩儿那时都还不到敢向异性吐露爱情的年龄。因此，也就没有发生什么争“郎”大战。论家庭背景，绫子占上风。晶美死了父亲，与母亲二人相依为命，度日维艰。她自然穿不起绫子身上的漂亮衣裤，也不善于玩耍。不过，绫子知道，晶美特有的那种清纯、温柔和娴静是谁也学不到手的。

那件事发生在一个炎热的暑假。

晶美突然跑到了绫子家。他正巧也在。紧追而至的是一群恶煞似的男仆，他们的主人是当地首富，晶美的母亲在那家干活。

“让那个女孩儿滚出来！”

男仆们叫嚣说，他们小姐放在梳妆台上的宝石不见了，晶美当时正进府找她母亲，偷宝石者必是晶美无疑……

他，发怒了，让晶美躲进里屋，他转身直奔门口，跟那帮男仆大吵起来。

大概是被他那不要命的样子吓住了，男仆们嘟嘟囔囔着回去了。本来他们也没有充分的证据。

他走向面色惨白、颤抖不已的晶美，温柔地拉起她的手……

然而，那件事并未结束。暑假期间，晶美偷盗宝石的传言飞遍整个镇子。新学期开始后，没一个人愿意跟她说话。她母亲也失去了工作，娘儿俩的日子更难过了。

他则明明确确地爱起了晶美。那不是出于怜悯或同情，而是纯粹发自内心深处的诚挚之情。绫子一如既往关心着晶美，同时暗暗在心里发誓：委屈自己，成全他们。

然而，单靠一个学生的爱情，是无法支撑母女俩的生计的。这件事终于画上了一个句号——晚秋的一个黄昏，晶美和她母亲一同投河自尽了。

“后来，你爸爸倒插门到了咱们家，再后来，就有了你。”绫子停顿了一下，“不过，你爸爸在心里一直思念着晶美。我只是他的妻子，晶美才是他的恋人，而且只有她一个……”

有纪子长长地叹了口气。

“可这与你扔到河里的东西有什么关系呢？”

“我打扫里屋的时候，发现了塞在天棚上的宝石，就把它偷偷地扔进了河里。”

“是，是这样……”有纪子几乎喘不过气来。“晶美被人追到咱们家，趁你爸爸跟人吵架的当儿，踩着板凳，把宝石塞到了天棚里。”

“那你为什么不告诉爸爸呢？”

绫子莞尔一笑：“我那时已经得知，晶美的不幸使你爸爸在身心方面所受的沉重打击和极度悲痛该有多大。对你爸爸来说，晶美是完美无瑕的女性偶像。如果告诉他真实情况，你想会发生什么事儿？”

“妈妈！”

有纪子紧紧地抱住了母亲。

“您才是最爱爸爸的人啊。”

绫子的脸微微发红。

“男人，都是浪漫主义者，总喜欢生活在梦里……”

心之眼

|

于继勇

席琳·迪翁有一首歌叫 *Because you loved me*，歌中唱道："如果我看不见了，你就是我的眼睛；在我无言时，你就是我的声音。"这让我想起了姥姥村子里的一对盲夫妻。

姥姥村子里的那对盲夫妻，今年快 80 岁了，膝前儿孙成群。听姥姥说，成亲时，丈夫是坐着牛车去接妻子的，虽然他和他的新娘都看不见颜色，但他还是特地让人在牛头和牛车上缠满了红绸子。把新娘接到家，丈夫拉着妻子的手，从堂屋摸到厨房，摸遍了家中的角角落落。最难的事，是去井边提水，每次都是两个人手牵手去，妻子摸到井边的树，一只手紧紧抱住树，另一只手紧紧地拉住丈夫的手。丈夫跪在井台上向井里丢桶，提绳。村里有人要帮忙，两口子总是不让，他们说："你们能帮得了我们一时，却帮不了我们一世。"就这样他们一直手拉手挑到他们第一个孩子可以挑得动一担水。让村里人感到奇怪的是，村里有十几个青年人都曾因地滑掉进那口井里过，可是他们却从没有。更让村里人奇怪的是，无论有多少人在一起叽叽喳喳讲话，两个人都能凭着一个长长的呼吸声找到对方。

因为看不见，无论风里雨里，人们看到的总是两个人手拉手的情景。无论干什么都是手拉手。牵手，这个让许多作家编来编去的情景，在这个不为人知的小村庄，出现了整整半个世纪。

丈夫是乡村乐班子吹唢呐的，经常到别人的婚礼上吹《百鸟朝凤》和《喜盈门》。无论到哪里吹唢呐，他只有一个要求：允许带着他的盲妻子，她一个人在家他不能安心吹奏。丈夫吹唢呐时，妻子就坐在丈夫的身边，静静地听，仿佛那些欢快的曲子都是吹给她听的。盲妻子脸上时时泛起的红晕，让村里人觉得这个静静地坐着的盲女人很美。

后来两个人都老了，就不再出门。两个人在家里的大院子里种了许多花，都是那种很艳很艳的花，开花时节，一院子红彤彤的。一次丈夫不小心滑倒，跌断了腿骨，在他住院的日子里，他的盲妻子竟一连 4 天没有吃下一口饭，她说摸不到那只熟悉的手，她的魂没了。

眼明目亮的儿女也曾开玩笑地问自己的父母：如果上天给你们一次机会，是不是想用眼看一看对方？盲老太太说："你们是用眼看人，我们是用心看人，心比眼亮啊。"盲丈夫说："拉了一辈子手，她手心里有几根纹都印在我心里了。我没见过最美的人，在我心里你妈就是最美的人。要眼有什么用，眼睛是最贪的啊，看什么都要分个丑俊孬好，看什么想要什么，对方脸上的一个麻子，都能放在心上一辈子。"

有人假设如果盲妻看到丈夫那因火烧伤的脸，会有什么样的感想？也有人假设，如果丈夫看到妻子那双陷下去很深的眼眶，会不会后悔自己说过的话？因为我们有眼，所以我们看人时只凭眼的感觉，而忘记了用心。正如盲妻所说，心眼才是最亮最真的啊。

创造微妙的平衡感

吴淡如

朋友传给我一个网络笑话：一对恩爱甚笃的夫妇正庆祝他们的金婚日，看热闹的中年邻居问老先生："为什么你们可以维持五十年的婚姻？打从我出生起，就未曾听过你们吵架的声音，难道你们之间从来没有任何争执？"

老先生说："争执当然是有的，不过都不会扩大……我从蜜月旅行的时候，就懂得这个道理了。那时交通不便，我们到大峡谷去度蜜月，一人雇了一匹驴子，她的驴子显然好吃懒做，没走多久就赖在路边休息，我只听到我太太冷冷地说：第一次……

"驴子第二次想偷懒的时候，她又指着驴子说：这是第二次……

"当驴子第三次不肯走的时候，她不慌不忙地掏出她的左轮手枪把它毙了……"

"夫人真是太残忍了！"

"可不是吗？我看不过去，停在路边指责她的不是，她并不跟我争辩，只是冷冷地对我说：第一次……"

有些天长地久的婚姻是靠"恐怖平衡"来维持的。

我曾经看过一对棋逢对手的夫妻，先生脾气暴躁，动不动就对老婆说："你不满意，随时可以走，孩子、房子都是我的。"而老婆也不是省油的灯，她也三天两头地警告老公："你要帅没关系，但如果你敢有外遇，我就在半夜割掉你的命根子！"两人口出恶言已习以为常，但婚姻还是在某种暴力的韵律感中逶迤进行，如今也已度过了二十个年头。

恐怖平衡可以维持两边的“偏安”局面，但无论如何，是不会让人有幸福感或安全感的。

在男女不平等的时代，人们对婚姻的看法是“男主外，女主内”，其实，每个人各有所主，要求的也是一种“平衡感”。看阿公阿婆们的婚姻实例吧，如果他们各有所主，通常婚姻就没多大问题，顶多伴随着小吵小闹过一辈子。如果出现了一个什么都管的强男人，连家里的事情都要巨细靡遗地控制，老婆连使用私房钱及家用的权利都没有，他做了再多，她都会唉声叹气。相反，如果老婆是强女人，除了里头还要管起丈夫的营生，那男人再怎么享福都会心生怨尤，总可以找出老婆讨他厌的地方。

平衡感也随着时代的要求，有不同的内涵。现代爱情中，平衡感一样重要。失去平衡的恋爱，很难天长地久。

一个男人刚开始可能会喜欢一个小鸟依人、一切唯他马首是瞻的女孩，但日子久了，他会觉得她怎么那么没主见，连要买什么颜色的手机也要问我，难道她没有自己的判断力吗？

一个女人刚开始也可能喜欢一个管东管西、“如父如兄”的男人，他对她的好，使她很陶醉；过不了多久，她会发现自己失去了自由，对他咆哮道：“你可不可以不要把我当作你的宠物？”

失去了平衡，爱得无微不至，就变成了烦；好事做尽，变成爱管闲事。

爱，到底也要让你爱的人在两性关系中找到他的长处、他可以发挥的地方。也许他刚开始很笨拙，很一无是处（那你到底爱他什么来着？可能就是爱他的老实吧），好歹默默让他试，让他为你效点劳如何？

最后的牵手

雷抒雁

这一次，是他的手握在她的手里。

这是一双被岁月的牙齿啃得干瘦的手：灰黄的皮肤，像是陈年的黄纸，上边满是水渍一般的斑点；不安分的筋，暴露着，略略使皮与指骨间，有了一点点空隙。那些曾经使这手显得健壮和有力的肌肉消失了。这是长年疾病的折磨所雕琢出来的作品。不恭敬地说，几乎可以用“爪子”一类的词来判定那手。

可是，她仍然紧紧地握着这手。一个钟头，又一个钟头，坐在他躺着的床边，看着他瘦削失形的脸，听氧气从炮筒一样的钢瓶里出来，咕咕嘟嘟穿过水的过滤，从细细的、蓝色的管子里，经过鼻腔慢慢流进那两片已被癌细胞吞噬殆尽的肺叶里，样子有些木然。

很久都是相对无言。突然，她感到那手在自己手心里动了一下，便放松了它。那手立即像渴望自由的鸟，轻轻地转动一下，反握住她的手。

“要喝水吗？”她贴近他的脸低声地问。

他不回答。只是无力地拉着她的手。她知道，他实在是没有力量了，从那手上她已感到生命准备从这个肉体上撤离的速度。不过依着对五十多年来夫妻生活的理解，她随着那手的意愿，追寻着那手细微的指向，轻轻地向他身边移动着。到了胸前，她感觉到他的手指还在动。又移到颈边，那手指似乎还在命令：前进！不要停下来！

一切都明白了，她全力握紧那干枯的手，连同自己的手，一齐放在他的唇上。那干枯的手指不动了，只有嘴唇在轻轻嚅动。有一滴混浊的泪从他灰黄多皱的脸颊上滚落下来。

许多记忆一下子涌上她的心头。

从这两双手第一次牵在一起的时候，他就这样大胆而放肆地，把她纤细的手拉到自己的唇边。那时，他的手健壮、红润而有力量。她想挣脱他的手，但像关在笼子里的鸟，冲不破那手指的门，直到她心甘情愿地让自己的手停留在他的唇边。

习惯是从第一次养成的。这两双手相牵着，走过一年又一年，直到他们的子女一个个长大，飞离他们身边。贫困的时候，他们坐在床边，他拉过她的手放在自己的唇边；苦难的时候，他拉起她的手放在自己的唇边。手指好像是一些有灵性、会说话的独立生命，只要握在一起加上轻轻的一吻，就如同魔术师神奇地吹了一口气，什么就都有了。信心、勇气、财富，一切都有了。

他们有时奇怪地问对方，什么叫爱情，难道就是这两双手相牵，加上轻轻的一吻？或许这只是他们自己独特的方式。短暂的离别也罢，突然的重逢也罢，甚至化解任何一个家庭都绝不可少的为生活而起的争执，都是这一个程式化了的动作。

可是，他们彼此听得懂这手的语言：关切、思念、幽怨、歉意、鼓励、安慰……

现在，生命就要首先从他的一双手走到尽头了。曾经有过的青春、爱情，曾经有过的共同的幸福记忆，都将从这一双手首先远去了。

她的手在他的唇上只停留了一瞬，便感到那只干枯的手不再动了，失去了温度。屋子里突然一片静寂，原来那咕咕作响的氧气过滤瓶不再作声了。时间到了！

她没有落泪，站起身来，看着那一张曾经无比熟悉、突然变得陌生的脸，慢慢抓起他的手，轻轻地贴在自己唇边。她觉得沿着手臂的桥，那个人的生命跑了过来，融会在自己身上。

她相信自己不会孤单，明天，依然会是两个生命、两个灵魂面对这同一世界。

爱　情

白　描

一位离过两次婚、第三次婚姻又濒于破裂的外国女明星，对她祖母的婚姻竟维持了60年感到不可思议。她不相信祖母能使做演员的祖父爱得死心塌地，因为祖母只会洗衣做饭又不十分漂亮。

一天，她拿出一张磁盘，这张磁盘是她第一次结婚时父亲送给她的礼物。当时父亲对她说：这是你祖母的日记，但愿它对你会有所帮助。

女影星把磁盘插入了电脑，敲了几下键盘，日记就被调了出来。这部日记是她祖母结婚60年来的生活经历，每日一篇，简短有序。女影星懒洋洋地浏览着，可是没看几篇，就看不下去了，因为这些日记千篇一律，就像一本流水账，洗衣、做饭、烧菜，看不出去年的一天与今年的一天有什么不同。

女影星有些厌倦，就把目光移到“选择与切换”上，想看看祖母对“洗衣”这个词总共用了多少次。不到3秒钟，数字出来了，一共是18765次。

女影星感到有些好笑。她想，祖母的词汇也太贫乏了，就不知道换点别的。为了检点祖母的用词重复率，她又用同样的方法搜索了几个词，最后，搜索出18个使用频率最多的词，这些词和出现的频率被浓缩成一个总结：

我和他共同生活了60年零216天，他总共给我送过3次花，不过他吻过我51278次；我们吵过216次架，但他对我说过2852次对不起；我给他擦过3621次皮鞋，他给我洗过12次脚，那是在我怀孕期间，我的大肚子使我无法弯下腰去；我给他叠了1967次衣服，他给我剪过19次头发；我给他买过316次袜子，他给我买过19次香水；他让我怀过8次孕，生过6次孩子，两次流产。另外，我们还共同用过 327 管牙膏，参加过 22 次葬礼，一起和孩子出去野营过 9 次，我们把衣服放在同一个柜子里 37 年，我们共同拥有 14 位朋友。

这台高科技的设备还可以把这位祖母的日记继续搜索下去，不过女影星认为这样已经够了。她关上电脑，伸了个懒腰，走进厨房，她想今天亲自做一次饭。

婚姻中的爱情是非常朴素和平淡的，有时甚至还带着几丝苦味，如果带着年轻时的风花雪月和初恋时的浪漫走进婚姻，婚姻不仅会令你失望，而且还会以死亡来向你抗议。然而，你一旦带着责任和义务走进婚姻，婚姻就会向你展示无限的魅力。

爱情的气质

澜 涛

她和他走在一起，让人们想到的只能是“郎才女貌”，但人们并不看好他们的爱情。原因很简单，她出身于一个世代书香之家，他却只是一个穷教书匠，这在战乱的炮火尚未炸毁门第观念的年代，无疑是横亘在他们之间的一道天堑。幸好，她的父亲还算开明，只坚持一点：他要用一场气派的婚礼体面地迎娶她。为了能够早一些成为他的新娘，他们订婚后，她决定去东北大城市工作，和他齐心协力赚取到父亲要求的体面气派的婚礼所需要的费用。挥别洞庭湖的温婉轻唱，她坐船出沅水，过洞庭湖，顺江而下。

上岸后，坐车北上，因战事与时局发生变化，到泰山脚下后再也无法前行，进退两难的她只好在朋友的帮助下，在当地一所学校开始了教书工作。两年后，伴随着共和国解放的炮火声，他投笔从戎，下潇湘，渡漓江，到广西。最初，两人还有联系，但居无定所的行军，加上她的工作几经转换，不久二人便失去了联系。她不知道他发生了什么事情，但她坚信他不会辜负她，坚信他不会殒命战火，坚信他在等待着她。

16 年后，在北方苦寻无果的她，南归寻夫。

因为没有了工作，回到家乡后，她只能靠给人打零工或捡破烂维持生计，但这并没能阻挡她寻找他的脚步。可她仍旧没有他丝毫的音信。“文化大革命”的风潮中，她被下放到一个偏远的山区务农，而他也被遣送回老家一个小村务农。近在咫尺，却没能相见。历史的车轮碾过泥沙枯草，她恢复了清白，他也得到了平反。他们想到的第一件事情就是：寻找对方。岁月沧桑，茫茫人海，他们不知道对方是生是死，但坚信对方只要活着就一定在等待着自己。终于，在分别了 40 年后，他们在家乡的小城重逢。四目相对，泪眼蒙蒙。隔着 40 年的岁月长河，他未娶，她未嫁。

经过 40 年的想念和等待，74 岁的他和 66 岁的她终于手挽着手走进了婚礼的殿堂。婚礼上，他郑重地对她许诺："我至少还要陪伴你 10 年！"

这是一个真实的故事，她叫余琦，是当代著名作家丁玲的亲戚。他叫刘自平。余琦在和刘自平共同生活了 19 年后于 2005 年病逝。2006 年，他们的爱情故事被选入中国妇女报社和岳阳市人民政府联合举办的"十大爱情故事"。有记者问当时已经 92 岁的刘自平怎样评价他这一生。是啊，经历了那么多的磨难坎坷，经历了那么久的寻找等待，相守却如此短暂，他是不是会感觉到不满，是不是会感觉到忧伤?

"我这一生是幸福的，满足的。"刘自平说着，满脸的明媚光鲜，满眼的奕奕神采。

刹那间，有种不可阻挡的东西正穿透我的心，震撼着我。我愣怔良久，恍然洞明：是老人那爱情的气质。在这爱情的气质下，喧嚣与浮躁在红尘中渐渐散去，世界清明而纯净。穿越时空的真挚、苍茫岁月中的坚守、黯然风雨中的执着……不为沉浮上下，不为得失深浅，不为离聚明暗，总能够光彩熠熠，并恒久永远。

为你早起

李丹崖

直到现在，福尼亚小镇上依然保留着这样一个习惯：每年6月15日凌晨4点整，小镇上所有的家庭都会响起一阵闹铃声。

4点钟？这个时间也未免太早了吧？难道福尼亚小镇上的人都这么勤快吗？

这件事要从一个人说起，他叫马歇尔。

马歇尔先生是个每天都起得很早的人。只要教堂里的钟声刚刚敲响4下，他就要从床上爬起来，习惯性地在炉子上炖一碗鸡汤，然后走出家门，到教堂附近的小路上去溜达。

要知道，马歇尔先前可不是这样一个早起的人，那时候的他嗜睡如命，到了早上9点还赖在床上，把被子裹得紧紧的，拽都很难拽得动。马歇尔的改变缘于他的妻子。

马歇尔先生20岁那年留学中国，在中国，他结识了自己的妻子。两人感情甚笃，后来妻子跟着他来到了英国，并改名为琳达。他们婚后的生活十分甜蜜，一年后，琳达为马歇尔生下一个儿子，一家人过得和和美美。

然而，这样的日子并没有继续下去。5年后，琳达在一场车祸中被撞成高位瘫痪，马歇尔伤心欲绝，变卖了所有家产来维持琳达的生命，加之抚养着一个未成年的孩子，生活过得十分艰难。

艰苦的生活并没有改变马歇尔对琳达的爱。由于大小便失禁，琳达总会在早上4点多把床单弄得一团糟。通过长期观察，马歇尔发现，这个时间十分固定。为了让琳达少受点罪，马歇尔总在每天教堂钟声敲响4下的时候，迅速爬起来，为琳达换好垫布，擦洗身子，再到厨房为琳达炖一碗她最爱喝的鸡汤，然后，一小勺一小勺地喂琳达喝下去。等母子二人都吃过饭以后，差不多就6点了，这时候，马歇尔再把琳达抱到轮椅上，推着她到教堂附近的小路上散步。这样的习惯被马歇尔演变成了一种规律，每天如此，雷打不动。渐渐地，马歇尔和琳达成了教堂附近的流动风景。

琳达生病期间，有一位朋友曾为马歇尔介绍过一个对象。女人是个中学教员，人也十分贤淑，表示愿意和马歇尔一道来照顾琳达。尽管这样，还是被马歇尔一口回绝了。

时光如流水，一转眼又是40年过去了。在这一年里，琳达于一个午后在轮椅上安然离去。这时候，儿子早已成家，70平方米的房子里，只剩下了马歇尔一个人。

尽管琳达不在了，但是，马歇尔每天早上4点钟起床、炖汤的习惯却一直保留下来了。只不过每到6点，马歇尔不再去教堂，而是到附近山腰的公墓去陪琳达说上半小时话，顺便帮琳达换上一束最新鲜美丽的雏菊，那也是琳达生前最爱的。

后来，马歇尔家附近的教堂拆迁了，许多人以为马歇尔听不到钟声就不会再起得那么早了。他们哪里知道，此时的马歇尔早已在自己的心灵深处安置了一只闹铃，每天早上4点，准时响起。

后来，马歇尔的爱情故事被一家媒体报道出来，许多年轻的情侣都涌向这座小镇。每天早上4点整，总有人准时守候在马歇尔家门前，只为一睹马歇尔这位“痴情先生”的尊容。

多年以后，马歇尔先生已经步履蹒跚了，这时候，不知道谁发起了这样一项活动，他们认为：只要能搀扶马歇尔走上一程，就能一生爱情美满，家庭幸福。再后来，整个小镇发起了这样一项活动，那就是在每年6月15日那天4点整，小镇上所有的家庭都会响起一阵闹铃声。因为，那天是马歇尔的生日，在那天，所有小镇上的夫妻，都约定互相为对方做一件有意义的事情。

马歇尔先生享年109岁，他去世以前，曾嘱托儿子在自己的墓志铭里写下这样一句话：“亲爱的琳达，如果有可能的话，我一定愿意再为你早起80多年！因为，没有人可以替代你在我生命中的位置……”

爱深如海

〔美国〕玛伯·克林斯蒂　彭丹青 译

安娜坐在她那幢老旧的海滨别墅的窗子前，眺望着远处蔚蓝的大海，又开始回忆起这一生她度过的最美好的时光。

这段时光在她记忆中十分珍贵。事情大约发生在七十年前的一个八月。那个夏天安娜刚满十六岁，她随父母到海滨度假，在那里邂逅了彼得。

那一串像珍珠般闪亮的日子，只有一个月。清晨五点四十五分，还在睡梦中的安娜被一阵轻轻的敲窗声惊醒，打开窗户，她惊奇地看见彼得挽着野餐篮，披着羊毛毯站在窗下，仰头望着她。彼得告诉安娜，在海滨剩下的日子里他要与安娜一起度过，从日出到日落。

安娜蹦出窗外，和彼得欢笑着一起去看海上日出，吃浪漫的早餐，荡秋千，投机地交谈，在海滩边清澈的波浪里游泳戏水。天气很好，阳光照耀在他们身上，照耀着他们青春飞扬的脸。

夜幕降临，安娜和彼得爬上海边的一座山丘，头上一轮明月，将银色的光洒向深邃的大海，海面上闪烁着银锭一般的光斑。

他们铺开毯子，彼此依偎着坐下，直到天空突然下起夏日里常见的倾盆大雨。至今安娜仍然记得当雨点倾泻而下时的那种惊喜和兴奋。彼得牵着她的手，走下泥泞的山坡，一直走到海滩上。彼得温厚的手掌和细心的呵护，让她心动神摇。他们在雨中的海岸边跳舞，不时来一个热烈的拥抱，他强壮的身体让她感到一生有了依靠。安娜的耳边永远萦绕着彼得那时激动的心声："我爱你，安娜，我要永远和你在一起，在我以后的生命中只有你。"

雨过天晴，彼得与安娜在海滩上看落日美景。太阳余晖坠落到海里，它的脚步那么缓慢，仿佛不愿意辞别蓝蓝的天、蓝蓝的海，还有海滩上这对令它羡慕的恋人。这美好的一刻定格成安娜永恒的记忆。

彼得送安娜回家时已经很晚了，分手时他们都不愿意说再见，因为“再见”意味着他们在岛上的欢乐时光的结束。彼得湿漉漉的黑发垂在深蓝色的眼睛上，含情脉脉，让她心如撞鹿。

假日结束后，他们相互约定保持书信联系，直到次年夏天再次相聚。这种联系最终把他们送上了教堂婚礼的红地毯，此后的六十九年对他们来说每一天都是美好的。

彼得去世已经九个月了，九个月里的每个日夜，安娜都是靠回忆度过的。她最珍爱的时光是日出的清晨和日落的黄昏。

安娜平静地坐在窗前，思念着昨天，思念着昨天的彼得和自己，窗外浩瀚无垠的蔚蓝色的海洋，见证了他们一生的爱。她会永远思念下去，直到与她挚爱的彼得重逢的那一天。他们早已相互约定，在另一个世界的某一个夏天里，他们会再度相聚。

可以在一起打哈欠

张　鹰

傍晚，微风缓缓地吹着，给人很惬意的感觉。

小区院子里的紫藤架下，坐着一对老年夫妻。他们脸对着脸，手拉着手，白发在夕阳的余晖中闪着银亮的光泽。动人的画面牵住了我的视线，我放下沉甸甸的菜兜，收住急匆匆的脚步，在不远处坐了下来。

看来，老太太有点犯困，她张开缺牙的嘴，对着老先生打了个哈欠，然后用手绢擦拭眼睛。像受了传染一样，老先生也对着老太太张开了嘴巴，很舒心地打了个哈欠，还吧嗒了几下嘴巴，好像回味什么好吃的东西。

就这样，他俩你打个哈欠，我回个哈欠，打得皱纹层叠，泪水横流……没有一点点顾虑，没有一点点掩饰，没有一点点干预和制约。那种随意的自由，融为一体的亲情，弥漫着柴米油盐的味道，弥漫着家和亲人的味道，弥漫着安宁和满足的味道，让我怦然心动。

我真是羡慕打哈欠不需用手或手绢掩住嘴巴的老太太，她是何等的自信——对被爱的一份自信，对相伴一生、相濡以沫的一份自信。不修边幅的她一定是爱得全心全意，而且也一定是幸福得无忧无虑。这无忧无虑让她可以随性地生活，不用拘谨地掩饰和迎合。

我忍不住上前打扰他们："阿姨，你们在这儿等谁呢？""不等谁，是老头子晚上睡不好，下午我就不让他睡，陪他坐。你看他哈欠连天的。"老太太怜爱地看着老伴，把手中柔软的帕子递给老翁。

老先生像不服输的孩子，说："你不也是哈欠连哈欠吗？"

“打打哈欠，得了精神，人就清明些了。”老太太说着又打了个哈欠，我们三人都笑了起来。

“你们年轻的时候，也这样对着打哈欠吗？”我问。

“哈哈！”老先生大笑起来，“我敢她不敢，怕损害了她美丽的形象。现在，她不好看了，我呢，站着像个倒悬的葫芦，坐着像个大皮球，她也不怕我嫌弃她了。”

“不知道谁嫌弃谁呢？”他们甜蜜地拌着嘴儿，笑容如水波一般很有层次地荡漾开来，把困意赶跑了。美好的婚姻是什么，很多人作过华丽的诠释，此时此景，我觉得在一起打哈欠，不就是对美满婚姻最好的诠释吗？

记得拜伦曾写过这么一句话：“一切喜剧皆因婚姻而告终。”尽管如此，他还是结婚了，为的是：“我想有个伴儿，可以在一起打哈欠。”我问了好几个女伴，在丈夫面前打哈欠掩不掩嘴？“当然掩。否则，那大张的嘴多么丑化自己的光辉形象。”她们回答得很干脆。我也一样，每每有哈欠上来，在丈夫面前总要进行掩饰，在外人面前，甚至非常不畅快地把哈欠逼回老家。

原来，是我们婚姻的“道行”不够，还没有修炼到“可以在一起打哈欠”的境界。不是所有的夫妻都能修来“可以在一起打哈欠”的幸福和温馨，它必须经过岁月风雨的考验，曾经沧海的发酵，天长地久的打磨。当我们可以对着自己的爱人，毫无顾忌地打着长长的哈欠，任泪眼蒙眬、皱纹重叠时，那离美满的姻缘就不远了。

只是，很多人总是容易忽略婚姻中一些很不起眼的细节，总是容易忽略生命中一些很重要的东西，比如“可以在一起打哈欠”。当这样的幸福近在咫尺的时候，我们总看不清它是什么，不懂珍惜，不作选择。但当它离开的时候，我们才摸着心痛的地方恍悟：原来，我们曾经那样接近过幸福。

可以在一起打哈欠，那是不输于梁祝的爱情，是婚姻的经典！

《读者》杂志365篇情感美文
典藏精选

光阴的故事

读者杂志社 编

友情篇

中国工人出版社

目 录 Contents

同学：十年寒窗同学情

朋友：人生结交在始终

陌生人：被这个世界温柔地爱过

光阴的故事

|

同　学

|

十年寒窗同学情

青春是不老的传说。

在那段青涩的岁月中，

弥散于九月阳光里的同学友情，

让我告别初入城市时那隐隐的情绪阴霾，

步入自信的路途，

越来越豁达开朗。

忧愁上身

贾樟柯

有一年春节，我从北京回老家汾阳过年，电话里和一帮高中同学约好初四聚会。初四早晨，县城里有零星的鞭炮声。我一大早就醒来，开始洗澡换衣服，心乱，像去赴初恋的约会。

又是一年不见，那些曾经勾肩搭背、横行乡里的春风少年，被时间平添了一些陌生感。到底是有牵挂，一干人围坐桌边，彼此客气，目光却死盯着对方。一个同学捧着菜单和服务员交涉，其余人假装礼貌选择沉默。包间里静极了，大家听他点菜，个个斯文得像在上班主任的课。他们一口一口地吸烟，我一眼一眼地相望。可惜满目都是同窗好友老了的证据，想调侃几句，一时又找不到合适的乡语。

这时，一个做推销的同学吐了一个烟圈儿后，一下找到了高中时代的兴奋感，盯着我“拷问”道：“贾导演，老实交代，今年你又交往了几个？”

青春虽走，荷尔蒙犹在。这个话题让一屋子刚步入中年的同学顿时焕发了青春。对我的“审讯”让所有人激动起来，我接受这莫须有的“罪名”，只为找回当年的亲近。就像高一时，他们捕获到了我投向她的目光中的爱慕，在宿舍熄灯后杜撰我和她的爱情，而我选择不辩白，夜夜在甜蜜的谣言中睡去。

今天，甜蜜已经消散。我被他们的“罚酒”搞得迅速醉倒，在酒精的炙烤中睡去。下午醒来，不知身处何处，耳边又传来同学们打牌的声音，我闭着眼听他们吵吵闹闹，像回到当初。记得高考前也有这样的一刻，我们这些注定考不上的差生破罐子破摔，高考在即却依旧麻将在手。有一天我躺在宿舍床上听着旁边的麻将声，想想自己的未来，心里突然一阵潮湿。十八岁前的日子清晰可见，之后的大片岁月却还是一张白纸。我被深不见底的未来吓到，在麻将声中用被子拼命捂住自己，黑暗中我悄悄地哭了。

那天没有人知道，他们旁边的少年正忧愁上身。

二十几年过去，睡眼蒙眬中我又听到了熟悉的麻将声，听他们讲县里的琐事，竟觉得自己日常乐趣太少，一时心里空虚。年少时总以为未来都会是闪亮的日子，虚荣过后才发现所有的记忆都会褪色。这时，又想了想自己的未来，未来于我好像已经见底，一切一目了然。我为这一眼见底的未来伤感，心纠结成一片。

原来，人到中年还会忧愁上身。

想一个人走走，便起身出门，到院子里骑上同学的摩托车，漫无目的地开了起来。不知不觉中我已经穿越县城，走上了那条熟悉的村路。村路深处，暮霭中的山村里有曾经和我朝夕相处的同学。

他和我一样，第一年高考落榜了。我避走太原学画画，他没有复读回了农村。以后的日子，见面机会越来越少。友情的火焰被坚硬的现实压住，大家没有告别便已各奔前程。“曾经年少爱追梦，一心只想往前飞”的这些年，一路上失散了多少兄弟，连我自己都说不清楚。此时此刻，我却站在他们村口。以前县城里老停水，一停水我就拉一辆水车去他们村里拉水，每次都会在他家里小坐一会儿。那时候村里人普遍睡土炕，或许是受了在县城读书的影响，他把一间窑洞里的土炕拆了，自己生炉子搭床睡，还把床铺收拾得整整齐齐。

我骑摩托车进了村，村里有些变化，街道结构却一切如旧。到了他家刻有“耕读之家”门楹的大门口，一眼就看到院子里他的父母。我被他们“搀扶”着进了房间，寒暄之后才知道我的同学走亲戚去了。多年不见，他的房间竟然没有丝毫改变。

“他还没有成家？”我问。

“没有。”他的父母齐声回答。

沉默中我环顾左右，突然在他的枕边发现了一本书，那是20世纪80年代出版的《今古传奇》。上高中的时候这本《今古传奇》从一个同学手里传递到另一个同学手里。这本书在教室里传来递去，最后到了他的手里，直到现在还躺在他的枕边。这二十几年，日日夜夜，他是不是翻看着同样一本小说？一种“苦”的味道涌上心头，一个又一个漫长的山村之夜，他是不是就凭这一本《今古传奇》挺了过来？我骑摩托车返城，天边的星星装点着乡村的黑夜，这里除了黑还是黑。我突然想，在这一片漆黑的夜里，他会不会也和我一样经常忧愁上身？

我常常会想起过去，想起我们各奔前程的青春往事。可是，同处这个世界，我们真的能彼此不顾，各奔前程吗？

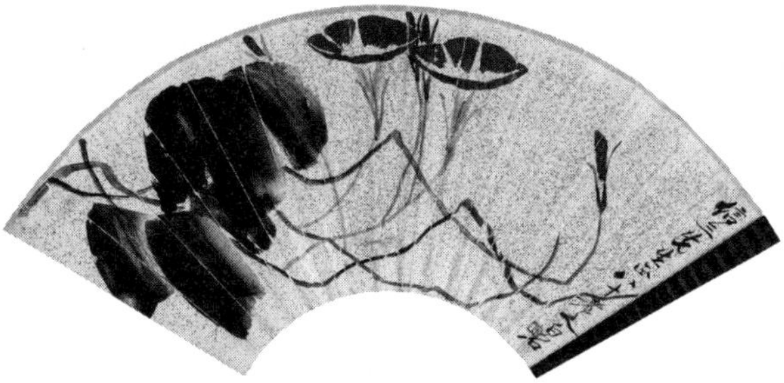

观音老师

马 良

俞老师是教数学的，也是班主任。她是我唯一记得姓名的小学老师，因为我一直对她念念不忘。

她是一位慈眉善目的老太太，年轻时一定很漂亮。当时她不到五十岁，一头齐耳长的花白头发梳得特别整齐，是那个时代很多女性的标准发型，上面“三七分”，下面“一刀平”，一边少些的头发别在耳后，另外多些的属于“七”的那部分，用两个黑色的细发卡在额边别得妥帖，垂下的那部分稍微有些晃动。我妈有段时间也梳这个发型，所以我也常常对俞老师生出一些无赖小儿般的依恋。

我小时候特别不爱干净，虽然不是那种特别调皮的孩子，但是什么地方都敢钻，垃圾堆、煤栈仓库、废弃的屋子，甚至废弃的屋子里床上多年都没人动的被窝。我小时候好像对脏是没有概念的，而且那时候洗澡也不是很方便，尤其天凉以后，洗澡要去公共浴池，一两周才能去一次。还没等到洗澡，我全身已经脏得闪闪发亮了。我姐姐每天都不让我进门。我在外面野了一天，回去吃晚饭前，必然会被她拉扯到水池边，用刷衣服的那种猪鬃做的硬毛板刷，狠狠地刷手，直到刷出一盆黑水才放我进屋。

俞老师是我读三四年级时才调过来教我们的，第一天点名，她盯着我看了又看。课上到一半，她给全班同学布置了一些课堂作业，便把我叫了出去，牵着我的手就去了她的办公室，然后叫我拿了毛巾、肥皂和脸盆，去操场边的水池，不管三七二十一就给我洗了手、擦了脸，还仔细搓了脖子（我真算是把她的毛巾给毁了，全黑了）。洗完后，她又牵着我，把我带回教室。这一路，我既对自己那么脏感到很羞愧，却也有几分得意，因为全班那么多同学，老师只给我洗脸、洗手了。没想到的是，那天之后，经常性地，俞老师只要看我哪天足够脏了，就会叫我去办公室拿脸盆、肥皂、毛巾，还叫我去打水，再当着全班同学的面把我洗刷一遍。那时候真是天真，我竟然没有觉得羞耻，记忆里一点儿这种感觉都没有，反而每次都得意极了，甚至分明觉得同学们眼里满满的都是嫉妒。

其实我不但脏，还爱撒谎，并且特别不爱做作业。现在想来，因为我早上了一年学，是全班最小的孩子，估计脑子不及别的孩子发育充分，功课根本就学不会，即使认真学了也学不会。后来，我干脆自暴自弃，也不做家庭作业了。别的严厉的老师布置的作业我不敢老是不交，所以我总是借来同学的誊抄一番，或者以帮别人画美术作业为条件，委托别人代我做了。然而在俞老师这里，我因她的宠爱变得有恃无恐，从来都不交作业。每次她问我，我便会编一个瞎话来搪塞，有时说作业本掉在井里了，有时说作业本被风吹到别人家的院子里了。我还编过家里厨房着火，烧掉了作业本，写完了作业可是字迹自动消失了等瞎话。有一次，家里新买了缝纫机，我对缝纫机肚子下面的那个洞产生了浓厚的兴趣，第二天对俞老师说的话便是："我想在那个洞里掏东西，够不着，就拿着作业本去够，结果作业本掉进那个洞，再也找不到了。"这些说辞，我那时真的都说过，一点儿都没编，而且我当时特别得意。在俞老师面前编瞎话，成为小小的我在失败的人生里，重新找回自信的最重要的手段。而她从来没有戳穿过我，总是微笑着听我说，每天都等我给出一个一本正经的说法。

如今，每次回忆起这些小小的片段，我就特别想哭。我在初中时去看过俞老师一两次，爸妈知道她喜欢我，命令我去的。后来，等我脑子终于发育好了，自己回味过来她的好，再去那所小学的时候，俞老师已经退休，离开了学校。之后待我年纪再大一些，明白了一些事理，想起来也许可以通过学校找到俞老师的家庭地址。可当我再回去找时，不料那所小学已经被拆除，那地方一栋贴满丑陋瓷砖的大楼，阻隔了我通向童年、通向我亲爱的俞老师的所有道路。

后来在庙里看到观音菩萨的时候，我总是会想起这个慈眉善目的老太太。这世间如果有一种守护神，会毫无理由地为笨拙的小孩守护着童年、守护着一份天真，那我的守护神一定就是她。

最好的还未到来

|

刘伟馨

法国影片《最好的还未到来》是一部喜剧片，它探讨了关于生病和死亡的话题，但导演似乎无意渲染感伤，而是让一种轻松活泼的氛围贯穿始终。

亚瑟和凯萨是从小认识的老朋友。亚瑟在一家医学研究所任研究员，凯萨是一个失败的商人，电影开头，我们看到他家所有的家具被人搬走、清理，他身无分文。更可叹的是，搬家时，他从高处坠落，摔伤了后背。亚瑟陪凯萨去医院看病，凯萨意外地被诊断出患了肺癌，只有六个月存活期。因为凯萨用了亚瑟的医保卡，亚瑟被当成病人。凯萨并不知道自己患病，他想要帮助他以为生病的亚瑟渡过难关；而亚瑟一直在寻找机会告诉凯萨真相，但总是没有成功。事情变得有点棘手。

导演用建立在死亡上的阴差阳错，塑造了两个个性迥异的人物，铸就了一段非凡、感人的友谊。

亚瑟算不上一个爽快的人，他原本可以直截了当地告知凯萨全部事实，但他害怕后果，害怕此刻生龙活虎的凯萨就此失去快乐。他对前妻说过这么一段话："告诉凯萨实情，对他有什么好处？他已经病入膏肓，等着他的是住院医治，他会认为一切都完了，而现在，他快乐、随和，觉得人生有目标。"

亚瑟并非故意隐瞒凯萨的病情，导演用细腻的层次，把阴差阳错进行到底。拿到检查报告时，亚瑟看着凯萨兴高采烈地说自己很快要当爸爸了，只能欲言又止；趁着喝酒，亚瑟告诉了凯萨实情，凯萨却认为这是醉酒人的伤心之语。亚瑟几次和凯萨谈到这个话题，不是被打断，就是被岔开。优柔寡断显然是亚瑟的性格缺陷，他也不断自责："我拖得太久了，搞到难以收拾；我想找个恰当的说法，却弄得一团糟。"不能怪亚瑟，后来在凯萨生命垂危之际，癌症康复病人虹妲对凯萨说："亚瑟骗了你，是因为害怕你出事，关心一个人时，会想着替他分担痛苦，承受一切，尽管方法愚蠢又无用。"

很显然，电影中命运最悲惨的莫过于凯萨，但他也是最乐观、最具活力的人。他误以为亚瑟患病，竭尽全力关心、照顾和挽救亚瑟：他搬到亚瑟家，为亚瑟做饭；找来虹妲与亚瑟聊天，化解亚瑟心中的苦痛；故意发错邮件给亚瑟的上司，让亚瑟得以停职，以便两个人可以在一起游玩；让亚瑟写下遗愿清单，陪他一起完成……尤其感人的是，他在印度找了最好的医生，当亚瑟因怕坐飞机而拒绝时，他带着几近绝望的语气恳求道："求求你，抓住最后的希望。"

没有哪部探讨生病和死亡的电影，能让我们如此开怀大笑。这归功于两个人插科打诨的互动，使死亡让位于友情：两个人一起开车去法国西南部小城比亚里茨，那里有他们的母校；一起喝酒跳舞，骑车追逐，去海边看海……虽然他们也会争吵，但很快便尽释前嫌。在印度，亚瑟也被诊断患了皮肤癌，他在手术前，终于把凯萨患病的实情告诉了他。之后，二人几乎中断了联系。谁都理解凯萨的不满，最终，凯萨原谅了亚瑟。在凯萨的病床旁，他们一边大呼小叫"你这个浑蛋"，一边又把手紧紧地握在一起。

我们不会忘记亚瑟在凯萨葬礼上的悼词："他什么都不会，却勇往直前；我什么都会，却畏缩不前。他有的我都没有，他有的都令我自惭形秽。让友情历久弥新的是爱情里没有的确定性，我真切感受到了这种确定性。"电影用超乎死亡的友情，来呼唤生命、庆祝生命，并延续生命。

友谊哪怕动机不纯

沈嘉柯

我的学生时代，有一件事很好笑。那天下课后，沿着老街、老路、老景致一直走啊，一直走。经过一些贩卖食物的小店铺，我嗅着熟悉的香味，顺道买点小吃解馋。

回家的路其实挺远，我到初中一年级时，仍旧只会虐待双腿。我不是没有想过学一下骑单车，让家里人给我买一辆新的、很拉风的单车。那时候，在中学生里面，我的个子也算比较高的了，腿也不短。

这个时候，有一个同学忽然对我说："等一下。"我回头一看，纳闷了，我和他不很熟啊。我以为他有什么事情找我，结果他说："来来来，我载你吧！"

我跳上了他的单车后座。急剧的冲击力，让他的单车后座崩溃掉了。本来就是一辆旧单车，年月长了，周身布满铁锈旧痕，无法承受冲击，被我坐垮了。还好人没受伤。这个男生本来自己骑得好好的，干吗要忽然停下来，让我尴尬到极点。

他说："没事没事。接着走路吧！"这样，我们就一起走。我很懊恼，也很羞愧，仿佛我是一个重量级的单车杀手。那个时候，我完全没想到有一天会变成胖子。

他说："其实你可以学啊。你的腿长，肯定一学就会。"我说："是啊，可惜没空。"他说："我有空，可以教你，怎么样？"

盛情难却，我说："没问题。"后来，他开始教我。反正上学路途是一样的。在他买了一辆新单车以后，我差不多学会了骑单车，只撞了1次电线杆，摔倒3次。

你看，这事听起来很讲义气，简直是出门遇到贵人。我骑单车的技术日渐熟练，两个星期后，我助跑几步，很容易就跨上单车，转动踏板，感觉腾云驾雾一般。

当我们在中学毕业分道扬镳的时候，我们已经做了3年多的朋友。各自奔赴不同地方去念大学的那年，他告诉我一件事情，那是关于我们围绕单车发生的故事。他本来就不想要那辆旧单车了，所以才邀请我去坐他的车后座的，这样就可以合情合理地要家长买新的……他后来是这样告诉我的。然后呢，他觉得这么利用我也挺过分的，于是就主动教我骑车。

最后知道真相的我，乐了半天，又觉得人心可真复杂。我们因为时间推移而各自淡化了联系。又过了一些年，直到我不再年轻。有一天，我偶然想起这个同学、这件事情。

因为这么一个搞笑的动机，你会交上一个朋友。我们曾经并列骑车，我受惠于他的教导，他达到了目的。这个世界上，很多事情都不像国宝熊猫那么黑白分明，而我们得学会辨析选择，学到糟糕记忆里的经验，感谢人生中某一段光阴有人陪伴，即便最初动机不纯或很滑稽。

为什么大家不理我

林　良

女儿：

我问你心里有什么难题，你红着眼眶反问我："为什么大家不理我？"我知道，你是说自己在学校里被同学冷落了。

我小时候在学校里也遇到过这种事情，当时我心里也难过极了。

那天早晨我去上学时，心情很好。我最要好的同学是我的同桌许达三。我们两个长得一样高、一样好看，功课也都不错，同学都喊我们"双胞胎"，这是我当时最得意的一件事。我可以这样说，我每天那样热心地上学，有一大半原因是为了能跟许达三在一起。他人很聪明，也不固执，我有什么主意，他总是依我的话做。他口才很好，每当我跟同学辩论，他一定站在我这一边。只要我们俩在一起，班上就没有人能说得过我们。

想想看，那时的我们多神气！

那天，我书包里带着一套新买的邮票，当然是准备到教室里拿出来，让他第一个欣赏，然后等他大声赞"好"，吸引同学们都围过来看。我们在班上常常做这种事情。

我一进教室，便喊了一声："喂，许达三，看邮票！"他没有理我。我走到他身边，又说了一遍。他很冷淡地看了我一眼，说："不想看。"这是我们认识以来从没有发生过的事情。我心里一凉，忽然有种要晕倒的感觉。有一种孤独感爬上我的心头。我很害怕，就像在幼儿园还没准备好就溜下了滑梯，完全不知道自己会掉落在什么地方。又像小时候跟母亲去电影院，壮着胆子自己去上厕所，回来的时候，在黑暗的大厅里，却找不到母亲坐在哪一个角落。

当时我虽然已经上了五年级，却难过得想哭。我完全不知道该怎么办。我的脸色一定很惨白、很难看。

过了一会儿，那种感觉总算过去了，我这才慢慢生起气来。“不看就不看。”我说。可是他不再理我。

陈文虎平常也很想跟许达三接近。每次他来了，我就把许达三拉开，离他远远儿的。想不到那天他又来了，还低声跟许达三说：“出去走走。”许达三站起来就跟他走了。这让我怎么能忍受。

“以后谁也别理谁好了！”我狠狠地对自己说。其实，我心里还有另外一个声音，带着哭腔跟自己说：“回家去吧，学校没有意思。现在就回家去吧！”当然，这是不可以的。

为了出气，我特意去找别的同学说话。我不习惯跟他们在一起说话。我说的话他们也不大喜欢听，有几个还挥手叫我走开。最淘气的石振家说：“去你的吧，别来捣乱，我们有事要忙，用不着你参加！”

我感觉到真正的孤独了。不管是谁，遇到像我一样的情形，也一定会觉得自己孤单可怜。那天放学，我独自回家，想起这事，又掉起了眼泪。你爷爷问我发生了什么事，我的回答正好跟你的一样：“为什么大家不理我？”

为什么？第二天再去上学我就知道了。还是许达三告诉我的：“昨天我母亲在医院里开刀，我很担忧，心情不好。对不起。”

我很感动，哭了，也笑了，还流了鼻涕。我多自私啊，只晓得关心自己，不知道去关心别人。只知道别人应该对我热心，根本不知道别人对我也会有热心不起来的时候。

一个人不能老等着享受别人的欢迎。应该想想，别人不是专为你一个人活着的。如果别人冷落了你，总是有原因的。你应该先学会不害怕，因为这并没有什么可怕的。你在没有认识你的朋友以前，在没有走进一个新环境以前，不也是一个人吗？别人冷落你的时候，在其他的环境里不是还有许多人深深地爱着你吗？就算全世界都冷落了你，不是还有我吗？所以，你根本不可能遇到那种情形的！

把心放宽，不要计较，并且学着去慰问别人。也许你是太害怕寂寞了。不要怕。坚强的人都有不怕寂寞的美好品质。坚强的人最能吸引人，不怕寂寞，就不会寂寞。

爸爸

一根教鞭

路　明

那时我在小镇读小学四年级，班主任是落户在镇上的上海女知青，教我们数学，四十岁不到。她脾气不太好，经常骂学生，骂得不解气的时候，便举起手掌或教鞭劈头盖脸一顿打。班上的小孩，都吃过她的“生活”，谁都会说两句上海话：“侬哪能噶憨额啦！”“侬只黄鱼脑子！”

彼时，在小镇家长的意识中，把孩子交给学校，就是听凭老师处置的。小孩子嘛，不打不成器。家长们甚至觉得，老师骂得越凶、打得越狠，越说明负责任。

好几次，我看见戴着安全帽的男人、小腿沾着泥巴的女人，恭恭敬敬地立在教师办公室门口，说：“老师，我家小畜生不争气，随便打，不要紧。”

有一天，班上的教鞭坏了，几乎折成两截。班主任问：“谁家里有竹子，可不可以帮老师做一根新教鞭？”一只小手怯生生地举起来：“老师，我可以。”

举手的是我隔壁桌的晓玲。晓玲小小的个子，两根细细的黄辫子，一副营养不良的模样。她的脑子似乎对于解方程之类的问题不太好使，考试成绩总排在后几名，挨打挨骂是家常便饭。

第二天清早，讲台上放了一根教鞭——拇指粗细，圆润均匀，竹节被细心磨过，一端钻了孔，挂了一条彩色穗子，穗子是晓玲自己编的。晓玲骄傲地说，她寻遍爷爷家的竹林，好不容易才选定这根。新锯下的竹子得在火上烘烤脱水，才能坚固耐用。

班主任夸奖了晓玲，赞扬她的心灵手巧和集体主义精神。晓玲低下头，两只手绞在一起，似乎憋着笑。印象中，这是她第一次当众受表扬。

下午的数学课上，风云突变，晓玲连着答错了好几个问题，班主任杀气腾腾地冲到她身边，扬起教鞭，“啪”的一声，重重地打在她的头上。我听到有人哧哧地笑——那教鞭，是晓玲亲手做的。

“侬哪能噶憨额啦！”

我们哄笑起来。我那时学习成绩还算不错，由于坚信教鞭暂时不会落到自己头上，因此笑得肆无忌惮。晓玲涨红了脸，强忍着泪，一声不吭。下课了，她趴在课桌上，一直到放学都没抬起头来。

第二天晓玲没来上课，第三天也没来。第四天下午，随着一声男人的怒喝，晓玲被她的父亲拖到了教师办公室。我们依稀听到几句“叫你逃课”“小小年纪不学好”的怒吼，还夹着晓玲低低的哭声。

晓玲抱着书包回到自己的座位，满面泪痕。

从此，晓玲成了大家的笑料，没人愿意跟她玩。好像谁都可以欺负她，揪她的辫子或者丢她的铅笔盒，而她似乎也无力反抗。开始她还常常哭泣，到后来，渐渐没了眼泪。

孩子的世界是等级森严的，孩子的心是天真而残忍的——我们往往通过打压、欺负别人，来证明自己的地位，换得一些莫名的优越感。

勉强读到初二，晓玲就退学了。她父亲把她领回了家。后来，我听说她进了工厂，早早结了婚，再以后，就没了她的消息。

我常常会想起她，想起她憋住的笑、忍住的泪，沉默倔强的身影，还有离开校园那天的回头一瞥。我无意责怪我的班主任，她是一位非常尽职的老师。我们班的数学成绩年年全校第一，她还用微薄的薪水，接济几个交不起学费的孩子。同学们常说，她对待学生时而春天般温暖，时而寒冬般冷酷无情。有一次，考试的作文题目是“像妈妈一样”，我们班几乎所有的同学都写了她——属于我们那个时代的、严厉暴躁的妈妈。

又过了很多年，我听说她被投诉了，被家长告到教育局。她因此失去了教课的资格，被安排去图书馆，后来又被打发去食堂。

有一次回小镇，我在小巷子里遇见她，五十几岁便满头白发，步履蹒跚。毋庸置疑，她是爱学生的，用她的方式——爱有多深，恨就有多深。

可是对一个孩子而言，童年只有一次。伤害就是伤害，无论是以爱的名义，以恨的名义，还是以因爱生恨的名义。

毕业纪念册

余 斌

所谓“三搬当一烧”，几次搬家，好些旧物扔的扔、丢的丢，没丢的也不知在哪个旮旯儿里“蒙尘”。跨入大学校门至今，居然已有四十年，没了“物证”，偶尔回想起来，更有“事如春梦了无痕”之感。事实上当年的许多人与事并未当真忘个干净，有时还浮现得相当真切，有画面，有细节。只是隔了几十年回首遥看，未免亦真亦幻。旧物也还是有遗存的，比如我们班的毕业纪念册。书以外，这可能是本科四年我仅留的“物质文化遗产”了。

纪念册像个账簿，红绸的封面，烫金的大字，大概当年只有这种样式的，里面却是“图文并茂”。“图”是照片，每人一张标准照、一张生活照；“文”则是相互间的留言，这是精华所在，最有看头。

题写临别赠言，有不假思索一蹴而就的，也有字斟句酌费了心思的；有泛泛而说的，也有针对你的；有摘录名人名句的，也有自说自话的。内容五花八门，却也可以归类。

“励志共勉式”无疑是大宗：“向现实猛进，又向现实追寻。”又一类是“友情为重式”：“时间不会改变我们。”当然，大都是正能量的，但负能量的也不是绝对没有，至少叶姓同学所写的就有这嫌疑。他写得简省，只写“好了”二字，加个句号。读作“好 le”也不是不可以，表示一事终结，可以是“成了”的意思，毕业意味着在大学修成正果了嘛，但读作“好 liǎo”当更得其意，出处应该是《红楼梦》里的《好了歌》，所谓“好便是了，了便是好”。大家就要各奔东西，说这个，是故意捣糨糊，还是要大家来参禅？

另一位的留言也有意思："独把花锄泪暗洒，情孤洁，谁解林妹妹？手执钢鞭将你打，妈妈的，学学阿 Q 哥。"将林妹妹与阿 Q 混作一处，前一段凄凄惨惨戚戚，何其大雅，后面画风突变，"妈妈的"也出来了，混搭在一起，很有几分无厘头的效果。

留言有时虽不免"逢场作戏"，却也可以见人，上面留言的两位与大多数人相比不大正经，他们原本就是好开玩笑、搞恶作剧的人。

至于"前程似锦""预期日后不可限量"等，当然属于"善颂善祷式"的范畴，看了不受用也受用。在这一派祥和之中，程姓同学的留言可谓"变徵之声"："拣尽寒枝，无处栖身。愿你，也愿我自己，能在这混浊的星球上找到一片净土。"这显然是有上下文的，时过境迁，一时竟想不起这悲凉之音从何而来。回头细想，这话原来正扣着当时的语境，是有"典故"的。其时，毕业分配大局已定，不如意者当然是有的，程同学和我，皆在其中。

这是"触景生情式"，另一关系颇密切的哥们儿则不似"率尔言之"，更像通盘给我下考语，口气像在做鉴定："此君足可委以信赖（作为朋友）与挚爱（作为女朋友）。最大优点，年轻。对于我，他将永远保持这个优势。最大缺点，吃亏太少。最可有可无的特点，尚具才华。"这比时下好话说尽却没人当真的例行公事的推荐信有诚意多了。我的领悟是，"吃亏太少"不是损我吃不得亏，意思是未经挫折，少不更事，目下无尘，尚欠磨炼。这一条，不认也得认。最后一句有棒喝之效，换成大白话：有点儿小聪明，而小聪明不可恃。时至今日，我更不敢自诩有什么才华了。

我不知道自己的留言有没有让别人不爽。虽属小字辈，人微言轻，我却有上面那位老兄一样点醒他人的冲动。记得一位京城来的张姓同学，见多识广，刚入校时，意气风发，有一览众山小之势，几年下来，似乎收敛锋芒，遁入学问，对现实什么的趋于回避，且正谈着恋爱，在我看来，似乎是要奔着小日子去了。我便抄了黄仲则一句"结束铅华归少作，屏除丝竹入中年"，自觉大有深意存焉。

又有一位姚姓同学，从部队考过来，比较正统，管班级诸事，仍有几分部队作风。我是散漫惯了的，他虽不大管到我头上，我却也要夸张地表示一下不满，留了一句“何不带吴钩”。言下之意，你这一套还是收收叠叠，带回部队去吧。小字辈的话，他哪会在意？唯我自己，好像在暗下针砭。有意思的是，后来姚姓同学和我成为同事，来往渐多，居然很是投机。他为官多年，一无官气，且开放得很，我当年对他的不好印象荡然无存。每每喝酒闲话，说起当年事，“相与拊掌大笑”。

真是当年事了。有个同学戏题的是起承转合的套语：“欲知后事如何，且听下回分解。”做什么解都可以，虽是戏言，说其中透出点对未来的信心满满也不是不可以。到如今不管是不是后事已了，算是分解了还是未分解，大体上已是没什么“下回”了，我们都已退休或将退休。

这时候看鲍姓同学给我的留言，就觉得特别有意思。我们算是老乡，他随手写了句：“四十年后，我们一起去故乡度晚年。”“四十”这个数字不知从何而来，或者就是屈指算来四十年后应已退休。无论如何，说这话时，他肯定只是那么一说，并未当真想到“晚年”之类。毕竟四十年太遥远了，我们的好戏刚拉开大幕，“未来”对我们可以意味着其他的一切，但绝不会是“晚年”——谁会当真去想这个？

一不留神，居然是为了入学四十年，要聚了！

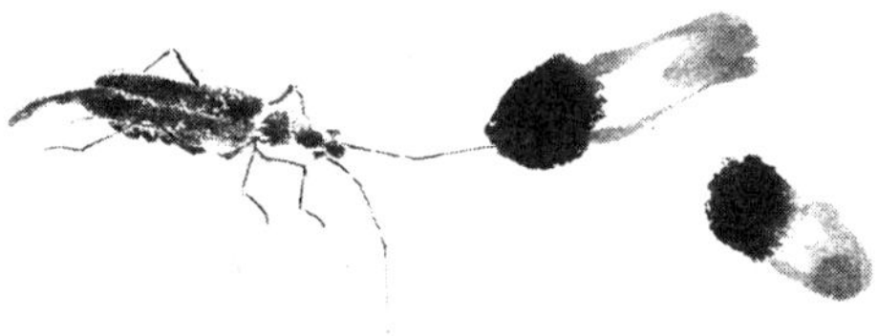

为自己伴奏

萌　娘

我上中学时有个同学小雅，她长得文文静静，我们都叫她阿芳，因为她的模样特别像电影《英雄儿女》的女主角王芳。她家就住在我家楼后小树林那边。那是一座20世纪60年代盖的红楼，她家在二楼，窗户底下有一个大牌匾：爱国粮店。

小雅不大爱说话，一说话就脸红，可她唱歌却很大方，她的嗓子亮亮堂堂，老远就能听见。我经常带着我那只八个贝斯的破手风琴去她家玩。小雅特别羡慕我能自拉自唱，我说，这有什么呵，这是很容易的事情。我总是愉快地为她拉琴，我们唱一些人们很难听到的老歌。那时候人们常听的歌是《白族人民爱唱歌》《红太阳照边疆》《家住安源平水头》什么的，而我们就唱《照镜子》《送你一枝玫瑰花》《夏夜圆舞曲》。夏天开着窗，我们经常听见窗外有人喊：再唱一个！或者是一个孤独却很响的掌声，可是我们绝不往楼下看，我们不想让人们知道这是两个中学生的小把戏，让他们想象这是两位歌唱家吧。一天，我们俩唱完歌立即背起书包上学，走到楼下看见一个骑自行车的人还在路旁的树荫下往上看，还有两个披雪挂雾似的粮店营业员也伸着脖子往上看，其中一个女的说：怎么不唱了？

小雅拉拉我的手，我们怀着一种美妙又神秘的心情走过他们，没人知道我们就是歌唱家，我们坚信自己一定会成为第一流的歌唱家，整条街上没人理解我们。我和小雅不约而同地看了粮店营业员一眼，我们的未来绝不会干这种工作，我从小雅的眼睛里也看到了这句话。

岁月匆匆地从我那沙哑的手风琴中流过。我们中学毕业了。我做了知青，小雅在家待业。没有了歌声，也没有了消息。后来，我考上了大学，毕业后分在太阳岛教书。教书生涯开始了，我每天匆匆忙忙赶通勤车到江边，再乘渡轮去太阳岛，每天三小时路程，夜晚还要备课改作业，白天是一身粉笔灰，别说想当歌唱家，连唱歌的力气也没了。

一个星期天，我去爱国粮店买挂面。

中午，粮店里人不多。我把开好票的粮本交给营业员的一刹那，我们都愣了。

是你？

那个一身面粉，刚从云雾中钻出来似的营业员就是小雅。她亲热地拉住我的手，一定要我上楼到她家去坐坐，她说，下午我休息，她把我带进更衣间，关上门，她拿热毛巾快速地擦擦头脸，然后换上一件苹果色连衣裙。她不停地问这问那，你妈好吗？弟弟好吗？你家那盆君子兰还开花吗？你的单位在哪个区？

太阳岛，我以为她没听清又说一遍：在太阳岛。

是吗？小雅的眼睛里闪着光彩，她说：这太好了！那里的环境多好呵！

我还以为你说不好。太远了。

为什么不好？我就喜欢上班远，越远越好。

越远越好？我还是头一回听说有人羡慕上班远的，远有什么好？

走远路穿漂亮衣服才值得，你说呢？

你现在就很漂亮，小雅。

我也这么觉着，穿漂亮衣服自我感觉好，我就要这种感觉。小雅笑了一下，只可惜这么好看的衣服我每天只穿着它们走几十步路。走吧，小雅代我提上那十斤挂面：上楼。

还是那黑黑的楼道，还是那间小小的房间，只有她和妈妈住。十年过去了，窗外那棵杨树已经变粗，枝干快挨上窗台了。

这棵杨树都这么粗了。我说。

咱们多少年没见了？小雅给我端来一杯茶，她又换了一身粉红色的居家服，看上去随意又可爱，我发现小雅一点儿没老，而且比过去更热情开朗富有风韵。我喝了一口茶：小雅，你还记不记得这树下有个骑自行车的人？

这树下站过好多人听歌呢。有个掌鞋的，你还记得吗？

有掌鞋的吗？我忘了。

也可能你下乡了。她说着又端来西瓜。

那时你也唱歌吗？

一直唱，天天唱，你呢？

也唱，可是没天天。

小雅和我相视而笑。我问她这些年怎么过的，她轻轻一笑说：就那么过来了。我看见她写字台的玻璃板下压着裁剪班学员证，一张三级厨师资格证书，还有一张业余歌手比赛一等奖获奖证书。这都是你的？我问她。她点点头。

每天怎么练声呢？我问她，谁给你伴奏？

自己给自己伴奏。她说。她让我看她新买来的电子琴，那是一架很小的电子琴。她说，我弹不好，给自己伴奏还勉强。

给自己伴奏？我望着像火焰一样的小雅，在我眼前飘来荡去，她使房间充满了夏天。她翻着歌本，那些发黄的手抄谱子一页一页翻过，我眼前却一次次闪现着那条黑黑的楼道，那个充满面粉味的小店。想想这十年我的岁月和心灵的历程，我能猜到眼前这一切曾经给这个充满着青春气息的少女，一个想当第一流歌唱家的少女带来多少个泪水打湿的夜晚，而这一切并没有毁掉她对美的追求。她以全部的纯真和热情回报着人生。这需要多么坚强！

我变老了吗？她问我。

没有，我正想告诉你这个，小雅，你变得更好看了，你变成一个会给自己伴奏的人了。我走到院门口又回头看她，小雅的眼睛里充满了泪水，可是那颗泪珠始终没掉下来，我能想象那颗泪珠的分量，尽管小雅没有跟我提过一个字，关于那些日子，我可以想象，想象就足够了。

我想我明白小雅为什么那么年轻美丽了，她学会了为自己烹调、为自己裁剪、为自己伴奏，困境无法打败这样的女性。人生总要有许多支撑，少年的理想、青春期的恋情、事业和友谊，许许多多，然而这一切都有随时失去的可能，人生中总有几段黑暗的隧洞要我们独自穿行。这些路上没有乐队和鲜花，人必须学会为自己伴奏，高歌向前。小雅不就是这么走过来的吗？她从小就不爱多说话，可我总觉着她什么都懂，永不熄灭的纯真与她同在。从那个星期日之后，每当我陷入困境的时候，想想那意味深长的几个字：为自己伴奏，我就能从容走过一个个雨夜，在第二天的晴空下拥抱崭新的自己。

期末的那一天

〔美国〕雪莉·洛德·贝奇尔德　吴崇明 译

一个炎热的六月天，我收到了一个邮包。邮包以前也曾收到过，可这回收到的更像一只旅行用的大衣箱，用胶带和绳子封系得严严实实。

我还没开口，奶奶就发话了："别动，等你妈妈回来再打开。"

妈妈在一家银行管理账务，每天6点以后才到家。"打开箱子吧！"一见到她我就叫了起来，春秋10载，我的生活平淡无奇，从未遇上太激动人心的事情，现在每一分钟都让我迫不及待。

"不，"妈妈笑着对我说，"我累了，先吃饭吧。"我焦躁不安，但还是无奈。晚餐上桌了，我吃得很快，想引起妈妈的注意，让她也吃得快点儿。而后我就洗刷碗碟，把椅子搬到邮包旁。爸爸转身玩他的填字游戏去了。在船上时，作为船长，他有着发号施令的绝对权威。可现在赋闲在家，只得接受妈妈和奶奶对他的怜悯。

妈妈和我一起解开绳结，我们没有把它割断，留着它只是因为绳子要花钱买，而我们家境并不宽裕。

箱子终于打开了。里边全是衣服，是表姑寄来的，有些是表姑的女儿咪咪穿过的。咪咪比我大一岁，寄读于瑞典的一家女子学校，她的服装非常漂亮而且富有异国情调——与妈妈为我做的那些方格棉布衣裳大不一样。

我知道咪咪长得很美，而我尽管头发自然卷曲，五官也还端正，却从不知自己是否算美。有时我问妈妈、奶奶，她们总是对我说："美就是好看，就是漂亮。"这等于没作回答。也使我感觉到自己太平常了，但我心里是那样渴望美，渴望别人认为我是美的、漂亮的，只不过没人这么说过。

靠近箱底是一件白色礼服和一顶宽边帽，妈妈拿起来，说：“我想这件应该合你身，试试看。”

我脱下身上的棉布校服。我感到妈妈和奶奶都笨手笨脚，好不容易才帮我穿上那白色礼服：薄绸布，束腰，碎花紧口折袖，光面无褶裙。我系上小水晶腰带，把帽子戴在头上。我注意到，平常喋喋不休的妈妈和奶奶，此刻缄默无声。我抬起头，看到她们脸上木然无神。

后来，妈妈说：“雪莉，身子转一下。”我不声不响地听从，而后又一切依旧，那一瞬间就跟关上真空吸尘器差不多。

“这是一套社交礼服。”奶奶最后说。“派上用场的机会不多。”妈妈补充道，语调中带着失望。

突然，她兴奋起来，“期末那一天！”她惊喜道：“我要为她买一件新衬衫和白鞋子，配上这件衣裳，期末那一天她可以穿上。”

这件衣服使我高兴不已，对新鞋子和新衬衫的期待也使我乐不可支，但是穿上这套装束到学校去则使我感到不自然。期末那天一大早，妈妈和奶奶把一个电镀大浴盆放到厨房，她们先放进自来水，然后兑上烧水壶里的热水。她们把我抱进浴盆，一起为我洗澡。而后，妈妈用长圆形的卷发器为我卷发。我穿着衬衫，系着围裙吃早餐，饭后又细细照照镜子，重新把脸洗了一遍，“要充满信心！”

妈妈上班时，对我吻别说：“愿你玩得开心。”我终于下定决心，准备步行去学校，尽管有半小时的路要走。奶奶在门口把一方洁白的手帕塞在我手里，再三嘱咐我不要擦鞋子。她伫立良久，一直目送我离去。

孤单单地，我越来越意识到发生了什么。我从未见过有谁上学时穿着如此漂亮的衣服，这简直有点像结婚礼服，尽管帽子戴在头上很舒服，但我还是不知道这样进教室会怎么样。

最后一天上学只是一种礼节，没有课，也没有活动，我们只是拿一下报告卡，见一见秋季里将为我们任课的老师，前后不会超过一小时。

当那些砖石校舍映入眼帘时，我开始想象那群女同窗会怎样对我评头论足了。“你像谁呢？”她们或许会这样说，或者“如果你是新娘，那么新郎在哪儿呢？”“愿你玩得开心！”妈妈的祝福语又萦绕耳边。这只是她的良好愿望，我不敢想象，她不知我的同学们有多刻薄。

唯一可行的办法就是面对现实应付它。于是我把帽子戴好，使它高高翘起，更具魅力（就像奶奶所说的那样）。无论同学们怎样议论我，我都默不作声，走进教室则要面带微笑。

然而我所期待的反应并非如我所料。教室里安静无声，同学们身着盛服，看上去都很整洁。

比利，这个坐在我旁边的男孩，咧嘴而笑，忘乎所以。一旁的那个男孩，一触及我的目光就低下头去，然后看着课桌若有所寻，其实我知道他的桌上别无他物。

一位姣美的女同窗站起身，大胆地从桌子间的空道走过来，靠在我的桌子上，然后凑近我，直盯着我的眼睛。我竭力装出若无其事的样子，几乎忘了自己，而她则突然爽声一笑，然后什么都没说就回到自己的位子上。

老师来了。她看着我，脸上掠过一丝惊讶：“你真好看。”然后又把注意力转向大家说：“你们各位都很好。”

她发完汇报卡，就带我们去见新的年级教师。我坐下来的时候，心里就开始忐忑不安，抖个不停。老师的脸上明显地流露出惊讶之色，而我则希望得到一个评价，可她说的一连串的“不”字与戴着宽边帽进教室毫无关联。

学期结束了！我手里拿着汇报卡和手帕，朝校园的边门走去。在靠近学校的狭长的人行道上，我觉得有人跟在身后。我想看看是谁在跟我过不去。一转过身，就看见了比利，他依旧咧嘴而笑。难道他还想给我多留一点儿玩世不恭的印象？我屏住呼吸。

“你看上去确实很美。”他说。

“谢谢。”我答道，同时松了一口气。

用这样的方式迎接你

童 话

她大学的好友敏打来电话，说过两天要来她所在的城市出差，可以和她聚聚。

她和敏大学时在同一个寝室，后来成了很好的朋友，毕业后分开。算来，已有四年没见面。

那天是周末，她放下电话便开始收拾东西——收起了和书一起摆放在书柜里诸多精致的水晶摆件、洗手间里昂贵的化妆品、台式电脑之外的品牌上网本，甚至将门边排着队的各种款式的鞋子也一股脑儿打包塞进柜子里……凡是略显奢华的物品，一概收起。

刚买不久的车子索性放在公司，她打车去了火车站，坐着公交车把敏接了回来。

敏给她带了家乡特产，其实是各地都能买到的桂花糕。但她还是流露出格外欢喜，在中途就迫不及待地打开吃了一块。在住处附近的小餐馆吃了晚饭，她把敏带回家——刻意收拾后简约普通的家。

那天晚上，她和敏聊到很晚，说大学时的往事，那些分开后渐渐失去联系的同学，也说生活的烦琐和不易。

敏说自己快要结婚了，已经定下了婚期。之前只听敏提起找了男友，和敏一样，是小公司职员。“收入一般，家境也一般，但对我很好……”敏的神情流露出喜悦，“我们已经交了首付买了房子，就跟你的房子差不多大小。”敏忽然想起什么，问她：“你每个月要交多少月供啊？我们要交去一个人的工资呢。”

“啊……”她犹豫了一下，“差不多两千吧。”

“那么多！”敏吃惊，“你一个人能负担吗？”

“嘿，偶尔也要赖跟父母要一点，反正其他地方节省一下就是了。”她的口气轻松起来，“实在坚持不住，就找个帮我还房贷的。”

敏笑了：“大家都不容易呢，好在咱们都还年轻，能吃苦。”

她也笑，赞同敏的话。

那天晚上，仿佛回到大学时代，她们都觉得很欢喜。

之后几天她照常上班，敏也忙自己的事情。晚上她会买点菜在家里做饭，也是敏提议的，说在家里吃干净卫生还节俭。直到敏结束这次行程要离开之前，在她的坚持下，她们才又出去吃了顿饭，也只是找了家平价西餐厅，花费并不多——敏说，一定要节俭。她赞同。

她们在拥挤的车站挥手告别，带着同样真诚舒展的笑容。

送走敏，她回来把家中物品摆回原位。其实她的经济非常富足，不仅家境优越，自己也在一家大公司做部门经理，年薪数十万元。可是她了解敏，敏家境平平，供她读书已花掉家中全部积蓄。毕业后敏找的工作收入不太多，生活一直是在略显拮据的状态中。并且敏的自尊心很强，大学时，从不和家境过于优裕的同学来往。只因她从不张扬，又事事懂得谦让，才慢慢得到敏的信任和好感，成了朋友。

她珍惜和敏的感情，所以她用这样的方式迎接敏的到来，隐瞒生活的优越，将自己拉到和敏相差无几的生活阶层——富贵没有错，可她不想用自己的富贵来折射别人的贫穷。

校服上写满落泪的名字

张佳羽

班主任张老师宣布，今天是初三最后一次上课，从明天起，穿了3年的初中校服就可以珍藏了。突然之间，平日里大大咧咧的同学都伤感起来，有独自伏在桌子上哭的，有趴在别人肩头哭的，还有红着眼睛对望的。教室里的气氛一下子跌落进悲情的冷窟里，没有一丝丝热气。

我的心里有点发凉，但不至于让情绪的波浪抖动双肩。我是不善于“下雨”的那一类女生。

望着外面，天色是少见的阴，阴阴的基调爬满向阳的窗。相处3年，阿猫阿狗也有感情呢，何况蹿了一大截个儿的我们。

想想，刚进初一的时候，每个人的脸都单薄如稚嫩的毛皮乳瓜，你看着我，我看着你，到处犯着纯净无瑕的傻，似乎咬一口，立马能见到脆生生的一面，没有一点点城府。大家的心缺少隔离板，都是一抹儿天真，直戳戳地向你向我敞开，讨厌就是讨厌，喜欢就是喜欢，下结论比剥花生米容易，修改结论比吹泡泡糖快意。再要好，也说不来一句理由，事后也无须特别加注一段解释。怎么，不服？凡事就是这么简单，阴晴变幻，一年四季。

到了初二，我们长着长着长分化了，同一块黑板，测出不同的吸收知识的能力。试卷开始追着作业赛跑，考考考，老师最想知晓。谁比谁孬，孬的加罚作业兼请家长；谁比谁好，好的得到奖励加官带长。好的来管孬的，孬的不服好的，人为加剧的矛盾逐步升级。老师强调成绩的口气日趋强硬和加重起来，座位调整也格外频繁。教室分割得如同戏院，好的集中到前四排居中位置，差的占据两侧和后排，差生包围着优生，优生蔑视着差生，争吵和打闹如同以色列和巴勒斯坦的纠葛，势力分明，水火难容。

初三，很个性的阶段。老师说："你们人不大，脾气见长呀！"有学不动的，悲观起来，破罐子破摔，谁烦他他就和谁顶牛。请家长这一招也不灵了。请啊，家里不要我，我还解放了呢！太好的也留不住了，天天闹着要转学。老师低三下四地赔笑脸，给优待，可一不留神，该飞的还是飞了。稳定下来的，学归学，哥们儿当哥们儿，两不耽误。香作料投的香作料，臭狗屎撵的臭狗屎，逮住机会，就约一串儿街上看景，馆子泡歌，快活一会儿是一会儿。老师担心男生女生私自在一起，关系会不正常，可到头来都很正常；家长担心男生女生赴约在一起，孩子会出问题，可到头来都没问题。很多时候，男生女生故意在一起，不是为了早恋，而是为了反抗和叛逆。

毕业日期越临近，同学之间越没有了私怨。3年哪，凭什么我们谁不理谁啊？"一诊"过后，分数的差距提醒大家，分道扬镳的那一天为期不远了。剩下的，只有珍惜。大家突然懂事了，知道很用功地临阵磨枪，知道互相之间笑着搞友谊了。没有闲情说别人的坏话了，彼此关切地了解毕业的出路了。双边关系和多边关系急剧升温，意欲结成联盟，一起向某个高中进军。找不到意向相投的，很有些落寞感，凭什么让我单干啊？你们太没良心！要去一个新的环境，当然还是与自己的老同学结伴好呀！

时间偏偏就是这么跟人"捣蛋"，我们还没相处够，它硬要把我们分开。于是，分离牵动了大家的感情线，那个哭呀，连老师都扇动着鼻翼，话没讲完就匆匆离开了教室。

我看着穿了3年的校服，想到一个止哭的办法。

推开板凳，走上讲台，站正了，两手向讲台下一挥："来呀来呀，有愿意的，给我签个名！"一声唤，满堂动。大家纷纷挤上前来，把我当成了写字板，写了正面写背面。短短的十几分钟，我黑白相间的校服上，印满了大家的"鸿爪"。

由我生发开来，所有的同学都希望得到大家的签名。教室里又热闹起来，悲已逝，情甚欢，好不感动。

回到座位上，我脱下校服细看，好温馨呀！许登婷，我的婷小宝，你用你最彰显个性的笔签下我再熟悉不过的名字，而且签得格外霸气！白旭东，哪儿白呀，笔迹明明是黑的嘛！摆正荣，没摆正嘛，字的仰角很大呀！赵漪，你上得高呀，爬到我肩头去啦，让我天天扛着呀！王一凡，一点都不凡，谁见过王字的第一笔像红绸子一样舞成大大的半圆？这一舞，唯我认得，别人怕都得当两眼瞎喽！孟祥瑞，嘻嘻，前面是笑脸，后面是猫爪，笑看我们走过的脚印呀？有创意……

一一鉴赏了大家的签名，再留恋，也得回家了。大家依依不舍，互相鼓励："一定考上自己心仪的高中呀！"相互道别："记着通话相约，不然我会寂寞的。"

回到家，妈妈说："怎么搞的，衣服全花啦？"我情绪激动地吼："不许动，谁动我跟谁急！""咋，吃错药啦？"妈妈不理解。爸爸盯着我看了一阵儿，似乎读懂了我的举动，示意妈妈别问。我把自己关在卧室里，轻轻脱下校服，一个名字一个名字回味着，鼻子有点酸，罢，作罢，折叠起来，像金子一样锁进我的专用"保险柜"里，做永久的封存。

我不许它碰下我的眼泪，因为我是不善"下雨"的那类女生……

九月的阳光

陈志宏

到县城读高中，遇到的第一个难题是借自行车。

高一（1）班的第一次班会上，班主任说："为了让大家尽快熟悉起来，全班同学下周日去雄岚峰旅游。这个地方离县城不远，只有几公里路，大家骑自行车去。如果没有，就想办法借。"班里顿时炸开了锅，一片欢腾，只有缩在角落里的我暗自发愁——到哪儿去借呀？

尽管家里有一辆破旧的春燕牌自行车，可是父亲去学校教书要用。再说，骑几十公里山路到县城来，我也不敢。

班上，我没有一个熟人，同学大都来自县城。他们有的是初中或者小学同学，有的是街坊邻居，相互很熟悉，课后就亲热地嬉戏打闹。而我，只是一个寂寞的旁观者。我无法开口向他们借。有几个来自其他乡中学的，偶尔还会和我搭茬儿，但也没有好到可以让我开口向他们借自行车的程度。再说，他们和我一样，也没有自行车。我在县城没有亲戚，无处想办法。

九月的第三个星期天，一大早，我们全班同学聚集在校门口，准备奔赴雄岚峰。令人惊奇的是，来自另一个乡中学的某同学，居然也骑了一辆自行车。我悄悄地问他："你的自行车是哪儿来的？"他说："我爸爸送来的。"我谄媚地对他笑，低声说："能不能带上我？我会骑车，我也可以带你！"他拒绝得非常干脆："不要你带！我自己一个人骑。"

我涨红了脸，低下头，双手都不知往哪儿搁。才知道，不见得城里同学会虚骄，有时同样来自农村的也会头翘上天，眼看不起人。我主动对班主任说："老师，我不去了，我没借到自行车。""你别着急，先问问有没有哪个同学愿意带你。"

班主任老师对我安慰道。接着，他冲人群大声说："陈志宏同学没有借到自行车，哪个同学愿意带他？"

刹那间，空气好像凝结住了，刚才还叽叽喳喳的吵闹声，倏然逝去。显然，大家都不喜欢带人或者让人带，自己一个人骑车多自在啊。幸好没有几个人知道陈志宏是我。否则，大家都盯着我，我肯定会恨不得钻进地缝里了。这时，一个女生推着一辆二六式自行车主动走了出来，说："老师，让他带我吧。"然后，她给了我一个灿烂的笑容。

清晨的阳光照在她的脸上，她的微笑融入凉爽的空气里，让我充满清甜、羞涩的紧张。此前，我极少与女同学打交道，她的举动让我有些不知所措。她叫艾恒萍，就坐在我的前一排。我们虽未曾说过话，但几次眼神的交会，让我感到有一种温暖的东西在青春的心里涌动。她会偶尔冲我淡淡一笑，而我僵硬的脸不知如何以笑回应。这一次，我迎着阳光，大胆地回赠她一个羞涩的微笑。

头一次骑车带女生，我的心底充盈着幸福与兴奋。我与同学们一起穿过县城，穿越山林，在九月的阳光里恣意追逐。灿烂的阳光流淌成一首秋天的抒情诗，让人感到由衷的畅快，山里清新的空气在我身体里回旋着，驱散了连日来淤积于心中的阴郁。

我们把自行车停在山脚下一个同学的家里，然后徒步攀上雄岚峰。在这座全县最高峰上，班主任让我们围坐成一圈，然后，大家玩击鼓传花的游戏。我居然第一个被点中，站在中央，手心直冒汗。这时，艾恒萍一边鼓掌一边喊："陈志宏，加油！"来的路上，逢上小山坡，她也是这般给我鼓劲。站在九月的阳光下，听着一个女生为我加油，我不由得有了信心和勇气，放开喉咙清唱了一首《十六岁的花季》。

雄岚峰之旅，让我闭塞的心豁然洞开，那浓得化不开的自卑与羞怯被九月的阳光驱散了。由此，我永远记住了一个县城女生，以及她那纯净、友善、热情和真诚的微笑。

第二年九月，我主动向艾恒萍借自行车，骑行三十五公里山路回家，一举消除了自己长期悬在心头那不敢一个人骑车回家的恐惧。九月的阳光，让我变得更自信、更勇敢了。

多年后，每每走在九月的阳光里，想起那段往事、那个人，总觉得很美，很受用。青春是不老的传说。在那段青涩的岁月中，弥散于九月阳光里的同学友情，让我告别初入城市时那隐隐的情绪阴霾，步入自信的路途，越来越豁达开朗。

选友谊，还是选橡皮

戴 冰

拖着疲惫的身子一回到家，母亲就急匆匆地跑过来说："你女儿今天犯错了，被老师批评，回来以后我跟她继续讲道理，她还是拗不过来。毕竟，她才小学一年级哦。"

在女儿的叙述中，我逐渐了解了情况：最后一节英语课，同学小苏没有带橡皮，女儿把自己最喜欢的橡皮借给了她。可是不到 5 分钟，橡皮找不到了。女儿和她一起找也没找到，就直接提出要她赔，对方明确表示不赔。就这样，双方杠了起来，直到班主任放学后把她们俩留下来"调停"。班主任觉得女儿心爱的橡皮被弄丢了，是可以要求赔偿的，但是同学间的友谊很珍贵，应该适可而止。女儿绷着脸："不行，就是要她赔。"谈话逐渐升级为"选友谊还是选橡皮"的命题，女儿刚开始的回应是"我都要"，当面对只能选一样时，女儿"坚定"地选了橡皮。

哪怕我"换位法""类比法""将心比心法""权威法"一招接一招地使用，最后还是绕不开"友谊还是橡皮"的选择题，女儿最终用撕心裂肺的哭声和无比坚毅的眼神回应我："选橡皮！"谈话的最后，女儿从未有过地对我哭喊道："你们大人为什么一定要按照你们想要的答案来要求我，我也是有自己的想法的，我就是要选橡皮。橡皮对我很重要，没有了就永远没有了，你们不要逼我做我不愿意做的事情！"天哪，这是女儿第一次"忤逆"我的教育，"挑战"我的权威，直接给我重重的一锤。40 分钟过去了，我突然意识到谈话不能这样下去了，于是我说："好吧，虽然爸爸觉得你的选择有待商榷，但爸爸尊重你的选择。今天你可以选择橡皮，要求对方赔偿，但很有可能，你就失去了这个好朋友哦。过一段时间我们再来看看你今天的选择对不对，怎么样？”女儿的情绪被缓解了，洗漱去了。

入夜，我却辗转难眠，她怎么会做出如此的选择呢？而且还冥顽不灵、如此决绝呢？“对，还是要回到事情的起因，那块橡皮！”脑海里闪过的念头，让我感觉自己似乎忽视了什么。橡皮，是女儿在围棋兴趣课上通过课堂比赛不断获胜赢来的。她小心呵护着它，放在文具盒里生怕弄坏了，还给了它一个最佳位置。

小苏是她进入小学 4 个月来最好的朋友，她把自己珍藏的橡皮借给了小苏，说明她是愿意付出的。希望对方赔偿，也并没有错。也许我们都忽视了“橡皮”对她本人的特殊意义。愿意付出，但有原则，损坏赔偿，依照“原则”，并且毫不留情、态度决绝、不讲人情。

深层次的问题是，她没有理解人际交往中的适度和通融。回想她懂事以来，我和她的相处，更多的是告诉她结果，而没有耐心地告诉她为什么要这样做，这样做会产生哪几种不同的结果。“重结果，轻过程；重对错，轻分析；重命令，轻倾听”，我想我的教育观和方法确实出现了偏差。

我和妻子深入地交流，不断反思家庭教育的不足和缺漏。确实，女儿并不明白，强行让“好朋友”赔偿，好朋友会因为此事离去。作为成年人，我们深深地理解“朋友”的重要性，更明白“友谊”是什么，明白“宽容”，知晓“适度”，懂得“退让”。但孩子面对友谊和橡皮的选择时，更看重对“物”的感受，而忽视对“人”的体验。更何况，她大概连“友谊”是什么都还搞不清呢。

友谊和橡皮，这不仅仅是一道“非黑即白”的选择题。嗯，倾听她的选择，跟踪关注她选择的结果，启发引导她去学会宽容、适度退让，进而更好地理解“友谊”，相信“橡皮之争”会成为她和我们一起进步的阶梯。

谁动了你的自尊

陶瓷兔子

我被初中时最好的朋友疏远，不过是过了一个暑假的事情。

我并不知道自己如何得罪了她，苦思几周无果之后，终于鼓起勇气去问她。她扫了我一眼，带着莫测的笑容，说："没什么，你挺好的。"

"你挺好的，我只是不想再和你一起玩了而已。"我读懂了她藏在眉间眼角的潜台词。

有一次，她在课间匆匆跑过来，找我们班的一个同学借书。那个女孩不在，我连忙把自己的书递出去给她，她并没有伸手接，而是拉住一个刚准备进来且她并不认识的女生，说："同学，你能不能把课本借我一下？"

"你就拿我的去嘛，"我说，"我笔记记得可全了。"

"你学习好，你了不起行不行！"她恶狠狠地瞪了我一眼，拿着另外一本空空如也的课本转身离开了。

目睹了一切的班主任看我太尴尬，就把我叫到一边安慰："她疏远你，只是为了保住自己的面子罢了，并不是你做错了什么。"

"可是，我又不是想跟她争，我们明明可以一起学习的。"我说。

"自卑的人总是习惯在别人身上找尊严。你还小，现在不明白，以后会懂的。"

小时候读《天龙八部》，觉得慕容复简直是书中的一大败笔。金庸先是虚张声势地忽悠了大半个江湖，又将朱碧双姝、四大家将狠狠渲染一番，用于衬托慕容公子的才貌无双。

而当慕容复真正出场之后，却不是被珍珑棋局弄得心神迷乱险些自杀，便是在少室山武林大会上败在了段誉手下，更是被乔峰（萧峰）像玩偶一样提起又重重摔下。从此他颜面全无，乃至自甘堕落到认段延庆为义父，手刃家将直至疯癫，只落得对着一群小孩子称帝耍威风。

直到后来长大，我才慢慢地体会到这段内容的深意。

慕容复是《天龙八部》中最骄傲的人物，他文武全才、勤勉自励、兢兢业业，比书中的任何一个人都要努力，梦想明确、行动迅速。可他越是优秀，就越是自卑；越是自卑，就越是高傲。

他的优秀是一块遮羞布，遮住他并不丰厚的家底、并不高强的武功和并不现实的梦想，遮住他惧怕被别人窥到的千疮百孔。

所以，他看到段誉，明里是不屑，暗里却是自卑。段誉是大理名正言顺的王子，而他只不过是一个并不被人承认的落魄燕国的皇族后裔。

他看到乔峰则是惭愧，二人的实力相差太远。乔峰靠自己的双手打出了“北乔峰”的名号，而慕容复所能倚仗的“慕容世家”，早已成了一个不堪风吹雨打的烂摊子。

他的自卑让他放弃了“共赢”，太迫切需要通过他人的不堪来反衬自己的优秀和完美，和地位相当的人结交，则会让这一原则面临极大的风险。

他的一生就这样栽在了自己可悲的伪自尊上。

为了这一点儿虚无的尊严，他宁愿俯就，也不愿与自己旗鼓相当的人结交；宁愿失败，也不愿别人靠近真实的自己；宁愿疯癫，也不愿意去面对自己是个彻头彻尾的失败者的现实。

没有自尊心的人固然可怕，可是有些人却因为太看重自尊，而最终失去自我。

他们太敏感，性格又太高傲，以致不敢面对自己身上哪怕一丁点儿的不足，生怕被别人看见而受到嘲笑。

松浦幸太郎曾经写过一段有关自尊的话：“聪明的人，努力的人，可以靠才华和勤奋达到某种程度的成功，但他们往往无法再上一层楼。此刻，阻挡他们成长的就是‘自尊’。这种‘自尊’很可能是我们为了保护自己、向人炫耀、打压对方而存在的铠甲，看似坚不可摧，实则不堪一击。”

将另一半真实的自我深埋地下，从此戴着自认为很有优越感的面具生活，与自己真正成长和进步的机会失之交臂——这是一桩多么得不偿失的交易。

友 谊

简 唯

回忆我的高中三年，同桌于卉是一个没法绕过去的人。

我们是在高一上学期的期中成为同桌的。于卉成绩很好，考过几次班级第一，我则是一个不折不扣的“学渣”。为了带动我的学习，老师安排于卉坐在了我身边。

这个新同桌出现在我面前时，就像从电视里走出来的一样，全身上下闪烁着光芒。

于卉的家境普通，家里连一部电话都没有。她平时吃得很少，每天早上只吃一个素包子，中午也是简单地吃一个素包子或者一张饼，晚饭则是一些糖果、瓜子和点心，这些都是她过年时攒下来的年货，平日囤在寝室的柜子里，每晚取出来吃一点。

她告诉我，一周在校5天，她的伙食费从来都是7块钱。

我拿于卉来激励自己好好学习，可刚学习了一会儿，便敌不过懒惰和自制力差，不肯用功了，一曝十寒，毫无长进，依然是个“学渣”。于卉从没主动帮过我，对我的一切漠不关心。

我的家境比于卉好很多。父母视我为掌上明珠，特别舍得为我花钱。我穿着名牌衣服，吃出圆滚滚的身材，从来不肯委屈自己。

那时才开始住校的我，早上起不来，买了早餐打包后，踩着早自习的铃声到教室，把书包朝桌洞里一扔，就去走廊里吃早餐。看到于卉的生活，我于心不忍，早上会客气地把零食分一些给她。有时，我会带双份的零食，和她一起边晨读边偷偷吃；有时，我只带单份的零食，塞进于卉的课桌。

我的心里有些小小的得意：我是在帮助于卉啊。

事实上，我和于卉的关系并没有真正地亲近起来。她和我说话的语气依然冷冰冰的，我坚持认为是她作为学霸的自尊心在作祟。

我开始有意无意地和她闲聊，捕捉她更多的生活细节。例如，有一次下了辅导班的课，外面下大雨，她骑自行车很晚才到家，发现没带钥匙，因为家里没有电话，又不想大声敲门吵醒父母，她便躺在自行车棚的砖头上盖着雨衣睡了一夜；美术课上，她用的12色水彩笔看起来像二手的，她说那是她周末专门去火车站附近的一家文具店淘来的试用品，跟老板讨价还价后，几块钱就买下了。

一天，我跟于卉说起中午食堂的炸鸡好吃，她说自己从来没吃过那类油炸食品，更别说吃肯德基、麦当劳这些了。

那天回到寝室，我大方地对几个室友说，第二天请她们吃炸鸡。随后我打电话给妈妈，让她在第二天中午订一个“全家桶”给我。

第二天，“全家桶”被送到了寝室，我和室友们一起分享。我事先拿走最大的一块鸡排和一个汉堡，等大家吃了一会儿后，漫不经心地说：“哎呀，这怎么剩下了，分给隔壁寝室的吧。”

于卉就在隔壁寝室，我拿着鸡排和汉堡过去的时候，正好只有她一个人在。我说我给寝室里点了“全家桶”，大家吃不完，便分一点给她，努力地表现出“不是专门送给她的”。

于卉接受了，但没有表示感谢。我转身要离开，余光扫到她还盯着书，并没有准备大快朵颐的样子。我想了想，回身抢下她的书。

“你现在就吃吧。”我对她说。

“我吃过午饭了，现在不饿。”看得出于卉觉得我有些莫名其妙，但语气是温和的。

“你现在不吃，慢慢就放凉了，到时候你肯定会嫌难吃扔了。我买的可贵着呢。”见于卉还想说什么，我没给她说话的机会，“吃，你现在就吃。我看着你吃。你不吃完，我就不走。”

于卉有些难为情地看着我。而我已经坐了下来，盯着她，一副不容拒绝的样子。她拿起汉堡，一脸通红地吃了起来。

我看着她吃汉堡，表情放松下来。她的脸越来越红，显得越来越紧张，却不敢停下咀嚼动作。甚至连我问她好吃不好吃，她都没有回答。

她吃完汉堡，小心翼翼地问我："还要继续看着我吃鸡排吗？"我估计她吃不下了，便说要回寝室午休。临走时，我余光瞥见她如释重负的样子，心里得意不已。

那个汉堡并没有换来我和于卉的友情。相反，她对我有些抵触，时不时对我冷嘲热讽。

跟她借红笔，她坚持不借，我问她现在要用吗，她会反过来说不用也不借给我。

学校号召全体师生给得了白血病的校友募捐，她捐了 1 块钱。我本来暗地里捐过 50 块钱了，可当着于卉的面，又捐了 1 块钱，没想到她在班长收钱时对我冷笑着说："你每天早上吃零食的钱都不止 1 块钱吧！"

我的生物成绩不及格，于卉出言讥讽："我要是你，早在自己还是细胞的时候就会选择死亡。"我气得丢出手中的笔，她立刻补充，"哎哟，不错，智商提高了嘛，我还以为你听不懂这句话呢。"

此类事情越来越多，就是再迟钝的人，也能嗅出其中的敌意。期中考试以后，我的成绩依旧没有起色，于卉还是班级第一名，却在年级排名中名次大幅下降。她说，是我影响了她的学习，她已经让父母找班主任，要把我和她调开坐。

我表面上没有吱声，暗地去找班主任问数学题，侧面打听调座位的事。班主任说我的成绩还需要提高，会继续让于卉和我坐在一起。离开办公室时，我松了一口气，心想或许是于卉的父母还没有来。

一天，于卉的作文本发下来，我扫了几眼她的作文，里面写到她的母亲是清洁工，每周六要去捡废品卖，其他清洁女工也会抢着去捡。为了抢到更多废品，于卉会帮着妈妈一起去"抢收"，因此被其他女工嘲笑。

放学的时候，我问于卉假期可否帮她妈妈收一次废品，她一脸疑惑，我赶紧补充，反正每个寒暑假都要进行社会实践，这正好是个机会。

于卉没有理我，走了。

我以为她只是拒绝，也没多想。下午上课时，只见她红着眼睛、带着尚未擦干的泪水走进教室，狠狠地扔给我一团信纸。

信纸上的字迹全是用红笔写的，逐条列出对我的意见，其中不乏讥讽。例如：说我总是高高在上，不懂得尊重别人；成绩差也就算了，还不肯做一个善良的人；还说她母亲不是我的服务员，没有理由为了我一时的兴趣陪着我玩。

最后她还说，她早就把我从她的 QQ 好友列表中删除，让我以后都不要和她说话。

高一结束时的期末考试，我的数学考了 100 分，班主任当着全班同学的面表扬了我，于卉对此一脸不屑，下课后对我说："数学连 120 分都考不到，真是笨蛋。"

高二分科，我选了文科，于卉选了理科。物理、化学不参与总分排名，又换了数学老师，我在班级的名次有了明显提高。我时常会在校园里碰到于卉，但想起她当年说的那些风凉话，便假装没看到她，绕路离去。

120 分像一个魔咒，不停地折磨着我。到高三上学期的期末考试，我的数学终于考了 129 分。那段时间，我还在新概念作文大赛中获了奖，可谓志得意满。

走廊里，邻班一个并不熟悉的女生问起我获奖的事，我刚要回答，就看到于卉正站在不远处。见我发现了她，她的脸霎时红了起来，带着一种讨好而羞涩的表情，朝我微笑着挥手，不等我做出反应，便转身离去。

大学之后的某一次，我和两个好友聚会。她们和于卉是理科班同班同学，我假装漫不经心地向她们问起于卉的去向。

她们说，于卉去了山东大学。我有些吃惊，高考后，我偷偷查了她的信息，看到她的自主招生考试记录，她获得了享受西北某高校优惠政策的资格，难道她没去？

我在大学读的专业是戏剧影视文学。在课上布置的写作训练里，我以于卉为人物原型写了一次又一次。

我的指导老师问我："任何一个故事里的人物，无论正面反面，都应该有可爱之处。你一直试图塑造的这个人物，贫穷自卑，吝啬偏执，内向又不太注意卫生。难道她就没有一丁点儿可爱之处吗？"

我听着老师的点评，脑子里浮现出于卉的样子，带着些赌气。

大一快结束的时候，父亲去世，我心里难过。

朋友们打来电话慰问，我努力保持着平静。待父亲的丧事处理完毕，我打开 QQ 空间，看到一个熟悉的名字。虽然已经删了好友，但我知道是于卉。

她给我留言说，她也听说了我家的事，但联系不上我，希望我平安。

我点进她的空间，依然能看到里面的内容。从那天起，于卉便很少出现在我的笔下。

大学四年，我没有刻意提起有关于卉的一切。但有时，我会上网搜索她的名字，知道她进了实验班，拿了给贫困特优生的奖学金。大二那年，她还兼职去做家教。

唯一的照片上，她的样子并没有太大变化，一如她的处境，努力却仍旧窘迫。

再后来，朋友告诉我，于卉被推荐免试攻读中科院上海分院的研究生。听到这个消息，我心头只剩下喜悦。但当朋友问我要不要于卉的联系方式时，我拒绝了。

不久之后的某天，我在地图上搜索了中科院上海分院的地址，在那附近逛了逛。上海这座城市说大不大，说小不小。我既害怕又期待和于卉的偶遇，知道自己一定会认出她。

只是，我不会再与她见面了。

那些年，你不知道的事

莫小陌

有人说："当樱花花瓣渐渐飘落下来时，那就是爱情的象征。"可悲的是，此时我却站在樱花树下，诉说着你不知道的事……

我喜欢上旭的时候，是刚入初中不久。我记得是9月的某一个早晨，和好朋友小念步行到车棚，旭正巧从我身边骑着脚踏车经过。我之所以会注意到他是因为小念扯着我的衣服，伸出食指向远处的他指去，一路上的话题因为他的出现而延长了很久很久。

旭，1米77的身高，小念说他是她小学时的"校草"。我听了笑弯了腰，长这么大，我还真没见过"校草"。想想我上小学时的那些男生，没有一个能配得上"校草"这个称谓的。

初一年级一共有13个班，我在图书馆的9班，而他在新教学楼的2班，离图书馆还有一段距离，当然，这个消息也是小念告诉我的。那天，我一个人走到校门口，看到他和一大群人骑着脚踏车从我身旁经过，我立刻止住了脚步，他就在那一刻回过头来看着我。我愣住了，不得不承认，他真的很好看，特别是那双眼睛。

你相信一见钟情吗？以前打死我我也不会相信，可是遇见了旭，我却不得不相信；你知道被电是什么样的感觉吗？以前我以为那是偶像剧里才会有的滥情节，却没有想到，旭的一个回头居然电到了我，我的整个身体像被电击了一样，有一种惊悚刺激的感觉。

我依然清晰地记得自己上初二时的那些疯狂的举动。那时他在老教学楼的

2楼4班，而我在3楼的10班。我和一个男同学骑车回家的路上，因为他和那个男同学很熟，所以我们3个人同行的那一段路程。那时候我便确定了他在我心里的位置。只可惜，他并不知道。

于是我开始关注他，每天中午放学的第一件事是赶到车棚取脚踏车，只为了能在他的身后短短地跟十几分钟；每天下午放学后靠在教室的窗户上，看车棚里他取车的过程，直到他的身影消失在视线中，才依依不舍地背起书包回家。为了他，我买了一本厚厚的日记本，只为了记录自己对他点点滴滴的心事；为了他，我每节课下课都拉着同桌跑到2楼的走廊，然后经过他的教室，再回到3楼自己的教室，也不管他有没有注意到，我就这样每天跑上跑下。我不觉得累，反而觉得每天能见到他是一件幸福的事。

安妮宝贝说："幸福始终是一种幻觉，我们在幻觉中起伏。"

我做过的最疯狂的事情就是趁着放学的时间，等到他班里的人都走光了，偷偷溜到他的教室去，查看他所在的考试班级和他考试时的座位表，然后等考试完又赶忙跑到他考试的班级找他的座位。可是我失望地发现他的座位上空空的，什么也没有。当扫地的同学扫到他的座位时，我眼睛一亮，抓住那个同学的扫把说："请等一下！"我完全不顾那个同学吃惊的表情，蹲下去将地上的纸团捡起来，立刻跑回自己的教室，然后小心翼翼地将那些皱巴巴的小纸团展开后放到桌子上，用手掌慢慢地抚平。当我把那3个小纸团弄平后，发现里面的字迹全是出自一人之手的时候，我笑了，我知道这就是他的字迹，很有个性的字体。虽然这3张纸是被他遗弃的垃圾，但是在我看来却很珍贵，因为这是我唯一拥有的关于他的东西。

我以为自己可以不在乎他有没有女朋友，可是当同桌说旭和他女朋友很般配的时候，我还是哭了。我趴在窗台上哭得撕心裂肺。那天我在日记本上写道："旭，你不知道，遇见你既是一件幸福的事，也是一件痛苦的事。"

从那以后，我依然每天中午放学后第一个赶到车棚，依然只为跟在他身后十几分钟，也依然每天下午放学靠在窗户上看他离去的背影。只是不同的是，"他"变成了"他们"。

我还是会每节课下课后，拉着同桌跑到2楼的走廊。不同的是，跑到3班的时候就停下来了，看到他和她的背影之后我就转身跑回3楼。我在日记本上这样写道："你不知道，从'你'到'你们'这样的变化，我要用很长的时间来适应。可是，能这样默默地注视你的背影，我还是觉得很幸福……"

就这样到了毕业，他还是不知道有个叫林雪的女孩一直喜欢着他，只是我痛苦地知道了，原来他并不记得我。

我记得初中毕业那天要拍毕业照，同桌不顾我的反对，硬是把我拉到他的身边，还说："林雪，我拜托你，勇敢地给自己一次机会。"

我不知道该怎么办，同桌气得一下子将我推到他面前，还险些撞到他，同桌大吼道："林雪，拜托你别懦弱！"

我永远都记得他脸上疑惑的表情，我永远都记得他用很淡然的语气问我："同学，有事吗？"

我仿佛听见了自己心碎的声音，拼命克制住自己，向他举起右手，扯着几乎僵硬的笑容，对他说："我是10班的林雪，很高兴认识你！"

我记得他握住我右手的时候对我笑着说："毕业快乐！"

"毕业快乐！"

6月的天气竟有些凉飕飕的寒意。我不知道自己是怎么回到同桌身边的，只知道那天下午因为他我又一次哭得撕心裂肺。

旭，你对我的称呼居然是"同学"，你不记得初二时回家的那段路上，你曾对我说过的话了吗？你说："林雪？很好听的名字，我记住了。"可是如今，你却称呼我"同学"……

你知道我是怎么认识你的字迹的吗？是因为上初二时，有一次学校要检查学生的作业情况，我跑到指定的放作业的地方找到了你的本子。

你知道我为什么在知道你有女朋友之后还那么关注你吗？你知道我为什么还每天跑到2楼，却不再跑到你们班了吗？你知道我为什么在毕业那天不向你告白吗？

因为你的那个女朋友，正是我的好朋友，正是那个让我注意到你的人，叫小念。

我们都会遇到对手

|

张爱玲

我7岁上小学。记得当时我们的教室很大，稀稀落落地坐着20多名同学，梳辫子的只有7个。老师看了看那怯生生的“半边天”，先让大一些的琴做了学习委员，却选不出文艺委员来。后来，老师慧眼识珠，发现我嗓门儿大又挺大方，便委任了我。

老师们都很愿意做我们的班主任，理由极简单：学生少，操心事少；女生少，操心事更少。所有的班主任也都说我们班的女生最友好，总是和和气气的。他们却不知道，女孩子天生会掩饰。其实，文艺委员与学习委员格格不入呢！

我不知道嫉妒心是何时潜入我体内并随着身体一天天长大的，反正我开始嫉妒琴，正像琴一直嫉妒我——因为我们的成绩太相近了，每次读完考试分数，老师如果表扬女生，常常会表扬我们俩或者我们其中的一个。势均力敌就让我们对彼此有了敌意。琴先拉帮结派，她拉着那5个女生课间高高兴兴地玩，放学亲亲热热地走，我形单影只地待在操场或闷头回家时，恨琴恨得咬牙切齿。

有一天傍晚，我和高年级的同学玩跳格子，跳到天黑我才想起来书包早被锁在教室里了。我急得团团转时，发现教室门的玻璃刚好坏了。我突然想到琴，说不定就是她偷偷把门锁上的，因为那天是她值日。我拿不出书包做不成作业自然要挨老师的训，她早就盼着这一天呢！旧恨新仇加在一起，我忍无可忍，想到了报仇。我一回身看到讲台上有一截粉笔头，还是给她起一个绰号骂她一下吧！少年时代给人起的绰号往往并无道理，想了半天胡乱起了一个，借着教室里最后一点儿微亮的光，写在琴的书桌上。写完后，我跳出教室就把这件事丢在脑后了。

第二天早自习我一进门，琴正在骂人，看到我音量提高了一倍。我知道我的报复手段不那么光明正大，而且惹了麻烦。最麻烦的不是在学校，琴知道老师要来了便早早住口；最麻烦的是在路上，琴用她的骂声对我实行围追堵截，我像灰溜溜的小老鼠，琴成了打鼠的英雄。

琴很能骂人，指桑骂槐、破口大骂全会。在她的骂声中，我来不及想自己的愚蠢，原有的嫉妒却变成了完完全全的恨。

上五年级时新来了两名女生，其中就有我的表姐，她为了考入市重点中学特地从林区转来重读。加入了新成员，“半边天”不但没“多云转晴”，反而“阴雨密布”了。表姐的成绩开始遥遥领先，琴很不服气，私下里便说她是重读生。话被传过来，表姐便立场坚定了，女生阵营里从此有了两个帮派，彼此虎视眈眈。

我们常在一起挖空心思贬低对方，以示敌弱我强。有一天发现琴“长着满脸横丝肉，一看就不像好东西”，令我们狠狠开心了一阵子，尤其是那常形容坏人的“横丝肉”，让我出了许多怨气。

我们（包括琴）都以为自己很聪明，所作所为理所当然，但发布考中学的成绩时大家都傻眼了：老师认为最有希望的几个同学，甚至包括表姐，都没有考入那所我们向往已久的重点中学。

也许是因为那次惨败，琴比我们先长大了。有一天陪妈妈逛街，远远看到琴，我早早扭过头去，却听见琴问：“大娘，上街啊？”

妈妈说：“嗯。琴，你有时间到我们家玩吧。”

“哎。”

我等琴走远了就问：“妈，你理她干吗？你不知道我俩不好吗？”

妈妈瞪了我一眼：“她到底是比你大两岁，懂事了，人家想和你和好。”

“我才不和她和好呢！”

虽然妈妈开导了我半天，但我总忘不了琴的那些恶骂，几次碰到她探寻的目光时，都以冷漠相拒。

多年以后我慢慢聪明过来：无论在哪儿，无论做什么，我们都会遇到对手。我们太喜欢把对手列为敌人，太喜欢嫉妒甚至诽谤。一个人的真正长大，却是从真诚地欣赏对手开始的。

有对手的青春不寂寞

寇　豸

1

十三四岁的时候，我自尊心特别强，敏感、自负，也脆弱。

我当然知道，父母下岗后到市场摆摊卖菜没什么丢人的，他们只是用自己勤劳的双手挣钱养家。但由于年少虚荣，我还是不希望被同学知道这事。

开始，我根本不愿意到市场去帮忙，害怕遇见同学。但看着父母天天早出晚归、累得连腰都直不起来时，我心里就备受煎熬。于是，有空时，我会硬着头皮去市场替换一下父母，让他们歇一小会儿。我心疼他们，也明白父母所有的辛劳都是为了这个家，为了给我攒上大学的费用。

只是我怎么也没有想到，暑假里的一天傍晚，我正和妈妈一起卖菜时，会遇见我的同学吴昕。她看着我，愣住了，眼睛睁得老大，嘴张得足以塞进一个肉包子。好半天后，她才惊讶地挤出一句话："你在这儿卖菜？"我仿佛被人掴了一个大耳光，气急败坏地说："关你什么事？"

2

初三开学，班主任重新排座后，我们居然成了同桌。

这是我无法忍耐的事情，当时我就举手表示反对，但吴昕已经整理好东西搬了过来。"是想天天嘲笑我吗？"我愤愤地想着。在她坐下来朝我露出一个意味深长的微笑时，我给了她一个白眼，但心里是忐忑不安的。

她果真把我在市场卖菜的事告诉了其他同学。有一天轮到我值日，自习课时，一个女生一直与同桌说话，我走过去低声提醒她不要影响其他同学。

那女生扬起头，一脸不屑地指着我说：“你不就是一个卖菜的嘛！你以为你是谁呀？要你来管我？”

班上的同学闻声，齐刷刷地把目光集中过来，嘲讽、惊奇，各种目光交织在一起，将我笼罩，我恨不得有个地洞钻进去。他们怎么也想不到，一向张扬、自信的我居然会在闹哄哄、脏兮兮的市场里卖菜。

我也傻了，脸上一阵发烧，连一句反击的话都没有，心里有一种撕裂般的痛楚。

吴昕听到后，慌忙跑过来，阻止那个与我吵嘴的女生。但她的目光却是躲闪，不敢看我的眼睛。我急促地喘息着，怒火中烧，目光如刀般狠狠地盯着吴昕。她张了张嘴，似乎是有话想对我说，但在她走向我时，我狠狠地推了她一下。她没防备，一个趔趄，整个人摔在地上，仰面朝天。

应该很痛吧。吴昕委屈地哭了起来，“呜呜”的哭声让我有一丝愧疚。“谁让你多嘴！”我倔强地说，心里却是慌乱，挺后悔自己的冲动。但让我当众去扶她起来，向她道歉，我做不到。

“真野蛮！居然动手打人。你本来就在市场卖菜，难道是我说错了？”那个与我争执的女生不合时宜地火上浇油。几个女生扶起坐在地上哭泣的吴昕，不满地指责我，轻声安慰她，把我当成了空气。

我刚刚有的一点歉意即刻消失殆尽，只是在众多的指责声中，无力反驳。

3

那段时间，我成了孤家寡人。我不仅恨吴昕，更恨那个挑起事端的女生，还恨所有势利无情的同学。我变了，变成了一只闷葫芦，对谁也不愿意开口，对生活充满了厌倦，对身边的人也充满敌意。我的成绩一落千丈，我无所谓，还变本加厉地开始逃课。

班主任找我谈话，我低着头，一声不吭。从她焦虑的眼神中，我看得出来她恨铁不成钢的心痛。她想不明白，只是一件小事，我为什么如此沉沦？只有我自己知道那种心灰意冷的痛楚。

吴昕再也不敢正眼看我，面对她我总是横眉怒目，我的身上在一夜之间长满了刺，一丁点儿的小事我都会大发雷霆。在学校是这样，在家也是如此。

父母不明白我发生了什么事，一脸关切却什么也不敢问。妈妈对我说话时更是小心翼翼，生怕一个不小心又惹我生气。

4

我执拗地坚持着自己的冷漠和孤傲，觉得全世界的人都亏欠我。夜里，我躺在床上，思绪如云。我一次次地回想那天发生的事情，那些嘲笑声、指责声仿佛还回响在耳边，泪水悄然滑落。

我没有看不起我的父母，我明白他们的辛劳是为了我，我只是不希望被同学知道他们是卖菜的，这有错吗？我也知道这是虚荣心在作祟，但十三四岁的年纪，谁不要一点儿面子？想到吴昕给我带来的伤害，我决定不原谅她。

每天坐在一起，我都不给吴昕好脸色看。她的成绩一如既往地好，而我已经对学习失去了热情，难以与她匹敌了。

有一天刚下课，她盯着我，支吾着想对我说些什么时，我不屑地瞟了她一眼，目光冷峻，然后把头扭向一边。其实，看得出来，总爱显摆的她自上次的事情后也沉默了很多，虽然她的成绩赢过了我，但她一看见我时，就会不由自主地把头垂得低低的。

“殷子，对不起！上次的事情……”她的声音很轻，但我听清楚了。这个在学习上从不肯认输的人，居然会开口向我道歉，而且是在她被我推倒以后，在我被众人孤立时。

我保持姿势不动，想听她说下去。

“看见你现在的样子，我很难过。我的本意不是这样的，我没有取笑你的意思，但我没想到事情会变成那个样子，对不起！是我考虑欠妥。”

我依旧不动，但眼角渐渐濡湿。在这段被人孤立的日子里，在一次次逃课出去时，我只是用表面的冷漠来伪装自己内心的惶恐和孤单。我没有自己想象的那么坚强，面对从来没有过的不及格的分数，我的心在痛；面对父母焦虑的眼神，我的心也在痛。

5

吴昕走出教室时，塞给我一张折叠成纸鹤的字条。

“殷子，对不起！上次的事情是我的错，只是那不是我的本意。在市场看见你的那一刻，我对你充满了钦佩。我佩服你能够体谅父母的辛苦，并且身体力行地为他们减轻负担。最初我并不服气你，把你当成学习上的劲敌，一直铆足了劲儿和你竞争，当知道你在课余时间常常去帮父母卖菜后，我觉得我们之间的竞争不公平，我占了便宜，于是我把这事告诉了几个要好的同学，希望他们让他们的父母去买菜时，能够专门买你家的菜，这样你就能腾出更多的时间来学习……是我请求老师把我们调到一块儿坐的，我想成为你的朋友，在学习上互相竞争，也互相帮助。我没想到事情到了后来，会深深地伤害了你。对不起！”

我仰着头，紧紧地闭着双眼，生怕泪水一不小心会滑落。吴昕真诚的言语让我释然。其实仔细想想，如果不是我自己死要面子，父母卖菜的事又有什么见不得人呢?

“殷子，一起出去走走吧！”一天下课后，吴昕主动邀请我。

我笑着答应了，并且牵着她的手一起走出教室。其实自上次看完她给我的字条后，我就想主动跟她和好，但碍于面子难以开口。

还好，吴昕善解人意，给了我一个台阶下，或许她从我对视她的目光中读懂了我对友谊的渴求。

在解开心结后，我与吴昕成了无话不说的好朋友。

每个周末，写完作业，吴昕陪我去市场卖菜，并且美其名曰“体验生活”。我明白，吴昕是用她自己的方式，来表达对我的尊重，还有对这份友情的珍惜。

有吴昕陪在身边，我在市场帮父母卖菜时，再也不会难为情了。

我们是好朋友了，但在学习上，我们依旧是最强劲的对手，这方面一点儿都不含糊。

我喜欢这个对手，有她的存在，我斗志昂扬，精力充沛。就像吴昕说的：“对手，就是自己的另一只手，对对手最大的尊重就是竭尽全力地发挥出自己最大的潜能。”

我尊重吴昕这个对手，因为她是我最好的朋友。有对手存在的青春，我们不会寂寞。

纸条上的青春印记

静　女

在手机和网络普及的时代，如果不好意思当面跟心上人表白，那么只需给对方发一条短信或写一封邮件即可。如此方便、快捷的传情方式，20年前人们想都不敢想。那时候，情窦初开的少男少女们只能用传纸条的方式向意中人示好。

我第一次收到纸条是在初三时。初中毕业前夕的一天晚上，我正在收拾乱糟糟的课桌，身后的男生拍了一下我的肩膀，默默地递过来一张刻意折叠过的小纸条。只可惜，这种刻意在当时并没有引起我这个马大哈的足够重视。接过纸条后，我二话没说，先将它揉成一团，继而探身、眯眼、瞄准、发射，只听“嗖”的一声，“飞镖”便准确无误地落入了讲台旁边的废纸篓里。整套动作行云流水、一气呵成，对此我颇为扬扬自得。就在我满心等着那个男生夸我功夫了得时，他却脸红脖子粗地问我：“你为什么要扔掉？”我觉得这个问题很可笑，作为一个看武侠小说走火入魔的小女生，一直以来，我都在乐此不疲地拿废纸团练“飞镖”，周围的同学有了废纸就会直接扔给我，这早已成了习惯，没有任何疑问。我盯着那个男生红得像番茄的脸，研究了几分钟，终于搞明白了他犯傻的原因：他一定是发烧烧糊涂了。于是，我就提高嗓门冲他喊道：“你发烧了，赶紧去卫生室吧！”这句话引来了全班同学的注目礼，那个男生把头扭向窗外，满脸都是对牛弹琴的无奈和恨铁不成钢的悲伤。就这样，因为我的不开窍，一段小恋曲还没正式开始便已寿终正寝。

上高中后，我好不容易有点开窍了，偏偏又遇到了一个不开窍的男生。当时，女孩子们都热衷于琼瑶的爱情小说，喜欢那种衣袂飘飘的白马王子，但我口味重，我爱看金庸和梁羽生的武侠小说，迷恋那种身上有江湖气息的

“不靠谱”的男生。让我心驰神往的男生坐在教室最后一排，上课就睡觉，下课就胡闹，是班里出了名的“破落户”。我当然也不喜欢他的“破落”，但我觉得，与他骨子里的侠义之气相比，那点“破落”简直不值一提。比如说，这位“大侠”曾经单枪匹马与收保护费的小混混们厮杀，为此右额角留下了一道醒目的伤疤。别人都说他那道疤痕很丑，我却觉得那是一枚金光闪闪的勋章。我想告诉“大侠”：“如果你是郭靖，我就做黄蓉；如果你是杨过，我就做小龙女……”为了获得在“大侠”面前表白的机会，我首先得把他约出来。为了把他约出来，我在某个下了晚自习后的月黑风高之夜，悄悄将一张小纸条塞进了他的文具盒。纸条上写着：周六晚 9 点，操场旗杆下见。约好时间后，我像所有情窦初开的女孩子一样满怀激动。为了给对方留下美好的第一印象，我冒着被妈妈拿笤帚追打的危险，先斩后奏买了一条格子裙。到了周六晚上，我穿着崭新的格子裙去赴约，刚到操场就觉得有些不对头，“大侠”确实已经驾到，但问题是约会需要带上一帮兄弟来围观吗？就在我疑窦丛生时，只听“大侠”豪情万丈地说：“五班的人太菜了，说好 9 点一决雌雄，现在却像缩头乌龟不敢露面了！”我一听，顿时欲哭无泪，敢情这哥们儿把情书当成战书了。

关于小纸条的故事，除了以上的乌龙事件，我还有过一段助人为乐的小插曲。当时，班里有一个跟我关系不错的男生喜欢文科班的班花，自己却没胆量递纸条，便委托我当联络员。我这人讲义气，二话没说就答应了。我帮他送了几次纸条，可那个傲慢的小美人每次都是当着我的面看都不看一眼就扔掉了。此情此景，我没有对那个可怜兮兮的暗恋者如实相告，怕伤了他的自尊。为避免那个男生越陷越深，在送了 6 次纸条后，我决定冒充班花给他一个答复。于是，我伪造了一张小纸条，大意是说班花对他印象不错，但此时不适宜谈恋爱，希望考上大学后再联系。那个男生接到纸条后，激动得就差高呼“谢主隆恩”了，从此开始玩命学习，后来真的考上了重点大学。直到他在大学里跟班花接上头，这个谎言才被拆穿。知道真相后，那个男生对我感激涕零，无以为报，只能以身相许做了我的男朋友。

写纸条的时代一去不复返了，那些被卷成一团的小纸条，就像飘零的栀子花瓣，被岁月的河流越冲越远。纸条上的那些青涩文字，却让我们念念不忘，因为那是我们一生只有一次的青春印记。

那些年，你们帮我追的女孩

legolas

那一年我初三。

班里有一个姓王的姑娘，长得很漂亮，皮肤尤其白，还写得一手好字，成绩也排在班里的前 10 名，对人和善温柔。用现在流行的一个说法，她偶尔还有那么一点小“傲娇”。班里的男生都喜欢她，我的同桌喜欢她，我的邻居喜欢她，我放学回家同路的伙伴喜欢她，我最好的兄弟也喜欢她……总之，他们都喜欢王姑娘。

王姑娘和我关系不差，可是唯独我偏偏不喜欢王姑娘。

因为我的前面坐着一个周姑娘，周姑娘没有王姑娘漂亮，没有王姑娘白嫩，字也没有王姑娘写得好，和王姑娘相似的，大约只有成绩不错以及和善温柔这两点。所以似乎没有人喜欢周姑娘——当然了，除了我，可是我也说不上为什么。

也许只是因为她会在听歌的时候，转过来分给我一个耳塞。

也许只是因为我在无数节漫长无聊的课中，呆呆地望着她那束简易却迷人的马尾辫出神。

谁知道呢，总之就是很喜欢很喜欢。

后来，我出于一些原因复读了一遍初三，于是比她们都低了一届，可我还是很喜欢周姑娘。可是我只有 17 岁，17 岁的家伙能干什么呢？不懂收敛，不懂换位思考，不懂体谅别人，什么都不懂，于是故事的结局自然是周姑娘和我越来越远，不复当年的亲密。

高中毕业后，我阴错阳差地考进了一所大学，在大学里遇见了王姑娘，老同学自然也就成了朋友。每年我生日的时候，我都会请王姑娘吃饭，王姑娘越长越漂亮，男朋友也换了一个又一个。

有时我的那些老朋友会问我，王姑娘换男朋友了吗？如果得知暂时青黄不接，则个个跃跃欲试；如果得知王姑娘有了新的男朋友，则个个义愤填膺。他们也会相互嘲笑对方，然后信誓旦旦地说王姑娘终究是自己的。只有在这个时候，我会觉得我有一点点不那么融入他们，因为我从来没有喜欢过王姑娘，从来没有。

也正是这样，我的那些朋友都尽力帮我去追周姑娘。只是最终未成。

后来到了大四，王姑娘毕业了，去了香港，终于不会再有人问我王姑娘的事情了，而周姑娘在上海找到了一份优渥的工作。渐渐地，我已经记不起她的模样，只是还会为了她名字的那两个字偶尔神思恍惚一下。

后来的我遇见了另一个姑娘，可以叫她胡姑娘。那时的我每天打星际游戏，不知姑娘为何物，唯独胡姑娘让我重新打开了看世界的眼睛，而且当时我的眼睛里只有胡姑娘。

为了胡姑娘，我找齐了我最好的朋友们、战队队友们、基友们以及在夜深人静会和我谈人生谈理想唯独不谈感情的姑娘们，帮我拍了 100 张胡姑娘的照片去表白，搞得声势浩大。那段时间我出门去吃午饭时，都会有隔壁班的陌生同学过来拍拍我的肩膀说：“赵哥，我崇拜你。”当时我的反应是，我勒个去……

结局谈不上好或者坏，虽然胡姑娘和我现在依然是非常好的朋友，经常一块吃饭，不过我觉得我们此生的关系大概只能停留在一起吃饭这个阶段了。难过是难免的，只是我从未告诉过胡姑娘我的难过。因为我觉得，男人嘛，哪有那么多细密絮叨的情绪，男人的内心就应该锐利如刀锋，把这些脆弱的感情通通斩断，然后把自己最有趣的一面带给自己喜欢的姑娘。

在帮胡姑娘收集照片的时候，良久没有联系的周姑娘在 QQ 上喊我，问我照片弄得怎么样了，然后两个人又随便扯了一些从前的故事。

周姑娘最后开玩笑说道，你拍电影的话，故事就应该叫“那些年，我们一起帮你追女孩”了吧。

我看着屏幕上的话也笑了。

所以，我和很多男生不同的地方在于，我没有和很多人一起追过最耀眼的那颗星星，当然，很大一部分原因是我觉得另一颗星星更适合我。

所以，我没有竞争没有敌人没有阴谋没有很多很多复杂的东西，我永远有一支庞大的后援团，由那些爱和我喝酒的基友、爱看我写字的姑娘、爱找我动脑子帮他们想办法的正太萝莉组成，然后从发丝到脚趾给我分析如何如何去追一个姑娘。

“那些年，我们一起帮你追女孩”，周姑娘说得不错，果然不愧为我人生中第一个看上的姑娘。

虽然过程不一样，但是就像一开始那样，每个善良的男孩子的心里一定都烙着那样一个影子，对于我而言，那个影子是周姑娘。喜欢或者不喜欢，爱或者不爱，都变成了一种非常平淡温和的感情。

最重要的是，这个影子教会了我什么是喜欢一个姑娘，就是一种想要握拳拿刀、拼尽全力也要守护一朵花的情感。

嗯，对我而言，喜欢和爱就是这样的。

献给我们每个人心里各自的那个影子，以及那个最后会守护在你生命里的女孩。当她出现的时候，一定要用那个影子教会你的一切，去拼尽全力守护住那朵花的笑容。

少年事

安妮宝贝

十二岁的时候，我有过少年的友情，是和学校里的一个同龄女孩。

她的家和我的家隔了城市中央的一条河流。夏天下着暴雨的午后，她撑伞等在楼梯的下端，接我去她家里吃冰激凌。潮湿的阴影里，她的面容像一朵洁白的山茶花。

我们在大雨中光着脚踩水。在她宽敞的家里一边吃冰激凌，一边看诗集，疲倦之后拥抱着睡在一起。她浓密的长发散发出清香，在睡眼蒙眬中兜了我一头一脸。我用手去拨，窗外是滂沱的大雨。

那时我是一个不常和父母在一起的女孩。喜欢写诗歌，晚上睡觉会面无表情地流下眼泪。她的家庭不幸福，父母感情不和，时有争执。然后有一天，父亲突然失踪。

我们有隐秘而艰涩的疼痛，都还没有长大。想寻找一条通往世界的途径，而这个进入的切口，只能是给予彼此的爱。

每天写信，即使在同一个班级里，每天都在见面。时间在剧烈的感情里总是不够用。信里写，我爱你，就像对这个尚未展开旅途的世界说，我要出发。这种感情，现在看来，其实已经如同一场初恋。

这一段往事，使我对女性之间的友情，一直保持着某种信仰。在它里面，没有性，没有好奇，只因为共同的愿望而靠近。我们像两个敏感贫乏的孩子，拥抱取暖，这是一种纯洁静好的陪伴。

彼此之间，发生了许多的事情。有悲喜，有失落。很多记忆因为被埋葬，已深不可测。青春像一段火车隧道，让人看见时间呼啸着奔驰。后来，我们很快就各自恋爱了。那时候，总是以为恋爱能够彻底地拯救自己的孤独。但是在付出很多代价、耗费掉很多时间之后，才知道这个想法是错误的。

十多年以后，我早已离开那个在市区中心有一条河流的南方城市。从南到北，一路在不同的城市里迁徙，寻找能够停留的地方。我开始写书，出版小说。我的生活日益颠簸不宁。但是少年时，我曾对她说过，我以后会写书，因为我要让别人知道我的疼痛、我们的疼痛、所有人的疼痛。她最终结婚生子，平淡地工作，过着安稳的生活。有很长一段时间，我们彼此失去音信。

一年夏天，我回家，偶然联系到了她。于是去见她。还记得她最喜欢吃香蕉，在附近的水果店里买了一大串，还有一捧打着花苞的深红石竹。

依然是下着暴雨的夏日午后，窗外大雨滂沱。她的长发已不见，扎粗糙的髻，一岁幼儿在怀里酣睡。在经历过了繁华至极的恋爱之后，她做了母亲，而我依然孤身一人。我们没什么话说，只是微笑、沉默。她让我看房间里一大缸的热带鱼，空气中有寻常生活的奶粉和灰尘的气味。

墙壁上有她十六岁时候的照片。我也一直把一张少年时的黑白照片带在身边。照片这样陈旧，而少女时候的笑容，却明亮得耀眼，明眸皓齿，让人伤怀。我们还是有着一模一样的喜好。和过去一样。

告别的时候，她送我。我把她的孩子抱在怀里。小小的男婴粉白可爱，生命的延续让人惘然。

我们凭借曾给予对方的温暖和激情，已经长大，那段少年时的感情，就如同寄居的蛹，当灵魂长出翅膀各奔东西，蛹就成了透明的空壳。

十多年以后，我们各自成为虽然心怀感伤但甘心承担的女子。没有什么怨悔。在大雨中平静地挥手告别。

那栀子花般纯白的过往

许会敏

我在风清月白的17岁遇见了云曦，她是初三那年转学来我们班的。当老师领着像芭比娃娃一样漂亮、可爱的云曦走进教室时，全班同学都惊呆了，嘴里不由自主地发出赞叹的声音，原来世界上真的有这么娇俏、动人的女孩。云曦白净、柔美的脸上，顿时飞满了娇羞的红晕，我的心更是在那一刻如同被闪电击中，顷刻间生出了异样来。

在老师的鼓励下，云曦怯怯地介绍了自己。原来她随转业回来的父母，从一个坐落在大山中的科研基地来到我们这座城市。听到云曦此后要在这里生活，我有一种说不出的开心。我以为这就意味着，她和我会在这片土地上长此相伴下去。胡思乱想间，看见云曦径直向我走来，我的心激动得有些不知所措。我误以为老师趁我失神的工夫，把云曦安排在我旁边了。可是最终，她在我的前排停了下来，我突然有了一种如释重负的轻松。自此，美丽的女孩云曦，便成为我眼前一片最亮丽、养眼的风景。

因为不是很用心，我的学习成绩并不拔尖，在班里顶多处于中上等水平。说心里话，我讨厌那些干巴巴的公式和需要反复死记硬背的所谓知识点。除了上语文课不怎么溜号以外，上其他课时我都偷偷看武侠小说。我尤其喜欢金庸和古龙的作品，沉浸在那些侠士仗剑天涯、除暴安良的江湖快意里，我无比开心。我甚至恨自己生错了时代，不然，我定然也是一个武功盖世、桀骜不驯、侠骨柔肠的绿林好汉。

可是，云曦的到来完全打破了我的生活规律。此时的我不仅无法专心听讲，甚至连看武侠小说也不能专心地投入了。因为云曦的身影就在我的眼前，像一朵纯净、清甜的栀子花兀自摇曳着，让我的视线无法抗拒。她的背影如同一弯纤瘦的月牙，有点孤单，更有点浪漫。她一头乌黑发亮的长发随意地束成马尾垂在背上，像绸缎一样闪着光，那是只有青春季的女孩才会有的头发。我被她头发上飘散出来的淡淡的薄荷香味围绕。

因为来自小县城，云曦的学习基础没我们好，有点跟不上我们授课的进度，所以她经常会转过身来，问我一些不懂的问题。原本我也只是一知半解，可是为了不在云曦面前丢面子，我便临阵磨枪。我开始专心地听每一节课，并且认真地做笔记，然后把它借给云曦。感受着云曦对我欣赏而崇拜的眼神，我的心简直像浅醉时那般惬意。为了尽快帮助云曦提高成绩，我更加发奋读书。那个学期的期末考试，我和云曦都奇迹般考进了年级前十名。

我知道，云曦的家离我住的小区并不远。因为我曾悄悄地跟在她的身后，探寻过她住的地方。我甚至清楚地知道，她住在三楼靠左的那个房间里，窗帘上有大朵大朵淡粉色的百合花，窗台上养着一盆纯白的栀子花和一盆艳紫的蝴蝶兰。有时候，我能看见云曦在窗前站立一会儿，吃一个苹果或者喝一杯牛奶。不过大部分时间，她都坐在书桌前学习。我只能看到她头顶上的一点点黑发，可我依然乐此不疲，一有时间我就去云曦家附近张望，期待某一天与她邂逅。可是很遗憾，云曦很少出门，即使要出去也会有她爸爸妈妈陪着。我最终也没有能够找到机会，实现在学校以外的地方跟她好好说说话的愿望。

尽管不舍，这一年的时间还是过得特别快。快要中考了，我们每个人都像一只高速旋转的陀螺，投入紧张的复习备考中。临考试前两个月，云曦对我的依赖明显减少了。原来她妈妈给她请了一个外语学院在读的大学生做家教，这使得她的成绩突飞猛进。在那些没完没了的模拟考试中，有几次她的成绩已经超过了我，根本不需要再问我什么问题了。这让我万分失落，恍然觉得云曦就像一片缥缈的白云，在我眼前悠悠地越飘越远了。

最后一次见到云曦，是在我们去学校取成绩单的时候。我听见云曦告诉老师，她要出国读书了，在那个家庭教师的帮助下，她顺利地申请到英国一所学校的全额奖学金。而且她的姑姑多年前就去英国发展了，如今事业风生水起却没有孩子，所以希望她过去读书，顺便陪伴远离家乡的她，以解其思乡之苦。不久，云曦就要动身去英国先熟悉环境、进语言学校学习了。那一刻，我的心简直就像猛然间掉进了冰湖里。在大家纷纷与云曦合影留念的时候，我逃也似的离开了学校。

云曦就这样消失在我的世界里。此后的很多年，关于她的记忆，一直都被我安放在心底最柔软的地方。17 岁那年，那些栀子花般纯白的过往，是关于青春最浪漫、最唯美的画面，我将永远珍藏。

努力接近，努力忘记

闫晗

回到高中时代的校园，路过篮球场的时候，想起自己从前也曾在这里驻足。清晨的风拂过面颊，带着一丝凉意，阳光照在身上却是暖的，篮球在阳光下跳跃着，已经不见了那个少年的身影。

听到夏天的蝉鸣时，常想起16岁夏天的某个暑假傍晚，在附近公园的树上徒手捉几只知了，捂在手心吱吱作响。溜达着去学校的篮球场，瞥见那人正在里面打球，新剃了平头，像小学时看过的电视剧《希望之鸽》里的原田浩二。默默坐在球场边的石凳上，他中场休息时看见我，奔跑着过来，挥手致意。我把知了塞到他T恤前胸的口袋里。他朝我笑笑，掏出来，放在手心里，然后看它们飞走。夏夜的空气里是烤串、海鲜和啤酒的味道，混着蓊郁的植物的芬芳。有凉风吹过，夜色温柔。

冬天飘雪的日子里，我课间常在4楼教室的窗前站立，等待他和伙伴们从那条必经之路上说笑着走过。有一次在食堂排队打饭，他碰巧排在我前面。我戳戳他的后背，说了几句话。可是，食堂里人很多，实在太吵了，他也许没听清，就又转过头来问：你刚刚说了什么？哦，没事，我什么也没说。

还有大一那年的10月，在济南，天气还算暖和，意外地接到他从天津打来的电话。他说，我这里风好大，你等一会儿，我过去把窗户关上。你们那里不冷吗？我都穿上毛衣了。他主动给我家打电话，问到我学校的通信地址以及宿舍电话——那是头一次他为靠近我而做出努力，之前都是我在努力接近他。

关于他的许多片段都像一幅幅铜版画，刻在心里。那次电话后不久，我就把他弄丢了。各自交了男女朋友之后，我们的关系便开始微妙地疏远起来。他的女朋友是我隔壁班的同学，高中时他们同在广播站。他写信给我，提到了这些，说那个女孩很温柔。我心知肚明，我跟他之间绝不是纯粹的友谊，只是要处理成友谊的模样，也许是为了在他的生活中停留得更理直气壮一些。是的，我悄悄喜欢你，可你最好不要以为我喜欢你。

之后的 10 多年没有任何联系。那时我们没有手机，他的 QQ 号码似乎被盗了，想联系时，大学时的通信地址早已作废。仿佛就此一刀两断，彼此进了不同的演播室，在平行的空间里上演各自的故事，再也没有交集。

我过得很好，很努力地生活，摆脱一些不喜欢的人，毫不留恋地奔向更高处。那些被岁月磨损的友谊、没有继续走下去的恋情，统统被丢在记忆的犄角旮旯。唯有他，还时时出现在梦里，一点点时光的“药水”、恰当的天气和情绪，便可以将他的眉眼和笑容显影。

我从没想过要寻找他，尽管找他并不难。我还背得出他妈妈家的电话，却没有勇气和理由拨通。很多次，想着会不会在那个城市偶遇他，因为小小的城镇到处是熟人。看到篮球场上奔跑的男孩儿们，总忍不住停下脚步辨认，却一直没有见到记忆中的身影。

那也许只是喜欢，不是爱情吧。他从未表示过喜欢我，我也没有为之奋不顾身的勇气。我有着骄傲的自卑，害怕说穿了，心底的那一点喜欢，会像江边薄薄的晨雾，见了天日，被风一吹，就散了。就让所有的美好一直保持最初的模样吧。

几年前他在家乡办婚礼的时候，我是知道的，也清楚婚礼举行的地点——有熟人是他妈妈的朋友，收到了请柬。那是我这些年来第一次确切地知道他会在某个时间出现在某个地点。很想去看一眼，看他变了样没有，看看他的新娘是什么模样，是不是大学时我听说的那个姑娘。

那一天，我还是约了朋友去逛街，却总有些漫不经心，目光游离。装作不经意地提起有熟人今天结婚，拉着朋友一起溜达着去了那个酒店，还是随便看一眼吧。

到现场时，红色拱门已经收了起来，一个清洁工大叔在清理地上的鞭炮碎屑。婚礼已经结束，客人都走了。秋风瑟瑟，地上的黄叶和暗红色的鞭炮屑混在一起，诉说着繁华落尽、烟花盛放后的寂寥。我心里一阵失落，又有点轻松。嘿，来晚了，毕竟我还是来了，老天没给我失望的机会。

后来，听参加婚礼的熟人说，他发福了，结婚的对象也不是隔壁班那个瘦弱的女孩儿，而是另一个我不认识的姑娘。我“哦”了一声，半天没再说话。愿他过得好。

当我走过更多的路之后，某天夜里醒来，半梦半醒间，清晰地记起 16 岁的天空下他的背影。那种感觉类似被书纸划破了手，有小而凌厉的痛。我多想再遇见他，用不尴尬的方式打个招呼。似乎应该这样做一切才算圆满，不辜负年少的自己萌动的一腔温柔。

1 米 5、1 米 6

徐光梅

最近比较烦！刘毅超竟然莫名其妙地不理我了。

刘毅超是我转到这个学校来交的第一个朋友。可是，我们的友情只维持了一个星期就夭折了，而且死因不明。

我实在忍受不了这个煎熬。第一节课下课的时候，看刘毅超出去上厕所，我赶紧追了上去。“刘毅超！”我喊他。他回头冷漠地瞟了我一眼，又迅速转过头和身边的同学说起话来。看着他俩谈得热火朝天，本来想问他“为什么突然不理我”的想法，被生生地憋回肚子里。

我觉得特别孤独。

刚转学过来的时候，我很不适应：使用的课本不一样、吃的饭菜不一样，学校环境和条件就更别说了。妈妈说：“不适应你也要尽快适应，我们以后就一直住在这里了。”其实，最大的不适应是我没有朋友！同桌王飞是数学课代表，前排的同学一个是文娱委员，一个是组长，我身后的刘毅超是学习委员。

第一次数学测验，我只考了 62 分。我的成绩仿佛给我们组带来了灾难，大家都用不满和不屑的目光看着我。老师布置作业的时候，我的笔滚到了地上，我的左耳有些聋，所以捡笔的时候我没有听清楚留的作业。我问王飞。王飞一边合上课本一边不耐烦地说：“你上课时耳朵打苍蝇去了？老师讲的时候你干吗不听啊？你知不知道你害得我们小组丢了流动红旗！”说着，他背上书包匆匆走出了教室。

“35 页第 3、4、5 题。”刘毅超在我身后说道。我连忙勾下那几道题，并回头对刘毅超报以微笑。

就这样，我和刘毅超熟悉了起来。我开朗的性格也在友谊中慢慢苏醒。我经常讲笑话给刘毅超听。刘毅超有时一边笑一边说：“真看不出来啊，万豆，你还真幽默。”

可是，现在的刘毅超好像六月的天气说变脸就变脸，对我不理不睬。

我又回到了一个人的状态。看到同学们三个一群、五个一伙地凑在一块儿说话，我就像一只置身在闹市中被关在笼子里的兔子。

放学的时候，语文课代表把周记本发下来。打开一看，老师给我的评语是：“祝贺你找到了朋友！只要你多伸出手，大家都会成为你的朋友！”我觉得很可笑，现在刘毅超已经不是我的朋友了！这段友谊可真短暂，像流星一样转瞬即逝！

忽然我灵光乍现，刘毅超会不会也把我写进周记里？

下午第一节课是体育课，刘毅超他们这些班干部被班主任叫到多功能活动室排练节目去了。由于缺了同学，体育老师带来很多体育器械让我们自由活动。大家都高兴地欢呼着，我趁老师不注意，偷偷溜回班里。一个人也没有，真是天赐良机！我拉开刘毅超的书包，从里面找到他的周记本。我紧张得手都哆嗦了。翻开一看，果然写了我！他写了“1 米 5、1 米 6”的事。他在周记末尾写道：“我觉得万豆没有同情心，爱嘲笑别人，这种朋友不值得交往！”

原来刘毅超是因为这件事把我宣判了“死刑”！我真想拿着周记本去找刘毅超解释。就在这时，楼梯上响起了一阵脚步声。我的心狂跳起来，飞快地把周记本往书包里一塞，从后门溜出去，从另一侧楼梯奔下楼。

找刘毅超解释的念头一直在我脑海中摇摆不定。不解释我心里难受，解释的话，不就明摆着告诉他，我偷看了他的周记吗？唉，其实就是一件小事。

那天我们一道回家，有个家长背着孩子的书包在我们前面走着。她一只脚有点跛，所以走路的时候一颠一颠的，这样从后面看起来，她一会儿高一会儿矮。我马上想到看过的一个笑话，于是在后面一边学她走路一边说：“1 米 5、1 米 6，1 米 5、1 米 6……”没等刘毅超发笑，我自己倒先笑了起来。“咦，你怎么不笑啊？”“好笑吗？”刘毅超认真地问我。我边笑边对他摇头说：“一点幽默细胞都没有！”

凭这件小事他就认定我不值得交往？就断定我没有同情心，是一个坏人？

好在我逐渐适应了新环境，很快有了好几个朋友。本来我以为我和刘毅超会像两道平行线一样不会再相交了，可没想到事情又发生了转机……

期中考试过后，为了祝贺我取得了好成绩，外婆要做芝麻糖包给我吃，于是我主动去小镇给外婆买面粉。当我拎着一小袋面粉往回走的时候，看到刘毅超拎着菜从菜市场出来，他的身边还跟着一个中年男人，一看就是他爸。

“刘毅超！”我情不自禁地喊了一声。他看到我，一愣，随即把头低了下去。

“你的同学吗，毅超？”刘毅超的爸爸问。

“叔叔好！”

“你好！”刘毅超爸爸笑眯眯地朝我走了过来。只见他的左腿很跛，走动的时候，整个人看起来也是一会儿高一会儿矮。刹那间，我明白了刘毅超不理我的原因了！

我忙对刘毅超的爸爸说：“叔叔，我真羡慕刘毅超！”

“哦，为什么？”刘毅超的爸爸问。

“他的成绩那么好，而且他还有你！不像我，我没有爸爸。”

“你爸爸……”

我忙解释：“我爸和我妈离婚了，所以我们现在搬到外婆家来住了！”在刘毅超傻愣愣的目光中，我对他们说了声“再见”，就赶紧往另一条小路上走去。

我本来想说得更多：我爸爸喝酒后经常打我和妈妈，我的左耳就是被他打聋的。最后他又抛弃了我们……但想了想，我还是没有说。我要像外婆希望的那样，把伤心的往事埋在心里，坚强一点，开心一点，好好学习！

我有一种感觉，刘毅超会重新和我成为好朋友的！我已想好道歉的话。

我期待着他向我投来友好的目光。

内向的浪漫

|

炸鸡少女阿肆

高中的时候，我暗恋隔壁班的一个男生，于是，上课、睡觉、预谋邂逅，构成了我每天的生活。

他住得比我远，去学校恰好和我乘同一路公交车。所以，我每天一大早就在车站等，东张西望，来一辆公交车，我就眯起我的一双近视眼凑近车窗仔细看。他通常坐在后排，如果瞧见他在车上，我就“刺溜”跳上车，高高兴兴地去上学。不过，经常是因为我看走了眼，错过了好几班公交车而上学迟到。放学后，我就在车站对面的小吃店蹲点，一看到他上车，我就赶紧追随其后。

我以为，终有一天他会发现这个女同学的后脑勺很眼熟，走上前来借我的英语作业抄，然后，我狡诈一笑说：“哈，那你的数学作业也借我抄一下。”然而没有。

有时是在早晨出操时，我和同学换位置，就为了能看清楚他新发型的鬓角；有时是两个班级一起上体育课，女生们都在花坛边围成一圈聊天，而我却出没在他打篮球的场地四周，一边压腿、踢毽子或者扭腰，一边为“最好能让球砸到我，然后他背我去医务室”而祈祷。我以为终有一天他会注意到我。然而没有。

我曾经想写情书向他表白，但经过深思熟虑之后，我还是决定不去冒这个被拒绝的风险。当时在枯燥乏味、压力很大的高中生活中，我特别不希望自己因此而亲手断送掉这仅有的一份美好。

于是我在大雨滂沱的傍晚路过他身边时故意不打伞，想着也许他会因为不忍心看我淋湿而与我结伴同行，结果第二天我发烧，病了一个礼拜。

于是我在一个周五下午放学后，去他最常去的漫画店喝了一下午奶茶，坐在他最常坐的位置旁边，时刻准备着假装没带钱，然后跟他搭讪拜托他帮我买单。结果那天他压根儿就没出现，我倒是因为胃痛又进了医院。

我却仍然乐此不疲，这样频繁地出现在他的视线范围内。我想，如果他喜欢我，大概会觉得这是缘分；如果他不喜欢我，自然也就不会注意，应该也不至于讨厌我。这似乎是最好的安排。

时光又倒流到那天。

那天早上特别反常，到终点站的时候，公交车上除了司机和售票员，只剩下我和他。

还没来得及把用来佯装背单词的抄写本收进书包，我就感觉到他从后面的座位一步步走过来，直到我看见一双耐克球鞋停在我旁边。

他说了一句："喂——"

我的脑子"嗡"的一声炸开了，心提到嗓子眼儿，脖子僵着，抬不起头来，特别意外。

在卡机了三四秒后，我飞也似的冲下了车，顾不得书包拉链还没拉上，面红耳赤地一路向学校狂奔。

回到教室，我冷静下来安慰自己说："我逃跑是对的。"因为马上就要高考了，如果他接下来说的是"我喜欢你"，那我一定会因为早恋而高考落榜；如果他下一句说的是"你能不能不要再出现在我面前了，我很讨厌你"，那我一定会因为伤心过度而高考落榜。这样一想，我觉得庆幸极了，庆幸自己反应机敏、智慧过人，逃过了这一劫。

谁知道那天早上之后，我就再也没有在车站等到过他。

几天后我才辗转得知，那天他办理了退学手续，举家移民去了荷兰。

我以为没有被他看出破绽，却留下了最大的遗憾。

后来，我高考真的没有落榜；再后来，我大学毕业参加了工作……

有一天，我在微博私信里面看到一条奇怪的留言："其实，那天我想跟你说的是：‘喂，我要走了。’”

我点击那个人的主页，所在地显示为：荷兰，阿姆斯特丹。

他最新的一条微博是：“这不经意的片段，是你预谋的偶然。聪明如我，怎么可能会不知道呢？”后面添加了一条歌曲《预谋邂逅》的分享链接。

我顿时有点怔怔的，回忆里时常冒出来的那声没有下文的“喂——”，终于以这样的方式和它的主人重逢了。

“喂，我要走了。”

从未真正相遇，又谈何告别呢？

假如那天我没有落荒而逃，那么今天的我会不会完全不一样呢？

过了两天，私信又多了一条：“难道你就不想知道，那天我为什么要跟你告别吗？”

多年无解的“他到底喜不喜欢我”的遗憾，突然又从时光的缝隙里钻出来，像一条巨蟒勒住了我。

然而最后，我还是在回复框里敲下了这样一句话：“聪明如我，怎么可能会不知道呢？”

发送之后，我感到一种从未有过的释然。

正因为过往种种错过，我才成为今天的我。

你的生活中总会出现一个又一个暂时得不到安放的遗憾，直到有一天你能够将自己的纠结解开，你就会像此刻的我一样无比坚信：因为他是喜欢我的。

这幻想中的乐观，是我内向的浪漫。

致最好的时光

汪宏宇

在我读小学三年级的时候，我家有了第一台彩电。那时候家乡还是穷乡僻壤，电视机在当时无疑是高端物件，数字电视更远未普及，这使得看电视在当时成了一件既长脸又廉价的事情。

那时我妈痴迷琼瑶剧，但琼瑶剧会产生一个问题，那就是经常会出现亲嘴的镜头，我妈认为这是“少儿不宜”。于是，每当电视里出现这种暧昧的场景时，我妈总会僵硬得像一尊石雕一样，眼珠缓缓转向正看得饶有兴致的我，果断将画面一切——换台了。对于求知欲正十分旺盛的我来说，这种做法无疑引发了我强烈的不满和更深的好奇。

后来，我渐渐摸索出一些门道来，那就是男女主人公亲吻前，总会有一场淋漓的大雨和雨中深情的回眸。但我那时候尚不能够理解“深情”这个词的含义，只知道当两人四目相对时，女的就会颤巍巍地闭上眼睛，然后我所期盼的画面就会出现。

自从我发现这条“万能定律”后，每当电视里的女主人公眼皮一合，我就会凌厉地从我妈手上夺过遥控器，继续欣赏电视画面，结果我妈又一次石化，眼珠转向看得津津有味的我，猛地吼道：“去！给妈妈倒杯水来——”说的是我们地道的家乡话，每个字都咬得很重，特别是最后的尾声，总会伴随着一声嘹亮的高音，带有一种不容置喙的口气。

后来上了六年级，电视机成功普及了，整个班里，几乎都是被这种“少儿不宜”的镜头带坏的“不良”少男少女。那时，我们班绝大多数男生包括我都在暗恋班上的一个女孩，虽说是暗恋，但是我们都相互知道。

小学时候有个习俗，如果扯女孩的辫子就代表喜欢上她了，无奈我们心中的女神自始至终都是一袭披肩长发，这种发型在众多马尾辫中显得那么出众、那么飘逸，却是我们心中一直解不开的结。以至每每上课的时候，只要女神拨弄头发，下面总有一群男生心中无比焦灼地在呐喊：“系啊，系啊！怎么还不扎起来啊……”

出于这个情结的缘故，后来我看《那些年，我们一起追的女孩》里柯景腾要求沈佳宜系马尾辫的时候，眼睛湿润得厉害。

后来，我们班上的某个男生实在按捺不住，洋洋洒洒地写了一封长达一整本练习本的情书，写完后还在我们面前大肆炫耀：“看，多牛！情书！”

这本情书乍看之下还颇为可观，结果一翻开，反反复复都是“我爱你，天崩地裂，海枯石烂”之类的字眼，想象力极度贫乏。但是不管怎么样，他也算是第一个敢于去吃螃蟹的人，虽然用的渔网破了点，但是有揭竿，就会有起义。在这个同学的带头下，我们男生开始了最疯狂的追爱行动，导致女神每天审批情书像编辑看稿子一样。可悲的是，一个都没有被采用。

我为了标新立异，放弃写情书，改写情诗。直到现在我仍然对我的处女作情诗记忆犹新。我当时这样写道：

> 如果
> 我哪天
> 喋血街头
> 请记得
> 我是为你跳楼的

在当时的我看来，这首诗有文采、有感情、有想法、有决心，还颇富神韵，比起那些只会卖弄着诸如“长大后，我娶你，天崩地裂也无法改变我的决心”之类的情书牛多了。

于是我把自己满满的情意折成一只千纸鹤，放到了女神的课桌里。上课时我不断用眼睛窥视女神的一举一动，当我看到她把千纸鹤从课桌里拿出来的时候，我立马视线转正，端正坐姿，额头上不断冒汗，心脏就像安了马达一样，时间宛若凝固了一般。

结果“哇”的一声，女神吓哭了。举座皆惊。

放学后，我理所当然地被请到办公室里聊家常，甚至还通知了我妈。我妈在毫不知情的情况下拜读了我的第一首情诗，结果气得脸色发青。一旁的班主任假惺惺地说：“算了，只是小孩子……”我那天被质问最多的话居然是，她招你惹你了吗？你为什么要威胁她？于是我在办公室里号哭起来，自己的“第一次”被曲解到这种程度，真是跳楼的心都有了。

后来，我无数次想跟女神解释，这其实是一首情诗，你不要想歪了。无奈每次和她对视的时候，总有一种小贩面对城管般的惶恐感。更意想不到的是，那些平时志同道合、誓言为哥们儿两肋插刀的好兄弟纷纷与我划清界限，而且还动不动插我两刀。

他们说，我们平时就是一根绳子上的蚂蚱，但现在你这只蚂蚱的所作所为严重危害到绳子的健康，影响到我们的生存，所以不要怪哥们儿无情，要怪就怪你自己。

在那段黯然的时光里，我做出了一个决定，直接登门！这一无异于“举身赴清池”的义举得到了我弟弟的首肯。他无非是觉得好玩，因为我要完成任务的话，首先要把女神她爹支开。女神她爹是我们村非常有威望的村长，平时总是摆着一副输了钱的表情，但是一笑起来就像一只蛤蟆，因此我们暗地里都称呼他“蛤蟆村长”。

为了一次性成功，我和弟弟策划了一出“调虎离山计”。那就是，我和他一起爬到女神家对面的公寓楼顶上，然后扔爆竹到她家院子里，把“蛤蟆村长”引出来，接着由我弟弟做掩护，我趁机潜入女神家，进行在心里模拟过无数次的深情表白。

可惜的是，我只猜中了开头，既没猜准过程，也没猜对结果。我们确实成功地把“蛤蟆村长”引出来了。准确地说，我们把女神一家人都弄出来了。这是我始料未及的，面对一群懂得包抄战术而且个个战斗力满血的人，这个计划就显得弱了一点。最后，我被“蛤蟆村长”猛追了三条街，几乎从村南跑到了村北。

这段冤屈直至今日也没能解释清楚，但也没有解释的必要了。因为这些愚蠢的行为就像那堆炽热的情书一样，虽无疾而终，却成了荒谬的童年里无法磨灭的烙印。

时间终究会使人成长的。

小心轻放的光阴

顾南安

1

那还是情不自禁就会做梦的年纪，身边的一丝风吹草动，轻易就能引发内心的一场兵荒马乱。

就像他的出场，无非是在迎新晚会的舞台上模仿了一次潘玮柏，就赢来浪潮般的掌声。那些掌声影响到她，让看书的她忍不住抬头瞥了他一眼。满脸笑容的他正在全神贯注地唱歌，眼神刚好停留在她身上。

文静内向的她不喜欢舞台表演，所以才会选择在晚会的时候看书。可就在他回座位的时候，他在她身边稍作停留，偷偷地递给她一封信。微微一愣神，她心里一阵紧张，慌乱地把信收好，还左右张望，害怕被人看到。

虽然还不知道信的内容是什么，但在那个年龄，男生与女生之间的通信，总是被赋予了一些特殊含义的。

她无法再静下心来看书，满脑子都在想着信里写了些什么。晚会一结束，她就匆匆跑到操场，紧张地打开了信封。淡粉色的信纸已经被她细密的汗珠浸得皱巴巴的，借着操场边路灯的微光，她把信读了一遍。果然跟她想的一样，他在信中表达了对她的欣赏。

看清信纸背后少年的心，她感到脸上微微发热。她做了几次深呼吸，想让自己平静下来，但还是激动得厉害。冬夜里的空气泛着凉意，她却感觉到周身窜过阵阵暖流，她定了定心神，提醒自己，现在正是读书的时候，不应该想太多，要将这一切好好封存。

晚上回到宿舍，她把那封浸满了汗液的信夹在一本书里，又压在枕头下面，连枕巾也铺放妥当了，才算安心。就像是从未发生过这样一件事，她仍然像之前一样安静上课，独自发呆，说话也很温柔，婉约得像是沾染了江南水乡的迷蒙雾气。但是，她也开始注意到他，想起信纸上那些斟酌了无数遍的措辞，她便忍不住，悄然让目光穿越摞起的课本投向他。

2

他还是那么活泼好动，坐在他周围的同学都是跟他玩闹的对象。但是她感觉得到，他的眼睛不时会瞟过来，注意到自己。而他的笑容就像一朵在雨后绽放的荷花，在阳光和风里轻轻摇曳，惊动了她的心事。

可是，她和他都还身处在人生的春天，怎么能够抢着去做夏天的事情呢？有些事就像是杨梅的成熟，不能早，不能晚，必须要到了那个季节才是甜的，否则总会尝到一丝苦涩。

所以，即使他们的眼神会偶尔相遇，但也仅限于此。她不想刻意去了解他的一切，虽然当他打球不小心摔伤时，她的心也会跟着紧张；当他被老师批评时，她的心会紧跟着提到嗓子眼儿，忐忑不安到手心直冒汗；当他的座位空着的时候，她的心也会有些空荡荡，就像有难以掌控的风从那里吹过，凉凉的，就像缺了温度的青春。

一天早自习，她又一次看到他空荡荡的座位，心中感到些许不安。早餐的铃声响起，同学们一个接着一个去了食堂，她却望着那空荡荡的座位发呆，他到底又去了哪里呢？

这时候，开门的声音响起，她望向教室门口，看到了他的身影，他一脸喜悦地望着她，笑容还是那么灿烂。看到他的出现，她的脸上也露出了微笑。半晌，他忽然跑到她身旁，从身后拿出一大包杨梅，笑着说：“早上摘的，很好吃哦！”说完，他就跑开了。

杨梅酸酸甜甜的味道在她的嘴里打转，就像是她心里的味道，有些甜，但又有些酸。

3

下午放学，她决定去表姐家拿参考书，发现他独自走在前方。依旧是活泼的身影，硕大的书包似乎并没有给他很大的压力，他的脚步偶尔会在兴致高昂的时候有一个小跳跃。

她有些紧张，心里想着，我是否要上前打个招呼呢？可是她从来没跟他说过一句话，会不会唐突了呢？

就这样，不知所措的她安静地跟在他身后，始终保持着一定的距离。而他始终欢快地前行，一直没有察觉到她。这让她觉得安心，却又难免有点失落。

他跑去街边的书店租漫画书，她呆呆地等在路边的角落，直到他从书店里跑出来；他从书包里掏出随身听，跟着哼歌，她忍不住跟近了些，想听听他在唱什么；当他凝视着一面挂满爬山虎的青砖墙时，她又忍不住想，他究竟在发什么呆呢？

就这么一直默默地跟着，直到他走进了自家院落，门“吱呀”一声关上，她才意识到时间已经很晚了。她匆匆忙忙地往家跑，鼓满风的裙摆像一个大气球在她身后张扬，略微卷曲的长发肆意飞扬起来。不知道为什么，那一刻，她感到一阵如释重负的轻松，想到自己今天的举动，她情不自禁地笑出声来。

4

就这样，他们像两座各自安好的岛屿，遥遥相望，却不彼此靠近。而青春是那汹涌了一波又一波的海水，随着时光的流逝，时不时拍打着岸边的礁石。

时间就这样慢慢过去，毕业的时间很快到了。同学们相互写着同学录，希望记录下彼此的友谊。

想到即将分别，她很不舍，但她还是没有勇气去打破两人之间那微妙的距离。他把同学录拿到了她的桌子上，看到他阳光、帅气的笑容，她的脸色有些泛红。

有些慌乱地把自己的祝福写在了同学录上，她觉得自己内心的不安得到了很好的掩饰，可就在她想长舒一口气时，她又听见他的声音，拂动自己的刘海儿：“希望到了下一所学校，我们还是同学。”

听到他的话，她红着脸轻轻地点头：“希望能够如愿吧。”

听到她的话，熟悉的微笑再次浮现在他的脸颊，他嘴唇微动，欲言又止，最后只是说："毕业快乐！"

5

然而，考试过后，他们进入了不同的学校。来到新的校园，遇到新的同学，一切都不一样了。不知为何，她感到很不习惯，或许因为她没能继续坐在那个熟悉的位置；或许那倾斜的光线里，再也看不到他熟悉的背影；又或许下课的喧闹中，少了一个眼神的关怀。

她的心里忽然有了好些怅然若失的寂寥感。脑海里浮现的，全是过往时光里那些被她深深藏在心里的场景。很近，又很远，就像毕业时他的话拂动了自己的刘海儿，却在片刻间，就消失得无影无踪。她自嘲："从来就没拥有过，又何谈失去？"

可是，她依然清晰地记得许多关于他和自己的事。她也再次收到了他的信，那熟悉的字迹写着：在那个偶然巧遇的傍晚，我其实发现了你的存在，我躲在书店里，用一本小说做掩护，偷偷张望了你好长时间；我也曾站在绿汪汪的爬山虎前，透过道路转弯处那面凸镜，看到了身后小小的、亦步亦趋尾随着自己的你……

原来，她那些深深浅浅的心事，他是懂得的。想着这些，她的嘴角微微上扬。或许，这就是他带给她的感觉，心里有暗喜，又有些许担心；有些情不自禁，又想竭力控制自己。那味道甜甜的、涩涩的、酸酸的，就像是他给自己采摘的杨梅，青涩中带着甜蜜，伴随着自己，度过了那段美好的日子。

她忽然很庆幸，在第一次收到他的来信时，她采取了正确的方式。她和他一起，悄然走过了青春期。在最美好的季节，在最纯真的年纪，把对彼此的爱恋当作了不可言说的秘密，深深藏在心底，喜悦着、沉醉着，却又担心着、怀念着。他们都把那份萌动的情感视若珍宝，小心翼翼地捧在掌心，唯恐有小小闪失，就落得个支离破碎的下场。却也因为那份珍视，旧时光在他们各自的心底，烙下了一道深刻的印迹，让他们能够回忆起杨梅的甜蜜。

她想，她永远都不会忘记懵懂岁月里那个青涩的少年，她永远也都记得杨梅酸酸甜甜的味道。而那个少年，或许也会在许多年后的某个时刻，想起那个曾经爱脸红、胆子小却又安安静静的她吧。

那时喜欢的一个人

夏立楠

她属于那种穿校服也很好看的人。黑白相间的衣服穿在她身上，宽松而又适宜。扎着马尾辫，头发顺直黑亮。笑起来有酒窝，浅浅的，很多时候我都不敢直视她，因为她的眼睛太明澈，皮肤白皙，牙齿洁白，那时候觉得她好漂亮。

我们一起上学，她坐我旁边，我就这样悄悄地喜欢着她。

明明是很可爱的女生，但是做数学题时，却常常感觉她好笨，讲了又讲都不懂，便觉得自己好得意，数学和语文我都给她讲过。

有一段时间流行送贺年卡，我也送。本想送她的，但一直自卑，等把贺年卡给周边同学都送了，还迟迟不敢拿出手。反而是她问我，咋没她的。我不好意思，便说留到最后的才是最好的。她笑，她不知道，那真的是最好的，是我精心挑选的最漂亮的，上面的每一个字，都是我练了又练才写上去的。

那时，《情深深雨蒙蒙》火遍大江南北，上自习时她也哼歌，声音不大，但很好听。两人打闹时，便爱捏着她头发，这时她总是无招就范。

班里搞活动，要男生和女生共舞。我内向，死活不愿意去，女生少，她便被选去了。每次回来，她都会像有一箩筐话要和我讲，说老师如何厉害，全是抱怨的，而我也迫不及待地想听。

表演那天，我坐在礼堂的最后一排，遥远的距离，可感觉比什么都近。喜欢她出场的时候，穿白色的裙子，像个公主，伴舞的男生也挺帅气，可我心里在想，如果那个男生是我该多好。

因为我转学，后来再没见过她。最后一次见她，是我去拿通知书，她们还在排练舞蹈。我能记得的，是那天她戴着绿色的发卡，很好看，像蝴蝶一样。

后来，通过朋友得知她的QQ号。看完她空间所有的日志、照片、这些年的喜怒哀乐，得知她依然是一如既往的自恋、可爱。她恋爱了，和一个很高的男生合影，站在北方的一个小站前，手挽着手，一个目光笃定、一个笑容恬静，照片充满泛黄而又怀旧的质感，好温馨。

有一天夜里给她打电话，聊到兴头上，她谈起以前的一些事，我们曾经一起去摘果子，还有很多，聊着聊着我们就都静默了。后来，她找话题，问我多高，说你要是太矮了就找不到媳妇了，看谁要你。然后笑。

我只是在想，她会不会还记得当初给我削的铅笔，那只小小的铅笔头，曾被我放在书柜里，好久好久。还有我送给她的卡片，上面写的字，她还能记起来吗?

我们总在年少时喜欢上这样一个人，与轰轰烈烈和激情无关，甚至离爱情都那么遥远。它是那样的平淡，可是多年后，彼此天各一方，但她却依然没有走远。

年少不再时，才敢怀念你

张皓宸

阿豪是个“富二代”。

我 12 岁刚遇见他时还不知道“富二代”这个词，只知道他可以一夜之间变出很多我们要吃上半年才能凑齐的“奇多三国卡”，过不了几天就会换一个新的书包。那个时候，我经常跟他混在一起。

当时我是个胖子，虚胖，没什么力气不说，还隔三岔五地生病，几乎每个月都要打一次点滴。最痛苦的是，护士找不到我手背上的血管，所以每次都是一针一针从手上扎到脚上。但我又喜欢生病，因为阿豪放学后一定会来病房，给我玩他的掌上游戏机。

因为胖，所以运动会对于我来说是噩梦。当时每个人必须报一个项目，阿豪就鼓动班主任让我丢铅球，结果比赛那天我闪了腰，落下童年阴影，每逢运动会我都会腰痛。我当时写作文特快，质量也高，后来找到了用武之地，在运动会的时候当通讯员，写 100 多字的广播稿。阿豪参加长跑和跳远赢了一堆奖品和奖状，为了不输给他，我一个人写了几百篇稿子，最后拿了年级的积极奖，上台领奖的时候，不忘给他使眼色瞎嘚瑟。

我第一次被阿豪领去网吧是在初二，当时都快吓尿了，觉得未成年人进网吧就跟下地狱一样，但当我跟他玩人生中第一款网游的时候，又觉得自己身处天堂。毋庸置疑，我变成了网瘾少年，上课下课都跟他泡在一起讨论游戏。当时我没钱买点卡，他就一下甩给我几十张。他都是花钱买的顶级装备，我就常常偷登他的号把装备换上去“打怪”。后来他买了限量“坐骑”，我一上线就吵着跟他组队，感觉所有的玩家对我都是羡慕嫉妒恨，自己脸上跟贴了金箔一样亮堂。

网游一直玩到高三，意识到升学压力之后，我才重新啃起书来，于是整个高三都没怎么搭理阿豪，不过他那个时候早恋，跟他们班的班花腻在一起，也没时间招呼我。高考成绩出来那天，我去找他，我想他可以靠家里的钱去最好的大学，但他告诉我他要转校复读了，因为他想考艺术学校。于是，我们的人生轨迹第一次产生分歧，尽管后来我才知道，他是为了追随那个班花。

大学毕业后我来到北京，阿豪还在浙江传媒学院读大四，听说他和班花早在 3 年前就分手了，然后他的感情一直处于空窗期。

2012 年，所有的人都等着末日，我跟他开玩笑："哪怕你再忙也要抽时间来看看我，否则等我们都成了灰烬，在宇宙中可就碰不上面了。"后来，他真的来了北京，而且在双井租了一套房，请我搬过去住。一打开门我就震惊了，超大的家庭影院、欧式沙发，满墙都是我最喜欢的绿色。我戗他："你不会是喜欢我吧！"他对我翻白眼，说："老子要出国，过来上雅思课的。"

那个时候，"出国"这个词从他嘴里说出来并不奇怪，只是我总觉得这应该还是很久远的事。

跟他住在一起后，我的生活水平提升了好几个档次。他办了两张 VIP 健身卡，他跑步增肌，我就在对面蒸桑拿；他到了北京疯狂冒痘，于是买了一堆大牌护肤品，洗手台上摆一排，我每天用都不重样。我当时追美剧，他没事就喜欢跟我凑一块儿，然后总把焦点放在演员的动作和表情上，无论什么题材最后都会变成一部喜剧片。

末日没来，但我觉得时间好像开始推我们了。

去年 3 月，他第一次考雅思，结果第二天考口语他睡过了头，他回来安慰自己："反正也没准备好。"我就抱着侥幸心理说："那就再学几年，陪我几年。"他笑笑，说："我本科的学校都选好了，就等着我的雅思成绩呢，我今年必须走。"那一刻，我有些失落，说："你有的是钱，不像我们，永远被钱绊着，如果你飞走了，应该就不会回头看了吧？"

他埋着头玩手机，没有回答我的话。

后来第二次考试，他运气好到听力和阅读几乎全是背过的内容，然后时间再一推，他连去英国的机票都买好了。走之前刚好是他22岁的生日，几个最要好的朋友陪着他，游戏玩着玩着，大家都哭了，平时没见阿豪流过泪，但他哭得最惨。我举着麦克风大吼："出国读书这么好的事，有什么好哭的啊？"他们看着我干涩的眼睛，肯定觉得我根本不在意阿豪吧。

我没有理会他们，蜷在液晶屏前默默点了歌，歌名叫《我最响亮》。想起我跟阿豪急急忙忙下自习回去看《快乐男声》时的日子，我跟他打赌，如果张杰拿了冠军，他就请我吃一个月的麦当劳，最后我输了，但他还是请了我。

我边唱边抠自己的脸，因为不想让别人看见我眼泪掉了下来。

如果有什么话想对阿豪说，"不想让你走"可能就是唯一的一句吧。

英国的时间比我们晚8个小时，我经常在起床的时候看见阿豪在朋友圈说晚安，加上白天工作也越来越忙，我跟他聊天的次数就变得越来越少，有一搭没一搭的，都是在问候对方过得好不好。好像人真的是这样，距离远了就觉得心被什么隔着，不能再像以前那样亲密了，没有共同的话题，最后只能尴尬地说"那我睡了"或者"那我去忙了"。

我从没想过有一天，要以这样的方式跟阿豪相处，我以为我们轰轰烈烈的年少岁月，能被老天爷保佑着，让我们一辈子友好如初。可是后来我没有预料到，年少不再时，才敢怀念他。朋友是伞，下雨天才用，但等到下一个梅雨季节，可能就找不到了。城市那么大，失去曾经并肩的人，会变得好孤单。

我们已经踏入成年人的世界，有时却又不愿承认自己是大人，因为总想抓住过去的尾巴不放，但总是要松开的啊，即使不情愿，我们也要跟重要的人告别。《少年派的奇幻漂流》里说："人生就是要学会不断放下，但最令人痛心的还是没有好好地告别。"

我觉得我欠阿豪一个"再见"，以及"谢谢"。

后来的后来，我遇见很多人，有那么几个走了，有那么几个选择留下。

只是我再也没交过，12岁那年像阿豪一样的朋友。

琥　珀

1

我们三人何时再相聚，在雷电交加的夜晚还是在下着小雨的清晨？在哪儿呢？在荒野。

有一种记忆，好像琥珀中封住的故事，等到要拿出清理时，距离它发生已有 12 年，等它融化晒干之后才发现，故事没有腐坏、变味，好似一条封冻住的活鱼，冰水化去，它抖一抖鱼鳞，活生生地游开了。

而这被解冻的记忆源头，是“非典”的时候，林子死在了北京。

那时“非典”刚刚过去，许多人走出家门，我们这个城市是重疫区，人们终日惶惶不安的心总算是平静下来了。那天阳光灿烂，空气中有一股迟迟绽放的花香，林子的追思会就在他家举行。

我忍住悲痛的心情，给在墨尔本的叶青打电话，他自顾自兴奋地给我讲他遇到的趣事，后来见我默不作声，便问我怎么了。我吸了吸气：“林子死了。”电话那头顿时没有了声音，少顷，叶青问：“怎么死的？”

“非典。”我说。彼此沉默了一下，我说：“你要回来吗？你应该回来看看。”电话那头略一沉吟：“嗯，我还是不回去了，你替我去吧。”我急了：“那可是林子啊！”然后电话莫名其妙地断了。

2

我是因为一件听起来匪夷所思的事情才认识叶青和林子的。

初中的校庆日有一场联欢会，我作为新生代表发言并演奏电子琴。在后台，我遇到了已经初三的叶青。他背着手风琴，我和他打招呼，好奇地在他的琴上乱按，结果将鼓风钮按进琴箱里出不来了。然后叶青旁边的一个男生凶巴巴地说："弄坏了吧？这个东西特别难修，这里都没有人懂，要告诉你的家长。"我央求他们不要告诉我父母，答应他们一定把琴修好。

联欢会后我忐忑地回到家，看到叶青、那个之前威胁我的男生和我妈妈面色铁青地坐在沙发上，脚边的手风琴泛着青紫色的冷光。一时间几个人都没有说话，我愣了半天对叶青说："你不是答应我不告诉我家人吗？"

叶青拘束地扭动着身子，抬头看了我一眼，说："是啊，可是……"旁边那个男生依然一副凶神恶煞的表情，说："可是你弄坏人家的东西总要赔啊，你这么小怎么赔？我们当然要找你的父母，好在你妈妈通情达理说会负责。"

我一时语塞，我妈妈开始指着我数落起来。叶青的表情复杂，倒是那个男生镇定自若，用一脸胜利者的表情看着我。我心中一阵委屈，默不作声地从抽屉里拿出改锥，在琴箱的鼓风眼里轻轻一拨，鼓风钮"吧嗒"一声弹了出来。我站起身说："你看，修好了。"

这下轮到那个男生无语了，叶青的脸上红一阵白一阵，提着琴说："这就行了，我们走吧。"我送他们到楼下，那个男生转身对我说："看不出来你还挺有本事的。"我笑了一下："其实我也没有想到这么一下就弄好了，是我错在先。"

叶青挠挠头说："对不起啊，我们本来是不应该来的。"那个男生说："哎，都别说了，以后大家都是哥们儿，小兄弟，以后哥哥罩着你啊。"我笑着点点头："成啊。"

男生又说："哦，对了，我叫林子，你就叫我林。"叶青打趣道："或者叫林大头也可以啊。"

3

我跟叶青和林子成了学校最不协调的三人组合，变成了一起胡闹的伙计。我比林子和叶青低两级，所以我是弟弟。叶青长着一副柔弱相，林子和张飞有得一拼，永远都是凶狠表情和大嗓门。总之，我们成了那些喜欢同人小说的女生们经常念叨着的好朋友。

和所有头脑简单的青涩学生一样，看到飞机就想当驾驶员，看到星星就觉得自己是天文学家，大概因为看多了作文选，我发现自己有时也能写几句像模像样的话来，所以我开始幻想自己将来说不定能够成为一个作家。

其实我没有太多的毅力去做这件事情，只是对着书上的文章模仿类似的段落，或者随便写几句押韵的句子就以为是作诗，还煞有介事地拿给叶青和林子看。叶青总是饶有兴致地看完，然后免不了夸赞一番，就连一向以损人为乐的林子也赞不绝口，催着我继续写。

我的数学成绩不好，班主任又一次将我“请”到了办公室，循循善诱地告诉我“数学其实非常重要”。我心里嘀咕“又是老一套说辞”，于是眼睛瞄着窗外发起了呆。直到班主任气急败坏地过来敲我的头，我才回过神来，她开始破口大骂。

这时办公室的门被推开了，一脸凶相的林子闯了进来，一把拽住我说：“对不起，老师，这位同学的家里出事了，我是来找他回家的，您改日再训话，今天不方便，我们先走了。”说完，林子拉起我就跑了，我不敢回头，但能想象班主任此刻活像生吞了个鸡蛋的表情。

我和林子跑出校园就开始大笑，把书包丢下，笑得瘫软在地上起不来，后来林子指着我略微正经地说：“小子，你将来是要当作家的，你记住！”

我郑重其事地点点头。的确是因为林子，所以那时的我傻乎乎地认定自己将来肯定就是作家。

4

幸运的我稀里糊涂直升学校高中部，之后林子如愿以偿考到北京，成了重点大学的高才生。叶青去了墨尔本，每天和袋鼠还有荒野打交道。我在寒假时见过林子一次，他拉着我去酒吧喝酒，我说我是未成年人，他说怕什么，哥哥罩着你。

他在酒吧里抽烟喝酒，絮絮叨叨讲着他的大学生活。他说他上的“破学校”看着是个重点，其实就是个名气，里面乱得很。我听了哈哈大笑：“那你们还学习不？”他敲敲自己的头：“期末的时候应付一下，熬几个通宵换几个学分就算了，我们宿舍那帮人都那样。”

我撇撇嘴，不以为然地说：“要是叶青在，他肯定不会那样。”他默不作声，举起酒杯又灌了一口。后来，他问我现在怎么样，我说，还那样呗。他哈哈大笑，陈年旧事不用提。后来，他喝醉了，开始拉着我讲一些事情，这时我才知道他曾经喜欢过一个女孩，可是那个女孩喜欢叶青。叶青看似对她若即若离，但其实我知道，叶青和那个女生曾经在一起过。

酒吧里的音乐震耳欲聋，林子扯着嗓门大声说："我知道叶青肯定喜欢那女孩，就是自己要出国不想耽误人家，我就像个第三者。叶青其实都知道，不然他不会不接我的电话，也不会再也不搭理我。所以他就一去不回。哥们儿对不起他，我就是个浑蛋！"

喝完酒，我拖着醉醺醺的林子从酒吧出来，冬天的晚上寒风肆虐，吹得脸上生疼。回家路上遇到一伙痞子找碴儿，我那时大概也喝多了，在一旁煽风点火，结果几个人就在路边开始厮打，我被林子一把推到了旁边，他一个人跟那几个痞子撕扯了起来。

这时我完全酒醒了，连忙打了110，警察一来那几个痞子消失得无影无踪。我惊魂未定地扶起一脸青紫的林子，他睁开眼看着我，第一句话是："你没事吧？"我点点头，吓得快要哭出来，问："你呢？"他微微一笑："还好，幸亏叶青不在，否则他肯定又要挨打。"

那是我最后一次见他。

5

这么多年，和林子的联系越来越少，最后彼此都渐渐沉默。"非典"时林子死了，叶青也一直没有回来，我在这座"非典"时如同坟墓的城市里生活了4年。这里埋葬了林子，也带走了他所有的青春时光。有时我会去林子的学校里看看，想象他曾经如何在这里走过，那是许久之前的事情了。

2009年刚刚开始没几天，叶青突然来电话说他要回来过年。他已经读完墨尔本大学的研究生，准备继续考博士，或许以后就定居那里了。我点着头，对着电话那头说："好的好的，我一定去机场接你。"

叶青淡淡地笑了一下："我回来得迟吗？"我也笑了，说："不迟不迟，任何时候都不迟。"电话那头顿时没有了声音，挂电话之前叶青说："等我回去，带我去见见林子吧。"

那天晚上，我独自一人来到楼下的花坛边，手里提着几罐啤酒，一口气喝了大半。昏昏沉沉中，我又想起了曾经年少的我们，于是自言自语地说——

“林大头，说实话，我知道当年到我家告状这个馊主意是你出的。你想讹我，是不是？可惜我识破了你的小伎俩。那个时候我有点儿恨你，也有点怕你，但你们都是这个世界上最真诚的人，那才叫友谊。叶青明天就回来了，他回来就已经足够了，对吧？……林子，时间太快了，连我都工作了，我还写作，也出书了，我真的听了你的话，我真的是作家了。但是……但是你说，我们怎么就长大了？怎么什么都不一样了？真是不想这么快啊，我有点儿害怕，我真的还没有准备好……就说到这儿吧，咱们下辈子……下辈子再做兄弟。再见了，哥们儿，之前都是你罩着我，今后，弟弟我罩着你。”

说完我忍不住号啕大哭，正如林子所说，“陈年旧事不用提，一切都在不言中”。我们有共同的回忆，我们有各自的未来。谁也不必责怪谁，青春做伴，老来各散。

6

月光下的城，城里的灯下的人在等，人群里的风，风里的歌里的岁月声，谁不知不觉叹息，叹那不知不觉增长的年纪？那些飘雪的冬天，那个不带伞的少年，那句被门挡住的誓言，那串被雪覆盖的“再见”。

有一种记忆，好像被琥珀封住的故事，直到清理前才看清它的模样。1 月的某天，北京首都国际机场三号航站楼，墨尔本直飞北京的航班正点到达。

我正踮起脚左顾右盼，已经有一个大男人提着行李站在我的面前。多年未见，如今近在咫尺，我却不敢相认。我看着他，眼眶泛红。

叶青说：“我回来了。”

奈何别离多

方　悬

1

幼儿园的时候，我是班里年龄最小的孩子，老师对我照顾更多，可是我却被同学们集体排斥了。比如说趁我不在的时候偷我的铅笔、在我的文具盒里放毛毛虫、扯我的头发，等等。每天我都会在学校里哭好几次。

后来，班上转来一个男孩儿，时至今日我已经记不清楚他的模样了，但他是唯一一个比我大还不欺负我的人，而且每次有人欺负我时，他都会站出来帮我。他的年龄比其他人还要大一点，个子也高，其他小孩儿都怕他，慑于他的威力，渐渐地没人敢欺负我了，而且他还任由我欺负他。现在看来，那时的我真是太欠揍了。

后来，幼儿园倒闭了，我们被送进了小学，小学里的孩子学得多、懂得多，而我们还是一群只知道吃和玩的孩子。当老师在黑板上写下一个又一个陌生的偏旁部首时，小学的孩子们此起彼伏地回答着，而曾经耀武扬威的我们此刻却伏在桌子上，噤若寒蝉。

挫败感鲜明地在我们身上体现出来。

他转学了。

我努力地学习，期末考试时我考了第一名，超过了所有的人。没有人再欺负我了。相反，大家都想跟我一起学习一起玩，聚集在我身边的人也越来越多，我却始终想念着当年那个帮我把文具盒里的毛毛虫丢出去的他。

2

那时候，道路还不够平坦，骑上自行车，一路颠簸到学校。手被不停颤抖的车把震得发麻，和同来的女孩儿停好自行车，搓着手走进教室。

她学习不好，老师总是提醒她多向我学习。我从她那里得到了差生对好学生的崇拜，虽然现在我觉得好学生连个屁都不算。

有一次背诵《两小儿辩日》。老师说背不完不许走，大家都认真地背着，很快我背完了，紧接着越来越多的人到老师那里去背诵。教室里的人越来越少，而我在等她一起回家。

后来只剩下值日生和几个平常吊儿郎当的学生，还有她。

我心里急着要回家看电视，但嘴上还是说着："别着急，慢慢背。"

老师写完了教案，就说："算了吧，明天再背。"她就慢慢地收拾着书包，我看见有水珠砸落在她的手背上，一滴又一滴，渐渐地连成了串，她颤动着肩膀，最后不受控制地哭出声来。

我们推着车走在回家的路上，她一直在哭，对我说："我怎么这么笨啊，我怎么什么也做不好啊？"

我不知道该说什么，就听着她哭诉，陪着她推着车子，很累。在我快受不了的时候，她终于擦干眼泪对我说："咱们骑车走吧。"

她家住在河北，我家住在河南，一条不怎么清澈的河把这座城市隔成两地。

老师上课总是跑题，有一次说到河北。他说河北在他眼里落后又贫穷。

她气得不得了，握住拳头信誓旦旦地对我说："我一定要改变河北！"她的样子，我记得很清楚。

后来上初中了，我没有在新生群里见到她，她辍学了。

慢慢地我忘了她，有了新的生活、新的朋友，旧的一切已经逝去。上地理课时，老师讲到中国地图，河北省和河南省在我眼前无限地放大，我脑海里一下子浮现出她那张愤愤不平的脸。

突然有点想念她。

3

总觉得每一次升学，都会失去一个身边常常出现的人。可能因为小时候知道得少，少了一个人于我而言，就像少了半边天一样。

渐渐地越长越大，身边的面孔变得越来越快，时间像快镜头一样，让我身边的人不断地向前走，走出我的视线，而我却被定了格。

有一个只教过我一学期的老师，她身体娇小，长得很美。虽然只教了一学期，却是高中第一个记住我名字的老师。我的历史成绩不好，她就经常提问我，虽然我每次都回答得不尽如人意，但她却乐此不疲。

她告诉我，想帮我提高成绩，叮嘱我一定要努力。

晚自习轮到她查课的时候，我在最后一排伸长着脖子对她笑，她也隔着人群对我笑。

后来，她走了。时间又把我定格，把她调成了快进。

4

她是我高中时期交的最好的朋友。她的个子很高，坐在我旁边，遇光遮光，遇风挡风，她给了我来自朋友的安全感。

和她同桌的时光很快乐，我们像双生子般形影不离。和她在一起时，我的嘴角总是上扬的。她的朋友问她：“你们俩的关系有那么好吗？”

她说：“有啊。”

分班后，我的同桌换了人。我和她准备了一个笔记本，有想说的话就写下来，下了课就去对方的班级，踮起脚来看看彼此在哪里。

我害怕失去任何一个朋友，可现实总是不遂人愿，二人行变成三人行。误会、嫉妒，我们开始吵架、冷战。

可是她至今都不知道，我那些生气的臭脸里都是难过。一起逛街吃饭的时间越来越少，说话的时间越来越少，见面的机会越来越少。

再后来，见面不说话了，不打招呼了，不发短信了，不见了。

高考如期而至，我们放肆地撕着书本和卷子的时候，那场若有若无的青春也悄悄远去了。

至此，她已退出了我的人生。

人这一辈子总要经历生老病死、花开花落、春去秋来，伴随着许多人在我的生命中张牙舞爪地出现，也伴随着许多人在逝去的时间里，向我挥手告别。

这一世有太多相遇，亦有与之相对的别离。曾经重要的人一旦离开，就像在我的心上狠狠地捅一刀，伤口愈合得很慢，我便一直伤悲，结痂了，想起来却还有些疼。儿时的他，年少的她，帮助我的她，对我很好的她，他们轮流在我的记忆里出现，或是微笑着，或是哭泣着。

后来伤口多了，心也变硬了，相聚离别变得没有以前那么猛烈了。

大抵我们都知道，把一些事看得太重，等离开的时候，我们就越难。我不知道我是不是该保持清醒，不再陷入过分热络的感情。

三毛说：“我避开无事时过分热络的友谊，这使我少些负担和承诺。我不多说无谓的闲言，这使我觉得清畅。我尽可能不去缅怀往事，因为来时的路不可能回头。”

都知相聚多难得，奈何别离多。

最好的我们

倪一宁

那一年，我上高三。没有预想中的兴奋，也没有什么寂寂的悲哀，我把厚厚一沓书从原来的教室搬到高三的教室里，然后打量了一下这个陌生的环境。

教室比原来的更大，我坐在靠窗的位置，空气中有浮尘飘着，随着阳光和气流的节奏起起落落。老师在讲台上进行着高考动员，底下的学生分成两类：要么趴在桌子上有气无力地装睡，偶尔抓到老师的一个语病就得意地笑；要么就是奋笔疾书，用实际行动最先响应班主任的号召。

倘使真的有时光机，我觉得我乘时光机回去看到的应该是这样的：

老　师

语文老师语调柔和地讲着子贡善言辞，子路最刚强，颜渊身处陋室仍然不改其乐。她讲忧国忧民的老杜，也讲那些华丽旖旎的无题诗，她好像知道每一个诗句背后藏着的情愫，也知道每一个诗人不可言说的秘密。数学老师应该是在讲难题，然后不时地发几句牢骚："你们呀，就是不用心学。我为什么30多岁就秃顶啊？因为我在用心想题目啊。你们的头发一簇簇那么多，一看就知道在想看什么电影。"我们在底下笑得歪歪扭扭，他就随手一指："谁笑得最高兴谁就上来解这道题。"大家顿时变身"内奸"，相互攻讦对方笑得欢。老师在台上扶一扶眼镜，嘴巴抿得紧紧的，我知道其实他想笑。英语老师一边读单词，一边监督我们有没有小动作，不时还弯下身子查看听写的情况，被看的那个同学一般都会用手遮挡，反应不够快的就要被点名："中午早点吃饭，然后到我的办公室来聊天哦。我帮你准备好糖和水果。”地理老师笑眯眯的像一个弥勒佛，永远那么和蔼地接受我们的质疑，也总被我们嘲笑数学不好。我们做练习题的时候，他就在教室里来回走动。那时候我是他的课代表，新年收到过他送给我的明信片，平时他都是自己拿一大摞作业本，剩下的那些才让我拿。他最平易近人，从海南回来给我们带特产，在放假前顺应民心放动画片，还会把我们一个个叫到讲台前，问最近哪些内容不太懂。

那时候我被暖气团、冷气团的运动轨迹困扰，虽然上课也认真听课，课外也找习题做，可考试时面对题目还是搞不清楚。在我把同一题型做错了 4 次之后，地理老师把我叫到了办公室。他给我搬来凳子，耐心地从最基本的原理讲起。我是好学生啊，听他讲这么基础的概念当然就觉得既无聊又丢脸。老师大概也猜出了我的心思，他慢悠悠地讲：“不要觉得这个很简单，不要急，我们从最基本的讲起，才能发现漏洞。不要急，我们慢慢来。”

其实那时候已经是三月了，每个人的内心都有焦灼感，可是老师就呷一口茶，笑着讲“慢慢来”。自那以后，我每次在考场上“卡壳”时，都会想起那句“慢慢来”，减少了不必要的焦躁情绪。现在想起来，觉得温暖而有力。

同　学

那时候我旁边也有特别用功的同学：坐在后排的女生上体育课还带着习题集，下课后大家也会讨论一些题目；旁边的清瘦聪明的男孩子，对着地球仪给我们讲晨昏线；午睡时，也有同学跑到自修教室去做题……

时间突然就走得快了。那应该是入冬了，教室里空调的暖风开得挺高，同学们大多是穿着衬衫外搭羽绒服，有时候做着做着题目就有人把外套脱下，卷起衬衫的袖子。偶尔有人开小差偷瞄附近的同学：女生细细的手腕上缠着红线，飞快地书写着政治答卷，左手一翻书就能翻到要找的内容；男生的手骨节格外清晰，一行行地书写着证明题的过程，偶尔停一会儿，想下一步该怎么做。

高三那年，同学们一起结伴回家，在公交车上分戴一副耳机，分享喜欢的歌曲；也会“八卦”班里的要闻，惋惜隔壁班的校草被青春痘毁了姿色。那时同学们的胃口很好，一个人能把 3 碟菜吃个精光，边吃饭边背单词其实也没多苦，偶尔抬头看向窗外，是漂亮的夕阳。

晚上在台灯前写没完没了的作业，累了就开音响听音乐。洗澡的时候心安理得地浪费时间，看着泡沫揉在手心里，就开始不自觉地发呆。

其实我没有多少关于学习的记忆，但我记得许多无关紧要的事。男生们总是坐不住，自习课上到一半就偷偷溜出去玩。女生抱怨男生打完球回来的一身汗味，却又在年级组长过来检查时，替他们想方设法地打掩护；那个冬季下了一场少见的大雪，班长带领全班同学打雪仗，班主任翻着白眼加入了我们的队伍；全校的广播操比赛，别的班级都占用大量的课余时间去操练，我们顶着班主任的压力只训练了两次，最后很争气地拿了年级第一；运动会我们这支只有 11 名男生的队伍，居然也拿了男子接力赛的第四名——这个略显尴尬的成绩居然让我们全班相拥而泣。

甚至还有更不值一提的细节。

早上拿着鸡蛋饼或者牛肉饼急匆匆地冲进学校，到了教室后，披头散发地躲在英语书背后喝豆浆；老师布置完作业后，总有那么几个同学嬉皮笑脸地喊“太多了”，老师也不留情地戳穿：“×××，你喊什么，你又从来不做的。”这番对话就开启了课间喧闹的闸门。夏天的中午被强制午睡，躲在毯子里和同桌打手势，捂着嘴巴偷偷地笑，然后被班主任一对对地捉出去。阳光照在浅红色的眼皮上，暖洋洋的气氛让人忘了这是高三。

老师都不专制，会体恤地问我们每晚睡多久，如果大家怨声载道，就会减免一些作业。有的同学偶尔漏写了卷子，老师只说慢慢来。班会课没有挪用来做作业，大家还是嘻嘻哈哈地讨论其实和自己没什么关系的事情。在讨论如何正确看待日本地震时，班里有个男生一口气讲了 30 分钟；在讨论如何看待婚前性行为之前，去任课老师那儿做调查，严肃的女老师倒抽了一口气。

但这并不意味着我们过得松松垮垮。忘了是谁先开始提议每个晚自习做一张“文综”卷子，我们不再舍近求远地去吃牛肉饭和日式拉面，而是在学校门口的快餐店就餐，最后会到被大家抱怨的学校食堂就餐。大家的胃口变好了，为了减压也为补充体力的消耗，大家囤积了大量的零食。那时候脾气变得大了，为一点小事就急躁，这时候别人的体谅就变得尤为难得。邻座的女生数学考砸时，大家都藏起了数学卷子，闭口不谈成绩。课间一起争论一个单词的用法，纠结许久。

我喜欢那样的时光，它纯粹、干净，似乎是为了一个目的，似乎又没有目的。我也喜欢那时候的我们，在喧闹的青春中显得格外沉静。

和大家

我不记得变质岩、岩浆岩、沉积岩之间的关系，我也忘记了清朝皇帝的年号、是谁领导了淮海战役，我再也解不出三角函数、反函数、解析几何，我甚至经常想不起“百年多病独登台”的上句是什么，可是我把你们记得清晰。我记得语文老师花样繁复的民族风裙子，记得数学老师解出题目时的表情，记得英语老师帮我裹紧外套，记得地理老师打招呼时毫无保留的笑容；我也记得我们班男生扭伤了脚站在跑道上的情景，记得邻座女生可爱的娃娃脸，在我过敏时有人悄悄递过来的口罩，记得一向关系不怎么好的同学，在我发烧没胃口的时候帮我买肉松饼和粥，我更记得偷吃过男生捎来的早饭，尽管后来我们只是朋友，可是我仍记得那杯豆浆的温热。

以前我们争论过男女生之间是否存在纯洁的友谊，有人还在班主任的要求下别别扭扭地互相牵了手，那时候尴尬得只想快点结束。可是在经历了那么多事情之后，在经历暧昧不清的纠缠和分分合合的牵绊之后，大家反而能够豁达地相视一笑。男生很自然地扶女生跨过水坑，女生买关东煮的时候会替打球到 6 点的男生带一份，我们比更多的大人都知道相遇有多难得。

高考如期到来，但在考前的那天晚上，我没有复习，而是对着电脑看了 1 个小时的情景喜剧。第二天一早，我被妈妈逼着吃了一根香肠和两个鸡蛋，结果有人吃得太多，在急刹车的时候差点被噎死。考前大家站在行道树下聊天，班主任站到石阶上让我们拿准考证，大家蹦蹦跳跳地“吐槽”他的头发越来越少了。考完爸妈死死憋住不问，反倒是我主动噼里啪啦地讲了出来，然后，就是考完最后一场走出教室。

老师们向我们挥手致意，我们轻快地告别，好像明天还要来做卷面分析。

就这样结束了高三，之后的查成绩、填志愿，统统都不属于这一年。这一年，安静得如同窗外碧绿的叶子，喧嚣得如同夏季的蝉声，朴素得像宽大臃肿的校服，可是又涂涂抹抹像是数学的压轴题。

多么幸运地遇见你们，顺便遇到了最好的自己。

晴　天

喜　归

“刮风这天我试过握住你的手，但偏偏雨渐渐大到我看不见你，还有多久我才能在你身边，等到放晴的那天也许我会比较好一点……”

我戴着你送我的耳机听你最喜欢的《晴天》，以前我们在自习课时总喜欢躲在一堆资料书后面，戴着同一个耳机听这首歌。那时我喜欢“吐槽”周杰伦唱得含糊不清，而你总会装作生气的样子，扯掉我左耳上的耳机，丢下一句“不听算了”。

现在再听这首歌，再也不是当初那曲欢畅的小调，原来它在一年365天里，不知不觉地灌注了太多关于我们曾经一起疯闹的记忆。

记忆中的你好像总会发光，不管我做数学题做得怎样抓狂，但只要偷偷地看你一眼，心中积攒的苦闷都会烟消云散，嗯，就像晴天。

初三时你转来我们班的第一天，我还记得那天天气特别好，晴空万里。我上课看小说被班主任没收了，我还记得那本书是张嘉佳的《从你的全世界路过》。令我想不到的是，第一天刚转来的你，竟然也被班主任抓到上课看小说。下课后，班主任让我们两个去他的办公室。

我在班主任的桌子上发现两本一模一样的书时，书的黄色封面和窗外的艳阳交相辉映。当时，你那个特别明媚的眼神，我至今都记忆犹新，因为它让我联想到了太阳。

后来，我们阴差阳错地成了同桌，每天数学课的时候，一边提防着班主任，一边偷偷地看小说；每次晚自习，我们都会躲在书后面听一会儿周杰伦的歌；我们一起翘课，跑过两条街去买我们喜欢的蜜果奶茶；周末放学后，一起泡图书馆……

好像一切疯狂的事我都敢做，再黑的路我也不惧怕走，只要有你在身旁。

那个学期，是我过得最快乐的一个学期，虽然它很短暂。

很快一个学期就结束了，距中考还有100天的倒计时牌开始挂在我们教室的后面，中考的气氛慢慢地充满教室，于是我们一起翘课的次数少了，看的小说也少了，偶尔你会拉我去天台听歌。

我们的头顶之上是偌大的晴天，脚下是整个学校。

那时你说："我们的明天会很好的，对吗？"

我毫不犹豫地点了点头。

因为我们这两三百天来一直腻在一起，班上那些八卦的女生在背后偷偷地说我喜欢你。

我喜欢你吗？当时我好像特别害怕面对这个问题，因为如果我喜欢你而你不喜欢我，那我们的友谊就完了，于是我就开始躲着你。

每天晚自习不再陪你去逛操场而是陪同学跑去小卖部，上课不再和你一样看小说，把我MP3里周杰伦的歌全部删掉。

后来，你找过我，但都被我冷冷地拒绝了，有好几次上课我忍不住看你，却发现你也在看我，你当时的眼神怎么形容呢？就像万里晴空突然乌云密布。

这样持续了20多天，离中考只有一个月的时间，那天早上没有太阳，天空毫无生气。我到教室之后发现你的座位空着。开始，我以为你迟到或者翘课了，后来才知道你因为学籍问题转学了。

你托前桌给我一个盒子，里面是我们一起听过歌的耳机，还有一张纸条，上面写得很简单：

"要快乐，不准哭。"

初中3年，我第一次红了眼眶。

我喜欢你，是我独家的记忆。

谢谢你，在我原本不怎么明媚的3年里，给了我300多个晴天。

曾不止一次想过给你写信，但最后都不了了之。

愿你的时光静好，总是晴天。

阵阵蝉音，迟到者懂你

李轩宇

又是一个夏天，我打开窗户，让蝉鸣声随风飘入室内。我隐约地想起了那件被我尘封已久的东西，开始从书柜中寻觅。终于，它跃入我的眼帘，虽蒙上了一丝陈旧的色彩，却依旧美丽，它将我带入深深的回忆中……

10点已过，教室内书声琅琅，门外却响起了不协调的“报告”声。一个女孩且羞且惧地推开了门，将半张鹅蛋脸掩在皮袄中。教室里顿时爆发出起哄声，那声音形成了一道无形的屏障，让她不知所措，难以走向自己的座位。

老师的呵斥声将教室内的混乱压下去大半。“袁静雯，领奖去！”一个大胆者冒了一句。袁静雯误以为这是一句反语，用怨恨的目光注视着那个大胆的同学。岂知老师果然放下了手中的粉笔，用沾满粉笔灰的手从教案下取出一个本子递给袁静雯。“这学期进步不少，”老师说，“做了一回我们班的第一名。往后多努力，少迟到。”袁静雯红着脸双手接过本子，忙卸下书包，坐在我身边。

我扫了一眼袁静雯手中的本子，心中只余下两个字“真好”。封面是淡雅的，一望无际的草原与天相接，漫天飞舞的蒲公英四处飘散，缓慢旋转的风车立在远方。画面上没有人的影子，却有一辆淡粉色的自行车停在路旁。整个画面透着夏日的气息，清新而美丽，在画面上方还有一首我来不及看清的诗。

我的心颤动了，渴望瞬间充满了我的脑海，我甚至无心于老师的授课内容了。

下课后，袁静雯离开教室，我望着她的身影消失在走廊的尽头，然后默默地回到座位上。我缩回了已经碰及袁静雯书包的手，大口地喝着水，想忘记自己的贪婪。然而，袁静雯的书包拉链还是被我拉开了，那个本子轻巧地更换了“被窝”。

喜悦刚从心头掠过，我便如坐针毡，不由得奔出了教室。站在树下，听着树上的声声蝉鸣，一颗心渐渐归于平静。我看见了在阵阵蝉鸣声中认真学习的袁静雯，看清了自己的自私，也看清了自己不过是一个“三分钟热度”保持者。

哦！是啊！我玷污了诚实的美德，把温存变成了伪善，从真诚的容颜上夺去了玫瑰色的光彩，画上一条伪痕，把友谊变成了赌徒的誓言。我这个虚荣的扒手，竟从第一名的宝座上摘下了桂冠，塞进了自己的腰包。不，不行！我一定要还她。

正当我喃喃自语时，一个同学跑了过来，气喘吁吁地说：“小嫘子，快回去收拾一下吧！上一个班的同学说落下了手机，将你桌仓和书包里的东西全倒了出来，散了一地……”我的脊梁骨冒着凉气儿，不等她说完，扭头便向教室跑去，心里只盼着袁静雯什么也不知道。

等我赶到时，袁静雯已经帮我把书包和桌仓收拾好了。我忙乱地拉开了书包拉链，感到又一盆冷水当头泼下，本子还在我的书包里，但是换了位置。我惊恐地抬起了双眼，不知她将会说什么、做什么，然而与我目光相碰的那双大眼睛，流露出的却是温暖，仿佛烘干了我身上的汗珠。我无暇多想，迅速地抽出了那个本子，不知如何解释，只低声说了一句“对不起”。她没有伸手来接，只是微笑着说：“既然喜欢，何不拿去？”

窗外阵阵蝉声，我倾听着它的妙音，忽然想起那首来不及读完的诗：

夏蝉的记忆
学校篱笆旁边的蒲公英
是记忆里有味道的风景
午睡时操场传来蝉的声音
多少年后也还是很好听
分别以后便将友谊幻化
在茫茫人海寻觅那清新

班里最漂亮的那个女生

王巧琳

我发育算是晚的。中学时班里就已经有女生跑步的时候胸前晃荡，而我至今不用为这种事儿发愁。萝卜就是班里发育最早的那种姑娘，看起来就像个大人。

晨跑的时候大家最喜欢看她，所有的眼球都围绕着她转。如果“白富美”这个词当时就流行了，我想她就是我心目中的白富美，远超群雌，傲视群雄。

那时候，我和她是好朋友。我还太小，没意识到自己跟她做朋友会彻底沦落为绿叶。我就是特崇拜她，你说她怎么长得那么好看呢？她的衣服怎么也那么好看呢？不对，她怎么穿什么都好看呢？那一刻我也迫切地想长大。我说过那时候我发育晚，因此，对“在一起”“交往”等词毫无概念，懵懵懂懂，却充满了好奇心。而萝卜就是一本典型的教材。她身上散发着许多长大以后的光彩，隐隐约约，带着某种无法描述的好闻的气味，让我忍不住想要靠近她。

仿佛那就是靠近长大。

当然，还因为她是班上最漂亮的女生。

在我们年少的时候，嫉妒心这个东西在很多人心里都还未曾生长。我就是如此。我喜欢看萝卜演讲，看她鹤立鸡群般从人群里走出来，脸上带着光彩。但她的脸是冷的，光彩全是别人投射在她身上的。

中学早期的时候有手工课。我友好地邀请一大帮人去我家一块儿完成作业，其中就包括萝卜。

一群人窝在我家里，搞得自己像个艺术家。

后来不知怎的，就只剩下我和她了。萝卜靠在我的床上，问我喜欢谁。

我喜欢很多人，班长好像蛮可爱的，为人正直，跟老师关系好，跟他在一起比较有安全感。但想了想，音乐委员也很不错啊，他特别幽默，长得又帅，虽然有一点点娘娘腔，但那样跟我比较配嘛。不对，劳动委员也不错，每次打扫卫生的时候他总是冲在最前面，如果嫁给他，以后在家里就不用干活了。

最后我挑了体育委员，觉得他是我最喜欢的一个。因为他长得帅，而且总是很害羞，搞得我也很害羞，从来不敢跟他对视。

萝卜想了想说："我觉得吧，他挺好的，靠谱。我也挺喜欢他的。而且你知道吗，他是天蝎座。"

我说："欸，天蝎座？"

十多岁的我只对生肖有概念，哪里会像她这样走在潮流的前沿，关心哪个男生是什么星座。

但我对她那句"我也挺喜欢他"比较感兴趣，我说："你也喜欢他啊？欸，那我没戏啦！"

她说："没关系，我让给你吧。"

我好开心，觉得她是我最好的朋友，就像把好吃的都让给我一样，我感激涕零地给了她一个拥抱。

她大大方方地跟我说："我去喜欢那个'狮子座'的吧。""狮子座"是谁？"狮子座"不是班干部，他在我们班有十个"老婆"，前三个按照喜欢程度排名，后七个排名不分先后。他有时候也会问我："你要不要也做我的'老婆'？"我说："不要。"

但是我知道，"天蝎座"是不可能要我做他"老婆"的。他看起来不要任何人做他"老婆"。他只跟男生玩。萝卜给我制订了一个计划，要做"天蝎座"的"老婆"，我就得付出一些努力。比如，多在他面前露脸。

于是，我课间没事儿就在他面前瞎晃悠，说话提高音调，有时候是跟"狮子男"吵架，有时候是跟萝卜对话。"天蝎男"一次都没有抬过头。

“狮子男”总是偷瞟萝卜。

我意识到，不管萝卜把他让给谁，好像他都是属于萝卜的。

萝卜否认了我这个言论，她觉得只要用心做一件事，想让谁爱上自己都是没有问题的。我不太明白什么叫爱，只是觉得有些难过。“天蝎座”不看我。是啊，他连看都不看我。

记得有一个下雨天，我和“天蝎座”在相邻的两个屋檐下躲雨，我想那是他看我最多的一次。他手上有一把伞，有点犹豫，瞥了我一眼，又瞥了我一眼，似乎想说什么又开不了口。

我本想跟他打个招呼，但我的脑子倒没有想过，雨中共撑一把伞能增进革命友谊，我只是纯粹地想打个招呼。于是我顶着瓢泼大雨，走得飞快，经过他面前时露出一个笑容：“嘿，你也在躲雨啊！”

他晃了晃手里的伞，我却当看不到，为了表现自己的潇洒，我甩一甩头发，说：“那我先走了啊！”

我走得特别轻快，一脚一个水洼，为我和天蝎座有了第一句对话而开心不已。他打开伞，开口叫我。

“欸……你……要不要……”

我猛地一回头，忽然意识到什么，走过去，歪着脑袋问：“你要借给我伞？那谢谢你啊！”

然后我撑着那把伞，快快乐乐地走了。

而与此同时，萝卜正和“狮子男”接吻。

对于那时的我们来说，接吻简直是一件叫人脸红耳赤感到羞耻的事。起码对于我来说是这样的。更让人没想到的是，萝卜和“狮子男”接吻时，被老师抓了。

两个人在雨里淋得湿透。萝卜瑟瑟发抖，“狮子男”脱下外套，也是湿淋淋的，却想给她披上。老师怒骂了一句：“你干吗？”

“她冷。”

“不自重还怕冷？”

老师目光鄙夷地看着萝卜，萝卜低着头，然后听到耳朵边“狮子男”一声怒吼。

“狮子男”把外套一甩，跟老师打了起来。萝卜在旁边，那双冷冷的眼睛第一次有了光彩，温柔的、闪闪发亮的、来自内心深处的。

那时已经临近毕业了，“狮子男”的爸妈过来把他带走，把他转到了另外一个班。但那又如何，他们不过是从同班恋变成了异班恋。那个幼稚的有十个“老婆”的“狮子男”，忽然变成了一个大男人，他不再问我有没有兴趣做他的第十一个“老婆”，而是每天都会写一封信，托我交给萝卜。

萝卜看完，就马上回信，然后让我转交。她见我一脸的好奇，便大方地说：“你可以看。”

说实话我看不懂，萝卜和“狮子男”是用图画进行交流的。

有时候是一个苹果，有时候是一只猴子和一只熊猫，有时候是一串数字。

但所有的人都知道了萝卜在和“狮子男”谈恋爱。

相比他们，我和“天蝎座”再也没有交集。

虽然我已经会跟他打招呼了：“嘿，你好，回去呢？”

但仅此而已。

我跟萝卜说：“要不我还是喜欢班长吧。班长是什么星座？”

萝卜说：“班长是金牛座。”

我想了想说：“那音乐委员呢？”

她戳了一下我的脑袋说：“你怎么能这么不专一呢？喜欢谁，就要喜欢一辈子啊！”

“喜欢谁，就要喜欢一辈子。”这种话，让我觉得非常沉重。

可是我觉得我已经不喜欢“天蝎座”了，甚至都记不起他的脸。

毕业以后，她和“狮子男”分手了，具体原因不明。可是她还在给“狮子男”写信。我还记得有一次我给她打幌子，她和“狮子男”见了一面，出来的时候，她满脸眼泪。

“你怎么了？”

“我们分手了。”

哦，分手了。意味着什么，我不太明白。

“但我还会继续喜欢他。”她坚定地握着小拳头，问我，“你要去我家玩儿吗？”

她常常在我家借宿，但我是第一次去她家，她家在一条幽静的巷子的最深处。

家里没有人，有两只猫蹲在门口。

我羡慕地问：“你养猫啊？”

“不是。它们住在这个胡同，来串门的。”

她蹲下来，眼神温柔地看着猫，然后幽幽地说：“你知道吗？我爸爸去世了，就在前几天。”

我不懂分手，但我懂死亡；分手后还能相见，但若有人死了，就再也见不着了。一想到这一点我就觉得好悲伤，居然在萝卜身后哭了起来。

她回过头抱了我一下：“不要哭。你知道吗？我都不难过。你要记住，当一个人离开你的时候还爱着你，这爱就永远不会停。”

我听不懂她的话。

我只记得，她有很柔软的胸部，胸口起伏着悲伤的心跳。

那一刻，我忽然害怕长大。

萝卜的父亲去世以后，她妈妈去了很远的地方，所以她也跟着走了。

我猜测她和“狮子男”分手的原因，也许是“狮子男”没办法接受比隔壁班还要遥远的异地恋吧。

我和萝卜也失去了联系。

我谈恋爱了，后来又分手了。分手的时候我不再爱这个人。我第一次和别人接吻，心律超过了120，分手的时候也曾大哭。“狮子男”跟我的一个朋友在一起了，两个人老是打架，打完了又抱在一起。

很多年后，我辗转又遇到了那个“天蝎座”男生。

恰巧又是下雨天，站在雨里的屋檐下。

我手里有伞，看到他时，他也朝我笑了一下。

我说：“要一起走吗？”

他说：“我跟你是反方向。”

我说："那好，我先走了。"

他又说："要不我送你？"

我说："欸，还是不要了。"

我从包里掏出另外一把伞，递给他。

"送给你了。"我说。

他有些尴尬地接过去："那个……你报了哪里的学校？"

我没有回答，而是突然问："你有萝卜的联系方式吗？"

"啊？"他思忖了一下，"萝卜啊，毕业后见过一次。不过没有留联系方式。听说她出国了。"

"你喜欢过萝卜吗？"

"啊……"他红了脸，"我们班没有谁没喜欢过萝卜吧，她那时候是班花啊。不过她变得一点都不好看了，还是你好看。"

"你也没以前帅了。"我半开玩笑半认真地说。谁让他说萝卜不好看的。

他的脸更红了，忽然觉得没办法接下去。

时至今日，我还是个"直女癌"患者，我跟他说了拜拜，然后一脚一个水洼地踩着往前走。

脚步欢快，溅起很多水花。

萝卜，时至今日，我还没有遇到那个让我喜欢一辈子的人。那么你呢？你还喜欢"狮子男"吗？

不管怎样，你永远是我心中最漂亮的那个女生。

被排除的我

Fine

还有不到40天就要中考了，第一次模拟考试成绩出来时，我已经知道自己考上重点高中的概率为零。好刺眼的成绩啊，总分300多一点点，能去哪所好高中就读？能考上高中似乎就不错了。

不好的事情总是接踵而至，学习不理想，友谊的小船也说翻就翻。L、T和我，我们三人彼此陪伴了整个初中，如今临近毕业，我们之间的感情却有了裂痕，貌合神离，不知从何时开始，很多事情不再过多地交流，我们以往的愉快与嬉笑，慢慢地消逝在空气中。突然有一天，我发现，不是我们三个没有以前要好了，而是我被排除在外了，3=2+1。放学回家的路上，L对T说道："我给你的笔记本你可要写满哦，写满3页。"T点头，笑容明朗，我沉默无言。L说的笔记本应该是毕业时同学们写毕业留言用的。大家都有这么一个笔记本，但我没有，因为我的朋友只有L和T。她俩有说有笑，而我一路无言，胸口好难受，在岔路口与她们分别后，我转身，顿时觉得有什么东西将我和她们完完全全地隔开了。

下午放学后，我看见T把笔记本还给了L，两人站在讲台靠窗的位置，我也站在靠窗的位置，和她们呈对角线。我看见L笑意满满地打开笔记本，好多的字啊，密密麻麻的，我恨不得自己的视力飙到5.0，好看清T给L写了什么。又是一阵明朗的笑声，却与我无关，她们谈论的是她们之间的秘密。我的左胸口越来越难受了，为什么心脏会最先感受到难过，为什么心脏不长在正中间，这样右胸口就能分担一半的难过了。

我以为，L也会把笔记本给我让我写毕业留言，因为我也有好多好多的话想告诉她，可能3页都写不完，我想告诉她，能认识她真好，每天都可以那么快乐，肆无忌惮地大笑，毫不顾忌地和对方开玩笑，然后对方也会跟着自己大笑，但是，她没有给我。我在心里说："忍住，忍住，千万不能哭，教室里还有别的同学。"L把那大大的笔记本放进书包，甚至没往我这儿看一眼，就径直走出了教室。T貌似发现我的脸色不好，便走到我身边，小心翼翼地问道："要回家了吗？"我无法像平时一样笑着回答她，极力控制自己不要把难过与生气写在脸上，便只是点了点头，拿起书包就出了教室。L一句话也没和我说，我和她之间夹着T，而T和她，却聊得很开心。

我是什么时候被排除在外的呢？不知道。

我曾经感到自己是那么幸运，能认识如此美好的两个女孩，T乖巧懂事，L安静温柔，只要我们三个在一起，就会发出各种各样的笑声，我们一起爬山锻炼，一起调侃L的头发少，一起去公园骑单车，一起表达对老师的不满……然而现在，我每天都难受至极，L对我不理不睬，和T却更合得来。被排除的我甚至有一种"如果没有认识她们该有多好"的想法。

寂寞的童年

闫　红

惶恐的压迫

小学一年级的第一学期结束了，我领了成绩单和寒假作业，踢踢踏踏地走在长长的巷子里。我脚上穿的是一双非常神气的红皮鞋，这是我妈托人从上海带回来的，踩在石板路上“嗒嗒”作响。美中不足的是鞋子有点儿大。你知道，那时所有的妈妈都是这样对付孩子飞长的脚的，也许她们梦想着，孩子能把一双鞋穿到 18 岁。

这个小问题被走在旁边的两个阿姨看到了，她们笑着说：“这孩子的鞋子太大了。”于是我甩了一下小腿，那两个阿姨笑得更厉害了。她们问我：“你家在哪儿？”我说：“报社大院。”她们又问：“你认识某某吗？”我说：“她是我的邻居。”她们惊奇地说：“其他小孩只会说‘她住我们家旁边’，你却用了‘邻居’这个词，真是一个聪明的小孩啊！”

受到这样的表扬，不得意是不可能的，我快活地和她们说了很多话。快分手时，她们告诉我，她们是剧团的，欢迎我去找她们玩。

我怀着莫大的兴奋之情回到家，向奶奶讲述这番奇遇——我受到了成年人的邀请，感受到从未有过的跨越年龄的友谊。但奶奶撇撇嘴，一句“说不定是人贩子呢”就把我打发了。我的情绪并没受到多大影响，因为我原本就没指望她能理解。我跑到外面去，张开双臂兜了一大圈。直到现在我还记得那天天色阴沉，一副要下雪的样子，却很适合作为底色，承载我那种雀跃的欢欣。

但我没有机会接受那两个阿姨的邀请了。过完寒假，我爸带我去学校报名，我心中惴惴不安，寒假作业空了一大半，老师马上就会发现。然而，老师并未接我的作业，她径直看着我爸说："这个孩子还是退学吧。"

她不需要细说理由，我爸非常清楚我这半年来的所作所为，但他还是止不住纳闷，我为什么会是这个样子呢？

我的教育开展得算是早的，三四岁的时候，我爸就自制了很多生字卡片让我认，再大一点儿，开始给我买小学课本。如果他下班后发现我在读书，就会给我小小的奖励。那是一个物资匮乏的年代，我爸就买那种水果卷糖，一卷有10粒，可以做10天的奖品。有时我贪玩，只有听到我爸自行车的声响才会拿起书。好几次弄错了，忙不迭地翻开书本，却听见姥姥和妈妈哈哈大笑。啊，她们扇炉子的声音和自行车发出的声响太像了。

星期天自然没法玩这种小伎俩，只有当来客人时才可以稍稍放松，但客人走了之后，我爸问我："你为什么一来人就把书放下呢？为什么不让客人看到你是一个用功的孩子呢？"我觉得我爸说得很有道理，下次再来人，我不但没有停止朗诵，还不停地跑去问生字，让正和客人聊得起劲儿的爸爸不胜其烦。

不管怎么着，5岁那年，我已经把三年级的语文书自学完了，可以阅读像《三百六十五夜》这样的简单读物。我爸信心十足地带着我来到学校，由于年龄太小，我还接受了一个简单的面试，顺利通过后，开始了我的小学生涯。

形势就此急转直下，我非但不像我爸预想得那样出类拔萃，反而成了一个糊里糊涂、晕头转向的小孩：永远不记得老师布置了哪些作业，在试卷上画莫名其妙的花脸，不敢去厕所以致常常把裤子尿湿，还没到期中，课本已经被我弄得破烂不堪……我几乎每天回家后眼圈都是红的，说谁又打我了，其实人家不过是多看了我一眼。

我爸百思不得其解，试图改变这种状况。有一天，我在五斗橱上面发现了两本崭新的课本，还有一只粉红色的电风扇造型的铅笔刀，我开心地想这些肯定是给我的。果然，晚上我爸把我叫到他面前，取出这些可爱的东西，表情非常严肃地对我说："你的课本已经不能用了，你知道买两本课本要多少钱吗？要是换成大米，可以买这么一大堆。”他比画了一个形状，又说：“我给你买了新书，希望你能有个新的开始，不要这么糊里糊涂地过下去了。”

我既惭愧又兴奋，最后，得到新书本的快乐占了上风。第二天，我带着它们来到学校，同学们的眼睛都直了，她们（都是女生）围着我，叽叽喳喳地说着话，我很少被如此簇拥过，感觉轻飘飘的。快要放学时，悲剧发生了，我的新课本不见了。这是我在上小学一年级时所经历的无数恶作剧中的一个，我已经想不起那天我是怎么回的家。总之，我爸的激励教育失效了。

我就这么变成了一个让老师和家长都头疼的孩子。他们有时批评，有时鼓励，但谁也没想过一个原本挺喜欢学习、头脑也还算灵活的孩子，为什么会变成一个“小木头”。时过境迁，如今我回想起这一切，倒是能理解那个可怜的孩子，她不过是因为害怕。

我提前一年上学，又是在年底出生，所以在班上是最小的，很容易成为大家欺负的对象。

我至今仍然记得，有个女同学笑眯眯地拿削得很尖的铅笔朝我脸上戳，我笑着。我笑是因为我不知所措，我还不懂得怎么对付这个世界，即使遇到恶，也只是一缩再缩。每日处在惶恐的压迫下，我不变成那样的一个孩子才怪呢！

苟且偷生

既然这样，我爸只好非常气恼地把我领回家，接下来的半年，我都在自学中度过。奇怪的是，离开学校，我马上神清气爽，整个儿开了窍，回想起在学校的表现，自个儿都觉得不可思议。我跟奶奶说：“再上学的话，我肯定是‘三好学生’，第一批少先队员。”奶奶照旧不屑地说：“你就会吹牛，用老话讲，你就是个‘回炉油果子’。”“回炉油果子”指的是留级，奶奶的用词让我有点儿受伤。

第二年秋天，我爸又带着我去报名。在新的班级里，我的成绩一路领先。有一次放学时，老师对一个同学的家长说：“你们家这孩子，心就像被塞实了似的！”又指指我，说：“你看人家，一点就通。”那位家长正在唯唯诺诺地回应老师，同学的姐姐在一边说话了：“她是我们班的留级生。”这个新情况让我的老师很尴尬地沉默了。从此，我敏感地注意到，她对我的态度明显与以往有所不同。

我没有能够第一批加入少先队；第一学期结束时，班里选“三好学生”，我看着我的票数排在前面，却没能拿到那张光荣的奖状。但是到了第二学期，我的票数并不够，却获得了“三好学生”的称号。现在想来，应该是那位老师因为就要和我分别了，对我的喜爱最后超过了对留级生的厌恶，所以她才做出这样的补偿。

我二年级的班主任是一位语文老师，她是个小老太太，因为慈爱，所以唠叨。她对我既爱又恨：一方面这孩子老是不交作业，一问就是“忘了带了”；另一方面，成绩倒还好，尤其是作文写得不错。

那时的作文还叫小作文，无非是记一个难忘的人或者记一件难忘的事，老师慧眼识珠地从我所谓的作文里，发现了几个她认为很漂亮的比喻。有一次，她选拔组长，轮到我所在的那一组时，她沉吟：“你们这组选谁呢？闫红吧，成绩不错，作文写得也挺好，就是不爱交作业！”最后，她还是让我做了组长。说实话，对于我而言，那是莫大的鼓励。可惜，后来还是因为我不交作业，组长被换成了其他人。

我为什么不爱交作业呢？为了这个贯穿我整个读书生涯的毛病，我承受了不知多少尴尬。也许是懒惰，也许是任性，也许是没尝到过按时完成作业的甜头——直到今天，我都不觉得那种机械式地写作业能够提高学习成绩或增强学习兴趣。老师总是让我们把一个词或一个句子写上三五遍，为了应付这个，有的同学掌握了同时握住 3 支笔写字的技术。

另外，这也跟我爸的督促有关。放学后我玩得正起劲儿时，我爸问我：“你写完作业了吗？”他的口气十分不好，我如果说没写完，可能要招来一声呵斥，只能“苟且偷生”地回答：“写完了。”这句话截断了我继续写作业的可能，因为我如果再摊开作业本，我爸就会发现我撒了谎，又一顿呵斥在所难免。

所以，很多个晚上，我心惊胆战地玩着，接着心惊胆战地玩下去。第二天早晨终于来了，我来到学校，对小组长说作业忘带了。老师会让小组长跟着我回家去取，一路上，我掏出口袋里那点儿可怜的零花钱贿赂对方，要她别向老师说我是到家后才补写作业的。小组长并不是每次都答应我，有时，她看看我手里的钱说："你就这么一点儿钱啊？"

老师讨厌我

我在一、二年级遇到的这两位老师，虽然都不够完美，也曾给过我小小的伤害，但我能感觉到，她们还是爱孩子的，即使不满，也有爱打底，和我遇到的第三位班主任完全不同。

升入三年级，我们又换了一位班主任。在上第一节课时，这位老师就非常讨厌我。因为我老不交作业，上课爱做小动作，还不是一个利索、清爽的孩子——针对我一到教室就会把围巾、手套全摘下来丢到课桌上这件事，她多次提出批评，我屡教不改。反正，从三年级到五年级，充斥于我生活中的，就是"请家长""请家长"……一个"请"字给这件事罩上了文雅、温情的面纱，但经历过它的孩子都知道，它是多么令人不寒而栗。

首先，你难以启齿，不知如何措辞以避重就轻。但不管你怎么说，一顿暴打是免不了的。家长与你一同走在去往学校的路上时，那阴沉的表情可以称得上"冷暴力"；从老师那儿饱受羞辱地回来，是这场事件的高潮，一次暴风骤雨的大发作。我现在体味那个孩子的心，真不知她如何才能承受。当然，我不能说自己完全无辜，不爱写作业肯定是个问题。可是，一定要这样解决问题吗？它几乎没收到任何效果。

那位老师对我的一切都看不顺眼，衣着、发型，以及各种各样的小动作。她把我的作文本甩到我妈的脚下，说："看看你的小孩写的作文，三言两语，字不成字，句不成句，话都说不好！"那时的她一定料不到我日后会靠文字吃饭。

我曾被她勒令停课反省，也曾在放学后被她关在空荡荡的教室里。有一次，我被她撵出课堂，却不敢走开，站在外面听讲。这时，我上一年级时的同桌跑到我们学校来玩，我们有过小小的友谊，第一次见面，他就拿出饼干请我吃。上二年级时，他转学了，但他奶奶是这所学校的老师，他常回来逛。现在我也弄不明白为什么他会在我上课时出现，只记得他笑着看着我，问："你怎么被老师撵出来了？"我无地自容。

这种状况持续了两年多。到了六年级，我突然患上了偏头痛，现在我已经弄不清楚我当时是真的有病，还是为了逃避学校装模作样。头痛肯定是有一点儿的，不过没有严重到非休学不可的地步，但在当时，我却抓住它大做文章，想要休学。

我爸还在犹豫不决，班主任老师就快乐地推波助澜了，她说："这孩子是得休学了。她天天上课眼睛都睁不开，以前她眼睛多么有神啊！"

这是这位老师说到我时，唯一一次露出温情的笑容。尽管这种笑容不无伪装的成分，背后藏着更深的厌恶和她不能说出口的目的，但是，真的，这是她唯一一次像画报上的老师那样对我微笑。

于是，我休了学，在乡下的姥姥家待了半年，这半年对我的一生都有很大的影响，它使我拥有了乡村背景，从而对四季转换、草木枯荣非常敏感，我爱上了天空、河流与田野，以及这一切之后的无尽远方。

我们都是小豆豆

半年后，我回到学校，新老师对我很好，我的成绩也还不错，尤其是写作能力提高得很快，几乎每一篇作文都会被她拿到课堂上念。但是，有一次，我因什么事情和她发生了一点儿小争论，她不耐烦地说："你以前的老师就说，你这人特别烦！"我立即闭上嘴，从此跟这位老师疏远了。

然而，她曾对我初中时的班主任说："这孩子作文写得很好，你可以在这个方面加以培养。"这是我初中时的班主任告诉我的，我永远感激她。

我又上了几年学，遇到了一些老师，但我始终认为，能够影响一个孩子一生的，是他（她）的小学老师。因为小学生的年龄大多在 6 ~ 12 岁，心地单纯、情感脆弱，遇到伤害时没有自卫和化解能力，会把所有的压力放在自己的心头，形成自卑、胆怯的心理暗疾。

就拿我自己来说，至今在面对世界时，我仍然信心不够，我常常不能确定我是否被欣赏、被喜爱。我变得躲闪、不大方，时时想抱紧双臂，尽可能地收缩自己，我怕一旦打开，就会迎来像我小学老师所投给我的那种冷眼。

长大后，我看到了日本作家黑柳彻子写的《窗边的小豆豆》。这个小豆豆比小时候的我还糊涂，时常搅得全班同学没法上课。老师忍无可忍，找来她妈妈，请她把小豆豆带回家。当时，小豆豆的妈妈装作什么事也没发生，带着她来到了一个叫“巴学园”的学校。在这里，小豆豆遇见了小林校长。

这是一位以低龄教育为己任的老师，为了发掘学生的乐感，他研究韵律操；为了提高患有侏儒症的孩子的自信心，他特别设计出适合他的体育竞赛，让他在每个项目上都得了第一名；在那个重男轻女的年代里，他对拉了小豆豆辫子的男孩说：“你要尊重女孩子，爱护女孩子。”而每次看到小豆豆时，他都说：“小豆豆，你真是个好孩子！”

而在我的童年，从来没有人那样由衷地对我说：“你是一个好孩子！”那么，我把它补给我的孩子吧。

我成绩不好，但我不是坏人

巫小诗

公交车的移动电视上，主持人在讲一条民生新闻，用到了成语“近朱者赤，近墨者黑”。

坐在我前排的一位母亲，不想错过任何教育小孩的机会，她问儿子知道这个成语的意思吗，小朋友说不知道。于是，她把成语解释了一遍，为了更加通俗易懂，还举了个例子：

“也就是说，你跟成绩好的学生做朋友，你就会变成好学生；你跟成绩差的学生做朋友，就会变成坏学生。”

小朋友若有所思地点着头，我平静地坐在这对母子的后面，内心咆哮着：“我不同意！”

我当过成绩很好的学生，也当过成绩很差的学生；我经历过前者享有的优待，也经受过后者所遭受的不公。我非常明白，一个人的品行跟成绩真的没有一点关系，低分并不妨碍我们成为一个善良的人。

初中的时候，班主任在安排座位时秉承着一对一帮扶的原则，一个成绩好的配一个成绩不好的，那时我的成绩挺好，我的同桌班级排名跟我差不多，只不过我是正着数的，他是倒着数的。

他是一个通俗意义上的“差生”，成绩差，调皮好动，上课看武侠小说，放学进游戏厅和网吧，擅长各种恶作剧，你无法想象他的“脑洞”有多大。

他前排的女孩有一头毛糙的长发，女孩总是习惯性地甩头发，经常甩到他的桌上，占据了课桌的一小半，他跟女孩说过多次也不见改善。

于是有一次，他在座位下偷偷点燃了一根蜡烛，用一把剪刀当镊子，夹住一根不知道哪里搞来的长钉子。烛火把钉子烧得发红，然后，他轻轻拿起一撮女孩的头发，把发尾一圈圈地卷在滚烫的钉子上，一松开便有了一个大波浪，然后再拿起一撮，再卷，再松开……在他烫到第四五个大波浪时，女孩发现了，她当时就“泪崩”了，顶着她“时髦”的新发型去找老师告状。

结果可想而知，他被老师叫到办公室训斥了许久，又是道歉又是写检查的……不过这次之后，前桌的女孩开始怕他了，乖乖把头发扎了起来，他的课桌也恢复了“领土”完整。

啊，这么说来，他真是个十足的“坏学生”，可是，长久跟他相处下来，我发现他这个人其实还不错。

那时候手机并不普及，我有一部妈妈淘汰下来的小手机，话费得我自己交，不少同学都借用过，唯独他每次借用都坚持付话费给我；考试的时候，题不会做他就睡觉，既不翻书，也不偷瞄我的答案；上课时看我的课外书，被老师没收后，我说算了，他却买了一本同样的还我。

因为把生活费花在了网吧和游戏厅里，他手头总是不太宽裕，尤其到了周五，他几乎连早餐都不吃了。有一次课间，他让我把头扭到另一边，我问为什么，他说太饿了，把皮带紧一个扣，让我回避一下。

即使经济状况这般困顿，他也没有因为钱去做坏事。

有一次他跟我说，一个一起玩游戏的好朋友跟他闹掰了。具体原因是，他俩一起从网吧出来，在柜台结账的时候，看见店主崭新的手机就放在柜台边上，离他们很近。当时店主正在对着屏幕忙别的，在那个瞬间，伸手拿走那部手机，简直神不知鬼不觉。

朋友朝他使了个眼色，当朋友正要伸手时，他却把朋友拽走了，两人的拉扯声引起了店老板的注意，朋友失去了偷走手机的最佳时机。

朋友生他的气，两人就此闹掰。

我故意问他：“那么好的机会，为什么不抓住啊？”

他白了我一眼说：“我的成绩是不好，但我不是坏人。”

中考后我们再无联系，不知道他现在过得好不好，成人世界里的他，也许还没有飞黄腾达，但我坚信，他绝对不会是一个糟糕的大人。

在高二之前，我从来没有体验过“差生”待遇。

高二那年，少不更事、浪漫又可笑的我，从全市最好的高中休学，毅然决定回家搞创作，想靠写作养活自己。休学的后果就是，我开始以很慢的速度在提升写作水平，以很快的速度在遗忘前十年在学校学的知识。后来想通了，我还是回归了课堂，去了另外一所高中。

当时的班主任是同学们都不怎么待见的一个人，他得知我之前的成绩优异，觉得自己捡到了宝贝，每次见我都是笑眯眯的。可大半年没有碰课本的我，坐在一堆知识点面前，简直就是一个文盲。第一次大型考试，我考得非常糟糕，那次之后，他不再正眼瞧我这个“差生”。

一次晚自习，他在讲台上批改着试卷，突然起身走到我的面前，很凶地问我为什么没有交试卷，我一脸茫然：“我交了呀。”他说：“你撒谎，我没看到你的卷子。”我说：“我真的交了。”他说：“你这个学生品行有问题，当初就不应该让你转进我的班级。”“老师，我真的交了。”我申辩。见我坚持，他便黑着脸转身回讲台再次翻阅，的确有我的，是他自己疏忽了，误会解除后，他坐下来接着阅卷，没有为他刚才对我的人格羞辱做任何的道歉。

在那个瞬间，我突然想起初中同桌的那句“我的成绩不好，但我不是坏人”，不是亲身经历，真的不知道什么叫感同身受。

后来跟班主任还有一些不愉快，幸好高三时再次分班，我告别了他的“昏庸统治”。

再到后来，我考上了一所还不错的大学，假期回家在街上偶遇他，我没有绕着走或假装没看见，而是笑着跟他打招呼，聊了聊彼此的近况。

我的教养让我成为一个尊师重道的人，但这并不代表他是一个值得我尊重的人。

我很庆幸在我小的时候，我的父母没有教育我“别跟成绩差的学生做朋友”，这让我站在高处时拥有平等的友谊，掉入谷底时不觉得自己低人一等。

有人跑不快，有人唱歌难听，有人不爱吃榴梿，这些跟成绩不好一样，都不是一个人的品行问题。我的成绩不好，但我不是坏人。

末日余生

花大钱

1

高三一开学，我就被调到了第一排。这并不是因为我的成绩特别好，而是因为空话特别多。

那时班主任对我说："把你调到第一排来，看你还怎么影响周围同学学习。"但他万万没有想到，没有了前桌，我还能花式转体 180 度扭着脖子跟后桌讲，还能跨越一整条过道伸着脖子跟邻排讲，当然，讲得最多的还是跟我的新同桌。

我的新同桌是 dota 少年刘能能，他因为被老师抓到逃了好几节晚自习去网吧打 dota，所以就被无情地"流放"到了第一排。原本为了杜绝早恋，我们班是没有异性同桌组合的。但基于我们俩都是重点监视对象。于是，空话少女和 dota 少年就这么坐到了一起。

如果你觉得这样的开场很像偶像剧，那你可真是想多了。毕竟有高考把我们保护得如此严实，怎么可能有任何一种爱情能乘虚而入呢？更何况，这世上从来都只有两种高三生活，一种是电视上放的，五颜六色、金光闪闪，还时不时"爱得痛了，痛得哭了，哭得累了，日记本里页页执着"；另外一种是我们自己的，只是一部没钱加特效的抗战剧。

2

如果非要给这部抗战剧找出一个贯穿始终的中心思想，我想可能是"丑"。

进入高三之后，我妈就再没让我吃过食堂。你知道的，食堂菜作为中国的第九大菜系，最大的特点就是擅长取一些蛊惑人心的名字，什么干锅牛肉、小炒鸡块，其实全是清一色的土豆片。我妈怕我营养不良，特意在学校附近租了房子，每天变着花样给我做吃的，今天酱肘子，明天炖乳鸽，生怕我到时候考不上清华北大全是因为少吃了今天这一口。那年的妈妈不是妈妈，是个尽职的猪仔饲养员。

我的体重就是这么“噌噌”涨上来的，但妈妈说：“没关系，上了大学就会瘦的。”这句话的魔力就跟“上了大学就会有美好的未来”是一样的，平白无故且不负责任地给了我们一些轻巧、邈远又虚无的希望，但真的能让我们心甘情愿地去忍受眼下被剥夺的生活。

其实不仅是我，整个高三，周围其他女同学的腿也都越来越粗，好像大家都争着抢着想成为中华民族崛起的伟大支柱。而且大家在其他方面的丑也是无比相似：厚刘海、马尾辫、黑框眼镜、青春痘。

至于刘能能呢，他跟我们还不太一样。他的丑不是憋着一口气式的，而是带着一种悲壮的末日感。每天早上 7 点早读，他一定分秒不差准点到达教室，坚决不早到一分一秒。开抽屉，扔书包，掏出语文书，翻到第 32 页。他身手矫捷，这一系列动作一气呵成，然后开始读：“壬戌之秋，七月既望，苏子与客泛舟……”趁老师一个不注意，他已在电光石火之间从课桌里掏出饭团，低头猛吃了一大口。这么多年过去，很多事我都已经忘了，但刘能能的丑却是那么刻骨铭心、令人难忘。他就静静地坐在那里，顶着炸裂的鸡窝头，脸上蒙着一层猪油般的困意，嘴边沾着一颗饭粒子，却还要假装一本正经、云淡风轻，好像什么都没发生过。那种专属于高三男生的丑，就如同国旗下的宣誓一样嘹亮悲壮。

3

可能正是因为这一份不相上下的丑，我们原本就患难与共的革命友谊又多了几分情比金坚的意味。我们会在听写单词和默写古文的时候坦诚相见、互通有无，会在对方被老师突然叫起来回答问题时在下面小心提醒。我曾经一度以为，刘能能和我可能是铁打的孽缘不锈钢的情。可惜，男人嘛，总是无法从一而终。每次一到考试，他就对我“闭关锁国”。“选择题最后一道选什吗？”“我也没做出来。”“我明明看你写了。”“蒙的。”“真的吗？”

人和人之间的信任啊，全都是泡沫，你所有的承诺，全部都太脆弱。

不过，这也不能全怪刘能能。刚进入高三，我们明显就察觉到了一股无形的压力。这股压力不仅来自老师每天一遍遍在你耳边吹响的冲锋号角，还来自每次考试后老师把你叫进小黑屋进行的深入灵魂的交谈，更来自身边同学突然之间的转变。

渐渐地，我发现，后桌那个曾经每天在课堂上拿着 MP4 看言情小说看得肝肠寸断、动不动就要对着天空许下 1001 个愿望的“文艺妹”好像已经很久没看小说了；就连邻排那个品行端正得像是按照《中学生行为规范守则》打造出来的“好人姐”，也不太愿意花很长时间给别人解答难题了。

这种改变是悄无声息的，表面上波澜不惊，可内里却暗潮涌动。大家郑重其事地改变，却又不想让别人察觉到这种改变的痕迹。于是，所有人就这么心照不宣，任由这场带有强大传染性的风潮席卷自己。

十八九岁的时候，其实很少有人真正清楚自己在干什么，大部分人只是单纯地被人潮裹挟着前进。我们和置身于火车站大厅的旅客根本无甚差别，心里怀揣远方，双脚却因为周遭密不透风而只能缓慢移动，身不由己，但也无法停止。

4

这种无力的感觉在进入高考“倒计时”阶段之后越发强烈，突然之间，教室的黑板上就凭空多了一块由某保健品赞助的计时牌。每天，我们就像生命垂危的病人一样，一边绝望地屈指数着自己所剩无多的时日，一边心心念念地等待着命运的眷顾和奇迹的降临。

那时我们每天的作业是一套完整版的语数英以及理综高考模拟试卷，除了作文不用写之外，其他的都要完成。其实，这个作业量也不算太多，如果每天能给我 40 个小时，我想我肯定也是能做完的。

无奈，人生并没有那么多如果。于是，我跟刘能能只好每天不停地赶着做雪片一样飞来的试卷。我们在语文课做物理试卷，在英语课做生物作业，可还是做不完。高考最可怕的地方并不在于它本身，而在于它让你时时被一种庞大的自我怀疑笼罩着，不知所措，却又无能为力。

5

听起来真的好委屈、好心酸，可我的高三就是这样过来的。经常有学弟、学妹问我：“你觉得高考可怕吗？”我都会轻描淡写地回一句“还好吧”。可我心里比谁都清楚，那年夏天，自己所经历的那些像雷阵雨般突然蹦出的巨大慌乱，那些像在烈日下奔跑了很久之后的浑身乏力，那些像漫长午睡过后无法消除的恹恹不安。

有一次晚自习课间，我跟刘能能趴在桌子上休息，他突然偏过头问我：“要是考砸了，你会选择复读吗？”其实在刘能能问我之前，我一直刻意把这个问题屏蔽在脑后，不是没想过，而是不敢去想。“是啊，我会选择复读吗？”我没有回答他，只是自己在心里暗暗发誓：不复读了，考得再差都不复读了，死都不复读了。

不想重来一次，不仅仅是因为拖拽不动自己的胆怯，更是因为不想再当一次自私的人。还清楚地记得，有一天放学后，我没有直接回妈妈在学校外面租的出租屋吃饭，而是先去了办公室找数学老师答疑。等我回去的时候，天色已经很晚了，屋里没开灯，借着幽暗的天光，我看到妈妈竟然坐在饭桌边的藤椅上睡着了，以一种极其别扭的姿势。

当时我的脑中突然闪过一道在语文课上做过的成语改错题——“每当自己的孩子遇到什么状况，父母们总是首当其冲。”老师在黑板上划了重点并且再三强调，“‘首当其冲’的意思并不是‘第一个冲上前去’，而是‘最先受到伤害’，所以，这是一个很典型的病句”。但那一瞬间，我突然觉得这句话好像也没有错，我觉得自己正被一种湿漉漉的难过包裹着，整个人都变得很泥泞。为了不影响我的学习，出租屋里没有放电视、电脑一类的东西。所以当我不在时，妈妈只能一个人在空荡荡的房间里待着，只能一个人默默切碎那些漫长的时间。我突然意识到，她该是多无聊啊，无聊到都能随时睡过去，可我竟还一度委屈地以为自己才是那个独自咀嚼了所有沉默的人。

这种感觉太让人难过了，原来在我浴血奋战的高考路上，父母一直像个卑微稚拙的孩子般跟在身后，捡拾起我所有的苦痛，心甘情愿成为我所有淤塞情绪的出口，成为擦干我眼泪的纸巾。但我想，我再也不要重来一次了，再也不想当一个如此自私的人了。

说来遗憾，高考的磨炼并没有让我从此改头换面、所向披靡，那些青春片里矫饰出来的热血与感动我也统统没有感受过。如果非要找出这场盛大而荒诞的考试对我而言真正的意义，我想可能是爱吧——它让我深切地领受到了自己在人生的前十几年从未注视过的爱。

6

从 2012 年到 2016 年，我的高考已经过去整 4 年了，那些我曾以为自己会铭记一生的经历也已经忘得差不多了，就跟忘记生命中其他平平淡淡的记忆一样。高考留给我的模糊背影也只是在考完最后一门的那个下午，操场上重新穿起裙子的女孩子们流畅的肌肉线条，被抛掷到半空中的数学课本，看起来很像扑棱着翅膀的白鸽。我站在楼道里，从迎面走来的那股兴高采烈的人流中，看到了刘能能。他背着单肩包，换上了少年的面孔，经过我时依旧像往常一样打招呼："我去网吧了，再见啊。""嗯，再见。"很快，他又融入了黄昏的背景中，暮色中他的背影有我看不清的怅惘。在那一瞬间，我突然感到了一阵失落，哦，原来这就是我想要的自由。

原来高考过后，只是把原本就该属于我们的生活还给了我们，那些我曾以为熬过高考就能获得的足以照亮我整个生命的自由，也不过就是生命中普普通通的自由。反倒是那些自己曾拼了命想要摆脱的束缚，那些从压顶的乌云间隙偶然泄出的隐秘而微妙的快乐，当我不再常新，它们也不再常有。

不过，当我意识到这些时，早已是时过境迁。而我之所以能在这里云淡风轻地谈论高考，也仅仅是因为它已经过去了而已。2012 年，传说中的世界末日，我参加高考。只有那些一步步踏着泥泞走过来的人，才有资格轻轻地吐出一句："也不过是一场虚惊。"

再见，小时候

薄荷糖

K 曾是我最好的朋友。

我们能认识是因为在同一个班级，不过最初由于座位离得比较远，所以彼此并不熟悉，平时见面只是简单一笑，几乎没怎么说过话。

我们两个之所以能从泛泛之交转变为亲密朋友，其实是因为我们两个同报了一个美术兴趣班。那时候我们才发现，我们竟有着同样的爱好——画画。再加上我们两个都是吃货，都对美食有一颗热情的心，两个人的关系就更好了。

可以说，从美术兴趣班重新认识之后，我们几乎形影不离。素描周我和K 一起削铅笔，笑话彼此蹭了一鼻子的黑；色彩周我和 K 一起刷调色盘，偶尔抱怨冬天的水真的很冷；轮流当模特的时候，更是爱冲着对方做鬼脸逗笑，这种淘气的行为总惹得老师对我们吹胡子瞪眼。每周末下了美术课，我们总是着急地奔向各种美食，看着对方狼吞虎咽，都像是从来没吃过饭的样子，这时我和 K 都会自嘲地笑起来。吃饱喝足之后，我和 K 偶尔会思考一下人生，比如上周的数学测试成绩真的很糟糕，或者这次的作文竟然得了满分。我和K 的数学都不好，所以都很喜欢听一些类似于“数学不好的人都是单纯善良的孩子”的话。不过更多时候，我们吃饱喝足以后会幻想一下等我们毕业了要一起去很多地方旅行，那些约定好的地方，我们都在地图上一一做了标记，不过后来那些幻想也只能是幻想了。

初三那年，我和 K 正式选择了学习美术，不过也正因为如此，我们需要从普通中学转到艺术中学，出于一些个人原因，我没有跟K同时转学，而是在她转学十几天后才转过去的。

可就是在这短短的十几天里，我和K之间的故事也走向了尽头。

就在我转学过去的第一天，我就发现了K的异常。那天我还是像在往常的学校一样去找K，约她一起去食堂吃饭，她却支支吾吾的，在我不懈的追问下，她告诉我，她交了新的朋友A。我当时心里确实很失望，不过我还天真地觉得，最坏的结果无非是我和A平分K的友谊。

不过事情往往不会发展成你内心所想的样子，没过几天，我和A因为值日的问题发生了争执，最后闹到了不可开交的地步。于是A让K在我和她之间选一个人做朋友，我当时还自信地觉得K一定会选择我。那天晚修课上，K悄悄把我叫了出来，不过她的眼神总是在躲着我，最后她说："H，对不起……"

我当时什么都没说，只是头也不回地走开了。我真的没想到，K竟然会选了A，我觉得自己输得彻头彻尾。

第二天中午，K趁A不注意的时候，偷偷递给我一张写满了字的纸条。我打开看了看，K在上面跟我说了抱歉，还说她选择A是因为A的学习成绩很好，可以帮助她，她以后要好好学习了。

我没有给她回信，我撕掉了纸条，一个人跑到了操场上大哭了一场，没想到我最好的朋友K会因为这样的理由离开我，真让我寒心。

从那之后，我和K完全回归到了各自的生活和学习中去，彼此再无联系，就算偶尔在班里目光相撞了，也是尴尬地躲避。我之后也交了新的朋友，渐渐放下了之前的不愉快，一心只扑在学习上，为了自己，也为了证明一些什么。

人的潜能果然是可以激发的，也不负我初三一年埋头学习，我的中考成绩给了我最大的回报，我如愿考到了本市最好的重点艺术中学，而K只是去了一所很普通的艺术中学。

最后去学校领毕业证的那天，所有的同学都在教室里侃侃而谈，一直到了很晚才解散。我是班里负责拿钥匙的，要等所有的人都走了才能离开，那天 K 也走得很晚，我们站在空无几人的教室里，目光相撞了，想说话，却发现已经无从说起了，最后，也只是很勉强地冲对方笑了一下。

后来，K 也走了，我站在三楼的阳台上，看到她的影子被夕阳拉长，然后她越走越远，一直到成为一个小黑点。有一瞬间我突然在想，如果我们一直都是好朋友，那现在我们会在做什么？

等到教室里的同学全部走了，我把教室的门锁好后，把钥匙还给了老师。老师笑着对我说："毕业快乐啊！"那一刻我突然清楚地意识到，我真的毕业了。自此，我初中生涯的所有事情都要告一段落了，与 K 也是。

光阴的故事

朋　友

人生结交在始终

朋友，是旧屋墙角的一坛老酒，

寂寞、静默、忠实地守住一角扬尘、蛛网和清辉。

从来就无须想起，

永远也不会忘记。

想起时，打开来，依旧沁人心脾。

女 友

金克木

我这一生中男友不少而女友不多。有一位女友是从未见过面的，我却至今不忘，甚至她信里的有些话也还记得。

20 世纪 40 年代初期，我正在印度乡间“修道”。可惜凡心未断，忽然给别人介绍的国内一位女子去信，却得到了冷漠的回答。我又写了一封信寄到昆明，请她的一位教中学的朋友转去。这位转信人显然看了我的信，给我来信说一定照转，还加了几句随便写上的话。不知怎的，原定的对象没有消息，转信人却成了我的通信朋友。一来一去，越谈越热闹。她告诉我，她已经成为所谓的“问题女郎”，能跳舞跳一个通宵，开始喝酒，还想学抽烟。她对于所学的自然科学不抱希望了。大学念到毕业，在研究所工作，都已成为过去。她不知道活下去干什么。她越这样说，我的兴趣越大，越觉得她够朋友，于是彼此的信越写越多，也越写越长，各讲各的。

后来，我寄了一张自己的一寸小照，是照相馆照的那种护照上用的呆板头像。她回信来了，一字不提照片，却在信中夹了一张男子的照片，和我的照片规格一样，只是多了背面的题字。赠者的名字只一个字，不知是谁。受赠者的名字不是她。这使我大惑不解，最终决定还是问一句。这引来她的一大篇牢骚，说是气糊涂寄错了。说照片是送她的，名字是她的别名。那个男人欺骗了她，现在去美国了。这次她给了我一张她的小照片，也是同样规格的。信中还说，照片是旧的，现在她胖了，体重增加了，不要凭照片想她是什么样。她也不去想我像不像照片上那样，说“神交”的朋友更好。说她是学理科的，不懂文学，脑筋呆板，不会胡思乱想。

那位介绍国内女子和我通信的夫人有一次问我还通不通信。我说，信是通的，但人换了。她大吃一惊。这二人都是她的同学，她都清楚。她问，这是怎么回事？这个人是有男朋友的呀。我说不错，已经去美国了，并告诉她寄错照片的事。她说，不对，不是这个，她现在的男朋友是和她一同到昆明的，还来过印度，现在回去了，说不定要结婚了。我说，我只做朋友，她结婚也好，看她的信，够苦闷了，该结婚了。她说，不对，要写信去问。过些天，她拿回信给我看，说："事情很清楚。她对你不错。可是你到底是怎么想的？她说你虽则知心，但未见面。快想办法让她出国来吧。"于是征得她的同意，给她找担保。可是英国驻昆明领事馆认为担保不合格，拒绝发签证。她写来一封带点儿感伤的信，那以后我们照旧通信。她还托美国的同事给我带来云南大头菜。不久，抗战胜利，她就没了消息。想来是和那一位朋友结婚，到什么地方去了。

我庆幸有过这样一位女友，她使我在长期异国乡居中得到安慰，遣除枯寂。我们在信中没有谈情说爱。我当时想要的只是她这样能爽快谈心的女友。我以为友谊需要谈心，心不通怎么能成朋友？爱情是又聋又哑又盲目的。婚姻不但要求有友谊和爱情，还要能在生活上协调一致，所以最难圆满。天天在一起，哪有那么多的心可谈？也不能长久地装聋作哑，睁一只眼闭一只眼。生活上更难处处时时一致。女友可以兼有友谊、爱情二者之长而无结婚所需三者之短，因此，我最珍惜所结交的几位女友的情谊。尤其是这一位，比另一位和我友好时间最久的还要好些，因为那一位只是长期不相见，而这一位却是从来没见过。

最美的嫁衣

包利民

那一年我去辽西山区搞社会调查，这是学校给我的任务。那是大山深处极贫困的一个小村子，几乎与世隔绝，我主要是调查那里的教育情况。正赶上村里学校的一个老师生病，我便代他上了一个月的课。学校只是一间摇摇欲坠的土房，学生也只有十几个。

村上让我吃派饭，就是挨家挨户地吃。我知道每一家都很穷，便跟村长说不必另做，他们吃什么我就吃什么。我去的第一家姓张，他们家有个孩子在我代课的班上读书。他们家住的是一座小小的石头房，院子里打扫得干干净净，推门进屋，屋里的墙上棚上是用报纸新糊的，地面也是纤尘不染。炕上坐着一位老奶奶，我的学生张梅告诉我那是她奶奶，在外屋灶前忙着的是她妈妈。她爸爸则有些拘谨地冲我不停地笑着。

吃饭的时候，起初除了张梅的爸爸外，别人都不上桌，后来在我的极力劝说下，大家才都坐在了饭桌旁。虽说有话在先，可他们还是做了一些好吃的——炒鸡蛋和白面油饼，我猜这也许是他们家最好的东西了。吃饭的时候我发现张梅的妈妈和奶奶都穿着一身很怪的衣服，暗红的衣裤，上面不规则地点缀着一些各种颜色的绣花。见我在注意她们的衣服，张梅问我："老师，我奶和我妈的衣服好看吗？"我点点头说："真好看！"他们全笑了。

吃过饭后，天已渐晚，张梅的爸爸非要让我喝了茶再走。这也不知是多少年前的茶叶了，有一种怪怪的味道，可我还是喝了两杯。我离开他们家的时候已是繁星满天。张梅送我回学校，路上她忽然问我："你是不是对我妈和我奶的衣服感到很奇怪？”没等我回答，她接着说，“那是她们结婚时穿的衣服！我们这里穷，姑娘没出门的时候就买来便宜的白布，然后用我们这里山上特有的一种红草把布染成红色，再做成衣服，就是结婚的新衣了。”我问：“为什么还绣上那些花儿呢？”张梅说：“那是后来绣上去的。我们这里的女人对这种嫁衣很喜爱，不常穿，只是到了过年过节或者家里来了重要的客人时才穿，不管是老太太还是新媳妇都这样。虽然穿的次数少，可年头多了总会有磨破的地方，于是她们就在破的地方用彩线绣上花。你刚才看到了，我奶衣服上的花就比我妈衣服上的花多！”我的心忽然涌起一种巨大的感动。

果然，那一个月里，无论我去哪家吃饭，家里的女人们都穿上她们的嫁衣，这让我感慨不已。离开的时候，我站在山顶回眸凝望这个小山村，把真诚的祝福留在了这里。这里虽然贫穷，可这里的人却用一颗温暖的心去捂热生活的清贫，用一种美丽的心情去照亮生活的黯淡，就像用美丽的绣花去弥补嫁衣上的破痕。那么，所有的苦难也都会因此而变成生命中灿烂的点缀。我知道他们终会走出贫穷，因为他们有着热爱生活的火热的心。也正因为如此，他们虽然贫困到这般地步，却仍能对生活露出最美的笑容。

到天堂的距离

肖复兴

第一次读美国女诗人狄金森的诗，随手翻着书，像是占卜，翻到哪一页就是哪一页，翻到的是这样的一首：

到天堂的距离
像到那最近的房屋
如果那里有个朋友在等待着
无论是祸是福

这几句短短的诗，便再也没有忘记。这是湖南人民出版社 1984 年版的《狄金森诗选》。好诗，就像是漂亮的姑娘，留给人的印象总是深的。

到天堂的距离真的就是那样的近吗？只要那里有个朋友在等待着？

当时，我这样问自己。我的答案是肯定的。狄金森说出了我心里的话。

那时，我有一个朋友，他和我都在中学里当老师，我们都刚刚从北大荒回到北京。常常就是这样，有事没事，心里高兴了，心里烦恼了，都会相互地跑过来，不是我到他家，就是他到我家。不管是刮风，还是下雪，骑着一辆破自行车，跑了过来。远远地看见了屋里的灯光亮着，就会觉得那橘黄色的灯光像是温馨的心在跳动，朋友——不管对于我，还是对于他——都正在屋里等待着呢。

我们聚在一起，其实只是聊聊天，无主题的聊天，却曾经给予我们那样多的快乐。那时，我们都不富裕，唯一富裕的是时间。那时，我们哪儿也不去，就是到家里来聊天，其实是因为我们衣袋里实在“兵力”不足，不敢到外面去花费。一杯清茶，两袖清风，就那样聊着，彼此安慰着，鼓励着，或者根本没有安慰，也不鼓励，只是天马行空天南地北地瞎聊，一直聊到夜深人静，哪怕窗外寒风呼啸或是大雪纷飞。如果是在我家，聊得饿了，我就捅开煤火，做上满满一锅的面疙瘩汤，放点儿香油，放点儿酱油，放点儿菜叶，如果有鸡蛋，再飞上一圈蛋花，就是最奢侈的享受了，那是那段日子里我拿手的厨艺。围着锅，就着热乎劲儿，满满的一锅，我们两个人竟然吃得一点不剩。

其实，现在想想，那时候我们在一起聊天中所包含的内容，也不见得多么高尚，并不是将精神将感情将心中残存的一份浪漫，极其认真而投入地细针密线缝缀成灿烂的一片云锦。虽然到头来做不成一床鸳鸯被面，毕竟也曾经闪烁在我们的头顶，辉映在我们的心里，迸发出一点星星的光芒，让我们眼前不曾一片漆黑。

我们也没有如现在的年轻人一样，讲究一番设计和规划乃至包装，让未来的日子脱胎于今日，让投入和产出成一种正比上升的函数弧线；或者借助我们的关系滚雪球似的再发展一张新的关系网。没有，我们只是以一种意识流的聊天方式，以一种无知般的幼稚态度，以一种乌托邦的放射思维，度过了那一个又一个只有疙瘩汤相伴的日子。如果按照现在的标准，我们是颗粒无收，我们不仅浪费了时光，也浪费了赚钱和升迁的机遇。

但是，我依然想念那些单纯的只有疙瘩汤相伴的日子。我们心无旁骛，所以我们单纯，所以我们快乐；我们知足，所以我们自足，所以我们快乐。

夜晚，我盼望着他到我家里来，同样，他也盼望着我到他家里去。那时，我们没有电话，没有手机，没有金钱，没有老婆，没有官职，没有楼房。但是，那时，我们真的很快乐。往事如观流水，来者如仰高山，我们只管眼前，我们相互的鼓励，我们彼此的安慰，并不是如今手机短信巧妙编织好的短语，也不是新年贺卡烫金印制上的警句，更不是像现在一样，靠电话和“伊妹儿”。我们只是靠着最原始的方法，到对方的家里去，面对面，接上地气，接上气场，让感情贯通，让呼吸直对呼吸。我们只是心有灵犀一点通，谈笑之中，将一切化解，将一切点燃。

记得有一次，我去他家，他正因为什么事情（大概是学校里的工作安排）而烦恼不堪，低着头，闷葫芦似的，一句话也不说。我拉着他出门骑上自行车，跟我一起回家。一路顶着风，我们都没有说话，回到家，我做了一锅疙瘩汤，我们围着锅，热乎乎地喝完，他又开始说笑起来，什么都忘了，什么也都想不起来了。

记得那一天，我的母亲突然去世。想起母亲在世时的一桩桩往事，想起自己年轻时候不懂事而让母亲伤心，我悲痛欲绝而渴望有一个可以向他倾诉的人。怎么这么巧，他推门走进我的家，像是知道我的渴望一样。他就那么安静地坐在我的面前，听我的倾诉，一直听我把陈芝麻烂谷子都讲完。他没有安慰我，那时候，倾听就是最好的安慰。我连一杯水都忘了给他倒，他知道，那时候，我需要的和他需要的是什么。

什么是天堂？对于不同的人来说，这个世界上有不同的天堂。对于我们，这就是天堂。狄金森说得对：

到天堂的距离
像到那最近的房屋
如果那里有个朋友在等待着
无论是祸是福

20年过去了，我现在想起这首诗，总忍不住想起另一个诗人的另一首诗，那是诺贝尔奖的获得者爱尔兰人西默斯·希尔，他这样写道：

你就像有钱人听到一滴雨声
便进了天堂

都是天堂，有的在有钱人那里，有的在有朋友等待的屋里。天堂的距离，哪个远？哪个近？

尘封的友谊

谢云鹏

1945年冬，波恩市的街头，两个月前这里还到处悬挂着纳粹党旗，人们见面都习惯地举起右手高呼着元首的名字。而现在，枪声已不远了，整个城市沉浸在一片深深的恐惧之中。

奎诺，作为一名小小的士官，根本没有对战争的知情权。他很不满部队安排他参加突袭波恩，然而，更糟糕的是，这次行动的指挥官是巴黎调来的法国军官希尔顿，他对美国人的敌视与对士兵的暴戾几乎已是人尽皆知。接下来两个星期的集训，简直是一场噩梦，唯一值得庆幸的是，奎诺在这里认识了托尼——一个健硕的黑人士兵。

由于惺惺相惜，这对难兄难弟很快成了要好的朋友。希特勒的焦土政策使波恩俨然成为一座无险可守的空城，占领波恩，也将比较容易。而突袭队的任务除了打开波恩的大门外，还必须攻下一个位于市郊的陆军军官学校。而希尔顿要求更加残忍，他要求每个突袭队员都必须缴获一枚铁十字勋章——每个德国军官胸前佩戴的标志。否则将被处以鞭刑，也就是说突袭队员们要为了那该死的铁十字而浴血奋战。

突袭开始了，法西斯的机枪在不远处叫嚣着——不过是苟延残喘罢了，在盟军战机的掩护下，突袭队顺利地攻入了波恩。然而他们没有喘息的机会，全是因为那枚铁十字。在陆军学校，战斗方式已经转变成了巷战，两小时的激烈交火，德军的军官们渐渐体力不支，无法继续抵挡突袭队的猛烈进攻，他们举起了代表投降的白旗。突袭队攻占了学校之后迅速地搜出每个军官身上的铁十字。手里攥着铁十字的奎诺来到学校的花园，抓了一把泥土装进了一个铁盒，那是他的一种特殊爱好——收集土壤。他的行囊中有挪威的、捷克的、巴黎的，还有带血的诺曼底沙。他正沉浸在悠悠的回忆中，托尼的呼唤使他回到了现实，托尼神秘地笑了笑："伙计，我找到了一个好地方。"

他们的休息时间少得可怜，奎诺跟着托尼来到了二楼的一间办公室。从豪华的装饰看，这个办公室的主人至少是一位少校。满身泥土和硝烟的奎诺惊奇地发现了淋浴设备，他边嘲笑着托尼，边放下枪支和存放着铁十字的行囊，走进浴室舒舒服服地洗了个澡。当他出来时，托尼告诉他说希尔顿要来了，他要了解伤亡人数，当然，还要检查每个士兵手中的铁十字。他马上穿好衣服，背上枪支、行囊，与托尼下楼去了。

大厅里，每个人都在谈论手里的铁十字，奎诺也自然伸手去掏铁十字，然而囊中除了土壤外竟无别物。奎诺陷入了希尔顿制造的恐怖之中，他没想到会有人为了免受皮肉之苦而背叛战友。奎诺首先怀疑到托尼，并向其他战友讲了此事，当下大家断定是托尼所为。所有士兵此时看托尼的眼光已没有战友的亲昵，而只是对盗窃者的鄙夷与敌视。他们高叫着、推搡着托尼，而此时托尼的眼中并不是愤怒，而是恐惧、慌张，甚至是祈求，他颤颤地走到奎诺的面前，满眼含着泪花地问道："伙计，你也认为是我偷的吗？"

此时的奎诺狐疑代替了理智，他严肃地点了一下头，托尼掏出兜里的铁十字递给了奎诺。当那只黑色的手触到白色的手时，托尼眼中的泪水终于决堤，他高声地朝天花板叫道："上帝啊，你的慈惠为什么照不到我！""因为你他妈是个黑人！"从那蹩脚的发音中，人人都听得出来是希尔顿来了。他腆着大肚子，浑身酒气。随之，一个沉沉的巴掌甩在托尼的脸上。

而后检查铁十字，不难想到，只有托尼没有他要的那东西。再之后，盟军营地的操场上，托尼整整挨了三十鞭。两个星期过去了，托尼浑身如鳞的鞭伤基本痊愈，但在这两个星期里，无人问津他的伤情，没有人关心他，奎诺也不例外。又是一个星期六，奎诺负责看守军火库，他在昏黄的灯光下昏昏欲睡，忽然，一声巨响，接着他被砸晕了。等他醒来，发现自己躺在病榻上。战友告诉他，那天是托尼的巡查哨，纳粹残余分子企图炸毁联军的军火库，托尼知道库中的人是奎诺，他用身体抱住了炸药，减小了爆炸力，使军火库毫发无伤，而自己却被炸得四分五裂。

然而，他是可以逃开的。五十年过去了，奎诺生活在幸福的晚年之中，对于托尼的死，他觉得那是对愧疚的一种弥补。直到有一天，他平静的生活被打破了，因为他的曾孙，在一个盖子上写有“波恩”的铁盒中，发现了一枚写着“纳粹”的铁十字。

年近九旬的奎诺像孩子一样哭了起来，那眼泪，是因为悲哀而痛苦，不是为自己年轻时的愚鲁，而是为托尼年轻的生命；是因富有而喜悦，不是因为那锈迹斑斑的铁十字，而是为了那段尘封了大半个世纪的友谊。

朋　友

刘汉俊

1

朋友，是旧屋墙角的一坛老酒，寂寞、静默、忠实地守住一角扬尘、蛛网和清辉。从来就无须想起，永远也不会忘记。想起时，打开来，依旧沁人心脾。

朋友，不是整日地飘舞在你鬓前发际的飞絮，是山间茅庐上伴你默读的滴答雨声；不是和着你的鼓点，应着你的掌声，洒了你一身的鲜花、美酒和镁灯，而是躺在你心底的，心的底片晒出的那张黄得有些残缺的旧照片。

朋友，是你在疾风苦雨中行走时飘过来的一把伞，是你在独自暗泣时飘过来的一方绢，是你在穷愁潦倒两眼望天时，盘旋在你上空的那只鹰。

一切如过眼烟云。朋友是烟消云散后那峥嵘的石峰，壁立千仞，刚直不阿；是壁上痕，深刻而苍劲。是那精巧锋利的手术刀，准确地层剥你的肌肤。有时，那闪闪寒光也灼痛你的心。

一切如镜花水月。朋友是雪融后真实的留存，真真切切，拂之不去，抹之犹在。是伴你穿越黎明前的黑暗，照亮你生命隧道的长明灯；是划破夜空与启明星一同升腾，辉映你思想星空的一轮朗月。

站在掌声和鲜花托起的舞台，朋友就是那个抹着泪水悄然隐退、令你踮足翘盼、望穿泪眼也不见衣袂的那个人。是让你的歌声达到最佳效果的那位不知名的音响师，是你差点被挤下黑夜的台阶时，扶你一把却不知是谁的那个人。困在漆黑山巅的孤树上，朋友就是你挣扎在恐怖之海时撕心裂肺地呼喊着的那个名字，是在险风恶浪中沉浮时你手中的那根稻草。

当你有如风中残烛、烬中余温时，朋友就是那守候你生命的最后时光，用泪水托起你远行天国之舟的那个人。

朋友是风刀雨剑中那棵不倒的劲草，是沉沉夜幄里那盏点亮你心智的孤灯。没有朋友的日子，就像没有星辰的夜晚；没有朋友的人，就像裸露在沙漠上的木乃伊。朋友是书，读得你青丝褪尽，明眸昏黄，却永远没有尾声；朋友是门，挡住喧嚣与嘈杂，挡住风雪与黑夜，挡住你漂泊的浪迹，圈就你思维的芳草地，让泼辣辣的绿荫覆盖你精神的庄园；朋友是犁，拓开蛮荒与贫瘠，荆棘与砾石，引你走进桃花源；朋友是河，开亘古荒原和险山顽石，荡涤污秽糟粕和陈枝腐叶，让你感受力量与深刻、伟大与崇高；朋友是歌，高山流水韵长音远，回响于峰峦壑涧，令云恋雾歇，百鸟和鸣，让你柔肠百转，荡气回肠。

2

钱孔里摆不开真情的盛宴，钞票上植不起友谊的大树。能同甘，不能共苦，不是朋友；能共苦，不能同甘，也不是朋友。把一粒米掰成两半分享的，肯定是朋友；把一杯酒倒成两杯分喝的，不一定是朋友；诤言逆耳，悬鞭于鞍后的那个人，不一定不是你的朋友；口蜜腹剑，笑里藏刀的那个人，肯定不是你的朋友；在角落里向你兜售卑劣、奸诈和诡计，教你炮制谎言、罪恶和灾难的人，更加不是你的朋友。

与卑劣者为友，只能沦为污泥浊水中的鱼鳖；与贪婪者为伍，时常会发觉自己像一只凶残的狼，一条舔尽人间污秽的狗；与自私者为友，像把自己的灵魂挂在秤钩上，价值锱铢，形容猥琐；与奸诈者为伍，会在算计他人的同时，最终出售自己的灵魂。

审视想和你交朋友的人，内心重于外表，背后重于当面，行动重于言语。不光看现在，还要看过去；不光看做事，还要看做人；不光看对你，还要看他如何对别人。一个喜欢背后说别人坏话的人，也会在别人面前说你的坏话；一个对人忠厚的人，也会对你赤诚相见。交一个挚友，有时就在电闪雷鸣的一刹那，有时却要经历风霜雨雪一百年。

3

同高尚者为朋友，他是山，你也是一座山；他是海，你也是一片海；同正直者为朋友，他是一棵树，你也是一棵伟岸的树，他是一根不折的钢轨，你也是一根笔直向前的钢轨；同忠诚者为朋友，他是火，你便是炉中炙热的壁，火中燃烧的炭；同勤奋者为朋友，你思想的原野永不枯荒，春华秋实年年岁岁；同睿智者为朋友，你智慧的灵光会闪耀在混沌的夜空，照亮蛮荒的草地；同达观者为朋友，你如踩着及顶的天梯，危岭险峰走泥丸。

真的朋友，是天平两端的砝码，是王子与贫儿无邪的嬉戏，是皇帝与渔夫真诚的问答。真的朋友，是相濡以沫，是肝胆相照，是志同道合，是风雨同舟！是刑场上的婚礼，是雷电下的相思树，是长鸣裂空的南飞雁阵，是前仆后继坠涧不惧的鹿群。

朋友是你我生命长河里不时招手的雪浪花。是老师，是同学、战友，是父母，是兄弟姐妹，是不曾谋面却如故交的电话那头的一个人，是荒僻小站一位擦肩而过给你指路的匆匆夜行人，是一位曾站在郊外寒风中黑坑旁为你掌灯的盲人，是最让你刻骨铭心永世不忘的那个人。

或者，是一面镜子，一方醒木，一把曾理过你纷乱岁月的梳。甚至，一条忠诚的狗。

我们这一代人的友谊

肖复兴

亚里士多德曾经将友谊分为三种：一种是出自利益或用处而考虑的友谊；一种是出自快乐的友谊；一种是最完善的友谊，即有相似美德的好人之间的友谊。同时，亚里士多德特别强调：友谊是一种美德，或伴随美德。友谊是生活中最必要的东西。

我们这一代人在那个时代所建立起来的友谊，当然会随着时间的推移，不断地发生着变化。有的会逐渐堕落为亚里士多德说的前两种势利的友谊，亵渎着我们自己曾经付出的青春。但我可以说，我们这一代中的大多数人，或者说我们这一代中的优秀者在艰辛而动荡的历史中建立起来的友谊，则是亚里士多德所说的第三种友谊。因为我相信虽然经历了波折、阵痛、跌宕乃至贫穷与欺骗，这一代人依然重视精神和道德的力量。这就是这一代人友谊持久的根本原因。

可以说，没有比这一代人更重视友谊的了。

我这样说也许有些绝对，因为每一个时代的人都会拥有值得他们自己骄傲的友谊。但我毕竟是这一代人，我确实对我们这一代人的友谊这样偏执而真切地感受着并感动着。我的周围有许多这样在艰苦的插队日子里建立起来的友谊，一直绵绵长长延续至今，温暖着我的生活和心灵，让我格外珍惜。就像艾青诗中所写的那样：“我们这个时代的友谊／多么可贵又多么艰辛／像火灾后留下的照片／像地震后拣起的瓷碗／像沉船露出海面的桅杆……”

因此，即使平常的日子再忙，逢年过节，我们这些朋友都要聚一聚。我们这里的许多朋友，虽然不常联系，甚至不会如现代的年轻人一样经常打个电话或寄一张时髦的贺卡，而只是靠逢年过节这样仅仅少数几次的见面来维持友谊，但那友谊是极其牢靠的。这是我们这一代人友谊特殊的地方。这在可以轻易地找到一个朋友也可以轻易地抛弃一个朋友的当今，就越发显得特殊而难能可贵。这种友谊讲究的不是实用，耐用。它有时间作为铺垫，便厚重得犹如年轮积累的大树般枝叶参天。如果说那个悲凉的时代曾经让我们失去了一些什么，但也让我们得到了一些什么。那么，我们得到的最可宝贵的东西之一就是友谊。友谊和爱情从来都是在苦难土壤中开放的两朵美丽的花。只是爱情需要朝夕相处的耳鬓厮磨，友谊只需哪怕再遥远的心的呼唤就可以了。这样的友谊之花，开得坚固而长久。

去年春天，我们聚会的时候，得知一个当年一起插队的朋友患了癌症，大家立刻倾囊相助，许多朋友是下岗的呀，但他们都毫不犹豫地拿出身上所有的钱，那钱上带有他们的体温、血汗、辛酸和心意。看着这情景，我有一种说不出的感动。我知道这就是友谊的力量，是我们这一代人独特的友谊。

我想起有一年的春节，是 1973 年的春节，由于我是赶在春节前夕回北大荒去的，家中只剩下孤苦伶仃的父母。我的三个留京的朋友在春节第一天买了面、白菜和肉馅，跑到我家陪伴两位老人包了一顿饺子过春节，这大概是我的父母吃过的唯一一次滋味特殊的大年饺子了。就在吃完这顿饺子之后不久，我的父亲一个跟头倒在天安门广场前的花园里，脑出血去世了。如果他没有吃过这一顿饺子，无论是父亲还是我都该是多么遗憾。那顿饺子的滋味，常让我想象着，除了内疚，我知道这里面还有的就是友谊的滋味，是我们这一代人永远无法忘怀的友谊。

我还想起有一个冬天的夜晚，开始只是我们少数几个人的聚会，商量给我们当中一位朋友的孩子尽一点心意。因为孩子在北大荒降生的时候，条件太艰苦太简陋，得了小儿麻痹。如今孩子快二十岁了，我们想为他凑钱买一台电脑，让他学会一门本事，将来好立足于这个竞争近乎残酷的世界，让他知道在这个世界上他不是孤独无助的，他的身边永远有我们这些人给予他的友谊。谁曾想，一下子来了那么多曾经在一起插队的朋友，当中还有下岗的人，纷纷掏出准备好的钱。一位朋友还特意带来了他弟弟的一份钱和一份心意。后来，我们收到这个孩子用这台电脑设计出的自己构思的贺卡，并阅读了他写给我们这些叔叔阿姨的信时，我看到许多朋友的眼睛湿润了。我知道这就是友谊的营养，滋润着我们的下一代，同时也滋润着我们自己的心灵。

我还想起我几次在书店里卖书的情景，那是写我自己和我们这一代人命运的书，一本是《触摸往事》，另一本是《绝唱：老三届》。来买书的大多是我们这一代人，我知道他们是来为我捧场的，我知道他们当中有的人要掏出的是他们的血汗钱。那次到南宁卖《触摸往事》，我没有想到突然站在我面前的是一位当年和我同在一个村插队的老朋友，虽然二十多年未见，却一见如故，往事全浮现在眼前。他是从上海出差到柳州，从报纸上看到卖书的消息，连夜从柳州赶到南宁的。那次在北京卖《绝唱：老三届》，来了好几个十几岁的孩子，他们告诉我是他们的爸爸妈妈或姑姑因为今天有事或上班来不了，特意让他们来买书的。我真是很感动，我与他们素不相识，我的书其实根本不值得他们这样对待。我深深体会着他们给予我的这一份友谊，感受着逝去的日子在我们心中沉甸甸的分量，感受着我们生命共同的回忆。

现在，常有人说我们这一代人太怀旧，有的说是优点，有的说是缺点。我们这一代人怎么能不怀旧呢？那个逝去的悲凉年代，已经让我们彻底地失去了青春乃至一切，只剩下这种美好的友谊，怎么能不常常念及而感怀呢？况且它又是怎样温暖着、慰藉着我们在艰辛中曾经破碎的心，在忙碌和物欲横流中已经粗糙的心。这是亚里士多德所说的第三种友谊，不带势利，而伴随美德；不随时世变迁，而常青常绿。

以感情而言，我以为爱情的本质是悲剧性的，真正的爱情在世界上极其稀少甚至是不存在的。所以千百年来人们只有在艺术作品中才永无止境地讴歌和幻想它；而友谊却是存在于我们身边的，是对爱情悲剧性的一种醒目而嘹亮的反弹。爱情和人的激情是连在一起的，而友谊则是“一种均匀和普遍的热力”。这是蒙田说的，他说得没错。从某种意义上讲，真正如亚里士多德所说的第三种友谊，不会如爱情星光般灿烂，它只是在艰辛日子里靠均匀的热力走出来的脚上的泡，而不是与生俱来或描上去的美人痣。我们这个时代的友谊因此才会从遥远的历史中走来，伴随我们的命运直到永远。

梅爹交友记

橙　子

10年前，已经退休的梅爹梅娘随女儿梅子移民到加拿大，住在一个白人居多的社区。

梅爹放下他固守的大男子主义，虚心向退休教师梅娘学习普通话，有时候，还跟着梅娘一块儿去加拿大政府给新移民办的英语学习班学习。从此，梅爹看到外国人（其实自己是外国人）就说“村普”（老家村里的普通话），看见貌似中国人的人就狂说河南话。

梅爹说，河南人口将近一个亿，比加拿大全国的人口都多，他和老外说普通话，差不多是外交对等；看见华人就说河南话，那是因为河南是中国人的故乡，他们应该能听懂乡音。

这故乡，远了点。黄河流域是中华民族文明的摇篮……在家里，梅爹和外孙女小艾说河南话：“妮儿，那个东西你白招（别碰）啊，有电……”

生在加拿大、长在加拿大，以英语为母语的小艾眨巴眨巴眼睛，磕磕巴巴地用河南话问：“姥爷，你有时候说白招，有时候说别招，那‘白’和‘别’，有什么区别？”

姥爷很干脆：“白就是别，别就是白。”

小艾点点头。

周末，梅子带小艾去社区图书馆，谁知道图书馆闭馆休息，小艾聪明无比：“妈咪呀，看咱俩，别别地跑了一趟。”

梅子好生奇怪，小艾说：“姥爷说的，白就是别，别就是白。”梅子大笑，回到家说："爸，下次教孩子，要有耐心啊。这里的孩子，学习汉语机会难得。"梅爹连忙点头。

梅爹年轻时在野战部队待过，养成了运动的习惯，每天出去遛弯儿，不走 5 公里以上，就认为是没有锻炼。在锻炼的路上，他常常碰到一个白人老头儿孤独地走着。听梅子说，老头儿一个人住，快 80 岁了，老伴儿已去世，孩子们都在温哥华市区，圣诞节才会过来看看老头儿。

梅爹时不时地和老头儿打招呼："Hello! "

"Hello! "老头儿很兴奋，"Morning! "

"I am fine."梅爹热情似火，心想：他咋不说"How are you"？

梅爹点燃了白人老头儿的热情，叽里呱啦说了好长时间。其间，梅爹分别用河南话、普通话交流，再掺杂个把河南味的英语单词。二人聊得热火朝天，你说你的，我说我的，反正现场很 happy，最后，俩老头说了句"Thank you"，便各自回家。

回到家中，梅爹说："那个白人老头儿太可怜了，他有多久没和人说话了？"

梅爹竟然用这三板斧的英语，交了一个白人朋友。

白人老头儿知道梅爹会培育西红柿苗，对他大加赞赏。梅爹卖西红柿苗，1 美元 5 株，因为是朋友，给老头儿 1 美元 10 株，老头连连说"Thank you"。

梅爹连比带画说，普通话、河南话、村里的土话交替进行，告诉老头儿如何培育西红柿。老头儿小心翼翼地捧着西红柿苗，像捧着珍贵的友谊，心满意足地走了。

不久，梅爹和老头儿相遇，又是那三板斧的英语，热火朝天，各自诉说。恰好梅子路过，知道老头儿的西红柿长高了，结了好几个小西红柿。

从郊野公园向左，一个貌似中国人的老头儿站在那里，正左顾右盼。梅爹用河南话朗声道："老先生，你弄啥哩？"

老头儿一个箭步，像是许久没有接上头的地下党好不容易找到了组织，双手紧紧地握着梅爹的手："老哥啊，你是河南哩？河南哪儿哩？俺是安阳哩。俺儿子和媳妇说韩语，和孙子说英语，俺老伴儿先回国了，俺有半个月没有说话了——走，到俺家里，俺给你揍（做）蒸面条！”说完，拉着梅爹就走。

寂寞的白人老头儿，看见这两个兴奋的中国老头儿，略感疑惑，不过很快明白过来，立刻兴奋地加入他们的行列。天知道三个老头儿如何沟通，大概除了三板斧，还听懂了 noodles（面条），到了安阳老头儿家里，每人吃了一海碗蒸面条，满意而归。

梅爹说：“那蒸面条，好像没有我做的好吃，但是吧，那个气氛，不吃对不起人。白人老头儿肯定没有吃过这种美味。”

不久，梅爹回国镶牙，那个白人老头儿天天跑到梅子家里，问梅爹何时再来，表示非常想念梅爹。

冬日暖炉会

韩良露

台北曾经比现今要冷许多，根据清朝的文献记载，台北盆地在冬日大寒时会下薄雪，大地也会冻出冰裂纹，但那样的景象我从未见过。从我有记忆以来，台北从未下过雪，但过往的冬天却比现在寒冷许多。记得童年冬日上小学时，都得戴帽子和手套，走在路上呼出的每一口气都会结成白雾，清晨的街道，常常见到冷空气像浮云般飘荡。

在那样的冬日，每一年家中都会有一个特殊的日子，那天爸爸会邀请一起跟他到台湾的家乡亲友，几十个人在过年前团聚。因为人多，每次都是起个暖炉吃火锅、喝白酒，谈谈家乡旧事。那时，还十分年幼的我，总不懂有的大人为什么会说着说着就涕泗横流，但之后又立即大块吃肉、大口喝酒，这些人总是红着眼眶，也不知是因为喝酒还是流泪。

每年举行的冬日暖炉会，成了爸爸壮年时的重大事件。记得我上小学五年级时，有一回爸爸带我到家附近的小山坡上，指着一只黑色的山羊，说他已经订了这只羊，那只山羊的身影就一直留在我的脑海里。那一年深冬，家中来了几十个叔叔伯伯婶婶阿姨，家里开了好几桌，还请了人在厨房里专门切羊肉。那一天，大人们吃涮羊肉吃得不亦乐乎，但始终记得那只山羊的我，一口也没吃。

我一直不太明白爸爸为什么要年年办暖炉会，也因为小，我没注意到参加的亲友从我上了中学后就开始慢慢减少。刚开始减少的速度很慢，每三五年会听到“老王走了”“老张走了”之类的话，但等爸爸六十岁之后，爸爸的长辈突然大幅减少，三伯不在了，五叔不在了，老陈也不在了。参加暖炉会的几十个人，慢慢变成二十几人，又变成十几人。暖炉会吃的火锅，也从全羊锅变成比较简单的酸菜白肉锅。

爸爸七十几岁后体力变差，暖炉会也改成吃更简单的家庭火锅，这些从前大口喝高粱烧酒的汉子都改成喝小酒，也不见一边谈家乡事，一边掉眼泪的情景。亲友中有人回了内地老家居住，两岸跑来跑去的人都成了家乡新闻旧事的“报马仔”。

我在三十多岁后，逐渐关心起爸爸暖炉会的人丁凋零：每年都会带好吃的自制香肠的老夏去了，我爱的滋味从此消逝；爱说笑话的四叔走了，聚会时似乎笑声也减少了。每一年来暖炉会的人越来越少，也有住在南部的爸爸的老友身体不好，没办法在冬天北上，还有人住进了老年赡养中心。

爸爸八十岁后，暖炉会只剩下七八个人，然后年年递减，前年走一人，去年又走了一人，今年又走了一人，聚会时只剩下五个人了。但这些老人，至少和老友年年相聚一次，且越活越像年轻人——聚在一起玩家乡纸牌的他们，竟然可以玩到凌晨三四点，第二天早上九点起床吃完早餐继续玩。虽然我十分担心他们的身体，却又不忍强力阻止这些都已经八十多岁的老人做他们青春时期曾疯狂做的事。

在寒冷的日子里，爸爸用火炉持续点燃他对家乡和亲友的爱。

也许是受爸爸暖炉会的影响，我在伦敦旅居时，也会在家中办暖炉会。伦敦的冬日偶尔会下雪，下雪时节最常在一月下旬，我也多选那个时候在家里准备火锅。在伦敦吃火锅是很奢侈的事，因为唐人街的中餐馆根本不敢卖火锅，生怕外国人不小心烫伤舌头或喉咙，会要求重金赔偿。

我的冬日暖炉会，也深受各国友人的欢迎。在伦敦居住的五年，不知是否因为暖炉会，我交到的好朋友，竟然大多是一起吃过火锅的，比如西班牙友人瑞美、安东尼、荷西、苏菲亚，以及法国友人伊莎贝、安德烈、米榭儿、提里埃……难道是因为共食过彼此的口水吗？也许是寒冷冬日围聚在一起吃火锅，更容易培养出亲人般的温情。

我这一生吃过的盛宴无数，但只有冬日暖炉会最容易打动我的心灵，让我强烈地感受到人与人共食的亲密与温暖。这些关于暖炉会的记忆，早已转化成维系一生一世的情谊，在寒冷的冬日，点燃、温暖了我们的心炉。

饺子

蒋 韵

我非常怀念那个时候一家人围坐在桌旁包饺子的情景，特别是来了亲友时。我最喜欢的一个人，是徐叔叔。

常常，提前几天，父亲说：“妈，老徐星期天来家里吃饭，包饺子吧。”

徐叔叔特别喜欢吃我们家的饺子，他说，谁家的饺子都不如我奶奶包的好吃。这话，我认为不是客套话。我也认为，谁家的饺子，都不如我奶奶包的好吃。

首先，奶奶会用水把肉馅打得鲜嫩，兑酱油、料酒和葱姜末煨出来。其次是菜和肉的比例，掺多少菜进去，奶奶总是拿捏有度。她最爱的是猪肉白菜的经典搭配，若是春韭时节，会加一些韭菜进去，冬季则加黄芽韭。奶奶拌饺子馅，从不加五香粉这一类夺味的调味品，只加盐、酱油、少许白糖和香油，味道既鲜且香。而奶奶擀的饺子皮，不硬不软，厚薄适宜，吃起来很筋道。所以，关键的这几道程序：拌馅儿、和面、擀皮，以及煮饺子，都是奶奶亲力亲为。而我们做的，就是包饺子。

徐叔叔也总是和我们一起包，一边包，一边聊天儿。

徐叔叔是北京人，一口京腔，说话抑扬顿挫，我和我弟都特别喜欢听徐叔叔说话。徐叔叔和我父亲一样，学医，专业是影像学，骨子里却充满艺术气息。他在学校里演过话剧，据说演的还是女角。他会唱美声，喜欢文学、艺术，读过很多书。在那样困顿的年代，听他和父亲聊天，是一大乐事。他们的话题中，不是眼前的苟且，而是那些遥远美好的事物，比如雨果、巴尔扎克，比如托尔斯泰、普希金，比如《桃花扇》和《红楼梦》。我就是从徐叔叔那里，知道了法国的巴比松画派，并喜欢上了他们，也是从他那里，第一次听到《窦娥冤》里那段呼天抢地的《滚绣球》：

> 天地也，做得个怕硬欺软，却原来也这般顺水推船。地也，你不分好歹何为地？天也，你错勘贤愚枉做天！

听得我真是心惊肉跳。他最喜欢《桃花扇》里的套曲《哀江南》，常背来给我们听：

> 你记得跨青溪半里桥，旧红板没一条。
> 秋水长天人过少，冷清清的落照，剩一树柳弯腰。

他还喜欢讲画，他说有幅画很有趣，只画了一个襁褓和一支红烛，题词却是“除夕生的小弟弟，过了一天长一岁”。我一直在想象那幅画会是怎样的色彩、笔调，作者又是谁。我猜测了几十年，至今也无缘得见。只是在最近，我得知了，这幅画的作者原来是丰子恺先生。也对，只有丰子恺先生，才有这样的赤子之心和童趣。

一次，听徐叔叔说管教小孩子，引的是元春带信出来与父母说的话：“不严不能成器，过严恐生不虞，且致父母之忧。”结论是，好头疼。

徐叔叔只有一个儿子。孩子没有妈妈。

徐叔叔的妻子，我没有见过，只是听我妈说，那是个非常美丽的女子，一个美丽的女医生，和徐叔叔既是同学又是同事。什么是天造地设的一对璧人？人们说，看徐医生和李医生就知道了。

1966年，有一天，有人来找李医生谈话了，谈话内容十分严肃，责令她必须在第二天的全院批斗大会上，揭发她的一个朋友，以此和他划清界限。否则，后果自负。她知道那叫“最后通牒”，她也知道大多数人会怎么选择。但她不是“大多数人”，她是李医生，一个完美主义者，一个美人，她不能容忍自己变丑，所以，她没的选择。

那一夜，徐医生恰巧值班。而他们五岁的小儿子，在上全托幼儿园，只在周六回家。第二天一早，徐医生值完夜班回去，发现妻子服用了安眠药，救不过来了。她看上去很安静，衣着整洁，穿了一件她最喜欢的白色泡泡纱布拉吉，美如仙女。

徐医生就让她穿着那件仙女的衣服上路了。

这最后的形象，一刀一刀，刻在了徐叔叔的心里，刻得太深太深，血肉模糊，结了疤，永不能平复。

> 姑娘，姑娘，他死了，一去不复来；
> 头上盖着青青草，脚下石生苔。
> 殓衾遮体白如雪，鲜花红似雨；
> 花上盈盈有泪滴，伴郎坟墓去……

后来，等我看朱生豪先生译的《哈姆雷特》，读到奥菲利娅自杀前吟诵的这段歌谣时，心里想起的，是李医生最后的遗容。

后来，徐医生被下放了。从他供职的省城大医院，被下放到乡下。李医生出事后，他们的孩子就被送到在北京的奶奶身边。所以，赴乡下的也只是徐叔叔一人。星期天和徐叔叔一起包饺子的乐事，就此终结。直到20世纪70年代后期，他重新回到我们这个城市，去了郊外一家职工医院。又过了几年，听说他再婚了。那时，我奶奶已经去世，我也已经成家，听我母亲说他带着新人来我家拜访过，可惜我没见到。据说那天是我妈给他们包了饺子。至于那饺子是不是徐叔叔记忆中的味道，就不得而知了。

他和我父亲保持了一生的友谊。20世纪八九十年代，堪称我父母、徐叔叔这一辈人职业生涯，或者说事业的第二春，他们都在忙自己的工作。偶尔，他还会来看望我父母。那时，我女儿在我父母家住，他一来，就叫我女儿："来来来，给徐爷爷背一段。"我四五岁的女儿，再大些，六七岁的女儿，就会噔噔噔地跑过去，站在他面前，一点儿不犹豫，朗声背道：

山松野草带花桃，猛抬头秣陵重到。
残军留废垒，瘦马卧空壕；村郭萧条，城对着夕阳道。

那是《哀江南》。

你记得跨青溪半里桥，旧红板没一条。
秋水长天人过少，冷清清的落照，剩一树柳弯腰。

这全套《哀江南》，她能从头背到尾。是我父亲教她的吧？反正不是我。会不会是徐叔叔？我没问。只是，她的《哀江南》，是欢天喜地的。她欢天喜地地一直背到“诌一套《哀江南》，放悲声唱到老”。徐叔叔也笑呵呵地鼓掌，这种时候，我父母，还有笑呵呵的徐叔叔，心里一定百感交集吧？

徐叔叔比我父亲小几岁，却走在了父亲的前面。

我想念他。

冰心与梁实秋

韦　文

冰心，是被“五四”的惊雷震上文坛的一颗明星。她的《繁星》与《春水》在《晨报副刊》上陆续见载后，爱读她的小诗的青年朋友日益增多，其中就有梁实秋。梁实秋还特地写了一篇评论文章《繁星与春水》。当时梁实秋并不认识冰心，仅从诗作中感觉到冰心是一个理智多于情感的女诗人。

事有凑巧，1923年暑期，冰心于燕京大学毕业后，乘上一条名叫“杰克逊总统号”的美国远洋轮赴美留学，就在甲板上与刚从清华大学毕业，也要去美国留学的梁实秋不期而遇。经在同一船上的知名作家许地山的介绍，他俩相识了。冰心说要到美国修习文学，而梁实秋说他志在“文学批评”。

在海船上摇晃了十几天，许多乘客晕船，但这几位年轻的文学家却是海阔天空，谈笑风生，还兴致勃勃地办了一份文学壁报，题名“海啸”。事后他们选了其中十四篇诗文送给《小说月报》，发了个“专辑”。这是冰心与梁实秋第一次共同参与的文学活动。

到了美国以后，冰心进了波士顿附近的威尔斯利女子大学的研究院攻读美国文学，梁实秋则进了波士顿的哈佛大学攻读英国文学。两校相距约一个小时的火车路程。遇有假期，冰心与梁实秋都互约朋友往访相邀，或泛舟于劳伦毕迦湖，或到波士顿的“杏花楼”上小聚。

1925年3月28日，波士顿地区的中国留学生排练了一出《琵琶记》在美术剧院公演，梁实秋饰蔡中郎，冰心饰宰相之女，另一女学生谢文秋饰赵五娘，逢场作戏，别有情趣。后来，谢文秋与同学朱世明订婚，冰心曾对梁实秋开玩笑说："朱门一入深似海，从此秋郎是路人！"不料，梁实秋就此自称"秋郎"，往后的许多文章即署此名，这也为文坛一件趣事。

1926 年，冰心和梁实秋都学成回国。冰心曾在燕京大学和清华大学任教，梁实秋则先后在东南大学、暨南大学执教。1929 年，梁实秋曾约闻一多一起去冰心与吴文藻婚后的新居做客。后来，梁实秋出任青岛大学外文系主任时，常写信邀冰心到青岛避暑，但冰心终因体弱多病未能应邀，而由梁实秋的同班同学吴文藻作为全权代表去践了约。

抗战时期，梁实秋去四川重庆。冰心先离京到了昆明，后来到了重庆歌乐山，与已住在北碚的梁实秋又恢复了交往。抗战胜利后，冰心随同丈夫吴文藻去了东京。梁实秋在北京师范大学。后在广州中山大学任教一段时期后，于 1949 年 6 月去了台湾。

新中国成立后，吴文藻毅然辞去国民党政府的一切职务，偕同冰心于 1951 年归国。冰心自此一直从事创作和翻译工作。她没有忘记老朋友梁实秋。早在东京时期就劝梁实秋由台湾转到东京再说，后因海峡局势紧张而从此未通音信。

"文革"时期，梁实秋完成了三十七册的《莎士比亚全集》的翻译出版后，一度在美国闲居。有一天，梁实秋突然在 1968 年 11 月出版的台湾刊物《作品》上读到女作家谢冰莹写的《哀冰心》一文，里面有"冰心和她的丈夫吴文藻双双服毒自杀了"一句，梁实秋立即在美国西雅图动情地写下了悼念文章《忆冰心》，并寄往台湾登在《传记文学》上。

1972 年春，梁实秋接到在伦敦的凌淑华的来信后，才知冰心依然健在！欣慰之余，提笔写了更正文字。后来，梁实秋在出版散文集《看云集》时，把《忆冰心》一文收入集中而略作说明。同时在《看云集》中还初次发表了冰心的诗《一句话》。这是冰心在 1936 年写的一首爱情诗，原来准备在梁实秋主编的《自由评论》上发表，但因该刊停办而积存在梁实秋的书箧中，一直未能问世。《忆冰心》终于被冰心看到了，但在"文革"中，冰心难以有所表示。

1985 年上半年，梁实秋的散文集《雅舍怀旧——忆故知》（即《看云集》

中一些文章）将由中国友谊出版公司出版时，冰心欣然提笔为此书作“序”。序中谈到抗战胜利至今四十年的隔海相望时，深情地说：“我感激故人对我们的眷恋，我没有去过台湾，无从想象台湾的生活情况，但北京的情况呢，纸上真是说不完，我希望实秋回来看看……”

淡化友情的十个隐患

关　前

防微杜渐

防患于未然

也许你常为有几个情投意合、感情深厚的好朋友而欣慰自豪，因为朋友能使你生活的色彩更丰富浓郁，使你精神愉快，产生一种稳定坚实的自我牢固的感觉，使你工作学习产生信心和动力。可也许你也会为朋友们开始对你表现出的疏远和失去以往的那种亲近，感到难受、苦恼，感到迷惑不解，在自责之余又一定会问因由何在，因为你毕竟是珍惜友情的，不会情愿它付之东流，何况你与朋友之间又没有多大隔阂和矛盾。您愿了解其中原因吗？我谈的十种使友情淡化的隐患，或许是你根本没有留意而又恰恰是它们使友情受到损害的呢！

隐患之一：过度表现，言谈不慎，使朋友的自尊心受到挫伤。

也许你与朋友之间无话不谈，十分投机。也许你的才学、相貌、家庭、前途等令人羡慕，高出你朋友一头，这使你不分场合，尤其与朋友在一起时，会大露锋芒，表现自己，言谈之中会流露出一种淡淡的优越感，这样会使朋友感到你在居高临下对他说话，在有意炫耀抬高自己，他的自尊心受到挫伤，对你不由得产生敬而远之的意念。所以，在与朋友交往时，要控制情绪，保持理智平衡，态度谦逊，虚怀若谷，把自己放在与人平等的地位，并注意时时想到对方的存在。

隐患之二：彼此不分，违背契约，使朋友对你产生防范心理。

朋友之间最忌的是对朋友物品处理不慎，常谓“朋友间何分彼此”，对朋友之物，不经许可便擅自拿用，不加爱惜，有时迟还或不还，久而久之会使朋友认为你过于放肆，产生防范心理。实际上，朋友之间除了友情，还有一种微妙的契约关系，以对物而言，你和朋友之物都可随时借用，这是超出一般人关系之处，然而你与朋友对彼此之物首先有一个观念：“这是朋友之物，更当加倍珍惜。”“亲兄弟，明算账。”注重礼尚往来的规矩，要把珍重朋友之物看作如珍重友情一样重要。

隐患之三：过于散漫，不拘小节，使朋友对你产生轻蔑、反感。

朋友之间，谈吐行为理应直率、大方、亲切、不矫揉造作，方显出自然本色，但过于散漫，不重自制，不拘小节，则使人感到你粗鲁庸俗。也许你和一般人相处会以理性自约，但与朋友相聚就忘乎所以。或指手画脚，或信口雌黄、海阔天空，或在朋友言语时肆意打断、讥讽嘲弄，或顾盼东西、心不在焉，也许这是你的自然流露，但朋友会觉得你有失体面，没有风度和修养，自然对你产生一种厌恶轻蔑之感，改变了对你的原来印象。所以，在朋友面前应自然而不失自重，热烈而不失礼态，做到有分寸，有节制。

隐患之四：随便反悔，不守约定，使朋友对你感到不可信赖。

你也许不那么看重朋友间的某些约定，对于朋友们的活动总是姗姗来迟，对于朋友之求当时爽快应承，过后又中途变卦。也许你真有事情耽误了一次约好的聚会或没完成朋友相托之事，也许你事后会轻描淡写解释一二，认为朋友间应当相互谅解宽容，区区小事何足挂齿。不知朋友们会因你失约而心急火燎，扫兴而去。虽然他们当面不会指责，但必定会认为你在玩弄朋友的友情，是在逢场作戏，是反复无常、不可信赖之辈。所以，对朋友之约或之托，一定要慎重对待，遵时守约，要一诺千金，切不可言而失信。

隐患之五：乘人不备，强行所求，使朋友认为你太无理、霸道。

当你有事需求人时，朋友当然是第一人选，可你事先不作通知，临时登门提出所求，或不顾朋友是否情愿，强行拉他与你同去参加某项活动，这都会使朋友感到左右为难。他如果已有活动安排不便改变就更难堪。对你所求，若答应则打乱自己的计划，若拒绝又在情面上过意不去。或许他表面乐意而为，但心中就有几分不快，认为你太霸道，不讲道理。所以，你对朋友有所求时，必须事先告知，采取商量口吻讲话，尽量在朋友无事或情愿的前提下提出所求，同时要记住：己所不欲，勿施于人，己所不欲，勿施强求。

隐患之六：不知时务，反应迟缓，使朋友对你感到厌嫌。

当你上朋友家拜访时，若遇上朋友正在读书学习，或正在接待客人，或正和恋人相会，或正准备外出等，你也许自恃挚友，不顾时间场合，不看朋友脸色，一坐半天，夸夸其谈，喧宾夺主，不管人家早已如坐针毡，极不耐烦了。这样，朋友一定会认为你太没有教养，不识时务，不近人情，以后就会想方设法躲避你，害怕你再打扰他的私生活。所以，每逢此时此景，你一定要反应迅速，稍稍寒暄几句就知趣告辞，珍惜朋友的时间和尊重朋友的私生活如同珍重友情一样可贵。

隐患之七：用语尖刻，乱寻开心，使朋友突然感到你可恶可恨。

有时你在大庭广众面前，或为炫耀自己能言善辩，或为哗众取宠逗人一乐，或为表示与朋友之“亲密”，乱用尖刻词语，尽情挖苦嘲笑讽刺朋友或旁人，大出其洋相以博人大笑，获取一时之快意，竟不知会大伤和气，使朋友感到人格受辱，认为你变得如此可恨可恶，后悔误交了你。也许你还不以为然，会说朋友之间开个玩笑何必当真，殊不知你已先损伤了朋友之情。所以，朋友相处，尤其在众人面前，应和蔼相待，互敬互慕互尊，切勿乱开玩笑，用恶语伤人。

隐患之八：过于拮据，斤斤计较，使朋友认为你是悭吝之人。

你可能在择友交友时，认为朋友以友情胜于一切，何必顾虑经济得失，金钱不能使友情牢固。这种思想使你与朋友相处时显得过于拮据，事事不出分文；或患得患失，唯恐吃亏。对朋友所馈慨然而受，自己却一毛不拔，这会使朋友感到你视金如命，是个悭吝之人。所以朋友之交，过于拮据会显得悭吝小气，而慷慨大方则显得豪爽大度，它会使友情牢固。

隐患之九：泛泛而交，大肆渲染，使朋友感到你是轻佻之人。

你可能由于虚荣心或荣誉心所驱，也可能交友心切，认为交友越多，本事越大，人缘越好，往往不加选择考察，泛认知己，患“泛交症”。此时，朋友已在微微冷笑，认为你是朝三暮四的轻佻之人，不可真心相处，你结果会失去真正的朋友。所以，朋友之交，理应真诚相待，感情专一,万不可认为泛交会使己显赫。

隐患之十：一意孤行，不听人意，使朋友感到你是无为多事之人。

是朋友就要同舟共济，对好意之计应认真考虑，妥当采纳。也许你无视这点，每遇一事，一意孤行，坚持己见，无视朋友之见，依旧我行我素。结果自己吃亏，朋友受累。这必定使朋友感到失望，认为你太独断专横，不把朋友放在眼里，是个无为多事之人，日后渐渐疏远你。所以你在遇事决策时，应多听并尊重朋友意见，理解朋友的好心，即使难以采纳的意见，也要说清楚，使人觉得你在尊重他。

上述十个隐患在交友、择友，尤其是处理朋友间关系时颇有普遍性，只是你没有明显感觉或注意它罢了。请你细细反思，引以为戒。对你们在友情中出现的“征兆”应早作诊断，及时治疗或“预防”，以免由隐患转为“显症”。

朋友是好书

王泽民

朋友是另一个自己。

——亚里士多德

我爱读书，尤爱读好书。好书者也，朋友是也。

朋友是好书。其中有些只有几页，有些却洋洋洒洒。有些是精装书，有些是袖珍本。但读到最后，总是这样或是那样的一句浓缩的话，这些话足以在自己意志最薄弱的时候支撑人生。

树新曾与我抵足四年。他生病时，在西安上学的妹妹特地寄来 10 元钱要他注意身体。他呢，又添加了 5 元，把钱退寄给了妹妹。我不解其意。他便说道：“这是父母给她的生活费，她自己从口边省下来的。我怎么能要呢！更何况，我们……”他做了个手势，意思是，男孩子们，对凑起来比她们更容易。“嘿，真有你的！”我拍他一掌。

这是我读到的第一本好书。这本书教会了我什么叫自立。

朋友是好书。凡这类书，都必是由可爱的品性和独特的个性写成的。

志超也是同窗好友。思想解放，感觉敏锐，属于新派人物。衣着打扮，常常独出心裁，引人注目。举手投足之间，充满灼灼活力。毕业分手，大家纷纷赠言：天生你材必有用！

在我眼里，这是一本优美而热情奔放的散文诗集。这本书教会了我“人是血肉之躯”的道理，也使我真正理解了“生活之树常青”的名言。

朋友是好书。但这类书是非“悟”不能读的。

初识汪宁时，并不拿她当一本好书看。她见别人争长论短时，也只是随和地笑笑。所以，在我的印象中，她是属于那种可以一览无余的小说类的。有一天，她来还书，一本诗集。于是我们便谈起诗来。她信口说道：“拜伦洒脱、随意、决断，能主宰自己的命运……泰戈尔的诗情感浓得能从笔尖上掉下来……叶赛宁像个天真的孩子，他的诗我只喜欢‘死了并不更新鲜’一句……”这些都是我平时读诗时感到而道不出的，一经点破，恍然大悟。我由此顿悟到眼前的汪宁原来是一本真正韵味独具的好书。如水一般的看似平淡，如水一样的万千情趣。我后来从这本书中读到的东西实在太多了，诸如诗性与风度、情趣与理智、洒脱与淡泊，等等。最难得的是我因这本书而懂得了诗性的生活是最高的生活这样一种价值观念。

朋友是好书，读通了便为知己。

朋友是好书。朋友们常聚不散当然求之不得。一旦离别，珍本善本就自然读不到了。这时候，只好鱼雁传书，读读这些活书的影印本。虽然不及珍本带劲、真实、有收获，但也足以解书馋的。

龙茵出洋留学，从此天各一方。乐莫乐兮新相知，悲莫悲兮生别离。好友离别，恰如一本好书正读到精彩处时被人劈空夺去一般的滋味，说不清是悲是喜，是惊是怒。

朋友是好书。实际上差不多周围的每个人都是一本可读的活书：父母是教科书、爱人是工具书、同事是参考书、街坊邻里是报刊、顶头上司是大众菜谱，妙龄女郎呢，则是些读不尽的连环画……

活书读多了，忍不住要写出来。写固然有写的乐趣，但一写出来，就把活书化成了死书。所以，这种时候，心中不免幽幽的。

生活离不开读活书、读好书。三日不读，必定“语言乏味，面目可憎”。我愿好书源源不断，更愿朋友们青春常驻！

至高无上的爱

〔美国〕考·约翰·W. 曼修　刘　英　殷庆龙 译

不管他们选择的目标是什么，迫击炮弹还是落到了一个越南小村庄开办的孤儿院里。几个教士和一两个孤儿被炸死，还有几个孤儿被炸伤，其中有个大约 8 岁的小女孩。

村里的人到邻近的一个和美军有无线电通信联系的小镇上去求救。最后，美国海军的一名军医和一名护士带着急救箱，乘吉普车急匆匆赶到村里。他们发现那小女孩伤得非常严重，如不抓紧手术，她就会因长时间休克和失血过多而死亡。

所以要及时地给她输血，这就需要和她有同种血型的献血者。护士很快地给在场的人进行血型化验。结果，没有一个美国人和小女孩的血型相同，但有几个没受伤的越南孤儿却和她血型相同。

美军军医和护士一会儿用越语，一会儿用法语，一会儿打手势，试图给这些被吓坏了的孤儿解释，如果不马上给这个小女孩输血，她将必死无疑，然后他们问孤儿们，有谁愿意给小女孩献血。

孤儿们听后，一个个瞪着大眼，一句话也不说。过了一会儿，一只小手颤巍巍地慢慢举了起来，很快又放了下来，接着又举了起来。

“啊，谢谢你。你叫什么名字？”护士用法语说道。

“恒。”小男孩答道。

护士很快把恒安置到担架上，用酒精在他的胳膊上擦了擦，把针头插进他的血管里。恒一声不吭，僵直地躺着。

过了一会儿，他突然发出一阵颤抖的抽泣，但很快就用另一只手将脸蒙住。

“疼吗，恒？”军医问道。恒摇摇头，又用手蒙住脸，试图不哭出声来。军医又一次问他是不是针头刺疼了他，他又摇了摇头。

又过了一会儿，恒又轻轻地哭出声来。他紧紧闭着眼睛，把拳头放进嘴边，试图止住抽泣。

军医和护士感到一定是出了什么问题。正在这时，一个越南护士正好赶到。她看到这种情景后，直接用越语问恒到底是怎么回事，她听了恒的回答后，温柔地对他说了些什么。

过了片刻，恒停止了哭泣，抬起眼睛询问似的看着越南护士，越南护士向他轻轻点了点头，恒脸上紧张的表情顿时释然。

越南护士看了看美军军医和护士，然后轻轻地说道：“他以为他快要死了。刚才他误解了你们的话，他以为你们要把他的血全部输给那个小女孩呢。”

“但他为什么又愿意献血呢？”美军护士问道。

越南护士用越语把美军护士的话又给恒说了一遍。恒回答道：“因为她是我的好朋友。”

一个小孩为了朋友，竟心甘情愿地付出自己的生命，世界上还有什么样的爱能比这更伟大呢？

铁哥们儿是这样炼成的

和菜头

我最铁的哥们儿现居香港，我俩的关系已经铁到不锈钢的程度。不论多久不见，他一回昆明，我们还是锃光瓦亮的一对活宝。

想当年，我俩一见面，就觉得对方一定是英雄人物，对彼此的景仰之情如同滔滔江水。可惜他老人家“江水”虽多，但数学奇差。每到期末放榜，他老妈看完数学成绩之后，必然在堂屋正中放一方凳，执行家法。差几分到90，就打几鸡毛掸子；如果喊出声音，加罚10下。

有一年期末，他不敢送那“死定了”的成绩单回家，便约我同去见他老妈。没想到他妈看见我这八九点钟的太阳，一点尊敬的意思也没有，一意孤行，当着我的面执行了家法。当是时也，我双手紧抓八仙桌面，出汗如浆、双眼紧闭、耳听风声、感同身受，事后竟然十指深陷桌面，入木三分，传为一段奇谈。执行家法的整个过程庄严肃穆，如同宗教仪式。最后，他老妈运指如风，瞬间用红药水在他的“两面后墙”上写上一篇“教子石鼓文”，朋友起身致谢。这一切使我彻底打消了劝谏的想法。

五年级时，才出考场，对完答案，朋友就出现了虚脱症状。他双眼只剩瞳孔，双手扶墙，艰难地说：“76分，14下。”我拉着他跑到学校后面的小巷子里，他反复只念着一句：“你要救我。”我问他：“计将安出？”他沉吟片刻，用坚毅的神情看着我，道：“偷卷子！”我脑海里顿时闪现出很多英雄人物的形象：和菜头舍身炸大门——记大过一次；和菜头飞夺考卷——留校察看半年……想到这里，我朗声长笑，仁义如关云长。趁中午老师吃饭，他放哨，我溜进办公室拿到数学考卷。回到小巷，我们精确计算，反复修改。最终，他的分数被准确地定位在 91 分。朋友长出一口气，拍了拍我的肩头说："麻烦你再把卷子送回去！"

下午，可怕的数学老师正在办公室里备课。作为班长，我拿作业交给老师，卷子就藏在那摞作业本下。我把作业本放在考卷上，老师抬头看了看我，继续低头工作。说时迟，那时快，我用两指夹起一半考卷，在拎起考卷的瞬间，用另外两指夹着朋友折叠好的考卷，在风中一抖，他的卷子就作为最后一页展开了。老师转头看我时，我刚好把两摞卷子合二为一，装作整理状。老师一声暴喝："你在干什么！放下！"我呆若木鸡。她凝视我 15 秒，伸手翻了翻卷子，见没有异常，道："这是你动得的吗？"挥手叫我滚蛋。

任务完成，我生平第一次亲耳听见自己的心跳声快得几乎连成一条直线。此后，见到再漂亮的女孩子，我的心跳都没有超过每分钟 80 次。

现在想起这些尘封的往事，我都惊奇于自己当时的胆识和鲁莽。对一个小孩子来说，他明明知道为朋友做这种事可能招来致命的打击——被开除，但他还是做了，只因朋友迫切需要帮助。

随着年岁横轴的延伸，友情飞快地在自己和新朋友之间画出距离无限加大的抛物线。我和老朋友当初相互扶持着跌跌撞撞地去探索世界时，还没有学会算计。男人长大以后，新友谊里多的只是尊重和欣赏，以及适当的距离和优雅的态度。过去和现在并不存在谁更好的问题，只是男人成为钢以后，很难再熔化，寻找好朋友的难度就在这里。

异乡与故乡

|

黄柯杰

认识5年，约徐哥喝的早茶照例在中午开始喝起，这是他的早餐。他笑着说，时差倒不回来。此乃客气话，晚上是美国的工作时间，徐哥还有一堆事情要在电脑上解决。

徐哥出生于宁波，7岁随家人到杭州，15岁转到上海，后来去北京读大学。毕业后出国，好不容易定居到加州，做海外投资基金的高管。前几年夫人调动工作到了日本东京，徐哥就带着两个孩子跟随而去。他自嘲说人生如旋转木马，搬家看尽人间繁华。

徐哥的求学和求爱经历也是一波三折。徐哥出身于丹青世家，耳濡目染，他从小练就一手画画的本领，按照他的话说，刚刚牙牙学语，就对着一堆光屁股的西洋画册“嗒嗒”地流口水，3岁握笔，5岁临摹，到小学三年级，就摊开作业本把前排的小美女们挨个画下来，惹得小美女们争相给他抛媚眼。正当家人觉得他能继承家学时，徐哥却报考了工业设计专业。说起原因，他说当年看到日本的图片大受打击，觉得纸上绘画不过是奇淫之术，国家要富强还是要靠工业技术。

在北京读大学期间，徐哥巧遇同乡美女，情窦瞬开，忘记了富国理想，一番拼命苦追，小美女却毫不领情，批驳徐哥毫无情趣。痛定思痛，徐哥决定苦攻西方文学培养情趣，后来越陷越深，大学毕业后竟顺利考取名牌大学的文学硕士，成功抱得美人归。他某次听到父亲的一声长叹，说家学从此无后。

家中老人陆续老去，再无至亲之人，徐哥回到故乡只能住酒店。某个下午，他蹒跚着回到出生的弄堂，七拐八拐，顺着记忆摸索，原先清秀的江南弄堂已是残瓦断墙、物是人非的拆迁区，灰飞烟灭的吵闹声中，他看到自己儿时隔壁的小玩伴、如今的中年妇女，正吼着青春期的儿子回家做作业。他回忆这一幕的场景，只能说“狼狈”二字，不敢相认，就算相认，也多是尴尬。

我和徐哥无话不聊，聊到家乡，颇有共鸣。若算起离家，我离家也有7年了，现在算是居住在宁波，而内心与这个城市确实有距离，只能说是在这个城市居住。按照徐哥的说法，到处走的人总是想找熟悉的环境，若熟悉的风景都没了，离开也就了无牵挂。人的记忆肯定有某种打包的功能，随着时间的流逝，只给记忆留下一点点线头，当你看到某个熟悉的物件时，才能将已打包的记忆再翻开还原，这时候你会发现，自己的眼神还是如当初那般闪亮，仿佛还能听到昨天自己哭鼻子的声音和夏日午后弄堂里小伙伴的欢笑声。

回望这些年，有时候不得不反思，是我们走得太快、来不及看故乡的变化，还是家乡自身变得太快？类似徐哥，回乡恐怕只有祖坟墓碑未变——每次回乡都有一种新鲜的体验。那些高楼大厦，我们小时候只是在梦里憧憬，而地铁这样的设施是做梦都梦不到的，如今却在熟悉的土地上悄然走进大家的生活。

如徐哥一样，我也不想参加同学会，说到底是怕自己承受不了，不敢去，相见不如怀念。他说这种情结是害怕自己衰老，我只能如实承认，我受不了那些回忆被颠覆，受不了青春逐渐逝去。上次回到高中母校，在门口徘徊了3圈才进去，感觉回到教室真亲切，一屋子光亮稚气的脸，那张方方的课桌真小，走出去看操场真大，跑一圈都会累，可那时候自己虽小，汗流浃背地满场飞奔也觉得操场不大。

小时候梦想自己能走四方，现在这个职业也真是梦想成真，留下的后遗症是家中也是纯棉的白床单和被套，夜半惊醒要冥思数秒才能记起自己在哪个城市落脚。以为自己年轻有理想，一路前行，不想回头，一直能走到很远很远的地方。天涯那么远，走在路上，耳边能听到故乡的风声，故乡和异乡，纠结缠绕，注定是我们这一代人难解的心结，如同徐哥那一缕斑白的鬓发，几经染黑，白发还是天天冒头。

骆驼和他的姑娘

张嘉佳

做菜跟写字一样，写字讲究语感，做菜讲究手感。手一抖，整坨盐掉到锅里，结果做出来的菜狗都咽不下去。有人用闹钟也掌握不住火候，而有人单凭感觉，就能做到刚刚好。一切技能最后都靠天赋，勤学苦练只能变成机器人，跟麦当劳的流水线差不多。

有个姑娘，是黑暗料理界的霸主。她煮的菜，外观千篇一律是焦黑焦黑的，不可思议的是里面依旧是生的，有时候还带着冰碴儿。

我家小狗梅茜吃她做的排骨，吃前兴高采烈摇着尾巴，吃到嘴里后狗脸一变，好端端一条金毛当场绿了。它小心翼翼地把嘴里的东西吐出来，嗷嗷叫着，躲到墙角哭到大半夜。

姑娘在一家外企工作，很忙碌。尽管如此，她每个月总要找机会大宴宾朋。摆席的那天，她家的厨房就是一个爆炸现场。我们都喊她居里夫人。

她无所谓，眼巴巴地望着你，你在她水汪汪的双眼注视下，艰难地想挑到一个品相比较正常的菜。咸鸭蛋甜得像蜜；水饺又厚又圆，跟月饼似的；好不容易决定尝尝炒木耳，结果是盘烧煳的鱼香肉丝。

我的一个朋友叫骆驼，非常喜欢她，每次必连蹦带跳地去她家做客。

他能坚持吃完所有的菜。各种奇怪的食材在他嘴里，一会儿嘎嘣嘎嘣响，一会儿噗噗冒泡。因为菜烧得太朦胧，经常肉跟骨头分不清，他就一律用力嚼，然后咕咚咽下去。

后来，两个人结婚了。

我问骆驼："你这么吃不怕出人命？"

骆驼说："她一个月就做一次，我就当自己痛经了。"

去年姑娘被查出来肝癌晚期，春节后去世了。

外面不时传来鞭炮声，连夜晚都是欢天喜地的。我放心不下骆驼，去他家拜年。家里只有他一个人。他坐在书房的电脑前，开着文档，我凑前看，是份菜谱。

我说："你要出本菜谱？"

骆驼让我坐一会儿，他去做蛋炒饭。

我站在旁边，有一搭没一搭地跟他聊天。

他将米饭倒进油锅，然后撒了半袋盐，炒了一会儿，自己吃了一勺。

他咂巴咂巴嘴，说："真够咸的，但是还缺点苦味。"

我突然沉默了，突然知道他为什么要写菜谱：他没能将姑娘留住，还至少能留住那味道。

骆驼又吃了一口，用手背擦擦眼睛。他哭了。

他说："我挺幸运，找了个做菜独一无二的太太。她离开我后，能留给我复习的味道真多。"

他说："还缺点苦味，你说那个苦味是炒焦炒出来的，还是索性真有什么奇怪的作料？"

他说："你看电视吧，我继续写菜谱。"

我说："要不我们去喝杯茶？"

他说："不了，我怕时间一久，我会将她做菜的方法忘记，我得赶紧写。"

我的眼泪差点涌出眼眶。

后来，我劝他，老待在家里容易难过，出去走走吧。他点点头，开始筹备去土耳其的旅行。

他一去许久，我曾经想打电话给他，但是打开通讯录后，就放下了手机。

昨天下午我跟梅茜在自己的小店睡觉，一人一狗睡得浑然忘我，醒来已经黄昏。

骆驼推开木门，走了进来。我很惊奇："你怎么找到这儿的？"他说："人人都知道你在这里。”

我磨了杯咖啡给他。

骆驼喝了两杯，我说：“再喝该睡不着了。”他说：“睡不着就明天再睡。”

聊了许久。

骆驼真的去了土耳其，因为姑娘向往伊斯坦布尔，她最大的愿望就是学会做那里的食物。他想去尝一尝那些食物，这样就能在梦里告诉她。

骆驼说：“只有你没打电话给我。大家都劝我，别想太多，这样太辛苦，会走不出来。可是，走不出来有什么关系，我喜欢这样，我过得很好、很开心，我只是改变了自己的生活方式。而且我的菜谱快写完了，我发现她会做的菜可真多。”

骆驼喝了好多酒，他醉醺醺地看着台灯，说：“我有一天看到过你写的一段话，觉得那就是我现在的人生，我很满足。”

“这个世界美好无比，全部是她不经意写的一字一句，留我年复一年朗读。”

他站到书柜边，摇摇晃晃找了半天，把我的书挑出来，撕了扉页，写了歪七扭八的一行字，贴在了小店的墙上。

他走后，我翻了翻自己的微博，终于知道是下面这段：

我觉得这个世界美好无比。晴时满树开花，雨天一湖涟漪，阳光席卷城市，微风穿越指尖，入夜每个电台播放的情歌，沿途每条山路铺开的影子，全部都是你不经意写的一字一句，留我年复一年朗读。这世界是你的遗嘱，而我是你唯一的遗物。

朋　友

古　龙

一个孤独的人，一个没有根的浪子，身世飘零，无亲无故，他能有什么？

朋友。

一个人在寂寞失意时，在他所爱的女人欺骗背叛了他时，在他的事业遭受挫败时，在他恨不得买块豆腐来一头撞死的时候，他能去找谁？

朋友。

有人说：世间唯一无刺的玫瑰，就是朋友。

我并不十分赞成这句话。

朋友就是朋友，绝没有任何东西能代替，绝没有任何话能形容——就是世上所有的玫瑰，再加上世上其他所有的花朵，也不能比拟友情的芬芳与美丽。

绝不能。

如果你曾经在塞北苦寒的牢狱中，受尽了饥寒寂寞之苦。如果你曾经穷困潦倒，受尽了世人的讥嘲与冷落。

如果你那时有朋友，知道在远方的某处，还有一个人在关心着你，那么你的痛苦一定会减轻许多。因为你知道你还有朋友；就算只有一个朋友，也已足够。

白马非马。

女朋友不是朋友。

女朋友的意思，通常就是情人，情人之间只有爱情，没有友情。

爱情和友情不同。

爱情是真挚的，是浓烈的，是不顾一切、不顾死活的，是可以让人耳朵变聋、眼睛变瞎的。

可惜爱情通常都是短暂的。但是这并不可悲。

因为爱情到了“情到浓时情转薄”的时候，会变成无情，到了“此情可待成追忆”的时候，会变成忘情。

但是真挚的爱情得到细心良好的灌溉时，一定会开放出一种美丽芬芳的花朵——友情的花朵。

友情和爱情不同，可是基本上，却一定是相通的。

因为那都是人类最纯真、最原始，也最现代的情感，就因为人类有这种情感，所以人类永存。

多年的朋友，患难与共，到后来一定会有爱——绝不是同性恋那种爱，而是一种互相了解、永恒不渝的爱。

多年的情人，结成夫妻，到后来一定会有友情——一种互相信任、互相依赖、至死不离的友情。

在百花竞放的春天，在寒冷寂寞的冬天，在你大醉初醒时，在你从温柔甜蜜的梦中醒来时，你可以看见睡在你枕畔的就是你多年以来患难与共、始终厮守在你身旁的妻子。

那是一种多么伟大的幸福！

那时你能不能分得清你与你妻子之间的情感，是友情还是爱情？

是友情也好，是爱情也好，只要是真情，就值得珍惜，值得尊敬。

朋友有时会像妻子般亲密，与妻子也会有朋友般的友情。

所以我喜欢朋友，也希望能有妻子。

但愿有一天，我能拥有这一切。

可是，假如在这两者之间我只能选择一样，我宁可选择朋友。

大侠之交

蒋连根

台湾坊间有一种传说："古龙"是冲着"金庸"去的，"古"对"金（今）"，"龙"对"庸"。

古龙，本名熊耀华，祖籍江西南昌，1938年6月7日出生于香港。14岁时随家人漂洋过海，定居台湾。高中时，熊耀华的父亲熊鹏声因外遇抛弃妻儿，熊耀华便离家出走，成为一名叛逆少年。

18岁那年的冬天，熊耀华踯躅在台北市和平东路的街上，被无边的寒冷与寂寞包围着。还好遇到一位古道热肠的朋友，向他伸出了一双温暖的手。在朋友的帮助下，熊耀华在浦城街上获得了一处可以遮风避雨的住处，还在台湾师范大学找到一份临时的工作。四年里，他白天替人誊刻蜡纸、编辑刊物，以维持自己的生活，夜晚到淡江大学的夜间英语科学习。大学毕业后不久，熊耀华在台北美军顾问团里谋得一份图书管理员的工作，生活仍然十分清苦。

那一段日子，他常听别人开玩笑说："别怕挨饿，大不了去写武侠小说。"当时台湾的租书业鼎盛，武侠小说的市场需求量极大。熊耀华想，我何不试试写武侠小说，说不定可以赚些外快。熊耀华的父亲年轻时曾写过武侠小说，他的书房里有不少武侠作品，熊耀华便是在那时受到启蒙。1959年，熊耀华开始以"古龙"为笔名写武侠小说，没多久，他试验性的第一部武侠小说《苍穹神剑》出版了。

接着，古龙又发表了《孤星传》《护花铃》等十余部小说。当时，台湾武侠小说界以卧龙生、司马翎、诸葛青云为尊，“三剑客”在出版界呼风唤雨，结盟开办武侠作家沙龙，古龙便混了进去。在了解了古龙的造诣及文笔后，“三剑客”由于常年稿约不断，难以一一应付，便邀请古龙为他们捉刀代笔。古龙便顶替上阵，并趁机向“三剑客”请教学习。“三剑客”中的诸葛青云，可以说是古龙的入门老师。

从 1963 年起，古龙接连发表了《情人箭》《大旗英雄传》《浣花洗剑录》《名剑风流》《武林外史》《绝代双骄》六部长篇，超过百万字，质量也明显提升，遂跃登为武侠小说“四大天王”之一。被坊间传为美谈的是，香港知名作家倪匡替《明报》向古龙邀稿《绝代双骄》，自此，古龙与金庸结识。

1967 年年初，古龙的《楚留香传奇》破茧而出，此书集武侠、文艺、侦探、推理于一体，自立门派，树立起“新派掌门人”的标杆。那年 5 月，金庸因故离开香港，前往欧洲长期居住。金庸临行前要选择一位优秀的武侠小说作家代替他填补在《明报》副刊中那个本来刊登《倚天屠龙记》的版位。他看了《楚留香传奇》之后选中了古龙，吩咐副总编辑潘粤生去台湾商洽此事。潘粤生不认识古龙，便邀《快报》总编辑邝荫泉一同到了台北，约古龙到饭店吃饭。潘粤生诚恳地向古龙道明了来意，古龙当然同意，立即答允下来。邝荫泉听说选择古龙是金庸的主意，认为金庸一定法眼无差，便趁此机会邀请古龙也替《快报》写一篇武侠小说，古龙也答应了。自此以后，古龙的武侠小说同时在香港两家畅销的报纸上刊登，读者反响非常好，印成单行本后大为风行。古龙为《明报》写的武侠小说便是《流星·蝴蝶·剑》。邵逸夫看中了这本小说，向古龙买下改编电影的版权，由倪匡任编剧、楚原任导演，拍成电影于 1976 年在香港上映。该片十分轰动，创造了武侠电影的又一个高峰，也缔造了古龙的电影时代。

自此，古龙的写作事业如日中天，开启了此后十余年的古龙武侠小说黄金时代。他的《多情剑客无情剑》成为武侠史上的不朽名著。《萧十一郎》《三少爷的剑》等作品均广受欢迎，几乎每一部都被改编为影视作品。

这个时期，金庸每到台湾，就会邀古龙一起吃饭、喝酒，聊武侠，说电影。两人还经常互通电话，隔着海峡诉说寂寞，有时从午后一直聊到天黑。

1972年，金庸的封笔之作《鹿鼎记》在《明报》的连载行将结束，他写信向古龙约稿，请他长期为《明报》撰写武侠小说。知名武侠小说研究者陈墨说，古龙的朋友于东楼曾告诉他，古龙接到金庸来信时，于东楼正好在场。那时古龙风头正盛，来函很多，根本来不及细看。当时他正准备洗澡，就漫不经心地把一封香港来信递给于东楼，让于将信拆开。于东楼拆开一看，竟然是金庸的约稿信，急忙把信给古龙看。古龙读完金庸的信，简直难以置信，澡也不洗了，半天不说一句话。此后，古龙即开始为《明报》撰写“陆小凤系列”，在《明报》连载时，获得空前成功。

1985年9月21日，48岁的古龙留下一句“人在江湖，身不由己”的名言后去世。金庸心中哀痛，留下祭奠古龙的手迹：“古龙兄为人慷慨豪迈，跌宕自如，变化多端，文如其人，且复多奇气。惜英年早逝，余与古兄当年交好，且喜读其书，今既不见其人，又无新作可读，深自悼惜。”

不约大醉侠

三　毛

如果说，朋友的来去，全靠缘分，那么今生最没有一丝强求意味的朋友，就算蔡志忠了。

当蔡志忠还在做大醉侠的时候，我们曾经因为一场机缘，在电话里讲过一次话。那次是蔡志忠打电话找人，我代接了，他叫我也一同去吃晚饭，说是他请客。是好几年前的事了。那天我没有时间去，对于这位漫画家，就此缘悭一面。

虽然彼此拥有一些共同的朋友，可是谁也没有刻意想去认识对方。总认为：该来的朋友，时间到了自然而来；该去的朋友，如果勉强得吃力，不如算了。

抱着这种“无为而治”的心态去对待人际关系，发觉那是再好不过的。不执着于任何人与事，反倒放心。

就这样过了好几年。有时翻到蔡志忠的漫画，就看看，想到某年某月某一天，曾经跟这位作者通过话，心里很快乐。

去年，蔡志忠的漫画书《自然的箫声——庄子说》悄悄地跑到我的书架上来。在封面上，蔡志忠画了一张漫画，又写了：“请三毛多多多多多多……指教。”发现他用这种漫画形式表现我挚爱的哲人，先是一喜；再看见这么谦虚又极有趣的“多多多多多多……指教”，心里感动。

打了电话去谢蔡志忠，那是第二次跟他讲话。最后我们异口同声地说：“我们绝对不刻意约定时间、地点见面，一定不约，只看缘分。”

就此真的没有约过。

约的就是——不约。

没过几天，我回家，母亲奔出来迎接，像孩子一般喊着：“快来看，蔡志忠请人送来一个好古怪的坛子，还附带送来了一大把长长的树枝。妈妈是看不懂，不过你一定喜欢的。”我往餐厅跑去，桌上放的，正是一只我深深喜爱的老瓮，不是普通的那种。我绕着它看了个够，惊叹一声：“哦，窑变！”妈妈说：“这只坛子扭来扭去的，一定不是平凡的东西，你说呢？”

我对妈妈一笑，说：“从此以后，当心小偷！”说完冲去打电话给蔡志忠，说不出有多感谢。他那边，淡淡的，只说：“喜欢就好。”

当我们全家人都欣赏过这只带给我巨大快乐的瓮时，还是没有见到送瓮的主人。

直到插在瓮里的那一丛银杏已经开始发芽的时候，我都没有再打电话去骚扰这位忙碌的画家。那时候，他的《列子说》也开始在《皇冠》上连载了。我当心地守住双方的约定——随缘。

一天，我有事到皇冠艺文中心去。由四楼下来时，想到画廊就在三楼，于是顺路下去看看有什么展出。当我跨进画廊时，见那个能干的黄慈美经理背对入口坐着，她正跟一个头发长长的青年很专心地说话。

我看了一眼那个青年，发觉眼前的人正是蔡志忠。而他，也突然看见我，两个人同时跳了起来。我尖叫一声，叫了他的名字，用手向他一指，好似正要出招，而人还悬在半空中。就在同时，听见另一声惨叫。那个背对我而坐的黄慈美，受到意外惊吓，人先往后倒去，紧接着再扑向桌前，捂住胸口，眼看就要被吓昏过去。

我无法向黄慈美解释这一切的来龙去脉，她不知道蔡志忠和我，讲好了是只碰不约的。这一回，老天叫我们不期而遇，我那个尖叫，出于自然，而且是漫画式的。

蔡志忠和我见面，加上黄慈美的居中大惊，使我笑痛了全身。漫画大师的出场，笔墨无以形容，只有漫画能够画出那种效果。

前几天，为了蔡志忠的画和我的儿童诗配合展出，我去了一次他的工作室。在那品位和格调都跟我个人家居布置十分接近的房子里，我悄悄地观察了一下，发觉蔡志忠将他最好的一只瓮送给了我。

这一来，对于他的慷慨，我既感激又愧疚。这位朋友，当是我的好榜样。

虽然这么说，这只美瓮，我还是当成性命一样珍爱着，无论怎么说，都不会学蔡志忠，将它送给任何人。

蔡志忠，多谢多谢多谢，多谢，多谢。

王小波，晚上能来喝酒吗

刘心武

北京有两座著名的金刚宝座塔。打个比方，碧云寺好比著名作家，而五塔寺好比尚未引人注意的作家。

至今还记得19年前深秋到五塔寺写生的情景。那天下午，在空旷的寺庙里，我把对沟通的向往通过画笔铺排在对银杏树的描摹中。雌雄异体，单独存在，人与银杏其实非常相近。个体生命必须与他人、与群体，同处于世。人们都渴望获得友情。那么，什么是友情？友情最浅白的定义是“谈得来”，尽管我们每天都身处他人、群体之中，但真谈得来的，能有几个？

记得那是1996年初秋，我懒懒地散步于安定门外蒋宅口一带，发现街边有一家私营小书店，有一搭没一搭地迈进去，店面很窄，陈列的书不多，看来看去，发现有一格塞着些文学书，其中有一本是《黄金时代》。顺手抽出，随便一翻，作者署名王小波。书里是几篇中篇小说，头一篇即《黄金时代》。我试着读了一页，呀，竟欲罢不能，就那么站在书架前，一口气把它读完。

那天晚饭后，忽来兴致，打了一圈电话，接电话的人都很惊讶，因为我的主题是：“你能告诉我王小波的电话号码吗？”广种薄收的结果是，其中一位告诉了我一个号码：“不过我从没打过，你试试吧。”

我迫不及待地拨了那个得来不易的电话号码。那边是一个懒懒的声音：“谁啊？”我报上姓名，然后直截了当地说：“看了《黄金时代》，想认识你，跟你聊聊。”他居然还是懒洋洋的：“好吧。”语气虽然出乎我的意料，传递过来的信息却令我欣慰。

我就问他第二天下午有没有时间，他说有，我就告诉他我住在哪里，下午 3 点半希望他来。第二天下午，他准时到了我家。坦白地说，乍见到他，我被吓了一跳。我没想到他那么高，都站着，我得仰头跟他说话。

请他坐到沙发上后，面对着他，不客气地说，我觉得他丑，而且丑相中还带些凶样。可是一开始对话，我就越来越感受到他的丰富多彩。开头，觉得他憨厚；再一会儿，感受到他的睿智；两杯茶过后，竟觉得他越看越顺眼，那也许是因为他逐步展示出了自己优美的灵魂。

我把在小书店立读《黄金时代》的情形讲给他听，并说："你写得实在好。不可以这样好！你让我嫉妒！"从表情上看，他很重视我的嫉妒。

我已经不记得随后又聊了些什么。只记得渐渐地，从我说得多，到他说得多。确实投机。我真的有个新"谈伴"了。他也会把我当作"谈伴"吗？眼见天色转暗，到吃饭的时候了，我邀他到附近一家小餐馆吃饭。他允诺，于是我们一起下楼。

在餐馆，我选了里头一张靠犄角的餐桌，面对面坐下，要了一瓶二锅头，还有若干凉菜和热菜，一边乱侃一边对酌起来。我不知道王小波为什么能跟我聊得那么欢。我们之间的差异实在太大。那一年我 54 岁，他比我小 10 岁。我自己也很惊异，我跟他哪儿来那么多的"共同语言"？"共同语言"之所以要打引号，是因为就交谈的实质而言，我们双方多半是在陈述完全不同的想法。

但我们双方偏都听得进对方的"不和谐音"，甚至还越听越感觉兴趣盎然。我们并没有多少争论。他的语速，近乎慢条斯理，但语言链非常坚韧。他的幽默全是软的、冷的，我忍不住笑，他不笑，但面容变得格外温和。我心中暗想，乍见他时所感到的那份凶猛，怎么竟被交谈化解为蔼然可亲了呢？

那一晚我们喝得吃得忘记了时间，也忘记了地点。微醺中，我忽然发现熟悉的厨师站到我身边，弯下腰看着我。我才惊醒过来——原来是在饭馆里呀！我问："几点了？"厨师指指墙上的挂钟，呀，过 11 点了！再环顾周围，其他顾客早无踪影，厅堂里一些桌椅已然被拼成临时床铺，有的上面已经铺上了被褥——人家早该打烊，困倦的小伙子们正耐着性子等待我们结束神侃离去好睡个痛快觉呢！我酒醒了一半，立刻道歉、付账，王小波也就站了起来。

出了餐厅，夜风吹到身上，凉意沁人。我望向王小波，问他："你穿得够吗？你还赶得上末班车吗？"他淡淡地说："这不是问题。我流浪惯了。"我又问："我们还能一起喝酒吗？如果我再给你打电话？"他点头："那当然。"我们也没有握手，他就转身离去了，步伐很慢，像是在享受秋凉。

在以后的几个月里，我又打电话约王小波来喝酒，他又来了。我们仍旧有聊不尽的话题。

1997 年初春，大约下午 2 点，我照例打电话约王小波："晚上能来喝酒吗？"他回答说："不行了，中午老同学聚会，喝高了，现在头还在疼，晚上没法跟你喝了。"我没太在意，嘱咐了一句："你还是注意别喝高了好。"也就算了。

大约一周以后，忽然接到一个电话，声音很生，自称是"王小波的哥们儿"，直截了当地告诉我："王小波去世了。"我本能的反应是："玩笑可不能这样开呀！"但那竟是事实。他猝死于心肌梗死。

骤然失去王小波这样一个"谈伴"，我的悲痛难以用语言表达。

生前，王小波只相当于五塔寺，冷寂无声。死后，他却成了碧云寺，热闹非凡。面对着我在五塔寺的写生，那银杏树里仿佛浮现出王小波的面容，我忍不住轻轻呼唤：王小波，晚上能来喝酒吗？

老闺密

简　媜

连续3日，气象局发布暴雨特报。难得等到雨歇，老妇人拎着煮好放凉的一瓶白鹤灵芝茶，撑伞出门。她得走一公里路，才能到她的小学同学家。

这同学也70岁了。两人分别50年后，有一日在小诊所内重逢。起初，她们彼此觉得对方那张镶着蕾丝、挂着流苏（皱纹太多）的脸有点儿不一样，等护士喊名字，又觉得这名字也不一样。后来，其中一人鼓起勇气对另一人说："我叫×××。咦，我是不是认识你呀？"标准的老太太重逢法。

两个老太太终于"哎哟、哎哟"地执手相认，嗓门儿挺大，霎时忘了病痛，忘了50年岁月像一头老母牛趴在她们背上喘。世界是怎么个转法呢？真像儿童乐园里的旋转杯，你拼命向友伴挥别，以为再也见不到了，哪知几次自转、公转后，两人又挨到一起。这世界，总让人晕晕的。

两人的丈夫都没了，儿女也不在身边。老同学说："女人是油麻菜籽，生的小孩也是油麻菜籽，一撒就不见了。"幸好两人的身体还算硬朗，小毛病有几桩，大病尚未报到。

六七十年岁月称得上"大足字本"悲苦人生，一人一本，共两大册供两个老太太"说书"。不是时间遗忘她们，这回是她们把时间扫地出门了。两个老同学一周见面三四次，天天通电话。看同一部连续剧，同一天上医院拿药，吃的蔬果愈来愈相像，连眼睛痛都搽同一款药膏。仿佛小学生互抄作业，要对一起对，要错一起错。

不久，其中一人中风了，折腾个把月，幸亏不算太严重，一手一脚慢慢拖着还能走，只是心情沉入谷底，一副但求一死的模样，常喃喃唤她死去丈夫的名字。

没中风的那个也像中了风，心里难受得茶饭不思。她天天到老同学家照应，鼓励她要按时吃药，要多做复健才能走到美容院烫头发，要快乐点儿才能多活几年。最后，搬出心底话："你不为儿女想也得为我想，我苦了一辈子才捡到个姐妹……"话未说完，两个老太太手拉手哭起来。

老妇人在自家院子种了好几蓬白鹤灵芝草，一得空就煮一瓶给老同学送去，当青草茶喝。她为了鼓舞老同学，剪了几枝短茎栽入盆内，放在老同学家的院子里，让她早晚散步做复健时，有个东西可以盼。

豪雨初歇，老妇人趁这空隙出门，手中那瓶青草茶看起来有点儿沉。雨虽弱了，到处仍是湿漉漉的。她打着伞，走得比往常慢，仿佛整个世界的雨水都压在她的伞上。

老妇人未走到门口即大声唤老同学的名字，这是她的习惯。坐在廊前等着的那个即刻起身，微拖一脚去开门。老妇人大惊："你别出来，地上滑……"门内的这个举起一支粗藤般结实的褐色拐杖，说："放心啦！有这个！"

接着，她们聊暴雨，比对了8家电视台的气象预报，其敬业态度像天天得出海作业的渔人。两个老太太互搀着进屋，那情景让人觉得友谊不是抽象的概念，而是她们从年轻时起即一针一线绣出的雪中送炭的锦帕。她们实实在在靠着老姐妹攒存的炭火，把晚年烘暖了。

一个人的火车

池　莉

数九寒天，要去哈尔滨。我决定不坐飞机坐火车。火车得跑30多个小时，大家很惊讶，说我怎么受得了？据说哈尔滨今年冷，零下30多摄氏度，可以把眼睫毛冻成小冰棍。冻出了小冰棍的眼睛一眨巴，就会发出一种玲珑剔透的响；有了一只挂在身体上的风铃，灵魂便很活泼了。冷也是一种童话，人是应该冻透一次的，我想。热透一次，冷透一次，爱透一次，恨透一次，苦透一次，甜透一次，梦透一次，醒透一次，笑透一次，哭透一次，于是乎，人生也就不那么平庸了。火车里没几个乘客。我独自一人一间软卧包厢，有大把时间，久久坐在窗前，久久看着无边的土地和天空，没有电话、电视，没有熟人、俗务与急件，没有一丝人间烟火。我静静地坐着，心无旁骛地展开我的梦幻与思念。

我有一个朋友，名叫郎瑜琳，吉林珲春人，哈尔滨军工大毕业，自部队转业来武汉。当年，他从哈尔滨到武汉，走的就是这条路。这条哐当哐当的铁路，曾经摇晃过我的朋友郎瑜琳。

认识郎瑜琳，在20世纪80年代初。那是我这辈子最糟糕的一个春天：绯闻缠身，官司压头。郎瑜琳是作为一名侠客，被朋友推荐给我的。朋友说这个东北汉子能写会说，为人仗义，神通广大，只要他愿意帮我，我就一定能昭雪冤屈。于是我走进了郎瑜琳的办公室。东北汉子老郎听完我的悲惨遭遇，对我说的第一句话却是约稿："你能给我的副刊写一篇散文吗？"我气愤地回答："不能！"真是活见鬼！原来我遇上了一个文学痴迷者。老郎却对我的态度很不以为意，轻蔑道："遇上这么点儿事情就不能写作了？这都是一些俗不可耐的小事啊。”我面临的可是牢狱之灾，啥叫俗不可耐的小事啊！老郎义正词严：“如果你在这种恶劣的情况下还能够坚持写作，你才算一个了不起的作家，我也就会竭尽全力帮你打官司，哪怕倾家荡产！我又不认识你，为啥要帮你？因为我爱才，因为我觉得你有才气、有天赋，与我是同类！”

官司漫长曲折，一打就是两年。在郎瑜琳夫妇的倾力相助下，我终于打赢了这场该死的官司。我和郎瑜琳夫妇成了最好的朋友，他们的家成了我的家。他们的一双儿女，也喜欢上了我。当他们的妈妈出差，孩子就由我来照料。郎瑜琳属于文学，从不属于家务，每天孜孜不倦地写作，与出版社的编辑来往密切，一心一意想当作家。我却年轻孤傲，不屑巴结文坛，灵感来了泼墨挥洒，平常该干吗干吗。郎瑜琳极不满意我孤僻乖张的写作姿态。我看老郎那样痴迷，也打心底里着急。那时候出版界拉广告拉赞助吃吃喝喝的风气盛行，老郎书生本色，性情耿直，根本没有能力应付这种局面。他又苦又恼，又气又恨，渐渐地遁入虚幻世界，大白天也躺在沙发上两眼望天，天天等待他的小说出版。逐渐地，老郎开始对我说这样一类话：“池莉啊，也许你是对的，也许你这样傲骨铮铮，将来反而可以赢得自己的读者和自己的文学天地。我肯定是不行的了，我只有把希望寄托在你身上了。如果将来有那么一天，你真的能够全国知名，我在九泉之下也就瞑目了。”每当他这么说，我和他的妻子就发笑。谁知不久之后，噩耗突降，正当壮年的郎瑜琳，猝死家中。

多少次，我把中国地图铺开，沿着铁轨，从武汉走向珲春，去探望我的朋友郎瑜琳，一个为文学之爱耗尽生命之火的人，一个热爱生活却被生活戕害的人。我一直在写作，我的每部作品都是对老郎的致意。我成名不成名并不重要，重要的是老郎对文学的那份热爱，在我的写作中从未间断。我活着，因此，他也就活着。年轻时不懂事，许多话说不出来，还有许多话，根本没来得及说，面对面的机会，突然就没了。所以现在，我宁愿坐 30 个小时的火车，把郎瑜琳的来路走上一遍。我要让空旷的火车满载我对朋友的谢意，呼啸着接近埋葬朋友的土地。我要借此机会，屏蔽红尘，让 30 个小时充满最纯真的怀念和祈祷。而这份情怀，是繁忙拥挤庸碌的城市无论如何都承担不起的，我只能选择我一个人的火车和 30 个小时的静默来承担。

爱情与友情

黄仁发

恋爱有独特的性质，既无法瞒住自己在谈恋爱，也无法假装正在谈恋爱。

〔法〕莎布列夫人

在文艺作品中，由于区别不了友情与爱情而做出错误判断，酿成悲剧的描述的确不少。鲁迅笔下的阿Q，吴妈只是同他“谈闲天”，唠起老爷要买一个小的和少奶奶要生孩子之类的家常，便以为是“小孤孀”要引诱野男人，对自己有意思，演出了一场下跪求爱、挨打、被罚的“恋爱的悲剧”。这是误友情为爱情。蜚声中外的传统戏剧《梁山伯与祝英台》，是误爱情为友情的悲剧，当山伯意识到时，赶到祝家庄，可是为时已晚，英台许人了，演出了肝肠寸断的“楼台会”，最后双双含恨赴九泉。

文艺是生活的提炼。在现实生活中，男女交往，尤为恋爱，由于不懂得双方的心理纠缠不休，或失之于冒失，或失之于优柔寡断的现象的确不少。友情和爱情，都是属于广义的爱情的一种。友情和爱情的基础与前提；爱情是友情的发展和质变。两者有联系，亦有质和量的区别。友情可以发展为爱情，亦可永远发展不成爱情。

关于友情与爱情的区别，日本一位心理学者提出了五个指标，可供参考。

第一，支柱不同。友情的支柱是“理解”，爱情则是“感情”。

友情最重要的支柱是彼此的相互了解，不仅是对方的长处优点，就是短处缺点也要充分认清。只有这样，才能产生友情。爱情则不然，它是对对方的美化，视作理想后产生了恋爱，贯穿其间的全过程的是感情。

第二，地位不同。友情的地位“平等”，爱情却要“一体化”。

朋友之间立场相同，地位平等，彼此无须多余的客气，也没有烦恼的担忧。如果遇到对朋友不利时，可以直率地提出忠告，甚至动怒，也要义正词严地规劝。朋友之间，就是这样，有人格的共鸣，亦有剧烈的冲突。爱情则不然，它具有一体感，身体虽二，心却为一，两者不是互相碰击，而是互相融合。

第三，体系不同。友情是“开放的”爱情则是“关闭的”。

两个人有坚固的友情，当人生观与志趣相同的第三者、第四者想加入的话，大家都会欢迎。爱情则不然，两人在恋爱，如果第三者从旁加入，便生嫉妒心理和排除异己的行为。

第四，基础不同。友情的基础是“信赖”，爱情则是纠缠着“不安”。

一份真诚的友情，具有绝对的信赖感，犹如不会动摇的磐石。相反地，一对相爱的男女，虽不是没有信赖对方，但老是被种种不安所包围，比如“我深深地爱着她，她是否也深深地爱着我？”“他的态度稍微变了，是不是还和以前一样地爱着我？”

第五，心境不同。友情充满“充足感”，爱情则充满“欠缺感”。

当两个人是亲密的好朋友时，彼此都有满足的心境；但当两个人一旦成为情人时，虽然初期会有一时的充足感，可不久之后，就生不满足感，总希望有更强烈的爱情保证，经常有一种“莫名的欠缺”尾随着，有着某种着急的感觉。

一般来说，每个人在交往中，只要不欺骗自己，不是在演戏，能好好地反省自己内心的情感动向，依据上述五个指标，仔细地观察、反省、并做综合分析，对友情与爱情是可以正确地辨别的。

一个半朋友

邓　皓

我爷爷给我讲过一个这样的故事：

从前有一个仗义的广交天下豪杰的武夫。他临终前对他儿子说："别看我自小在江湖闯荡，结交的人如过江之鲫，其实我这一生就交了一个半朋友。"

儿子纳闷不已。他的父亲就贴近他的耳朵交代一番，然后对他说："你按我说的去见见我的这一个半朋友，朋友的要义你自然就会懂得。"

儿子先去了他父亲认定的"一个朋友"那里。对他说："我是某某的儿子，现在正被朝廷追杀，情急之下投身你处，希望予以搭救！"这人一听，容不得思索，赶忙叫来自己的儿子，喝令儿子速速将衣服换下，穿在了眼前这个并不相识的"朝廷要犯"身上，而让自己的儿子穿上了"朝廷要犯"的衣服。

儿子明白了：在你生死攸关的时刻，那个能与你肝胆相照，甚至不惜割舍自己的亲生骨肉来搭救你的人，可以称作你的一个朋友。

儿子又去了他父亲说的"半个朋友"那里，抱拳相求把同样的话诉说了一遍。这"半个朋友"听了，对眼前这个求救的"朝廷要犯"说："孩子，这等大事我可救不了你，我这里给你足够的盘缠，你远走高飞快快逃命，我保证不会告发你……"

儿子明白了：在你患难的时刻，那个能够明哲保身、不落井下石加害你的人，可称作你的半个朋友。

那个父亲的临终告诫，不仅让他的儿子，也让我们懂得了一个交友的道理：你可以广交朋友，也不妨对朋友用心善待，但绝不可以苛求朋友给你同样回报。善待朋友是一件纯粹的快乐的事，其意义也常在此。如果苛求回报，快乐就大打折扣，而且失望也同时隐伏。毕竟，你待他人好与他人待你好是两码事，就像给予与被给予是两码事一样。你的善只能感染或者淡化别人的恶，但不要奢望根治。当然，偶尔你也会遇上像你一样善待你的人，你该庆幸那是你的福气，但绝不要认定这是一个常理。

因为人生只有一个半朋友。

把刀插在朋友的肋上

王　朔

咱们刚从树上下来那会儿，直起腰四下一看，草原上，大河边，森林里，到处走的都是大野兽，想吃口肉太难了，一个人打猎，十有八九让人家当猎打了。这就要交朋友，一群哥们儿傍着肩出去找吃的，喊呀，追呀，逃呀，扔石头呀，说是打猎，更像是打群架。社会是怎么形成的？就是一帮猿人在共同的群架生涯中觉得彼此再也分不开了。

即便这样，一帮哥们儿有福同享，有难同当，心往一处想，劲儿往一处使，也不见得每天能打着东西。据阿城说，那帮猿人打猎也是个幌子，成群结队出去其实是拣骨头，大牲口吃完肉，这帮孙子冲上去拣一些骨头砸开了含在嘴里狂吸，所以发明石斧，所以山顶洞里一地一地的骨头渣子。在那个年代，人一点都不高级，只是食物链最后的一环，打扫餐厅的。生活多残酷啊！有朋友的尚且如此不堪，没朋友的，估计只能默默地饿死，生下来就没吃着东西，生扛几年，也就默默地回去了。

这之后，几十万年过去了，大牲口基本都死光了，活着的也都当了俘虏，关进动物园，再出门，满视野走的都是衣冠楚楚的人，虽说也是些衣冠禽兽，但还没听说有像豹子的，看见身子骨弱的，当街就追，直到咬死而后快，生命安全不那么悬了。生活也好了，只在兜里揣着几张印着人头像的纸条，想吃肉，进饭馆，买生的回家做也行。总而言之，用不着齐心协力搞饭吃了。这时朋友在实用意义上其实已经没用了，剩下的理由都是扯淡，分享快乐呀，分担痛苦啊，朋友多了好办事啊，多个朋友多条路啊，都不是要命的事儿，都是闲的。或者是不踏实，内心没有安全感，对人类没信心。还是估计有一天，早晚轮到人吃人，多交些朋友预备着。还是那个记忆难以磨灭：人，一旦走了单儿，什么东西都能吃了你。

从那时起到如今，人改了很多生活习惯，穿衣裳了，刷牙了，进屋敲门了，不见一个绊一个随便往地下躺了，想拉想撒也知道到指定的地点行事了。就是这种好扎堆儿，好往一块凑，不敢一个人待着的习惯没改。谁最累呀？朋友最累，你的事就是他的事，你结婚了，他来喝酒；你有钱了，他来帮着花；你进监狱，他没影儿。这叫“炒豆大家吃，炸锅一个人”。

第二累，他的事就是你的事。他闷了，你得陪他说话；他要做事情，你要给他交关系；他找了一蜜，甭管什么德行，你得当嫂子，维着；他跟谁急了，等于你也急了，你还当自己人缘广呢，他那里已经替你和一片人绝了交。现在社会已经文明了很多，法院也开始管人民的鸡零狗碎了。我年轻的时候，人民内部的矛盾都是人民自己解决。经常有这样的事发生，你老实巴交在屋里待着，你一铁哥们儿哭着进来，说被谁欺负了，你没有别的选择，必须立刻低头满世界找砖头，义无反顾地跟着他出门，外面是刀是枪等着你，那全看你的运气了。这叫为朋友两肋插刀——把刀插在朋友的肋上。

朋　友

倪　匡

“是你的朋友，不会为你主持公道。”

注：如果是你真正的朋友，当你和任何人、任何势力，在任何情形之下起了冲突之际，他会帮助你，但是绝不是主持公道式的帮助。

若干年前，有一位至交好友夤夜来电：报上有人因为什么什么事攻击我，请你主持公道！

一听之下，我火冒三千丈。冒火，不是为了朋友受人攻击，而是朋友居然要我主持公道，这分明是不把我当朋友。主持公道的大有人在，法官可以主持公道，警察可以主持公道，陌生人也可以主持公道，何必来找朋友？

当时斥曰：“我是你的朋友，不会替你主持公道，只会帮你。你要帮助，找朋友！要主持公道，另请高明。我和你是朋友，你不对我也要说成对，死的也要说成活的，对方再有道理也要批臭斗臭，这才是朋友，明白了吗？”

朋友唯唯受教，不敢再请我主持公道。

朋友是一种十分重要的人际关系，感情好起来，可以超过血缘关系。这样重要的一种关系，若是和陌生人也可做到的主持公道放在一起，那是对“朋友”一词的大大侮辱，万万不可！

老友记

林清玄

我在《中国时报》副刊当编辑时，常去催稿。古龙说："你不跟我喝酒，我就不写给你。"但我俩那时年轻啊，老喝不醉，干脆就把绍兴黄酒倒在两个盆子里，"干盆"。我们还经常一起泡温泉。他全身脱光，你很难想象他浑身刀疤的样子，因为他年轻时常常和人家砍杀。所以他的武侠小说其实就是他的生活，只不过是从现代投射到古代，还美化了主角——他本人长得很丑，像个罗汉，却写出像楚留香那样俊美的男主角。

古龙临终前的最后一个星期，我去看他，他还写了一幅字给我——"陌上花发可以缓缓醉矣"。然后他又和我讲："我要告诉你一个重要的事情，酒不是好东西。"那时他都肝硬化到晚期了。他死后，大家决定买上 48 瓶 XO 给他陪葬。4000 块台币一瓶啊，我担心这样会被盗墓，建议把酒瓶的盖子打开。有朋友开玩笑说："过个几十年，就是陈年老酒啊！"

南怀瑾是个博通四海的大家。为了去拜访他，我就问人家南老师最喜欢什么，他们告诉我南老师最喜欢抽三五牌香烟，于是我带了一条去拜访他。那时他 80 多岁，鹤发童颜，一根根抽着香烟，完全没有什么执着和固执，是一个很自在的老人。那一次，我们谈了一整夜。我问他："为什么你写的很多东西都只有上册，没有下册？"他说："那下册都要留给你们作，我都作完了，你们作什么？"南怀瑾又讲，他的老师在世的时候在全中国盖了 120 座庙，可是都没有盖完。有一天，他忍不住问其中缘由。他老师说："我都盖完了，你盖什么？"然后南怀瑾对我说："林清玄，你写我的下半部吧！"我说："我不写你的下半部，我要写我自己的上半部。”

我曾写文章批评三毛的文章眼泪太多——《三毛一篇文章有 48 处眼泪》，后来三毛的妈妈打电话给我，说三毛看了那篇文章哭了很久，眼泪比我写的还多。那时我们还不认识。认识之后才知道她就是那样的人，为了感动的事情，可以几个月不睡觉，像写《滚滚红尘》时就如此。

有一次我们在吃饭的时候，她说她想要搬到美国去，要卖房子。我去看了她家，很不错，当场就决定买下。签约付钱的前一天晚上，她突然打电话给我，说：“清玄，我的房子不卖了。”我很生气，为了买房我四处借钱。她说：“屋顶上的柠檬花开了，我要等到它结果。”结果，那段时间她就没有出国，一直等到柠檬结了果。她就是这样的人：对朋友很好，会记得朋友喜欢什么，在旅行的时候记得给朋友带礼物，有时又会突然写卡片给朋友……她对朋友真的很细心，也很贴心。

朋友三六九

谁谁谁

不知道从何时起，“朋友”，在我的词典里退化成“认识的人”。他是一个朋友，意思就是他是一个认识的人。

办公桌上放着3个名片盒：两个700张的，1个400张的。照此推算，我应该有1800个朋友。细翻一下，发现个别朋友的名片有重复现象。这说明与这些朋友的会面不少于一次，而且每次会面时，都不记得他们的名字。最多的一张名片出现了4次。至今记不起对方的面容，却记得每次会面时的对话。我说：“我好像见过你！”他说：“你好像上次也是这么说的。”

比碰过面的朋友高一等的是吃过饭的朋友。常常是提起一个人名后，有人反应：“这个人认识，在一起吃过饭的。”或者：“这个人熟得很，吃过两次饭了。”

比吃过饭的朋友感情更进一步的是，出差时同宿一室的朋友。因为数量少，所以尤为珍贵。提起来，就是“睡过觉的朋友”，甚至“睡过两次的朋友”，格外亲昵。

一部分朋友见过一次面，或吃过一次饭后，靠电话联系。有事一天数个电话，无事数月无一个电话。过一段时间对方跳了槽或换了手机后，便音信全无，徒留名片盒里一张废纸片。

少部分人一来二往竟真成了朋友。记在手机里，列在MSN名单上，有事没事招呼一声，出来吃饭喝茶。海阔天空聊一通八卦，意气风发地再回去赚钱，像刚加过油的汽车一样。

只是这样的朋友一旦结了婚或生了孩子，就不再有空闲，每天忙于职务的升迁、夫妻的周旋、孩子的拉扯，偶尔出来放放风，也算奢侈享受。

最后只剩下一个朋友，每天披星戴月走进同一个屋檐，走进不同的梦里；每天日出时走出同一个屋檐，走进不同的办公室。

忘却有恩于人，记住有恩于我

风雅颂

著名经济学家孙冶方与著名舞蹈家资华筠都是全国政协委员，因常在一起开会而熟悉。1982 年春季的一天，同时参加政协会议的孙冶方听说资华筠是著名学者陈翰笙的学生，就对她说："你的老师是我的引路人。我是在他的影响下参加革命并且对经济问题产生兴趣的，我很感谢他。"

资华筠将孙冶方的话告诉了陈翰笙，以为老师一定会为此而自豪。谁知老师却说："不记得了。"

资华筠以为老人年事太高，记忆模糊了，就半是提醒半是嗔怪地说："人家大经济学家称您是引路人，您倒把人家忘记了。"

陈老十分认真地回答："我只努力记住自己做过的错事——怕重犯。至于做对的事情，那是自然的、应该的，记不得那么多了。孙冶方的成就，是他自己努力的结果，我没有什么功劳。"

孙冶方——一个永远没忘记曾对自己有恩，或者哪怕只是一点点帮助的人，他有的是一种常存感恩之心、知恩图报的仁人君子的胸怀！

陈翰笙——一个只记得自己做过的错事，而不记得对别人的帮助和有恩于别人的人，他有的是一种可与古之圣贤比肩、可称为贤之大者的胸怀！

半个多世纪前，在著名作家钱锺书夫妇与著名作家、记者萧乾之间，也发生了一件关于施恩与感恩、记恩与忘恩的小事。

1936 年，萧乾在担任《大公报·文艺副刊》主编时，曾经编辑发表了杨绛的一篇作品。等到发稿费时，萧乾才得知，杨绛已经随丈夫钱锺书去英国深造了。这笔发不出的稿费，按照报社的惯例应当先留存，待到作者回国之后再发。可是出于对作者负责的心理，萧乾没有采取这样省事的做法，他自作主张地将稿费兑换成外汇，悉数寄往英国。此后，他们之间再也没有人提起这事。

47年后，也就是1983年秋天，萧乾搬到了北京复兴门定居。一次，他偶然听说钱锺书夫妇就住在相距不远的南沙沟，于是就抽空前去拜访这两位几十年未见的老朋友。

让萧乾意外的是，钱锺书开门后见到是萧乾前来，竟然躬下身子热情相迎，甚至还喜出望外地对里屋的杨绛说："恩人来了！"这时，杨绛也迎了出来，夫妇二人你端茶、我倒水，好不殷勤。这一番热情的礼遇倒让萧乾很纳闷，可当着两位文坛泰斗的面，他也没敢多问，只是寒暄几句就走了。此后，两家开始了走动。钱锺书夫妇也经常到萧乾家串门，并总以"恩人"相称，萧乾仍不明就里。

有一天，萧乾在钱家与钱锺书小酌时，终于忍不住了，他借着一点酒劲儿问道："先生德高望重，与我也未曾有亏，为何总称我为恩人？"

钱锺书脱口说道："你还记得47年前，曾经给杨绛寄过稿费吗？那时正是我俩在英国最困难的日子，你可是帮了我们一个大忙哪。"

萧乾怔怔地想了半天，才记起当年的那件小事。他万万没想到，时隔近半个世纪了，这位大学者依然将它铭记在心，念念不忘。他不禁感动地说："原来如此！我对每个作者都是一视同仁，为他们服务只是我的本分而已呀！"

钱锺书却坚持说道："只要是帮助他人的事，分内分外又有何差别？我还是应该感激呀！"

一个对自己做过的帮助人的善举全然忘却，忘了自己有恩于人；一个对别人的帮助历经近半个世纪的沧桑岁月仍时时铭记，心怀感恩乃至终生难忘，记住别人有恩于我——萧乾的"忘却"与钱锺书的"记住"尽管表面上意思相反，却折射出一种同样可贵而高尚的人格与美德的光芒。

灯熄后，知交好友剩几个

吴念真

始终很佩服某些擅长交际应酬的人，总觉得那是一种天生的才华。那些人无论在什么场合、遇到什么样的人，好像都能应对自如、谈笑风生、礼数周到；有些人甚至还具备超凡的记忆力，任何一张脸、一个名字，只要见过、听过，仿佛就可以记入档案，存取自如。

这方面我承认自己是有心学，但力不足。

人际交往的三个层次

年轻的时候在电影公司上班，直属上司不但善交际而且酒量好。那时候最怕的工作任务，就是“晚上留下来，陪客人吃个饭”。

我和朋友可以彻夜瞎说，上台演讲好像问题也不大，但到了那样的场合，却始终有点不知所措，不知道该用什么样的表情和态度去应对、交谈。

而一旦心里有了这样的犹豫，言行举止就必然拘谨、尴尬。加上酒量超差，一杯脸红，两杯过后马上睡意蒙眬，老怕自己出丑，于是无论敬酒或回敬都小心翼翼、畏畏缩缩。

于是，在这个经常以喝酒的态度来衡量一个人“诚意”的地方，我难免被归为“不够热情”的一类。记得有一次上司还在一大堆宾客前指着我说：“你这家伙根本带不出场！”或许是自己不习惯，也老让别人觉得我“无趣”，所以类似那样的场合慢慢地就不找我了。没有交际、没有应酬，自己觉得轻松，但在某些人眼里，却老觉得我是不是太冷漠、太寡情了一点？

记得有个朋友，当年还很好意地给我上了一个晚上的交际课。他说人际交往上有三个不同层次，都必须学习、关照。

第一种，那是一种即使勉强也要凑合的场合，目的是广结善缘，或者为了自己（或亲戚、朋友）的某些近程目标可以顺利完成。在这个层次上，人与人之间的关系较远，说不定“过眼即忘或用完即弃”，情感成分属于“略低”的一种。

第二种，广结善缘也是目的之一，不过在这个层级上，人与人之间基本上已经有了一定的熟悉度或关联性，是为了累积情分，是“养兵千日，可能用在一朝”的积极性交往，情感成分属于“中级”。

第三种，往来的不是亲戚就是非常熟识的朋友，是婚丧喜庆的帖子或讣文必然会发出去，年节会相互送礼、致意的对象。不过，真正的情感成分则属于“自由心证”，浓淡之间甚至还会凭双方“礼尚往来”的程度而有所改变。

已经到了这般年纪，他说的我当然都懂，只是要做到自然、安心，对我来说还是难。

没有真心的善意

举个例子，我最怕遇到的场面是听到别人跟我说：“好久不见了，哪天聚聚？”“哪天有空，一起吃个饭吧？”而讲完之后紧接的话却是：“哦，那 bye 了，保重！”

我了解那绝对是善意，但让我难受的是：这善意无丝毫真心。

记得儿子五六岁的时候，有一次带他上街，在玩具店里遇到一个早已转行的制片。聊了一阵分别后各自的工作和发展之后，他说：“哪天聚一下，吃个饭？”随即握手告别。没想到我儿子竟然问我说：“他要跟你吃饭哦？”我说：“是啊。”没想到儿子却一脸疑惑地说：

“那你们怎么都没有留电话？”

小孩清澈的直觉，有时候真是一面镜子。没错，他连我的联络方式都没问，那“哪天聚一下，吃个饭”这句话不就是大人之间彼此心知肚明的应酬一场！

几天前跟当初要我把交际当成人生一种必要的那位朋友聊天，没想到他忽然冒出一句话说："这几年懒得交朋友。"理由是："已经到了这样的岁数，未来交到的朋友，再怎样也不可能像现在的老朋友这么久。"

他说从年轻到现在，朋友来来去去，有些甚至从好朋友变成老死不相往来的敌人。"但总有几个是不必应酬也打死不退的家伙。"他说，"没骗你，有一天晚上我很认真地算了一遍，觉得……有这几个其实好像也挺够用了！"

没问他"那几个"里头包不包括我，因为怕一旦问了，他的回答会让我觉得又是另一种形式的应酬。

从以前到现在，我都很羡慕、敬佩那些会交际、会应酬的人，一直学不会或不自在，常让自己很自责。以前常在热闹非凡的场合里，因为觉得无能、无趣而提前默默离席。现在想想，好像这样也还不坏，至少比在人群散尽、灯光黯淡、杯盘狼藉的时刻，发现现场只剩一个疲惫、孤单、空虚的自己好多了。

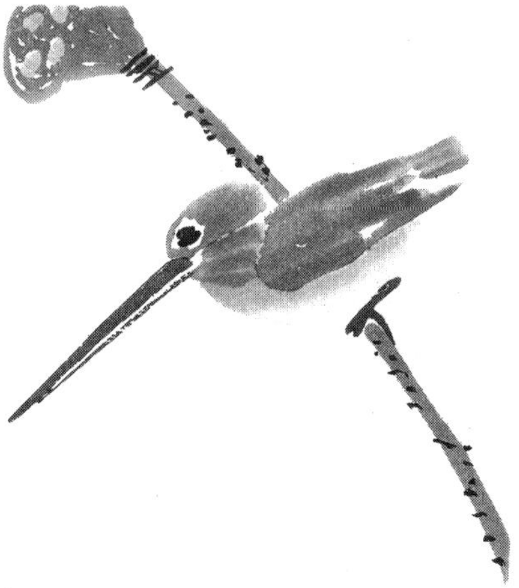

爱要怎么说

唐 韵

较之于生活，爱情总是更适合于舞台。

故事的序幕揭起在20世纪20年代的某个春天。

两个朝气蓬勃的大学生同时爱上了一个女孩子。他们俩既是同窗，又是好友，可以说无话不谈。一个青年对另一个青年说，我爱上了她，她像春天里的阳光，催生了我心底蛰伏的激情，我仿佛重获新生。另一个青年对那个青年说，我也爱上了她，她似仲夏夜的月亮，照耀着我梦幻般的诗意，使我有如置身天堂。两个坠入爱河的青年陷入了共同的苦闷之中：去向心爱的姑娘表白吗，又恐怕伤害了朋友的感情；封闭着自己的爱意吗，又无法承受这份相思。最终，两个好友商定：为了这个姑娘，他们来做一次公平竞争。他们把对姑娘的爱收藏起来，谁也不要告诉她。两人都去求学奋斗，谁先拿到博士学位，谁就有资格去向姑娘表露真情。

盟约立下后，其中的一个青年便负笈远洋，到美国去打造驶往爱之彼岸的航船。多少个异乡的夜晚，青年孤灯成双影，无眠到天亮，他怀想着尚未启封的爱情，像守候着等待破土的新绿。数年后，青年终于以优异的成绩获得哈佛大学哲学博士学位。学子无心留恋他国风情，一俟学位证书拿到，他便急切地搭上最早的一班邮轮返回阔别的祖国，他要赶去向心爱的姑娘献上用心血和挚爱培育、浇灌了多年的玫瑰。

然而，当青年回到母校，却得知当年与自己订约的同学早已与那位姑娘结为伉俪。好友并没有远涉重洋以获取那个他们约定的对姑娘示爱的前提条件，而是把读博士的时间直接当作礼物送给了姑娘。

不战而败，或战而不胜的青年的痛苦是可想而知的，他再也没能从这次惨败中恢复过来，因为他败得太惨，他不但败在了痛失真爱的结局面前，而且败在了对友谊的信任和忠诚面前，他尤其败在了自己的高尚和纯洁面前。青年退到别人的爱情背面，默默地舔舐着自己不见刀痕的伤口、不见血迹的痛楚……

这是一个“很好”的故事。我是说，这个故事有完整的结构、曲折的情节、起伏不定的情绪和出人意料的结局，这是一个“叫座”的连续剧的坯子。但是，我只能讲述它，却不能出卖它，因为它不是我的杜撰，而是一个人真实的生活。故事里的主角之一，便是当年涉海求爱的痴情人，他一辈子守在一所大房子里，他坐在老旧的案几一侧，让另一侧永远地空着。如同自己的人生，像一台没有对手的戏。

陈岱孙是我国著名的经济学家。他出身名门，家学渊源，伯父陈宝琛乃晚清末代皇帝溥仪的老师和朝廷重臣，族中多有贤达显贵。与他的情场失意同样具有悲剧意味的是，陈岱孙 28 岁即被聘为清华大学经济系主任，当时名满学界，可谓一代才俊。然而，整整 70 年以后，当陈老以 97 岁的高龄辞世时，他的身份仍然是经济系的主任，不过从清华大学换到了北京大学。

晚年的陈老回首往事，曾不无感慨地说：“我这一辈子，从来没有‘进步’过！”

这是何等沉重的一句评语啊。这位曾经有爱却没有爱过的老人，曾经年轻却没有享受年轻的智者，像一位失去了臂膀的西洋武士，孤独地走完了他的一生。

而陈岱孙的同窗好友、那个曾和他订盟却又违约的年轻人，不但得到了他想要的姑娘，后来的仕途也走得很好，一生受人敬仰。我们能说他错吗？我们能指责他卑鄙吗？他会为自己辩解：爱无罪啊。

爱无罪。是的，或许我们会站在道义的立场上为品行高贵、一诺千金的陈岱孙表示惋惜，但是我们却不能据此就指责他的朋友——或许，我们该为他祝福。因为爱情实在是一种具有神奇魔力的东西，它能够使人癫狂、使人忘我。一个忘我的人，受了神谕般的驱使，无论以任何方式来到他所爱的人面前，他的行为都是值得我们宽容、值得我们祝福的。

如歌的友情

舒　乙

“文革”后期，我和家人冒着风险打开被封多年的老舍先生的书房兼卧室。满屋尘土，凌乱不堪，惨不忍睹。地下有不少纸片，随手捡起一个旧信封，上面有鞋印，显然是被践踏过的。抽出里面的纸，竟是一幅挺完好的中国画。细看，是傅抱石先生送给老舍先生的一件礼物。横幅，幅面不大，未裱，题为《洛神图》。画面上是一位古装仕女，席地而坐，抚琴，端庄典雅，额上有一颗装饰红点，小嘴同样猩红，脸型和眼神很美丽，仿佛在冷峻平静的外表下有一股热烈的激情在心中搏动。

显然，当时傅抱石先生在南京家中作画，画得意了，装上信封，寄到北京，送给知己的老友。没有特殊的因由，几乎是什么也不为，甚至也不写什么多余的话，寄去就是了。是一种问候？是一种惦记？是一种关切？是一种友情的延续？是一种自我陶醉？是一种急切的分享？我说不好，实在说不好。我只是感觉到，这里面什么都有，只是没有任何功利，无所求，无所需，也不要任何回报。朋友嘛。

在老舍先生的画柜中，这样的画并不止此一件。

还有一件，比这件更精，更绝，堪称是傅抱石先生的一件重要代表作。

这一幅叫《铜荫图》。立幅，非常之长，四尺有余。画的是抗战中傅先生住了七载的重庆金刚坡旧居。巨铜之下一茅庐，窗内一小古装人在作画，实则抱石先生自画像。完全是一幅写实主义加浪漫主义的杰作。傅先生很喜爱它，带回南京，常常挂出来欣赏。1953 年傅先生来京，闲聊中老舍先生谈到此画，深表爱慕。傅抱石先生闻后，大为感动。回到南京他立刻将此珍藏艺术品托人带到北京，赠给老舍先生，还在绫子框上写了长跋，说明始末根由，竟是一篇美丽动人的散文，共计百余字。

又是一次馈赠，又是一次毫无功利，又是一曲纯情的友谊之歌。

如此珍贵的礼物出手得越是平常，越是随意。反过来，越显其传奇，传递的人间情谊有如水一样清淡透明，有如歌一样美妙动人。

这两件事深深打动了我。我觉得在这两张美丽的杰作后面藏着的友情是了不起的典范。

现如今，一切似乎都被金钱淹没了，恐怕再也不易找到这种不带金钱味儿的交往了。傅抱石先生和老舍先生的这种中国古代文人优雅行为的翻版，也许真成绝唱了。

写出这些故事时，我仿佛听到世界远方的枪炮声、厮杀声、爆炸声和报仇的咆哮声。

于是，我从这些故事中看到了一个民族的伟大精神，是它创造了我们灿烂辉煌的中华文化，是它创造了一个又一个让世界震惊的人间奇迹。

所以，我一点也不以为它小。不。这是一种巨大的力量，大到或许会改变世界的命运。

人类啊，本该如此生活的，善良，富有同情心，彼此帮助，而且不要求回报。

博　爱

亦　舒

同文说他经常收到漂亮的明信片，那上面问候的句子也非常精彩，可是他一直没有回信。因为一次在邮政局，他亲眼见过一个给他寄过明信片的人手上拿着一沓明信片打算寄出去。

真是，连并非生性疙瘩、对衣食住行均十分随和的我，都害怕这种泛滥的爱，何况是要求严格的同文。

一个人，到了人人都认他做好朋友之际，旁观者一定会警惕：人缘这样好，可能吗？有必要吗？抑或，这种纯熟的面面俱“圆”只是一种虚伪？即使是真情，那么多人齐齐分享，会不会淡如开水？

爱海无涯，回头是岸。

友情需要慢慢悉心培育，过程十分漫长，绝非即冲咖啡或即食面。

对任何形式的感情有三分认真的人，都不会愿意在芸芸众生中客串，跑去排长龙等做某君的好朋友。

我生性狷介，最不喜欢凑热闹。

有人说“我只请最最好的朋友，一共一百二十桌”。真有那么多好朋友？做他的敌人，似乎身份矜贵得多，也比较受尊重。

场面上往来的相识多至万人也不稀奇。而知己，三两人足矣。

知 己

亦 舒

人们最常见的感慨：相识遍天下，知己无一人。

什么叫作“知己”？

要求不宜太高。一个人的心，原本是天下最寂寞的地方，不然的话，一位朋友不会把“我所有的烦忧，只有耶稣知道”这两行字绣在枕头套上。

知己并不是专为阁下两肋插刀、随召随到、摆平天下一切事的“动物”。

知己也不过是血肉之躯，除去做知己之外，他还有自己的职业、家庭、杂务。

生活中的日常琐事最折磨人及消耗时间，无须战争、瘟疫、失恋，知己可能也有走不开之时，不便即时提供慰藉。要体谅知己，才会有知己。

知己也有别的知己，知己不是星体，单围绕着一个太阳转。

知己不是附属品、马屁精，逢事均说好好好，好得不得了。

知己是与我们的价值观与人生观相似的益友，知己是有商有量有意见的良师，知己愿意伸出双手，但是我们绝不能乘机将他拖下水。

细想想，不是没有知己的。

朋友也有“七年之痒”

佚　名

最近还有一些人跟你畅所欲言吗？还有朋友帮助你修缮房屋吗？如果这些人七年后仍会继续做这些事情，说明你很幸运。社会学家杰拉尔德·莫伦霍斯特研究了我们接触的人是如何影响我们的社交网的。根据这项研究，他得出的一个结论是：每隔7年，你将失去半数的亲密朋友。为了回答这些问题，莫伦霍斯特对年龄在18岁到65岁的1007人进行了调查。7年后莫伦霍斯特再次与这些参与者取得联系，并与其中的604人见面。结果发现，7年期间个人关系网的平均规模一直在稳步缩小。7年期间我们的社会关系网中的很多老朋友将被其他朋友所取代；7年后仅有30%可以交心的人和经常帮助你的人，他们在你的社会关系网里仍保持着相同地位；仅有48%的人仍没脱离你的社会关系网。

朋友即将远行

杏林子

暮春时节，我邀请了几位朋友在家小聚。虽然都是极熟的朋友，却是终年难得一见，偶尔电话中相叙，无非是几句寻常话语。一锅小米稀饭、一碟大头菜、一盘自家制的咸菜、一只巷口买回的烤鸭。简简单单，不像请客，倒像家人团聚。

其实，友情也好，爱情也好，久而久之多会转化为亲情。

说来也奇怪，和新朋友只谈文学、谈哲学、谈人生哲理，等等，和老朋友却只话家常，细细碎碎，种种琐事。很多时候，心灵的契合已经不需要太多的言语来表达。

朋友做了个新发型，不敢回家见母亲，怕惊骇了老人家，却欢喜地来见我们。老朋友颇能以一种趣味性的眼光来欣赏这个改变。

年少的时候，我们差不多都在为别人而活，为苦口婆心的父母而活，为循循善诱的师长而活，为许多观念、许多传统的约束力而活。年岁增长，渐渐挣脱外在的限制与束缚，开始懂得以自己的方式做一些自己喜欢的事，不在乎别人的批评意见，不在乎别人的诋毁和流言，只在乎那一份随心所欲的舒坦自然。偶尔，也放纵一下，并且有种恶作剧的窃喜。

我越来越觉得，人生一世，无非是尽心。对自己尽心，对自己所爱的人尽心，对生活的这块土地尽心。尽心了，便无所谓得失，无所谓成败荣辱，很多事情便舍得下，放得开，包括是非恩怨、金钱与感情纠葛。懂得舍，懂得放，自然春风和煦，月明风清。

就让生命顺其自然，水到渠成吧。犹如窗前乌桕，荣枯之间，自有一份圆润丰满的喜悦。雨轻轻落着，没有诗、没有酒，有的是一份相知相属的自在自得。

夜色在笑语中渐渐沉落，朋友起身告辞，没有挽留、没有送别，甚至也没有问归期。

知道了聚散原来是这样的自然和顺理成章。懂得这点，便懂得珍惜这一次相聚的温馨，离别便也欢喜。

我听见风吹过香樟街

吴洲星

一

15 岁那年，我迫不及待地渴望遇见一个人。无论是谁，只要他能带我离开。

我把这句话告诉阿言的时候，他大笑起来。

阿言是我唯一的朋友，因为他帮过我一次。阿言很普通，又很胖，平凡到可以忽略不计。他不像我，虽然很平凡，骨子里却骄傲得很。

因为小时候的一场病，我的身体变得无比臃肿。阿言帮我，无非是因为觉得我和他一样，其实我们不一样。只有我自己清楚，在我臃肿的身体里藏着一个轻盈的灵魂。

其实我并不是很喜欢阿言，我只是觉得自己身边应该有一个朋友，我想阿言大概也是这样。再怎么孤僻的人，内心还是希望有个人在自己身边，哪怕不喜欢。

我住在香樟街上。那条街上除了粗壮的香樟树，只剩下肮脏和混乱，男人打老婆，女人像男人一样打架、抽烟，大声地说着粗鄙的话。我害怕自己将来会成为他们中的一员，这让我无比忧伤。

我渴望有一个人来拯救我。

我把目光转向了班上一个经常穿白衬衣的男生。白色的衬衣把他和其他人区别开来，就像我断定他会成为穿干净白大褂的医生，我断定他会离开这里。

终于有一天，我战栗着递给他一张纸条，上面是我鼓足勇气写下的 3 个字："带我走"。他看着我，时光定格。许久，他终于牵起我的手。

这只是我的幻想。现实是空气中浮起了尖锐的嘲笑，如同撕破衣服的声音。

"你只能遇到一个普通人，运气好一点的话，会遇到像我这样的。"后来阿言笑嘻嘻地对我说。那时我正跪在地上擦地板，我拧紧湿漉漉的抹布，直到拧不出水来。如果不是他帮过我，我铁定会把抹布丢到他脸上。就是那一次，阿言冲上去抢下男生手里的纸条，说了一句"是我写的"，挽救了我可怜的骄傲。

二

街口的音像店里经常播放低俗却很适合这条街的歌曲，然而那天，我忽然听到一个声音："听见冬天的离开，我在某年某月醒过来，我想我等我期待，未来却不能因此安排……"我呆立片刻，眼泪汹涌而出。那一刻，我忽然明白，原来我一直渴望有人来拯救我，带我离开这里，渴望这个世界上有人理解我，哪怕只是一个声音。

我第一次开口向母亲要钱，那时她正在和父亲闹离婚。拿到钱之后，我飞奔到音像店。在那家音像店里，我轻声唱起那天听到的那首歌。

"哦，是孙燕姿的《遇见》。"一张CD"啪"地丢在柜台上，那两个字触电般击中内心，我颤抖着拿起那张CD，把钱一丢，飞快地跑了出去。

反复地听着《遇见》。当年母亲是不是也意识到了这一点，所以不顾一切地嫁给父亲？可惜她的命不好，嫁给了生活在香樟街的父亲。她想离婚，也许只是像我一样想离开香樟街。

人生，说到底是一场遇见，有可能是惊喜、是沉淀，也是未知。好比母亲，好比我。

我又会遇见谁呢？

我从围墙下走过时经常会思考这个问题。高墙上裸露的砖块间有很多小洞，冬天的时候，我听见呼啸的北风钻进洞里面尖厉地吹着口哨。

我会塞一些纸条在洞里，把秘密藏进洞里。有时写几个字，有时什么也不写。有一天，我在纸条上写下："阴天，傍晚，车窗外。"

三

母亲照旧在和父亲闹离婚，阿言还是会每天来找我。百无聊赖时，我又去了那堵墙下。掏出那张纸条，我忽然发现上面多了一行字：“未来有一个人在等待。”是《遇见》里的歌词。

我心里一惊。是谁写了这几个字？

我把纸条给阿言看的时候，他只说了一句：“无聊。”不会是阿言，更不会是那个穿白衬衣的男生。只有一种可能，一个和我一样孤独的人。我在纸条上又写了下一句歌词，然后小心地塞回去。我固执地相信，纸条上还会出现字。

果然，第二天，我看到了下一句歌词。

我想象着那个和我进行文字游戏的人，也许是一个男孩，或者是一个女孩，但这都已经不重要了。重要的是我清楚地知道，我遇见了一个人，他和我一样，都有一个轻盈而不安的灵魂。

“我听见风来自地铁和人海，我排着队，拿着爱的号码牌……”歌词一句一句地接下去，像一种别人看不懂的语言，我和那个人亲密交谈。除了阿言，没有人知道我有了一个素未谋面的朋友。

渐渐地，我不再逃避，变得乐观起来。

有一天，我在歌词的下面看到了一行小字：“你会是一个美丽的女孩。”那天我颤抖地写下最后一句歌词，然后写下：“让我们遇见吧。”最后一句歌词是：“终有一天，我的谜底会揭开。”我在纸条上写下见面的地点。那天，我特地穿了一条白裙子。

那天的风很大，我在围墙下等待，从清晨到黄昏。然而，我等来的却是阿言。他对我说：“他没来吧？”我的脸被风吹得苍白，如同白裙。

那天，阿言扶着我的肩膀对我说：“其实我们一样，我也想离开。”

四

写完最后一句歌词之后，那个和我通信的人就永远消失了。然而，我依旧会去那里，在围墙的小洞里放一张纸条，写下我的心事和秘密。

之后，我在杂志上发表了第一篇小说。那时我才知道，原来还有另一个世界。我很少和阿言见面了，更多的时候沉浸在文字的世界里。

初三结束，我不可思议地考上了重点高中。

初中的最后一个暑假，母亲终于和父亲离了婚，而阿言也去了外地打工，我们最终以不同的方式离开了香樟街。

阿言走后，我收到了他的一封信："我终于选择了逃离，那个暑假我每天跟着你，看到你站在那堵墙后面给自己写信……也许那不是欺骗，你比我勇敢，选择了面对……"

我没有告诉阿言，我真的遇见了一个人，并和那个人通信，我遇见了未来的我。

我合上信，听见风吹过香樟街，悠远而空旷。

我的朋友很多，可就算少一个也舍不得

张嘉佳

初中没事时就去打游戏，街霸前头排得人山人海，我每次都让黄豆去排，自己在旁边猛玩赌博机。黄豆个子矮矮的，一旦有了位置，他就疯狂地喊："快快快！"

我撒腿跑过去，投币，施展各种绝技。黄豆把脑袋挤在一侧，目不转睛，主要任务是加油叫好。

铜板打完了，伸手问他要，他会准备好两三个，依依不舍地交给我。

没人愿意带黄豆玩，他莫名其妙地被所有的人嫌弃。这样的同学每个班里都有，家境糟糕，衣服脏兮兮的，强项是得零分，干什么都被落到最后，说话结结巴巴、语无伦次，常常一开口，对方就避之不及走人了。

他也想跟我们去踢球，放学后涨红了脸，问我能不能带他去。我犹豫了一下，看到其他男同学嫌弃的表情，咬咬牙说："走开走开！"

后来，他慢慢地变得沉默寡言，跟我说的话也越来越少。他原本于我就没啥存在感，所以我也没注意到这种变化。

过年的时候，我跑回了街机厅。街机厅里空空荡荡的，那个街霸游戏前站着一个小个子，我凑过去一看，是黄豆。

他手边放着高高一摞铜板，笨拙地操纵人物，但基本上第一关就挂了。

我说："给我玩玩。"

他涨红了脸，不吭声，也不给我让位置。

我自讨没趣，就去随便玩别的，身上的钱不多，不到半个小时就打光了。我心痒难耐，这太不过瘾了，又凑到黄豆边上，说："给我几个铜板。"

他不吭声。

我鄙夷地说："小气！"

这时候他突然哭了，眼泪"哗啦啦"地挂在脸上。

我大惊，赶紧溜回家，一边跑一边想起来，那天我说"走开走开"的时候，他的眼神很绝望。

开学后他没出现，据说他的家人觉得他读书没希望，还不如早点退学做生意。从此他在我的生命中消失了，他的长相在我的脑海里渐渐模糊，只剩下他在我耳边加油叫好的喊声，以及那绝望的眼神。

我高考考砸了，只好复读。我没继续在市里的高中读，家人把我安排到一个小镇上的高三班，因为父亲是那个小镇的镇长，希望老师能对我尽职一些。

对这个变化我很兴奋，因为我以为我能在小镇作威作福，带着一群小伙伴横行霸道了。

在这群小伙伴里，有一个外号叫"蛤蟆"的。蛤蟆长相憨厚，眼睛很小。本来相安无事，偏偏他有一个毛病，明明每次成绩都不及格，但做题的时候喜欢哼歌。比如，sin 不该让 cos 流泪，至少我尽力而为；我的眼里只有你，只有 S 极指向 N 极……你的柔情我永远不懂，我无法把 CO_2 变成 H_2O……

日复一日，在一次模拟考试中，终于，我在"加 50 毫升（　　）水"的括号中，填了"忘情"二字。

我们一群小伙伴每天吃吃喝喝，骑着摩托车去市区泡吧，穿越两侧布满稻田的马路，在青春的清晨和深夜里。

我们轮流请吃饭，轮到蛤蟆请吃饭的那天，他没来上课，我说："算了，我请。"

又转了一轮，轮到蛤蟆请吃饭的那天，他又没来上课，我又说："算了，我请。"

再转了一轮，轮到蛤蟆请吃饭的前一天，我怒气冲天，问他："还要不要做小伙伴了？"

结果次日他依旧没来，据说是家人觉得他读书没希望，还不如早点回去做生意。

唉，农村学生真惨。

1999年高考，考完最后一科，我晕头转向地走出教室，有人冲过来，我一看是蛤蟆。

他大概在考场外等了很久，欲言又止，交给我一封信后，就离开了。

他的信语法不通，写得一塌糊涂。我记得曾经有一次考试，作文命题是"读完余光中的一首诗后"，写读后感。

蛤蟆冥思苦想，写下作文《真是一首好诗》。

他的全文格式都是抄一句诗，后面跟一句"真好"；再抄一句诗，后面跟一句"真棒"……如此反复。

他居然还写信。

这封信我保留至今，他在信里写道：

"我家里很穷，我很想请大家吃一顿好的，可是我家里真的很穷，学费还欠着一些，爸爸说等麦子熟了，留几袋，再杀一头猪，就能缴清学费。我说：'爸爸，我都不去学校了，干吗还要缴学费？'爸爸说：'这个是欠的，就算书不念了，欠的也得缴。'

"张嘉佳，我特别想请你吃一顿好的，特别好的那种，哪怕是肯德基，贵成那样我还是会请你。无论我请不请你吃，你将来一定会很优秀，成为伟大的作家。等麦子熟了，我会偷偷留一袋，卖掉请你吃饭。"

我保留了这封信，可是他也在我的生命中消失了。我后来去过那个小镇，但无法再联系上他。

这些人原本会是我最好的朋友，可我把他们弄丢了，我快记不清楚他们的模样了。

现在我学会了珍惜。

这些年，我参加挚友的婚礼，奔波到外地，看他或者她满脸幸福，在众人的注视中走过红毯时，我都忍不住想掉眼泪。

无论多远、多难，我都会努力去他们的婚礼现场。

除了你的爱人和父母，还有一些人，因为你欢乐而笑开怀，因为你难过而掉眼泪。

我的时间很多，可是就算少一天，我还是会舍不得。我的朋友很多，可是就算少一个，我还是会舍不得。

影响青少年一生的选择

〔美国〕肖恩·柯维　王　军　王亦兵　王建华 译

选择什么样的人做朋友

选择什么样的人做朋友？你自己又是一个什么样的朋友？在这个问题上，阳光大道就是选择一个和你有相同价值观的朋友，一个能够和你一起面对压力的真正的朋友。如果你选择的是反复无常的朋友，自己也朝三暮四，总是屈服于同伴的压力，那么你选择的就是一条羊肠小道。

对于青少年来说，尽可能地多交朋友没有错。但是，永远不要让朋友成为你生活的重心。为什么？因为朋友是不完美、不稳定的，都有人性的弱点。如果你把朋友当作生活中最重要的内容，有些变故可能会颠覆你的生活。

一定要和朋友保持一定的距离，不要任何时候都和朋友腻在一起，“君子之交淡如水”，但在你有需要的时候，真正的朋友永远都会在你身边。

那什么才是我们生活的重心呢？应该是那些经过时间的考验，永远都不会过时的自然法则，包括诚实、尊重、责任。如果你把这些原则当作自己生活中最重要的内容，成为你观察这个世界的眼睛，你就能够交到更多的朋友，自己也能够成为一个更好的朋友。

如果你是一个好人，但并不受人欢迎，那该怎么办呢？不要担心，别为了受人欢迎而去做一些事情，因为这样往往会事与愿违。只要你保持自己的本色，自得其乐，不做卑鄙的事情，爱自己的父母，友善地对待每一个人，做最好的自己就行了，把注意力放在这些上面，你就能够获得自己想要的东西。

有的时候，朋友做错了事，我们应该原谅他们，就像你希望他们原谅你的过错一样。但有些时候必须划清界限，如果你的朋友不停地利用你或者欺骗你，那么你就该换朋友了。

如果你想交朋友，应该积极主动，自己先做出努力，而不要总是等待朋友来靠近你。我认识一个女孩，她总是抱怨她的朋友不愿意包容她。但是当我观察她与朋友交流的时候，我发现她也不愿意做出任何努力去包容别人。

你被朋友信任的程度，就像银行里的账户一样。如果你以细心、周到、忠实的态度对待你的朋友，就等于在银行存了很多笔小额存款，你就能提高你的信用等级。赢得最大品行积分的方法是学会倾听，先理解他人，再争取别人理解自己，这是一切良性交流的基础。

你不能强迫别人喜欢你，但是你可以尝试让自己变得更可爱。怎样才能做到这一点呢？你可以诚实地检查一下自己的缺点，如果需要就做出调整。你无法改变你的身高、相貌，但是你可以控制你的个人卫生、身材、爱好、衣着、言谈举止等，这样你就会渐渐让自己更加受欢迎。

和什么样的异性约会

在青少年需要做出的所有决定中，这可能是最重要的一项，因为这些选择不仅会影响你，而且还会影响其他人。你在约会问题上可以采取聪明的办法，尊重自己的身体，守候真爱和承诺；你也可以傻里傻气地约会，蔑视自己的身体，就像世界末日即将来临般消磨时光。但是，在选择每条道路之前，你随时都需要低头看一眼，从先行者的成功和失败中汲取经验和吸取教训。

当你在选择和谁一起约会的时候，你首先注意他们身上的哪一点？相貌？性格？还是别的什么？要想成为一个明智的约会者，最关键的是，弄清楚哪些东西对你至关重要，哪些方面你不会妥协，是不要随便和任何人约会，还是挑剔些为好。

如果你已经年满 19 岁，还从未有过约会，或者约会的次数不多，这也没什么。从某种意义上说，你是幸运的，因为你不需要处理各种感情纠葛。

约会并不是一场竞赛，不是谁获得的异性朋友越多谁就是冠军。我认识一个女孩，她上中学时曾获得学校的才智比赛冠军，弹得一手好钢琴，舞也跳得非常棒，人长得很美，但直到中学毕业，她约会的次数也屈指可数，她喜欢与朋友和家人一起打发时光。现在，她已经上了大学，开始和更优秀的男孩约会。

有许多出色的男孩或女孩，他们在青少年时代并不经常约会，这种做法很好，因为今后约会的机会还多的是。因此，不要为此感到苦恼，也不要觉得自己有什么地方不对劲。

青少年在约会时最容易犯的错误是，你的男友或女友成为你生活中最重要的内容，你无法思考其他任何事情，你切断了与朋友和家人的往来，再也无法享受到生活的乐趣。

我们都想找到自己的心灵伴侣，这并没有错。然而，当你刚刚步入中学，确定严肃的恋爱关系的时机并不成熟，如果过早约会，你就会陷入种种问题当中。结果是，荒废了学业、过快进行了身体上的接触、不知该如何结束一段不适合自己的关系，等等。

所以，一旦你准备与异性约会，你一定要确定你的界限，你希望和什么样的人约会，而不希望和哪些人约会。搞清楚你能走到哪一步，最后的界限是什么，哪些方面你不会妥协，不要让任何人说服你改变主意。如果你还没有搞清楚自己的界限是什么，就会出现无法预料的情况。

防止感情受到伤害，防止产生不切实际的幻想，防止生病、怀孕，或别人向你提出求婚的最好的保护措施，就是为自己确定个人标准。尤其是女孩子，不要轻易和年龄比你大很多、让你感到受抬举而沾沾自喜的人约会。如果有些人名声不好，千万不要和他们一起外出。如果你的约会对象经常对你撒谎，如果他以一种救世主的姿态对待你，如果他对你说“你绝不会找到一个比我更爱你的人”或者“如果你离开我，我就伤害我自己”，这就是警告你应该及时逃走的信号。

记住，一个安全的经验法则是：只与尊重你的标准的人约会，他们会在和你相处时，使你成为更完善的人。

林冲的两个兄弟

鲍鹏山

林冲在上梁山之前，有两个兄弟。一个是自幼相交，长大后一直是同事——陆谦陆虞侯是也；一个是因偶然缘分，一朝相见，互相佩服，当下便结为兄弟——鲁达鲁智深是也。

林冲和鲁智深的相识和结交是在东京大相国寺的菜园。那一天，鲁智深为他的泼皮粉丝们表演禅杖，林冲正好陪夫人林娘子去岳庙上香，途经菜园，见鲁智深一根禅杖使得好，便跳过围墙相见，二人当即惺惺相惜，结为兄弟。

可就在这时，林冲去上香的娘子被高衙内拦住调戏。林冲得信，撇下鲁智深，慌忙赶去，待下拳打时，认出是本官高太尉的螟蛉之子高衙内，先自软了，将人放走。这时却见鲁智深提着铁禅杖，引着那二三十个泼皮，大踏步抢入庙来，叫道："我来帮你厮打！"刚刚相交，便两肋插刀，这是典型的中国传统江湖文化中的朋友之道。

但林冲赶紧劝阻："原来是本官高太尉的衙内，不认得荆妇，时间无礼。林冲本待要痛打那厮一顿，太尉面上须不好看。自古道，'不怕官，只怕管'。林冲不合吃着他的请受，权且让他这一次。"

鲁智深大声说："你却怕他本官太尉，洒家怕他甚鸟！俺若撞见那撮鸟时，且教他吃洒家三百禅杖了去！"这样直接批评林冲，直戳痛处和软肋，直指林冲心中的小九九，又正是传统士大夫阶层极为忌讳的"交浅言深"。鲁智深之所以胜过千千万万个猥琐的读书人，正在于此。

林冲见智深醉了，便道："师兄说的是。林冲一时被众人劝了，权且饶他。"

鲁智深却转过来对林冲娘子说话："阿嫂，休怪，莫要笑话。"

这像是醉话吗？

不是鲁智深醉了，而是林冲觉得鲁智深的话是醉话。一直谨小慎微的林冲，哪敢说出这样的话？这样的话他听着都怕。

《水浒传》下文写道："林冲连日闷闷不已，懒上街去。"

这时，他的另一个朋友来了。这个朋友，就是陆虞侯。

陆虞侯在高衙内那里接受了一桩重大的任务：第一，把林冲骗出家门；第二，告诉林娘子是他把林冲叫到他家里；第三，出门后，再找借口，不去家里，把林冲引到樊楼。

这样做的目的，是把林冲引出家门，然后再用林冲醉酒的借口把自从受高衙内调戏之后就不再出门的林娘子骗到陆虞侯家——在那里等待她的，不是丈夫林冲，而是高衙内。显然，这是一项高难度的任务。

第一，陆虞侯是林冲自幼相交的朋友，如此陷害朋友，对任何人来说，都是严峻的道德考验。第二，这样一项曲曲折折的任务，包含着三个互相矛盾的目标，要完成它，没有相应的智力，不行。

陆虞侯几乎没有一秒钟的犹豫，就接受了这项任务。并且，他完成得非常好。客观地说，陆虞侯之所以能顺利地完成任务，有一大半的功劳应该归于林冲：林冲太信任他了。

陆虞侯来叫他，他马上就和陆虞侯一起上街喝酒去了。而且，还敞开胸襟，吐露郁闷，直至使女锦儿来报信：他的老婆被骗关在陆虞侯家，高衙内正在纠缠调戏。林冲与陆虞侯的友谊，至此宣告结束。当然，陆虞侯还会在林冲面前出现，不过不再是作为朋友，而是作为追杀者和被追杀者：在神秘的天意的帮助下，追杀者陆虞侯被林冲所杀。这完美地验证了《尚书》中的名言："人心惟危，道心惟微。"

而鲁智深在林冲性命攸关之时也再次出现：当林冲在野猪林里，被董超、薛霸绑在树上，要加以杀害的时候，只听得松树背后一声雷鸣，一根铁禅杖飞来，把薛霸的水火棍一隔，飞出九霄云外。松树后面跳出一个大胖和尚来，林冲睁眼一看，正是他的另一个兄弟鲁智深！

鲁智深把绑林冲的绳子割断，扶起林冲，开口便是："兄弟！"

我读《水浒传》，至此二字，热泪长流！

火

|

马　良

前天晚上，我一个香港的朋友去世了。他比我大不了几岁，是个事业很成功的摄影师。上次见他不过是一个月前，他端着一杯红酒站在香港一栋建筑的屋顶，那里是一个展览会的开幕酒会现场。寒暄过后，我一时不知道说什么，指着远处楼群中露出的一片海湾，告诉他，在白天我看过那片海，是碧绿的，很美。他望了望那一小片被裁剪了的黑漆漆的海面，用他一贯蹩脚的、难以让人明白的国语靠近我的耳朵，好像说一个秘密一样："那个海港是专门运垃圾的，靠近了很臭。"然后他诡秘地笑了笑，总结了一句："很多漂亮东西只能远远看，不要深究。"讲完这几句，他似乎突然就感觉疲倦了，长叹一口气，转身走开。酒会上人影绰绰，我们都有些应酬，没来得及告别。可怜如今阴阳两隔，经此一别便再也无法相见了。

我二十岁的时候，有一次和一个中年人打了起来。这人也留长发，号称热爱艺术，带着我和几个年轻朋友到处接些画壁画的单子，常常和我们谈绘画、谈音乐。我心里曾经有些仰慕他，但后来发现他嘴上说的是一套，做的却是另一套，特别奸诈，不但克扣酬劳，还离间我和好朋友的关系。那天我把他打倒在地，膝盖压在他侧脸上，他满脸通红动弹不得。我不知道为什么就说了那么一句话："你怎么好意思活到四十岁，你为什么不死？！"那时我不是个伶牙俐齿的人，加上也是热血上头，其实这莫名其妙的话里原来想说是：你每天谈艺术，谈凡·高，谈杰姆·莫瑞森，谈"坏手指"乐队的主唱，谈了那么多在年轻时把生命燃烧殆尽的人，你自己却没有在你最年轻的时候死去，还堕落为一个无耻疲老的男人，净做些苟且的事情。那时的我特别想燃烧，只想把自己投入某一丛熊熊烈火，狂热地、尽全力地燃烧一次，不怕疼痛，不怕变成灰烬，什么都不怕。我咒骂他的那一刻，断然没想过自己也是要活过四十岁的。

事实上，今天的我还无耻地活着，这真令人羞愧。那个大言不惭的少年，终有一天英雄气短。

写到此处一阵唏嘘，想起我的另一位好友。他是个作曲家，曾经给我拍的那些乌七八糟的广告配音乐，说实话，我很依赖他，那些并不怎么样的小片子，因为有他的音乐润色，其结果总归差强人意。在封闭的录音室里，我常常和他一起通宵工作，有时我们会谈谈理想。我总是指着自己的小短片，笑着说，这些都是混口饭吃，不过为了学得一些技巧；我志不在此，将来一定是要做自己的电影的。他也告诉我他的经历，他在英国读的是比较文学专业，但因为喜欢音乐，辍学重读学位，搞得父母很不高兴，和父母的关系很僵。他离开家乡台湾到内地谋生也是为了逃避家族的压力，不想继承家族事业，只想过自己想要的生活。深夜里，两个胖子聊得刀刀见血，坦诚相见。我们约定，以后我的第一部电影一定要由他来配乐。从那天起，我便把他当成了莫逆之交。

十年之后，我终于得到了一个拍电影的机会，于是践诺给他打电话。我们都很激动，约定在我高原旅行之后就见面细谈。那时我正要出门，去寒冬的雪域高原见我的几位僧人朋友。几天后在兰州，我正在一个书店买书，突然接到另外一个朋友的电话，说他在平安夜突发心脏病去世了。我当时腿一软就蹲了下来，蜷缩在书店的一个角落里，强忍着没有发出声音，眼泪止不住，几次试图站起来，但双腿怎么也不听使唤。

在大雪弥漫的高原寺庙里，我为他焚香叩首，请群僧为他超度，斋戒三日遥遥为他送行。仪式的最后一天，我买了很多捆松柏枝，在我的藏族好友扎西的引导下，于一个祭坛里烧化。那天漫天大雪，祭坛在寺院偏僻处一个无人的院落里，我把柏树枝点燃，缓缓聚成一个高高的堆，那团火在树枝下闷着，发出噼噼啪啪果实爆裂般的声音。一只鸽子突然从屋檐上飞至，穿过大雪缓缓落在火堆的另一边。扎西挥手赶它，它却不走，只远远站在那里，好像看着我。那是一只很白的鸽子，和雪一样白。

黑烟滚滚升起，把漫天飞雪衬托得更加凄凉，大火却始终没有燃起来，我们不时要绕着祭坛走半个圈，因为随风变换方向的烟雾实在太呛人。透过被烟和火焰所扭曲的空气，我看见那只鸽子一直在火边不远处。后来，扎西帮我买回两瓶白酒，教我念了几句经文，让我将酒一口气泼在柏树枝上，那被憋屈着的火突然腾空而起，和高原的风一起怒号着，燃起了几米高的烈焰。我看见那只鸽子忽然间张开洁白的羽翼，穿过黑烟，一下子便飞升起来，抬头再看，弥漫的雪花扑面而来，如同倾泻而下的白色羽毛，那只鸽子早不见了踪影。我突然后悔用那两瓶酒助燃，没来得及细细再看它一眼，它一定就是我那亲爱的朋友，这是他的告别。

从那天起，我变得贪生了，开始想要认真地活着，把生命里每分每秒都用得充分透彻，因为懂得了自己的幸运。且远远由它慢慢燃着，不再急着火上浇油，任其点着吧，能照亮一日便是一日，存温暖片刻便值了这片刻。一切应作如是观，不必再深究。

母亲和猪蹄

曾　颖

和大多数从困难时期走过来的人一样，我的母亲对食物非常敬重并极其珍惜。在她的记忆年轮里，一粥一饭，不仅仅是一粥一饭，还可能是一条命。在她童年的饥饿岁月里，她看过太多“吃则生，不吃则死”的例子。这些记忆，深深地镌刻进她的人生，在她成长时期的每个时间段，都发挥着决定性的作用。

我要讲的这件事发生在20世纪70年代中期，那时物资供应虽然依旧紧张，但已不至于饿死人了，那时的母亲，已有两个儿子：大的是我，5岁；小的是弟弟，1岁多。这个时期在母亲的眼里，食物是对她的儿子们最实在、最真切的爱。她像很多母亲一样，宁肯自己少吃，也不要儿子饿着。不！准确地说，是宁愿自己饿着，也不让儿子们吃得不满意。在我幼年的记忆里，每当家里吃肉，母亲总是选一块没肉的骨头一直啃。这里面的奥秘，直至多年后当了父亲，我才恍然大悟。

但偷嘴事件，就发生在这个时期。

那一年，我母亲打零工的雪茄烟厂来了一位新同事，这位被叫作青姨的阿姨因为和我家住在同一条街上，自然与母亲同路上下班。故事就发生在她们同行的第三天。

工厂在小城的东北方，我家在小城的西北方，上班的路，恰好穿城而过。那时虽然没有小贩或个体户，但县城仅有的几家国营商店，都在她们的必经之路上：米粉店里冒着酸香味的臊子米粉，小食店里辣子旺、汤宽的合脂粉，综合食堂蒸笼里的牛肉和肥肠，工农茶馆门口香糯橙黄的油茶上面的馓子和花生，还有文明店门口临时支起的大锅煮的烩面，上面酥酥的响皮、圆滚滚的圆子和青绿的葱花下香喷喷的烩面和汤，以及三八副食店那些用票才能买到的红糖糕点和棒棒糖，都像一个个可爱的尤物，散发魅力吸引着人们原本油水不多而常有疯狂想象力的味觉。

对于每天只就着一盘菜吃点饭，半个月左右才吃一次肉的人来说，这种香味，既是诱惑，也是折磨。特别是口袋中的钱与胃里的愿望不匹配的时候，就更加难受了。

在香气和诱惑扑面而来又袅袅而去的街头，青姨忍不住了，提议吃点东西。妈妈虽然也想，但一想到上午只挣了四五毛钱，就有些舍不得。而且，背着家人一个人在外面吃东西，是她近 30 年人生中从没有干过的事。作为一个贫家女子，从七八岁起，她就知道从自己的饭碗里捞一小撮米，以做家里月底无米之时的口粮。这种独自在外吃东西的事，完全不符合她的价值观，特别是此时她已成为两个孩子的母亲。

青姨是一个善于做思想工作的人，听了我母亲的话后，她讲了一个故事，说是“粮食关”时期，她老家乡下有两家人，一家父母把分到的所有食物都给了孩子，另一家父母则把自己顾好，然后再照看孩子。最后的结果是，前一家的父母死掉了，孩子自然也没落个好，后一家则全家人得以保全。她由此得出结论，大人自己吃，也不完全是为了自己。

这个不知是真事还是为了让母亲安心的故事，确实起到了让她放松警惕的作用，而这时，她们恰好走到县食品厂的热卤摊前。

热卤的汤锅里煮着排骨、猪蹄、猪尾巴和猪下水。这些可爱的小家伙在冰糖、酱油和香料炒制的卤汁里被煮得金黄锃亮、松软入味、香气四溢。这色香味十足的美食，再加上青姨的思想工作，彻底摧毁了母亲心理的最后一道防线。她终于忍不住了，拿出 8 毛钱和半斤肉票，和青姨合伙买下一只油光闪闪的猪蹄。

荷叶中包着的半只猪蹄，如同一件绝美的艺术品，在青绿的背景下，白净的骨头、透明的蹄筋、莹洁油亮的白肉被一层金黄的肉皮包裹着，散发出丝丝缕缕若隐若现的香气，宛如刚从仙洞里取出的宝物，让人的胃忍不住一阵痉挛，看着它的人恨不能立即伸出一只手来，将它纳入腹中，直接闯过口舌和牙齿的关口，连骨头都不吐。

青姨几乎就这么干了，拿起猪蹄，到摊后一处无人的电桩下，脸背着大街，狼吞虎咽地吃起来。显然，她是老手，一副轻车熟路的样子，不一会儿就把那半只猪蹄吃掉了，不仅把骨头嚼得稀烂咽了下去，还意犹未尽地舔着荷叶上面的卤汁和油水。

母亲远没有那么潇洒和自在。她捧着猪蹄，犹如尿急了在集市上找厕所的感觉，东找觉得不合适，西找也觉得不自在。整个大街上所有的人，包括卤肉摊上的猪头，仿佛都在嘲笑她，让她觉得自己的额头上写了大大的两个字——“偷嘴”。

其实，集市还是那个集市，人们各自忙着自己的事，根本没有空搭理这个捧着猪蹄被自己内心的价值观折磨得一脸惶惑的女人。这让母亲的心情稍稍放松下来，她怯生生、小心翼翼地对着猪蹄啃了一口。这是她这辈子第一次也是仅有的一次比家人先下口吃某样好东西，也是她觉得歉疚和不可饶恕的偷吃。

惭愧和自责，瞬间涌上她的心头传遍她的全身。猪蹄上留下的牙印仿佛也在嘲笑她，令她不安，令她无法再咬第二口，令她忍不住丢下青姨，飞快地跑回家。那天中午，我们全家每个人热气腾腾的饭碗里，都有一块香气扑鼻的猪蹄，谁也没有如母亲担心的那样，发现牙印。

之后，母亲再也没有和青姨同路，但偶尔会看到青姨背对着大街狼吞虎咽的身影，她还看到过青姨的丈夫同样姿态的身影，还听过青姨的儿子偷东西换吃的，没吃完绝不回家的事情。她觉得，一家人不应该这样。她也暗自庆幸，那半只猪蹄，她没有啃完。

这件事是在我 47 岁生日时听母亲讲的。虽然已经过去 40 多年，但母亲的愧意仍溢于言表，这时，我们全家都因血脂问题而与猪蹄绝交了，但大家仍为那一口堵在母亲胸口近半个世纪的猪蹄，沉默了 3 分钟。

十七年后的又一次握手

辛　帆

1877 年初夏的一天，彼得堡涅克拉索夫的家里，刚从巴黎回到俄国的屠格涅夫轻轻地推开了涅克拉索夫的寝室门。瘦骨嶙峋、病魔缠身的涅克拉索夫躺在床上，他一眼就认出了站在门口的白发苍苍的老人是阔别 17 年的屠格涅夫。他激动地抬起身来，深陷的双眼噙着泪花，欣慰地呢喃着：“感谢上帝，你终于来了。我们都老啰！”说着，他向屠格涅夫伸出了柴棒似的皮包骨头的手。可是，屠格涅夫没有伸出手去握住它，只是冷冷地拉了一张椅子坐了下来。

涅克拉索夫没有把手缩回被窝，眼神仿佛满带歉意似的在说话：老朋友，我们和解吧！屠格涅夫望着这只曾经被自己热情友好地握过多少次的手，硬是想起了 17 年前的往事。

那时候，涅克拉索夫是别林斯基创办的《现代人》杂志的主编，屠格涅夫是该杂志的积极撰稿人。屠格涅夫有许多小说如《猎人笔记》《罗亭》《贵族之家》等都经涅克拉索夫编辑，在《现代人》杂志上问世，轰动俄国文坛。长期以来，他们之间建立起了深厚的友谊，关系犹如兄弟般的亲密。可是到了 1860 年，围绕着有关屠格涅夫的长篇小说《前夜》的争论，他们的友谊开始瓦解，最终竟完全破裂了。屠格涅夫当时发表的小说《前夜》，描写了俄国贵族少女叶琳娜爱上了保加利亚爱国青年英沙罗夫，并且毅然地跟随英沙罗夫去保加利亚参加民族解放运动。在赴保加利亚的途中，英沙罗夫不幸病亡，叶琳娜义无反顾地前往保加利亚继承英沙罗夫的遗志。小说发表在人们对腐朽的沙俄农奴制度深恶痛绝，民主主义思想高涨之时。著名的文艺理论家杜勃罗留波夫高瞻远瞩，一眼就看出了《前夜》内在的战斗性，兴奋地立即挥笔写下了《真正的白天何时来？》一文并在《现代人》杂志上发表，给予《前夜》高度的评价。按理来说，杜勃罗留波夫的评论完全是正确的，进一步发挥了《前夜》的战斗力，可想不到屠格涅夫怎么也不同意杜勃罗留波夫的观点，尤其是杜勃罗留波夫把《前夜》和俄国现实联系起来加以分析，认为在叶琳娜和英沙罗夫身上，体现了俄国“社会陈规已经过时”，已经到了出现“俄罗斯的英沙罗夫”的前夜，屠格涅夫持反对意见，结果竟与杜勃罗留波夫展开了一场激烈的争论。革命民主主义者的涅克拉索夫对老朋友屠格涅夫固执己见，明明作品是表达了革命民主主义思想，却要把它拉入自由主义改良派的怀抱，由此削弱战斗力表示愤慨，毅然地撰文支持杜勃罗留波夫的观点。本来涅克拉索夫的态度就使屠格涅夫深为不满，谁料他的恋人齐娜伊塔也卷进了这场争论，公开表示赞同涅克拉索夫和杜勃罗留波夫的观点而反对他时，屠格涅夫恼火了。他认为齐娜伊塔是在涅克拉索夫的影响下有意和自己过不去。就这样，他缺乏理智地宣布与《现代人》杂志断绝关系，同时还斩断了与齐娜伊塔的恋爱关系，疏远回避了她。后来，传来了涅克拉索夫和齐娜伊塔结婚的消息，无疑又给他以沉重的打击。这一下，屠格涅夫把涅克拉索夫视为仇敌，断绝了所有的往来，而且还离开俄国移居西欧。

17 年过去了，屠格涅夫对此一直耿耿于怀。但是当他突然在异国的土地上收到涅克拉索夫言语恳切的信，希望能在病重垂危时看到他时，屠格涅夫考虑再三，还是决定回俄国到彼得堡去探望一下涅克拉索夫。他本来只是想探望一下就走，因为在心灵深处他还未能原谅涅克拉索夫。然而就在这个时候，寝室门又悄悄地打开了，齐娜伊塔走了进来。她一声不响地走到屠格涅夫跟前，没有笑容，也没有哀求，只是用她那双深邃的目光直盯着屠格涅夫。屠格涅夫从她那冷冷的眼光中猛地发现了她心底的话：为什么 17 年来还没有意识到当年你是错的呢？ 17 年后的今天，面临着死神已经要夺去他的生命了，你难道还不能伸出手去握一握曾经的老朋友的手吗？屠格涅夫不由自主地垂下了头，突然一阵愧疚在心头萌生。也就在这一闪念中，他终于伸出了手，两位断交了整整 17 年的朋友，终于又一次紧紧地握住了手。

英格丽·褒曼与萧伯纳

艺　汀

在英格丽·褒曼毕生的演艺生涯中，她演得最多的一个角色，就是法兰西圣女贞德，先是舞台剧，最后拍成电影。在欧洲五六个国家和美国各地，褒曼先后用五种语言饰演贞德一角。后来，当她到贞德的故乡多列姆访问并沿着贞德的足迹旅行时，人们不是来看明星，而是把她当作复生的圣女贞德来欢迎，那炽热的民族情感是她从来没有享受过的荣誉。

为了演好贞德，褒曼翻阅了几乎所有文献资料，遍读了有关贞德的著作和剧本。在美国演出时，萧伯纳曾把自己的剧本《圣女贞德》寄给褒曼，但她没有采纳。她认为萧伯纳把贞德写成了一个机警的、好斗的女子，像个政治鼓动家。而她要表现的是历史文献中记载的真实的贞德、那个初涉社会不久因目睹战争惨相而哭泣的小姑娘。

英格丽·褒曼接到一个电话，说萧伯纳先生想请她到寓所来吃茶点。褒曼开始感到意外，她久仰这位英国剧坛巨匠，却不曾有过来往。后来，她想到了《圣女贞德》和《康蒂妲》（萧氏名剧，褒曼亦曾拒演）的事来，便欣然地答应了。

当她和同伴驱车来到萧伯纳在农村的寓所时，发现这位 92 岁的老寿星居然站在大门口翘首迎客。褒曼的到来令他十分快慰，可是门还没给客人打开，劈头就问：“你为什么不演我的剧本？”褒曼礼貌地先致问候，然后俏皮地说：“能让我先进去吗？”

“当然你可以进来，我们要在一起吃茶点。为什么你不演我的剧本？”

多固执的老头儿。褒曼只好回答：“我不演你的剧本是因为我不喜欢它。”

萧伯纳完全惊呆了，这个世界上还没有人对他这样讲过话。褒曼暗忖自己闯了祸。萧伯纳瞪着眼睛看着她，说：“你说什么？难道那不是一部杰作吗？”

不知道是什么力量支持着褒曼，她既没有语塞，也没有惧怕，直言道：“我肯定它是一部杰作，但这个圣女贞德不是那个真正的法国姑娘。你把她写得太聪明了。你重新写了她的讲话（指贞德在法庭上的答辩——笔者）。你让她说了很多真正的圣女贞德怎么也说不出来的话。”

对话依然在门外，褒曼担心萧伯纳会马上下逐客令，茶点怕是吃不成了。不料，萧伯纳却突然哈哈大笑地把客人请进房间，待之以茶点，并且一起兴致勃勃地讨论起剧作、表演等问题，其中自然也涉及了贞德。褒曼丝毫也没有减弱对萧伯纳《圣女贞德》的批评，她说：“据我所知，贞德是一个单纯的农村姑娘。你的文字是了不起的，但是它们是萧伯纳的文字，而不是贞德的语言。”“她没有受过教育，是本性自尊和觉悟给她带来的勇气。她蔑视那些曾经指教过她而后来又把她置于法庭上受审的人。”“你让她说‘我爱和男人们在一起，我不愿穿着裙子坐在家里纺线’，而事实上，这正是她所需要的：在家里看守她的羊群、纺她的纱和织她的布。她本不想要到战场上身先士卒……”

一场关于生活与艺术关系的讨论认真而热烈地进行着。他们以对艺术的无私和忠诚深深地打动了对方；他们以率真和正直的品格吸引了对方。两个年龄相隔半个世纪的艺术家编织了一件艺坛逸事。

岛耕二先生的猫

蔡　澜

我和岛耕二先生相识，是因为请他编导一部由我监制的电影，谈剧本时，我常到他家里去。走进他家，我便看到一群花猫。年轻时的我，并不爱动物。

岛耕二先生抱起一只猫，轻抚着说：“都是流浪猫，我不喜欢那些富贵的波斯猫。”

“怎么一养就养那么多？”我问。

“一只只来，一只只去。”他说，“我并没有养，只是拿东西给它们吃。我是主人，它们是客人。‘养’字太伟大，是它们来陪我的。”

我们一面谈工作，一面喝酒。岛耕二先生喝的是最便宜的威士忌，才卖五百日元，他说宁愿把钱省下去买猫粮。

当年面巾纸还是奢侈品，只有女人化妆时才用，但是岛耕二先生家里总是这里一盒、那里一盒，随时能抽几张来用。他最喜欢为猫儿擦眼睛，一见到它们眼角不干净就跟我说：“猫爱干净，身上的毛用舌头去舔，有时也用爪子洗脸，但是眼缝够不到，只好由我代劳了。”

我们一起合作了三部电影，遇到制作上的困难，岛耕二先生总有用不完的妙计，为我这个经验不足的监制解决问题。半夜，岛耕二先生躲在旅馆房中分镜头，推敲至天明。当年他已有六十多岁，辛苦老人家了，但我当时并不懂得去珍惜。

后来羽翼丰满的我，已不再局限于在日本发展，便飞到世界各地去工作，许久未同岛耕二先生见面。

他去世的消息传来，我不能留下工作人员去奔丧，我的第一个反应并没想到他悲伤的妻子，反而是想到那群猫怎么办。

回到香港，我见办公桌上有一封他太太寄来的信。

……他告诉我，来陪他的猫之中，您最有个性，是他最爱的一只。（啊，原来我在岛耕二先生眼里是一只猫！）他说有一次在槟城拍戏时，半夜三更您和几个工作人员跳进海中游泳，身体沾着漂浮着的像几条会发光的鱼。他看了好想和你们一起去游，但是他印象中日本的海水，即使在夏天也是冰凉的。他身体不好，不敢和你们一起游。想不到你不管三七二十一地拉他下海，下了海才知道，水是温暖的。那是他晚年最愉快的一次经历。

去世之前，NHK（日本放送协会）派了工作人员来为他拍了一部纪录片《老人与猫》，一同奉上。

我知道您一定会问他死后，那群猫儿由谁来养。因为我是不喜欢猫的。

托您的福，最后那三部电影的片酬，令我们有足够的钱去重建房子，将它改为了一座两层楼的公寓，有八个房间可以向外出租。在我们家附近有间女子音乐学院，房客都是爱音乐的少女。岛先生去世了，大家伤心之余，把猫儿分开，带回自己房间喂养，它们活得很好……读完信，我禁不住流下了眼泪。那盒录影带，我一直都不敢看，我知道看了一定会泪崩。

今天搬家，我又找出录影带来，硬起心来放进机器里，屏幕上出现了老人，抱着猫儿，为它清洁眼角。我眼睛又湿润了，谁来替我擦干？

黄昏的咽喉

简　媜

她走学术路线，研究范围从古典文学渐渐跨到当代文学，以评论为主，另用笔名写诗。那次餐会我念的那几句是她改写屈原《楚辞·九歌·山鬼》的诗句：

如今，披发于岩上
看看能否晒干一两件记忆
山风追逐蝼蚁
蝼蚁眷恋你的残躯
仿佛有人在空谷散步
你终于明白
黄昏的咽喉
只不过是雨

餐会之后，我与她联系渐多。有时我去她任职的研究机构取稿，或是她来办公室交稿，理所当然地一起去喝咖啡。她长我几岁，我们毕业于同一所学校的文学院，不久即以学姐学妹相称。渐渐地，校园忆往、谈文论艺之外，也涉及私务了。

我们常去办公室附近的一家小巷咖啡店，我习惯喝曼特宁，她有时喝咖啡，有时喝花茶。一点完，我必定吞云吐雾。她曾在办公室听到同事叫我“简兄”，好奇明明我是一头长发、一袭长裙的女性打扮，不知其中有什么情况。

我告诉她：“活在男人之中，只好像个男人。男性大沙文主义建构出的文坛对女性而言是个大沙漠。他们大概怕娇弱的女性禁不起风浪，于是把我们赶到‘闺阁集中营’，认定我们只会写庭园花草、厨房油烟、客厅摆设、亲情伦常，他们写的才是‘大历史’，动不动就是‘自五四以来最惊心动魄的’‘挖掘深埋在历史灰烬下的大时代悲歌’‘直指宇宙核心、生命真谛’……男性写的是‘大历史’，女性写的叫‘小家常’，文学史当然是男性掌权的历史。‘雌雄同体’是初出茅庐、什么都不是的‘女作家’最好的自我保护机制，而抽烟，情非得已，为了抵制那些臭男生。”

她睁大眼睛，很感兴趣。

“你去过应该知道，我们办公室通风不好，夏天开冷气时更密闭。那几个男生无论是坐着看稿还是站着谈话都在抽烟，我没地方逃，被熏得快变成腊肉了。气不过，豁出去了，他们抽烟，我也来一根‘伸手牌’，要熏大家一起熏！”

我的“玉石俱焚”论调引发她的谈兴，她积的一肚子苦水，趁机倾吐。我们常聊得面红耳赤，有时因英雄所见略同而惺惺相惜，也有时因成长背景迥异而起了无伤大雅的小争执。

那时我们既年轻又放肆。

20世纪80年代中期，金石堂书店刚在汀州路开张时，引人注目。诚品书店还没诞生，大型连锁书店网络尚未主宰台北的书籍销售排行榜，出版界的光环时光还在天空闪耀——某出版社推出的套书大卖，全套三十多册，一上市便热销一万套，员工戏称印书如印钞票；给某武侠小说作家的销售报表必须用水果纸箱装。大报仍握有决定一个作家、一本书崛起或陨落的生杀大权，而杂志，杂志长得像一口小皮箱，锣鼓喧天地庆祝创办，继而行走天涯的有之，走不到大街即瘫软在地，连用来垫脚都没人要的也有之。80年代的社会“头痛欲裂”——长期忍气吞声所蓄积的能量即将爆发，思想的自由交还给每一个脑袋，若用“精神层面的核爆”来形容80年代中后期中国台湾地区的社会活力，也不为过。

我今日回想，在那之前，台北的艺文丰采，雨露均沾地分散在通衢大街与曲折小巷内。明星咖啡馆是上一辈作家的恋恋驿站，到了我辈，因着城市新兴行政区的发展，风格独特的咖啡馆与茶艺馆散布在各处，常带来惊喜。店中必然有一位谈吐不凡的老板，除了卖咖啡还布置收藏区以飨同好，喜欢跟熟客话家常、交换人生冒险经验，不在乎你耗了大半天只点一杯咖啡、免费喝了很多白开水还经常使用厕所，说着说着还送来自制的小饼干。当年还没有禁烟规定，在店内做采访录像的、谈合作的、约书稿的、写稿的、交换职场情报的、骂男朋友的，口沫横飞，乐音悠扬，伴着烟雾弥漫。这些熟客几乎把这里当作自己书房或是办公室的延伸，老板有时需充当接线生，请某人到柜台接电话谈公务。这些地带像不受社会轮胎碾压、不擅长计算损益的肥沃三角洲，位于川流尽头，前方是无际浩海，背后乃广袤陆地。冲积扇上野生芒丛处处飘扬，各色水鸟飞起、降落，自由觅食、嬉戏或认真地决斗。

那时没有网络与手机，只有信件、报纸、书籍与杂志，是手工式生活走到最后一抹霞影的年代。我们活在其中，趾高气扬而且信心满满，未能预知在 20 世纪结束之前，科技文明将以鲸吞方式把我们这一代所依赖的生活模式与情感生态吃干抹净，以至于往后在任何季节，去任何一条曾经被我们踏疼的街巷，看到的都像新的一样。

九三年的一次感动

胥加山

1993年我在连云港读书。一天，收到大哥的一封信，说是父亲动了第二次手术，家中境况一日不如一日……于是，在一个周末我谋得了一份在建筑工地一周只打工一天半的小工。

到工地干活，我吃得了那份苦。可到了吃饭时间，我才感到和工友们不怎么“合群”——因为我吃不惯工地的伙食：那干涩的馒头，那半生的大白菜烧粉丝。看工友们狼吞虎咽吃得津津有味，我很羡慕。

由于我干活肯下力气，时间不长我便和工友们打成一片，他们也很喜欢我，一到吃饭的时间，他们总会为我在马路边的路灯下留有一席之地让我吃饭。起初，我不愿意抛头露面，因为工地前的马路是同学周末散步、逛街、到异校会老乡的必经之路。我小心翼翼地在路灯下一次次和他们共进晚餐。

一天晚饭，我正和工友们一边说笑一边埋头吃饭，突然，我刚一句玩笑话结束，一双美腿尽收我眼底，当我抬起头，怔住了——面前站着的是身穿草绿连衣裙、头扎马尾辫、曾被我私下称为“孟庭苇”的高峰同学。她见我的装束也是吃惊，好久才吞吞吐吐地说了几句：“你……你怎么在此？”我丢下碗，挠着头皮，像犯了错的孩子，请她不要告诉别人。最终，她使劲地点了点头。原来高峰家就住在附近，她是出来买卤菜的，当她行至我们吃饭的路灯下，无意中听到我的声音，才疑惑着停下来。当然，那一次她大方地把所买的卤菜全倒进了我的碗里。

转眼暑假到了，同学们陆续回家。而我夹着一条草席、一条床单来到了工地准备过一个暑假的工地生活。谁知暑假打工还未到一个月，大哥打电话到班主任家，问我的去向，班主任急急地向市区的同学打听。出于无奈高峰找到我，且问我是否需要她帮忙。回家是肯定的了，想到学校早已紧锁校门，生活用品带回家是个累赘，于是我就请高峰帮这个忙。

和工地结算完工资，高峰早早来接我了，她再三请我到她家小坐一会儿。面对她的邀请，我犹豫了。或许她看出了我的心思，调皮地笑着说："放心，我家里别无他人，爸妈上班去了！"来到高峰家，我刚欲脱鞋，她忙说："甭脱甭脱，你不习惯的！"说着她从冰箱里拿出饮料、西瓜……让我真是感激不尽。

新学期开学，一到学校，高峰有意无意朝我会心一笑。直至天快黑时，她避着同学递给我一张纸条，而后一边笑着走了，打开纸条一看："吃饭的路灯下，7点整，我还你物品。"

路灯下，我从高峰手中接过干净的、已卷起的席子和折叠得棱角分明的床单，还有淡淡的香味扑鼻而来，我刚想说句谢谢。高峰已疾步走了。那一刻，我有种想流泪的冲动……

前几天我不经意地讲起这件事，妻子不知何时眼含泪花，声颤颤地冲我说了一句："这人真可爱，什么时候去连云港，你一定要带我登门拜访她！"

一枚见证纯洁友情的胸针

蜀南麦子

那一年，他遇见她的时候，他刚刚过完36岁生日，而她，还是一个23岁的小女孩，瘦削的身材，矜持内敛的性格。他第一眼看见她，心就有一种微微的颤动。她是那么迷人，一双美丽的眼睛就那样安静而有点无助地望着你，长长的睫毛上面挂满了无尽的忧伤。

她让他陡生爱怜。

他们都是演员。那是他们第一次合作，分别饰演戏中的男女主角。那时，他已是好莱坞的大牌明星了，人们心中的偶像。而她，还是个名不见经传的小人物。用现在的话说，她还是第一次“触电”。因为这部戏，他们两人天天聚在一起。她在他的面前，有时候喜笑颜开，显得是那么温顺娇小，而有时候又是那么冰冷孤傲，拒人于千里之外，仿佛没有谁能够走进她敏感而脆弱的内心世界。在那次合作里，他忽然发觉自己已经分不清戏里戏外了。

那是一次成功而经典的合作，每一天，他都对她百般照顾，细心而充满柔情地呵护。在拍戏之余，他们常常在黄昏时分，沿着附近的一条静静的小河散步。一轮明月升上来了，它含笑地看着树荫里那两个并肩而行的年轻人。清澈而明净的河水，一天又一天地悄悄偷听着他们的话语，被那真挚而纯净的心声打动得发出潺潺的声响。他们走着，有时候她会伸出冰凉的手来握住他温热的手。他们是不是已经闻见了彼此的心香！这是一种爱情的香味吗？让人陶醉、甜蜜、慌乱而又怅惘。

那时候，他的第一次婚姻已走到了尽头。他多么渴望得到她的爱情啊！

然而，从小受到父母离异伤害的她，对离了婚的他感到害怕，因而远远地离开了他，有情人没能成为眷属。

1954年9月，当她和丈夫结婚的时候，他千里迢迢赶来，参加了她的婚礼。其实，她的丈夫，也是他后来给介绍的，是他的好朋友。他送给她的结婚礼物是一枚蝴蝶胸针。

1993年1月20日，63岁的她在睡梦中飞走了。而他来了，他来看她最后一眼，他心中那个永远娇小迷人、眼睛里总是盛满了忧伤的女孩。

2003年4月24日，在著名的苏富比拍卖行举行了她生前衣物、首饰的慈善义卖活动。那天，87岁高龄的他拄着拐杖，颤巍巍地前去买回了那枚陪伴了她近40年的胸针——那一年他送给她的蝴蝶胸针，现在，它温暖着他的胸膛。

2003年6月12日凌晨，他也闭上了眼睛。在看见天国的时候，他是否也同时看见了他的天使？

——他们第一次合作的那部电影叫《罗马假日》。她是电影史上永远让人魂牵梦绕的“公主”奥黛丽・赫本；而他，就是被誉为“世界绅士”的格里高利・派克。他们超越爱情之上的纯洁友情永远让这个世界为之唏嘘动容。他们纯洁友情的故事，对现在的一些红男绿女来说，永远是一剂可以净化心灵的良药。

友情，因为超越而变得崇高和圣洁。

友情，因为圣洁和崇高才有了分量。

那年冬天好大雪

连俊超

腊月里，冬天像是一台年久失修的鼓风机，粗糙的北风吹得没完没了。

我们裹着棉衣或棉被在刚盖好的大楼里抽烟、打扑克。我们在等工头回来发工钱。出来半年了，我们才领到了三个月的工钱。工头说他也没拿到钱，要去找开发商要。他开着轿车出去好几天了，眼下风还没有把他给吹回来。

下午，胡小兵正在那边打扑克，突然披着他的破被子凑到我身边，递给我一支烟，说："叔，抽支烟！"胡小兵今年才跟他爹出来。几个月前，他爹从脚手架上掉下来，摔坏了腿，回家了。我想这小子可能有什么事。我抽了一口烟，说："有啥事？"胡小兵嘿嘿一笑，说："没事。"

我拿出自己的半瓶酒，说："来一口？"胡小兵还是嘿嘿笑着，接过去，咕咚灌了一大口。胡小兵喝过酒，脸色通红地说："叔，我爹的腿不行了。当初以为是小事，可后来加重了。"我不知说什么好。胡小兵又给自己灌了一口，说："上个月我给娘打电话，说给她寄一千块的，可那天我把准备好的钱给糟蹋了。"

"怎么弄的？"我问。

"跟几个哥们儿在一块儿玩牌输掉了一半——我本来想捞点，多给家里寄点的。"胡小兵通红的脸上滚动着几滴泪珠，"现在我就剩五百了，我给娘说过要给家里寄一千的。我怎么凑也得凑够一千块。"

我口袋里也没有几个子儿。家里老老小小的，都张着嘴等我一个人喂呢！虽说我和胡小兵是老乡，可挣的都是血汗钱。

我吞吞吐吐地说，自己口袋里没有钱了，都寄回家了。胡小兵盯着我，说：“叔，就借一百，等发了工钱就还你！要是工头不回来，侄儿明年出来的第一张钱就还给叔！”

胡小兵几乎是一字一顿地说的。屋子里的人都不再乱哄哄地嚷嚷了，而是把注意力都转向了我和胡小兵。那时，屋内寂静无比，窗外是北风疯狂的怒号。

我顿时感到尴尬万分。胡小兵脸上挂着的泪珠令我不忍再看。我翻了几层衣服，掏出两张藏好的百元票子，说：“侄儿，拿上，什么时候说还钱我就不再搭理你了！”我说完，有些手足无措，夺过酒瓶一气喝干了。

“胡小兵，还差多少呢？”突然有人问。胡小兵哽咽着说：“三百。”

“既然答应过给娘寄一千的，就不能寄五百，差多少我们给你凑齐！别嫌少，拿上这五十吧！”一只只粗糙皲裂的手伸进了口袋，一张张皱巴巴的人民币塞进了胡小兵的手里。胡小兵流着鼻涕，不住地说着“谢谢”。

我的鼻子酸酸的，出来半年我的鼻子还没这么酸过。我朝窗外瞟了一眼，看见了随风飞舞的雪花。我说：“北风得了势了，把大雪也叫出来了。”我们一屋子人都挤到窗户旁，争着看大雪。不时有人说：“咱家的雪肯定比这里的要大得多！”

那年，我们没有等到工头回来，就一起卷起铺盖奔向火车站了。坐在火车上，仍然看得见窗外的雪片追逐着火车飘飞。

最后的“别姬”

萨 苏

日本侵华战争爆发之后，梅兰芳不唱戏了，他回北平处理完家务准备南归，此时，杨小楼也不唱戏了，他要到乡下去。二人见了最后一面。

梅兰芳在他的自述里这样写过杨小楼：“杨先生不仅是艺术大师，而且是爱国的志士。在卢沟桥炮声未响之前，北京、天津虽然尚未沦陷，可是冀东二十四县已经被日本人组织的汉奸政权占据，近在咫尺的通县（今北京通州区）就是伪冀东政府的所在地。1936年的春天，伪冀东长官殷汝耕在通县过生日，兴办盛大的堂会，到北京约角。当时我在上海，不在北京，最大的目标当然是杨小楼。当时约角的人以为北京到通县乘汽车不到一小时，再加上给加倍的包银，觉得杨老板一定没有问题，谁知竟碰了钉子。约角的人疑心是嫌包银少，就向管事的提出要多大价银都可以，但最终没答应。1936年，我回北京，那一次，我们见面时曾谈到，我说：‘您现在不上通县给汉奸唱戏还可以做到，将来北京也变了色怎么办？您不如趁早也往南挪一挪。’杨先生说：‘很难说躲到哪儿去好，如果北京也这样的话，就不唱了。我这么大岁数，装病也能装个七八年，这不就混到死了。’”

那时杨小楼身体已经不太好，世道无常，两个人大约都有了此后不能相见的戚然。

于是，两位大师用一种特别的方式做了最后的告别。

他们一起唱了一折戏，没有化装，只是清唱。

他们唱的这折戏，是《霸王别姬》，杨小楼唱霸王，梅兰芳唱虞姬。

没有人录下这段戏，所以我们不知道当时是怎样的情状，但是我们可以想象出来。

戏里的虞姬，后来是自刎了的。

国破了，家亡了，官员和将士们都跑了，只剩下了两个伶人，一出“别姬”。

那一天的风，一定很冷。

此一别之后，杨小楼果然不再演出了，1938 年因病逝世，享年 60 岁。

是的，我们可以想象出来，那是怎样的绝唱。

我们可以想象出来，那又是怎样的辛酸。

京剧《梅兰芳》使用过这段史实，剧中杨小楼的一句台词给人印象极深：“终不能演了一辈子的忠孝节义，末了要在日本人的手里讨饭吃。”

光阴的故事

—

陌生人

—

被这个世界温柔地爱过

从某种程度来讲，

应感谢互联网为我们开了无数扇窗。

天南海北的窗与窗相接，

从窗中便能窥见一个人的半生。

我再也没有后台了

|

六神磊磊

我成为你的粉丝一年多，才知道你的样子，然后又用了好几分钟的时间，才欣然接受。

那是一个晚上，在中学校门口的小书店里，出现了一本叫《金庸传奇》的新书，封面上是你的照片。这是我第一次知道你的相貌。暖暖的灯光下，我看着封面上那个国字脸的，面相很和善、很敦厚的人，有一点愕然，觉得和想象的不一样。但用了几分钟，我就开心地接受了：这就是金庸，金庸就长这样。

那时，几乎所有的老师和家长都反对读你的书。在我楼上的三班，几个哥们儿因为读你的书被发现了，女班主任让他们写检讨，誓要和你一刀两断，然后还得用刀割破手指头，按血手印。当年挨了刀的卢同学，现在也成了老师。不知道如今他会怎么对学生讲述和你的故事。

那时候，我心里总憋着一股气，为你感到委屈，觉得全世界好像都不理解你，说你不好。有一个叫王朔的人说你不好。还有一个叫何满子的人，在《光明日报》上发了一篇文章，说你不好。我下课后留在教室里，写了封厚厚的信，寄到《光明日报》去骂他。结果石沉大海，人家报社不给发。我深深感到自己人微言轻，帮不到你的忙。我愧疚不能为你做任何事，甚至在上班之前，连一本你的正版书都没买过。

你的人生起伏跌宕，精彩纷呈，那些重大时刻我都无缘经历。你在中学时因为写壁报讽刺学校训导主任被开除，那时候我无缘经历、帮不上忙。后来你到重庆读中央政治大学，又打抱不平搞事情被退学，我也不在旁边。你被报社选去香港，“南来白手少年行”，人生从此大转折，我无缘与你结伴同行。你办《明报》，筚路蓝缕，我也没法买上一份以示支持。在时代的乱潮里，你秉持理性和良知，发表《同情工人，反对骚乱》，发表《每个香港人的责任》，发表《烧不灭正义的声音》，被无理闹事者围攻，被叫作“豺狼镛”，生命受到威胁，我也没有机会声援。你父亲的遭遇、你孩子的不幸，在你经受着如同张无忌失去了张翠山、谢逊听说无忌去世的痛苦时，我也没有机会从旁劝慰。这种感觉，像杜甫说的：“怅望千秋一洒泪，萧条异代不同时。”

我这个“小号”总是没有机会见一见你。蔡澜在书里秀和你的旅行，马云在你背后给你翻画册，我看得好羡慕。不但没有机会见面，你甚至根本不知道我这个“小号”的存在。有一次在一所大学的活动上，有同学问小查先生：“老爷子知道磊磊吗？”小查先生客气地说：“我看大概是不知道。”

但是我脸皮厚。经常被问：“谁是你的后台？”我都说：“我的后台是金庸。”这种心态，就好像杨过练习前辈的神功：“杨过自起始修习他的遗刻，越练越是钦佩，到后来已是十分崇敬，隐隐觉得自己便是他的传人一般。”

我不时地被问：“要是见到老爷子，你最想说什么？”我的回答总是：“感谢你养活我。”其实，我内心真正最想问的是：“我算不算是你的传人？我继承了你的几分功力？你不认可绝大多数人为你写的传记，不认可众人对你小说的改编，不知道你认可我吗？”

现在，我再也没有后台了。我真的是没有后台了。记得电影里讲，有时候难过的不是离去，而是没有好好道别。

两位小保姆

刘醒龙

小时候住在山里，每当黄昏来临，如果没有别的事情，我就会出神地望着远处山腰上的那棵大樟树。传说黄昏是一天当中灵魂开始出没的时候，月光落地，清风入夜，这些都是它的背景。

女儿尚小的那几年，家里前后请过几位小保姆。之所以做不长，多是因为她们思家心切，但也有两位例外。

早来的那个女孩，初中毕业。朋友特地介绍说，她家离大樟树只有两里路。大樟树是一棵有名的树，那地方原本叫满溪坪。也就二三十年的时间，作为地名的满溪坪就没有人叫了，而是换成了大樟树。女孩来之前在山上采茶。一见面我就问她，那棵大樟树还在不在。女孩回答说，在，已被县里列为重点保护的古树了。

女孩一来就明确地表示自己最多做半年。我开始还不太在意，以为是想家的另一种说法，后来才发现女孩是当真的。她之所以愿意出来，是想挣钱给父亲治病。从中介绍的朋友先前就说过，女孩的父亲患了食道癌。所以，女孩拿到第一份工资后就委托我们替她存起来，连一分钱都舍不得花。

女孩来我家正好半年的那天晚上，她突然对我们说，她要去汉口中山大道的某个地方买能治食道癌的药。女孩要买的那种用灵芝做成的药，已不止一次在媒体上被披露，其治癌的功效是假的。女孩言之凿凿的样子让我们不好直接提出忠告，我只好答应说，我先去看看情况，然后再带她去。我费尽心机地将披露相关情况的文章找出来，放到她的房间里，希望她看过后能改变主意。在接下来的几天里，女孩反而更加迫切地反复催问我们，何时让她去汉口买药。从汉口回来后，她一分钟都不肯等待，当即就要去车站。她说：“我要回去给父亲送药。”

送别的路上，我有些恍惚。坦率地说，这半年我们对女孩的表现并不是十分满意。在车站里，她上了车后，回头默默看我的那一眼，突然让我感到心酸极了。

几年后的某一天，在东湖边的一家咖啡馆里，很静的时候，忽然听到邻座的人轻声提及一个曾经耳熟能详的名字。女孩走后不到一年，这种曾名噪一时的所谓特效药，便从社会信息传播途径中全面消失了。邻座的人说，他父亲生病后认为癌症是不治之症，不肯吃药花冤枉钱，也不知为什么，大概是广告做得太诱惑人了，父亲突然同意试试这种药。他花了几万元买回来的药，父亲还没吃完，就走了。其实，他明白那药是假的，可是父亲都病成那个样子了，做儿子的还能做些什么呢！他的声音听起来十分深情，但从面容上看，他十分平静，就像长在几里外的大樟树，即使风暴来袭，也吹不动它一片叶子。

乡村的大樟树是一种活生生的哲理。在远处遥望樟树的人，内心比每天都能享受樟树荫蔽的人还要丰富。明白真相后，我们的内心变得格外无助。

之后来家带孩子的第二个女孩，心地十分善良，女儿和妻子十分满意，过年时，我还专门开车送她到离家最近的小路口。说好过完年她就回来，并且我将回程的车票钱都给了她。我远看着女孩穿着妻子送给她的那件红色呢绒大衣，在冬日的原野上一路走走停停。我们一直等她到正月底，仍没有任何音信。难得这个女孩让全家都很满意，她的不辞而别，对我们来说是一个小小的打击。我们决定不再找小保姆了，家务请钟点工来做，孩子则由自己来带。这样过了半年之后才听说，那个女孩非常想再来，却没有钱搭车来，因为连同我们给的返程车票钱，她都给了母亲，一半用作长期卧病不起的父亲的医疗费，一半用作年后弟弟上学时的报名费。我得到消息的时候，女孩已再次来到武汉，跟着同村人一起在离我们家不远的一个建筑工地上做零工。

几年之后，妻子还时常提起这个女孩，想不通那个工地离我家如此近，她到武汉后，即便不来打个招呼，怎么也不肯来个电话呢？或许，是那张返程车票梗在中间，成了打不通的大岭关山。女孩一定觉得自己做得不好，拿了人家车票钱，人却不来。

其实，真正惭愧的是我们，我们在衣食无忧的生活中过得久了，用于体察周围的智慧锈蚀了。灵魂出现在我们身边，并非总是伴随命运的起承转合。有时候，它宁可成为一张车票，或者干脆就是一包借灵芝之名的药。

隔着门的友谊

孙　妍

搬了新家，儿子没有了玩耍的小伙伴。小家伙天天缠着让我讲故事，讲完了，还说没意思真没意思！后来，又搬来了一位带小孩子的新邻居。小男孩名字叫多多，跟我孩子一般大。两个小家伙三下两下就玩到了一起。儿子有了新伙伴，高兴得不得了，吃饱喝足了就一蹦三跳地找多多玩去了。我也因为儿子终于找到了新的小伙伴而心情舒畅了许多。

日子久了，便渐渐地了解到，多多是一个没有父亲的孩子。多多的爸爸在一次交通事故中丧生了，妈妈一个人带着多多生活。听到这个消息，我心里咯噔一下。这么说来，多多就是单亲家庭的孩子了。谁都知道，单亲家庭的孩子问题太多，这多多长大了还不知道会变成一个什么样的人呢。我忽然感觉到，不应该让自己的儿子跟有着这样背景的孩子经常在一起玩耍。

我跟儿子说，以后不许再跟多多玩了。儿子瞪着一双黑葡萄似的大眼睛问我："为什么？"我一下子不知道如何回答，把我问急了，我只好说："多多没有爸爸。"儿子似懂非懂地接受了这个理由。他没有说什么，所有的委屈都装在那一双可爱的大眼睛里，那一闪一闪的带着晶莹泪花的眼睛让我的心里涌起一阵酸楚。

后来，我去上班的时候，就把儿子一个人锁在家里。尽管我知道没有玩伴的孩子很可怜，可我还是狠心那样做了。

那天，下班早了一点，当走到家门口的时候，我被眼前看到的一幕惊呆了，那个叫多多的小男孩趴在我们家的门口，正用一双小手往门缝里塞着一张纸。我的到来并没有惊动他。多多一边用劲地塞着，嘴里一边说着，他把守城堡的奥特曼画好了。里面传来的是我儿子的声音，他说他把蓝猫画好了。显然，两个小家伙正隔着一道门传递着相互的友谊。

天啊，也许是我的惊讶让孩子感觉到了。我有点吃惊地捂住了嘴巴。我怎么也不会想到，两个年仅 6 岁的孩子会有这样的举动。多多瞪着一双怯生生的眼睛看着我，嘴里说出的一句话，差一点让我掉下了眼泪：“阿姨，我很快就有爸爸了，妈妈答应给我找一个。”

二话没说，我把多多带进屋里，洗了一个又大又红的桃子塞在他的手里。我不知道该对孩子说些什么，只能说，多多，以后不要再隔着门跟扬扬玩了，要玩，就来家里玩吧。说完，我心里惭愧万分，真想找个地缝钻进去。

一个人的车行

毛丹青

算起来，有 20 多年了，为了车的定期保养和车检，我常去一家只有一个人的车行——老板不愿人家说他有公司什么的，而更愿意称这里是车间。老板叫岩前，岁数比我小，所以他让我叫他岩前君。

有一天晚上，也不知为何，我停车后总也拔不出钥匙。一般来说，开车踩住制动踏板，一打就着，但熄火后钥匙拔不出来，只能维持现状，用另外一把备用钥匙把车锁住。我打电话给岩前君，他说："钥匙拔不出来会耗电，但过一夜没关系，明天一大早把车开来吧。"我说："明天是敬老日，全日本公休，行吗？"

岩前君回答："没问题。车行是我一个人的车行，毛先生又是老客户，与公休日无关，这是我应该做的。"第二天，路况好，天不晒，一路飙车到车行。岩前君已在车行等候，并准备好了替换零件，他告诉我，昨晚接我电话时就知道毛病出在哪里了。果然如他所料，智能点火键后面的触媒板有一块塑料老化了，换下来就没问题了。岩前君最后说："按理说，这个触媒板使用不超过 10 年就会坏的，但毛先生用车仔细，能维持 10 多年，挺少见的。"

岩前君比我小 10 多岁，从小对跑车痴迷，尤其喜欢保时捷，从零件配置到组装发动机，专门到技校学过。后来，别的车他一概不修，一个人建了一个车间，一路下来 20 多年。我是他最早的客户之一，和他很熟。他有一回对我说："这车让我一直看着毛先生，弃商从文，一路跑下来，真好。"岩前君的话让我心暖，一个男人做一件事真好。

有关一个人的车行，我每隔两年就会写写，因为每两年进行一次车检是日本的交通法规定的。过去我开车开得疯，全日本 47 个都道府县都跑遍了，但后来到大学任教，开车大多是在市内，从家到校园，这两年也就跑了 3000 公里左右——已经无力气了。岩前君跟我说："有位绅士开车是按照计划开的，等他到 60 岁那年，正好每两年少开 1000 公里的计划达成了，从原来每两年开 1 万公里，一直到每两年开 5000 公里。"

我好奇，于是问他："这位绅士为什么要制订这样的计划呢？"岩前君答道："车与人一样也是生命的消磨，岁数越大的车，越要照顾它，减少跑路是为了让它拥有一个祥和的晚年。"

岩前君还跟我说过这样一件事。有位女客人，好像大学刚毕业，有一天开了一辆旧款的保时捷，说这是她父亲在她出生那年买的。她问车行能否把旧的皮车座换成新的，而且还希望把车牌号换一下。为此，她带来了父亲这辆车的车检证以及其他办车牌的手续资料。岩前君一看就知道她事先查询过，资料准备得齐全。岩前君答应了她，几天后换好了皮车座和车牌号。然后，女客人带着她的父亲一起来到车行，一边指着车牌号，一边说："爸爸，thank you（谢谢你）！"听罢，她的父亲眼眶湿了，一直看着车牌号。新的车牌号是 88-39。

我从岩前君创业起，就在他一个人的车间做车的保养和车检，也向他请教了很多有关车的知识。他说："我一辈子只想一个人干，不要雇员，因为每辆车都是我的宝贝，能做它们的维护与修理工作是我最大的快乐，它们是我的家人。"

岩前君，一位很棒的匠人。

一个卖红酒的人

和菜头

几年前朋友过生日，我想送他一箱特别的红酒。这种酒很偏门，想要的年份酒更少。最后，我在微信上加了一个酒商，成功买到了酒。从此，这个卖红酒的人就一直待在我的好友列表里。

他并不和我说话，更不会主动问候。不过，他基本每天都会发来一张酒单，告诉我最近有什么酒到货。这张酒单只有文字，没有图片，没有表格，也没有排版。我有点好奇，就一直没有删掉他，想看他在我毫无回应的情况下能够坚持多久。几年时间转瞬即逝，他到今天都还在。

要知道，搞互联网的人都“有病”，我也不免被传染。看他这样发酒单多年，我一度想打破沉默去联系他，告诉他，你发的这个酒单，用户体验很不好。首先，你应该做一点排版设计，把酒名、庄名、年份、单价分项列出。那么长的一张单子，让人看起来多么吃力，你应该按照国别、产区、酒类做一下分类，加上小标题，做到一目了然。全篇文字对客户来说，视觉压力很大，你应该做成 H5 的形式，每款酒都配上图，加上文字介绍，这样也能鼓励客户尝试一下别的酒，好增加一点复购和销售量。

不过，人上了年纪后有一个好处，就是知道不要轻易开口。所以，我又看了几年。他每天还是这么发，没有丝毫改变。今天，当收到他最新一期酒单时，我突然有所领悟，并为我之前没有说话深感庆幸。

这样一发就是五六年，说明他的生意做得不错，也说明他的方法是有效的。换句话说，他的客户大概也不在意这一点用户体验。我当初去找他，是因为他那里有我找不到的酒。这是他的核心竞争力，只要这个竞争力还在，酒单的表现形式只是微不足道的细节。反过来说，如果他能做一张非常漂亮的酒单，他的客户会因为酒单漂亮明晰而下单吗？恐怕也不大可能。

我相信，他聘用一个美工或者编辑，每天为他出一篇图文并茂的酒单，应该完全在成本预算之内。但是，这样做只会增加他日常工作的复杂程度。依照目前的方式，他一个人足矣——每天拿着到货单录入，然后群发。他不需要等待，不需要商讨，也就没有中间环节上各种可能出现的麻烦和错误，可以把更多的时间用在为客户提供一对一服务，安排订单和快递上。他尽可能地保证了他的生意始终简单，这一点让人很钦佩，忍住不去增加一点花样并不容易。

至于图文模式，如今看来，我之所以会有这种想法，不过是因为我并非他的目标客户。我需要红酒知识和背景普及，而他的其他客户并不需要。对品酒爱好者而言，用手指滑动屏幕，快速浏览酒单，看有没有自己心仪的酒反倒是更有效率的方式。如果他真的要提供图文介绍，那就意味着购买者中有许多人并不懂酒，他就会额外增加许多介绍性的工作，耗费很多时间在一对一的交谈上。而且，即便花了那么多时间，对方也未必能转化为客户。就像我一样，买了一次之后就再也没有买过（主要还是因为好酒太贵）。像现在这样有一点门槛，反而筛选了客户，保证来询问的人基本都是有购买意愿的人。

我认为这是很好的一堂课，尽管这位“老师”全程没有说过一句话。事实上，我挺喜欢他的这种风格。逢年过节不会嘘寒问暖，交流的时候也没左一个“亲”，右一个“呢”，只是确认数量、价格、到货时间，然后收钱，始终保持“收钱办事，你我不熟”的冷淡态度。在他身上，我看到了传统生意的有趣之处：如果一个方法是有效的，那么它就是有效的。不需要来回折腾，把简单流程搞得非常复杂。只要在这个市场上，自己能做到大多数人做不到的一点，凭借这一点就可以持续经营下去。

反过来想，如果商家很热情，做得面面俱到，是不是也说明了他们提供的服务和产品其实没有那么大的价值，起码没有什么独特性。更不用说三个月改一次界面，一个月换一个图标，估计那纯粹就是为了刷业绩而做的吧。

窥见半生

白羽摘雕弓

大概5年前，偶然间，我看到一个微博用户。和别人不同，他从不转发，不发照片、视频，也不会参与抽奖等，每一条微博都是纯文字，写得很长，标点符号用得很对，表现出上一代人在对待书面语时特有的郑重。

我点进去，果然，这个没有什么粉丝的用户是20世纪五六十年代生人，算算年纪已到知天命之年。每天他都在微博上流水账式地记录自己一天的生活，做了什么，见了谁，谁来做客，说了什么之类，事无巨细。通过这些文字，我了解到，他老婆在多年前因病瘫痪，失去神志，生活不能自理，需他照顾；母亲瘫痪，兄妹几人轮流照顾；父亲年迈，常露悲色，他得时不时地去看看；女儿在上学，平时忙碌，成绩不错，他提起时总是很骄傲。

被陌生人完全不同的生活状态所震撼，我鬼使神差地关注了他，没有做任何打扰。5年来，每当我觉得非常痛苦时，就会去看看这个博主的日记，同样不做任何打扰。看完后，我常常对眼前的一切苦恼释然：因为无论多么苦的一生，都有人在认真地坚持着，用力"熬"着。

他还在日复一日地记录着自己平淡的生活，很少显出悲苦和埋怨。相反，文字里总是记下别人对他的帮助：老同学拜访，提了一箱牛奶，这个牛奶很贵，他反复推辞后还是收下了；小妹上门，把自己的旧衣服送给他们，担心他觉得旧，他说"这么好的衣服哪能不要"；还有前同事、朋友拜访，给了100元、200元，买了点东西；妹夫快递寄来两瓶蜂蜜……他连邮费都一一记下。

5年的日记里，他平淡地记录了很多死亡。谁谁谁去世了、怎么死的、和亲人谈论时，都说了些什么。没有太多的悲怆，也少有恐惧，带着一点惋惜，照常过着日子。年过半百，离别成了生活最普通的部分。

最多的还是照顾妻子的日常，行文间，他把妻子称为“妻”，“妻”出现在每天的流水账中。病后的妻像只大猫，总是白天困倦，晚上兴奋，经常半夜将他吵醒；有一天夜里闹钟没响，他忘记抱妻去上厕所，结果妻尿了一床，他起来拖了半天地，床也不能睡了，而妻坐在一边，精神亢奋，高谈阔论；从前的同事聚会，他不愿意去，酒已经戒了，还想多陪陪妻。每周他陪瘫痪在床的娘说说话，为她擦擦嘴唇，就匆匆与小妹交接，因为病妻离不了人。

博主是典型的中国式父亲，女儿忙于读书，他很少让她插手家务事。几年来，女儿毕业、结婚、生子，他只让女儿顾着小家。女儿升了学，发了论文，在他的日记里，也不过化作一句简单的“我为她感到骄傲”。在家里，仍然是他一个人守着病妻。妻子常常在夜里喋喋不休，他就在这种唠叨声中起床，记下日记。妻子早已没有正常神志，这种喋喋不休，其实都是不明含义的嘟囔。也就是说，多年来，家里没有任何人能与他交流。

抱怨过吗？因为不明白妻的意思，偶尔会有，不过渐渐地，他已能很快地辨别出她什么时候要睡觉、说话和排泄，因而变得更平和。有一次，博主回忆起妻子生病前，对他说过的最后一句有意义的话——具体是什么话我已经记不清，只记得这句毫不起眼的话让我潸然泪下。那篇记载着一点回忆和感慨的日记，马上就被新的烦琐的日记淹没在时间的深海里。

从5年前个位数的粉丝开始，到今天，这个普通微博用户的粉丝数已超过1000，颇让人惊讶。不过每天的日记下面空荡荡的，并无转、评、赞，仍是他一人自言自语。

会是僵尸粉吗？

我一直这样以为，直到新年那天，博主祝大家新年快乐，下面竟然如雨后春笋一般冒出很多条留言：“叔叔，新年快乐！”“叔叔，过年好！新年祝您身体健康。”“叔叔，过年记得好好休息！”每一条留言他都认真回复了：“谢谢你！也祝你新年快乐，牛年大吉。”

过完年，新的日记下面没了转、评、赞，他又开始自说自话，记录着自己的生活，仿佛过年的热闹都是变出来的。

原来，这 1000 多个粉丝都是与他互不相识的年轻人，来自各行各业。他们同我一样偶然看见这个用户，旁观了别人的人生，收获了生活的勇气，却从来不忍打扰，只在特定的时候出来送上祝福。

从某种程度来讲，应感谢互联网为我们开了无数扇窗。天南海北的窗与窗相接，从窗中便能窥见一个人的半生。

既是主人，也是座上客

|

叶倾城

有一桩细小的经历我一直记得。十六七年前，我在北京，要写一个跟奶品有关的采访，联系了一家牛奶企业的员工，她的职责是在各地的超市培训销售员。在电话里，她听起来口齿清楚、言笑晏晏。

当时正渐渐入冬，我转了好几次车才找到她的住处，要先穿过一个高声放着音乐的超市，上楼后再经过一个震天动地的游戏机厅，昏黑的楼道里，前面又出现一个小小楼梯，直通阁楼——我几乎没勇气上去了。

她在阁楼房间门口招呼我，模糊的一个黑影。我硬着头皮走进去，感觉很不好。灯一开，我意外地放松下来：全屋色调是带着暖意的橘黄色，像一只睡得懒懒的猫。

房间很小，而且不是规整的长方形，但一眼看过去，只觉井井有条，床铺、衣架、小书架都与墙贴合得严丝合缝，简直像量身定做的。

我惊叹。她略不好意思地笑："天天去家居城跑呗，跑多了自然就遇到合适的。"

被褥当然都叠得好好的，杂物隐藏在看不见的地方。很小的方桌上，一本摊开的书，一支笔旁边，是一个胖胖的空酸奶瓶，里面插了三枝芦苇。

我嗅到她身上若隐若现的奶香。

她的家、她自己，都一尘不染，带着清洁的暖，让我想到"苔花如米小，也学牡丹开"。

我惊奇极了：她学历不高、收入微薄，没有余钱购买奢侈品，但她把自己的住所收拾得舒适简洁且宜人。

人人都会说，心安之处就是家。或抱怨，你没有给我安全感，所以这里不是我的家。不，她在说，安是自己缔造的，屋顶下一个女子有滋有味的好生活，便是安全、安静、安宁，便是幸福。哪怕这只是一间窄小的出租屋。

后来，我回到武汉，有一次要拍个视频，网购的三脚架迟迟没有收到。我向亲友们打探谁家有现成的，一位老师热情地说："我有，你来我家。"

我和老师不熟，只知道她退休了，怎么好意思上门打扰。但老师一直邀请，工作日程又实在很紧，我就去了。

让我吃惊的是，她家有一个巨大的地下室，里面有三脚架、摄像机、画室、投影仪、三角大钢琴等艺术工作需要的很多东西。

老师一生家境宽裕，热爱艺术。在晚年，她遭遇爱人的背叛而与之分开，儿女都有自己的生活。她什么都有，有钱有闲暇有大房子有健康，但——空荡荡的家里，总感觉缺了什么。

有一次，有人怯生生地拜托她："老师，能不能将您家地下室借我们用一下，开个小读书会？"

她不想家里来闲杂人等，她都没听说过"读书会"，却又觉得是跟文化有关的东西，迟疑一下就同意了。

难得地，家里再一次人声鼎沸，许多张带着渴求的脸，如林间聚满了雀。老师自己也旁听，熟悉的字眼有了不同意义，陌生的字眼像推开一扇窗，新空气涌进来，她大口呼吸，身心都为之一醒。

陆陆续续，有人要借她的场地开小型演唱会，她便为此购买了相关设备。

年轻的老师带学生画画，学生数量少，租不起画室。她一如既往地豪爽："就在我这里吧。"

已不年轻但尚未成名的电影人需要场地，给投资人放自己拍的片子，她装出一间试影室。

这一切都是免费的。

她很洒脱："我这把年纪了，要钱还有什么用？做这些事让我开心。"

而我，此刻也是被帮助的年轻人，她帮我拍摄，做PPT，剪辑，上传。又叮嘱我，要开读者见面会或者新书发布会，也可以过来——这里有好咖啡。

像什么被叩击，我想起多年前那位带着淡淡牛奶馨香的女孩子，她们的面容叠加起来，仿佛是同一个人，从少女到老太太。

清寒的时候，把自己安排得妥妥当当，所谓独善其身。富而闲的日子，便来关心全世界，所谓兼济天下。不汲汲于名利，却有充满了烟火气。

年少时，不怕吃苦，不怕迎接未来；当老去，乐于学习，乐于摆脱过去。

天下是一桌永远不散的宴席，她们既是主人，也是座上客，是坐在上首指点江山的老太太，也是在桌旁端茶送水的长孙媳妇。

我想，幸福没有别的面目，无非是，爱自己，爱他人，而且一以贯之。

为何没朋友

陶　琦

网络上的新新人类，喜欢把一句流行语“靓（帅）到没朋友”挂在嘴边。依此句式，还可以拓展为“豪到没朋友”“聪明到没朋友”……以炫耀自己某方面的长处。但若是较真儿的话，没朋友可能是真的，其他则未必。

日本最近有一项调查结果显示，承认自己没朋友的年轻人多达7.4%。如果把朋友进一步定义为“遇事情可以互相商量、相互照顾的人”，那么有25.9%的人认为自己没朋友。这是一个世界性的现象。当今很多被深度卷入互联网的人，社交状况都很糟糕，除了网络再没有别的交流渠道，缺少人际连接感和亲密感。而这些，又是人的自尊心和积极心态的来源，许多人因此饱受精神孤独的煎熬。

社交孤立在美国也是严重的公共健康问题。很多生活得太孤立的人，失去了自我认知，也失去了社会意识——因为人际圈子小，一些人习惯独来独往，性格过于自我，协作能力差，与周围环境严重脱节，由此产生了一个很奇怪的现象：不少经济条件不错但缺乏社会联系的人，心里反而比那些经济条件差但有朋友支持的人要容易感到失落。

这一切并非偶然。美国堪萨斯大学有一项研究发现，人与人发展成朋友，需经过90小时的接触，成为密友则需200小时。这还不包括工作时的共处，必须是生活中形成的交集。但是，很多现代人又不太愿意为交友付出时间和努力。美国一家青年旅社的老板曾对媒体抱怨：过去来投宿的年轻人，放下行李后会问酒吧在哪儿，想跟陌生人喝一杯聊聊；现在无一例外都会问房间的 Wi–Fi 密码是多少。老板说，他很庆幸没有成长于这样的时代。很多人没朋友，其实是自我选择的结果。

也有人是为了增加财富或提升地位，错过了对友情的维护。一些人迫于压力，为了实现目标，以自我为中心进行奋斗，少有时间与朋友相处，于是降低了社会关系的数量和质量。所以，这也是一个生活哲学问题：幸福究竟是从不同的经济状态中获得目标感和成就感，还是与他人建立良好关系，由此获得亲密的友情？这取决于人们如何定位自己在社会框架里的角色。

此外，网络也会与现实中的人际关系发生碰撞。过去人们多是与身边的人交往，对于各种差异性有一定的包容度。如今在网上可以轻松找到三观、兴趣更接近的同好，于是也导致现实交往中的一些差异被放大。而且，人们越是回避那些令自己不舒服的东西，就越缺乏耐心与身边的人进行交流，整合与化解的能力也就越弱。

现代社会里，朋友相处需要更多的技巧与耐心。如果无法认真地审视自己的不足，没有朋友就可能成为常态。

出租车上的社会学

张立雄

一天晚上，一个金发碧眼的女孩上了车就掩面而泣。我问她去哪里，她反问我："可以去哪里？未来在哪里？"原来她和男朋友在那晚分手了，她受不了，感到无望。我狠狠地说："什么未来？我们每一个人的未来都是被设定好的，那就是坟墓。"她被我说得一愣一愣的，悲伤地说："那生活不就没有意义了吗？"我说："当然有意义，因为我们拥有现在。或者说，拥有现在的人才拥有未来。"

她有点儿懂了，然后给了我小费就下车了。

在澳大利亚开了多年出租车，有许多乘客向我倾吐衷肠。一开始，我觉得自己一定是拥有一种特殊的魅力，能诱人敞开心扉，直到遇上了他。

他 20 岁出头，浑身脏兮兮的，脸上有一股深重的忧郁。当前面两辆出租车呼啸而过不理他时，我停下了车。

我们在车上闲聊起来。他说他从乡下来，要去内西区的马里克维尔找朋友。我问："你朋友家在哪条路上？你朋友知道你来吗？"他说不知道朋友的家具体在哪儿，朋友也不知道他要来，他也没有朋友的电话。哪有风尘仆仆大老远赶过来找一个无地址、无预约、无电话的"三无"朋友的？看来这趟差会有麻烦，但我也只好先把车开过去再说。

他这时却叹了口气，幽幽地说："我其实就是想找一个不相干的人说说废话。"

这个理由我倒从来没有听说过。于是，我立即来了兴致。我对与众不同的人总怀有一种敬意。

“我的家人、朋友聚在一起就谈职业、金钱，这太沉重了。人需要说些胡话、废话，各说各话，笑得不明所以。然后一个晚上就过去了，第二天才能是一个新鲜的人。”

“所以，我宁愿找不到朋友，也要找一个不相干的人说话。”他不那么忧郁了。最后我在一个小路口放下了他，我估计他是找不到朋友的，但他会在远离家乡的悉尼找到一个可以说胡话、废话的人。

我从中醒悟，澳大利亚人更愿意和不相干的人说真心话。这对我们中国人来说虽然违反常理，却有它的道理：一方面没有泄露隐私的风险；另一方面，从陌生人那里获得的回答，是最直白、最没有顾忌的见解。

还有一天晚上，经过百老汇大街时，我看到一个瘦高个青年站在公交站台上等车。他不仅瘦，而且柔弱，好像随时会被风刮走。当我的车就要与他擦肩而过时，他突然伸出了手，我一个急刹车把车停下了。他朝前走了两步，打开了后车门。我发觉他有点儿跛。

他说了一个地名就不说话了。过了一会儿，他叹了口气。我顺势问：“工作很累？”他先长叹了一口气，才说：“我很小就得了骨癌，今年22岁了，一根股骨全蚀坏了，明天要进医院动手术。”我听了很震惊，怪不得他有点儿跛。我不知如何安慰他，就说了一些礼貌的废话，我的确无能为力。

他下车后，望着他被路灯拖得又长又细的身影，我心里为他难过，不是因为他与生俱来的不幸，而是因为他此刻的孤独。手术前夕仍然孤身夜归，这是人生的又一种不幸。他没朋友吗？没亲人吗？为何只能对一个萍水相逢的出租车司机一吐哀愁？

这使我想起另一件事。五六年前，我在市中心的一幢住宅楼做清洁工作。一天早上，大楼的女保安乔艾神秘兮兮地对我说：“有人凌晨4点跳楼自杀，黛比知道，你快去看看她。”

黛比是大楼的物业经理，和我关系很好。推开门，黛比眼泪汪汪地坐在窗边，她示意我坐下，然后絮絮叨叨地说了起来：“是我害死了他。他是一名空军军官，以前我们只是点头之交。凌晨2点，我在电话里和男朋友吵架，突然有人敲门，我问是谁，回答的人是他，他说想和我聊聊。我当时正烦，情绪失控，就说：‘滚开，我自己都顾不过来了。’他说了声‘对不起’，就走了。到了凌晨4点，我还在电话里和男友吵架，突然生出一种强烈的不祥预感，这时就见一个身影从楼上飘落，经过我的窗户。我对着电话惊叫起来……”她颤抖起来，不得不停住，然后她说：“都是我不好，如果当时我开门让他进来，他就不会跳楼。”

跳楼的话题在我离开黛比的房间时，便永远地结束了，再也没人提起那个军官，至今我也不知道他从哪里来，为什么要到“那里”去。如果在我的家乡，这肯定是一个热门话题，这当中有多少是八卦，多少是关切、遗憾，或许难以分清，但不会这样无声无息。

看来，澳大利亚人比中国人孤独，许多事情他们宁愿找陌生人，如律师、心理医生或出租车司机倾诉，也不愿和亲友分享。个人对独立性、隐私的强调和坚守，使家庭成员间的关系并不处于一种“生命共同体”的“互联网”中。而我们中国人，无论爱、怨，家人对彼此都负有不可推卸的责任，无论情况多么糟糕、无望，你总有一条退路，总有一碗饭吃。

若说哪一种人际交往模式更好，其实要看个人的性格和境遇。只是不知道，在孤独和过分亲密之间，人与人之间还有没有更加适宜的关系模型。

暴雨中的英雄

雷册渊

2021年7月20日下午，郑州突降暴雨。

李兰（化名）见天气不太好，就提前去幼儿园接外孙和外孙女。回家途中，车刚刚开到创业路、普惠路路口，及膝的水流就将车冲停在路中央，还熄了火。李兰尝试重新发动车子，几次都没成功，车门也无法打开。此时，大水已经淹到车门位置。李兰一边冷静地安抚车里的孩子，一边拨通了女儿杨晓杰（化名）的电话。

“那天雨那么大，我接到母亲的电话说车被困在路中间，已经进水了。作为一个母亲和女儿，我当时真有种天塌地陷的感觉，哭都哭不出来。”杨晓杰回忆，“所有报警电话都占线，我必须冷静，才能救出我的母亲和孩子。”

杨晓杰让母亲告诉自己他们的确切位置，并且观察周围的情况，母亲在电话中一一报出周围店铺的名字：一家便利店、一家宾馆和一家面馆。杨晓杰通过搜索外卖和点评软件，最先找到了便利店老板卢联盟的电话。

当时卢联盟正在几公里外的另一个店铺排险，意识到情况紧急，他立刻拨通便利店旁边宾馆的电话，告诉宾馆里的人：“门口路中间的车里有人，快去救人！”

正在宾馆大堂排险的安保部部长李坤朋接到了电话，他和刚满18岁的王志磊是最早冲出去救人的。慌乱中他们找不到工具，只抓了一把菜刀就冲进雨里。

此时，10多米宽的路面已经变成一片汪洋，大水上涨到身高1.83米的王志磊的胸口位置。李坤朋率先爬上车，他先拿菜刀在前风挡玻璃上敲了几下，发现敲不动，而且如果敲开前风挡玻璃，大水将迅速灌进车里，车里的孩子会有危险。他又迅速爬上车顶，试图敲开天窗，还是敲不破。

第三个向车靠近的是一个一头红色板寸的小伙，他是孩子们的街舞老师陈阳阳（化名）。原来，没有打通报警电话的杨晓杰，情急之下在微信朋友圈里发出求救信息，正在附近的陈阳阳看到后，脱了衣服，拽着树枝游了过去。后来，杨晓杰才知道，那一路，陈阳阳的包、手机都丢了，“冒着生命危险游了好长一段”。

陈阳阳努力向车游去，另一个穿着黑色雨衣的人也在向车靠近，他递来一把锤子。然而锤子太小，李坤朋尝试了几次也没砸开天窗。此时，面馆老板李祥听到外面的求救声，来不及多想，拿上店里的大锤子冲了过去。

李祥很快游到车旁，爬上车顶，在汽车的后风挡玻璃上凿出一个小洞。穿黑色雨衣的男子一直趴在车边，透过这个小洞，安抚着车里的李兰和两个孩子，并向旁边的人不断呼喊，组织救援。

李祥脱掉上衣，转向汽车左后方的车窗猛砸了几下，车窗终于被破开。水里的陈阳阳将小男孩拖了出来，李祥和穿黑色雨衣的男子合力扯着孩子的上衣把他提到车顶。这时李祥才发现，自己的手在刚才砸玻璃时受了伤，鲜血正汩汩地往外涌。他甩了甩手，顾不上包扎。很快，小女孩也被救了出来，被抱到车顶上。

又密又大的雨点像碎石一样从天上砸下来，让人睁不开眼睛。王志磊冻得忍不住地颤抖，上下牙咯咯打架，李祥的伤口在流血，陈阳阳还泡在水里……而此时，更多的好心人向车游去。人们送来了一个蓝色大桶，怕孩子呛水，他们打算把孩子装进桶里再送到安全地带。

六七个大人在不大的车顶高高低低地站着，把两个孩子围在最中间，还有人为孩子撑起一把伞。在一旁帮忙并拍下视频的赵朋说：“这个画面，好像汪洋中的一座孤岛，而这座岛让人充满力量和希望。”

小男孩被装进桶里，由 3 个大人护送到了安全地带。然后人们折返，小女孩也被成功地送了过去，护送她的有 5 个人。

等两个孩子都被救出去以后，李兰拿好车里的证件和包，又转身去为李祥找能够清理伤口的消毒巾，最后才从车里出来。有惊无险，一家人终于得救。

杨晓杰不敢想象，如果当时没有这些好心人的帮助，自己的家庭将会面临怎样的灭顶之灾。“这种心情无法用语言来形容，怎样的感谢都显得太轻了，我感激这些奋不顾身的救命恩人。”

杨晓杰回忆着这场无妄之灾，在庆幸家人平安的同时，也冷静复盘着得救的另一个关键因素——母亲的镇定和冷静。

杨晓杰说，这一点让她惊诧不已。“我母亲全程都非常镇定，当时我从电话里丝毫听不出她的慌乱，也听不出情况有多么危急。反而是她在告诉我，不要着急，没有问题。”

一场大雨，全城受灾。因为10多个热心人不顾个人安危的施救，保住了杨晓杰幸福美满的家庭，她深深感恩。“我母亲和孩子被救到安全地带以后，又遇到了许许多多的好心人。有一位上海大哥一直抱着孩子，给孩子温暖。还有许多好心人给我们送来食物和热水，真的让我们感受到人间有大爱。”

后来有记者去采访，几乎每一位参与救援的人都谦虚地告诉记者，救人的是大家，不仅是自己。记者也多次尝试联系杨晓杰提到的那位来自上海的好心大哥，他始终婉拒采访，只发来短短几行字：“正常人都会选择这么做，我做的不值一提，还有很多人值得报道和关注。”

没有从天而降的英雄，只有挺身而出的凡人。谢谢暴雨中义无反顾的你们。

艰辛与成全

李会鑫

一连几个下午，我都在菜市场见到她。

她看上去有 60 多岁了，齐肩的头发已经花白，参差不齐地垂下来，看上去平时也不怎么打理。此时，她正蹲在地上，小心翼翼地整理眼前用蛇皮袋垫着的几把空心菜和几根黄瓜。6 月的下午，外面像蒸笼一样，她虽然戴了草帽，脸上还是流了很多汗。

我在想，就这么点东西，全卖了也不过十几块钱，值得她吃力地蹲一下午吗？我拿了一把已经有点蔫的空心菜让她称重。她马上帮我换了一把好的放进塑料袋，然后收了我 1.5 元钱。我知道那把蔫的很难再卖出去，于是执意要和她换一下。几经推辞之后，她同意了，对我说了句“你人真好”。我问她为什么卖这么少。她说这都是自家种的，现摘现卖，摘多了卖不出去，自己也吃不了那么多，怕浪费了。我再问她，这一天下来能卖多少钱。她叹了口气，说自己无儿无女，丈夫腿脚不便，也不指望能卖多少，有个十几块钱去买点肉也算过日子了。“日子不就是这样过的吗？”最后，她还说了这么一句，像在问我，又像在自言自语。

现在已经是 2020 年了，这 30 年间发生了翻天覆地的变化，我以为大家的生活水平都提高了很多，没想到还有人过得这么艰辛，十几块钱就是一天的收入。

我上小学和初中的时候，感觉每个人的家庭都很相似，没有谁穿得特别好看，也没有谁吃得特别丰盛。可是到了高中，我忽然发现人与人之间有着巨大的差距。有个同学家境富裕，开学的时候父母开着轿车把他送到学校，帮他把各种名牌鞋子和衣服搬进宿舍，生怕孩子受半点委屈；有个同学全家的收入就靠三四亩水田和几十只鸡鸭，父亲来学校送伙食费的时候手里还拿着蛇皮袋，要顺便买些饲料回去。

这是多么明显的差距啊！同样是40多岁，一个雄姿勃发，一个步履蹒跚；一个开高档轿车，一个连鞋子都是破的；一个夹着高档皮包，一个拿着装饲料的蛇皮袋。那位拿着蛇皮袋的父亲趁着周末人少，从教室后门小声地把儿子叫出去，在楼梯处快速地把伙食费塞过去就转身离开了。他没有半点迟疑，也没有回过头看一眼。很明显，他不愿意让别人知道自己的家境，怕儿子被别人看不起，更怕儿子从此在精神上觉得比别人矮一截。在我们这个上百万人口的大县，学生非常多，正是他的儿子，在全县的统考中取得了第一名。我碰巧走上楼梯，看到整个过程，对他和他的儿子充满了敬意。

以前我不理解为什么学生要穿上统一的校服，看到这些家长后才发现这是多么英明的决定。同样的衣服让被裹着的灵魂看上去更加平等，家庭富裕的学生无法炫耀，家境贫寒的学生无须自卑。特别是对家境贫寒的学生而言，学校通过这个体面的办法让他们无须过早地面对人与人之间的差距，维护了他们的尊严，也维护了他们对未来生活的希冀。

然而人总是要成长的，总有一天要面对原生家庭的差别。2010年，我在北京求学，听说我们班有女生买一套化妆品就花了3000多元，而就在那时，我亲眼看到有男生去食堂就打了3两米饭和两个馒头，连青菜都舍不得买一份。我的家境不算富裕，但是足够维持生活。看到那个男生趁着人少独自坐在食堂的角落，喝着免费的玉米汤啃着馒头，我忍不住一阵心酸。如果可以选择，谁愿意无缘无故受苦呢？

在任何时期，总有一部分人的生活比别人的多一些艰辛。古人曾喟叹“富者田连阡陌，贫者无立锥之地”“一丛深色花，十户中人赋”。鲁迅在《小杂感》中也曾感慨：“楼下一个男人病得要死，那间隔壁的一家唱着留声机；对面是弄孩子。楼上有两人狂笑；还有打牌声。河中的船上有女人哭着她死去的母亲。”

我看见有些人由于家境贫寒没办法完成学业，想摆脱贫困却没有一技之长；有些人天生残疾，却要肩负起一家人的生活；有些人年老体弱，迈开一步就用尽全身力气。我希望这个社会“老有所终，壮有所用，幼有所长，矜寡孤独废疾者，皆有所养”，因此有时候会恨自己没有能力帮助他们改变命运，甚至没办法让他们相信人生会迎来转折。

我羡慕那些不需要负重前行的人。他们在家人建造的乐园中愉快地成长，身边从不缺温情的陪伴和坚实的臂膀。在其他人历经风雨时，他们最先看到的却是彩虹。他们也会表示同情、忧虑和安慰，但是他们很难切身体会揭不开锅的家庭忽然得到一块肉时的惊喜和满足。我们有时候会觉得他们不通人情世故，然而我们不得不承认，他们过的就是我们向往的生活。虽然岁月的艰辛可以锻炼人，但谁不希望被温柔相待呢?

在人群聚集的地方，我经常会观察一些人，从他们的皮肤和皱纹中想象他们来自什么样的家庭，有过什么样的经历。我对那些凭借坚韧不拔的努力而逆天改命的人有一种天然的好感，因为他们本来的处境是很容易让人陷入绝望的，而他们克服了各种各样的磨难，完成了人生的救赎。

我从小就喜欢大团圆的结局。我希望命运有艰辛就有成全，希望疼痛会孕育出珍珠，希望波澜会锻炼人。我那位家境贫寒的高中同学，后来考上了国内一流的大学。听到他被录取的消息，我忽然鼻子发酸，感觉自己的人生也得到了成全。对于他的家庭，前面有多少看不到头的艰辛，后面就会有多少持久的满足。

我期待有一天，来自不同背景的人能彼此笑着打招呼：“嘿，原来你也在这里！”

山　音

秦碧薇

第一次见到她是在外公谢世的次日，雾霭沉沉，下着密如针脚的雨。

我对外公印象不深，依稀记得是个文弱的老人。也只偶尔听母亲谈起，说外公生在山里长在山里，在外求学十余载，漂泊十余载，兜兜转转又回到山里。膝下的子女都走出大山，他却执意守在山脚的泥土房里，当了大半辈子的教书先生。没料到，一场乍暖还寒的三月冷雨，竟让他与这三尺讲桌永别了。山里的世界静极了，没有丝毫外界的声音，而那些留守山中的孩子，失去了唯一的老师，与外面的世界相牵的线，就这么生生断了。

“山里人现在越来越少，你外公啊，一人教了几座山头的小孩，满打满算，也不过二十几个。”前来给外公下葬的一位大伯对我说道，末了还发出一声长长的叹息，“真可惜啊，那些小孩都挺喜欢他的。喏，那边就有一个他的学生。”

我顺着他手指的方向看去，正好对上一双惶惑不安的眼睛。那是个十一二岁的女孩。头发扎得松松垮垮，身形也偏瘦小，上身一件衬衣洗得发白。她定定地看向我，板着脸，双唇紧抿，幼兽般的眼睛漆黑发亮，左手却紧抓着前面老人的衣摆。

我凑过去问她：“你家在哪儿？”她抬头飞快地瞟了我一眼，不说话，朝山上一片在雨中凝固的苍翠努了努嘴。“你爸妈呢？”我注意到她的脸迅速蒙上了一层寒霜，眼皮也耷拉下来。她张了张嘴，一副欲言又止的样子，半晌才失落地开口：“他们去外面打工了。”“那你跟谁过？”“弟弟妹妹，还有奶奶。”之后我也不知该怎样搭话，便默默走开了，因为我猛然发现，虽然只差了三四岁，但我们之间已然如被巨斧劈开了一道鸿沟，我与她的距离，就像各自眼中的风景般遥远。山也跟着沉默，不发出什么声响。

在她的奶奶走后，她突然叫住了我：“你外公教过我，我很喜欢他。”

“他教我们认字、算术，还给我们念诗、唱歌。他还说，我们这个地方以前叫作夔州。”

“你看到我们头顶的天空了吗？他说这是夔州特有的天空，他说这种天空是‘苍色’的。”

我惊讶于她会对我这个陌生人讲这些，更惊讶于她没有我想象中隐忍至极的悲伤，却也不是饱经沧桑的麻木老成，而是一个正当年华少女的冷静自持。仿佛外公的离去对她来说只是送别一只北归的鸟，是注视一片摇落在厚厚腐殖质中难觅踪迹的叶子。我明白，可能对于她，离别是一件再寻常不过的事。

渐渐地，我跟她熟稔起来。我发现她非常喜欢看书，时常看见她捧着翻旧的课本，在风里站成一株瘦削的酢浆草，融进绿得化不开的山中。

雨声渐疏，在某个午后，阳光居然冒了个角，从天际漏了丝丝缕缕下来。我伸了一个大大的懒腰，搬了把凳子和她在院子里打发时间，清洁润泽的空气让每一次呼吸都成为一种享受。我在很多个梦境里都幻想逃离城市，翻过小巷低矮的隔墙，爬上摇摇欲坠的备用天梯，踩过碎砖烂瓦的屋顶，色彩斑斓的霓虹给我披上一层脏兮兮的光，视线所及之处都融化成僵硬死板的色块，水泥森林将我围困在高梁飞架之间。耳边的尘嚣，是炸了线的重工业蝉鸣，于是大脑也要爆炸了似的，不由得感叹道：“还是山里好啊！”

她不敢相信地望向我，脸颊激动得有些发红。“你有没有想过这种生活，一人在山中，仅仅一人，不能做什么，只能听流水的声音，风从林间穿行的声音，鸟鸣的声音，石子滚落的声音？”远山浅淡，与天相接的地方只剩一条极细的线，是她抿起的嘴唇。她凝望那阵奔跑的风，似乎想将它捕捉。又转而凝望后山的竹浪松涛，像凝望一个梦中的幻影。“而现在我不能读书了，除了大山，外面的声音都听不到了。”她的话语似被水浸透，我转过头，看见她眼里的泪花像在走钢丝，摇摇欲坠。

她侧过身去不想说话了。

深绿铺满整座山林，光斑繁密。半分钟微汗，半分钟微凉，细细的芒草摇晃，若在轻吟。她一肩扛起她口中“苍色”的天空，从静水深渊中升起，万里无云。大地在我脚下隐隐颤动着，传出声响，混杂着风、树叶、草木、鸟鸣，是一支破碎的竹笛、一把断弦的琵琶，一声一声，都好像一种呜咽。

而这声声呜咽在某一天顺着彤云出岫，搭上山鸢的翅膀，竟一路传到了远方，又托四月的山花捎回了一个令人为之一振的消息。

我离开那天，她执意要来送我。

她步履轻捷，每一步，都分毫不差地踏着我的影子，宛若夏商时祭天祈雨的女祭司。她语调平仄分明，在四下无人的山中响彻，像黄昏，像诗人，像黄昏中的诗人。她说：“我听说再过几个星期，学校就有人来修理了，有新学校，就有老师，就可以上学了。”

“真的？”

“真的！”

而我撞入她黑桑葚般明亮的眼睛，宛若跌进鸦青色的深谷。“其孤意在眉，其深情在睫，其解意在烟视媚行。”耳畔有什么呼啸而过。

是山音。

友好的报答

〔美国〕弗吉尼亚·格雷夫斯　唐若水 译

1956 年我生儿子时，在医院里和一位年轻妇女住一间病房，她在同一天也生了一个儿子。也许是由于我的双亲开有一家花店吧，我们的病房里很快就充满了玫瑰花甜甜的馨香。

在第七次给我送来花束时，我却感到有些不安起来，因为和我住同屋的安从没有收到过一朵鲜花。她坐在床边，探身欣赏着刚刚送到的花束。她年轻、漂亮，但她褐色的大眼睛中的某种神情使我感到对她这样的年纪来说，似乎已经历了过多人生的艰难和忧伤了。我感到她过去也总是只能欣赏别人的花朵。

“我在这儿一直过得很愉快，”她似乎看出了我的心思，而想要让我放心才这样说，“我真有幸能和你做伴。”

不过，我依然觉得有些不自在。要是有那么一种神奇的按钮，我只要一按，就能消除她眼中的忧郁，那该有多好哇！不过，我想至少我还可以给她搞点花来。那天当我父母来看望我时，我便要他们给安也送点花来。

正当我和安用完晚餐，鲜花就送来了。

“不，这回可不是给我的。”我看着卡片说，“这是给你的！”

安默默地长久凝视着鲜花。她的手指在浅蓝色的靴形瓷瓶上抚摩着，又轻轻地触摸每一朵插在瓶中的香艳可爱的玫瑰花，似乎想把这一切深深地铭刻在心上。

“我该怎么谢谢你才好呢？”她终于柔声问道。

我有点窘。对我来说，这一点点好意又算得了什么呢?

我在1956年那一天生的儿子，成了我们夫妇的独生子。将近21年来，他用爱和欢笑充实了我们的生活，使我们感到心满意足。但是，1977年4月复活节的一个早晨，经过一场与癌症进行的漫长而又痛苦的搏斗之后，他静静地死在我们的怀抱之中了!

丧礼是在家中举行的。当我孤零零地跟儿子待在一间弥漫玫瑰花香的屋里时，有一信差送来一小瓶鲜花，直到我们乘车去公墓的路上我才看了卡片："献给约翰·格雷夫斯——与你同一天出生在纪念知院里的孩子和他的母亲谨上。"

这时，我才认出多年以前我送给一位忧郁的年轻妇女的这个靴形瓷瓶，今天这瓶中又一次插满了玫瑰。我和安早就失去联系了。她根本不认识我们的儿子，也不知道他患病。她一定是看到报纸上发的讣告了。我把卡片递给坐在我身边的妈妈，她也想起来了。

"这是一种友好的报答。"

几天后，我们夫妇和家里人一起上公墓去给约翰扫墓。那瓶玫瑰还在墓边，上边堆放着高高的花圈和花枝。

"怎么会有人送这玩意儿作葬礼?"有人说，"如果是为祝贺新生儿，那还差不多。"

"它原是为祝贺新生的，"我丈夫静静地说，"约翰降生在永生之国了。"我吃惊地瞅着他，我知道，对一个从来没有直率地谈及这类事情的人来说，说出这些话并非轻而易举的。

他抽出鲜花，将那个靴形瓷瓶递给我。我捧着它，就像当年安所做的那样，用手指抚摸着它，一边思索着它所包含的种种含义：我想到岁月流逝，但友谊依然常青；我想起了记忆长河中的感激之情；还有最重要的是新生的希望。现在正是这些在安抚着我们的心。

信

〔美国〕福斯特·弗柯洛　唐若水 译

他一直聚精会神地在读着什么——因此我不得不敲了敲他汽车的风挡玻璃来引起他的注意。

他终于抬头看着我了。“能上您的出租车吗？”我问道。他点了点头。

当我在后座坐定时，他表示了歉意：“真对不住，先生，我正在读一封信哩！”他的嗓音听起来像是患了感冒。

“家书抵万金嘛。”我说。估计他年龄在 60 ~ 65 岁光景，我猜测道：“信是您的孩子——或者孙儿写来的吧？”

“不是家信，虽然可说我们犹如一家人。”司机回答道，“艾特是我最老的朋友了，以前我们一直一见面就以‘老伙计’相称。唉，我就是不善动笔。”

“如今大家写信都不勤，”我说，“我想您认识他时间已很长了吧？”

“实际上我们从小就是好朋友。在学校里，我俩一直读一个班。”

“友谊地久天长，可真难得啊！”我叹道。

“不过最近这 25 年中，我们其实会面仅一两次，因为我搬了家，接着似乎断了联系。”他继续说着，“他生前可真了不起！”

“您说‘生前’，那是……”

“他两个星期前去世了。”

“真遗憾！”我说，“失去这么一个老朋友真够伤心的。”

他没有吱声。汽车向前开了几分钟，我俩都默默无言。当他再次启唇时，他几乎不是对我讲而是在自言自语：“真后悔没给他写信！”

“是啊，”我附和道，“我们和老朋友写信都不太勤，不知怎的似乎总挤不出时间。”

司机耸了耸肩。“但以前我们总有时间，甚至在这封信上对此都提了一笔呢！”他边说边把信递给我，“请看吧！”

“谢谢，”我推却说，“读您的信不好吧，这可是私信。”

“请别介意，无所谓私信不私信的。读吧！”

信是用铅笔写的，开头的称呼是“老伙计”，第一句却似乎在提醒我：“我一直想给你写信，但又没有动笔。”信上提到他常常想起他们以前在一起的美好时光，字里行间透露出一些与这位司机有关的事情，如年轻时开的玩笑以及对过去岁月的可爱追忆等。

“你俩曾在一块工作过吗？”我问。

“没有，但单身汉时住在一起。后来，我们都成了家，有一段时间我们还不时串串门，再后来仅仅在圣诞节寄寄圣诞卡，当然卡片上还有一条附言，譬如问一下孩子们可好等，实际上那根本算不上是信。”

“这儿写得好，”我说，“信上有这么一句：‘你多年的友谊对我来说那样重要，但我笨嘴拙舌简直无从表达。’”我发觉自己不知不觉地在颔首称道，“这种解释定会使你感到欣慰，是吗？”

司机说了一些我听不懂的话。我说：“但愿我也能收到一封与此信相同的来自老朋友的信。”

目的地就要到了，因而我只得匆匆扫向信的最后一段：“我想你得知我正想念着你时一定很高兴。”最后的签名是：“你的老朋友汤姆。”

当汽车在我寄宿的旅社停下，我把信交还给了司机。“与君一席谈，胜读十年书。”我边说边拎出箱子。

不过，最后的签名“汤姆”却使我困惑不解。“我认为您那朋友叫艾特，”我问，“为何他最后签上了‘汤姆’？”

“这信不是艾特给我的，”他解释说，“我是汤姆，这是我在得悉他逝世前给他写的信，我一直没将信邮走……我本该早点给他写。”

当我步入旅社后，没有马上打开行李。我想：我得首先写封信，并且必须寄走。

旅行中结识朋友

袁 岳

20年前我在机关工作，回家的火车上遇到同在机关工作的唐庆国兄，后来我们各自在不同单位，直到今天他在深圳工作，我在北京工作，但还是联系紧密的朋友。我们是在火车上相识的，车到山东德州的时候，我请他吃扒鸡，他回请我喝啤酒，结果发现我们还是老乡。我经常旅行，也习惯在旅行中认识朋友，开始还会试图找一个搭讪的说法，后来发现其实只要在同样的场合，比如同在飞机、排队、看景的当口，如果想认识别人，就直接问别人来自什么地方，或者先告诉别人自己来自什么地方，且很想知道他来自什么地方就可以了。认识陌生人的关键是有勇气主动跟别人打招呼。因为这种主动，我发现一位邻座的朋友居然是我的校友，而他所在的企业研制的保健品还真对我母亲的老年缺钙症很有帮助。

我在访问美国丹佛的时候，安伦先生是主动和我搭讪的，我们很快找到了彼此感兴趣的话题，成为很谈得来的朋友。也因为旅行的需要，我在路途上认识了著名的雕塑家任军先生，然后我们在艺术、美食、经营等话题上找到对话的机会。曾经偶然的机会我认识了加州的华人政治家李大姐，她对我的一个发言大加赞赏，因此在酒会上我们一见如故。无论在风景地、在商务活动场所、在会议、在晚会上，我们能遇到的人是很多的，虽然我说大胆打招呼就能让我们结识人，但真正能够成为朋友则取决于彼此能够共享的话题，因此旅行中认识朋友，很大程度上的功夫来源于旅行以外。而我们在认识朋友的情况下，对于本地情况与本地资源就能尽快整明白，或者在同样时间内，得到的资源就明显多。其实那些在旅行中非常依赖导游的人就只会在导游安排的路线与范围内活动，而有自己朋友的人才能找到自己独特的行动路线与资源投放模式。

我的经验，生意与政治从来不是旅行中的好话题，除非这些话题与我们来到的某个特定国家有着密切的联系，该国又不是我们寻常话题关心的核心。而有关生活方式的话题则更容易被别人接受，这些话题包括饮食、交往习俗、读书、孩子教育、艺术和旅行本身，而趣味幽默的故事总是受欢迎的，巧妙与奇特的打发时间的方式往往让你赢得旅途中的人们特别的尊重，摄影、录像、扎营等方面的经验与技巧也很容易成为旅行中大家乐意认可你的重要原因。基本上，旅行是衡量生活趣味的一个重要场合。如果你有啥玩意儿告诉大家，那么旅行是个很有表达机会的空间；如果你有啥能耐想给大家显摆，旅行也是一个很好的机会。真正的旅行家，都能和山水、日月、飞鸟走兽对话，更别说人了，而如果我们连认识人也充满了障碍，我们认识其他事物的障碍可能就更大了。

成全善良

李文勇

那是三月的一天，我去医院看望一个生病的朋友。

因为是双休日，等公交车的人很多，在我旁边站着一个老人和他的女儿，听他们的对话，是陪老人去医院看病的，正好跟我同路。

那个女儿为了不让人群碰撞到父亲，一只手在前面挡着人群，一手搀着父亲的胳膊上车。车上早就人满为患，这时一个姑娘站了起来，微笑着对那位老人说："大爷，您来这里坐吧！"可那位老人却说："谢谢了，姑娘，我站站没关系，你坐吧！"那女儿也说他父亲身体硬朗着，站站就到了！

那个姑娘似乎没想到会这样，有些尴尬，再次说："您坐吧，大爷！"那个女儿似乎还想说什么，只见老人拉了拉她的手，说："好好，那就太谢谢你了！"说完，慢慢走到座位前微笑着坐下，那位姑娘流露出笑意。但我发现那个女儿明显不高兴，好像责怪父亲似的。让我看得很疑惑。

公交车突然一下子加速，突然一下子急刹车，我注意到，那位老人紧皱着眉头，好像在强忍着身体某处的不适。我不禁替他暗自庆幸，亏他坐下了，如果一直站着，不知要遭多少罪。

医院很快就到了。那位老人下车时，不忘向那位姑娘表示了感谢。我也下了车，拿出手机准备给朋友打电话，问他住哪个病室。也正因为我这样停了一停，我才听到了下面这段对话："爸，伤口痛了吧？""一点点吧！""你也真是的，明明知道自己臀部有伤口，不能坐，还要坐！"

"人家小姑娘一片好意！我硬是拒绝她，也许以后再遇到这样的事，她就会有顾虑了……”

我终于明白了，老人和他女儿的拒绝，原来并非客套。我不禁又想起车上老人紧皱眉头的表情，在那颠簸的公交车上，老人硬是强忍着原本可以避免的痛楚，成全了那个姑娘的善良。

成全别人的善良，这何尝又不是另一种善良！

特别的赞美

李碧华

结婚将近十年了，还常想起丈夫之外的另一个男人，说起来有点想入非非的不应该。但仔细地自我检讨，我想的是和他之间发生的一件事，又不是他那个人，根本谈不上心灵走私，心里也就抛开罪恶感了。

事实上，我没有半点虚假。那天在信义路上碰到他，我还特意绕了大半个圈子避免打招呼。对他，随便打招呼其实很多余。

之所以难忘那件与他有关的往事，实在是因为他一个不经意的心意与话语，竟改变了我的一生。到现在，他还不知道。

那是个落雨的午夜，我加班后返家。弱不禁风的我和一辆年久失修的小车一起奔驰在福和桥上。突然“砰”的一声，我的小车被后面疾驶而来的大车撞得东倒西歪。车已半毁，人已吓瘫；雨，滴答个没完没了。

是个微醺半醉的男人，一点点酒意，让他的声音透着松软温柔。恨透了酒鬼的我居然马上原谅了他，因为他下车奔过来准备营救与道歉的速度太快，快到我认定他绝对是个不闪避、能扛下责任的正人君子。

可以想象的，就是他没有任何迟疑地带我离开现场，送我回家，知悉我并无大碍后，留了一张名片。

小事一桩啦！人平安就好，那车早该功成身退了，不用太心疼。

第二天，天已放晴，我忘却昨夜的倒霉，心情像阳光般准备把文案漂亮地写出来。上了楼梯，一眼瞧见我桌上那盆鲜花。从来没有人知道我的生日，而该庆祝的任何好事在近半年内不曾发生过一件。

署名是……哦，原来是那个撞我车的冒失鬼。其实，那真是件不足挂齿的小事，小到我不想费一丝力气去处理它，就算这辈子未曾有男人送过花，我也不认为自己需要借由“交通意外”来完成这第一次。

冒失鬼显然想要经由我俩进一步的深交来表达歉意，并获得宽恕。送花之后一个星期五，他执意来“约”我。我的妈呀！穿条破牛仔裤上车被载到一家私人俱乐部的我，放眼一看，共有五男五女盛装端着香槟等我。那冒失鬼也没有特别介绍我是谁，只在坐定后跟我说，五男五女都是知己好友，他邀我来是因为：“想听一听意外中能保持镇定，意外后又保持善意的特别女人说话。”

他告诉我，出入上流社会俱乐部是他工作的一部分，眼前所见的女子哪一个不是名门闺秀？可是，那个雨夜的意外相识，竟令他分秒无法忘怀：“你实在非常特别。”

一个三十八岁、毫无姿色的女子获得他如此真心且日复一日、越发热烈的赞美，只因我未违本性地不在乎？或是不拘小节地我行我素？

那以后的半年，我随他参加了无数令我内心冲击、生命丰富、无关风月的聚会，根本不必去深究他已婚或未婚，彼此只是用心去抓紧两个人如磁铁般互吸的那点由衷的相惜。

他甚至还带我回家见他父母，简单地介绍：“这辈子庆幸遇见的知己。”

相处相约的那一年，我深记他对我“特别”的慧眼赏识，以至于往后的每一个日子，即使他后来奉派外调，两人已完全没有联络，我都没忘记发扬他口中的“特别女孩”的特别，而让自己增添了无可言喻的自信及只有自己才能觉察出的前所未有的魅力。

凭着这股自信与魅力，我一年后遇见且捡到我的“大石头”老公。

冒失鬼，谢谢你那句特别的赞美，促成我特别的后半生。

请允许我满含泪水地回来

戚祥浩

同学们都参加工作时，她将自己锁在家里，没日没夜地啃那厚厚的司法考试复习资料。第一年没成功，她有些沮丧；第二年又失败了，她感到了气馁，她一再安慰自己：坚持，明年一定能行。第三年、第四年，连续的打击让她不禁心灰意冷。看着父母日益苍老的背影，看着他们每天都盼着她成功，她让他们等了四年，四年来，父母都笑着对她说，孩子，没关系，下次再来。为了父母，她鼓起勇气再试一年，然而，失败缠上了她。

得知成绩的那一刻，她想到了死。3 月 4 日下午 2 点 36 分，她在“法专在线”的社区论坛上发了名为《爸爸妈妈请你们原谅》的帖子：连续五年参加司法考试未通过，我付出太多，太累了……辜负了父母的期望。

很多人意识到这是一个“绝笔帖”，他们纷纷在后面跟帖，劝她不要做傻事，要坚强，要多为父母考虑，要知道年轻就是本钱，未来还有很长的路要走……一些网友专门跟帖描述自己类似的经历，告诉她生活的乌云其实很容易过去，他们曾经遭受过更大、更猛烈的挫折，可他们现在都过得很好。

网友的留言她都看到了，她还看到了论坛博主多次发来试图跟她联系的消息。她脑中想的却是，如果活下去，势必拖累父母更久，他们早就到了该享福的年纪啊。她于是又一次发帖：谢谢你们，我已经决定了。

之后，她捏紧了口袋中的安眠药。她想找个结束烦恼的地方，但她起不了身——善良的网友们不断地发消息、跟帖，他们对她的鼓励、关爱和理解，仿佛磁铁一样牢牢吸住她那颗绝望的心。

她不知道，虚拟世界外，一场拯救行动也在悄悄地进行着。管理员发现她的 IP 地址在温州，便立即打电话给温州 110；同时向温州“市长热线”发出求助信息，希望他们联系电信部门，尽快查到她的上网地址，第一时间通知她的家人。

警察寻找她的同时，越来越多的网友加入拯救她生命的行动。他们尽力寻找现实中认识她的人，甚至一些温州网友表示愿意聘请她到自己的公司上班。

晚上七点多，警察终于找到她上网的地方时，她却于几分钟前离开了，因为上网的那个公共场所要关门，她不得不换了地方。

短短时间内，论坛翻页已达十多页，跟帖上百条，阅读人数两千多人。看着不停闪烁的消息提示，看着仍然不断增加的帖子，她禁不住泪流满面，为她愚蠢的想法，更为无数善良的人。

3 月 5 日零点 11 分，她又一次发帖：请允许我满含泪水地回来……已经把准备好的安眠药扔到河里了……

发完帖子，她想，活着真好，她再也不会试图去做傻事了。

她要下线时，无意间看见刚刚还成片亮着的会员头像，一下子暗了大半。

她的眼泪又一次夺眶而出。她知道，那些网友为了劝说自己，可是彻夜守在电脑前啊！

此后，她变了个人似的，不再每天锁在家里啃那枯燥的法律条文。她找出压在箱底的同学录，掸去上面的灰尘，一个个号码拨过去，问他们的近况，然后大声说，她很快也要工作了。她以前不习惯跟陌生人接触，觉得他们不可靠不能信任，现在，她对每一个迎面而来的人保持微笑。她仍常去“法专在线”，一天不去，网友发来的消息会塞满她的信箱——更重要的是，她发现让父母欣慰的地方有很多，比如给父母捶捶背，又如抢在母亲前头去洗碗，再如到旧书市场淘来父亲爱看的战争书籍……

偶尔，她还会想起那天的经历，想起那些善良的人为她所做的一切。

指尖流过沧桑

程应峰

都说莫扎特的曲谱是“上帝借他之手”谱就的。在你用心感受它、触摸它的时候，心灵的震颤刹那间就滑过了指尖，将你带入无穷无尽的遐想之中，让你看见时光的叶片，在风雨飘摇中，一刻不停地演绎岁月深处的沧桑。莫扎特的音乐细节，就是生活的细节，它有如一棵绿树、一段红墙、一片蓝天，让你的心灵刹那间触摸到生活的脉络，感受到雨的灵性、风的清和、叶的色泽、土地的凝重。

天才的莫扎特，那个在旁人眼里年少轻狂的莫扎特，在指挥台上激情飞扬，在钢琴前热情澎湃，在乐谱纸上灵感横溢，几乎不费吹灰之力就取得他人永难企及的成就。有人说，莫扎特的音乐，是眼泪中的微笑，是枪炮丛中的玫瑰，大抵是欢快多于悲愁，清明胜于斗争。傅雷先生也曾说，歌德经过了六十年的苦思冥想，经过了狂飙运动和躁动的青年时期，而后获得清明恬静的境界；莫扎特却是自然而然的，不需要做任何主观的努力，就达到了拉斐尔的境界，以及古希腊的雕塑家斐狄阿斯的境界。

然而，王公贵族，除了把他的音乐当作偶尔的娱乐，没有谁真正听得出他音乐里的欢喜或悲愁，更没有谁真正赏识和珍爱他的才华。甚至崇拜他的妻子，对于他那颗被他自己的音乐灼烧着的心也不能明白多少。如此种种，他怎能不寂寞、怎能不凄凉？好在，有一个萨列里。

萨列里，唯一一个理解莫扎特的音乐、珍惜莫扎特才华的人。他自己耗尽才智去接近音乐，去寻求恢宏绚丽的乐章，却了无进展。而莫扎特，在他面前一出现，出手之间，就是他追寻已久、梦寐以求的华丽乐章。从那一刻起，他觉得上天不公，于是下意识地嫉妒陷害这个毫无心机的天才同行，阻挠他在宫廷的发展。然而，音乐，终归是萨列里与莫扎特共同的灵魂，萨列里不忍心让莫扎特的才华埋没，让那些美妙的音乐未出世就夭折。所以，他会在莫扎特最潦倒的时候送去钱财，在莫扎特倒在剧场时送他回家，甚至甘愿为莫扎特写下最后的生命乐章……莫扎特之所以成为独一无二的人物，一方面是因为他具有天生的清明气质，另一方面也许是残酷命运造就的。

莫扎特与萨列里，两个为音乐而生的人，当他们的灵魂碰撞在一起的时候，音乐，在生活指尖流过的，一面是沧桑，另一面是震撼。

半个世纪的约定

〔美国〕凯利·马斯汀　王流丽 译

那是 1940 年的冬天，在埃及的西迪巴拉尼小镇，意、英之间有一场著名的战役。当英军占领了整个阵地，并从西面切断地中海沿线的公路时，意军便兵败如山倒了。胜利的英军正忙于清点数量庞大的战俘，而与此同时，一个名叫约瑟夫的英军炊事班小伙夫，正像往常一样前往驻地仓库准备食物。就在推开仓库大门的一刹那，约瑟夫看到在蔬菜架后面有一个黑影艰难地躲闪了一下，然后就不动了。

走近之后，约瑟夫才发现那黑影是个穿着意军军服的少年，因为伤势严重和刚才的惊吓，已近昏迷。那一刻，约瑟夫十分犹豫，很显然，躺在自己面前的是敌军的一分子，理应报告上级，可这少年也将必死无疑。随着时间的推移，一种深深的怜悯油然而生，约瑟夫决定把这少年先藏起来再说。

约瑟夫偷偷找来一些牛肉，熬制了一小锅浓汤喂那少年喝下。也许是年龄相近，再加上都会一点法语，他们俩渐渐熟悉起来。少年名叫艾维尼，来自意大利北部的伊夫尼亚镇，刚满 17 岁就被迫参军作战，与他相依为命的父亲也被人杀害了。艾维尼对约瑟夫说："你知道吗，就在我觉得快死的那一刻，你喂我喝了一勺牛肉汤，那种又香又暖的感觉一下子把我拽了回来，让我想起了家乡，想起了父亲。"

在约瑟夫的帮助下，艾维尼在小镇的硝烟中藏了整整十四天。当驻军离开时，约瑟夫与艾维尼互留了家乡地址，他们相约如果能够活到和平到来的那一天，一定互相走访，再叙友谊。

战争结束后约瑟夫回到了故乡，发现亲人早已离散，于是动身前往意大利寻找艾维尼。而在伊夫尼亚镇，他被告知艾维尼早已战死沙场。无家可归的约瑟夫突然做了一个决定，就留在这个小镇上，以卖牛肉汤为生。

转眼半个世纪过去了，约瑟夫偕妻子回到英国故乡。在镇上最好的餐馆里用餐时，一位老人摇着轮椅来到他桌边，轻轻地问："您是本地人吗，您可参加过'二战'中的西迪巴拉尼战役？"约瑟夫有些不解地说："的确是这样，可您是怎么知道的呢？"那老人显得有些激动了："那您曾在那个埃及小镇上遇到过一个名叫艾维尼的意大利少年吗？"约瑟夫惊讶得一下子站了起来："难道你是……"老人点点头喃喃地说："五十多年了，我逃出西迪巴拉尼镇的路上被一颗炮弹炸断了双腿。抢救我的医务人员只在我身上找到写着你家乡地址的字条，所以当我再一次逃离死神后，发现自己已经被送到这里了。我想这可能是上天的安排吧，就留在这里开了一家餐馆，卖你曾经用来救我的牛肉汤。每一个前来用餐的客人都会被要求签名，而每一个与你同名的客人我都会亲自询问，这一问，居然就过去了五十年……"

一年后，约瑟夫与艾维尼一起在当年患难相交的埃及小镇开了一家牛肉汤餐馆，用这平凡温暖的食物来纪念他们跨越了半个世纪的友情，以及穿越了残酷战火硝烟的温暖人性。

相互欣赏的朋友

鞠志杰

朋友是一个小职员，却跟他的老总成了好朋友。老总身家千万，朋友普普通通毫不起眼，两个人身处截然不同的阶层，在外人看来，朋友一定是煞费苦心百般讨好才赢得老总赏识的。但我知道他们之间的故事。

朋友喜欢摄影，还是市摄影家协会理事。老总也爱好摄影，但只是爱好，没有拍出什么名堂。

那年秋天，市水上公园来了一个不速之客，一只过路的天鹅因为受伤落在湖上歇脚。朋友闻讯后，抓起相机跑到那儿，忘情地拍起来。拍着拍着，忽然与一个人撞上了，那人正是老总，他也正拿着相机拍摄。两人相视一笑，继续拍。拍得差不多了，他们才坐下来交流。老总问朋友是哪个单位的，朋友笑了，说："我就在你的公司。"老总这才认识了朋友。

此后，老总一到野外摄影，总要叫上朋友，朋友虽同行，却不卑不亢。爬山时，朋友绝不会替老总背那沉重的三脚架的。后来，老总对朋友说了这样一句话："你是个有骨气有原则的人，我很欣赏你。"朋友则对老总说："你是个公私分明的人，我也很欣赏你。"

能让他们成为好朋友当然并非仅仅因为这两句话。那年冬天，中国最后一辆蒸汽机车将在内蒙古结束使命，全国各地不少摄影爱好者都云集那里，准备留住那弥足珍贵的精彩瞬间。老总开着他的奥迪也带朋友去了。朋友看了看地形说："要想拍出一张与众不同的片子，我们必须到一处别人不曾去过的地方。"老总点头同意。于是，他们离开了那些已在铁道边架好机器等待拍摄的同行，步行了一个多小时，来到一处山腰。一场雪刚过，红叶在皑皑白雪中更加绚丽。目光越过那片白桦林，便是铁道，而且还有一个不大不小的弯。朋友说：“一会儿火车来，我们在这拍，火车就像在树上跑，巨大的蒸汽团与白雪、红叶交相辉映，多美啊！”老总也激动地说：“是啊，多美啊！”两个人便架好机器，聊着天，搓着手，站在那儿等。

天很冷，他们都快冻僵了！直到太阳西下，火车也没有来，他们互相搀扶着，回到旅馆。一打听，才知火车只开到摄影家们云集的地方就返回去了，它本是来向人们谢幕的，所以并没有全线运行。

朋友听到后回到房间放声大哭，老总也跟进屋一块哭。哭了许久，两人又一块笑，是那种带着眼泪的笑。

朋友就这样和老总成了铁哥们儿。后来，老总要调朋友到一个部门任主管，被朋友拒绝了。老总更加尊重他。

朋友说：“朋友间，能够真心地相互欣赏，这就足够了！”

我们永远是朋友

王发财

那是个阳光明媚的上午，刚刚在清新的晨露中沐浴完的几只小鸟欢快地在湛蓝的天空中起舞，不时地把幸福的鸣叫带给大地。萨卢克瓦泽和帕杰林娜两位射击运动员，却开心不起来，因为她们的祖国苏联在这一天解体了，而两个形同姐妹的知己，也将面临离别。因为她们各自的国家间存在着积怨，她们以后可能再也见不到对方了。

想着平时在一起训练、学习，彼此照顾和帮助，在宿舍里讲悄悄话，一起描绘自己心中的白马王子……两个姑娘的泪水瞬间就涌上了脸颊。但再多的眼泪也阻止不了匆匆到来的离别脚步。

“这一别，你说我们还能见面吗？”临别时，萨卢克瓦泽忧伤地问。

“能，一定能的，只要我们继续努力训练，我们就能有资格代表国家参加国际比赛，在赛场上我们就能够再见面！”帕杰林娜坚定地说。

两人就这样分开了。萨卢克瓦泽回到了祖国格鲁吉亚后，开始加大训练强度，除了努力提升自己外，她的心里还有一个目标，那就是去参加国际比赛，与好友帕杰林娜相遇，并一起站在奥运会的领奖台上。而帕杰林娜也以同样的目标激励自己。

很快，两人都成为本国优秀的射击运动员，并且都代表自己的国家出征2008年北京奥运会，参加女子10米气手枪比赛。两个分别了10多年的姐妹即将重逢，她们满怀信心期待那一刻。

就在北京奥运会开幕式刚刚开始的时候，俄罗斯和格鲁吉亚发生了激烈的军事冲突。萨卢克瓦泽开始紧张，一方面担心自己国家的命运，另一方面则担心她和祖国的代表团会一起离开北京，那样她就无缘再见自己的好姐妹了。直到她得知自己将继续留在北京参加奥运会后，她的心才安稳下来。

在比赛中，萨卢克瓦泽和帕杰林娜用尽了全力，她们顺利地晋级了决赛。最终萨卢克瓦泽获得了比赛的铜牌，帕杰林娜获得银牌。在射出比赛的最后一枪后，早已泪流满面的她们，擦拭着眼角的泪水，随后紧紧地拥抱在一起，相互亲吻对方的脸颊。

帕杰林娜在赛后动情地说："我们姐妹在一起训练过很长时间。我们一直是真正的朋友，但我们被政治分开了。我期待今天这个拥抱已经有10多年，什么都不会横亘在我们的友谊之间！"

小费 800 英镑

郭　莹

傍晚时分达·芬奇咖啡馆爆满。当意大利裔老板不得不第三次谢绝了一对年轻伴侣入内后，他转回头来再次用鹰一般的眼神，狠狠地扫了扫缩在桌边墙角、头埋在报纸堆里的格林。这是一家意大利移民开的咖啡馆，老板娘亲手制作的意大利家乡糕点在当地英格兰小镇很出名。眼下正值圣诞和新年，店内每天都是高朋满座，店家自然巴望客人能速战速决。

鳏夫老格林是这里的常客，每次来都默默地溜到墙角那张能观赏街景的桌子跟前，仅叫上一大杯意大利式咖啡并拒绝牛奶和糖。咖啡送上来后格林根本不去碰它，而是低下头来闭起双眼，对着冒白气的热咖啡深深地吸气，一副贪婪的模样。

他的这番怪异举动总会引来旁人的侧目。接着老格林的屁股就好像钉在椅子上似的，不动窝地呆坐上整整一个下午，直到把手里的几大张报纸和杂志都看完，然后再盯着窗外熙熙攘攘的街道目不转睛地愣上半晌，这才慢悠悠地起身离去，留下一杯已经放凉的咖啡。

老格林离去的身影背后，总跟随着咖啡馆老板的一句送行话："要是每个客人都像他这样，我们的买卖早就关门了。"我第一天来店里上工时，老板就警告说别搭理老格林，省得误了干活，因为他抓住一个人聊起来就如同开了闸的渠水，怎么也收不住。

不过店里的这条规矩显然对老板的小女儿苏菲例外。八岁的苏菲下午放学后常常来咖啡馆，一边玩一边当小帮手，唯有她能和老格林聊到一块儿。老格林的拿手好戏，是绘声绘色地回忆“二战”期间他作为登陆诺曼底的先头部队的一员，如何与顽强抵抗的德国守军作殊死搏斗的往事。他的那些台词，咖啡馆里的人大都能背出来。显然小苏菲不在乎老格林的絮叨，因为她每每都有自己的故事，如涓涓溪流般没完没了地回敬给老格林，而老格林永远都是眯着双眼微笑着洗耳恭听，不像父母总训斥她：“大人够忙的了，别来添乱，一个人乖乖玩去。”因此老格林理所当然地成为苏菲的专客，每回都由小苏菲为他端上咖啡。

这位有怪癖的老人每次起身都只在桌上留下10便士硬币的小费。苏菲把它们都投进那只笑眯眯的小猪储钱罐里。大家知道她正为购买那双心仪已久的白色旱冰鞋努力存钱。

新年的前一天，晚上11点多，老格林意外地第一次这么晚露面，仍旧堂而皇之地占据了他的那方“领地”。待到午夜零时，咖啡馆内人们互相拥抱祝福新年时，老格林吻着小苏菲的脸颊连声道：“谢谢你，小天使，新年快乐！”他要苏菲把储钱罐取来，声称要与她玩一个迎接新年的魔术游戏。老格林倒出里面的硬币，低头仔细地数了数，一共是160枚10便士硬币。他掏出支票本弯下腰对苏菲说道：“为了感谢你长久以来给予我的欢乐，我要用5英镑换一个硬币的方式，送给你这份新年礼物。”说着老格林将一张800英镑的支票放在小苏菲手中。

咖啡馆里忽然间静下来，大家都看着霎时变成明星的老格林。老格林感慨地告诉大家，一年多前老伴丢下他先走了，家里突然空荡荡起来。老伴生前是个超级咖啡鬼，每天从早到晚咖啡不离手，格林无法忍受老伴的咖啡瘾，与老伴争吵不休，他花了大半辈子试图说服老伴少喝咖啡，但并不成功。

老伴奔了天国后满屋子的咖啡味亦随之无影无踪，这使老格林越来越感觉家里的味道陌生起来。于是格林每次前去墓地给老伴献花，与之轻轻絮语后，总会径直来到咖啡馆。他自己不喝咖啡而习惯喝茶，来咖啡馆则纯粹是为了感受这里的气息。环绕于店里的浓郁的咖啡香气，使他倍感亲切和温暖……

老格林的这番心声，使新年午夜的咖啡馆里顿时沸腾起来，围观的人开始逐一拥抱亲吻老格林，激动的老格林不住地眨着双眼，眼里泪光闪烁。

爱的盛宴

〔美国〕李奥·布斯卡格里亚　郑恩恩 译

人生路上，埋藏着许多奇异珍宝。起初，我们也许不清楚它们的价值，甚至根本没有意识到它们的存在，就像妈妈的“万能汤”。

提起它，往事历历在目：火炉上蹿出蓝色的火焰，细密地亲吻着蓝白相间的上釉瓷罐。瓷罐里正沸腾着咕咕的气泡，氤氲的蒸气冉冉升起，整个瓷罐仿佛快要喷发的火山。每当我走进厨房外的回廊，浓郁的香气总让我觉得心里踏实。无论妈妈在不在厨房，我都知道：我回家了！

妈妈在意大利北部度过她的少女时代，据说，她那时就从我曾祖母手里学会了“万能汤”的做法。这是一种浓肉汁菜汤，没有固定的原材料，完全随着厨房存货的变化而变化。这种变化使它成了我们家的“家庭经济晴雨表”，如果汤很黏稠，有西红柿、面团、蚕豆、胡萝卜、芹菜、洋葱、玉米和肉片等丰富的内容，那么就表示父母手头宽裕；反之，就是手头拮据。

妈妈的“万能汤”从来都被一扫而光，她教导我们，食物是上天的恩赐，不可以浪费。无论何时，只要我开始默诵祷告词，就会想起妈妈：夜色未尽，她已经起床了；她在为全家准备食物；她哺育孩子成长，她的孩子为她祈福……

可有一段时间，“万能汤”却成为我的心病，担心它会断送自己和新朋友苏的友谊。苏瘦高个、黑头发，他的爸爸是医生，家住城里的富人区。我还从没有交过住在富人区的朋友，因此，我很珍惜这份友谊。

苏常常邀我去他家吃饭。他家里有专门的厨师，穿着洁白的制服，用闪光的镀铬器皿盛上食物；他们每个人都有专用的餐具，就餐前，会有专门的仆人摆放好刀、叉等，显得庄重而气派。但我总觉得食物精美却缺乏滋味——一种亲情的滋味。苏的爸爸妈妈虽然彬彬有礼，气氛却十分沉闷，他们在吃饭时，竟然没有拥抱彼此。可是在我家里，如果谁省略这一步，妈妈会关切地问："怎么了，不舒服？"有时，当苏跟着他爸爸进书房时，我发现他的手都在害怕得不停颤抖。

纵然如此，我还是担心自己的贫寒家境会葬送这段友谊。不久，苏准备到我家里玩耍，为了配得上苏，我试探着问妈妈可不可以改变她的烹饪方式："妈妈，真正的美国家庭不是这样吃饭的。我们干吗不做一些汉堡包或炸鸡？"

"噢，我不是美国人，是意大利人。只有那些自以为是的小糊涂蛋，才不喜欢我的'万能汤'。"妈妈不容反对的坚决眼神，明白无误地表示，她不会改变。

我没法说服妈妈。苏要来那天，我沮丧地想：那罐"万能汤"，它将成为我和苏之间的句点。

妈妈和其他九个家庭成员热烈地欢迎苏，他们逐个拥抱、问候他，有的还亲热地拍拍他的背。当大家坐在饭桌前，我简直羞愧死了：笨重的大木桌四周，雕刻了许多爸爸喜欢的花纹，可是花纹的繁多华丽与桌子的斑斑污迹，形成更加鲜明的对比；而桌布则是色泽鲜艳的透明油布……和苏的家，真是天壤之别。

祷告后，妈妈给我们每人盛上一碗肉汁汤，她问："苏，知道这是什么吗？"

"汤？"苏为妈妈的问题感到不解。

"不是汤那么简单，"妈妈强调，"是'万能汤'！"接着，妈妈开始滔滔不绝地解释"万能汤"的来历和神奇功效：它可以治疗头疼、感冒、伤风、消化不良等许多疾病，甚至心脏病和肝病。妈妈摸了摸苏的胳膊后，又加上一句："万能汤"能让你更强壮，就像传说中的美意混血英雄查里·安特拉斯。我的心一阵阵抽搐：古怪的人、古怪的食物、古怪的论调，苏也许再也不会到我家来了。

然而，苏的举动让我大吃一惊。他咕嘟咕嘟喝光了碗里的汤，抬起头对妈妈赞叹道：“太好喝了，请您再给我盛两碗，行吗？”

道别时，苏羡慕地说：“你的爸爸妈妈，你的兄弟姐妹……真好！我希望我妈妈也能做出这么一桌美妙的饭菜，尤其是‘万能汤’。李奥，你太幸运了！”

幸运？我百思不得其解。幸运！

记得妈妈去世后第二天，家人关掉厨房里的煤气炉。再也没有蓝色的火焰，蓝白相间的上釉瓷罐，再也不见咕咕的气泡和氤氲的蒸汽。可是，直到今天，我似乎仍然闻到空气中弥漫着“万能汤”的香气，还混合着香味薄荷配料的味道。那种香气始终温暖着我的心灵。

我和苏的友谊一直没有中断，在他的婚礼上，我做他的伴郎。婚后几年，他邀请我去他家里吃晚饭。那时我肝脏有些毛病。开饭前，苏和他的孩子们互相问候拥抱，也向我张开热情的双手，表达他们的关怀和欢迎。苏的妻子端上一锅热气腾腾的鸡汤，汤里混着新鲜的蔬菜和大块的肉片。

“嘿，李奥，知道这是什么吗？”苏的目光里透出几分狡黠。

“汤？鸡汤？”我被苏看得发蒙。

“鸡汤？这是‘苏记万用鸡汤’！治疗感冒、头痛、消化不良等。特别对你的肝有独特疗效。李奥，我也很幸运！”苏眨眨眼，开心地笑起来。

霎时，我明白他当年的言外之意。苏在我家里吃的“万能汤”，的确赶不上专业厨师的手艺，可又远远胜过专业厨师的手艺。因为，它浓缩了妈妈的温暖、爱心、关怀，还有整个家庭的天伦之乐。它是爱的盛宴！

喝着“苏记万用鸡汤”，我知道，我回家了！

英　雄

立　夏

一

他二十岁的时候，她正好十岁。她坐在台下，晶亮的眸子映照出台上英武的他。

他是学校请来的英雄，笔挺的军装上一张黝黑而棱角分明的脸，因为激动，透着健康的红晕。

他在台上大声地念着手中的演讲稿，只剩下三根手指的右手高高举起，如同一面灼目的旗帜。在一次实弹演习中，面对一颗嗞嗞作响的手榴弹，他毫不犹豫地捡起来扔向远方，挽救了被吓呆的战友。

她的眼中噙满了泪水，泪光中，台上的他是那么高大英俊，连他那浓重的乡音都充满了亲切的味道。

“他真是个英雄，我会一辈子记住他的。”她在心里默默地想。

二

他三十岁的时候，她二十岁。

学校组织学生们去农村体验生活。

如果不是村干部郑重地向大家介绍他的英雄事迹，她是一丁点儿也认不出他了。

埋头在田里劳作的他跟其他的农民已没什么两样，披着一件灰褂子，失去了红晕的脸还是那么黑，却变得暗沉。村干部介绍的时候，他憨憨地笑着，脸上怎么也找不到他十年前的影子。

他坐在田头抽着烟卷，好几次她都想走过去跟他说几句话。看着烟头一明一灭，她终于还是没过去。她实在想不出该对他说些什么。

三

他四十岁的时候，她三十岁。他在她所在的城市摆了个摊，卖鸡蛋煎饼。五岁的女儿吵着要吃煎饼，她先认出了他的手，再抬头看他的脸——恍若隔世般，已然很陌生了。

女儿嚼着香甜的煎饼，她的心里却一直不能平静。她忍不住悄悄告诉女儿卖煎饼的是一个英雄。女儿懵懂地吵闹着，要去看英雄。

她带着女儿折回去，女儿仔细看着那只残缺的手，然后哇的一声大哭起来。她匆忙带着女儿离开。一边哄着女儿，一边回忆自己十岁的时候第一次看见那只手的情景——一点都不觉得害怕，只有深深的敬意。

她还记得当时听完报告回到家，小小的她弯曲起两根手指，模仿他三指的样子，想象着那种悲壮。

四

他五十岁的时候，她四十岁。她在民政局混上了科长的位置，工作还算清闲，生活不好不坏。

当他在她办公室外面探头探脑的时候，她根本就没认出他。原来他是来申请追加困难补助的。

她给他倒了杯茶水，他受宠若惊地捧着，不停地说谢谢。她陪着他办完了所有手续，而他不知道为何受到如此礼遇，越发惶恐不安，一个小时里说了不下五十声的谢谢。望着他佝偻着背离开，她开始努力回想他年轻时的样子，却怎么也想不起来了。

“他真的曾经是个英雄吗？”问自己这个问题的时候，她觉得那么茫然。

五

她五十岁的时候，他已经不在了。那天她在办公室喝着茶，翻着报纸，四十年前的他突然映入眼帘。犹如被雷击般，她手中的茶杯砰的一声落地。

他在回乡的车上遇到一伙劫匪，一车人只有他挺身而出。搏斗中，他被刺数刀身亡。报道还提到，他的右手只有三根手指，年轻时他就曾因救人成为部队里的英雄典型。那张穿着军装的年轻时的相片，据说是他唯一的相片。

一瞬间，泪水又模糊了她的眼睛，恍如四十年前，小小的她坐在台下仰望。

难演的角色

林青霞

演过一百部戏，一百个角色，最难演的角色却是自己。因为剧本得自己写，要写个好剧本谈何容易。

在我演艺事业最忙的时候，在我同时接六部戏、演六个不同角色的时候，我忘了演自己。有一天站在镜子前面，我看到的竟是一张陌生的面孔。

“我是谁？”我问自己，“我喜欢做什么？”“我不喜欢做什么？”“我为什么不快乐？”

这才发现，不知道从什么时候开始，我失去了自己。于是我努力找回自己，让自己快乐起来。原来快乐是有定律的。要认清自己，接受自己，不要勉强自己做不喜欢和做不到的事，要懂得说“不”字，要表里如一，要忠于自己，不要斤斤计较——照这个定律去做，快乐就会产生。

有时候我想，当一个人将要离开这个世界的时候，总结一下，赚到的是什么？我认为，快乐的时间多过痛苦的时间，那就是赚到的。

永远记得那两个快乐的下午。有一天，我在纽约一位女朋友的小公寓里，她正在化妆。忽然听到街道上喧闹的锣鼓声，我们来不及换衣服，就把睡衣往裙内一塞，加件风衣往外跑。

我们跑到人群里凑热闹。游行的队伍走后，我们散步到中央公园。坐在长条木椅上，微风轻吹着我的长发和衣裙，眼前走过几个中国人，我稍感紧张，但马上意识到，人家可没注意到随意懒散、没化妆的林青霞。刹那间感觉好快乐、好自在。

另一个下午，我和邓丽君到法国南部的海滩裸泳。在众人目光下成长的我们，摆脱了束缚，笑傲在蔚蓝的海天之间。

这种自由自在，相信外人是无法体会到的。

原来快乐可以这么简单：不需要华服，不需要珠宝，只要一颗自在的心。

迟到的告别

琴　台

1918 年 3 月的一个清晨，里昂车站迎来了一辆从德国开来的战俘车，一个叫瑞克的男子胡子拉碴地从车厢里走出来。在那劫后重逢、抱头痛哭的人群中，瑞克显得呆滞而又沉默，他虽然四肢完好，名字却上了重度伤残名单。

给他做过检查的医生都心情沉重，这个貌似健全的男人永远也做不了父亲了。不仅如此，他好像还患上了失忆症，不知道自己的家人在哪里，也说不出任何亲人的名字。

医院在报纸上刊登了瑞克的照片，想通过媒体来帮助这个可怜的男人寻找亲人。很快，很多人从全国各地拥来——失去儿子的母亲、丧失手足的兄弟和丈夫离散的妻子。

很多人来了又走了，留下来的是两个女人。其中一个容貌姣好，留着长长的黄色卷发，穿着白色的拖地长裙。她自称是瑞克的未婚妻，并带来一张瑞克的照片。医生看着照片中那个英俊幸福的男人，再想想呆若木鸡的瑞克，一时无法评判。另一个女人年长几岁，她左手抱着一个三四岁的脏兮兮的男孩，右手抱着一个两岁左右的女孩，流着泪讲述自己丈夫一直未归的事实。

医生将两个伤心的女人领到瑞克面前。从瑞克突然涌出的眼泪中医生看到了希望，这两个女人中，肯定有一个是他的爱人。

他们反复看那个年轻女人带来的照片，就在马上确认的时候，护士忽然跑了进来，附在医生耳边说了几句话。医生一愣，缓缓地将手里的照片还给那个年轻漂亮的女士，转向抱着两个孩子的母亲："瑞克说，你是他的妻子。"那个女人一把抱住自己的孩子，痛哭起来。

年轻的女人流着泪伤心地走了。几天后，沉默的瑞克和两个孩子及妻子，去了巴黎。在那里，不仅有国家配给他们的新房子，每月瑞克还有很优厚的残疾军人抚恤金，足够这个四口之家安逸地生活了。

"一战"后，法国的经济很快复苏。10年后，一个民意调查机构准备调查"一战"中那些伤残军人的生活状况。他们在巴黎乡下的一个小镇上找到了瑞克。

让他们惊讶的是，和资料描述得不同，这个残疾的男人并没有和妻子、孩子生活在一起，而是独自住在一所干净的房子里，以养花卖花为生。当他们得知瑞克很早就和妻子离了婚，并把80%的伤残抚恤金分给了妻子和孩子后，都愤怒地谴责那个无情的女人。

可瑞克却微笑着制止了大家。他接下来讲出的事实，让所有人错愕万分。原来，他并不是那个女人的丈夫。这个事实在他跟着那个女人回家的那一刻，他们彼此心里都明白。而另一个哭着离开的年轻女人，是他真正的未婚妻。

瑞克平静地说："其实我也没得什么失忆症，当初的沉默，只是因为接受不了身体残疾的事实。"

"那为什么你会选择那个陌生的女人？"调查人员有些匪夷所思。

瑞克轻轻叹了口气说："战争之后，民不聊生。当我看到那个丈夫战死在前线而又生活无着落的女人，立刻就对她和她的孩子充满了同情。其实我已经是一个绝望的人，那一刻，我却突然觉得自己还可以成为一个有用的人，那就是用自己的伤残抚恤金来帮助这个冒名顶替的女人和那两个孩子渡过难关。至于我的未婚妻，从她的衣着上可以看出，她的生活还过得去，最重要的是，这个无辜的女人应该有崭新的生活。所以，我宁愿让她相信她的未婚夫已经死了，也不愿成为她的包袱。"

一切都像瑞克设想的那样，失去丈夫的女人和孩子们再也不用为衣食奔波和担忧。这时候，瑞克向那个女人敞开了心扉，说服她接受离婚的安排，并将自己 80% 的伤残抚恤金以抚养费的名义，赠送给了这个不幸的家庭。然后，瑞克离开了巴黎，来到这个小镇做了一个花农。

瑞克的故事深深打动了民意调查机构的那些人，他们准备宣扬这件隐藏了多年的事。瑞克马上制止了他们：“不过是一场迟到的告别，我不想再去打扰她们的生活。”说着，瑞克向花丛深处走去，最终消失在一片浓郁的芬芳中。

两个 M 的孤独

|

灵 子

Mary，一个澳大利亚小女孩，无聊时闲翻电话黄页，随手找到一个地址写信过去，还好心地附上巧克力。碰巧收信的美国大叔 Max 也是巧克力爱好者，两人迅速找到更多共同话题，一写就是 20 年。

在我看来，Mary 的人生未免太悲惨了些：从小额头上长着难看的胎记，处处受同学讥讽；父亲在她年幼时忙于工作无心顾家，终于等到退休又不慎失足意外死亡；母亲酗酒过度误服毒药跟着离世；终于与暗恋已久的心上人结婚，对方却跟新西兰笔友私奔了……

谁知 Max 的生活也好不到哪儿去，孤独、自闭、脆弱、敏感，童年家庭不幸，长大也从未感受过友情的温暖，好不容易幸运地中了次乐透大奖，除了买一屋子巧克力之外也不知道怎么花……人说不幸的家庭各有各的不幸，原来，不幸也可以如此相似。不过是换了时间、地点和性别，Mary 的人生与几十年前 Max 的几乎无差异。

两个孤独的 M 偶然相遇，难免撞出璀璨的火花。他们将对方视为知己，互诉生活中各种遭遇和难为外人道来的心情。生活变得如此轻易，那些苦痛、尴尬、含蓄、自怜，一切都可简化为写信、寄出、等待、阅读、再写信的循环。他们终于因几张轻飘飘的纸张，在茫茫尘世间找到一丝自我的存在感。

然而失败的人生是禁不住拷问的。在小 Mary 不断抛出诸如“你有几个朋友”“爱情是什么”“你结婚了吗”的问题时，Max 终于抵抗不住对前半生灰色经历的回忆和畏惧，蜷缩于墙角板凳上瑟瑟发抖的老办法再也没法缓解他的压力，最终他不得不进入精神病院疗养度日。

Mary 在这段经历的启发下，决心研究如 Max 一样活在失败阴影下的人们，找出他们的病因及最佳解决办法。她顺利拿出成果，出书、签售，以素未谋面的好朋友作为剖析病例。Max 深感自己被利用和被背叛，自此断绝了与小笔友的联系。人生刚刚有起色的 Mary 大为受挫，自此酗酒、消沉、得过且过，两段人生又一次走上相仿的轨迹。

接下来的冰释前嫌、重归于好并不难猜到，电影的结局算不上幸福美好，但总归回到了正常人生的安宁。故事本就简单得没什么高潮，就如同它采取的黏土动画形式，看上去那么质朴、笨拙、平凡，但其中却包含着同样平凡的我们一眼就可辨认出的温暖。

或许，最温暖的当数片头那几个常见的字，“根据真实故事改编”。据说这是导演本人的亲身经历，20 年的书信情谊陪伴着一个女孩子的成长，这样浪漫而不可期许的情节居然是真的，这本身已是大大的鼓励了。

去喜欢自己的“不够可爱”

|

杨熹文

我有很多不想让别人知道的缺陷。

比如，我笑起来很难看。

酒窝长在颧骨上，牙齿长得很崎岖。曾看过一张别人相册中我大笑的照片，我表情恐怖、面部扭曲。导致我在很长的一段时间没了笑意，或者刚刚有了笑意，就下意识地掩住嘴。

比如，我的腿形很难看。

在最好的年纪我从没穿过裙子，总是用肥大的裤子遮身。我揣测每个人的目光，觉得那里面有评判的意味。我低着头，自卑而乏味地走过青春，如果有谁说起哪个人的身材曼妙，我的目光遥望，心里的羡慕，转眼就变成深深的苦恼。

比如，我没来由地恐高。

站在任何高于 1 米的地方腿就会发软。乘电梯永远不敢站在最外面，唯一勇敢的时刻，就是鼓起勇气上了“海盗船”，却在开始前大喊着“我要下去”。我就是这么一个胆小鬼，永远与刺激的消遣绝缘。

比如，我很抗拒人群。

把我放在人群中，我就会下意识地局促，额头会渗出汗珠，脸会红成一片。我不喜欢置身于热闹中，总是在寻找一点孤独。我看起来是那么格格不入，可就是无法摆脱“一个人喝酒读书”的舒适区。

比如，还有很多比如。

还有很多不想让人知道的缺陷，曾被我小心地遮掩在皮囊之下。一个太过缺乏安全感的我，总是仔细辨认着别人眼中的自己——这个我，她有没有说错话？她做的事对不对？她有没有暴露缺陷？她够不够讨喜，够不够完美？

那些年我的生活重心是“做一个被别人喜欢的人”，哪里有什么做自己。明明有很多想法，却表现得怯懦，明明还有一些优点，却紧紧盯着缺点不放。被家庭管教太多的孩子是否都有同样的感受？我总觉得哪里有双眼睛，对我的一个细微动作，都要评判分数。而我，作为选手，只想成为完美本身。

读张艾嘉的《轻描淡写》，这是她的散文随笔集，其中《此时此刻》是我最喜欢的一篇。张艾嘉一生都在拍爱的故事，一个知性女人的文字，这一次从男女情爱过渡到最珍贵的爱——爱自己。让人读了心里感慨，原来不只是我们，任何人的成长都是个漫长的过程。成长，是不再较劲，是和自己和解。

张艾嘉坦白地说起过去的故事。在与人合作拍电影的时候，她需要扮演一个古装角色，当搭档的台词中出现“你那樱桃小嘴”时，全场因这不相匹配的形容而笑翻了，也笑伤了她的自尊心。

她用了很久才从阴影里走出来，最后得出一个深刻的结论：“千万不要期望全世界的人都喜欢你，千万不要相信自己可以成为一个完美的人。当我接受了自己的缺点时，反而能够更轻松、更坦然地去做我有能力做好的事。”

我没想到，这个我向往成为的女人，竟然也独自走过坎坷的心路。

那些年我没办法面对他人的目光，当别人指出我的缺陷，我会哭，会难过，会睡不着。我狠狠地羡慕别人——那些比我好太多的人——笑起来有一对酒窝的女孩，模特身材的姑娘，勇敢蹦极的年轻人，八面玲珑的社交达人……

我因此陷入了迷茫，甚至有一点抑郁，因为没办法和自己和解，我讨厌这个不够完美的人，我不够爱她，更疏于去了解她。我没有意识到，我的酒窝长歪，眼神却是正直的；我的腿形难看，身体却是健康的；我恐惧高度，可是我对其他事情还抱有兴趣；我很害怕热闹，但我也赋予孤独足够的意义。我有很多缺陷，可这些缺陷无害，也是我独一无二的标签。

和 20 岁的自己相比，现在的我更可爱一些。那些爱上隐藏了缺点的我的人，早已经离开。我用几年的时间和自己和解，过程异常辛苦，却终于发现，最珍贵、最长久的情感，或者最快乐、最自由的生活，它们的根基，是一个懂得爱自己、包容自己、不会刁难自己的人。

常有年轻读者说“自己不够可爱”，见了面才知道他们是那么可爱。你可能有缺点，但你是那样特别，有性格，不乏味，让我在会面的数月后还能够记起，那是一个拥有生命力的人。

从 20 岁到 28 岁，坦率地说，我更爱现在的自己。我可以毫无忌惮地笑，可以在夏天穿露腿的裙子，可以坦荡地告诉别人“我不敢站在电梯的外侧”，也可以心安理得地表达“与热闹相比，我还是喜欢孤独多一点”。我变得有点“无所谓”，你喜不喜欢我都没关系，重要的是我爱自己，我爱这个有点笨、有点天真、有点不完美的姑娘。

“任何的褒贬都不做停留”，回味张艾嘉这句话时，我正在西安宾馆的电梯中，巨幅的整容广告贴了满墙。我饶有兴致地一个个看过去，那些姑娘真好看，是整整齐齐的好看，她们有我爱的酒窝和身材，也许不怕高，还喜欢热热闹闹的生活。

我却更加坚定，这个不完美的自己，之所以这么珍贵，是因为任何人都无法替代。

我想收集你的全部

|

黑武士

就算是过了好几年，只要经过那个被拆迁的小卖部，我还是会想起那天，我跟某个男生站在寒风里，一边吃着超热的关东煮一边等车的情形。公交车、计程车和卡车都在轰轰运转，而我们手里的关东煮——那被滚水烫过头的海带和丸子，却只是静静地冒着热气。

早已忘了那个男生的具体长相，但那杯关东煮却实实在在地还在我心里冒着热气，我还能记得海带的热度、鱼丸的咸度，而那个寒风呼啸的傍晚跟复杂的生存竞赛无关，跟失眠症无关，就像融化在绿岛的海龙王宫里的某个梦，顿时让人觉得离那段时间好近好近。

第一次读奥尔罕·帕慕克的《纯真博物馆》，就真的被震撼了。

超级富豪凯尔末买下了位于伊斯坦布尔贫民窟的一栋破房子，在别人看来这完全是脑子有病，但对于凯尔末来说，它是这个世界上最珍贵的地产，因为那里曾经住着自己最心爱的女人芙颂。

他要把那栋如今已空荡荡的房子变成真正的记忆博物馆，里面全是他偷偷收藏的芙颂用过的东西：抽过的4213个烟头、发卡、纸牌、镶着F字的耳坠、香水、胸针……

那里变成了唯一可以和芙颂产生联系的通道，他可以借此在大脑里拼凑出他们在一起的2864天、409个礼拜和无数从伊斯坦布尔天际射进来的斜阳。

原来这些琐碎到叫人心烦的东西，一点儿也不高级，日常得可怕，却统统藏着一个个威力无比的小宇宙，在你快要忘掉一个人或一件事的刹那突然破裂和爆炸，让你相信爱真的有穿越的能力。

每当熟悉的感觉如海啸般袭来的时候，你好像进入一个奇妙的秘密通道，不一定有多喜欢那个人、那些事，你只是非常清楚，那些东西足够好，好到你想不自量力地再攻坚一次。

初二有一天下课的时候，有个男生突然走到我旁边，把一张明信片放在我的桌子上，然后扭头就跑了。我拿起那张正面是英国巨石阵照片的明信片，翻到背后，一个字也没有，全是不同颜色的印章，我认真地又看了一遍，都是上海世博会各个国家和地区展馆的印章、有刚果共和国，有斐济岛、有乌拉圭。

后来，我整理房间的时候，又看到这张已经有点破旧的明信片，却深深感到五年前那个晴朗下午的召唤力，我再次掉进秘密通道，突破视觉上的一切障碍，看到那个男生脸上神秘又腼腆的表情，看到很好的光线打在明信片上的样子，还有我将它偷偷放进书包当作什么事情都没发生的白痴样子。

是啊，有些人可以很久都不联系，他们只应景地出现在那些节日里，然后又准备失踪好久。可越长大越知道，一件看似无趣又普通的物件才能拯救世界，那个世界很小，你却会视其为宝贝，还会珍视很久。

以前看到邻居姐姐床铺下面有一个很土的盒子，她还总是骄傲地说那里面是堪比生命的宝物，可我看见里面放的都是很便宜的徽章、写过的本子和用不了的纽扣，便觉得很好笑。

但现在，我也在建造自己的月光宝盒——打开它，会有一束灵光“唰”地射出来，你就可以逆时光行走了。

前段时间看了《岁月神偷》，里面那个把鱼缸套在头上想当太空人的小朋友也喜欢偷偷收藏小东西，因为他相信，总有一天那些小东西可以把苦海填满，不见的亲人就都可以回到身边。

不论多伟大的念想，被打动的也只有自己，但这样的念想物，每个人都有。而越是这样，越是因为我们想要记住。就像人鱼超人可以分身为人和鱼，我们也有了这种超能力，可以把自己分成好几瓣去追忆没有什么“水准”的似水年华。

上个星期，为了作报告找资料，我把书架翻得跟世界大战后的战场一样，却发现一本历史书里还夹着很早以前写的一封没寄出去的情书，字丑得让人难以直视，但那一刻我仿佛真的又回到那段快乐疯癫的时光，那段在恋爱和有好感的边界不停试探的天真岁月。

会有几例，在那些物件里的我们显得超落伍，离现在的世界很遥远，但我们幸运地找到了属于自己的那份安全感。没有意外地，我们都将变成收藏独家记忆的博物馆馆长。

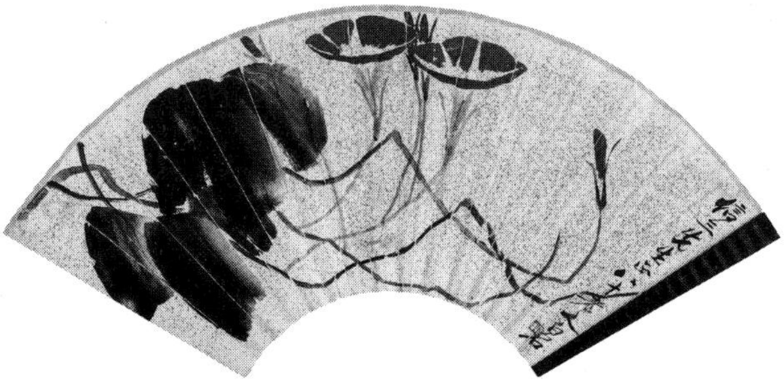

那个被关起来的练钻石星尘拳的少年

郑　执

小时候，电视台很坏，故意将《圣斗士星矢》跟《美少女战士》放在同一时段播。

直到后来我得知：《美少女战士》每集的变身时间固定，刚好是《圣斗士星矢》插播广告的空当……只看变身，即刻切回，星矢才刚戴好头罩。

这个秘诀是住在一楼的孩子告诉我的。他跟我同岁，名字我早已忘记，或许我从未问过。印象中他的脸很白，头发因缺锌泛着金黄。

“以后你就叫冰河。”我说。“那我叫你什么？”他问。“星矢。二代圣衣的。”我补充道。

首次对话，隔着冰河家的防盗铁窗。想不到，往后每次都是。

本来说好一起练拳，尽快升黄金圣斗士，他却永远被锁在那扇铁窗里。冰河的爸妈在他连青铜圣斗士还不是时就离婚了，他爸去了美国做劳工，他妈在南方做服装生意，只剩爷爷带他。爷爷年纪大，担心晚上不安全，干脆不放孙子出门。

隔着铁窗，冰河问：“你会天马流星拳吗？”

我当即耍了一套，动作要领基本偷师自每天在电视里喊“天天跟我做，每天五分钟”的那个马华。“钻石星尘拳你得抓紧练了。”我叮嘱他。因为那招是最难的，胳膊要学鸟翼，波浪式地摆动，对身体的协调性要求很高。

几天后，我跟三个大孩子围扇奇多圈，我赢了太多，他们耍赖，竟围殴我。

冰河站在铁窗前，大声喊：“快出天马流星拳啊！”我痛苦地望着他，心想，我不配当星矢，我是一坨屎。预料不到，令人震惊的一幕出现了——冰河摆动起双臂，做出一个标准的钻石星尘拳 pose，三个大孩子果然被镇住，愣了足足三秒钟，才继续揍我。

我相信，如果没有铁窗，冰河一定会出手相救，这顿揍挨得不亏。

几年后，我在初一的课后阅读上看到一则鸡汤故事，说雪莱被壮汉暴揍，拜伦替他出头，壮汉笑问：“你以为你俩联手就能打过我吗？”拜伦答：“不能，但作为朋友，我敢陪他一起挨揍。”合上书，我暗自不忿——这故事明明是抄我跟冰河的嘛。

两个月后，他爷爷带着他搬走了。之后听邻居说，他被送去美国找他爸爸。

某一时刻，我总是想起冰河。只听说他留在了美国，辗转打听，终于要来一个 MSN 号码。

冰河的头像自始至终都是灰的。我尝试给他发过几条问候，但始终没回应。直到半年前，MSN 宣布关闭，我发了最后一条信息给他，是动图，兔斯基波浪式抖动双臂的那个，看起来很像冰河出钻石星尘拳的模样，隔着铁窗。

每个人的身体和意志，总有被现实的铁窗框死的那一部分，想施展手脚就无暇自顾，很少有人能一边追求月野兔一边救朋友于水火。那些曾经在人生不同阶段共度美好时光的朋友，也都没来得及告别。那些没能为你挺身而出、没能为你两肋插刀的人，也都不该被埋怨。毕竟，插自己一刀是很疼的。换作自己，一样未必能做到。

毕竟我不是星矢。还好我有过一个朋友，叫冰河。

在最危难时，他无力拯救我，可作为我的朋友，他没让我丢脸。这样已经足够了。

雨　孩

潘馨蕾

江树叫他雨孩，因为他只在下雨的时候来。他的名字也许是说过的，大概是柱子还是栓子一类的，江树忘记了，只知道他姓田。那个村里的人都姓田。

江树 14 岁那年突然患了肺病，一天到晚咳个不停。老医生说，要到乡下去住一阵子，好好休养。

江德顺立刻派人去打扫屋子。村上叽叽喳喳说了一星期，那个从没露过面的江老爷要带着江少爷来住一阵，少爷生了病，总咳嗽。然后他们带着一车行李来了，要在这里住一个夏天。来时天上还下着雨，江树看见道路的两旁，横斜的雨丝里，大孩子带着小孩子，饶有兴致地观望。江树觉得他们是在欣赏动物园里的猴子，但又不完全相似，眼神里有几分惊惧。

他们在一座两层的房子前停下，管家刘二已经等着了。江树坐在门厅里，看那些和他一般年纪的孩子来来往往地搬东西。

他就是在这时候遇见了雨孩。雨孩那年也是 14 岁，比江树壮实、黝黑，但是稍矮一点儿。他费力地搬起一箱东西，脚下一闪就撒了一地，江树看见父亲的烟斗掉出来，磕破了烟锅子。雨孩吓得身体僵直，门外响起了脚步声，江树听出来，是父亲来了。

江树没有多想，他走过去摔倒在杂物里。

“怎么回事？”

“爸，我想帮忙搬东西，结果摔了一跤。”江树爬起来，捡起地上坏掉的烟斗。“他本来要来帮我的，没来得及。”

“你这孩子，不是让你好好坐着吗？”江德顺把儿子拉起来，他的白上衣黑了好大一块。“我再去忙，你要是伤着了，去找刘叔叔上药。”

“没事，爸。”

江德顺大踏步走了出去，江树转头，雨孩正搓着他的衣角，嗫嚅着说：“谢谢。”“没事。”江树重新坐下，“你继续忙吧。”雨孩连点了几个头，又向门外走去。等一切安顿好，已将近傍晚了。刘二给排着队的孩子们发工钱，江树就在一旁看。到雨孩的时候，江树对他笑了笑。雨孩接过刘二递过来的钱，也报以腼腆的笑，不敢抬头。

“哎，你等等。”江树跑了几步，追上转身离开的雨孩。

“我叫江树。”

雨孩还是没有抬头。他说名字的声音很小，江树听了也就忘了。

再见到雨孩，又是一个下雨天。江树在院子里，躲在屋檐下看着雨丝出神。雨孩正巧从外边经过，手里拿着牛草。

“哎，你——”江树没想起来他的名字，“你想来玩一会儿吗？”

雨孩直愣愣地站在那儿，雨丝飘到了睫毛上，他眨眨眼。

江树干脆从屋檐下跑出来，雨水打在他身上，他凉得打了个寒战。

“来玩一会儿吧。这儿好无聊。”

“你不能出去吗？”雨孩被他拽着。

“我爸爸不允许。”

“……那好吧。”雨孩停下来，江树已经站在了屋檐下，雨孩还在雨中。

“但我不进去了，我怕踩脏了你们家，老爷怪罪。”

于是江树陪他站在雨里，他的头发湿了，贴在脸上。细小的水珠让他的脸痒痒的。

他们盯着远处的山，在雨里变得朦朦胧胧。江树看见山顶上有一棵树格外高，看得特别明显。

“山上开花吗？”

“开。不过得是春天。”

“是什么样的？”

“红的、黄的，还有白的……最好看的是红的。”

他们的对话这样开始。江树问什么，雨孩就回答什么，总是声音很小，要特别留意才能听清。两个人在院子里绕着圈，雨孩跟在江树后面，恭顺得像他手里的牛草。

雨孩给他讲了整座大山。讲太阳出来的时候，土地如何被光线刺痛，鸟儿如何成群地飞出，在霞光里盘桓；讲雨水过去的时候，蘑菇如何探头探脑，草地如何散发着清香，露水沾湿行人的裤脚；讲下雪的时候，倔强的树木如何扛起重压，棘藤如何在雪被下安眠，狐兔如何在雪地上留下一串串脚印。

“现在是夏天，溪水都涨起来了，你要是往山涧里扔一片叶子，眨眼就没影了。”“夏水襄陵……”“什么？”

“没有，我爸爸教我背的东西。”“你认得字吗？”“认得。”

“哦。”雨孩好像有点儿沮丧，低下头来。好在江树立刻问起秋天的溪水，他的眼里就又闪出愉快的神色。

他们在接近傍晚的时候告别，江树邀请他下次还来玩，雨孩点点头答应了。江树快乐地跑回屋子，他得在爸爸回来以前换好衣服，路上跑急了还咳嗽起来。

后来，雨下得断断续续，一旦下雨，雨孩就来。雨孩的称呼也是这样来的，江树始终不好意思告诉雨孩，自己不知道他的名字。

他的咳嗽似乎没有减轻，只是和雨孩在一起的时候，他不会咳罢了。但这没有用，只要他没有好转，父亲就不会让他出门。

他只能趴在窗台上等，雨下起来，在门前的台阶上敲出声音。雨孩扒住院墙，一蹬腿翻过来，敏捷得像只小猴——不知道为什么，他从来不走正门。

有一天，雨孩带来了一些种子。他说这是花，具体是什么花，却叫不出名字。江树和他围着院墙撒了一圈，几天后竟然摇摇晃晃长起来了，没有刻意打理，歪斜着倒也好看。江树想要摘一朵，雨孩说不能，花儿还没长好，摘了就不再长了。江树只好收了手，但老是看着。他感觉这些生命和他一起在生长，没有来由，却让他想要微笑。

雨大多数时候不大，江树的印象里，只有一次暴雨。那时候他和雨孩正在堆高塔玩，看谁堆得更高，忽然间雨大了起来，伴随天雷轰隆直响。

江树想要跑回屋子，可是雨孩兴奋地跳起来，他在雨里欢呼着挥动起他的双臂。雨水很快把他淋透了，他却更加狂热起来，有那么一瞬间，江树觉得他在飞翔。

于是江树没有回去，他站在那儿看着雨孩不断腾跃，看得痴了。

“你来试试，放开喊一声，很舒服的。”

“哟呼——”

雨孩的声音冲进雨里，被天雷的轰鸣声吞没。他又深吸一口气。

“哟呼——”

江树迟疑了一下，也学着他的样子，用力吸气。

“哟呼——哟呼——”

嗓子张开，他觉得浑身都张开了。雨似乎能流进他的身体，流过他的血管和心脏。他在院子里跑起来，对着大山呼喊：

“喂——我叫江树——”

“喂——我是雨孩——”

江树回头看，雨孩被淋成了落汤鸡，咧着嘴对他笑。江树低头看看自己，斗笠和蓑衣早就经不住冲击，浑身浸湿了，清冷的欢乐冲进他的每一寸皮肤。

在暴雨之下，他们一样地狼狈，也一样地幸福。

“我今年 14 岁！”雨孩喊，“我要永远永远 14 岁！”

“我们永远永远 14 岁！”江树喊。望着几乎看不清的大山，他忽然觉得这一刻可以永远延续下去，延续至时光最深处，无人到达的尽头。

这一切在刘二冲出来，把江树拉回去换衣服的时候结束。雨孩在刘二看清以前跑进了雨里，江树想去追，但被死死抓住了。

两个男孩的友谊就这样延续了大半个夏天。雨孩把整个村子给江树讲了个遍。江树高兴时也讲讲城里，雨孩听得有滋有味。可是江树不喜欢回答问题，他不耐烦。

“好了，别问了。你讲讲过年的庙会吧。”

“凭什么？”

“因为我是少爷。”

每一次江树把这个词拿出来，总有一丝负罪感。然而这一点点罪恶的感觉让它的威力更加使人满足。雨孩每次听见这个词，立刻就矮了一截儿，不再要求江树讲这讲那。

江树自己也不知道，那天他为什么会一时兴起，教雨孩写起字来。他用树枝在泥地上画着，雨孩愣愣地看。

“这是田。”“这是江。”“这是我们的姓。”

江树指给雨孩看。“很简单吧？你也写一个。”

雨孩犹豫了一下，拿起树枝画起来。他的笔顺不对，那两个字写得歪歪扭扭的。

“不对，要这样来……”江树再写一遍。

雨孩似乎看也没有看，他又按原样写了一遍。

“哎呀，你真笨，不是这样……”江树伸手去拿他手上的树枝。

“咱们能不写了吗？”雨孩把树枝放到身后。

“不能。”江树较起劲来，“把树枝给我，不是这样写的……”

“为什么？”雨孩的声音明显地变小。

“因为我是少爷。”江树故技重施。

“你是哪门子少爷！”雨孩突然跳起来，一脚把地上的字踏坏了。“你是什么少爷！”他跑了出去，树枝从他手里掉下来，掉进泥里没有声音。江树惊诧极了。他想要追过去，却突然咳嗽起来。当他再抬起头，雨孩已不见了。

第二天一早，雨孩被他的妈妈带来道歉。江德顺被突然前来的母子弄得不明所以，敷衍地打着哈哈。江树躲在父亲身后，手里紧攥着手帕。雨孩的头被母亲按着，眼睛却一直往上看着江树。

他们离开的时候，江树想要过去拉住雨孩。不过江德顺把江树拽了过来。

那之后，天就不常下雨了。大概是又下过两场雨以后，江树的咳嗽好了起来，他们就打算离开。

江树站在车旁，又是同一批少年，搬着他们的行李，一件件装到车上。

那天下雨，路上有些泥泞。雨孩把最后一个箱子放上车以后，江树用手帕擦了擦上面的泥点子。

“嘿，你，再见。”江树对雨孩说。雨孩没有回答，只是看了他一眼，退回到孩子们的队伍里。

车子开走了，道旁的目光和来时一样多，但江树只感觉到了一束。那块手帕一回到城里就发现丢了，江树猜大概是落在了路上，在他们下车休息的时候。那时，他出神地望着已变得遥远的山——他听了一个夏天却从未登上去的山。

江树 18 岁那年又去了那儿一次，只是他不知道雨孩叫什么，村里的年轻人，看着又都像雨孩。好在那座山他去了一次，天很晴，他没有淋雨，并不狼狈。

图书在版编目（CIP）数据

光阴的故事：《读者》杂志365篇情感美文典藏精选/读者杂志社编. —北京：中国工人出版社，2022.10

ISBN 978-7-5008-7881-0

Ⅰ. ①光… Ⅱ. ①读… Ⅲ. ①散文集－中国－当代 Ⅳ. ①I267

中国版本图书馆CIP数据核字（2022）第182253号

光阴的故事：《读者》杂志365篇情感美文典藏精选

出 版 人 董 宽
责任编辑 葛忠雨
责任校对 丁洋洋
责任印制 黄 丽
出版发行 中国工人出版社
地　　址 北京市东城区鼓楼外大街45号 邮编：100120
网　　址 http: //www.wp-china.com
电　　话 （010）62005043（总编室）（010）62005039（印制管理中心）
（010）62379038（社科文艺分社）
发行热线 （010）82029051 62383056
经　　销 各地书店
印　　刷 三河市万龙印装有限公司
开　　本 710毫米×1000毫米 1/16
印　　张 61.5
字　　数 892千字
版　　次 2022年12月第1版 2023年12月第2次印刷
定　　价 138.00元